ullstein

Das Buch

Psychiaterin Nathalie Svensson gewöhnt sich nach der Trennung von ihrem Ex-Mann gerade an ihr neues Leben, das ihr einiges abverlangt. Da erreicht sie ein Anruf der Polizei: Die Spezialeinheit für besonders schwere Fälle wird einberufen, ihre Expertise ist gefragt. Gemeinsam mit ihrem Team soll die Psychiaterin ein Persönlichkeitsprofil eines mysteriösen Täters erstellen. Drei Menschen wurden ermordet aufgefunden. Nichts scheint sie zu verbinden. Der Täter hat jedoch jedes seiner Opfer mit einer blau gefärbten Rose auf der Brust hinterlassen, es gibt keine Anzeichen von Gewaltanwendung. Gemeinsam mit Kriminalhauptkommissar Johan Axberg beginnt ein Wettlauf gegen die Zeit. Können sie den Rosenmörder fassen, bevor er ein weiteres Mal zuschlägt?

Der Autor

Jonas Moström wurde 1973 geboren. Er begann während seiner Elternzeit mit der Arbeit an seinem ersten Roman, der 2004 erschien. Er lebt und arbeitet als Arzt in Stockholm. *Eisige Dornen* ist der vierte Teil der erfolgreichen Krimiserie aus Schweden um Psychiaterin Nathalie Svensson.

Von Jonas Moström sind in der Nathalie-Svensson-Reihe in unserem Hause bereits erschienen:

So tödlich nah · Dominotod · Mitternachtsmädchen

JONAS MOSTRÖM

EISIGE DORNEN

Kriminalroman

Aus dem Schwedischen
von Dagmar Mißfeldt

Ullstein

Besuchen Sie uns im Internet:
www.ullstein-buchverlage.de

MIX
Papier
FSC® C083411

Deutsche Erstausgabe im Ullstein Taschenbuch
1. Auflage Februar 2020
2. Auflage 2020

Titel der schwedischen Originalausgabe: *Trogen intill döden*
(First published by Lind & Co, Stockholm, Sweden)
Umschlaggestaltung: zero-media.net, München
Titelabbildung: Getty Images / © Johner Images (Landschaft mit Haus), © FinePic®, München (Ast)
Gesetzt aus der Quadraat Pro powered by pepyrus.com
Druck und Bindearbeiten: CPI books GmbH, Leck
ISBN 978-3-548-29124-6

PERSONEN

Nathalie Svensson, fünfundvierzig Jahre. Psychiatrische Oberärztin an der Uniklinik Uppsala, in den nordischen Ländern führende Expertin für Psychopathen und Mitglied der Einheit für operative Fallanalyse (OFA) am schwedischen Zentralkriminalamt. Nathalie hat sich kürzlich vom Anwalt **Håkan Svensson** scheiden lassen, mit dem sie zwei Kinder hat: **Gabriel**, neun Jahre, und **Tea**, sieben Jahre. Håkan hat eine Beziehung mit seiner Personal Trainerin **Tilde Corazon**, siebenundzwanzig Jahre.

Sonja Nilson, siebenundsechzig Jahre. Nathalies Mutter, trockene Alkoholikerin, beschäftigt sich mit Fotografie und ist mit ihren Freundinnen vom Lions Club in verschiedenen Wohltätigkeitsprojekten aktiv.

Estelle Ekman, dreiundvierzig Jahre. Nathalies jüngere Schwester, Chirurgie-Krankenschwester, ist mit dem Arzt **Erik Jensen** zusammen.

Louise af Croneborg. Nathalies beste Freundin betreibt eine Praxis für plastische Chirurgie im noblen Stockholmer Strandvägen. War verheiratet mit dem Kriminalhauptkommissar **Frank Hammar**.

Ingemar Granstam, dreiundsechzig Jahre. Ein behäbiger Nordschwede, der die OFA-Einheit leitet und wegen seiner Körperfülle, seines beeindruckenden Schnäuzers und seines unerschütterlichen Sinns für Gerechtigkeit den Spitznamen »Walross« trägt.

Tim Walter, zweiundzwanzig Jahre. Kriminaltechniker und jüngstes Mitglied der OFA-Einheit, dem Tabellen und Verhörprotokolle weitaus weniger zu schaffen machen als der Umgang mit Menschen.

Angelica Hübinette, fünfundfünfzig Jahre. Die förmliche und kompetente Gerichtsmedizinerin der Einheit, immer schwarz gekleidet. Kostümfilme berühren sie mehr als Obduktionen.

Maria Sanchez, vierunddreißig Jahre, aus Peru adoptiert. Knallharte Polizistin und Feministin. Neu in der Einheit. Ist seit neunundzwanzig Jahren in Schweden, hat die Polizei-Hochschule und das Jura-Grundstudium absolviert und bei den schwedischen Landesmeisterschaften zweimal Silber in Taekwondo geholt.

Personen aus der Sundsvall-Serie

Kriminalhauptkommissar **Johan Axberg**, vierzig Jahre. Leiter bei verdeckten Ermittlungen und inzwischen auch Mitglied der OFA. Freund der Fernsehreporterin **Carolina Lind**, achtunddreißig Jahre. Die beiden haben den zwanzig Monate alten Sohn **Alfred**.

Oberarzt **Erik Jensen**, vierzig Jahre. Johans einziger enger Freund, geschieden von **Sara**. Die ehemalige Hausfrau ist mittlerweile zur Bestsellerautorin avanciert. Erik und Sara haben zwei Töchter: **Erika** und **Sanna**, elf und neun Jahre alt.

Rosine Axberg, achtundachtzig Jahre. Johans Großmutter, die auf der Insel Frösön lebt und bei der er ab dem zwölften Lebensjahr aufwuchs, nachdem seine Eltern bei einem Verkehrsunfall ums Leben gekommen waren.

PROLOG

Früher

Die Fahrt, die eben erst begonnen hat, findet ein jähes Ende.

»Ich bin dir dankbar, dass du das hier für mich tust«, sagt sie und streichelt seine Schulter. »Egal, was passiert, wir beide halten immer zusammen.«

Die Hände halten das Steuer fest umklammert, er schaut rasch zu ihr hinüber. Die Augustsonne scheint auf ihr blondes Haar, und ihre Augen funkeln so hell wie der wolkenlose Himmel. Sie ist immer noch das Schönste, was er je gesehen hat.

»Für dich tu ich alles, das weißt du doch«, antwortet er und ist sich bewusst, dass er es so meint, wie er es sagt.

Jetzt sind sie bald da. Trotzdem fährt er schneller als sonst, gespannt, was für ein Gesicht sie machen wird, wenn sie ankommen.

»Um drei Uhr muss ich zu Hause sein«, sagt sie. »Anders hat seine Eltern und seine Schwester zum Kaffee eingeladen.«

»Schönes Geschenk. Hat er dir auch eine Torte gebacken? Mit achtunddreißig Kerzen?«

»Immerhin gibt er sich Mühe«, seufzt sie. »Er hat sogar einen Blumenstrauß gekauft.«

»Wie einfallsreich! Vor allem Blumen fehlen dir wirklich noch ganz dringend in deinem Leben.«

Den ironischen Unterton überhört sie.

»Leider erinnern mich meine Geburtstage auch immer daran, dass wir keine Kinder haben. Du weißt ja, dass wieder ein Jahr vorübergegangen ist, in dem ich nicht schwanger geworden bin. Und dann noch meine Schwiegermutter, die ständig fragt, ob sich bei uns was tut.«

»Verstehe«, nickt er und umfasst das Steuer fester. »Aber daran darfst du jetzt nicht mehr denken. Jetzt gibt es nur uns beide.«

Sie lächelt wieder, fährt sich mit den Händen durchs Haar und lässt es auf die Schultern fallen. Er nimmt den Duft ihres Shampoos, Sonne und dieses Einzigartige wahr, das er nicht in Worte fassen kann.

»Am liebsten wäre ich nur mit dir zusammen«, sagt sie, »und würde Tag und Nacht durchfahren und nie wieder nach Hause zurückkommen.«

»Können wir machen, wenn wir wollen.«

»Nein«, lacht sie. »Mir reicht die Lüge, dass ich ein paar Stunden arbeiten muss. Ich habe das Gefühl, dass Anders mich durchschaut hat. Und ich weiß doch, dass er auf dich eifersüchtig ist, obwohl er das nie zugeben würde.«

»Hat er was gesagt?«

»Nein, aber ich habe es seinen Augen angesehen.«

»Das bildest du dir ein. Ich finde es lustig, dass wir uns

ein und dieselbe Lüge ausgedacht haben. Das sagt einiges darüber, wie ähnlich wir uns sind.«

»Wohl eher keine positive Eigenschaft in diesem Fall«, stellt sie mit einer Nachdenklichkeit fest, die ihn seine Äußerung bereuen lässt.

»Bald sind wir da«, sagt er und überholt einen Holztransporter.

»Ich bin dir wirklich dankbar«, wiederholt sie mit dem Blick auf die undurchdringlich grünen Laubbäume. »Mit dir ist alles so einfach. Wir ergänzen einander perfekt.«

»Yin und Yang«, lacht er. Ihre Ausdrücke und Redewendungen hat er übernommen. Oft weiß er nicht mehr, wem zuerst bestimmte Formulierungen, Gesten und Scherze eingefallen sind. Aber das Gleichnis Yin und Yang stammt von ihr, und er liebt es.

Eine Pause kommt auf. Sogar das Schweigen ist angenehm und erfüllt von Gleichklang. Ihre Worte hallen in seinen Ohren wider: *Egal, was passiert, wir beide halten immer zusammen.*

Auf pünktliches Ankommen bedacht, fährt er etwas schneller, überschreitet aber nicht die Geschwindigkeitsbegrenzung von hundertzehn Stundenkilometern. Er ist zwar ein routinierter Fahrer, aber sie ist das Wertvollste, was er hat, und sie kann es nicht ausstehen, wenn er zu schnell fährt.

»So gut dürfte es uns eigentlich gar nicht gehen«, meint sie, und in ihrer Stimme schwingt eine Angst mit, die er nur allzu gut kennt. Darum überraschen ihn auch ihre folgenden

Worte nicht: »Hast du nicht auch das Gefühl, dass wir fliehen und irgendwann dafür bestraft werden?«

Wieder ihre Gedanken über das Schicksal. Jedes Mal eine Herausforderung, sie ihr auszureden.

»Liebes, so eine Art von Gerechtigkeit gibt es auf der Welt nicht. Das Schicksal verantwortlich zu machen, ist für Menschen nur ein Weg, die Verantwortung für das eigene Leben abzulehnen. Wir entscheiden selbst, was passiert.«

Er hört den Zweifel in ihren Atemzügen. Spürt ihn in ihren angespannten Schultern und ihren Fingern, die den Rock über die Knie ziehen.

»Außerdem tun wir nichts Falsches«, spricht er weiter. »Wir folgen unseren Herzen.«

»Und lügen, um nicht zu verletzen.«

»Genau!«

Er lächelt ihr zu und gestattet sich, das Tempo zu steigern. Drei Kilometer noch. Sie wird staunen.

Als er hochguckt, löst sich ein Schatten aus dem Grünen. Ein Körper und vier schlaksige Beine fliegen aus dem Graben.

Er tritt die Bremse voll durch und hört sie schreien. Dann ein Krachen von demoliertem Blech und splitterndem Glas.

Ein Schmerz, intensiver als alles, was er zuvor kannte, durchschneidet seinen Körper.

Dann wird alles still.

1

Ystad, Samstag, 2. August

Henrik Borg war tot. Diese Erkenntnis hämmerte sich im Rhythmus seines Pulsschlages in den Schläfen weiter in sein Bewusstsein. Was verdammt noch mal sollte er jetzt machen?

Vorsichtig berührte er Henriks Stirn. Sie war kalt wie Porzellan. Er zog die Hand zurück, merkte, dass er zitterte.

Der Tod. Jetzt begegnete er ihm zum ersten Mal in der Realität. Er war unwirklich friedvoll. Da Henrik mit geschlossenen Augen im Bett lag, machte es den Eindruck, als hätte er seinen letzten Atemzug mitten in einem friedlichen Traum ausgehaucht. Das schöne Gesicht war weiß wie Schnee, die Hände lagen um die große Rose gefaltet auf der Brust. Dunkelblaue Linien durchzogen die Unterseite der cremefarbenen Blütenblätter. Ganz am Rand verlief die Farbe in Adern, die an feine Blutgefäße erinnerten.

Ihm fiel das Abzeichen des MC-Klubs ein. Aber dessen Rose war rot und tropfte vor Blut. Würde die Polizei den Zusammenhang herstellen? Natürlich würden sie das.

Als hätte ihn der erste logische Gedanke, den er fassen konnte, wachgerüttelt, trat er einen Schritt vom Bett zurück.

Der Anblick wurde dadurch zwar nicht wirklicher, aber der Verstand vertrieb die Gefühle.

Henrik Borg war tot. Das würde Konsequenzen haben, die niemand – nicht einmal er, dessen Aufgabe es war, die Zukunft vorherzusagen und in Bahnen zu lenken – überblicken konnte.

Was sollte er jetzt machen?

Damage control. Als Agent von einem Dutzend der größten Sportlerstars des Landes wusste er, dass Schadensbegrenzung genauso wichtig war wie die Fähigkeit, das Boot mit dem Wind zu segeln. Oft war es genau das, was Profis von Amateuren unterschied. Die meisten kamen mit Erfolg zurecht, einige verkrafteten Niederlagen, nur äußerst wenige konnten mit beidem umgehen.

Aber er konnte das. Genau diese Flexibilität machte aus ihm den, der er war.

Er schaute sich im Zimmer um, tippte an seinen Ohrstecker wie immer, wenn er sich konzentrieren musste. Alles sah aus wie üblich, abgesehen von der halb leeren Whiskyflasche auf dem Nachttisch und dem Kissen auf dem Boden. Im Regal neben dem Bett bewahrte Henrik die Stücke seiner Sammlung von Auszeichnungen auf, die er unbedingt im Ferienhaus haben wollte. Die Silbermedaille von der EM funkelte im Schein der Gartenlaternen. An der Wand hing das Trikot, auf dem sich alle Vizeweltmeister mit ihren Autogrammen über der Zehn verewigt hatten.

Heute vor einem Jahr und einem Monat schoss Henrik den Elfmeter, der Schweden ins EM-Finale führte. Den Siegesjubel hatte er noch deutlich im Ohr. Immer wenn er sich den Moment ins Gedächtnis rief, bekam er Gänsehaut. Eine halbe Stunde nach dem Spiel hatte das Telefon nicht mehr aufgehört zu klingeln. Die Klubs standen Schlange bei dem unbekannten Schweden, und es hagelte Angebote.

Bayern München bekam den Zuschlag. Die Erfolgsserie riss nicht ab, und voriges Frühjahr hatte er als geschäftstüchtiger Agent einen Vertrag mit Milan ausgehandelt. Doch Henrik hatte seine Unterschrift verweigert und das mit Verletzungen, verminderter Motivation, dem Teufel und seiner Großmutter begründet. Störrisch wie ein Esel hatte er den lukrativsten Vertrag in ihrer beider Karriere verschleppt. Allerdings hatte sich Henrik tatsächlich mehr Verletzungen als sonst zugezogen, aber davon ließen sich weder der MC Mailand noch sonst jemand abschrecken, sondern nur er. Obendrein blockierte er die Position, auf der auch Jorma in der Nationalmannschaft hätte spielen und bei Bayern unterschreiben können. Noch ein geplatzter Profivertrag, weil Henrik sich verhielt wie ein Esel. Als er dann auch noch Johnny die Freundin ausspannte, brachte er seinen Agenten in eine äußerst schwierige Lage. Was Henrik auf dem Platz leistete, konnte ihm keiner streitig machen, aber sich die Freundin des MC-Präsidenten anzulachen, glich russischem Roulette. Als wäre es nicht genug, dass Johnny vor Wut kochte, weil Henrik Jormas Karriere sabotierte.

Johnny und Jorma Lappanainen. Die Brüder, die sich immer nahmen, was sie wollten. Und Henrik hatte vergangenes Frühjahr miterlebt, wie Johnny in Göteborg diesen Piloten bedroht hatte. Es hätte ihm eine Warnung sein sollen.

Jetzt war das alles Schnee von gestern. Sein Tod brachte

Plus und Minus, und es war nun seine Aufgabe, das Gleichgewicht herzustellen. Auch nur annähernd eine Summe wie die für den Profivertrag mit Milan würde er wahrscheinlich nie wieder erzielen, aber andererseits war er jetzt Johnnys Forderung los, Henrik zurückzupfeifen. Natürlich würde er darauf bestehen, dass Johnny die Filme löschte. Wenn Johnny mit seiner Drohung, sie ins Netz zu stellen, Ernst machte, wäre seine Karriere zu Ende. Bis in alle Ewigkeit.

Aber das Problem konnte warten. Jetzt war schnelles Handeln gefragt. Die Polizei würde die Zusammenhänge erkennen und Fragen stellen. Seine Aufgabe war es nun, die Beweise verschwinden zu lassen.

Mit dem Handrücken wischte er sich über die Stirn und trat ans Fenster. Der Kiesweg hinter dem beleuchteten Garten war menschenleer. Der dunkle Wald stand noch genauso stumm und schwarz da wie zu dem Zeitpunkt, als er seinen neuen Dienst-Jeep in der Garagenauffahrt abgestellt hatte. Mitten in der Nacht, mitten in der Wildnis, und keine Menschenseele, so weit das Auge reichte. Er hatte nie begriffen, warum Henrik hier wohnen wollte.

Er zog die Handschuhe an und ließ das Rollo hinunter. Je länger es dauerte, bis man Henrik fand, umso besser. Er drehte sich zur Mitte des Raums um und betrachtete die Leiche. Erinnerte sich, wie er ihm die Hand auf die Stirn gelegt hatte. Das war ein Versehen gewesen, ein Impuls.

Im Badezimmer feuchtete er ein Handtuch an und wusch die blasse Stirn ab. Steckte das Handtuch in die Innentasche seines Sakkos und beschloss, es im Kachelofen zu verbrennen, sobald er nach Hause kam.

Systematisch begann er das Ferienhaus zu durchsuchen. Das Kissen auf dem Boden neben dem Bett rührte er nicht an, auch nicht die Rose, obwohl sie aller Wahrscheinlichkeit nach den Verdacht auf Johnny und den Klub lenken würde. Als er den Whisky ins Spülbecken goss, entdeckte er das Päckchen John Silver auf der Dunstabzugshaube. Das musste Johnny vergessen haben, schlussfolgerte er und verstaute es in der Jackentasche. Wie konnte man nur so blöd sein?

Nach zehn Minuten war er fertig. Aus dem Jeep holte er eine Tasche und packte die Sachen hinein. Die meisten von Emmas Hinterlassenschaften rührte er nicht an. Die Polizei wusste bestimmt schon, dass sie mit Henrik zusammen gewesen war.

Wieder zurück am Fußende des Bettes fragte er sich, was er jetzt machen sollte. Henrik lag stocksteif wie eine Schaufensterpuppe da und schien mit jeder Sekunde blasser zu werden. Die Fingerkuppen nahmen langsam die gleiche bläuliche Färbung an wie die Rose.

Die Stille dröhnte in seinen Ohren. Er roch seinen eigenen Schweiß, spürte den Drang, eine Line reinzuziehen. Erinnerte sich, wie er in der Bar vom Hotel Savoy mit Henrik gestritten hatte. Ein weiterer Patzer, weil die Gefühle das Kommando über die Vernunft übernommen hatten. Damals konnte er es zumindest darauf schieben, dass er unter Drogen gestanden hatte.

Er fischte das Handy heraus: 01.23.

Natürlich würde er die Polizei verständigen, doch zuerst musste er einen anderen Anruf erledigen. Und zuallererst das Zeug loswerden, das er auf seinem Kontrollrundgang eingesammelt hatte.

Ohne die Beleuchtung am Haus einzuschalten, begab er sich mit dem Mobiltelefon am Ohr zur Rückseite des Ferienhauses. In der warmen Dunkelheit ging er hinunter zum Waldteich, in dem er und Henrik vorige Woche noch gebadet hatten. Er würde das hier schon regeln. Genauso reibungslos wie er in seinem Leben schon so manch andere Schlachten geschlagen hatte. Wo andere Katastrophen sahen, fand er Möglichkeiten. Die Filme wären bald gelöscht. Dann wäre er endlich frei.

Klingelzeichen auf Klingelzeichen vibrierte an seinem Trommelfell.

Als er den Bootssteg erreichte, wurde das Gespräch angenommen.

2

Uppsala, Freitag, 8. August

Jetzt könnte er aber verflucht noch mal kommen! Nathalie Svensson warf die Rosenzweige weg, die sie vom Strauch auf der Terrasse abgeschnitten hatte, und schaute zum tausendsten Mal an diesem Morgen zur Straße, die vor ihrem Haus in Kungshamn in einen Wendehammer mündete.

Noch immer kein Håkan in Sicht. In der Ferne kein Motorgeräusch von dem BMW, in dem er Tilde immer durch die Gegend kutschierte, wenn er sich von der Rechtsanwaltsfirma in einem Ausmaß freinahm, wie er es während ihrer gemeinsamen Ehe nie getan hatte.

Nathalie sah, dass nur zwei Segelboote ausgelaufen waren und vom Anleger bei Skarholmen über das leuchtend blaue Wasser des Mälarens dahinglitten. Das Vereinshaus des Segelklubs funkelte im Sonnenschein wie ein Diamant, und die hohen Masten auf den Millionärsbooten schaukelten im Wind. Es versprach ein schöner Tag zu werden, doch im Moment interessierte sie das herzlich wenig.

Mit Wut im Bauch steuerte sie auf die Waschküche zu. In fünfundvierzig Minuten begannen die beiden Sportlager ihrer Kinder. Konnte Håkan nicht wenigstens jetzt einmal pünktlich kommen, nachdem sie den Mädelsabend abgesagt hatte, damit er auf die spontane Feier zum fünfundzwanzigsten Geburtstag von Tildes Schwester in Malmö mitgehen konnte? Ein Zugeständnis, zu dem sie bereit war, obwohl sie sich auf das Abendessen mit den Freundinnen gefreut und das Wochenende für den Hausputz und die Vorbereitungen zur Betreuung der Studierenden im Wintersemester eingeplant hatte. Sie konnte Håkans neue laxe Art, die er sich zugelegt hatte, nicht ausstehen. Er wusste genauso gut wie sie, dass Gabriel stressige Situationen nicht gut aushielt.

Jetzt gedachte Håkan offenbar, ihr das Problem aufzuhalsen. Und warum antwortete er nicht auf ihre SMS?

Nach dem Sorgerechtsstreit beschränkte sich ihre Kommunikation auf diese wortkargen Textnachrichten, obwohl sie versuchte, Håkan zu vermitteln, dass es besser wäre, wenn sie zusammenarbeiteten. Jedes Mal, wenn sie das Thema anschnitt, hatte er seine anwaltlichen Ohren auf Durchzug geschaltet und sich so stur und rigide verhalten, wie er es tief in seinem Innersten immer schon gewesen war.

In der Waschküche zog sie die Gartenhandschuhe aus, wusch ihre Hände und betrachtete sich im Spiegel. Ordnete das Haar, legte Lippenstift auf. Weder Tilde noch Håkan wollte sie einen Grund liefern, an ihrem Aussehen etwas aussetzen zu können. Es war schon mehr als genug, dass Tilde achtzehn Jahre jünger war, aussah wie Shakira und Zellulite vermutlich nur vom Hörensagen kannte.

Als sie Håkan gerade eine weitere SMS schreiben wollte, meldete sich ihr Handy.

> Entschuldige, dass wir später dran sind. G und T traurig und wollten nicht losfahren. Kommen in 10 Min. / H

Seit Tilde bei Håkan eingezogen war, hatte sich immer deutlicher herausgestellt, dass sich Tea und Gabriel lieber dort aufhielten als bei Nathalie. Schon zwei Tage vor dem Wochenwechsel sprachen sie davon, was sie Cooles mit Papa machen würden und vor allem mit Tilde, die so super war und mit ihnen schon zum Bowling, Lasergame und Klettern gegangen war.

Nathalie leerte das Glas und schaute die Kühlschrankmagnete an, auf denen zu sehen war, wie sie, Tea und Gabriel auf dem Fliegenden Teppich im Freizeitpark Gröna Lund fuhren. In den letzten beiden Wochen hatte sie alles dafür getan, damit sie ihren Spaß hatten; außer im Tivoli waren sie im ABBA-Museum, im Freilichtmuseum Skansen und im Wildpark Kolmården gewesen. Vorgestern hatte sie die Ferien mit einem Besuch bei Estelle und den Cousins und Cousinen in Sundsvall abgerundet. Tea und Gabriel hatte all das sehr gefallen; aber im Alltag hatte sie keine Chance gegen Tildes flexibles Leben als Personal Trainerin. Sie konnte am Arbeitsplatz nach Belieben kommen und gehen. Hoffentlich lag die Begeisterung für sie nur am Reiz des Neuen. Und solange die Kinder es gut hatten, musste sie ihre Eifersucht zügeln.

Mit diesem Vorsatz holte sie zwei Schalen aus der Küche und ging zum Beet, wo sie eine Reihe wilder Erdbeeren ausgesät hatte. Hockte sich hin und pflückte die roten Früchte. Der Rasen, den sie am Morgen gemäht hatte, anstatt ihre tägliche Laufstrecke zu absolvieren, duftete frisch. Sollte sie vielleicht ein Krocketspiel kaufen und die Kinder nach dem Abendessen damit überraschen?

Als sie oben auf der Vortreppe war, klingelte ihr Telefon wieder. Das Date vom Vorabend.

> Hallo, Nathalie, war richtig nett gestern! Sehen wir uns am Wochenende?

Am gestrigen Morgen, nachdem sie die Kinder zu Håkan gebracht hatte, hatte sie die Einsamkeit überkommen. Weil keine ihrer Freundinnen Zeit gehabt hatte, hatte sie sich aus

Frust zuerst eine Bluse im Edel-Kaufhaus NK gegönnt, sich dann auf der Dating-App eingeloggt und sich mit dem fünfunddreißigjährigen Fußbodenverleger Måns verabredet. Sie hatten im Sturehof eine Flasche Weißen geleert und anschließend die Nacht in ihrem Einzimmerappartement in der Artillerigatan verbracht.

Die Antwort war schnell geschrieben, weil sie nicht nachzudenken brauchte.

Wie ich schon sagte, treffe ich meine Dates kein zweites Mal, ganz egal, wie gut es war ;) / N.

Sie setzte sich auf die Bank, schloss die Augen und hielt ihr Gesicht in die Sonne. Wie immer, wenn sie mit der Liebe spielte, dachte sie an Johan. Nachdem sie den Fall mit dem Serienvergewaltiger gelöst hatten, waren sie beide in ihre alten Leben zurückgekehrt – er nach Sundsvall als Lebensgefährte und Vater in Elternzeit, sie nach Uppsala als hart arbeitende Psychiaterin.

Sie hatten in den seither vergangenen drei Monaten mehr als zehnmal telefoniert. Obwohl sie sich mit dem Kuss im Hotelzimmer bis auf die Knochen blamiert hatte, hatte sie den ersten Schritt gemacht und ihn angerufen. Sie hatten über Gott und die Welt geredet, aber nicht über den Kuss. Oft kam ihr der Gedanke, dass sie zusammen ein Puzzle mit den Scherben aus ihren Leben legten in dem Versuch, ein gemeinsames Bild zu finden.

Endlich hörte sie das vertraute Motorgeräusch. Als das Auto zwischen den Laubbäumen auftauchte, ging sie langsam auf den Briefkasten zu. Håkan wendete den Wagen, fuhr dann wie immer ein paar Meter an Nathalie vorbei, bevor er mit dem Kofferraum auf Höhe der Grundstücksgrenze anhielt.

Sie schluckte den Ärger hinunter und beschloss, sich auf die Kinder zu konzentrieren. Mit den Erdbeeren und einem strahlenden Lächeln ging sie auf Tea und Gabriel zu, die mit ihren Rucksäcken und Sporttaschen vom Rücksitz kletterten.

»Hallo, meine Lieblinge! Guckt mal, was ich gepflückt habe!«

Tea strahlte, und Gabriels saure Miene wich überraschter Freude, als er die Tasche fallen ließ und auf sie zustürmte. Der BMW glitt davon, und Nathalie musste die Schalen hochhalten, damit Gabriel sie ihr nicht aus der Hand stieß.

»Hallo, mein Lieber! Willst du mich nicht zuerst umarmen?«

Pflichtschuldig schlang er seine Arme um sie. Sie drückte ihn an sich, die eine Schale in der Hand, die andere reichte sie Tea, während sie ihre Tochter von der bleischweren Tasche befreite, die wie immer randvoll mit Büchern war.

»Das war lecker«, fand Gabriel, der die Schale schon leer gegessen hatte und dann wieder enttäuscht aussah. »Ich will heute nicht ins Fußballlager.«

»Natürlich gehst du hin«, widersprach Nathalie. »Warum sagst du so was?«

»Weil das nervt!«

Er drehte sich um und marschierte zielstrebig auf die Tür zu.

»Warte, Gabriel! Lass uns drüber reden, ja?«

Er setzte seinen Weg ins Haus fort, als hätte er sie nicht gehört. Nathalie drehte sich zu ihrer Tochter um.

»Aber du willst zur Leichtathletik gehen, oder?«

»Nein, aber ich weiß, dass ich muss, Mama«, erklärte ihre Tochter auf ihre altkluge Art und schob die runde Brille die Nase hoch.

»Wir müssen in einer halben Stunde losfahren. Du kannst ja schon mal reingehen und auspacken, dann spreche ich mit Gabriel. Ist was Besonderes vorgefallen, dass er nicht hingehen will?«

»Gestern hat es mit einem Jungen Streit gegeben, mehr weiß ich nicht.«

Sie gingen ins Haus. Gabriel war schon in seinem Zimmer und spielte auf dem Handy. Nathalie setzte sich neben ihn, folgte ihm eine Weile in die Minecraft-Welt, bevor sie nach dem Streit fragte. Gabriel verweigerte eine Antwort. Als es ihr trotz aller Überredungskünste und Versprechen von Thai-Essen am Abend nicht gelang, zu ihm durchzudringen, ging sie in den Flur und schickte Håkan eine SMS. Er antwortete nach fünf Minuten.

Ja, hat sein Ritalin heute Morgen genommen.
Ja, es gab gestern Streit mit William. G erzählte
das erst heute, darum will er nicht hingehen. W
hatte G offensichtlich als Sch ....-ADHS-Kind

beschimpft. Wollte es dir gerade schreiben.
Wenn er nicht hinwill, muss er es doch nicht?

Vor Wut bekam Nathalie heiße Wangen. Warum hatte Håkan nicht reagiert? Warum hatte er nicht das Rückgrat, Williams Eltern anzurufen, mit dem Trainer zu sprechen oder irgendetwas zu tun?

Sie riss sich zusammen und kehrte zu Gabriel zurück. Diesmal musste er ihr angesehen haben, wie sauer sie war, denn er legte das Handy sofort weg, als sie ihn darum bat. Dann bestätigte er widerwillig, was Håkan geschrieben hatte.

»Darum will ich nicht hin, das verstehst du doch, oder?«, schluchzte er und biss die Zähne zusammen, sodass die Kieferknochen in seinem mageren Gesicht hervortraten.

»Jetzt rufe ich Williams Vater an, und wir klären das«, verkündete Nathalie so ruhig sie konnte. »Er ist Arzt im Krankenhaus, und ich kenne ihn ein bisschen.«

Mit einem ruhigen Ernst, der in Gabriels zappeligem Leben äußerst ungewöhnlich war, schaute er sie an.

»Ich will aber trotzdem nicht hin.«

»Vertrau mir.« Sie ging hinunter in die Küche, googelte Magnus Bergman und rief ihn an. Magnus war Chirurg, und sie grüßte ihn immer in der Kantine vom Universitätsklinikum Uppsala.

Mit erkämpfter Ruhe schilderte sie den Vorfall. Magnus Bergman hörte aufmerksam zu.

»Fragt sich also, ob du mit William sprechen kannst«, beendete sie ihre Ausführungen.

»Selbstverständlich. Wenn das stimmt, muss er sich entschuldigen. Kann ich in fünf Minuten zurückrufen?«

Sie hörte an seiner Stimme, dass er ebenso erstaunt wie wütend war.

»Klar«, antwortete sie und fand, dass es nichts ausmachte, wenn sie sich etwas verspäteten. Die Alternative war, dass Gabriel in seinem Zimmer hockte und den Rest des Tages spielte.

Sie hatte gerade Teas Sportklamotten zum zweiten Mal überprüft, als Magnus zurückrief und sagte, William habe alles zugegeben und dass sie gern vorbeikommen würden, um Gabriel abzuholen.

»Das ist nett, aber ich glaube nicht …«

»Keine Diskussion«, entschied Magnus, und diesmal ließ sie sich gern unterbrechen.

»Okay, nett von dir … von *euch*. Ich werde Gabriel darauf vorbereiten.«

Zwanzig Minuten später zog Magnus mit den Jungs ab. Nathalie fuhr in ihrem roten Volvo V70 mit Tea auf dem Rücksitz hinterher.

Als sie Tea beim Studenternas IP, dem Sportplatz der Uni, abgesetzt hatte, erhielt sie eine SMS.

> Die Jungs sind Freunde und geben Vollgas auf
> dem Platz.

Sie lächelte und vollführte einen U-Turn, um nach Hause zu fahren. Legte die CD mit Beyoncés *Lemonade* ein, stellte sie aber nach acht Takten aus, als ihr Handy klingelte. Zuerst dachte sie, Håkan sei dran, der sich endlich dazu herabließ, mit ihr zu reden. Dann sah sie, dass der Anruf von einer unterdrückten Nummer stammte.

»Nathalie Svensson.«

»Ja, hallo, Nathalie ...«

Sofort erkannte sie den singenden Zungenschlag aus Kiruna wieder. Ihr Puls erhöhte sich. Ingemar Granstam war kein Mensch, der ohne Grund anrief.

»Hallo, Ingemar! Schön, Ihre Stimme zu hören.«

»Ja, gleichfalls. Aber schön ist, wie Sie bestimmt auch schon festgestellt haben, die falsche Bezeichnung, wenn ich mich melde. Wir haben einen neuen Fall.«

Sie ging etwas vom Gas, als sie merkte, dass sie ein wenig zu schnell auf dem Ulleråkervägen unterwegs war, der sich im Licht, das durch das dichte Blätterdach der umstehenden Birken, Espen, Linden und Ahornbäume drang, in einen Tunnel aus tausend Grüntönen verwandelte.

»Sie haben bestimmt das Neuste über den Fußballspieler Henrik Borg gehört, oder?«

»Ja, er ist unter ungeklärten Umständen in seinem Ferienhaus gestorben in ... in Ystad war das doch, oder?«

»Ja, aber wahrscheinlich wurde er ermordet. Nicht an die Presse durchgesickert ist, dass eine blau gefärbte Rose auf seiner Brust lag. Und jetzt haben wir einen Bericht von einem Piloten reingekriegt, der auch friedlich im Bett liegend mit einer blauen Rose auf der Brust tot aufgefunden wurde.«

Fragen drängten sich in Nathalies Gehirn, aber sie hörte wie Granstam Luft holte, und sie wusste, dass es länger dauern würde, wenn sie ihn unterbrach.

»Und heute Morgen wurde eine sechsunddreißig Jahre alte Tänzerin in Göteborg tot im Bett unter ähnlichen Umständen entdeckt. Der Grund, warum niemand die Fälle schon vorher miteinander in Verbindung gebracht hat, liegt an reiner Schlamperei wegen der jüngsten Umstrukturierung.«

»Also innerhalb von sechs Tagen drei Fälle, in denen der Mörder eine Rose zurückgelassen hat«, dachte Nathalie laut nach. »Wie hat er sie umgebracht?«

»Das wissen wir nicht. Es gibt nämlich keine Spuren von Gewalt. Wie gesagt, habe ich die Fälle eben erst auf den Tisch gekriegt und bin dabei, Fakten zu sammeln. Und ich will die Einheit heute um ein Uhr vor Ort auf Kungsholmen sehen. Können Sie kommen?«

»Klar«, antwortete sie. »Ich muss nur ein paar praktische Angelegenheiten klären, ich rufe in einer Stunde zurück und bestätige das dann.«

Ihre Mutter Sonja hatte ihr schon den ganzen Sommer damit in den Ohren gelegen, dass die Kinder bei ihr übernachten sollten, es würde sich also bestimmt eine Lösung finden.

»Gut, Nathalie. Wir brauchen Sie, um das hier zu lösen. Ich maile Ihnen die Unterlagen an die sichere Adresse.«

»Wer kommt sonst noch?«

»Tim Walter, Angelica Hübinette und eine neue Kollegin namens Maria Sanchez.«

»Und Johan?«

»Ich rufe ihn gleich an. Wir sehen uns um eins.«

3

Kiruna, Dienstag, 5. August

Er fliegt. Es fühlt sich genauso schwindelerregend an, wie mit einem voll besetzten Jumbojet abzuheben, aber jetzt liegt er in seinem Bett und hat keine Kontrolle. Seine Gedanken irren umher, und sein Körper gehorcht ihm nicht. Er hat Angst und versucht zu schreien, weiß aber nicht so genau, ob er da seine eigene Stimme hört. Das Atmen fällt ihm schwer. Das Herz schlägt voller Hoffnung, aber er weiß, dass der unsteuerbare Überlebenskampf der Muskeln aussichtslos ist. Siebenundvierzig Jahre, und in der Mitte des Lebens ist schon alles vorbei.

Warum musste es so kommen?

Verzweifelt dreht er seine Wange zum Kissen. Es blitzt vor seinen Augen. Vor sich sieht er Patricias flehenden Blick, hört sie um ein weiteres Darlehen betteln. Obwohl sie hoffnungsloser denn je ist, lehnt er ab. Weiß nur zu gut, wofür das Geld draufgeht. Es ist egal, dass sie damit droht, was sie machen will, wenn er ihr nicht hilft.

Die Dunkelheit verdichtet sich, und seine Atemzüge werden kürzer. Eine angenehme Wärme durchfließt seinen

Körper. Er liegt auf einem Bett aus flauschigen Wolken, auf einem weichen Ruhelager, das sein letztes sein wird.

Nein, nein, nein. Ich will nicht sterben!

Ein Surren wird lauter. Er vermutet eine Mücke, die sich gleich auf seine warme Haut setzen wird, aber er kann weder die Augen öffnen noch nach ihr schlagen. Die Mücke entfernt sich, und er hört wieder das Atmen des anderen. Er will schreien, bringt aber keinen Ton heraus.

Ein weiteres Bild steigt aus dem trügerischen Brunnen der Erinnerung nach oben. Die Wolkendecke reißt auf, und durch den Regen erahnt er die Landebahn wie einen verschwommenen schwarzen Fluss. Das Flugzeug schwankt in den Windböen, aber er hält es so gut wie möglich auf Kurs. Der Sturm hat im Lauf des Fluges aufgefrischt, und er hat entschieden, dass sie landen werden, obwohl Flugleitung wie Co-Pilot ihre Zweifel haben. Doch ein Teil der Nationalmannschaft ist an Bord und soll in der WM-Quali gegen Frankreich spielen.

Jetzt steht der Beweis seines Könnens an. Die Kontrolle, die über Leben und Tod entscheidet, ist Bestandteil seiner Arbeit, Zögern ist sein ärgster Feind. Adrenalin rauscht durch seine Adern. Als die Räder mit einem perfekten Aufprall auf der Landebahn aufsetzen, lächelt er in sich hinein.

Das Surren der Mücke kommt näher, und die Szene verändert sich. Ein anderer Flug; und das Atmen fällt schwerer. Die Erinnerung ist klar und deutlich, die Angst genauso greifbar wie damals.

Er geht in der Rampe zum Gate. Patricia hat sich mit ihren Freundinnen schon auf und davon gemacht, will ihm unbedingt aus dem Weg gehen. In der Ankunftshalle sieht er, dass die Polizei drei Mitglieder des MC-Klubs festhält. Seine Meldung aus dem Cockpit hat ihre Wirkung also nicht verfehlt.

Als er an den Männern vorbeigeht, starrt Johnny Lappanainen ihn an. Sein Blick ist der finsterste, den er je gesehen hat. Mit Zeige- und Mittelfinger deutet der Präsident zuerst auf seine Augen und dann auf ihn.

Die Bilder verblassen, aber die Angst bleibt. Die Mücke verstummt, und in seiner Armbeuge spürt er einen Stich. Ihm wird schwarz vor Augen.

Kopfüber fällt er durch die Dunkelheit.

Jetzt braucht er wenigstens keine Angst mehr zu haben.

4

Östersund

»Guck mal da, Alfred!« Johan drehte den Kinderwagen so, dass sein Sohn die drei Motorräder sehen konnte, die vor dem Eingang zum Krankenhaus standen.

»Brummbrumm-moad!«, rief Alfred und zeigte begeistert mit dem ganzen Arm auf die drei Wunderwerke aus Pferdestärken und Jungenträumen.

»Harley Davidson«, sagte Johan und lenkte den Wagen zu den Glastüren.

»Motorrad«, berichtigte Carolina mit der Betonung auf jeder Silbe, die Alfred nicht ausgesprochen hatte. Dann warf sie Johan einen Blick zu, der so verärgert wie nachsichtig war. »Findest du nicht, dass er für die Marke noch etwas zu jung ist?«

»Für eine HD ist man nie zu jung.«

»Brumm-brumm!«, rief Alfred, als die Türen aufglitten, immer noch mit dem Finger geradeaus zeigend wie ein General auf dem Schlachtfeld.

»Wollen wir ein paar Blumen kaufen?«, fragte Carolina, als sie am Kiosk vorbeigingen, der gerade öffnete.

»Ich glaube nicht, dass man Blumen mit auf die Station nehmen darf. Außerdem haben wir doch das Foto von unserem kleinen Tarzan – das ist bestimmt der Volltreffer.«

Ohne weitere Worte gingen sie zu den Aufzügen. Alfred war nicht eine Sekunde ruhig. Er hüpfte im Wagen auf und ab und rief ständig »Guck da!«, während er zugleich alle erstaunt betrachtete, die ihm zulächelten und winkten.

Johan legte den Arm um Carolina und sog den Duft ihres Grapefruitshampoos ein. So wollte er leben. Mit der Frau seines Lebens, dem gemeinsamen Sohn, der sich mit jedem Tag zu einem immer prächtigeren Kerlchen entwickelte, auf dem Weg zu seiner Oma Rosine, die ihm im Leben Geborgenheit gab, seit dem Tag, an dem er seine Eltern verloren hatte. Dennoch war da etwas, woran sich sein Inneres wund rieb wie an einem ärgerlichen Stein im Schuh.

In den drei Wochen, die er und Carolina gemeinsam freigehabt hatten, war die Rastlosigkeit an ihn herangeschlichen. Er spürte, dass er sich nach der Arbeit sehnte. Nach einem schwierigen Fall, Verhören, Untersuchungen am Tatort, Überführungen und Verhaftungen. Sein Leben fühlte sich durch Carolinas ständiges Generve wegen eines Geschwisterchens für Alfred zu eingeengt an. Und die Gefahr bestand, dass sie ihren Willen durchsetzte, manchmal verführte sie ihn auf eine Art, die ihn alle Verhütungsmittel vergessen ließ.

Das Hauskauf-Projekt hatte sie allerdings auf Eis gelegt, aber Johan nahm an, dass das nur eine Taktik für den Übergang war, um sich stattdessen auf die Kinderfrage zu konzentrieren. Bekäme Alfred ein Geschwisterchen, müssten sie ohnehin aus der Dreizimmerwohnung in der Bankgatan ausziehen.

»Jetzt besuchen wir Uroma«, sagte Johan, als sie den Fahrstuhl betraten.

»Uhma!«, rief Alfred.

Carolina streichelte seine Wange und lächelte.

»Das Fest heute Abend wird bestimmt cool, Marielle hat übrigens beim Frühstück eine SMS geschickt, dass wir Alfred schon um vier zu ihr bringen können.«

»Perfekt. Dann haben wir noch Zeit für einen Drink mit Erik und Estelle. Ihr Flieger landet um drei.«

»Bin gespannt, was sie von Kiruna erzählen. Meinst du, dass Erik wieder anfängt, in Sundsvall zu arbeiten?«

»Keine Ahnung. Er hat sich nach der Entführung verändert. Im Moment, glaube ich, findet Erik die Arbeit als Freiberufler ganz gut, weil er nicht arbeiten muss, wenn die Kinder bei ihm sind.«

Der Aufzug klingelte, und sie stiegen aus. Wie so oft bei den Krankenhausbesuchen der vergangenen Jahre überkam ihn auch jetzt wieder das Gefühl, dass er Rosine vielleicht zum letzten Mal sehen könnte. Nathalie hatte ihm erklärt, dass es sich dabei um eine Zwangsidee handelte, die es wahrzunehmen, zu akzeptieren und dann wegzupacken gelte. Das war leichter gesagt als getan.

Im Gang eilte das Personal hin und her, und drei Patienten lagen abgeschirmt von Stellwänden in ihren Betten. Die unverkennbare Geruchsmischung aus Reinigungsmitteln, Urin und Kaffee schlug ihnen entgegen. Als ein älterer weißhaariger Mann in der Berufskleidung des hiesigen Pflegepersonals ein Bett mit einer grün-weiß gestreiften Bettdecke über einem offenbar toten Menschen aus einem Zimmer in den Flur rollte, musste Johan sich am Kinderwagen festhalten. Aber nein, die Person war mindestens einen halben Meter größer als Rosine. Und die Krankenschwester hatte doch gesagt, sie liege ganz am Ende des Flurs.

Er ging zum Schalter im Stationszimmer. Die Krankenschwester, die laut einem handgemalten Holzschild Agnes hieß und mit der er vorher telefoniert hatte, schaute von ihren Unterlagen auf.

»Hallo, ich heiße Johan Axberg und suche meine Großmutter Rosine.«

»Gut, dass Sie kommen, ich würde gern kurz mit Ihnen sprechen. Sie können hier reinkommen.«

Agnes öffnete die Tür, Carolina nahm Alfred auf den Arm, und sie gingen in den kleinen Glaskasten.

»Tja, es ist so, dass wir für Ihre Großmutter einen Pflegeplan aufstellen«, begann Agnes. »Sie wird mit jedem Tag kräftiger, die Lungenentzündung ist unter Kontrolle, und die Blutwerte haben sich verbessert. Der Arzt will sie am Montag entlassen.«

»Klingt gut«, sagte Johan, obwohl er an der Sorgenfalte im Gesicht der jungen Krankenschwester erkennen konnte, dass das noch nicht alles war.

»Tja, es ist so, dass Rosines Gedächtnis immer mehr nachlässt«, setzte Agnes neu an. »Sie vergisst Namen, weiß nicht, welche Tageszeit gerade ist, und manchmal erkennt sie uns vom Personal nicht wieder.«

»Ist das nicht ein bisschen altersbedingte Vergesslichkeit, die alle älteren Leute kriegen?«

Agnes strich sich über den Zopf.

»Das glaube ich leider nicht. Doktor Björklund sagt, dass es Demenz ist, vielleicht Alzheimer.«

Johan zuckte bei dem Wort zusammen, obwohl ihm der Gedanke auch schon gekommen war.

»Das Problem ist, dass Rosine sich weigert, ihr Gedächtnis untersuchen zu lassen. Sie ist stur wie ...« Es entstand eine Pause, als die Schwester nach dem richtigen Wort suchte. »... verflixt und zugenäht!« Agnes steckte als Übersprungshandlung einen Stift in die Brusttasche ihres Kasacks.

»Ich weiß schon, was Sie meinen«, seufzte Johan.

»Können Sie sie überreden?«

»Was sollte das bringen?«

»Es gibt Medikamente, die den Verlauf verlangsamen.«

»Aha«, sagte er und sah Alfred an, der versuchte, sich aus Carolinas Armen zu befreien, um auf das Bücherregal zu klettern.

»Und wahrscheinlich braucht sie einen Vormund. Wie läuft es mit Rechnungen und so was?«

»Bisher hat sie sich selbst darum gekümmert. In welchem Zimmer liegt sie?«

»In Acht-Zwei. Aber ich glaube, sie ist gerade im Gemeinschaftszimmer. Wir haben dafür einen Computer bekommen, an dem die Patienten gern sitzen. EU-Gelder«, schloss Agnes mit einem Seufzer, den Johan so interpretierte, dass es für manches Ressourcen gab, aber nicht für das wirklich Notwendige.

Großmutter Rosine stand mit zwei anderen Damen tatsächlich am Computer, wie immer über den Rollator gebeugt, die Griffe fest in der Hand. Johan sah das Bild einer widerstandsfähigen Fjällbirke vor sich, die allem und jedem trotzte. Mit Alfred auf dem Arm stellte er sich neben sie. Rosine strahlte übers ganze Gesicht und streichelte Alfreds flaumiges Köpfchen mit einer Hand, die zur Hälfte von eingezogener Bräunungscreme fleckig geworden war.

»Viertel nach neun, und jetzt kommt ihr endlich zur Omimi«, sagte sie mit gekünstelter Stimme und guckte auf die große Armbanduhr aus Plastik, die in den letzten Jahren ihre ständige Begleiterin geworden war. »Ich stehe hier seit einer Viertelstunde und warte auf euch.«

»Jetzt sind wir ja da«, sagte Johan. »Du hast aber eine schicke Frisur!«

»Frisch gefärbt und dauergewellt«, erklärte sie, ohne Alfred aus den Augen zu lassen.

»Wollen wir in dein Zimmer gehen?«, schlug Johan vor.

»Machen wir. Hier draußen sind so viele Leute. Ich habe eben allen den Vormittagskaffee serviert.«

Kaffee und Vormittag stimmten zumindest, dachte Johan.

»Und hier haben wir die schöne Ehefrau«, sagte Rosine, als Carolina sie umarmte.

»Wir sind nicht verheiratet, das weißt du doch«, widersprach Johan.

»Sei ja lieb zu ihr«, fuhr Rosine fort und guckte ihn streng an. »Habt ihr euch schon für ein Haus entschieden? Ich finde nicht, dass Alfred in dieser Wohnung aufwachsen sollte, die ihr habt.«

»Ja, ja, Oma«, sagte er ausweichend und ging unbeirrt weiter auf den Korridor zu. »Komm, wir gehen jetzt.«

Carolina lächelte und hob die Augenbrauen, so wie sie es immer tat, wenn sie fand, jemand habe den Nagel auf den Kopf getroffen.

»Will nur dieses Höllengestell losmachen«, meinte seine Großmutter und löste die Bremsen am Rollator. »Und übrigens, Johan, jetzt wirst du staunen …«

»Warum das?«

»Du wirst eine alte Bekannte wiedersehen«, antwortete Rosine und lächelte schelmisch.

»Wen denn?«

»Hedvig Molin. Wir liegen seit vorgestern oder vielleicht doch erst seit gestern im selben Zimmer, ich weiß nicht mehr so genau.«

»Tante Hedvig?«, sagte Johan lächelnd. »Dann verstehe ich, dass du dich hier wohlfühlst.«

»Ja, aber sie ist sehr krank. Der Krebs hat sie schlimm erwischt. Der Arzt sagt, es ist unheilbar.«

Auf dem fünf Minuten dauernden Weg durch den Gang erzählte Johan Carolina, wer Hedvig Molin war. Dass sie und ihr Mann Enar die Nachbarn von seinen Großeltern auf Frösön gewesen waren, als er mit zwölf Jahren dort hingezogen war. Dass Hedvig die Mutter seines besten Freundes Mattias war, der im Zusammenhang mit den Ermittlungen zum dramatischen Ertrinkungstod des sogenannten Wundermannes ermordet worden war. Wie Hedvig für ihn da gewesen war und ihn mit Sahnebonbons und warmen Worten getröstet hatte, wenn die Sehnsucht nach Mutter und Vater übermächtig wurde.

»Hier kommt vornehmer Besuch aus Sundsvall!«, rief Rosine aus, als sie das Krankenzimmer betrat, das einen herrlichen Blick auf den Storsjön und Frösön bot. Die Sonne schien von einem leuchtend blauen Himmel, und weit in der Ferne rechts konnte man den Berg Åreskutan erahnen.

Hedvig lag im Bett am Fenster. Ihr Gesicht war mager und blass. Dünne blaue Äderchen zeichneten sich deutlich unter der durchscheinenden Haut ab, ihr Haar war weiß und wuchs in vereinzelten Büscheln. In der linken Armbeuge war sie an einen Tropf angeschlossen, der Händedruck war kraftlos, und der schelmische Blick, den er so mochte, war matt und erschöpft. Im linken Auge hatte sie einen gelben Fleck in der leuchtend blauen Iris. Der Fleck hatte ihn vom ersten Moment an, als er ihn entdeckte, fasziniert. Er hatte so etwas vorher schon einmal gesehen und wusste, dass diese Flecken verschwanden, wenn die Personen starben, als erlöschte das Licht in ihnen. Als er sich auf die Bettkante setzte und Alfred Hedvigs Gesicht zu betasten begann, strahlte sie und sagte: »Dem Vater wie aus dem Gesicht geschnitten!«

»Abgesehen von den blonden Haaren«, lächelte Johan und lud Carolina mit einem Blick zum Gespräch ein. Rosine ließ sich in einen Sessel fallen, und sie unterhielten sich eine Weile über alte und neue Zeiten. Hedvig wurde vor drei Wochen wegen metastasierendem Brustkrebs, schwer einstellbarer Diabetes, Herzschwäche, Harnwegsinfektion und offenen Wunden an den Beinen eingeliefert. Nach unzähligen Untersuchungen und Therapien hatte sie sich nun so weit berappelt, dass sie am nächsten Tag mit anschließender häuslicher Pflege entlassen werden sollte.

»Könnt ihr mich verstehen?«, begann sie und drückte Johans Hand mit erstaunlicher Kraft. »Ich finde, jetzt reicht's. Ich habe mein Leben gelebt und bin zufrieden mit der Zeit, die mir vergönnt war.« Ihr traten Tränen in die Augen, und der gelbe Fleck leuchtete wie eine Fackel im Regen. »Ich will dem Staat nicht zur Last fallen. Bald schaffe ich es nicht mehr, allein aufs Klo zu gehen, und andere Menschen brauchen die Ressourcen dringender als ich.«

»So darfst du nicht denken«, sagte Johan, und Carolina

schüttelte zustimmend den Kopf. Rosine seufzte, als hätte sie diese Worte schon zur Genüge gehört.

»Wenn ich tot bin, sehe ich ja vielleicht Enar und Mattias wieder«, fuhr Hedvig fort, als hätte sie Johan nicht gehört.

»Das hoffen wir, aber jetzt sollst du zusehen, dass du noch ein bisschen lebst«, meinte Johan. »Mit wem soll Rosine denn sonst Kaffee trinken?«

Hedvig lächelte und warf Rosine einen Blick zu.

»Ja, das stimmt.«

Carolina überreichte Rosine die gerahmte Fotografie von Alfred. Rosine war gerührt und zeigte sie stolz Hedvig, bevor sie sie auf den Tisch zwischen ihren Betten stellte.

»Auf was für eine Hochzeit wollt ihr?«, fragte sie, als sie sich wieder gefasst und sich die Lippen nachgezogen hatte.

»Wir wollen zu einem vierzigsten Geburtstag«, erklärte Johan.

»Wer hat denn Geburtstag?«

»Kenneth Widén, ein Freund von Erik und mir.« Johan zog die Einladung aus der Innentasche seiner Lederjacke und zeigte Rosine und Hedvig das Foto von Kenneth umringt von seinen Freunden auf seiner Feier zum dreißigsten Geburtstag. »Er ist übrigens Gynäkologe hier im Krankenhaus.«

»Ihr wollt also erst auf der Thomée schippern und dann nach Jamtli«, krächzte Hedvig und lächelte. »In jungen Jahren sind wir da oft zum Tanzen hingegangen, stimmt's, Rosine?«

»Hör bloß auf«, sagte seine Großmutter und musterte

das Foto eingehend. »Die Jugend von heute wird nicht das erleben, was wir damals erlebt haben.«

Was mit »das« gemeint war, blieb unerwähnt, weil der hagere weißhaarige Pfleger, der vorhin einen Leichnam von der Station gerollt hatte, das Zimmer betrat. Johan begegnete dem Blick des Mannes und hatte das Gefühl, dass er ihm bekannt vorkam.

»Peter Schultz, Hilfspfleger«, stellte er sich vor.

»Entschuldigung, aber kennen wir uns nicht?«, fragte Johan.

Schultz sah ihn eine Weile forschend an, fuhr sich über das wassergekämmte Haar.

»Doch, Sie sind Kommissar Johan Axberg, oder?«

»Ja, genau.«

»Dann sind wir uns vor ein paar Jahren im Krankenhaus in Sundsvall begegnet. Auf Station neun, Sie haben den Mord an Göran Huldt aufgeklärt.«

Stimmt, dachte Johan und erinnerte sich an die Ermittlungen in dem eingeschneiten Krankenhaus. Der Landtagsabgeordnete, der für einen Großteil der Einsparungsmaßnahmen verantwortlich war, wurde in seinem Bett auf der Station erdrosselt.

»Aber jetzt ist Peter hier, und das finde ich gut«, schob Rosine ein und legte die Einladung auf den Beistelltisch. »Peter ist unser Liebling, stimmt's, Hedvig?«

Hedvig nickte müde mit augenscheinlich letzten Kräften.

»Ich bleibe noch eine Woche hier«, verkündete Peter Schultz und richtete sich an Johan und Carolina. »Ich arbeite inzwischen freiberuflich. Wenn ich will und zum doppelten Gehalt.«

Alfred wand sich auf Johans Schulter immer ungeduldiger. Carolina erlöste ihn von dem, was wie ein unendlicher Ringkampf aussah.

»Wir sollten Ihre Wunden neu verbinden«, sagte Peter zu Hedvig und griff zum Rollstuhl, der am Fenster stand.

»Nicht schon wieder«, seufzte Hedvig und schnappte sich ein Handy vom Nachttisch. »Ich nehme das hier mit, falls jemand anruft.«

Johan half Peter, sie in den Stuhl zu heben.

»Wir sehen uns morgen Vormittag, wir kommen zur gleichen Zeit her, bevor wir nach Hause nach Sundsvall fahren.«

»Viel Spaß auf dem Fest, und schwinge für mich das Tanzbein mit.«

»Versprochen«, sagte Carolina und versuchte Alfred zum Winken zu bewegen, aber er hatte vor dem Fenster einen Rettungshubschrauber entdeckt.

»Oma, willst du auch ein Handy haben?«, fragte Johan.

Rosine schnaubte und setzte ihre getönte Brille auf.

»Dann rufst du doch trotzdem nie an.«

Der Helikopter flog übers Dach und verschwand. Alfred begann lautstark zu quengeln, und Carolina fiel es schwer, ihn zu halten.

»Ich glaube, wir müssen los«, sagte Johan, »aber wir sehen uns morgen.«

»Wenn ich dann noch lebe.«

Nach den Abschiedsumarmungen und etlichen Versprechen, ihre Blumen zu gießen, die Post ins Haus zu holen und aufeinander aufzupassen, setzte Johan Alfred in den Wagen und rollte ihn auf der gleichen Reifenspur hinaus, in der Hedvig eben hinausgeschoben worden war.

Im Fahrstuhl nach unten standen sie schweigend nebeneinander. Carolina gab Johan einen Kuss und streichelte seine Wange, dass seine Bartstoppeln knirschten.

»Du könntest dich mal wieder rasieren«, bekundete sie, als die künstliche Stimme aus dem Lautsprecher mitteilte, dass sie im Eingangsgeschoss angekommen waren.

Im Hauptkorridor drückte sich Alfred gegen die Rückenlehne und rieb sich die Augen. Johan und Carolina wechselten sich damit ab, ihn auf dem Weg nach draußen zu unterhalten. Gerade als sie vor der Tür in den Sonnenschein traten, ertönte Bob Dylans *Knockin' on Heaven's Door* aus der Innentasche seiner Jacke.

Ingemar Granstam war am anderen Ende. Seit der Ermittlung in Uppsala hatten sie nicht mehr miteinander gesprochen. Während Granstam den neuen Fall schilderte, sprang Johans Blick zwischen Carolina, Alfred und dem Krankenhausparkplatz hin und her.

»Wir haben eine erste Besprechung um ein Uhr, ich kann verstehen, wenn Sie es bis dahin nicht schaffen, aber haben Sie im Lauf des Nachmittags Zeit, sich uns anzuschließen?«

Jede Zelle in seinem Körper schrie Ja, aber er hatte beschlossen, bei der Familie zu bleiben. Ließe er Carolina in der letzten freien Sommerwoche allein, würde sie wütend werden. Und auf die kinderfreie Feier am Abend hatten sie sich beide schon lange gefreut.

»Es ist wieder das gleiche Team wie beim letzten Mal

und ein Neuzugang namens Maria Sanchez«, fuhr Granstam fort. »Und Nathalie ist aus Uppsala schon unterwegs.«

Carolina sah ihn ungeduldig an.

»Ich muss leider ablehnen. Ich bin in Elternzeit, und wir haben Pläne …«

Er verstummte, merkte, dass seine Erklärung nicht überzeugend war.

Granstam startete ein paar Überredungsversuche. Bei jedem machte Johan deutlich, dass man diesmal nicht mit ihm rechnen konnte.

Als sie aufgelegt hatten, war ihm fast so, als hätte er die richtige Entscheidung getroffen.

5

Obwohl es im nagelneuen SUV kühl ist, schwitze ich. Ich brauche unbedingt eine Pause, bevor ich weiterfahre. Steure auf einen kleinen Parkplatz neben dem Imbiss zu und stelle den Wagen so weit wie möglich von den anderen Autos entfernt ab. Ich schließe die Augen, lasse das Rauschen der Klimaanlage meinen Kopf füllen und denke an nichts. Wenn ich mich entspanne, überspült mich die Müdigkeit wie eine Welle, aber ich darf nicht einschlafen. Ich habe noch einiges vor mir, und ich muss meinen Plan einhalten.

Auf dem Sitz neben mir liegen die beiden sorgfältig zugeklebten Blumentüten. Die größere werde ich Kenneth mit einer Flasche achtzehn Jahre altem Glenlivet zum vierzigsten Geburtstag schenken. Eigentlich kann ich Schiffe nicht ausstehen, nach einigem Zögern habe ich aber doch zugesagt. Trotzdem wird es nett sein, Freunde wiederzutreffen, die ich seit Jahr und Tag nicht mehr gesehen habe. Dann wahrscheinlich zum letzten Mal.

Vorsichtig hebe ich das kleinere Päckchen an. Entferne das Klebeband und wickle das Papier ab. Die weiße Rose ist eine Pracht.

Avalanche, sagte die Blumenhändlerin stolz. Ich nickte, als würde ich es nicht wissen. Klebe alles wieder mit dem Tape zu und lege die Rose auf den Beifahrersitz. Die Kühle im Wagen hält die Blumen frisch. Aber wird die Tinte durch die niedrige Temperatur womöglich nicht so schnell aufgesogen?

Mit dem Mobiltelefon in der Hand markiere ich Östersund auf der Karte. Ich bin in der letzten Woche weit und viel gefahren, aber das ist die Sache wert. Merkwürdig, dass die Medien nicht auf die Fälle aufmerksam geworden sind. Sie schreiben nur über Henrik Borg, Nachruf für Nachruf. Verständlich, doch nicht so, wie ich mir das vorgestellt habe. Aber die Botschaft mit den Rosen wird bei ihnen ankommen. Vermutlich schon morgen früh. Vier Opfer, und dann muss etwas passieren. Wenn nicht, werde ich dafür sorgen, dass sie informiert werden. Die Zeit drängt, und Effektivität ist ein Muss.

6

Stockholm

Um fünf Minuten vor eins betrat Nathalie Svensson durch die Drehtür das Polizeigebäude in der Polhemsgatan auf Kungsholmen in Stockholm. Das Klappern ihrer Absätze hallte wider, als sie auf die Anmeldung zustöckelte. Sie legte ihren Ausweis vor, erhielt eine Passierkarte und eine ID, die sie als Mitarbeiterin der Einheit für operative Fallanalyse beim schwedischen Zentralkriminalamt auswies.

»Nehmen Sie den Fahrstuhl in den dritten Stock. Aber ich nehme an, Sie kennen sich hier aus?«, sagte die junge Frau lächelnd.

»Ja danke, ich kenne mich hier aus«, antwortete Nathalie und steuerte auf die Aufzüge zu.

Die Lifttüren glitten auf, und sie bestieg die Kabine mit sieben Männern, die steif und stumm dastanden, die Augen auf alles, nur nicht auf die Menschen um sie herum gerichtet. Im zweiten Stock stiegen einige aus. Sie warf schnell einen Seitenblick auf ein verglastes Großraumbüro, das ihres Wissens nach zur Sicherheitspolizei gehörte. Ein Gewusel aus versteinerten Mienen. Daran war, wie sie vermutete, die Terrordrohung schuld, die heute Morgen dafür gesorgt hatte, dass die Sicherheitspolizei auf einer Skala von eins bis fünf die aktuelle Bedrohungslage auf Stufe vier eingeordnet hatte.

Nachdem sie sich mit ihrer Karte und Codes vom äußeren Schutzbereich durch weitere Sicherheitstüren inklusive des Fingerabdruckscanners geschleust hatte, betrat sie endlich den Konferenzraum. Ingemar Granstam, Angelica Hübinette, Tim Walter und die Neue, Maria Sanchez, saßen schon versammelt um den ovalen Tisch.

Nathalie wurde von Marias blendend weißem Lächeln verbunden mit einem kräftigen Händedruck begrüßt, erinnerte sich an Granstams Beschreibung von ihr als »die neue Senkrechtstarterin in der Landeskriminalpolizei, die das Jura-Grundstudium absolviert und in den schwedischen Landesmeisterschaften zweimal Silber in Taekwondo geholt hatte«. Maria hatte bei den Ermittlungen zu den Springbrunnen-Morden auch mit Frank zusammengearbeitet, und er war voll des Lobes über sie. Wie Angelica war Maria ganz in Schwarz gekleidet: Boots, Lederhose, Lederjacke. Sie trug eine silberne Halskette mit einem Kreuz. Das Haar war zu einem strammen und hohen Pferdeschwanz zusammengefasst.

Auf ihren Absätzen war Nathalie einen Kopf größer, und das gab ihr das Selbstvertrauen, das sie brauchte, weil sich in solchen Situationen ganz zuverlässig das Gefühl von Konkurrenzkampf bei ihr einstellte, obwohl sie es selbst lächerlich fand.

»Ja, dann legen wir mal los«, begann Granstam, als Nathalie sich zwischen Tim Walter und Maria setzte und einen

Ordner aufschlug, wie ihn auch alle anderen in der Gruppe vor sich liegen hatten.

Tim aktivierte das Control Panel, das eine Videokonferenz, Konferenzschaltung oder auch die Verbindung mit mehreren Rechnern gleichzeitig ermöglichte. An die Wand wurde ein Foto von Henrik Borg projiziert. Er trug das gelbblaue Nationaltrikot mit der Nummer zehn auf der Brust. Im Hintergrund konnte man schemenhaft einen Fußballplatz und voll besetzte Ränge erkennen. Sein Blick unter der weizenblonden Mähne war entschlossen, die straffe Haut der Wangen umspannte seine kräftige Kieferpartie. Er sah aus, als könnte er es mit jedem Gegner aufnehmen. Nathalie meinte die Rufe der Sprechchöre hören und den Rasen und die Erwartung riechen zu können.

»Ja, wie Sie schon wissen, haben wir innerhalb von sechs Tagen also drei mutmaßliche Mordopfer«, machte Granstam den Auftakt und faltete die Hände über seinem Bierbauch. »Henrik Borg, vierundzwanzig Jahre, in Ystad, der Pilot Mikael Tornerud, siebenundvierzig Jahre, in Kiruna, plus die Tänzerin Tina Eriksson, sechsunddreißig Jahre, in Göteborg.«

Zwei Fotos tauchten neben dem von Henrik Borg auf. Das erste zeigte einen Mann in einer dunkelblauen Pilotenuniform vor einem Jumbojet. Auch er sah attraktiv aus, hatte ein sympathisches Lächeln in einem braun gebrannten Gesicht und warme braune Augen. Das Foto ganz rechts war in einem Tanzsaal aufgenommen. Eine Frau mit langem aschblondem Haar und schöner Figur stand vorgebeugt mit der einen Hand am Spiegel im leeren Saal.

»Da haben wir sie«, sagte Granstam. »Alle drei wurden mit einer blau gefärbten Rose auf der Brust tot in ihren Betten aufgefunden. Und wir kennen die Todesursache nicht.«

Tim tippte wieder auf der Tastatur herum. Die Fotos wurden durch drei neue ersetzt. Nathalie spürte eine innere Kühle, als sie die drei Leichen kerzengerade in ihren Betten, die Hände um die Rosen gefaltet, sah. Alle Lebensenergie und die gesamte Persönlichkeit waren wie weggeblasen. Sie sah nur den Tod. Das endgültige Ende, das für alle gleich war, ganz egal, wie man gelebt hatte.

Granstam drehte sich zur Gerichtsmedizinerin Angelica Hübinette um. Sie saß aufrecht auf dem Stuhl, als wäre jeder Muskel in ihrem hageren Körper angespannt. »Die rechtsmedizinischen Untersuchungen laufen noch; aber da erst heute Morgen der Zusammenhang zwischen den Opfern bekannt wurde, hatte man sie fälschlicherweise nicht vorrangig behandelt«, erklärte sie in ihrem monotonen Tonfall.

»Wie gesagt, es kam aufgrund der neuen Organisation zu einer Verzögerung«, seufzte Granstam und drückte eine Portion groben Snus zurecht. »Zuerst dachte man vor Ort, Henrik Borg und der Pilot in Kiruna hätten sich das Leben genommen.«

»Weil keine Spuren von Gewalt gefunden wurden?«, fragte Nathalie und schaute auf die Fotografien.

»Genau«, antwortete Angelica. »Aber es gab weder Abschiedsbriefe noch Medikamente, abgesehen von Nahrungsergänzungspillen in Henriks Fall und einer Handvoll Schlaftabletten bei dem Piloten; darum kann man sich nur wundern, wie sich die Kollegen das vorgestellt haben ... Wie häufig kommt es denn vor, dass man beschließt, seinem Leben mit einer Rose auf der Brust ein Ende zu setzen?«

»Bestimmt hielten sie die Rose für ein merkwürdiges Detail, aber wir dürfen nicht vergessen, dass sie sie nur bei einem einzigen Fall gesehen haben. Wenn man bedenkt, wie viele sonderbare Dinge Leute machen, wenn sie sich das Leben nehmen – ist es vielleicht verständlich, dass ihnen nicht gleich klar war, dass es sich um Mord handelte.«

»Und in Schweden kommt Selbstmord zehnmal häufiger vor als Mord«, klärte Tim sie auf und fummelte an seiner verkehrt herum aufgesetzten Baseballcap herum. »Voriges Jahr betrug die Anzahl 1.531 verglichen mit 114 Morden.«

»Danke«, sagte Granstam und schob sich die Portion Snus unter die Lippe, woraufhin sich die linke Spitze seines Schnäuzers nach oben bog.

»Alle Opfer waren, soweit wir wissen, gesund, mit Ausnahme der Frau in Göteborg, Tina Eriksson, die laut der Krankenakte an der Persönlichkeitsstörung Borderlinesyndrom mit Tendenz zu manisch-depressiven Phasen litt«, führte Angelica weiter aus.

»Was bedeutet das?«, fragte Maria Sanchez.

Nathalie fing ihren Blick ein und antwortete schnell: »Borderline bedeutet, dass man emotional instabil ist, was zu Problemen in Beziehungen führt. Die Patienten pendeln zwischen Depression, Angstzuständen und Freude hin und her, und ihnen fällt es schwer, ihre Impulse zu kontrollieren. Oft zeigen sie auch ein autodestruktives Verhalten. In Tinas Fall gab es außerdem Anzeichen von Bipolarität mit wechselnden Phasen von Hochstimmung und Selbstvertrauen und von Niedergeschlagenheit und negativem Selbstwertgefühl.«

»In den letzten zehn Jahren hat sie mindestens zwanzigmal gedroht, sich das Leben zu nehmen«, schaltete Angelica sich wieder ein, »hat aber nie ernst zu nehmende Versuche unternommen. Im Alter von zwanzig Jahren wurde sie mit Antidepressiva behandelt, hörte aber damit auf, weil sie der Meinung war, es beeinträchtige ihre Kreativität.«

»Fanden sich Reste von Tabletten in den Mageninhalten der Opfer?«, wollte Tim wissen.

Angelica schüttelte den Kopf.

»Können sie stranguliert worden sein?«, fragte Maria.

»Nein, dann hätten wir punktförmige Einblutungen in der Bindehaut der Augen festgestellt. Danach suchen wir immer zuerst.«

»In Henrik Borgs Fall fand man ein Kissen auf dem Boden neben dem Bett«, sagte Nathalie. »Können sie erstickt worden sein?«

»An dieser Theorie arbeite ich noch«, antwortete Angelica Hübinette und sah Nathalie aus ihren blauen Augen an, die die einzigen Farbtupfer in ihrem blassen Gesicht waren. »Ersticken mit einem Kissen nachzuweisen, ist am schwierigsten. Nur ein leichter Druck ist nötig und hinterlässt selten Spuren vom Täter. Wenn das Opfer außerdem unter Drogen steht, erfordert es nur äußerst leichten Druck.« Angelica trank einen Schluck Wasser und fuhr fort: »Aber wir dürfen nicht vergessen, auch wenn im Mageninhalt keine Tabletten nachzuweisen sind, können sie mit etwas Flüchtigem, mit einer Art Drink, unter Drogen gesetzt worden sein.

Leider dauert es mindestens eine Woche, bis wir die toxikologischen Analysen von der Gerichtschemie bekommen.«

Maria Sanchez hob die Hand. Nathalie lächelte leicht über die Geste, die verriet, dass Maria neu in der Gruppe war. Granstam nahm es mit den Formalitäten nicht so genau, und ihm war es am liebsten, wenn alle frei von der Leber weg redeten. Nathalie erwischte sich dabei, dass sie über den Tisch hinweg in stiller Übereinkunft Blickkontakt mit Johan suchte. Sie vermisste schon jetzt seine Ungeduld und seine praktischen Ansätze.

»Ja, Maria?«, sagte Angelica und bedachte sie mit einem Lächeln.

»Kann der Täter eine Art Gas verwendet haben, zum Beispiel Ether oder Chloroform?«

»Natürlich«, nickte Angelica. »Aber auch das kann man nicht nachweisen. Diese Sorte von Gasen ist innerhalb weniger Stunden nicht mehr nachweisbar, egal, ob man lebt oder nicht. Außerdem ist eine Form von K.-o.-Tropfen wahrscheinlicher, Sie wissen schon, solche, die jungen Frauen in Kneipen manchmal in den Drink gemischt werden.«

Granstam strich sich über die Glatze. »Zusammengefasst kann man sagen, dass wir also nicht wissen, wie sie starben; aber wegen der Rosen und weil es keine Anzeichen für Selbstmord gibt, weder individuell noch durch irgendeine Art von Selbstmordsekte, gehen wir so vor, als handelte es sich um Mord.«

»Also ein Serienmörder«, meinte Tim und strahlte hinter seinen beiden Rechnern.

»Sie wissen, dass ich das S-Wort nicht mag«, brummte Granstam.

Weil der einzige Serienmörder im Land unter dem Namen »Chamäleon« firmiert und der Einzige ist, den du nicht fassen konntest, dachte Nathalie und schlüpfte aus den Schuhen, bohrte die Zehen in den Auslegeteppich und war ratlos.

»Wollen wir die Fälle einzeln durchgehen?«, schlug sie vor.

»Ja, klar«, antwortete Granstam. »Wir fangen mit Henrik Borg an.«

»Das ist das erste Bild, das die Techniker aufgenommen haben«, erklärte Tim und vergrößerte die Fotografie von Henrik Borg.

»Ja, und Sie wissen ja alle, wer er war«, sagte Granstam. »Der hat seinen Elfer gegen Spanien versenkt.«

7

Paris, 27. Juni

Die nächsten dreißig Sekunden werden sein Leben verändern. Sorgfältig legt er den Ball auf den Punkt. Schießt er ein Tor, ist Schweden im Finale. Ein historischer Sieg, der ihn zum Helden machen wird. Die endgültige Rache an allen, die nicht an ihn geglaubt haben. Verschießt er aber, wird sein Name bis in alle Ewigkeit mit dieser Schmach verbunden sein. Da ist es egal, wie gut er im Turnier gewesen ist.

Danach muss es in seinem Leben auch außerhalb des Fußballplatzes so laufen, wie er es sich vorgestellt hat. Die Angst, die ihn in den vergangenen Wochen gequält hat, dringt in sein Inneres, aber er drückt sie weg. Jetzt muss er sich konzentrieren.

Mit klebrigen Händen dreht er den Ball zurecht und richtet sich auf. Das Tosen von den Rängen ist ohrenbetäubend. Torwart Fernando Lopez, einer von Europas besten Keepern, wiegt sich hin und her, die Arme angezogen als wollte er gleich seinen Colt ziehen. Wie immer steht er ein paar Zentimeter rechts, weiß, dass der Schuss zu sechzig Prozent dorthin geht, unabhängig davon, was der Schütze will.

Den Blick auf den Ball geheftet geht er rückwärts. Die Schenkel sind lahm nach der Verlängerung, und er bewegt sich langsam, um Zeit zu gewinnen. Die rechte Wade, die in den letzten Wochen Probleme gemacht hat, ist schwer wie Blei. Aber jetzt gibt es nur eins: Der Ball muss ins Netz. Alles andere zählt nicht.

Sieben Schritte. Der perfekte Anlauf. Normalerweise trifft er. Das Problem ist, dass er fast immer flach rechts unten schießt. Weiß Fernando Lopez das? Hat er Henriks frühere Elfmeter studiert? Lächelt er deshalb und wiegt seinen langen Spinnenkörper hin und her, als wartete er nur darauf, den Ball genau dort abzuwehren?

Schweiß läuft von seiner Stirn, und die Sicht verschwimmt.

Konzentration, ermahnt er sich und schlägt sich mit den Händen auf die Schenkel. Seit seinem ersten Fußballtraining als Fünfzehnjähriger hat er von so einem Moment geträumt. Niemand darf ihm das nehmen.

Er atmet tief in die Lungen ein. Riecht den Schweiß, das Gras und den Rauch der Bengalos. Dreht sich zu den Jungs in der Mannschaft um. Sie stehen wie zum gemeinsamen Gebet mit den Armen auf den Schultern des Nebenmanns im Mittelkreis. Alexander zeigt mit dem Daumen nach oben, und Mackan nickt. Ingemarsson sitzt etwas weiter weg mit dem Rücken zu allen, traut sich wie immer nicht zuzugucken.

Er dreht sich zum Tor um. Es sieht erstaunlich klein aus. Fernando Lopez lächelt nicht mehr.

Der Schiedsrichter pfeift. Die Pfiffe der gegnerischen Fans bringen jede Zelle in seinem Körper zum Vibrieren. Er schaut auf den Ball, auf das Tor, wieder auf den Ball. Die Schritte sind leicht. Er hat das Gefühl, als gehörte sein Körper nicht mehr ihm. Er sieht das Tor, als wäre es ein Teil von ihm. Setzt den Standfuß auf, beugt den Körper vor und schießt. Der Ball fliegt auf dem feuchten Gras los wie ein Projektil.

Perfekte Richtung auf die rechte untere Ecke.

Doch Fernando Lopez ist schon mit ausgestreckten Armen in der Luft. Alles um ihn wird still, Lopez bewegt sich wie in Zeitlupe. Mit den Fingerspitzen streift er den Ball. Der ändert zwar die Richtung, geht aber trotzdem ins Netz.

Eine Explosion von Glück.

Die Hände fliegen in die Luft, und er schreit aus vollem Hals.

8

Stockholm

Granstam trank einen Schluck Mineralwasser, wischte sich den Schnäuzer ab und las von seinem iPad vor: »Henrik Borg wurde am 5. Mai 1993 in Malmö geboren. Die Mutter war heroinabhängig und starb ein halbes Jahr später an einer Überdosis. Der Vater war ein alkoholkranker Bergarbeiter, zog vor Henriks Geburt nach Kopenhagen und wollte die Vaterschaft nicht anerkennen. Henrik hat keine Geschwister und wuchs in verschiedenen Pflegefamilien auf. Nicht weniger als achtmal ist er innerhalb Schwedens umgezogen. In der Schule lief es nicht gut, und er geriet in sogenannte schlechte Gesellschaft, landete in Banden, die Diebstähle und andere geringfügigere Delikte begingen. Im Alter von elf Jahren zog er dann zu seinen letzten Pflegeeltern, Lena und Jörgen Borg in Ystad. Jörgen war Trainer im Fußballverein Ystad und nahm Henrik mit zum Training. Bald zeigte sich Henriks außerordentliches Talent, und nach einem halben Jahr kam er in die Jungenmannschaft. Durch das frisch geweckte Interesse fing er an, sich auch außerhalb des Fußballplatzes zu benehmen, bekam in der Schule gute Noten und konzentrierte sich immer mehr auf Fußball. Als er dreizehn war, wurde er von einem Talentscout von Malmö FF entdeckt. Der Rest ist, wie man so schön sagt, Geschichte. Einen Monat nach dem Vizetitel unterschrieb Henrik bei den Bayern, und nach den Worten seines Agenten Rick Miller hätte er wahrscheinlich in dieser Woche bei Milan unterschrieben.«

»Für viele Jugendliche ist er ein Vorbild«, sagte Angelica.

»Henrik war ein unglaublich guter Spieler«, ergänzte Tim und drehte die Baseballcap um. »Ein Genie am Ball, phänomenal ohne, bewegte sich auf dem Platz wie kein anderer. Und mit seiner Explosivität gehörte er zu den Top drei der Welt. Erst im Frühjahr lief er den 40-*yard-dash* in 4,47 Sekunden.«

»Den 40-yard-was?«, fragte Granstam.

»Dash«, antwortete Tim gut gelaunt. »Das bedeutet, wie schnell ein Spieler eine Strecke von 36,58 Metern sprintet. Ursprünglich kommt der Begriff aus dem American Football, damit misst man die Zeit vom Abwurf bis zu dem Moment, in dem der Spieler den Ball erreicht.«

Nathalie betrachtete das Foto des Leichnams. Die Stille schien unendlich, nachdem sie Tims Worten zugehört hatte.

»Henrik Borg war vermutlich gesünder als wir alle«, meldete sich Angelica wieder zu Wort. »Bayern kontrolliert seine Spieler alle drei Monate durch Blutproben, EKG und jede Menge anderer Tests. Gemäß dem vorläufigen mündlichen Bericht, den ich bekommen habe, war Henrik in Topform abgesehen von der Muskelzerrung im Schenkel und den Problemen in der Wade.«

»Wenn wir kurz mal den Fußball beiseitelassen«, sprach Granstam weiter, »dann hatte Henrik eine Beziehung zu Emma Schoyen, die in der vergangenen Staffel von *Paradise Hotel* in Norwegen mitgemacht hat.«

»Und die außerdem vorher mit dem Präsidenten vom MC-Klub *Deadly Roses* zusammen war«, schob Nathalie ein.

»Stimmt, wir erledigen zuerst die Fakten und warten mit möglichen Motiven«, entschied Granstam.

»Haben wir einen genaueren Todeszeitpunkt?«, fragte Maria.

»Ja«, nickte Angelica. »Alle drei starben wahrscheinlich zwischen zwölf und drei Uhr nachts.«

»Henrik wurde ja um ein Uhr gefunden, in der Nacht zu Dienstag, von seinem Agenten Rick Miller im Ferienhaus der Familie zwanzig Kilometer von Ystad entfernt«, nahm Granstam den Faden wieder auf. »Henrik hatte drei Tage Spielpause und war zu Hause, um seine Probleme im Schenkel auszukurieren. Seine Eltern haben Montagnachmittag mit ihm gesprochen, also nur wenige Stunden bevor er starb, und da war alles wie immer.«

»Wo hielten sie sich zur Zeit des Mordes auf?«, wollte Nathalie wissen.

»In Visby auf der Almedalswoche. Sie waren da, um Werbung für die Flüchtlingsunterkünfte zu machen, die sie in der Region Schonen besitzen.«

Tim klickte mit der Maus. Eine Slideshow von Henrik und dem Schlafzimmer lief auf der Leinwand ab.

»Wie gesagt gibt es keinerlei Spuren eines Einbruchs oder von Gewalt, möglicherweise kann das Kissen, das neben dem Kopfende vom Bett lag, verwendet worden sein«, sagte Granstam.

»Das kann aber auch genauso gut aus dem Bett gefallen sein«, wandte Maria Sanchez ein.

»Merkwürdig ist, dass auch im Fall des Piloten ein Kissen neben einem Stuhl lag«, gab Nathalie zu bedenken.

»Rick Miller fuhr zum Ferienhaus raus, weil er Henrik nicht erreichen konnte. Er machte sich Sorgen und wusste, dass Henrik immer dort hinging, wenn er seine Ruhe haben wollte. Wie erwartet stand Henriks Wagen, ein Jaguar XF, in der Auffahrt. Als Miller hineinging, fand er Henrik tot im Bett und rief 110 an. Eine erste Streife traf um ein Uhr achtundzwanzig ein und benachrichtigte den diensthabenden Hausarzt, der feststellte, dass Borg weniger als eine Stunde tot war. Danach wurde die Leiche in die Rechtsmedizin nach Malmö gebracht.« Granstam nahm die Portion Snus aus dem Mund und ersetzte sie durch eine neue, ehe er weiterredete: »Laut Rick Miller war Henrik in den vergangenen Monaten deprimiert, Rick hielt aber die Muskelzerrung und die Scherereien mit Milan für den Grund. Henrik war mit dem Vertrag nicht einverstanden. Miller erklärte das Hin und Her, aber ich habe nur so viel verstanden, dass Prestige und viele verschiedene Geschäftsinteressen die Verhandlungen in die Länge zogen.«

»Nicht gerade so wie damals, als ich bei der OFA unterschrieben habe«, grinste Tim in Richtung Nathalie, die mit einem halbherzigen Lächeln reagierte.

»Außerdem wurde Henrik vor einem Monat vor Zuschauern beim Training in München zur Dopingkontrolle abgeholt, was er als sehr kränkend empfand.«

»Gab es im Ferienhaus Spuren von einer anderen Person?«, fragte Nathalie.

»Ein paar Haargummis und Make-up von der Freundin, sonst nichts«, antwortete Granstam. »Alles deutet darauf hin, dass Henrik abends Spaghetti Bolognese gegessen, am Computer gespielt hat und ins Bett gegangen ist. Wie Sie wissen, fehlen ja wie in den anderen Fällen Handy und Rechner. Aber die Brieftasche und der Schlüsselbund, inklusive Autoschlüssel lagen auf dem Nachttisch.«

»Was darauf schließen lässt, dass der Täter nur das mitgenommen hat, was uns zu ihm führen könnte«, stellte Angelica fest und streckte sich auf dem Stuhl, sodass ihr dünner Hals noch länger wurde.

»Wie dem auch sei, bestätigt Emma Schoyen, dass Henrik sie um zehn Uhr anrief und ihr eine gute Nacht wünschte. Sie hatten sich gestritten, offenbar wollte sie Schluss machen, weil Johnny Lappanainen von der Beziehung Wind bekommen hatte und Henrik und Emma bedrohte.«

»Nicht mal als Europas bester Fußballspieler kann man einem MC-Präsidenten die Freundin ausspannen, das dürfte auch Henrik kapiert haben«, meinte Tim.

»So kann man das sehen«, nickte Granstam. »Aber Henrik war ein Angebertyp, der gewohnt war zu machen, was er wollte. Die Polizei Malmö hat vier Zeugen, die aussagen, dass Johnny Henrik vor einer Woche in einem Billardlokal in der City bedroht hat. Henrik soll grinsend von dort abgezogen sein. Wie Ihnen klar sein dürfte, wird jemand von uns die angenehme Aufgabe haben, Johnny Lappanainen zu vernehmen. Der Vollständigkeit halber sei auch erwähnt, dass es sich bei Johnnys Bruder um den Fußballspieler Jorma Lappanainen handelt, dessen Agent ebenfalls Rick Miller ist. Offenbar stand Henrik Jormas Chancen in der Nationalmannschaft im Weg, was ihn bei Johnny wohl kaum beliebter machte.«

»Warum hat er das getan?«

»Das war eine alte private Angelegenheit aus Kindertagen in Malmö, mehr weiß ich nicht«, antwortete Granstam.

»Dann hatten also beide Brüder ein Motiv, Henrik aus dem Weg zu räumen«, folgerte Maria Sanchez.

»Ja«, bestätigte Granstam. »Als ich die Verhöre mit Rick Miller las, hatte ich außerdem das Gefühl, dass er etwas verschweigt. Unbestätigten Gerüchten der Polizei Malmö zufolge sollen er und Henrik beim Abschluss mit Milan nicht einer Meinung gewesen sein.«

»Und wahrscheinlich war es der schwarze SUV des Agenten, den der Nachbar um ein Uhr nachts zum Ferienhaus fahren sah«, vermutete Angelica und las in ihren Unterlagen.

»Das Interessanteste ist wohl trotzdem das Motorrad, von dem der Mann behauptet, er habe es gegen Mitternacht gesehen«, fand Tim.

»Ja«, stimmte Granstam ihm zu. »Aber es war dunkel, und er kann es nur so weit beschreiben, dass es groß war und dass die Person, die es fuhr, einen Helm trug.«

Nathalie fuhr sich durchs Haar und guckte aus den niedrigen Fenstern ins Grüne vom Kronobergspark. »Aber wir suchen doch nach einem größeren Zusammenhang zwischen den Brüdern Lappanainen und Henrik Borg, oder?«, meldete sie ihre Zweifel an. »Wir haben doch noch zwei Opfer – warum sollten Johnny und Jorma den Piloten in Kiruna und die Frau in Göteborg umbringen? Und was hat die Rose zu bedeuten?«

»Die erinnert wie gesagt ein wenig ans Emblem des Klubs«, sagte Angelica.

»Außer dass sie mit blauer Tinte gefärbt ist«, wendete Nathalie ein. »Wer macht so was? Und vor allem warum?«

»Ja«, seufzte Granstam. »Und wenn sich MC-Gangs rächen, dann läuft das nicht besonders diskret ab.«

»Wahrscheinlich hat der Täter oder die Täterin mit den Opfern vorher Kontakt gehabt«, vermutete Nathalie. »Das ist wohl der Grund, warum er oder sie in sämtlichen Fällen Handy und Rechner mitgenommen hat. Waren eigentlich die Türen abgeschlossen, als die ersten Streifen eingetroffen sind?«

»In Henrik Borgs Fall war die Tür abgeschlossen, laut dem Agenten«, sagte Granstam. »Miller wusste, dass ein Ersatzschlüssel immer an einem Haken in einem der Schuppen hing, und schloss damit auf. In Kiruna und Göteborg waren die Türen nicht abgeschlossen.«

»Ich glaube, die Opfer haben den Täter reingelassen«, sagte Nathalie. »Dass der Pilot in Kiruna und die Frau in Göteborg bei unverschlossener Tür schliefen, ist unwahrscheinlich.«

Es klopfte an der Tür, und ein junger Assistent brachte ein Tablett mit zwei Thermoskannen Kaffee.

Nathalie schaute auf die Uhr. Fünf vor zwei. Sie saßen schon seit einer Stunde hier und entwarfen alle möglichen Theorien. Sie stellte sich Johan mit seinem unrasierten Gesicht vor, wie er mit den Fingern auf seinen Oberschenkel trommeln würde.

»Jetzt machen wir mit Fall zwei und drei weiter«, beschloss Granstam, nachdem er sich mit Kaffee versorgt hatte. Tim wandte sich der Tastatur zu. Eine Fotografie von dem getöteten Piloten Mikael Tornerud erschien auf der Leinwand. Sie glich auffällig der von Henrik Borg, die sie gerade gesehen hatten.

Die Lage, die Stille und die blau-weiße Rose.

9

Früher

Es dröhnt in den Ohren, es dröhnt im ganzen Körper. In weiter Ferne hört er das Heulen von Sirenen und Menschen, die aufgeregt reden. Alles ist dunkel, und er ist eingeklemmt, kann sich keinen Millimeter rühren. Ein zunehmender Schmerz hackt sich geradewegs durch ihn hindurch. Das Herz schlägt in der Brust, und ihm fällt das Atmen schwer.

Er hat etwas im Mund. Etwas Raues, und es schmeckt nach Blut und Fleisch.

Er spuckt aus und öffnet die Augen. Er sitzt im Auto, sieht etwas Graues und Braunes dicht an seinem Gesicht. Ein schwarzes feuchtes Auge ohne Blick. Glassplitter funkeln im Sonnenschein wie tausend Diamanten. Es stinkt nach verbranntem Gummi und Benzin.

Er blinzelt und erinnert sich an einen Elch. Der hat die Windschutzscheibe durchschlagen, und dessen Kopf und Geweih befinden sich direkt vor ihm. Das Tier ist vollkommen reglos, dampft aber vor Wärme. Im gesplitterten Rückspiegel sieht er einen Huf.

Er denkt an die Überraschung und an ihren Geburtstag. Versucht, ihren Namen auszusprechen, kann die Lippen aber nicht bewegen. Er kann sie nicht sehen, erkennt aber, dass der Körper des Elchs sie getroffen, zermalmt haben muss. Fünfhundert Kilo glatt durch die Windschutzscheibe.

Panik erfasst ihn. Er versucht zu rufen, aber nur ein leises Röcheln kommt aus seinem Mund. Eine Bewegung vor dem Fenster, und ein Mann sagt: »Sie hatten einen Unfall. Feuerwehr und Arzt sind hier, und wir werden Sie bald befreien. Hören Sie mich?«

»Ja«, bringt er heraus, und die Augen tränen.

»Wir werden gleich versuchen, den Elch aus dem Wagen zu ziehen«, redet die Stimme weiter. »Aber zuerst müssen wir Schaum spritzen, damit es nicht anfängt zu brennen. Anscheinend ist Benzin aus dem Tank gelaufen.«

Im gleichen Augenblick ist ein Zischen zu hören. Er vermutet, dass das vom Schaumlöscher kommt. Konzentrierte

Stimmen geben Kommandos, Leute bewegen sich vor dem Auto, Schritte, Schläuche rutschen über den nassen Asphalt.

Ihm ist schwindelig, er merkt, wie sich Geräusche und optische Eindrücke wieder verflüchtigen. Er fällt. Geradewegs in eine funkelnde Finsternis.

Als er wieder zu sich kommt, liegt er. Eine Frau in grüner Kleidung beugt sich über ihn und spritzt ihm etwas in die Armbeuge.

»Jetzt bekommen Sie was Schmerzstillendes«, sagt sie ruhig.

Er hat einen Kragen um den Hals. Arme und Beine sind auf einer harten Trage festgeschnallt. Als sie ihn hochheben und zum Krankenwagen gehen, sieht er aus dem Augenwinkel den toten Elch und das Auto. Das Blech auf der Beifahrerseite ist bis zur Unkenntlichkeit zerdrückt. Sie ist nicht mehr im Wagen. Er sieht sie nirgendwo.

»Lebt sie?«, fragt er in den Himmel hinauf.

»Sie wird gerade mit dem Hubschrauber ins Krankenhaus gebracht«, antwortet die Frau am Kopfende.

»Lebt sie?«, fragt er wieder, hört die Verzweiflung in seiner Stimme.

»Ja«, antwortet die Frau kurz. »Seien Sie ganz ruhig, dann wird alles gut.«

Er weiß, dass es zur Ausbildung gehört, so etwas zu sagen. Worte, die nichts mit der Wahrheit zu tun haben.

Er kneift die Augen zu und hört ihre Stimme durch das Dröhnen, das in ihm widerhallt: *»Ganz egal, was passiert, wir beide halten immer zusammen.«*

10

Stockholm

»Mikael Tornerud wurde am Dienstagmorgen um halb neun von seiner Ex-Frau Eva tot in seinem Bett gefunden«, begann Granstam.

Nathalie betrachtete das Foto. Trotz der Blässe und der eingefallenen Wangen war deutlich zu erkennen, dass er gut aussehend und braun gebrannt gewesen war.

Granstam faltete die Hände über dem Bierbauch und sprach weiter: »Sie ließen sich nach zwölf Jahren Ehe vor fünf Jahren scheiden und hatten keine gemeinsamen Kinder. Laut Eva hatte Mikael versprochen, sie vom Flughafen abzuholen, wo sie nach einer Woche Urlaub auf Gran Canaria landete. Als Mikael nicht auftauchte und auch nicht ans Handy ging, nahm sie ein Taxi nach Hause und fuhr dann raus zu seinem Hof, der drei Kilometer außerhalb von Kiruna liegt. Die Tür war nicht abgeschlossen, und nachdem sie hineingegangen war, entdeckte sie ihn tot im Bett. Sie war natürlich geschockt und rief 110 an.«

Tim klickte das nächste Bild an. Eine weitere Fotografie von Mikael Tornerud in dem breiten Bett erschien auf der

Leinwand. Die Augen waren geschlossen und die Hände um eine blaue Rose gefaltet.

Als hätte man ihn auf einem Totenbett hindrapiert, dachte Nathalie. Hätte sie es nicht besser gewusst, dann hätte sie geglaubt, er schliefe.

»Auch hier gab es keine Spuren von Gewalt«, führte Granstam weiter aus und goss Kaffee in seine Tasse. »Wie Sie wissen, fehlte außer seinem Smartphone und Rechner nichts.«

»Die Handys aller Opfer sind immer noch ausgeschaltet, und weil alle nicht registrierte SIM-Karten benutzten, ist es uns nicht gelungen, Anruflisten und SMS zu ermitteln oder Standortbestimmungen vorzunehmen«, schob Tim ein.

»Der Autoschlüssel war in Mikaels Jackentasche, ebenso wie seine Geldbörse. Der Täter hat also wieder nur das mitgenommen, was ihn verraten könnte.«

Granstam hielt sich seine Bärenpranke vor den Mund, gähnte herzhaft und begegnete Nathalies Blick. »Entschuldigung, wenn ich zusammenhanglos rede, aber ich habe nicht gerade gut geschlafen.«

Sie nickte und lächelte kaum merklich, wobei ihr gleichzeitig davor graute, dass er sie bei der nächsten sich ihm bietenden Gelegenheit wieder nach mehr Sobril fragen könnte.

Nach einem Schluck Kaffee setzte Granstam den Bericht fort: »Laut Eva wollte sie die Scheidung. Mikael war unzuverlässig bei allem, was nichts mit Fliegen und Technik zu tun hatte. Er war wiederholt untreu, und am Ende hatte sie seine Versprechen, sich zu bessern, satt und reichte die Scheidung ein. Sie blieben weiterhin gute Freunde, und zwischen ihnen gab es keine Konflikte, was bestimmt zutrifft in Anbetracht der Tatsache, dass er sie vom Flughafen abholen wollte …« Granstam wischte sich den Kaffee aus dem Schnäuzer und räusperte sich: »Mikael Tornerud scheint ein richtiggehender sogenannter ganzer Kerl gewesen zu sein: Er ging auf Elch- und Wildschweinjagd, sprang Fallschirm, bestieg Berge und nahm an Triathlon-Wettkämpfen teil. Er war, wie Sie unschwer erkennen, bei den Frauen beliebt und hatte ›eine Geliebte in jeder Stadt‹, wie einer seiner Kollegen es ausdrückte. Wie die anderen Opfer auch, ist er nicht vorbestraft, wenn man drei Geschwindigkeitsübertretungen nicht mitzählt. Er hatte genug Geld, ohne vermögend zu sein, und er schien keine Depressionen gehabt zu haben. Ein Kollege sagt aus, dass Mikael während der letzten Flüge nicht so gesprächig war wie sonst, konnte das allerdings nicht näher erklären.«

»Aber die Kirunaer Polizei ging offensichtlich von Suizid aus, weil sie die Untersuchung des Falls eingestellt hat«, ergänzte Angelica.

»Ja«, seufzte Granstam. »Als der Bezirksarzt den Tod feststellte und unsere Kollegen keine Anzeichen für ein Verbrechen fanden, kamen sie zu dieser Einschätzung. In einer Packung Schlaftabletten, die im Badezimmerschrank lag, fehlten dreizehn Stück. Sie nahmen an, Mikael habe sie genommen und sei dann für immer eingeschlafen. Selbstmord ist in Norrland ja recht verbreitet.«

»Aber da nimmt man den Elchstutzen und pustet sich die Birne weg«, grinste Tim. »Vor allem, wenn man so ein Macho ist, wie Mikael Tornerud anscheinend einer war.«

»Jetzt reicht's«, sagte Granstam und warf Tim einen strengen Blick zu. »Übrigens hatte Patricia Tornerud, Mikaels Schwester, ihm die Schlaftabletten gegeben. Aber der Grund dafür war, dass vor über einem Jahr ihre Eltern bei einem Busunglück in Neapel ums Leben gekommen sind. Und weder sie noch die Ex-Frau glaubten, er habe öfter als nur ab und zu eine genommen.«

»Haben wir ein Foto von dem Kissen, das auf dem Stuhl neben dem Bett lag?«, fragte Nathalie. In der Sekunde, als sie den Satz ausgesprochen hatte, klickte Tim es an.

»Der Mörder saß vielleicht auf dem Stuhl, als er ihn mit dem Kissen erstickt hat«, dachte sie laut.

»Ja, darüber habe ich mir auch schon Gedanken gemacht«, sagte Granstam. »Übrigens bin ich noch nicht dazugekommen, eins zu erwähnen ...« Er wartete die ungeteilte Aufmerksamkeit aller ab, bevor er fortfuhr: »Mikael Tornerud unternahm am 9. Juni für SAS einen Flug von Malmö nach Göteborg. Raten Sie mal, wer im Flieger saß!«

»Henrik Borg!«, rief Tim aus. »Die Nationalelf hat im Ullevi in der Qualifikation gegen Frankreich gespielt.«

»Stimmt, aber das ist noch nicht alles«, nickte Granstam. »Die Brüder Lappanainen waren auch an Bord. Jorma als Ersatzspieler und Johnny und zwei seiner Kumpels, um einzugucken. Mikael Tornerud hatte den Verdacht, dass einer der MC-Mitglieder unter Drogeneinfluss stand und gab dem Zoll einen Tipp. In Landvetter wurde der zur Überprüfung rausgefischt, und laut einiger Zeugen soll Johnny eine Drohgebärde in Richtung Mikael gemacht haben.«

»Der MC-Heini war sauber, aber trotzdem schrieb die

Göteborgs-Posten über den Vorfall einen kurzen Bericht«, erzählte Granstam weiter. »Auch wenn *Deadly Roses* nicht namentlich erwähnt werden, ist es ein Kinderspiel rauszufinden, dass sie damit gemeint sind.« Er hielt die Zeitung hoch, um seine Worte zu untermauern. »Ein weiteres interessantes Detail ist, dass auch Mikaels Schwester im Flieger war. Patricia Tornerud ist Flugbegleiterin, wohnt in Malmö und hat nach unbestätigten Angaben Spielschulden bei den *Deadly Roses*.«

»Scheint mir ziemlich abwegig zu sein, dass Johnny oder jemand anders aus dem Klub nach Kiruna gefahren sein soll, um Mikael Tornerud umzubringen«, wendete Maria Sanchez ein. »Das Motiv nehme ich dir ab; was Drogen betrifft, haben Menschen schon für weniger getötet, aber wir reden hier von einer Entfernung von tausend Kilometern!«

»Tausendfünfhundertvier Kilometer«, korrigierte Tim sie, ohne von seinen Bildschirmen aufzuschauen. »Keiner aus dem Klub ist an den Tagen um den Mord nach oder von Kiruna geflogen.«

»*Deadly Roses* hat einen Hangaround-Klub in Kiruna, und die Grenzpolizei glaubt, dass sie über Russland Alkohol und Kokain schmuggeln, aber bisher konnten sie nicht überführt werden. Außerdem hat der Klub Zweigstellen in Göteborg, Östersund, Kalmar, Gävle und Helsingborg. Und ein Mord kann, wie wir wissen, ein üblicher Schritt auf dem Weg zur Vollmitgliedschaft sein.«

»In den Verhörprotokollen lese ich, dass Patricia wiederholt Mikael um Geld angepumpt hat, um ihre Schulden zu begleichen, er aber konsequent abgelehnt hat«, sagte Maria

Sanchez. »Und weil Mikael keine Kinder hat, nehme ich an, dass sie ihn beerbt.«

»Konsequent gedacht«, lobte Granstam.

»Laut Patricias Fluglogg war sie in Malmö in der Nacht, als Henrik Borg starb«, stellte Tim fest. »Und eins unserer Vögelchen dort hat gesungen, dass Patricia auf ihren Flugreisen kleinere Mengen Koks schmuggelt und sich nebenbei bei einem Luxus-Escortservice was dazuverdient. Vielleicht hat sie versucht, ihre Schulden beim Klub abzuarbeiten mit einem Besuch bei ...«

»Nun reicht's mir aber mit den Spekulationen«, unterbrach Granstam ihn. »Ihnen dürfte klar sein, dass wir Patricia und die Brüder Lappanainen vernehmen müssen.«

Nathalie schaute hinaus aufs Laub im Kronobergspark. Sie fragte sich, ob sie die Person wäre, die nach Malmö und Ystad fahren durfte, und wenn ja, mit wem. Müsste sie die Mitglieder in einem MC-Klub verhören, dann hätte sie am liebsten Johan dabei.

»Noch eins ist wichtig, nämlich dass ein Zeuge beobachtet hat, wie ein schwarzer SUV um Mitternacht zu Mikaels Hof fuhr«, meldete Granstam sich noch einmal zu Wort. »Der Nachbar, ein Bauer in den Fünfzigern, war draußen bei den Kühen, als er den Jeep auf Mikaels Hof fahren sah. Der Bauer fand die Uhrzeit für einen Besuch merkwürdig, nahm aber an, es sei eine der vielen Damen, die Mikael immer besuchten.«

»Sprechen wir von Damen im Allgemeinen oder von Damen, die sich bezahlen lassen?«, fragte Maria Sanchez, und Nathalie meinte zu sehen, wie sich ihr Blick verhärtete.

»Macht mir nicht den Eindruck, als wäre er ein Mann gewesen, der diese Art von Dienstleistung nötig hatte.«

»Die Theorie ist also, dass der Mörder in seinem schwarzen Stadtjeep kreuz und quer im Land rumfährt, seine Opfer unter Drogen setzt, um sie dann mit einem Kissen zu ersticken?«, vergewisserte sich Nathalie und hörte den Zweifel in ihrer Stimme.

»Ich stelle lediglich Fakten vor«, sagte Granstam.

»Der Jeep stimmt mit der mutmaßlichen Zeit für Mikaels Tod überein, das heißt irgendwann zwischen Mitternacht und drei Uhr«, erklärte Tim und verschob den Computer, als die Sonne ihren Weg durch die niedrigen Fenster fand und ihn blendete.

»Sie müssen vorher Kontakt gehabt haben«, folgerte Granstam. »Es ist äußerst unwahrscheinlich, dass der Mörder im ganzen Land herumfuhr und es ihm gelungen sein soll, bei drei anscheinend zufällig ausgewählten Personen ins Haus zu schleichen, um sie dann im Schlaf umzubringen. Sowohl Henrik Borg als auch Mikael Tornerud wurden auch noch an recht entlegenen Orten ermordet.«

»Sehe ich auch so«, stimmte Nathalie ihm zu. »Wer von den Verdächtigen fährt einen schwarzen SUV?«

»Nur Rick Miller«, antwortete Tim. »Johnny und Jorma haben neben einigen Motorrädern jeder einen Lamborghini. Patricia Tornerud hat einen roten Ferrari.«

»Da kann man sich doch nur wundern, wie sie den finanziert«, gab Nathalie zu bedenken.

»Sollten wir die Wagen untersuchen?«, fragte Angelica.

»Wir warten ab, bis wir vor Ort beziehungsweise in der

Stadt sind«, entschied Granstam. »Sie hatten mehr als genug Zeit, sie zu putzen, und nach dem zu urteilen, was wir bisher rausgefunden haben, scheint der Mörder keine Spuren hinterlassen zu haben, also ist die Wahrscheinlichkeit, dass wir etwas finden, gering. Außerdem kann es von Vorteil sein, wenn sie mit den Autos fahren. Mit etwas Glück machen sie vielleicht was, wodurch sie auffliegen.«

Allgemeines Nicken um den Tisch von allen außer Angelica. Tim räusperte sich und ergriff das Wort: »Ich habe zwischen den Opfern keine Verbindungen gefunden. Sie haben nicht an einem Ort gewohnt, sind nicht in dieselbe Schule gegangen, sind nicht in denselben Vereinen oder Parteien gewesen und haben auch nicht zusammen Wehrdienst geleistet. Sie sind keine Freunde auf Facebook und folgen einander nicht auf Instagram, Snapchat oder anderen sozialen Netzwerken.«

»Wie hat dann der Mörder Kontakt zu ihnen aufgenommen?«, fragte Nathalie.

»Und was symbolisieren die Rosen?«, ergänzte Tim. »Laut der Gerichtschemie sind sie mit Tinte gefärbt worden, vermutlich haben sie die statt Wasser in sich aufgenommen.«

Da niemand etwas sagte, beantwortete Tim seine Frage selbst: »Blau bedeutet in der Blumensprache ›Ich bin dir treu bis in den Tod‹. Vielleicht ist es tatsächlich so banal.«

»Warum entscheidet man sich dann nicht gleich für eine Blume, die von Natur aus schon blau ist?«, stellte Maria Tims Theorie infrage.

»Und in welcher Hinsicht soll der Mörder treu gewesen

sein?«, fügte Nathalie hinzu. Sie betrachtete die Fotografie von Mikael Tornerud, die blassen Finger um die blaue Rose, das Gesicht wie eine Totenmaske. »Die Rose ist nicht nur eine Botschaft an die Opfer, sondern an uns.«

Alle sahen sie verständnislos an.

»Ich glaube, der Mörder wollte, dass wir hier sitzen und uns diese Fragen stellen. Und dass es nur eine Frage der Zeit ist, bis die Presse davon erfährt.«

»Jetzt komme ich zu Fall drei, danach gehen wir los und schnappen uns das Schwein«, schnaubte Granstam und blätterte im Ordner weiter.

Nathalie versuchte sich vorzustellen, wie jemand Mikael Tornerud mit einem Kissen erstickt hatte, konnte es aber nicht vor ihrem inneren Auge sehen. Gleichzeitig boten sich keine naheliegenden Alternativen an.

Ihre Gedanken schweiften zu Estelle und Erik ab. Sie waren in der Nacht zum Dienstag, als Mikael Tornerud starb, in Kiruna gewesen. Ein weiterer merkwürdiger Zufall des Lebens.

11

Östersund

Langsam und zielsicher drang er in sie ein. Sie stöhnte, als würde die letzte Luft aus ihr gepresst, und krallte sich krampfhaft in die zerknautschte Bettdecke. Er spürte, wie ihre Wärme ihn umschloss, spürte das Zittern von der Decke an seinen Knien und Füßen. In diesem Bett Sex zu haben, war, wie sich auf einer Wolke zu lieben; alles war weiß und weich und möglich.

»Ich liebe dich, Estelle«, sagte er.

»Und ... ich ... liebe ... dich ... Erik«, sagte sie mit einem Atemzug zwischen jedem Wort.

Anschließend lagen sie auf dem Rücken. Durch das Hotelfenster sahen sie den Storsjön im Sonnenschein glitzern und Frösön im Hintergrund. So sollte das Leben sein. Der Weg bis hierher war unvorhersehbar und gefährlich verlaufen. Zusammengebracht durch eine Entführung, die beide fast mit dem Leben bezahlt hätten, lagen sie jetzt nebeneinander in einem Hotelbett in Östersund. Erik steckten die vierundzwanzig Stunden Gefangenschaft noch im Körper wie ein schroffer Felsbrocken, der ihn ständig aus dem Gleichgewicht warf. Nachdem ihm weder Krisenintervention noch Tabletten geholfen hatten, fand er Trost und Lebensfreude bei Estelle. Er hoffte, dass sie am Ende seine Einladungen annahm, nicht nur als finanzielle Entlastung wegen der Scheidung von Robert, sondern weil sie ihn liebte. Das sagte sie zumindest immer.

Auf die Idee, an den kinderfreien Wochenenden freiberuflich zu arbeiten, war er gekommen. Estelle hatte Erik nach einigen Auseinandersetzungen mit Robert begleitet.

Borås, Ystad, Ånge, Partille, Visby, Norrköping und

Kiruna, es war fast immer spannend, an neue Orte zu kommen.

Er küsste ihre warme Stirn. »Ist es okay, wenn ich zuerst dusche?«

Sie sah ihn aus ihren blauen Augen an und nickte. »Ja, dann wird es wohl langsam Zeit fürs Abendessen, oder? Wann wollten wir uns mit Johan und Carolina treffen?«

»Um vier. Wir haben reichlich Zeit … für das eine oder andere.« Er lächelte und stand auf.

Sie blieb liegen. Fühlte sich weich und biegsam wie Seegras. Als die Dusche im Badezimmer rauschte, schloss sie die Augen. Immer wenn sie miteinander schliefen, tauchte in der letzten Zeit der Anblick des gut aussehenden Piloten am Tresen der Notaufnahme in Kiruna auf. Schneidig und charismatisch war er gewesen und hatte sich auf fast schon brutale Art in ihrem Bewusstsein festgesetzt. Anfangs hatte sie versucht, die Bilder auszublenden, musste aber bald feststellen, dass es sinnlos war. Normalerweise reagierte sie auf solche Männer nicht so, erst recht nicht, wenn sie noch kein Wort mit ihnen gesprochen hatte.

Sie sank in einen genüsslichen Halbschlaf. Wollte nichts weiter als nur sein. Empfand vollkommene Zufriedenheit und wollte nirgendwohin, kein Ziel war verlockender als der Ort, an dem sie sich in diesem Moment gerade befand.

Sie schlug die Augen wieder auf und begegnete Eriks Blick. Er kam übers ganze Gesicht lächelnd aus dem Badezimmer, ein Handtuch um die Hüften geschlungen.

»Hallo, meine Schöne, jetzt kannst du duschen. Oder schaffen wir es vorher noch einmal?«

Sie breitete die Arme aus und antwortete mit einem Lächeln. Als sie Erik empfing, sah sie nur ihn.

12

Stockholm

»Tina Eriksson, gerade sechsunddreißig Jahre geworden, wohnte mit ihrem Mann Thomas in einem Mietshaus im Göteborger Stadtteil Majorna«, leitete Granstam die dritte Runde ein.

Tim klickte die Fotografie von Tina an, auf der sie in einem Tanzsaal vor einem Spiegel stand. Nathalie betrachtete das ansteckende Lächeln, das hüftlange Haar, das ihre weiblichen Rundungen umspielte. Der gerötete Teint und die feuchte Stirn verrieten, dass sie gerade hart trainiert hatte. In ihrem Kopf hörte Nathalie den Titelsong der TV-Serie *Fame*, die sie und Estelle zu Hause im Hobbykeller in Sunnersta total begeistert verfolgt hatten.

»Tina und Thomas heirateten vor zwölf Jahren. Die Tochter Alice ist allerdings nicht Thomas' leibliche Tochter. Tina wurde auf einer Brasilienreise 1998 von einem Sambatrainer schwanger. Viele Jahre lang schlug sich Tina als alleinerziehende Mutter durch, wechselte zwischen verschiedenen Tanzjobs hin und her. Aber obwohl sie erfolgreich war und beim Vorausscheid für den Eurovision Song Contest und mit Künstlern wie E-Type und Ace of Base aufgetreten ist, haben ihre Stimmungsschwankungen und Depressionen dazu geführt, dass sie Probleme hatte, ihren Lebensunterhalt zu verdienen. Laut der Schwester war Tina das alles am Ende leid und nahm Thomas' Heiratsantrag an, um Sicherheit zu haben, als Alice in die Schule kam. Offenbar gab es eine Menge Streit in der Familie, vor allem zwischen dem hitzköpfigen Thomas und Alice.«

Das Bild von Tina Erikssons Leichnam erschien auf der Leinwand.

»Wie die beiden vorigen Opfer lag sie auf dem Rücken im Bett mit einer blauen Rose in den Händen«, berichtete Granstam.

Es wurde still, als alle das Foto betrachteten. Die offenkundige Ruhe, das genommene Leben, als hätte es nie existiert. Nathalie kam der Anblick so unwirklich vor, als betrachtete sie eine surreale Collage ihrer Mutter Sonja.

»Tina Eriksson wurde also heute Morgen um acht Uhr von ihrer Tochter Alice gefunden, als sie von einer Backpacker-Reise durch Südamerika zurückkehrte«, fuhr Granstam fort. »Sie und der Freund, mit dem sie auf Reisen war, hatten kein Geld mehr und kamen drei Wochen früher als geplant zurück. Weil es ihnen peinlich war, hatten sie sich bei ihren Eltern nicht angekündigt. Als Alice nach Hause kam, war die Wohnungstür angelehnt. Sie ging hinein und entdeckte ihre Mutter tot im Bett. Sie war so geschockt, dass sie fast in Ohnmacht gefallen wäre und sich übergeben hätte, dann versuchte sie nach eigener Aussage mehrere Minuten lang, sie durch Schütteln wieder zum Leben zu erwecken. Danach rief sie 110 an.«

»Wieder ist der Mörder nach dem gleichen Modus Operandi vorgegangen«, stellte Nathalie fest. »Hat sich nachts reingeschlichen und das Opfer mit einem Kissen erstickt. Eins der Opfer muss doch mal aufgewacht sein, oder?«

Granstam drückte von außen auf den Snus unter der Lippe: »Wie Sie sehen, liegt Tina Eriksson auf zwei Kissen. Zwei gleiche liegen auf der Bettseite ihres Mannes, aber sie sind unberührt. Wie in den beiden vorigen Fällen fehlen nur ihr Handy und Rechner. Die Rose ist dieselbe Sorte – Avalanche, glaube ich, heißt sie – und ist mit der gleichen Tinte gefärbt. Wir haben keine Zeugen, abgesehen von einem Nachbarn, der meinte, um ein Uhr nachts Lärm im Treppenhaus gehört zu haben. Leider ist der Mann schwerhörig und hatte sein Hörgerät nicht drin, diese Angaben sind also mit Vorsicht zu genießen.«

Granstam nahm die Portion Snus aus dem Mund und legte sie auf eine Serviette, die er in seiner riesigen Hand zerknüllte. »Wie Sie gelesen haben, unterscheidet sich dieser Tatort von den anderen beiden darin, dass es im Zimmer zu einem Kampf gekommen ist. Ein umgekippter Stuhl neben dem Bett und eine zerbrochene Vase, die wahrscheinlich auf dem Nachttisch gestanden hat.«

»Aber an Tina gibt es keinerlei Spuren von Gewalt, sie scheint dem Tod genauso still begegnet zu sein wie die anderen beiden«, stellte Angelica fest. »Und obwohl sie ihr halbes Leben mit Depressionen zu kämpfen hatte und etliche

Male mit Selbstmord gedroht hatte, gab es in der Wohnung nichts, was auf einen Suizid hindeutet.«

»Vielleicht gibt es ein echtes Motiv nur in Henrik Borgs Fall«, schlug Tim vor. »Und dann tötete der Täter Mikael und Tina, um uns in die Irre zu führen. Es ist doch schon vorgekommen, dass Mörder weitermachen, weil sie Geschmack am Töten gefunden haben ...«

Granstam bedachte Tim mit einem Blick, der ebenso erschöpft wie wütend war. »... zumindest in den USA«, fügte Tim vorsichtig hinzu.

»Ist Tina Erikssons Mann immer noch unauffindbar?«, fragte Nathalie.

»Ja«, antwortete Tim und klickte auf ein Passfoto von Thomas Eriksson.

Sieht kriminell aus, dachte Nathalie und musterte das längliche Gesicht, das abgesehen von der kräftigen Nase und dem spitzen Kinn flach war. Die Augen waren blau, der Blick stechend. Doch sie wusste, dass auch der sanftmütigste Mensch auf einem Passfoto geistesgestört wirken konnte. Wie so oft bei der menschlichen Wahrnehmung waren Äußerlichkeiten wichtiger als innere Werte.

»Thomas Eriksson, zweiundvierzig Jahre, fuhr letzten Freitag in seinem schwarzen Range Rover in einen spontanen Angelurlaub, also ungefähr einen Tag vor dem Mord an Henrik Borg. Auf dem Handy, per Mail oder über die sozialen Netzwerke ist er nicht zu erreichen. Die Göteborger Polizei überprüft gerade infrage kommende Bargeldabbuchungen, Blitzer, Straßenmautstellen, Krankenhäuser und Flughäfen. Laut Tinas Schwester hatten sich Tina und Thomas gestritten, und Thomas hatte gesagt, er wolle eine Woche weg, um in Ruhe nachdenken zu können.«

»Ist er immer abgehauen, wenn sie Streit hatten?«, fragte Maria Sanchez.

»Ja, das kam vor, aber er hat sich wenigstens jeden Abend gemeldet. Diesmal hat er es nicht ein einziges Mal getan, nach dem, was Tina ihrer Schwester erzählt hat. Die Schwester sagte auch, dass sie gestern Abend um sechs Uhr mit Tina gesprochen hat. Tina war traurig und machte sich wegen Thomas Sorgen und sagte, dass ihr Leben sinnlos sei. Aber weil sie so was ständig sagte, reagierte die Schwester nicht mehr darauf, sondern baute sie wie immer auf.«

»Interessant, dass er Tierarzt ist«, fand Nathalie. »Da weiß er einiges über Drogen und Arzneimittel.«

»Und fährt in seinem schwarzen Jeep rum und führt auf Trabrennbahnen im ganzen Land Lahmheitsuntersuchungen durch«, sagte Tim. »Ist auf dem Bellinga Hof bei Ystad, auf der Åby-Trabrennbahn in Göteborg, auf Lägersro in Malmö und sogar in Kurtakko in Finnland gewesen, was ungefähr auf demselben Breitengrad wie Kiruna liegt. Ich habe das Datum noch nicht rausgefunden, ist aber in Arbeit.«

»Wir haben ihn landesweit zur Fahndung ausgeschrieben«, schloss Granstam ab. »Es ist natürlich wichtig, dass sein Name nicht an die Medien durchsickert. Vor allem müssen wir ihn informieren, dass seine Frau tot ist.«

Granstam fuhr sich über die Glatze und dann übers Gesicht. Als er Nathalies Blick traf, sah er traurig aus, als strebten alle Linien in seinem Gesicht abwärts. Ihr war klar, dass er an den tragischen Tod seiner Frau dachte und an die Vorwürfe, er habe sie die Treppe hinuntergeschubst.

»Aber wenn er seine Frau ermordet hat, warum sollte er dann zuerst einen unserer größten Sportler umbringen und danach einen Piloten in Kiruna?«, wunderte sich Angelica laut.

»Um zu üben und abzulenken?«, schlug Tim vor und rückte mit dem Stuhl zurück, weil ihm die Sonne ins Gesicht schien. »Nachdem er die Ehefrau losgeworden war, bekam er Panik und beschloss, außer Landes zu fliehen.«

»Hört sich an, als hätten Sie zu viele Krimiserien geguckt«, fand Angelica und lächelte schief. »Ich halte Henrik Borg für den Schlüssel. Dass er durch Zufall von einem Serienmörder ausgesucht worden sein soll, ist genauso unwahrscheinlich wie dass Olof Palme von einem Fixer erschossen wurde.«

»Weil wir so wenig wissen, müssen wir uns alle Türen offenhalten«, sagte Nathalie in dem Versuch, Tim zu verteidigen. »Und wir haben es offenbar mit einem Mörder zu tun, der zu großen Opfern bereit ist. War einer der Eheleute Eriksson im selben Flieger wie Henrik Borg, Mikael Tornerud und die Brüder Lappanainen?«

»Nein, ihr gemeinsamer letzter Flug scheint im Juni vorigen Jahres nach Mallorca stattgefunden zu haben«, antwortete Tim.

Im Raum herrschte Stille. Nur das Rauschen der Klimaanlage war zu hören. Dann prallte eine Hummel dreimal gegen eine Fensterscheibe, die zum sattgrünen Kronobergspark hinausging.

»Wir machen das so«, sagte Granstam nach einer Weile. »Alle arbeiten eine Stunde an ihren Aufgaben, und dann sehen wir uns um vier Uhr wieder. Unser Großraumbüro nebenan steht wie immer zur Verfügung. Ich buche allen Tickets für morgen früh. Für mich und Nathalie nach Kiruna, für Tim nach Göteborg und für Maria und Angelica nach Malmö. Nutzen Sie die Zeit, um die verantwortlichen Kommissare zu kontaktieren, Sie finden die Nummern und Namen in den Ordnern.«

Tim biss sich auf die Unterlippe und warf Nathalie einen Blick zu. »Ist es nicht besser, wenn wir hierbleiben und zusammenarbeiten? Wir haben doch das ganze Material und können in Echtzeit Updates machen. Ich glaube, für diesen Fall ist es erforderlich, dass wir gemeinsam fortlaufend die Entwicklung diskutieren können.«

Granstam seufzte und verstaute seine Uhr wieder in der Tasche.

»Tim, Sie wissen sehr gut, wie wichtig die persönliche Übergabe ist.« Dann wandte er sich an Maria und fuhr in einem milderen Ton fort: »Das Besondere an unserer Arbeit in der Gruppe ist, dass wir immer von jemand anders die Untersuchung übernehmen. Darum müssen wir besonders aufmerksam und kritisch vorgehen. Oft schießt sich die örtliche Polizei auf eine bestimmte Spur ein und fängt an, die Fakten den Theorien anzupassen. Wenn man ausschließlich die Berichte liest, ist es im Großen und Ganzen kaum mehr möglich, noch etwas anderem auf die Spur zu kommen. Unsere persönliche Inaugenscheinnahme des Tatortes ist unverzichtbar, und am Ort des Geschehens versuchen wir zu spüren, zu sehen und zu hören. Liebe, Hass, Angst und Wahnsinn können in einem Polizeibericht nicht gemessen oder schriftlich festgehalten werden. Habe ich mich verständlich ausgedrückt?«

»Ja«, antwortete Tim, und alle anderen nickten.

»Also dann in einer Stunde«, beendete Granstam die Besprechung und stand auf.

13

Beim Verlassen des Besprechungszimmers hatte Nathalie das Gefühl, als wären sie der Lösung des Falles schon ein ganzes Stück näher gekommen. Aber solange sie nicht des Rätsels Lösung kannte, verließ sie sich nicht auf solche Ahnungen.

Im Flur legte ihr Granstam die Hand auf die Schulter. Wartete ab, bis die anderen ins Großraumbüro abgebogen waren und sah sie dann aus seinen großen braunen Augen an. Sie erinnerte sich noch viel zu gut an den Blick, mit dem er sie das letzte Mal gebeten hatte, ihm Sobril zu verschreiben. Diesmal wäre die Antwort ein unerschütterliches Nein.

»Gut, dass Sie kommen konnten, Nathalie. Wir brauchen Sie in der Gruppe.«

»Ich freue mich, dass ich hier bin«, sagte sie und spürte, wie seine Hand sie einen Zentimeter nach unten drückte, sodass sie fast auf gleiche Augenhöhe kamen.

»Ich habe schon mit dem zuständigen Kommissar in meiner alten Heimatstadt Kontakt aufgenommen, darum brauchen Sie sich also nicht zu kümmern«, fuhr Granstam fort. »Aber es ist gut, dass Sie dabei sind und die Dinge aus einem anderen Blickwinkel betrachten.«

»Ich werde mein Bestes geben«, meinte sie und streckte sich.

Granstam nahm die Hand weg. »Eins habe ich bei der Besprechung nicht erwähnt, einen Tipp, den ich heute Vormittag von einem Kollegen von der Drogenfahndung gekriegt habe. Nach seinen Worten soll die Schwester des Piloten, Patricia Tornerud, im vorigen Jahr mehrfach einen Geschäftsmann namens Claes Rintzlér auf Östermalm in Stockholm besucht haben. Rintzlér steht unter Verdacht, einen erlesenen Kundenkreis mit Kokain und Luxus-Escortpersonal zu versorgen, vor allem aus dem Ausland. Es gibt sogar eine Verbindung von Rintzlér zu den *Deadly Roses*.«

Granstam wippte auf seinen Lederschuhen, die er extra für seine breiten Füße hatte anfertigen lassen. »Nach Worten meines Kontaktmanns soll sich Rintzlér heute Abend um acht Uhr mit einem Geschäftsfreund aus Dubai im Operakällaren zum Abendessen verabredet haben. Die Frage ist, ob Sie hingehen und versuchen können, ihn über Patricia auszuhorchen? Wenn sich unsere Vorwürfe erhärten, dass sie wegen ihrer Spielsucht in Drogengeschäfte und Prostitution verwickelt ist, wird sie so für die Ermittlung noch interessanter.«

»Sie meinen, das beweist, wie verzweifelt sie ist?«

»Ja«, nickte Granstam. »Und verzweifelte Menschen begehen verzweifelte Taten.«

»Wie den eigenen Bruder umzubringen, um durch das Erbe der Schuldenfalle zu entkommen«, ergänzte Nathalie. »Aber welche Motive hätte sie in den anderen Fällen haben sollen?«

»Keine Ahnung, aber wir müssen mit dem arbeiten, was wir haben. Und meine Intuition sagt mir, dass das hier eine der Stellen ist, an der wir graben müssen. Patricia Tornerud hat Spielschulden bei den *Deadly Roses*, fährt aber trotzdem mit einem Ferrari durch die Gegend; von irgendwoher kriegt sie also Geld.«

»Was spielt sie?«

»Internet-Casino. Poker und Black Jack.«

»Okay, ich starte einen Versuch. Wann geht der Flieger?«

»Acht Uhr morgen früh. Terminal vier.«

»Sie meinen, ich soll einfach zu Rintzlér gehen und ihn fragen?«

»Ja«, nickte Granstam. »Rintzlér ist ein Fisch, der nur schwer ins Netz geht. Diese Geschäftsessen sind eine der seltenen Gelegenheiten, bei denen er sich unters Volk mischt, und er lädt seine Begleitung vor dem Abendessen normalerweise immer auf einen Drink an die Opernbar ein. Außerdem interessiert er sich für ... wie soll ich mich ausdrücken?« Granstams Augenlider flackerten. »... schöne Frauen?«

Nathalie zog die Augenbrauen hoch.

»Ich meine, er wird keine Szene machen und Sie abweisen, wenn Sie sich ihm nähern und eine diskrete Frage stellen.«

Sie überlegte. Die Kinder waren bei Sonja untergebracht, und sie wollte ohnehin in ihrem Appartement in der Artillerigatan nach dem Rechten sehen. Und die Erleichterung, dass Granstam nicht nach noch mehr Sobril gefragt hatte, verlieh ihr positive Energie.

»Okay, ich mache einen Versuch«, sagte sie. »Haben Sie ein Foto von Rintzlér?«

»Natürlich, kommt per Mail. Danke, dass Sie dazu bereit sind«, schloss Granstam und schlurfte auf die Toiletten zu.

Nathalie ging am Großraumbüro vorbei. Tim arbeitete am Computer, Maria und Angelica saßen einander zugewandt und unterhielten sich mit ernsten Mienen. Nathalies Magen knurrte und erinnerte sie daran, dass sie nur sechs Sushi-Stücke zu Mittag gegessen hatte. Im Pausenraum verdrückte sie eine Banane und trank ein Glas kaltes Wasser. Die Ikea-Uhr an der Wand zeigte Viertel nach drei. Heute geht Gabriels Fußballlager zu Ende, dachte sie und rief Sonja an.

»Ja, hallo, meine Liebe, ich gucke hier gerade deinem Sohn beim Fußballspielen zu. Er kickt wie ein Gott!«

Wie gewohnt horchte Nathalie in der Stimme ihrer Mutter nach Anzeichen von Weinkonsum, hörte aber nichts dergleichen. Sonja hatte in den letzten drei Monaten dreimal die Suchtberatung besucht (behauptete jedoch, sie sei den ganzen Sommer einmal pro Woche dort gewesen), Nathalie hatte nämlich Sonjas Patientenunterlagen aufgerufen und nachgeschaut, obwohl das illegal war.

»Gut, ich fliege morgen früh nach Kiruna, bin aber nur ein, maximal zwei Nächte weg. Zur Abschlussveranstaltung im Ferienlager der beiden bin ich also garantiert wieder zurück, ist das in Ordnung für dich?«

»Hm«, antwortete Sonja in einem dieser überraschenden Gemütsumschwünge, die so typisch für sie waren. »Ich habe dir und Estelle nicht verziehen, dass ihr nicht zur Beerdigung eures Vaters gekommen seid.«

»Ich weiß«, seufzte Nathalie. »Uns tut es deinetwegen leid. Aber du weißt, warum wir nicht hingegangen sind, und ich will jetzt nicht drüber reden.«

»Und vergiss nicht, dass du versprochen hast, Montagabend meine Collagen zu Bror Hjorth zu fahren! Außerdem musst du sie eine Woche später wieder abholen.«

»Versprochen, aber jetzt muss ich arbeiten. Danke, Mama!«

Sie beendete das Gespräch und ging auf die Tür zu, blieb aber stehen, als sie das geschwungene Ledersofa sah. Es stand vor der heißen Augustsonne geschützt im Schatten, und durch ein offen stehendes Fenster darüber wehte Wind herein. Sie setzte sich und nahm sich den Ordner mit den Fotos der drei Opfer vor. Ihr Blick blieb an den weißen Rosen hängen, die mit blauer Tinte gefärbt worden waren.

Warum?

Der Gedankenfluss lief träge, und trotz der Kühle unter dem Fenster war ihr heiß. Sie fragte sich, aus welchem Grund Johan abgelehnt hatte. Konnte nicht schaden, sich bei ihm zu erkundigen, dachte sie und fischte ihr Handy heraus.

»Hallo«, antwortete Johan nach ein paar Klingeltönen. »Wie läuft's bei euch?«

»Wir haben gerade den ersten Durchlauf hinter uns. Morgen fliege ich mit dem Walross nach Kiruna. Es geht um drei sehr merkwürdige und widerliche Morde. Hast du das Material bekommen?«

»Ich gucke es mir tatsächlich gerade an. Das hat keinerlei Ähnlichkeit mit den Fällen, mit denen ich früher schon mal zu tun hatte.«

»Du fehlst hier.«

»Ich wäre gern dabei gewesen, aber du weißt ja, wie das ist ... Wir sind im Hotel in Östersund, meine Großmutter liegt mit Lungenentzündung im Krankenhaus, und ich und Carolina wollen auf die Feier zum vierzigsten Geburtstag eines Freundes.«

Es herrschte eine Weile Schweigen. Nathalie sah zwei Polizeiwagen mit Blaulicht südwärts auf die Polhemsgatan abbiegen, die Fensterscheiben waren aber so dick, dass sie die Sirenen nicht hörte.

»Die blau gefärbten Rosen müssen der Schüssel sein«, nahm Johan an. »Sie sind eine deutliche Botschaft. Der Mörder weiß, dass sie früher oder später richtig gedeutet werden. Komisch, dass die Presse bisher nicht reagiert hat. Jetzt kommt Carolina, ich muss Schluss machen, aber wir hören wieder voneinander.«

Die Verbindung wurde unterbrochen. Nathalie stand vom Sofa auf und begab sich ins Großraumbüro an ihren Platz zwischen Tim und Granstam.

14

Um zwei Minuten nach vier war die Gruppe wieder im Besprechungsraum versammelt. Tim Walter stand am Whiteboard, auf das er eine minutiös genaue Zeitachse und eine Mindmap gezeichnet hatte. Auf die Leinwand rechts von der Tafel wurde ein Foto von Henrik Borg im Trikot der Nationalmannschaft projiziert. Entschlossener blauer Blick unter weizenblondem Haar, stolz angehobenes Kinn und ein athletisch gewölbter Brustkorb, der jeden Ball herunterholen konnte.

»Wir machen ein schnelles Update«, begann Granstam, nachdem er sich eine Portion Snus genehmigt hatte. »Und wir fangen mit Henrik Borg an, den Tim schon in sämtlichen Datenbanken gesucht hat.«

Tim lächelte nervös und setzte sich schleunigst auf seinen Platz.

»Maria und ich haben eine Menge ermittelt«, leitete Angelica ihre Wortmeldung ein und trommelte mit den schwarz lackierten Fingernägeln auf den Tisch. »Wir haben ein paar kleine Durchbrüche, beginnen aber mit einigen bekannten Informationen.«

»Wir haben allen Polizeibezirken eine Mail mit der Bitte geschickt, die Blumenhändler in ihren Städten zu befragen, ob ihnen jemand aufgefallen ist, der weiße Rosen gekauft und sich irgendwie ungewöhnlich verhalten hat«, fuhr Maria Sanchez fort. »Die Chance ist natürlich gering, aber weil die Rosen für die Botschaft des Mörders eine zentrale Rolle spielen, müssen wir es versuchen.«

»Bezüglich der Tinte haben wir nichts unternommen«, meldete sich Angelica wieder. »Man kann lediglich sagen, dass sie in jedem x-beliebigen Geschäft für Bastelbedarf gekauft worden sein kann.«

Den Ellenbogen auf den Tisch gestützt ließ Granstam die Hand ungeduldig kreisen.

»Die Untersuchungen an den Tatorten in den jeweiligen Schlafzimmern wurden ausgeweitet, bisher aber ohne aufschlussreiche Erkenntnisse«, fuhr Angelica fort, die sich von der Geste ihres Chefs offensichtlich nicht aus dem Konzept bringen ließ.

»Die Zeugen, die in den beiden ersten Fällen die schwarzen Jeeps und das Motorrad in Henriks Fall sahen, haben dem nichts mehr hinzuzufügen«, schob Maria ein. »Wir haben das Foto von den SUVs des Agenten beziehungsweise des Göteborgers per Mail geschickt, aber die Zeugen können nicht sagen, ob sie eins dieser Modelle gesehen haben.«

Nathalie sah Granstams Zornesfalte auf der Stirn und konnte ein gewisses Maß an Schadenfreude nicht leugnen. Maria Sanchez war eine junge Frau, die sich im Außendienst bestimmt hervorragend bewährt hatte; nun aber eiferte sie Angelica in ihrem umständlichen Stil der Berichterstattung nach. So hatte Granstam sich das bestimmt nicht vorgestellt, als er Maria eingestellt hatte.

»Wir haben auch landesweit an alle Autovermietungen

eine Anfrage geschickt«, fuhr Angelica fort. »Es besteht schließlich die Möglichkeit, dass der Mörder den Wagen gemietet hat, und so viele schwarze SUVs kann es auf dem Leihwagenmarkt schließlich nicht geben.«

»Manchmal lohnt es sich, mit Schrot auf Spatzen zu schießen«, meinte Granstam und lehnte sich so nach hinten, dass die Rückenlehne an dem zierlichen Stuhl aus lasierter Birke knackte.

»Ich habe mit Henriks Freundin Emma Schoyen gesprochen«, fuhr Maria mit der gleichen Selbstsicherheit fort, die sie schon die ganze Zeit ausgestrahlt hatte. »Sie ist zu Hause bei ihren Eltern in Oslo. Sie trauert natürlich und wurde nervös, als ich ihr den Grund meines Anrufs nannte. Sie bestätigte, dass sie zum letzten Mal mit Henrik um zehn Uhr an dem Abend gesprochen hat, an dem er starb. Er versuchte sie zu überreden, nicht Schluss zu machen, aber sie sagte, dass sie es tun müsse, um ihn vor Johnny zu schützen. Offenbar hatte Henrik gesagt, dass er vor niemandem Angst habe und dass man am Lauf des Schicksals nichts ändern könne. Emma wurde stutzig bei der Äußerung über das Schicksal. Nach ihren Worten behauptete Henrik sonst immer, dass man selbst für seinen Erfolg sorgen muss. Er verließ sich normalerweise auf niemanden und hielt nichts, wie so viele andere Sportler, von abergläubischen Ritualen vor den Spielen.« Maria legte eine Pause ein, um einen Schluck Wasser zu trinken. »Am Ende des Gesprächs verabredeten sie, dass sie am nächsten Morgen wieder telefonieren wollten. Laut Emma schaffte sie es wegen der fehlenden Zeit nicht, mit ihm ernsthaft Schluss zu machen, und jetzt ist ihr erst durch Henriks Tod richtig klar geworden, dass sie ihn wirklich geliebt hat.«

»Und in unserem geliebten Nachbarland hat sich die Presse rund um die Uhr vor Emmas Elternhaus eingenistet«, ergänzte Angelica. »Es gibt Zeitungsaufmacher und Überschriften über Emmas Auftritte in *Paradise Hotel* und ihre Beziehung zu Henrik.«

»Was sie natürlich noch mehr zur Verzweiflung bringt«, erklärte Maria und tauschte mit Angelica ein übereinstimmendes Nicken.

»Ist das nicht der Grund, warum man in einer Soap mitspielt?«, grinste Tim unter seiner Baseballcap. »Weil man Schlagzeilen machen will?«

»Abschließend kann ich berichten, dass Johnny Lappanainen Emma mehrmals kontaktierte, sie aber nur antwortete, sie wolle in Ruhe gelassen werden«, meldete sich Angelica wieder zu Wort. »Ich habe mit allen drei Gerichtsmedizinern gesprochen. Henrik wurde ja vier Tage vor seinem Tod einem Dopingtest unterzogen, und ich habe in dem Bericht über Mikael Tornerud gelesen, dass er einen Mückenstich in der linken Armbeuge hatte ...« Sie ließ den Blick über die Gruppe schweifen und schaute schließlich Granstam in die Augen. »Natürlich hat der Mörder die Opfer höchstwahrscheinlich mit den Kissen erstickt, aber er oder sie kann auch etwas injiziert haben, zum Beispiel in Henriks Fall in einen alten Einstich.«

»Und in den Mückenstich in Mikaels Fall«, fügte Maria hinzu.

Granstam zwirbelte nachdenklich den Schnäuzer. »Hört

sich schwieriger an, als das Kissen zu nehmen. Der Stich von einer Spritze dürfte wohl die Opfer geweckt haben.«

»Nicht, wenn sie unter Drogen standen«, widersprach Angelica.

»Was waren das für Nahrungsergänzungsmittel, die man in Henriks Ferienhaus gefunden hat?«, fragte Nathalie.

»Kreatin-Kapseln und Magnesium«, antwortete Angelica. »Kreatin steigert das Muskelwachstum und die Ausdauer, aber weil es ein körpereigenes Hormon ist, wird es nicht als Doping eingestuft. Magnesium ist ein Mineral, das für das Knochengerüst und die neuromuskuläre Funktion wichtig ist. Viele nehmen es ein, um Muskelkrämpfen vorzubeugen. Womöglich war das der Grund, warum Henrik es geschluckt hat, er hatte doch Probleme mit Muskelzerrungen.«

»Weiß man, wo er es gekauft hat?«

»Ja«, antwortete Tim. »In seiner Brieftasche lag eine Quittung. Danach kaufte er die Dosen vor drei Wochen im Reformhaus Life am Stortorget in Ystad zum Preis von 398 Kronen. Übrigens eine kleine Summe im Vergleich dazu, dass in Schweden Naturheilmittel für 2,8 Milliarden im Jahr verkauft werden.«

»Abgesehen davon werde ich Henrik morgen früh persönlich untersuchen. Danach komme ich dann noch mal auf die Theorie mit den Einstichen zurück«, meldete sich Angelica wieder zu Wort.

Maria Sanchez machte Anstalten, die Hand zu heben, bremste sich aber und sagte: »Ich habe mit Henriks Eltern gesprochen. Ich wollte wissen, ob sie oder Henrik wegen ihrer Flüchtlingsunterkünfte Drohungen erhalten, aber sie sagten, dass nichts weiter los sei als die üblichen Verrückten und Trolle. Jedenfalls habe ich mir vorgenommen, das genauer zu überprüfen.«

»Gut«, sagte Granstam, »und was ist nun mit Ihren Durchbrüchen?«

»Wir können mit dem hier anfangen«, sagte Maria. Das Foto von Henrik Borg wurde durch das von einem Mann und einer Frau in einem Straßencafé ersetzt. Sie saßen vorgebeugt an einem Tisch und machten den Eindruck, als amüsierten sie sich prächtig. Er trug einen Anzug, sie eine lila Bluse mit einer silbern schimmernden Halskette. Das Foto war zwar aus fünfzig Metern Entfernung aufgenommen worden, aber es bestand kein Zweifel, um wen es sich dabei handelte.

»Agent Rick Miller und Patricia Tornerud!«, sagte Granstam. »Wann und wo zum Kranich war das?«

»Im Bistro vom Moriska Paviljong in Malmö am 25. Mai in diesem Jahr«, antwortete Maria. »Verdeckte Ermittler waren vor Ort, weil es Gerüchte gab, dass Johnny Lappanainen mit einem Dealer Geschäfte machen würde, aber keiner der Männer kam. Stattdessen tauchte Rick Miller auf. Nach ein paar Drinks, die ihr auf dem Tisch seht, verließen er und Patricia das Restaurant. Wir wissen nichts Näheres über das Treffen, aber in Verbindung mit den Verdachtsmomenten, dass Patricia Kokain schmuggelt und für einen Escortservice arbeitet, ist es natürlich von Interesse.«

Granstam bedachte Nathalie mit einem vielsagenden

Blick. Sie verstand, dass er an das Gespräch dachte, das sie vor Kurzem geführt hatten, und nickte.

»Es gibt übrigens auch mehrere Fotos von Rick Miller mit Johnny Lappanainen aus dem vorigen Jahr, die ihn an verschiedenen Orten in Malmö zeigen«, fuhr Maria fort. »Und als ich deren Beziehung mit dem Finanzamt abklären wollte, habe ich erfahren, dass sie als Besitzer von drei Firmen in der Baubranche eingetragen sind. Es gibt also Verbindungen zwischen den beiden, die darüber hinausgehen, dass Rick der Agent von Johnnys Bruder ist.«

»Außerdem ist uns das Gerücht zu Ohren gekommen, dass es beim Konflikt zwischen Rick und Henrik um mehr ging als nur um den Streit im Hotel Savoy über den Vertrag mit Milan«, sagte Angelica.

»Scheint es nicht abwegig, dass Rick seine eigene Cashcow umgebracht haben soll?«, wandte Tim ein.

»Vielleicht entwickelte sich Henrik nicht zu der Cashcow, wie sich Rick das vorgestellt hatte«, vermutete Maria. »Es scheint ja mit Milan Ärger gegeben zu haben, und in der letzten Zeit hatte Henrik Probleme mit einer Zerrung im Schenkel. Die Zukunft sah vielleicht nicht ganz so rosig aus, wie Miller sich das gewünscht hatte.« Sie fuhr sich übers nach hinten gekämmte Haar, das immer schwärzer zu werden schien, je mehr die Nachmittagssonne durch die Fenster schien. »Aber besonders wichtig ist die Verbindung zu den *Deadly Roses*. Johnny hatte Rick vielleicht irgendwie in der Hand. Aus Wut, dass Henrik ihm die Freundin ausgespannt und Jormas Berufung in die Nationalmannschaft behindert hatte, zwang er vielleicht Rick, Henrik zu töten.«

»Always follow the money«, sagte Tim und senkte die Stimme am Ende des Satzes, als er merkte, was für eine Plattitüde er gerade von sich gegeben hatte.

»Rick Miller rief, eine Minute bevor er 110 wählte, eine unterdrückte Nummer an«, fuhr Maria fort. »Also hat er bei den Vernehmungen gelogen.«

»Es ist keine wilde Spekulation, dass er Johnny angerufen hat«, fügte Maria hinzu.

»Gute Arbeit!«, nickte Granstam. »Morgen können Sie Rick ordentlich in die Zange nehmen. Zweifellos ist das Netz aus Verbindungen um Henrik Borg am dichtesten.«

»Maria und ich fliegen heute Abend nach Malmö«, verkündete Angelica. »Die von der Fahndung glauben, Johnny hält sich im Klubhaus auf, Jorma ist zu Hause und tankt Kraft fürs nächste Spiel, Rick Miller ist in Kopenhagen und kommt morgen um ein Uhr nach Hause.«

»Nathalie und ich fliegen morgen früh nach Kiruna«, teilte Granstam mit. »Es hat sich rausgestellt, dass Patricia zum Zeitpunkt der Todesfälle immer in den betreffenden Städten war, sie hat kein Alibi und beerbt ihren Bruder in einem Gesamtwert von schätzungsweise sieben Millionen Kronen. Und offenbar war sie stinksauer auf Mikael, weil er seiner Ex-Frau und nicht ihr mit Geld aushalf.« Er hakte die Daumen in seine Lederweste ein. »Die Verbindung zu Henrik haben wir schon besprochen, aber wie in den anderen Fällen haben wir keine Verbindung zu Tina Eriksson in Göteborg gefunden. Ferner habe ich mit dem Coach der Tre Kronor gesprochen. Er bestätigt, dass die Beziehung von Henrik und Jorma unterkühlt war, konnte aber nichts Näheres sagen. Und ihm ist weder vor noch auf oder nach dem Flug nach Göteborg was Besonderes aufgefallen.«

»Patricia arbeitet in Östersund, landet aber morgen früh um zehn Uhr in Kiruna«, teilte Nathalie mit. »Dann vernehmen wir sie sofort.«

Tim drückte den Rücken durch und sagte um Autorität bemüht, die er nicht besaß: »Ich habe rausgefunden, dass der Ehemann Thomas Eriksson zu den Zeitpunkten der Morde Aufträge in allen betreffenden Städten hatte. Also noch eine Person mit einer Gelegenheit, aber hier fehlt uns das Motiv. Thomas und sein schwarzer Range Rover sind nach wie vor verschwunden, aber jeder Polizeidistrikt im Land hat das Foto und das Autokennzeichen. Ich fliege morgen früh nach Göteborg und werde den Nachbarn zum Lärm im Treppenhaus befragen.«

»Gut, Sie alle wissen, was Sie zu tun haben«, sagte Granstam und erhob sich. »Abstimmen per Videokonferenz heute Abend um neunzehn Uhr, ansonsten melden wir uns wie üblich per Gruppen-SMS.«

Nathalie war schon aufgestanden. Als sie sich bei ihrer Ungeduld ertappte, ging ihr durch den Kopf, dass Johan längst aufgebrochen wäre.

15

Patricia fing Johnnys Blick im Handy ein. Sogar auf dem

schlechten Facetime-Bild brachten seine eiskalten blauen Augen sie zum Frösteln.

»Jetzt habe ich die Ware abgeliefert.«

»Ich weiß. Hab gerade einen Bericht bekommen. Ich ziehe den üblichen Betrag von den Schulden ab.«

Sie nickte. Überlegte, was sie sich vorgenommen hatte zu sagen, und versuchte an Johnnys Miene abzulesen, wie sie am besten vorgehen sollte. Obwohl sie andere Menschen gut einschätzen konnte, war sie bei ihm vollkommen ratlos. Und das lag nicht nur an der körnigen Bildauflösung. Vielleicht lag es am gepunkteten Tattoo ums Auge oder vielleicht an den angespannten Kiefermuskeln oder vielleicht an der weißen Narbe auf seiner Nase.

Bevor sie etwas sagen konnte, fragte er mit seiner netten, etwas hohen Tonlage, die er manchmal anschlug: »Was Neues über deinen Bruder?«

»Nein, die Polizei scheint nach wie vor zu glauben, dass er sich das Leben genommen hat.«

Sie warf einen Blick aus dem Hotelfenster, sah, wie die Autos auf der Frösöbrücke hin und her fuhren, ehe sie Johnny wieder anguckte.

»Ich habe von den Schlaftabletten erzählt, und die Obduktion ist immer noch nicht abgeschlossen. Aber vielleicht hat die Polizei trotzdem was in der Hinterhand.«

»Was meinst du damit?«, fragte Johnny verärgert und fuhr sich über den rasierten Schädel. Sie stellte fest, dass er nicht im Büro war, wie sie gedacht hatte, sondern draußen auf der Straße stand. Im Hintergrund war Verkehrslärm zu hören, und zwischendurch konnte man Fetzen des blauen Himmels erahnen.

»Heute Vormittag hat dieser Kommissar wieder angerufen und Fragen gestellt. Ich hatte das Gefühl, die wissen mehr, als sie durchblicken lassen.«

Johnny zündete sich eine Zigarette an, sog Leben in die Glut.

»Du weißt, was du sagen sollst. Wie sieht es mit dem Erbe aus?«

»Auch darüber weiß ich nicht mehr.«

Johnny kratzte sich auf der tätowierten Flamme am Hals und grinste schief.

»Gut, dass du bei deinem Brüderchen nicht mehr um Geld betteln musst, was?«

Ruhig und ohne eine Miene zu verziehen, suchte sie angestrengt nach den passenden Worten. Dass das Erbe ihre Schuldenprobleme lösen würde, wagte sie nicht zu glauben. Und aufhören zu spielen konnte sie nicht. *Wollte* sie nicht. Die Hoffnung auf den großen Gewinn war ein stärkerer Antrieb als die Angst.

»Ich weiß was, das dich interessieren wird«, sagte sie und gab sich Mühe, einigermaßen unbeteiligt zu klingen.

Johnnys Augen funkelten. Er hob eine Augenbraue und zog an der Zigarette.

»Was?«

»Etwas, das Rick mir kürzlich erzählt hat«, fuhr sie fort.

Johnny stieß den Rauch aus, wartete ein paar Sekunden, bis er verflogen war und sie sich wieder deutlich sahen.

»Erzähl!«, befahl er.

»Wie du weißt, ist Rick immer noch verrückt nach mir, er ruft mehrmals am Tag an.«

»Komm zur Sache!«

»Mache ich. Aber zuerst will ich, dass du mir versprichst, von den Schulden zehntausend abzuziehen.«

Johnny lächelte, schüttelte schweigend den Kopf.

»Du bist echt kein Stück unverschämt.«

»Es geht um Henrik«, sagte sie, um nicht den Mut zu verlieren. Johnny erstarrte, hielt das Mobiltelefon näher ans Gesicht und musterte sie.

»In einer Stunde bin ich mit Rick verabredet«, erklärte sie. »Ich glaube, er erzählt mir mehr als dir.«

Sie schluckte, überkreuzte in dem Hotelsessel die ausgestreckten Beine und dachte nach. Rick hatte ihr erzählt, dass er nicht in Kopenhagen war, wie er bei der Polizei ausgesagt hatte, sondern mit dem Auto im Norden unterwegs war, um wichtige Geschäfte zu regeln. Auch Johnny war auf einer seiner vielen Reisen. Fragen war ausgeschlossen. Dann wäre die Chance auf einen weiteren Schuldenerlass verpufft, noch ehe sich ihr überhaupt eine geboten hatte.

Sollte sie wirklich verraten, was Rick ihr anvertraut hatte? Das könnte gefährlich werden. Er würde mitkriegen, dass sie das ausgeplaudert hatte. Doch, redete sie sich gut zu. Rick hatte selbst Schuld. Und sie konnte es sich nicht leisten, auf zehntausend Kronen zu verzichten. Sie streckte sich im Sessel aus.

»Nein, er wird dir kein Wort verraten. Er hat dich nämlich belogen ... über Henriks Tod.«

Johnny starrte sie lange an, ohne sich etwas anmerken zu

lassen. Da sie den Mund nicht aufmachte, zog er ein weiteres Mal an der Zigarette und stieß drei Ringe aus.

»All right! Wenn du Infos hast, die meiner Meinung nach relevant für mich sind, ziehe ich die zehn Riesen von den Schulden ab. Raus damit!«

Sie schluckte, spürte, wie sie heiße Wangen bekam.

»Er behauptet, dass du Henrik umgebracht hast, das aber leugnest und sagst, Rick hätte es getan ...«

Ihr Mund war trocken, und sie musste einen Schluck Wasser trinken. »Rick behauptet, du hast es getan, als du im Ferienhaus warst und Henrik bedroht hast.«

»Was redest du da für einen Scheiß?«, spuckte Johnny die Worte aus.

»Rick behauptet, er hätte mitgespielt, damit er diese Filme kriegt, die du hast ...«

Sie verstummte, sah Ricks aufgeregte Augen vor sich, spürte diesen Griff um den Hals, mit dem er sie immer packte.

Johnnys Augen verengten sich zu schmalen Schlitzen.

»Warum hat er dir das erzählt?«

»Ich glaube, er hat Gefühle für mich. Echte. Er will wohl nicht, dass ich ihn für einen Mörder halte.«

Johnny schnaubte und schnipste die Zigarette weg.

»Gut, dass du mir das erzählt hast, Patricia. Richtig, richtig gut.« Er stand eine Weile schweigend da und stierte vor sich hin.

»Aber du musst wissen, dass ich diesem verfickten Henrik Borg kein Haar gekrümmt habe. Kein einziges Scheißhaar! Hörst du, was ich sage?«

»Ja«, antwortete sie beim Einatmen. Sie wusste nicht, was sie glauben sollte. Entweder log Rick oder Johnny, fragte sich nur, wer von beiden.

»Und du darfst der Polizei natürlich kein Wort von unserem Gespräch erzählen. Bewirf gern Rick mit Dreck, aber sag nichts, was mit mir in Verbindung gebracht werden kann, kapiert?«

»Klar.«

Johnny warf einen Blick auf seine Rolex und lächelte Patricia dann an.

»Ich glaube, da gibt es jemanden, dem eine Lektion erteilt werden muss.«

16

Östersund

»Wir genehmigen uns doch noch einen Drink, solange wir warten, oder?«

»Unbedingt. Wir müssen es ausnutzen, dass wir einen Babysitter haben.«

»Was willst du trinken?«

»Einen Strawberry Daiquiri, aber den kann ich auf der Karte nicht finden.«

»Dann schlage ich vor, dass du auch einen Whisky nimmst.«

Carolina verzog das Gesicht. Johan lächelte sie an, suchte Blickkontakt zum Barkeeper und gab die Bestellung auf. Drei Minuten später wurden ihnen die Gläser mit dem erdbeerfarbenen Drink und dem achtzehn Jahre alten bernsteinfarbenen Maltwhisky in klirrendem Eis serviert.

»Hast du eigentlich den Brei eingepackt?«, fragte Carolina.

»Ja, und Alfred wird bei Marielle bestimmt schlafen können. Er ist tougher, als du glaubst.«

Behutsam legte er Carolina die Hand auf die Schulter. Das taubenblaue Kleid betonte ihre Augenfarbe, und das frisch geföhnte Haar kitzelte seine Haut. Sie war wirklich schön. Warum war er so rastlos? Konnte er nicht endlich einmal einsehen, wie gut es ihm ging?

»Wenn wir Tarzan morgen früh abholen, können wir ihn wieder mit zu Rosine nehmen, bevor wir nach Hause fahren«, schlug sie vor. »Außerdem habe ich ein superschönes Haus in Haga gesehen, das perfekt für uns wäre. Am Montag ist Besichtigung, und ich dachte, da könnten wir hingehen.«

Noch ehe Johan antworten konnte, hörte er Eriks Stimme, die das Gemurmel an der Hotelbar übertönte: »Hier steckt ihr Turteltauben also!«

Erleichtert, auf Carolinas Besichtigungsvorschlag nicht eingehen zu müssen, drehte Johan sich zum Eingang um. Erik und Estelle kamen Arm in Arm auf sie zu. Er in einem hellgrauen Anzug, sie in einem himbeerfarbenen Kleid mit gleichfarbigen Schuhen.

»Da sprichst du wohl von dir«, konterte Johan und stellte sich hin, »oder von *euch*, sollte ich vielleicht sagen.«

Erik umarmte ihn und danach Carolina. Johan nahm Estelle in den Arm, und Carolina gab ihr die Hand.

»Schön, dich kennenzulernen«, sagte Estelle. »Ich habe von meinem diskreten Kavalier viel Gutes über dich gehört.«

»Danke, gleichfalls«, lächelte Carolina.

»Wie war es in Kiruna?«, fragte Johan.

»Schön«, antwortete Erik. »Oder, Estelle?«

»Im Bergwerk haben wir uns wohlgefühlt«, stimmte sie zu. »Schoben Patienten hin und her, dass es eine Freude war.«

»Und morgen wollt ihr schon wieder zurück?«, erkundigte sich Carolina.

»Ja«, antwortete Erik. »Das Gesundheitswesen hat genauso wenig Pause wie die Polizei.«

Erik sah Carolina an, dass ihr dieser Spruch gar nicht gefiel. Schnell fragte er, was Estelle trinken wolle, und bestellte dann zwei Gläser Champagner. Nachdem sie angestoßen hatten, sagte Carolina: »Aber Johan hat tatsächlich Elternzeit genommen. Als heute Morgen der Chef der Profilergruppe anrief, hat er die Mitarbeit abgelehnt.«

»Muss der Fall sein, an dem Nathalie gerade arbeitet«, vermutete Estelle. »Sie haben offenbar den Verdacht, dass Henrik Borg nur ein Opfer von vielen ist, mehr weiß ich nicht.«

Aber ich, dachte Johan. Das Material, das Granstam geschickt hatte, war wirklich ein verlockender Köder. Es war unprofessionell von Nathalie, den Fall ihrer Schwester gegenüber zu erwähnen, aber es war vermutlich nur eine Frage der Zeit, bis es an die Presse durchsickerte. »Hat von euch schon mal jemand eine Fahrt auf der Thomée gemacht?«, fragte er, um das Gesprächsthema zu wechseln.

»Nein«, antwortete Erik und legte das rechteckige Paket, das er unter dem Arm trug, auf den Bartresen. »Aber ich habe ein Buch über das Boot aufgestöbert. Leider besteht die Gefahr, dass Kenneth es schon hat. Aber als ordnungsliebender Mensch lege ich natürlich die Quittung dazu.«

»Klar«, sagte Johan. »Wir haben eine Flasche von dem Whisky, den ich gerade trinke, gekauft – einen achtzehn Jahre alten MacAllan.«

»Whisky dürfte er garantiert viel geschenkt bekommen, aber soviel ich gehört habe, will er bestimmt keinen umtauschen«, lächelte Estelle.

Johan erwiderte das Lächeln. Mit ihren feinen Gesichtszügen, ihrem blonden Haar und den exotisch schräg stehenden blauen Augen sah Estelle ihrer Schwester überhaupt nicht ähnlich, aber die Schönheit war bei beiden deutlich ausgeprägt. Die Situation war unbestreitbar merkwürdig. Hier stand Erik mit seiner neuen Freundin, und Johan dachte an ihre Schwester, obwohl er mit Carolina seit Monaten endlich einmal wieder eine richtige Verabredung mit Erwachsenen hatte.

Weiter scherzend, fröhlich und laut plaudernd tranken sie ihre Drinks aus. Erik warf einen Blick auf die Uhr und sagte: »Jetzt ist es zehn vor. Zeit zu gehen.«

»Ja, um halb sieben fährt das Boot ab, oder?«, sagte Johan. »Ich muss die Einladung im Krankenhaus vergessen haben.«

»Das Gedächtnis des Herrn Kommissars funktioniert so gut wie eh und je«, witzelte Erik und klopfte Johan auf die Schulter.

Die Abendsonne schien von einem blauen Himmel. In den Straßencafés auf dem Stortorget wimmelte es von Menschen. Sie gingen ein Stück den Marktplatz hinunter, blieben stehen und schauten sich um.

»Weißt du noch, wie wir hier standen und uns die Rede vom Präsidenten anhörten, als du gerade den Terroranschlag der Jamtlands Drabanter verhindert hattest?«, wollte Erik wissen und legte Johan genau wie damals den Arm um die Schulter.

»An dem Tag, an dem ich das vergesse, bin ich schlimmer dran als meine Oma«, antwortete Johan.

»So schlimm steht es um sie?«, fragte Erik und ließ ihn los.

»Sie wird immer vergesslicher, und ich wohne ja zu weit weg, um ihr zu helfen.«

»Verstehe. Aber wenn ich Rosine richtig einschätze, dann hält sie die Ohren steif. Außerdem besuchen wir sie gern, bevor wir morgen abfliegen. Passt es, wenn wir um neun Uhr kommen?«

»Darüber würde sie sich bestimmt freuen.«

Draußen vor der Eingangstür zum Storsjöteater blieb Erik stehen und zeigte auf einen schwarzen SUV, der mit dem Bug zum Marktplatz geparkt war.

»Ich spiele mit dem Gedanken, mir so einen zu kaufen.

Das ist ein Chrysler Pacifica. Ein Modell aus dem vorigen Jahr, der ist doch super, oder?«

»Sieht geräumig aus«, meinte Johan.

»Ein richtiges Familienauto«, fand Carolina und lächelte Erik vielsagend zu.

»Guck nicht mich an, guck ihn an«, sagte Erik und nickte zu Johan. Durch Carolinas Blick genötigt, ging Johan weiter. »So einen schwarzen SUV fährt der Täter in dem Fall, an dem ...«

Er biss sich auf die Zunge, wütend auf sich, weil er sich verplappert hatte.

»... Nathalie gerade arbeitet«, ergänzte Estelle den Satz. Um die Sache aus der Welt zu schaffen, nickte Johan schnell zustimmend.

»Seltsam«, fuhr Estelle fort. »Erik, erinnerst du dich an den Jeep, der vor der Notaufnahme in Kiruna falsch geparkt hatte? War das nicht auch so ein großer schwarzer SUV?«

»Doch«, bestätigte Erik. »Manchmal begreift man einfach nicht, was die Leute sich dabei denken.«

Johan blieb stehen. »Was ist passiert?«

»Wir warteten auf einen Krankenwagen, der mit einem Patienten mit Herzstillstand ankam«, erklärte Estelle. »Und ein schwarzer SUV stand genau da, wo die Ambulanzfahrzeuge immer halten. Erik schrie den Fahrer an, dass er sich vom Acker machen solle.«

»Und das tat er dann auch.«

»Oder sie, wir konnten nicht sehen, wer am Steuer saß.«

»Wie lief es für den Patienten?«, fragte Carolina.

»Er hat's überstanden«, antwortete Estelle. »Dank dieses

fähigen Arztes hier«, fuhr sie fort und zog an Eriks Arm, sodass sie gemeinsam einen Schritt zur Seite machten.

Sie blieben an der roten Ampel auf der Strandgatan stehen. Blinzelten in die Abendsonne und sahen die Thomée am Kai im Badhuspark liegen, wo sich etliche Menschen in festlicher Abendgarderobe versammelt hatten.

»Wann war das?«, fragte Johan.

»Das war wohl letzten Montagabend?«, antwortete Estelle.

»Ja, an unserem ersten Abend im Bergwerk«, bestätigte Erik.

In der Nacht, als Mikael Tornerud ermordet wurde, dachte Johan.

»Ihr müsst die Profilergruppe anrufen und ihnen das sagen«, forderte er nachdrücklich, als es grün wurde und sie die Straße überquerten.

Erik sah ihn forschend an.

»Ich kann auf die Gründe nicht näher eingehen, aber ihr müsst mir versprechen, dass ihr noch heute Abend Nathalie davon erzählt.«

»Klar, aber dann muss es ja was mit dem Fall der OFA zu tun haben, oder?«, hakte Estelle nach.

»Weißt du, wie viele von solchen SUVs es gibt?«, fragte Erik. »Auch in einer relativ kleinen Stadt wie Kiruna ...«

Johan hielt Erik am Arm fest und verhinderte so, dass er auf den Fahrradweg trat. Ein Mann in einem neonfarbenen Ganzkörperanzug schoss an ihnen vorbei, als ginge es um Leben und Tod. Der Luftzug streifte sie, und Johan schrie ihm wütend hinterher.

»Verfluchter Vollidiot«, stimmte Erik ihm zu. »Danke, Johan, du hast mich davor bewahrt, den Abend in der Notaufnahme zu verbringen.«

Die Thomée tutete dreimal, und sie sahen bauschige Rauchwolken in den strahlend blauen Himmel aufsteigen.

»Wir müssen uns beeilen«, meinte Estelle und zog Erik mit sich über die Eisenbahnschienen.

»Dieses Schiff dürfen wir nicht verpassen«, sagte Carolina und nahm Johans Hand.

Er folgte ihr, in Gedanken weiterhin mit dem Fall beschäftigt. Was machten jetzt Nathalie und die Gruppe?

17

Rick Miller ließ die Scheibe seines Jeeps Grand Cherokee herunter und fragte sich, wo Johnny steckte. Der Parkplatz hinter der Autowerkstatt, wo sie sich verabredet hatten, war leer, abgesehen von zwei weißen Lieferwagen und einem rostigen Saab. Man hörte nur das Rauschen der Stadt in der Ferne und den Lärm eines Bohrers, der hinter einem der nahen Werkstatträume hin und wieder losdröhnte.

Er holte ganz tief Luft und spitzte die Ohren. Nein, weder ein Motorrad noch ein Auto näherte sich. Es sah Johnny nicht ähnlich, unpünktlich zu erscheinen. Rick überlegte, ob er ihn anrufen sollte, aber sie hatten vereinbart, so wenig Kontakt wie möglich zu haben. Das war jetzt wichtiger denn je, weil die Kriminalpolizei sie morgen verhören wollte. Zum Glück hatten sie ihm die Lüge abgekauft, dass er nun in Kopenhagen war, und Johnny war es wohl wie immer gelungen, sich unterm Radar zu bewegen.

Gestresst warf Rick einen Blick aufs Handy. Jetzt war Johnny schon zwölf Minuten überfällig. Das war nicht gut. Sein Zeitplan war eng getaktet, und für Verspätung war kein Platz.

Henrik war tot. Johnny hatte immer noch die Filme. Zwei Probleme, die er lösen musste. Er sah Henrik vor sich, spürte an den Fingern noch die Kälte der blassen Stirn.

Sollte er Johnny eine SMS schicken? Nein. Obwohl er zwei verschiedene Handys mit Prepaidkarte besaß, war das Risiko zu groß.

Er hatte die Kontrolle und war gewieft. Das war sein Markenzeichen und sein Erfolgsrezept.

Er sah ihn, bevor er ihn hörte. Ein schwarzer SUV bog um die Ecke der Tischlerwerkstatt. Rick ließ die Scheibe hochfahren und hob die Hand an die Brusttasche, wo er die Pistole trug.

Die Sonne schien auf die Windschutzscheibe des SUV, und er konnte nicht erkennen, ob eine oder mehrere Personen darin saßen. Der Kies knirschte unter den Reifen, als das Auto näher rollte. Es gab keinen Zweifel, dass der Wagen zu Rick unterwegs war. Rick parkte allein in einer Ecke, und es waren noch etliche Parkplätze frei.

Sein Puls schlug in seinem Hals. Er zog den Reißverschluss seiner Jacke auf, sodass er schnell nach der Pistole greifen konnte. Der SUV fuhr einen Bogen und hielt zehn Meter vor ihm.

Die Fahrertür wurde geöffnet. Ein großer Mann mit Vollbart und schwarzer Sonnenbrille, der die Klubweste mit der roten Rose trug, setzte seine metallbeschlagenen Stiefel auf den Kies und stieg aus.

Rick atmete aus und nahm die Hand von der Pistole. Das war Thunder, einer von Johnnys Leibwächtern.

Warum kamen sie mit dem Auto? Es musste daran liegen, dass Johnny die Fahrt geheim halten wollte.

Rick öffnete die Tür, stieg aus und begrüßte ihn. Zu seinem Erstaunen trat Thunder an sein Auto und überprüfte, ob Rick allein im Wagen saß, forderte ihn dann sogar auf, den Kofferraum zu öffnen.

Was sollte das? Vertraute Johnny ihm nicht mehr?

Dann kehrte Thunder wieder zum SUV zurück und nickte zur hinteren Scheibe. Langsam ging die Tür auf.

Johnny stieg aus, richtete seine einhundertneunzig Zentimeter zu voller Höhe auf und blickte sich um. Danach nagelte er Rick mit seinem Blick fest. Die Härte in den hellblauen Augen war deutlicher als sonst, die Pupillen schwärzer als die Tätowierung um sein Auge.

Rick war sofort klar, dass diese Verabredung nicht so verlaufen würde, wie er es sich vorgestellt hatte. Aber es gab immer eine Alternative, und er war der Richtige, um sie zu finden. Wie immer wartete er ab, bis Johnny anfing zu reden. Das war eine Regel, eine von Johnnys Herrscherstrategien. Rick ließ ihn gewähren. Dem Gegner einfache Zugeständnisse zu machen, um dann später die wichtigsten

Dinge selbst in die Hand zu nehmen, war eine der Methoden, die er anwandte, um seinen Willen durchzusetzen.

»Wir haben nicht viel Zeit«, begann Johnny und machte einen Schritt auf Rick zu, sodass dieser die Schwingung spürte, die immer von Johnnys Körper ausging. »Hast du mit Jorma Fortschritte gemacht?«

»Ja, die Bayern sind eindeutig interessiert. Ich gehe vor wie immer.«

»Das ist gut«, fand Johnny, sah aber kein bisschen zufrieden aus. »Hat sich Emma bei dir gemeldet?«

Rick schüttelte den Kopf und fragte dann: »Hast du die Filme entsorgt?«

»Nein.«

»Warum nicht? Der Auftrag ist doch ausgeführt. Henrik ist tot, und außerdem habe ich hinter dir aufgeräumt. Wo ist das Problem?«

Johnny drehte sich zu Thunder um und grinste, dass sein Goldzahn aufblitzte. Der Bohrer dröhnte noch infernalischer als vorher. Und ein schwarzer Vogel flog über ihre Köpfe. Johnny schaute Rick wieder an, und das Lächeln erlosch. Als der Bohrer verstummte, sagte er: »Du.«

»Wie meinst du das?«

Seine Stimme war dünner als sonst, und in den Adern am Hals pulsierte es.

»Das Problem«, sagte Johnny. »Das bist *du*.«

»Verstehe ich nicht.«

»Das verstehst du sehr gut. Warum behauptest du, dass ich Henrik umgebracht habe? Offiziell bin ich nicht mal in der Nähe vom Ferienhaus gewesen, kapiert?«

Tausend Gedanken wirbelten durch Ricks Kopf. Patricia musste ihr Versprechen des absoluten Stillschweigens gebrochen haben. Wie konnte sie nur?

»Okay«, sagte er und rang sich ein Lächeln ab, das aber nur zu einer Grimasse geriet, genauso unecht wie sein angenommener Name. »Aber ich habe es auch nicht getan. Er war schon tot, als ich da ankam.«

Johnny spuckte in den Kies und ging einen Schritt näher auf Rick zu.

»Warum lügst du? Willst du, dass ich diese Filme hochlade, oder worauf willst du eigentlich hinaus?«

Johnny wollte also, dass Rick die Schuld auf sich nahm? Aber klar doch, alles Mögliche nur für die Filme.

Alles Scheißmögliche.

Gerade als er sich damit einverstanden erklären wollte, sah er Johnnys Faust in der Luft. Der Schmerz auf der Nase folgte unmittelbar. Er fiel nach hinten um, spürte, wie Johnny über ihm war, sah seine Stiefel und fühlte den Kies, der sich in seine Wange drückte.

Johnny drehte ihm die Arme auf den Rücken und beugte sich so nahe zu ihm, dass Rick den Zigarettenrauch in seinem Atem roch.

»Wenn du mich noch mal verarschst, kill ich dich. Kapiert?«

Rick wollte nicken, aber sein Kopf war zwischen Johnnys Knie und dem Boden eingezwängt.

Mit der letzten Luft, die er noch in den Lungen hatte, keuchte er: »Es tut mir leid. Ich versprech's. Du kennst doch meine Gefühle für Patricia. Und sie ist bei so was sehr empfindlich.«

»Schnauze!«

Der Druck auf den Boden nahm zu, und Rick spürte, dass seine Haut auf dem Wangenknochen aufriss.

»Mir ist klar, dass du anderen die Schuld in die Schuhe schieben willst, weil die Polizei uns verhören wird«, keifte Johnny, »aber wir machen das so, wie wir es abgemacht haben. Keinem passiert was, wenn wir uns an den Plan halten.«

»Ja, klar.«

»Jetzt reden wir nicht mehr über Henriks Tod. Kapiert?«

Rick blinzelte und hoffte, dass das als Antwort reichte. Er wollte nicht sterben. Und Johnny konnte es sich kaum leisten, auf ihn zu verzichten. Sicher konnte er sich da natürlich nicht sein. Johnny hatte schon bedeutend verrücktere Dinge angestellt.

18

Stockholm

Nathalie schob die Haustür zur Artillerigatan 32 auf. Mit der sorgfältig gepackten Tasche fürs Handgepäck in der einen und der Einkaufstüte vom Nobelkaufhaus NK in der anderen Hand stieg sie die Treppe in den zweiten Stock hoch. Sie hatte das Einzimmerappartement von zweiundzwanzig Quadratmetern an dem Tag gekauft, als sie die Scheidung eingereicht hatte, und es nicht eine Sekunde bereut. Sie hob die Post auf, in der sich neben Werbung und einer Stromrechnung das Hochglanz-Stadtteilmagazin »Älskade Östermalm«, »Geliebtes Östermalm«, befand. Zu ihrem Erstaunen sah sie, dass das Titelblatt der bekannte Finanzmann zierte, den sie Anfang Juni nach einer feuchtfröhlichen Nacht im Sturecompagniet, dem bekanntesten Nachtclub Schwedens, mit nach Hause genommen hatte.

Sie zog sich aus und ging unter die Dusche. Anschließend packte sie die neuen Kleider aus. Weil sie ein paar Stunden totschlagen musste und ihr noch Granstams Worte in den Ohren klangen, dass Claes Rintzlér schöne Frauen mochte, hatte sie sich mit Louise im NK verabredet. Zuerst hatten sie sich ein Glas Wein gegönnt, und Louise hatte aufgeregt erzählt, dass Frank eine neue Frau kennengelernt hatte, die »nicht älter als fünfzehn sein konnte«. Nathalie hatte geantwortet, dass sie verstehe, wie sie sich fühle, war aber gleichzeitig erleichtert. Die Neuigkeit bedeutete hoffentlich, dass Frank aufhören würde, sie damit zu nerven, dass er sich mit ihr treffen wolle.

Auf das Plauderstündchen war das Shopping gefolgt. Louise war eine großartige Beraterin in Geschmacksfragen. Das stellte Nathalie wieder einmal fest, als sie ein tief ausgeschnittenes pfirsichfarbenes Maxikleid mit gepolsterten Körbchen anprobierte. Die Spaghettiträger kreuzten sich auf dem Rücken perfekt und verliehen ihrer gebräunten

Haut, die sie bewusst ohne BH sonnte, damit keine sichtbaren Streifen entstanden, eine warme Note.

Sie schlüpfte in die schwarzen Ledersandaletten, zog die Lippen mit einem satinmatten Stift nach und sprayte sich mit Diors Pure Poison ein; dabei kam sie sich wie das Plus-Size-Model vor, dem sie nach Meinung anderer angeblich ähnlich sah. Louise konnte ihr den Buckel runterrutschen mit ihrem Freundschaftspreis fürs Lippenaufspritzen und Fettabsaugen. Sie schnappte sich ihre Handtasche, schloss sorgsam die Wohnungstür ab und ging die Artillerigatan hinunter zu Nybroviken.

Sie hatte bei dem Auftrag Bedenken. Selbst wenn Rintzlér wider Erwarten zugab, dass er Patricia kannte. Wenn sie sich bei einem Escortservice oder durch Kokainschmuggel nebenbei Geld dazuverdiente, machte sie das nicht zu einer Serienmörderin. Natürlich konnte sie ein Motiv gehabt haben, ihren Bruder zu töten, und durch ihre Verbindung zu Rick Miller rückte auch Henrik Borg mit in den Fokus. Aber sie hatten keine Verbindung zu Tina Eriksson in Göteborg gefunden. Und warum sollte Patricia blaue Rosen auf den Opfern hinterlassen?

Granstam war jedoch bekannt als »das Walross, das den ganzen Eisberg sah«, und wenn seine Intuition sprach, dann musste man einfach gehorchen.

In der Opernbar saß das übliche Publikum aus Geschäftsmännern, ein paar abgehalfterten Schauspielern, einem Opernstar und einem halben Dutzend Frauen zwischen dreißig und sechzig, die meisten so sommerlich elegant gekleidet wie Nathalie. Claes Rintzlér war nirgends zu entdecken. Sie suchte sich einen Platz am hinteren Ende der Bar und bestellte ein Glas Chablis beim Barkeeper, der sie diskret begrüßte, als er sie wiedererkannte.

Inzwischen war es fünf vor acht geworden, und Rintzlér ließ sich immer noch nicht blicken. Nathalie hatte ihre Mails mehrmals gecheckt, die Dating-App besucht, und der Wein war jetzt fast ausgetrunken. Würde er vielleicht nicht kommen?

In dem Moment, als sie hochguckte, betrat Claes Rintzlér die Bar in Begleitung eines dunkelhäutigen Herrn im Anzug. Wie ein Mann von Welt lächelnd ließ Rintzlér den Blick schweifen und fing rasch Nathalies ein, ehe er beim Barkeeper seine Bestellung aufgab. Nathalie erinnerte er an Gérard Depardieu, aber ohne das herzliche Charisma des Schauspielers.

Während sie noch darüber nachdachte, setzte sich ein blond gelockter Mann in den Fünfzigern neben sie, sodass er zum Teil die Sicht auf Rintzlér verdeckte.

»Entschuldigung, aber sind wir uns nicht schon mal begegnet?«

Meine Güte, fiel dem denn keine bessere Anmache ein?

»Nicht, dass ich wüsste, und ich warte auf jemanden.«

Der Mann zog die Augenbrauen hoch und lächelte charmant.

»Vielleicht kann ich Sie bis dahin ja unterhalten?«

»Nein, ich möchte eine Weile allein sein und Wein trinken«, widersprach sie, so freundlich sie konnte. Aus den Augenwinkeln sah sie, wie der Barkeeper Rintzlér die Drinks servierte.

»Okay, ich sitze da hinten, falls Sie Ihre Meinung ändern«, sagte der Mann und zeigte auf einen Ledersessel an einem Tisch bei einem Fenster zum Kungsträdgården. Als er genauso geräuschlos abzog, wie er aufgetaucht war, warf Nathalie Rintzlér einen Blick zu und erntete ein breites Grinsen als Antwort. Offenbar gehörte er zu der Sorte Mann, die es gewohnt war, ihren Willen zu bekommen.

Hoffentlich kann ich das für mich nutzen, dachte Nathalie und leerte ihr Glas. Rintzlér verstand die Geste. Eine halbe Minute später kamen er und sein Gast zu ihr.

»Schönes Kleid«, lobte er, als wüsste er, dass es neu war. »Sie haben gerade meinen Preis gewonnen: Die schönste Kreation des Abends«, fuhr er im gleichbleibend selbstsicheren Ton fort. »Der Gewinn besteht aus einem Glas Champagner.«

»Kalt, trocken und gratis?«, konterte sie.

»Selbstverständlich«, antwortete Rintzlér und stellte sich und seinen Begleiter Mr Kahlili vor. Nathalie beschloss, sich Isabelle zu nennen, ein Alias, das sie hin und wieder im Internet verwendete. Sie unterhielten sich eine Weile über dies und das. Mr Kahlili war geschäftlich in der Stadt, und sie wollten bald ein Abendessen von der Feinschmecker-Speisekarte des Operakällare zu sich nehmen und herausfinden, ob das Restaurant den Stern im Guide Michelin verdient hatte.

Nach zehn Minuten ergab sich die Gelegenheit, auf die Nathalie gewartet hatte. Mr Kahlilis Handy klingelte, und er zog sich ins Entré zurück. Sie beugte sich zu Rintzlér vor und flüsterte: »Patricia kommt bald her. Vielleicht möchten

Sie und Ihr Gast sich nach dem Abendessen ein bisschen amüsieren?«

Rintzlér zuckte zusammen. »Sie kennen Patricia?«

Eins zu null, dachte Nathalie und bekam Herzklopfen.

»Ja, hat sie mich nie erwähnt?«

Claes Rintzlér lächelte und fuhr sich durchs nach hinten gegelte Haar.

»Nein, wirklich nicht.«

»Wir arbeiten manchmal zusammen, aber sie ist ja nicht so oft in der Stadt.«

»Viel zu selten.«

»Sie sollte hierherziehen. Hier gibt es die Jobs, die ihr helfen können, die Spielschulden abzubezahlen ...«

»Wie sagten Sie noch, heißen Sie mit Nachnamen?«

»Svensson. Was halten Sie davon? Wir können hier auf sie warten, während Sie essen.«

»Haben Sie einen Ausweis? Ich muss wissen, ob Sie die sind, für die Sie sich ausgeben.«

Jetzt war sie aufgeflogen, hatte aber indirekt die Bestätigung bekommen, dass Patricia für einen Escortservice arbeitete. Zeit für Stufe 2. Der Einfachheit halber ging sie nicht auf Details über ihren Auftrag bei der OFA ein. »Sie haben recht, ich gehöre zu keinem Escortservice, sondern arbeite für die Polizei. Wollen Sie immer noch meinen Ausweis sehen?«

Er blickte sich in der Lokalität um und schüttelte dann den Kopf.

»Wenn Sie meine Fragen beantworten, dann läuft das hier ohne viel Aufsehen ab«, fuhr sie fort. »Wenn nicht, werden meine Kollegen Sie zum Verhör ins Polizeigebäude bringen, und dann versäumen Sie ein leckeres Abendessen.«

Um eine Chance zu haben, mehr aus ihm herauszukitzeln, musste sie Rintzlér angreifen, solange er noch unvorbereitet war.

»Ich weiß, wer Sie sind und dass Sie Ihre Rechte kennen«, fuhr sie fort und beugte sich näher heran. »Aber hier geht es nicht um Sie, sondern um eine Mordermittlung, in der Patricia eine Rolle spielt. Wir brauchen die Bestätigung, dass sie wirtschaftlich in der Klemme steckt und zu drastischen Mitteln greift, um an Geld zu kommen.«

»Davon weiß ich nichts, ich muss jetzt gehen.«

Rintzlér rückte seinen Schlips zurecht und stand auf. Sie sah keinen anderen Ausweg, als einen langen Sermon wie aus einem billigen Krimi abzusondern: »Wenn Sie die Angaben hier und jetzt nicht bestätigen, dann schlagen wir in Ihren Firmen zu und drehen jeden Stein um. Das wollen weder Sie noch ich, also lassen Sie uns das hier ohne großen Aufstand hinter uns bringen: Arbeitete Patricia für Sie? Wir haben Fotos, wie sie zu und aus Ihrer Wohnung in der Grevgatan kommt.«

Rintzlér machte ein offensichtlich betretenes Gesicht. Als Mr Kahlili im Entré erschien, gab Rintzlér ihm ein Zeichen, dort zu warten. Dann sah er wieder Nathalie an und sagte leise: »Okay, sie hat für mich gearbeitet, und sie hatte Spielschulden. Mehr sage ich nicht.«

»Hatte sie Schulden bei Ihnen?«

Ein resolutes Kopfschütteln.

»Wissen Sie, bei wem sie Schulden hatte?«

Neues Kopfschütteln, diskreter.

»Kennen Sie Rick Miller?«, fuhr sie fort.

»Wer ist das?«

»Johnny Lappanainen?«

Rintzlérs Gesichtszüge verhärteten sich.

»Ich weiß, wer das ist, aber mehr nicht.«

»Ist es möglich, dass Patricia etwas mit ihm zu tun hat?«

»Das müssen Sie sie fragen.«

»Hat sie irgendwann Henrik Borg erwähnt?«

Claes Rintzlér zog seine Visitenkarte aus der Sakkotasche. »Jetzt muss ich gehen, rufen Sie gern mein Büro an, wenn Sie noch mehr wissen wollen.«

Er überreichte ihr die Karte und verließ die Bar. Nathalie blieb mit dem halb vollen Champagnerglas allein zurück. Sie schickte eine SMS an Granstam, bekam aber keine Antwort. Sie überlegte, ob sie Johan anrufen sollte, erinnerte sich aber wieder, dass er auf einer Feier zu einem vierzigsten Geburtstag war und wahrscheinlich gerade zu Abend aß.

Die Uhr in der Bar zeigte zwanzig nach acht. Was sollte sie machen? Louise war mit ihrem Bücherklub beschäftigt, und hier sitzen zu bleiben, war keine gute Idee bei dem Gedanken an den bevorstehenden Tag.

Draußen war die Temperatur um ein paar Grad gesunken, doch der Augustabend war noch immer warm, als sie unter den Ulmen flanierte, für deren Erhalt ihre Mutter gekämpft hatte, als sie gefällt werden sollten. Sie wählte Sonjas Nummer. Als niemand abnahm, versuchte sie es bei Tea.

»Hallo, Mama, wir bekommen ein Geschwisterchen!«

Nathalie blieb mitten auf dem Kiesweg stehen.

»Was sagst du da?«

»Papa hat es beim Skypen erzählt! Tilde ist schwanger, Mama!«

Sie nahm ihre Umgebung kaum noch wahr. Sie sah nur noch das Wasser im Molin-Springbrunnen.

»Wie schön«, hörte sie sich sagen.

»Wir wissen nicht, ob es ein Bruder oder eine Schwester wird, aber es kommt im März!«

»Hat Papa das jetzt erzählt?« Das Wasser im Springbrunnen glitzerte, und sie konnte sich noch immer nicht rühren.

»Ja. Er und Tilde sind in Malmö angekommen. Das ist doch super, Mama!«

»Ja, wirklich. Weiß Oma das schon?«

»Nein, nur Gabbe und ich. Und du natürlich! Aber ich werde es ihr gleich erzählen!«

»Okay, aber geht bald ins Bett. Hab dich lieb! Und grüße Gabriel, und sag ihm, dass ich ihn auch liebhabe.«

Sie legte auf. Sie hätte es nicht ertragen, wenn sie auch noch Gabriels Begeisterung über die Neuigkeit hätte anhören müssen.

Verfluchte Scheiße! Wie lange waren sie zusammen? Das erste Mal hatte sie Tilde draußen vor dem Sozialamt bei der abschließenden Verhandlung über den Sorgerechtsstreit gesehen. Und das war am 7. Mai gewesen. Vor drei Monaten und einem Tag. Håkan hatte drei Jahre lange gezögert, bevor er bereit für ein Kind mit Nathalie gewesen war.

Sie atmete tief ein, gefühlt zum ersten Mal nach langer Zeit. Es tat weh. In der Brust, im Herzen, in jeder Zelle.

Jetzt wollten die Kinder bestimmt noch häufiger bei Håkan sein. Sie würden ein Geschwisterchen bekommen, dessen Mutter nicht sie war. Würden eine Familie werden, von der sie ausgeschlossen war.

Die Beine trugen sie zurück zur Bar. Der blond gelockte Mann saß noch auf seinem Platz. Sie setzte sich zu ihm.

Zwei Stunden und drei Gläser Wein später lagen sie in ihrem Bett.

Immer wieder ließ sie ihn in sich, bis sich ihre Gedanken und Gefühle verflüchtigt hatten.

19

Östersund

So leise wie möglich erhob er sich aus dem Sessel und stellte sich ans Fußende des Bettes. Betrachtete Carolinas friedliches Gesicht und lauschte ihrem gleichmäßigen Atem. Er beneidete sie um ihren tiefen Schlaf. Er war im Schlaf so unruhig, wie er sich am Tag fühlte, vor allem wenn er gerade keinen Fall zu bearbeiten hatte. Mit dem Laptop unter dem Arm verließ er das Zimmer.

Das Fest war nett gewesen, aber es war ihm schwergefallen, nicht an die Fälle mit den blauen Rosen zu denken. War seine Absage die richtige Entscheidung gewesen?

Ja. Jetzt waren Carolina und Alfred an der Reihe. Aber

das hinderte ihn nicht daran, wenigstens einen kurzen Blick auf die merkwürdigen Todesfälle zu werfen. Mit diesem Vorsatz ließ er sich in der Hotelbar nieder, bestellte einen Cappuccino und klappte den Rechner auf. Es war halb eins. Ein halbes Dutzend anderer Gäste saß vereinzelt herum, aber er kannte niemanden von ihnen. Er steckte sich die Kopfhörer in die Ohren, drückte auf Bachs *Goldberg-Variationen*, für die Erik ihn begeistern konnte, und öffnete den Ordner, den Granstam ihm geschickt hatte.

Die Bilder von den drei Opfern ähnelten sich, was die Ruhe in den Gesichtern, die Hände um die Rosen und darüber hinaus auch die Schlafzimmer betraf. Aber schließlich glichen sich die meisten Schlafzimmer. Wie Hotelzimmer. Das Bett dominierte, ein Möbelstück, ein Stuhl und ein Nachttisch mit einer Uhr und vielleicht einem Buch.

Die Leichname lagen da, in Bettdecken gehüllt. Keine Spuren von Widerstand. Johan beugte sich vor, schaute sich die Gesichter genauer an.

Wie, warum und von wem? Die Ermittlung war in keiner der Fragen einer Lösung näher gekommen. Dann hätte Nathalie sich gemeldet. Oder hatte Granstam ihr gesagt, sie solle es lassen? War man nicht dabei, dann war man eben nicht dabei.

Er schlürfte den Schaum vom Cappuccino und wischte sich mit dem Handrücken den Mund ab.

Was war die Botschaft? Warum diese großen geografischen Entfernungen? Versuchte der Mörder auf diese Art etwas mitzuteilen? Wenn ja, dann war es ihm nicht gelungen. Die Medien hatten nicht eine Zeile darüber veröffentlicht.

Darum wirst du bald wieder zuschlagen. Der Zwang, der dich antreibt, wird mit jedem Opfer stärker. Oder liege ich da vollkommen falsch?

Johan schaltete die Musik aus, schloss die Augen und lauschte in sich hinein, um eine Antwort zu finden. Doch er hörte nur das Gemurmel an der Bar. Stattdessen holte er das Handy heraus und schrieb Nathalie eine SMS.

Ihm fiel der Kuss im Hotel in Uppsala wieder ein und wie er sie abgewiesen hatte. Gefühle regten sich in ihm, aber er hatte sich richtig verhalten.

Carolina und Alfred. Das war's. Jetzt und für viele künftige Jahre. Er schickte die SMS ab.

> Bin wach und denke über den Fall nach. Wenn du wach bist, ruf gern an, sonst hören wir uns morgen.

Nach einer halben Minute meldete sie sich. Er spürte das Blut in seinen Adern.

»Ich bin auch wach, schön, dass du dich meldest«, begann sie. »Seid ihr auf dem Fest?«

»Nein, im Hotel. Carolina ist gerade eingeschlafen, ich bin in der Lobby«, antwortete er und setzte sich auf ein Sofa, wo ihn niemand außer höchstens dem Rezeptionisten hören konnte.

»Wo bist du?«, fragte er.

»Zu Hause, fliege morgen früh nach Kiruna.«

»Ist was Neues passiert? Ich sitze hier und lese in dem Ordner von Granstam.«

»Ich habe gerade mit ihm gesprochen«, sagte Nathalie, und Johan meinte das Schlagen einer Kirchturmuhr zu hören. Nathalie wohnte doch auf dem Land? »Der Ehemann des Göteborger Opfers, Thomas Eriksson, und sein Jeep sind noch immer nicht geortet worden. Der Agent Rick Miller ist in Kopenhagen, aber darüber haben wir nur seine Aussage, auch dass er morgen Nachmittag nach Malmö kommt. Patricia Tornerud ist in Östersund, ich glaube sogar, dass sie im selben Hotel wohnt wie du. Sie fliegt morgen nach Kiruna.«

»Wie sieht sie aus?«

»Ich schicke dir ein Foto.«

Nathalie erzählte von der Begegnung in der Opernbar. Am Ende des Berichts erhielt Johan das Foto. Patricia war hübsch und elegant, sah ihrem Bruder ähnlich, nur die Farben waren heller.

»Nein, ich glaube nicht, dass ich sie gesehen habe, aber das hört sich nach einem Anfang an, jedenfalls für den Mord an Mikael. Wie läuft es mit den Brüdern Lappanainen?«

»Leider hat die örtliche Polizei die Kontrolle verloren. In Rosengård ist es zu Auseinandersetzungen in einer Gang gekommen, sodass Ressourcen umverteilt werden mussten. Zum jetzigen Zeitpunkt wissen wir nicht, wo Johnny und der harte Kern seiner Truppe stecken. Jorma scheint nicht zu Hause zu sein.«

Johan stand auf und ging auf die Treppe zu.

»Hat dich übrigens Estelle wegen des Jeeps angerufen, den sie in Kiruna gesehen haben?«

»Nein, was für ein Jeep?«

Er berichtete.

»Merkwürdig, das muss sie vergessen haben«, meinte Nathalie. »Ich überprüfe das. Sie haben den Fahrer aber nicht gesehen?«

»Nicht, soweit ich verstanden habe. Aber wir haben nur beiläufig darüber gesprochen.«

Es entstand eine Pause. Johan machte sich daran, die Treppe hochzusteigen. Die Schritte waren leicht, und er war nicht im Geringsten müde.

»Du fehlst in der Gruppe«, sagte Nathalie. »Du hast deine Meinung nicht geändert? Wäre super, wenn du den gleichen Flieger wie Patricia morgen früh nehmen könntest ...«

»Du weißt, dass das nicht geht. Morgen besuchen wir Rosine, und danach fahren wir nach Hause nach Sundsvall.«

»Ich verstehe. Ich halte dich auf dem Laufenden, wenn du willst.«

»Gern. Gute Nacht, Nathalie!«

»Gute Nacht, bis ganz bald!«

20

Warum konnte sie nicht schlafen? Schon vor zwei Stunden hatte Peter ihr Hustenmedizin und eine Schlaftablette gegeben, und sie war so müde, dass sie sich kaum noch rühren konnte. Unter normalen Umständen wäre sie schon längst eingeschlafen. Wie auch immer sie die Frage und ihren steifen Körper drehte und wendete, sie fand keine Erklärung. Sie war ruhig und froh nach Johans Besuch und hatte nicht wie gewohnt ihren Mittagsschlaf gemacht, weil Hedvig sich über die alten Zeiten unterhalten wollte. Trotzdem schwebte sie in dieser schlaflosen Benebelung, die sogar noch langweiliger war als der Gemeinschaftsraum auf der Station. Jedes Mal, wenn sie sich anders hinlegte, knisterte die Plastikunterlage, die über die Matratze gespannt war, und hin und wieder schnarchte Hedvig. Diese Geräusche war sie doch gewohnt und ließ sich sonst auch nicht davon stören. Warum also jetzt?

Mit einem Seufzer linste sie zum Radiowecker auf dem Nachttisch: 01.34. Überprüfte die Armbanduhr, die sie außer beim Duschen immer trug. Auf die Minute genau dieselbe Uhrzeit. Die Zeit hatte sie jedenfalls im Griff.

Bald war es Morgen, und Johan, Carolina und Alfred würden sie wieder besuchen. Das hatte Johan doch gesagt, bevor er wegging? Ihr Gedächtnis war nicht mehr, was es einmal war, aber er hatte doch versprochen vorbeizukommen?

Doch, sagte sie sich. Und das Gerede, dass sie Unterstützung beim Bezahlen der Rechnungen und bei anderen praktischen Dingen brauchte, war Unsinn. Achtundachtzig Jahre lang war sie allein zurechtgekommen und würde das auch die verbleibende Zeit noch hinkriegen. Aber jetzt musste sie schlafen.

Sie zog die grün-weiß gestreifte Decke bis zum Kinn und summte leise das wortlose Wiegenlied, mit dem ihre Mutter sie und ihre sieben Geschwister in der Kate bei Arjeplog in den Schlaf gesungen hatte. Vier Töne in Moll, durch deren Monotonie sie immer einschlief. Weg mit allen Gedanken, nur der Melodie lauschen, von der man bald nicht mehr wusste, wo sie endete und anfing.

Der Schlaf pirschte sich immer näher heran. In weiter Ferne hörte sie, wie es in Hedvigs Bett knackte. Dann hustete Hedvig und sagte etwas, was Rosine nicht verstand. Mit einer Kraftanstrengung zwang sie ihre Augen auf. Ein Lichtkegel fiel vom Korridor herein. Ein Schatten zeichnete sich in der Tür ab. Jemand schlich durchs Zimmer, an ihrem Bett vorbei und verschwand hinter dem Raumteiler, der zwischen ihrem und Hedvigs Bett stand. Ein weißer Kittel, ein schwarzer Aktenkoffer und ein Gesicht, das ihr bekannt vorkam.

Die Augenlider fielen ihr wieder zu, und bald war der Schlaf zurückgekehrt.

21

Früher

Er weiß, dass die Fahrt mit dem Krankenwagen höchstens eine Viertelstunde dauert, trotzdem kommt sie ihm unendlich lang vor. Die Sorge um sie quält ihn mehr als der

Schmerz, der in der Brust brennt wie Glut im Morphiumnebel.

Ich bin schuld, denkt er immer wieder. Es war meine Idee, ich bin zu schnell gefahren, ich habe den Elch zu spät gesehen. Er starrt an die weiße Decke des Krankenwagens und zum Tropf, durch den Flüssigkeit in seine Armbeuge läuft. Erinnert sich an ihre Worte über das Schicksal: *Es fühlt sich an, als wären wir auf der Flucht und werden dafür bestraft.*

Wie üblich hatte er ihre Worte abgetan. Und jetzt liegt er hier in einem Krankenwagen, und ihm fällt das Atmen schwer trotz des Sauerstoffs, den er durch die Maske bekommt. Und noch schlimmer: Sie ist in einem Helikopter unterwegs ins Krankenhaus.

Der Krankenwagen bremst, und ihm wird schwindelig. Die Geräte klappern an den Seitenwänden. Seine linke Schulter schmerzt und das Becken, wo der Sicherheitsgurt gesessen hat.

Ich frage mich, was unsere Familien sagen werden, denkt er benebelt. Bald werden sie erfahren, was passiert ist, und unsere Lügen werden auffliegen. Aber das ist jetzt nicht wichtig. Nur dass sie es übersteht, ist von Bedeutung.

Vielleicht dämmert er weg, vielleicht nicht. Jedenfalls wird er hellwach, als der Krankenwagen anhält und die beiden Türen geöffnet werden. Er wird eine Rampe hinuntergerollt, und weiß gekleidetes Personal nimmt ihn am Eingang der Notaufnahme in Empfang.

Die Reifen quietschen auf dem Boden, und er blinzelt ins grelle Licht der Neonröhren, die vorbeiflimmern. Er wird in einen großen Raum mit zwei grünen Tragen, Monitoren, starken Lampen und Röntgenapparaten, die auf Schienen an der Decke laufen, geschoben. Es piepst, surrt und faucht aus Schläuchen und Maschinen. Hinter einem Raumteiler in einer Ecke stehen ein Dutzend grün gekleidete Personen mit Handschuhen, Mundschutz vor dem Gesicht und OP-Hauben. Sie arbeiten konzentriert, begleitet von gut eingeübten Kommandos und Antworten, die Anspannung aber, die in ihren Stimmen mitschwingt, ist nicht zu überhören.

Ihm geht auf, dass sie dort liegt, aber er kann weder sprechen noch den Kopf drehen, darum betet er im Stillen, dass sie es überleben möge.

Ein großes Team versammelt sich um ihn. Eine Frau zu seiner Rechten gibt Kommandos, ein Mann am Kopfende horcht die Lungen ab, ein anderer leuchtet in seine Augen, jemand schneidet den Pullover und die Hose auf, jemand klemmt das Sauerstoffmessgerät an seinem Finger fest. Jemand sagt, die Atemfrequenz betrage dreiundzwanzig pro Minute, jemand ordnet ein Notröntgen der Lungen an. Nie zuvor hat er sich so machtlos, so ausgeliefert gefühlt.

Von der anderen Seite des Schirms hört er einen Mann mit Bassstimme sagen, dass er Blut in der Bauchhöhle vermute und dass man ihm das Ultraschallgerät bringen solle. Jemand anders sagt, dass sie mit der Halsmanschette vorsichtig sein müssen, weil sie die Beine anscheinend nicht bewegen könne.

Nein, nein, nein!

Er sinkt tiefer in den Dämmerschlaf. Begreift nur Bruchstücke der Gespräche. Plötzlich durchdringt eine schrille

Frauenstimme das Gemurmel: »Da ist Blut um Leber und Gebärmutter.«

Er will sich erheben und zu ihr stürzen. Aber der feste Wille ist genauso wirkungslos wie der bei dem Gejagten in einem Albtraum.

»Sie ist zu instabil für die Computertomografie, wir operieren sie sofort«, sagt der Mann mit der Bassstimme.

Er hört, wie sie die Rollen unter ihrer Trage entriegeln, ahnt, wie sie sie zum Ausgang schieben.

Sein Blick verschwimmt. Sein letzter Gedanke ist, dass sie es schaffen muss.

22

Östersund, Sonnabend, 9. August

Die Dunkelheit hinter den Lidern hellte sich auf. Rosine hörte ihre eigenen Atemzüge, spürte, dass sich der Brustkorb hob und senkte und dass sie warme Beine hatte. Der Rücken schmerzte. Aber das Atmen fiel ihr doch leichter als gestern? Die Eindrücke verwoben sich mit Gedanken.

Ihr war klar, dass sie am Ende doch eingeschlafen sein musste. Es war Morgen, und ein neuer Tag lag vor ihr. In ihrem hohen Alter wachte sie jeden Morgen immer ein wenig verwundert darüber auf, dass sie noch immer lebte. Empfand eine Dankbarkeit wie nie zuvor im Leben. Wie so oft fiel ihr die Gedichtzeile ein: »Alle Tage, die kamen und gingen, wusste ich nicht, dass es das Leben war«, und dachte, dass sie jetzt – im Alter von achtundachtzig Jahren – endlich verstanden hatte, dass es sich genauso verhielt. Zugleich wusste sie, dass die Zeit, die sie sich über diese Erkenntnis freuen durfte, mit jedem Tag abnahm.

Mühevoll schob sie die Decke beiseite und setzte sich auf. Wenn sie sich beeilte, schaffte sie es noch vor Hedvig auf die Toilette. Viel Positives konnte sie über ihre beste Freundin sagen, aber sie war genauso eitel und langsam wie sie selbst. Und heute musste sie sich hübsch machen für den Besuch ihres geliebten Urenkels.

Sie hustete einen Schleimklumpen in die Nierenschale und schnappte sich das Höllengestell, das Peter ihr netterweise richtig herumgedreht ans Bett gestellt hatte, und stand auf.

Auf knochigen Füßen schlurfte sie zur Toilette. Von Hedvigs Bett war nichts zu hören, sicher schlief sie noch.

Rosine ging am Raumteiler vorbei, blieb aber erstaunt stehen. Auf der Brust der Freundin lag etwas. Eine Rose. Die hatte sie gestern Abend noch nicht gehabt. Außerdem hatte sie keinen Besuch bekommen, seit sie gemeinsam in einem Zimmer lagen. Vielleicht hatte ihr die jemand vom Personal gebracht?

»Guten Morgen, Hedvig!«

Keine Reaktion. Hedvig lag mucksmäuschenstill da, die Hände um eine Rose gefaltet, als würde sie beten. Und was hatte die Blume nur für eine komische Farbe? Blau an den Rändern und weiß in der Mitte?

»Hedvig?«

Als sie keine Antwort bekam, drehte sie sich mit dem Rollator um und trippelte zum Bett. Hedvig war so blass, wie sie sie noch nie gesehen hatte. Mit zitternder Hand fasste Rosine ihr an die Schulter und rüttelte sie.

»Hedvig! Du musst jetzt aufwachen!«

Die Schulter war kalt, und der Kopf vollzog steif die Bewegung nach. Jetzt sah sie, dass die Augen offen standen. Der Blick war leer und leblos, nicht ein Muskel rührte sich in dem mageren Körper.

Du wolltest doch heute nach Hause fahren.

Ihr zitterten die Knie. Sie plumpste aufs Bett neben Hedvig. Mit scheinbar letzter Kraft drückte sie den Alarmknopf.

23

Alfred saß auf Johans Bauch und guckte gebannt Carolina zu, wie sie *Imse vimse spindel*, das Kinderlied über die Spinne, sang und dabei Daumen und Zeigefinger beider Hände im Wechsel in einer aufsteigenden Bewegung aneinanderlegte. Den Rücken mit Kissen gepolstert saßen sie halb aufgerichtet im Hotelbett und genossen Alfreds gute Laune an diesem Morgen. Johan war um sechs Uhr aufgewacht, als der Babysitter per SMS mitgeteilt hatte, dass Alfred weinte. Ohne

Carolina zu wecken, hatte Johan ihn geholt. Nun war Alfred nach der Autofahrt durchs menschenleere Östersund und einem Fläschchen mehr als zufrieden.

Der Fall hatte Johan in der Nacht zeitweise vom Schlafen abgehalten. Vor allem hatte er über den schwarzen Jeep nachgedacht, den Estelle und Erik gesehen hatten. Warum hatten sie nicht wie versprochen Nathalie darüber informiert?

Die Gedanken wurden vom Vibrieren des Telefons auf dem Nachttisch unterbrochen. Carolina verstummte und schaute ihn in einer Mischung aus Erstaunen und Verärgerung an. Wer rief so früh an?

Zu seiner Verwunderung sah er, dass es Ingemar Granstam war.

»Ich muss da rangehen«, sagte er, setzte Alfred aufs Bett und stand auf.

»Hallo, Entschuldigung, dass ich so früh anrufe, aber es ist was passiert, was Sie wissen müssen.«

Die sonst so ruhige Stimme klang angespannt und gestresst.

»Erzählen Sie«, forderte Johan ihn auf und stellte sich ans Fenster, zog den Vorhang zurück und ließ das Sonnenlicht das Zimmer fluten.

»Wir sind eben über ein viertes Opfer benachrichtigt worden, diesmal in Östersund.«

Johan stand wie versteinert da.

»Ich habe gerade erfahren, dass im Östersunder Krankenhaus eine gewisse Hedvig Molin mit einer blauen Rose tot in ihrem Bett aufgefunden wurde. Nathalie und ich sind in Arlanda, und sie erzählte, dass Ihre Großmutter die Zimmergenossin des Opfers sei.«

Ein rhythmisches Klopfen erfüllte den Raum. Nach ein paar Sekunden begriff Johan, dass er seinen eigenen Pulsschlag hörte.

»Hallo, Johan, sind Sie noch dran?«

»Ich bin noch dran«, antwortete er.

»Ihre Großmutter hat Hedvig gefunden. Sie hat um sechs Uhr siebenunddreißig den Alarmknopf gedrückt. Als eine Krankenschwester kam, verständigte sie die diensthabende Ärztin, die den Tod feststellte. Ihre Großmutter sagte, sie habe eine Person gesehen, die in der Nacht an Hedvigs Bett geschlichen sei, aber von der Nachtwache weiß niemand, wer das gewesen sein kann. Und eine blaue Rose hat natürlich auch niemand gesehen.«

Johan starrte über die Hausdächer, über Storsjön und Frösön. Sah Hedvig und Rosine vor sich und verspürte eine vibrierende Unruhe im Körper wie den Beginn eines Fiebers.

»Die Ärztin rief die örtliche Polizei an, und Kommissar Yngve Thor hat mich vor fünf Minuten informiert. Ich habe Fotos vom Opfer gesehen. Wie Ihnen selbst klar sein dürfte, besteht kein Zweifel, dass es sich hier um ein und denselben Täter handelt.«

»Und die Tötungsmethode?«, fragte Johan und erntete einen besorgten Blick von Carolina.

»Kennen wir nicht, aber es gibt in dem Zimmer natürlich reichlich Kissen. Können Sie die Untersuchung leiten?«

»Selbstverständlich. Ich fahre sofort hin.«

»Wenn Sie den Fall übernehmen, haben Sie alle Befugnisse«, sagte Granstam. »Ich schicke Ihnen Nathalie, sie landet um halb zehn in Östersund.«

»Gut, ich melde mich, wenn ich vor Ort bin. Haben Sie übrigens von dem schwarzen SUV gehört, den Nathalies Schwester und mein Freund Erik Jensen in Kiruna gesehen haben?«

»Ja, Nathalie hat mir davon erzählt. Sie hat ihre Schwester heute Morgen angerufen. Ich überprüfe das so schnell wie möglich.«

»Also haben Estelle und Erik sich nicht selbst gemeldet?«, fragte Johan und fand das von beiden erstaunlich nachlässig, besonders von Erik, dem eingefleischten Ordnungsfanatiker.

»Nein«, bestätigte Granstam. »Jetzt muss ich auflegen.«

Johan schnappte sich die Jeans vom Schreibtischstuhl. Carolina stand auf und verschränkte die Arme vor der Brust.

»Was ist los, Johan?«

»Hedvig ist ermordet worden. Rosine hat den Täter gesehen, und ich muss hin.«

Carolina wurde blass.

»Was sagst du da? Was heißt ermordet?«

»Ich rufe an, wenn ich mehr weiß. Geht ihr nur zum Frühstücken runter.«

Er gab Carolina einen Kuss auf die Wange, Alfred einen aufs Köpfchen und verließ das Zimmer, ohne auf Carolinas Fragen einzugehen.

24

Um fünf nach acht stieg Johan aus dem Fahrstuhl auf Ebene sieben aus, wo er auf drei Mitglieder der örtlichen Polizei traf: zwei Kollegen in Uniform und eine Kollegin in einem cremefarbenen, zerknitterten Leinen-Hosenanzug. Inspektorin Jana Marklund, Inspektor Olof Steen und Kommissar Yngve Thor schilderten Johan das, was er schon von Granstam erfahren hatte.

»Das Personal ist verängstigt, arbeitet natürlich trotzdem weiter«, erklärte Thor, ein dünner, faltiger Mann um die sechzig. »Ich habe Ihre Kollegen sofort angerufen, als ich das Opfer gesehen habe.«

»Ist das Zimmer abgesperrt?«, fragte Johan.

»Natürlich. Die diensthabende Ärztin hat den Tod festgestellt, und die Techniker sind unterwegs.«

»Gerichtsmedizin?«

»Jeff Conrad in Umeå wohnt am nächsten. Sollen wir ihn herbestellen?«

»Ich schaue es mir zuerst an«, antwortete Johan und schob die Schwingtür zur Station auf. Erinnerte sich an die Vorahnung vom Tag vorher, dass er seine Großmutter womöglich zum letzten Mal lebend sehen würde. Jetzt hatte er das Gefühl, als hätte er damit beinahe richtiggelegen. Der Gang war leer. Dem Krankenhauspersonal war es offensichtlich gelungen, die Überbelegungen des Vortages nach Hause zu entlassen. Das war gut und auch wieder schlecht. So gab es keine strategisch günstig positionierten potenziellen Zeugen, aber auch niemanden, der sie bei der Arbeit störte.

Als er am Gemeinschaftsraum vorbeikam, sah er Rosine. Sie saß in einem rosa Nachthemd und Pantoffeln zusammengesunken über den Rollator gebeugt auf einem Stuhl neben dem Gemeinschaftscomputer. Er gebot dem Polizeitrio durch eine erhobene Hand Zurückhaltung und ging hinein.

»Hallo, Oma, ich bin jetzt hier.«

Langsam drückte sie den Rücken durch und nahm Blickkontakt auf. Ihr Haar war ungekämmt und strubbelig, das Gesicht ungeschminkt und die Augen vom Weinen gerötet. Eine Tasse Kaffee und ein Butterbrot standen vor ihr auf dem Tisch. Die mageren Hände umfassten die Griffe des Rollators, als wollten sie sie nie wieder loslassen. So voller Angst und niedergeschlagen hatte er sie noch nie gesehen.

»Liebe Rosine, ich bin genauso entsetzt wie du über das, was passiert ist«, begann er und setzte sich in die Hocke, seine Hände auf ihren. »Ich kann mir nur vorstellen, was für ein Schock das für dich gewesen sein muss.«

Sie nickte steif und wischte sich eine Träne von der Wange.

»Sie lag einfach still und blass da. Und sie hatte eine blaue Rose auf der Brust.«

»Das habe ich gehört. Ich gehe gleich zu ihr rein.«

»Da war heute Nacht jemand im Zimmer. Johan, was ist hier los?«

»Ich weiß es nicht. Aber ich werde es rausfinden. Kannst du die Person beschreiben, die du gesehen hast?«

Sie schüttelte den Kopf, guckte zu den Polizisten im Flur und sah dann wieder Johan an.

»Ich erinnere mich nicht. Es war wie ein Schatten, aber ich erinnere mich, dass ich meinte, ihn zu kennen. Aber vielleicht habe ich das nur geträumt? Glaubt ihr, sie wurde ...?«

Rosine sprach den Satz nicht zu Ende. Ihre Hände wurden kälter.

»Das ist entsetzlich«, rief sie aus und schüttelte den Kopf. »Aber sie wollte sterben. Das hat sie jeden Tag gesagt. Sie sagte, sie will Mattias wiedersehen.«

»Erinnerst du dich, um wie viel Uhr du diese Person reinkommen gesehen hast?«

»Ja, ich habe auf den Radiowecker geguckt, weil ich nicht einschlafen konnte. Da war es ein Uhr vierunddreißig. Dann vergingen nur ein paar Minuten.«

»Und da bist du dir sicher?«

»Wenn ich das sage, dann stimmt das auch, das weißt du.«

»Erinnerst du dich aber noch an mehr? Wie sah die Person aus?«

Rosine kniff die Lippen zusammen und schüttelte den Kopf.

»Frühstücke ein bisschen, dann komme ich gleich wieder.«

Johan kehrte in den Korridor zurück. Mit den drei Kollegen begab er sich zu dem Zimmer am Ende links. Die Tür war geschlossen, und ein blau-weißes Absperrband hing zwischen den Türpfosten.

Ein Tatort, der leicht abzusperren ist, dachte er, als Inspektor Steen das Band entfernte und Inspektorin Marklund ihm Plastiküberzieher für die Schuhe gab, die mehr als gut ins Umfeld des Krankenhauses passten. Er zog ein Paar Handschuhe über und richtete sich an Kommissar Thor.

»Wer ist hier drinnen gewesen?«

»Wir drei, die Krankenschwester, die sie gefunden hat, die diensthabende Ärztin und der Hilfspfleger, der Nachtschicht hatte.«

»Sind noch alle im Haus?«

»Selbstverständlich, sie warten im Personalraum, außer der Ärztin, die hat einen Notruf gekriegt. Aber sie kommt so schnell wie möglich zurück.«

»Versuchen Sie den Sicherheitschef zu erreichen«, sagte Johan. »Ich will genau wissen, wie man hier nachts unbemerkt reinkommt, ob es Codes, Karten und Überwachungskameras gibt.«

»Wir legen sofort los«, sagte Thor. »Leider haben wir keine Angehörigen gefunden. Die Einzige, die sie bei dem Personal angegeben hat, war ihre Großmutter.«

Johan holte tief Luft und öffnete die Tür. Das Bett seiner Großmutter war nicht gemacht, und die Decke war mit dem Kissen auf den Boden gerutscht. Das morgendliche Licht fiel durch die Fenster, doch obwohl es warm und schwül war, fröstelte er.

Neben dem Raumteiler sah er Hedvigs Füße unter der

Decke hervorlugen, blass und knochig. Sonst wirkte alles wie am Tag vorher: das Porträt von Alfred neben dem Radiowecker, das Wasserglas, die Zeitschriften, der Tropfständer und Großmutters getönte Brille.

Die Schritte quietschten auf dem Linoleumboden, als er zum Bett ging. Hedvig lag auf dem Rücken, die Hände um eine Rose gefaltet. Die weißen Blätter waren in dem blauen Ton gefärbt wie auf den Fotos, die er gesehen hatte. Der Kopf lag auf dem Kissen, und der Blick war zur Decke gerichtet. Keine Spuren von Gewalt, keine Blutergüsse am Hals.

In der linken Armbeuge hatte man ihr mit weißem Pflasterstreifen eine Kanüle festgeklebt, aber der Tropf steckte nicht mehr darin. Das Gesicht war friedlich. Es sah aus, als lächelte sie ihr schelmisches Lächeln, das er schon als Kind so sehr gemocht hatte. Die Szene strahlte eine Stille aus, eine Stille, die wie verrückt schrie.

Im Gegensatz zu den vorigen drei Opfern standen Hedvigs Augen weit offen. Der gelbe Fleck im linken Auge war verschwunden.

Mit dem Daumen zog er ihre Haut unter den Augen ein bisschen nach unten, sodass sie sich hob. Keine Einblutungen in den Bindehäuten. Also war sie mit aller Wahrscheinlichkeit nicht erwürgt, aber möglicherweise erstickt worden. Die einzigen Kissen, die er entdecken konnte, waren das, auf dem Hedvig lag, Rosines auf dem Boden und eines auf einem Kleiderschrank neben der Tür. Auf dem Nachttisch stand ein Foto von Mattias mit Abiturientenmütze.

Er dachte wieder daran, wie Hedvig ihm immer die

Schale mit den Sahnekaramellbonbons hingehalten hatte, erinnerte sich an den Duft ihrer Strickjacke und die Wärme ihrer Umarmung.

Er hatte schon viele tote und ermordete Menschen zu Gesicht bekommen, aber das hier fiel aus dem Rahmen. Er entsann sich, wie er Mattias nach einem Gespräch über den Tod des Mirakelmannes erschlagen im Haus in Bråsjö gefunden hatte, wie verzweifelt Hedvig gewesen war, als er es ihr mitteilte.

Er zuckte zusammen, als sein Handy klingelte. Vermutete, dass es bestimmt Carolina war, aber es war Granstam. Johan trat einen Schritt vom Bett zurück, drehte sich zum Fenster und erstattete kurz Bericht.

»Gut, dass Sie dort sind«, meinte Granstam. »Übernehmen Sie den Fall?«

Johan warf einen Blick auf Hedvig, auf die Fotografie von Alfred, auf die blau gefärbte Rose und wieder auf Hedvig.

»Ja.«

»Hervorragend, jetzt muss ich in den Flieger steigen. Wollte nur sagen, dass Angelica eben anrief. Wir haben noch eine mögliche Tötungsmethode gefunden. Angelica entdeckte nämlich einen frischen Einstich in Henrik Borgs Armbeuge, also einen, der wahrscheinlich erst nach dem Dopingtest entstanden ist. Und Jeff Conrad in Umeå sagt, es kann einen Einstich in den Mückenstich geben, den Mikael Tornerud am Arm hat. Bei Eintritt des Todes klingen offensichtlich die Rötung und die Schwellung von Insektenstichen schneller ab als die Unterhautblutung von einem Nadelstich. Entscheidend ist, dass man auch bei Tina Eriksson einen Einstich festgestellt hat. Der ist relativ frisch, kann laut Aussage des Gerichtsmediziners wohl in der vorangegangenen Nacht entstanden sein.«

Johan starrte auf Hedvigs Armbeuge. Bei ihr wäre sogar er in der Lage gewesen, eine Spritze zu setzen, obwohl er kein Blut sehen konnte.

»Hat das Labor die Blutuntersuchungen abgeschlossen?«

»Sie haben versprochen, nach dem Mittagessen Bescheid über Mikael Berg zu geben. Ich melde mich wieder, wenn ich gelandet bin. Nathalie nimmt ein Taxi direkt zum Krankenhaus und ruft Sie an.«

Wenn Granstam recht behielt, dann war es jetzt ein noch größeres Rätsel, wie es dem Täter gelingen konnte, seine Opfer zu töten. Wenn jemand tief und fest schlief und ein Kissen aufs Gesicht gedrückt bekam, war es nicht weiter verwunderlich, dass die Opfer nicht mehr reagieren konnten, bevor es zu spät war. Aber einen Nadelstich müssten sie doch mitbekommen haben?

Johan betrachtete wieder Hedvig, den ausgemergelten Körper, die hervorlugenden Füße und die eng um die Rose gefalteten Finger. Wer tötete eine krebskranke Achtundachtzigjährige?

Draußen im Korridor warteten Inspektorin Marklund und Kommissar Thor mit zwei Frauen, die Johan als Kriminaltechnikerinnen identifizierte. Er zog die Handschuhe aus und begrüßte sie.

»Achten Sie besonders gründlich auf Spuren auf den Kissen, und berühren Sie die Nadel in ihrer Armbeuge nicht.

Wir glauben, dass sie entweder erstickt wurde oder eine tödliche Injektion bekam. Was ist mit Jeff Conrad?«

»Er kommt nicht, wir fahren den Leichnam hoch nach Umeå, sobald Sie fertig sind«, antwortete Thor mit einem Nicken zu den Technikerinnen.

Ein fülliger Mann im Anzug kam klappernd im Gang auf sie zu. Er war einen Kopf kleiner als Johan, aber fast doppelt so breit und hatte einen Haarkranz um eine Glatze, die im Schein der Neonröhren rot glänzte. Die Augen waren rund, das Gesicht haarlos und gerötet.

»Hallo, ich bin Benny Andén, der Sicherheitschef«, stellte er sich vor.

Sie tauschten Höflichkeitsfloskeln aus, und Johan erstattete Bericht.

»Wir glauben, dass sich um ungefähr zwanzig vor zwei heute Nacht jemand ins Zimmer schlich, Hedvig ermordete und als Gruß die blaue Rose hinterließ. Wer, vom Personal einmal abgesehen, kann hier nachts reinkommen? Ich weiß, dass es ein Kartenterminal vor der Station gibt.«

»Stimmt«, bestätigte Andén. »Und die Türen sollen ab zehn Uhr abends bis sechs Uhr morgens abgeschlossen sein.«

»Gibt es Überwachungskameras?«

»Ja, an der Einfahrt zur Garage und auf den Parkplätzen rund ums Haus.«

»Ich will eine Kopie von allen Filmen von gestern Abend sechs Uhr bis jetzt haben.«

»Selbstverständlich, ich kümmere mich sofort darum.«

Johan wandte sich an Kommissar Thor. »Jetzt reden wir mit dem Personal.«

Als sie auf halbem Weg zum Personalzimmer waren, rief Carolina an.

»Muss kurz ran, geht schnell.«

»Klar«, sagte Thor und begann auf sein Handy einzutippen.

»Johan, wie sieht's aus?«, begann Carolina.

»Ich muss hierbleiben und an dem Fall arbeiten. Ich kann jetzt gerade nicht reden, aber du kannst ja allein mit Alfred nach Hause fahren, oder?«

»Spinnst du? Wie stellst du dir denn vor, wie das im Auto funktionieren soll?«

»Er guckt doch immer Filme, du schaffst das schon. Hedvig ist ermordet worden, und ich schließe mich der Gruppe an.«

»Und was wird aus unserem gemeinsamen Urlaub? Und aus dem Haus? Du hast versprochen, mit zur Besichtigung zu kommen!«

»Carolina, versteh doch, dass ich jetzt hier gebraucht werde. Rosine ist wahrscheinlich unsere einzige Zeugin. In einer Stunde rufe ich wieder an.«

Noch ehe sie etwas erwidern konnte, legte er auf und eilte mit Kommissar Thor im Schlepptau zum Personalzimmer.

»Wir haben sie ja schon vernommen«, sagte Thor, als Johan vor der Tür stehen blieb.

»Sitzen sie *alle zusammen* hier drinnen?«, fragte Johan.

»Ja, aber wir haben sie natürlich einzeln befragt. Danach

kam ich zu dem Urteil, dass wir weder Ressourcen noch Bedarf haben, sie zu isolieren. Sie haben gearbeitet und nichts Verdächtiges gesehen. Und Sie glauben doch nicht, dass jemand von ihnen etwas damit zu tun hat?«

Nein, dachte Johan, warum sollte jemand zuerst drei Personen in unterschiedlichen Städten töten, die insgesamt Hunderte von Kilometern von hier entfernt sind, und dann eine Patientin umbringen?

»Haben Sie die Vernehmungen aufgezeichnet?«

»Selbstverständlich.«

»Gut, dann machen wir das noch mal. Es kann von Vorteil sein, sie gemeinsam zu vernehmen. Ihnen fällt natürlich auf, wenn sie sich widersprechen, oder?«

25

Um den ovalen Tisch im Personalraum saßen die Ärztin Katarina Lind, die Krankenschwester Ann-Sofie Olsson und der Hilfspfleger Peter Schultz. Alle hatten eine Kaffeetasse vor sich, und Johan wusste, dass das hier ein genauso notwendiger Brennstoff war wie im Polizeigebäude.

Katarina und Ann-Sofie waren um die vierzig Jahre alt, schlank und ähnelten sich durch die blonden Haare und die freundlichen, müden Gesichter. Peter Schultz, der kurz vor der Rente stand, erinnerte mit den silbrig glänzenden Haaren an Kommissar Thor, hatte aber, sofern überhaupt möglich, seinen wie mit einem Lineal gezogenen Seitenscheitel noch akkurater gekämmt. Die leuchtend blauen Augen waren wachsam, und eine Sekunde lang bereute Johan, dass er sich zum Gruppenverhör bereit erklärt hatte. Doch dann blendete er die Zweifel aus und stellte sich vor. Als er erläuterte, dass es sich nur um eine formelle Vernehmung handle und er die Aufnahmefunktion in seinem Smartphone aktiviert habe, wechselte das Trio besorgte Blicke.

»Ich habe mir in groben Zügen die Vernehmungen mit Kommissar Thor angehört, werde aber ein paar Fragen noch mal stellen«, erklärte er. »Der Mord an Hedvig Molin gehört zu einem Fall, an dem wir in der Profilergruppe arbeiten, aus dem Grund bin ich hier.«

»Gibt es etwa ähnliche Fälle?«, fragte Katarina Lind und verschränkte die Arme über dem Arztkittel.

Johan überhörte die Frage.

»Wie ist es Hedvig Molin in den letzten Tagen gegangen?«

»Wie immer«, antwortete Peter Schultz. »Sie waren gestern doch hier und haben sie gesehen.«

»Ja, ich fand auch, dass sie so war wie immer«, stimmte Johan ihm zu. »Aber sie hat auch gesagt, dass sie keine Lust mehr hat zu leben, dass es jetzt langsam reichte.«

»Das sagen viele unserer Patienten«, meldete sich Katarina Lind mit ärztlicher Autorität, die ihre Wirkung nicht verfehlte. »Doch meistens ist es ein Hilferuf, ein Weg, Empathie zu bekommen. Viele hier, so wie Hedvig, haben mehrere Krankheiten mit belastenden Symptomen.« Sie warf einen Blick in die Krankenakte, die sie vor sich liegen hatte, und fuhr fort: »Hedvig war drei Wochen lang wegen metastasierendem Brustkrebs, Herzinsuffizienz und Diabetes stationär behandelt worden. Jetzt war alles so weit stabil, dass sie heute nach Hause entlassen werden sollte.«

»Erzählen Sie, welche Art von Kontakt Sie zu ihr hatten ab dem Zeitpunkt, an dem Sie Ihren Dienst antraten«, bat Johan.

»Wir begannen unsere Nachtschicht gestern Abend um zweiundzwanzig Uhr«, sagte Ann-Sofie Olsson mit einem Nicken zu Peter Schultz. »Kriegten den Bericht von der Tagesschicht, und alles war stabil bei Hedvig. Als wir unsere Runde machten, waren Puls und Blutdruck gut, sie hatte kein Fieber und nirgendwo Schmerzen. Alles war für die Entlassung vorbereitet, und sie freute sich auf Zuhause.«

»War meine Großmutter Rosine Axberg bei der Visite mit im Zimmer?«

»Ja«, antwortete Schultz. »Abgesehen von etwas Husten als Folge der Pneumonie ging es ihr gut. Und sie hatte Appetit, sagte, sie habe nicht zu Abend gegessen, obwohl sie laut den Kollegen von der Tagesschicht zwei große Kartoffelpuffer verzehrt hatte. Danach war wohl nichts mehr, bis ich gegen halb zwölf hineinging und nach Hedvig und Rosine schaute.« Er wechselte einen Blick mit Ann-Sofie. Sie nickte bestätigend, und er sprach weiter: »Da war alles in Ordnung, sie lagen im Bett und unterhielten sich wie immer. Rosine bekam Hustenmedizin und eine Schlaftablette.«

»Und als ich um Mitternacht nach den beiden guckte, schliefen die zwei friedlich«, sagte Ann-Sofie.

Kommissar Thor räusperte sich und schaltete sich ins

Gespräch ein: »Sie sagten, Sie sind sich sicher, dass die Rose zu dem Zeitpunkt nicht da war?«

»Da bin ich mir hundertprozentig sicher«, antwortete Ann-Sofie. »Außerdem schnarchte Hedvig wie so oft.«

»Dann waren wir erst wieder im Zimmer, als Rosine um sechs Uhr siebenunddreißig den Alarmknopf drückte«, berichtete Schultz.

»Und wir haben hier auf Station keine unbefugte Person gesehen«, ergänzte Ann-Sofie.

»Und schon gar keine blaue Rose«, fügte Schultz hinzu. »Hier sind wegen der Allergiegefahr Blumen verboten.«

»Ich muss in die Notaufnahme«, sagte Katarina Lind, als ihr Pieper sich meldete. »Ich habe nur das zu sagen, was ich schon gesagt habe, dass Hedvigs Zustand so stabil war, wie er nur sein konnte, dass sie heute nach Hause sollte und dass ich telefonisch hergerufen wurde, um den Tod festzustellen. Der Körpertemperatur und der Leichenflecken nach zu urteilen, schätze ich, dass sie schon etwa eine Stunde lang tot gewesen ist.«

»Wann haben Sie Hedvig zuletzt gesehen?«, wollte Johan wissen.

»Vorgestern Nacht«, antwortete Katarina Lind und stand auf. »Ich habe diese Woche Nachtschicht und bin nur für die Notfälle zuständig. Wenden Sie sich an Doktor Björklund, der ist Hedvigs PVA, wenn Sie noch weitere Fragen haben.«

»Patientenverantwortlicher Arzt«, erklärte Ann-Sofie, als ihr Johans fragende Miene auffiel.

»Eine Frage noch, bevor Sie gehen«, sagte Johan. »Was haben Sie heute Nacht um zwanzig vor zwei gemacht?«

»Da war ich wohl in der Notaufnahme«, sagte Katarina erschöpft. »Hier auf Station war ich nur gegen fünf und verordnete Entwässerung bei der Herzinsuffizienz in Zwei-Drei. Und da war die Tür zur Station wie immer abgeschlossen.«

»Laut Sicherheitschef wird automatisch abgeschlossen, wenn die Türen ins Schloss fallen«, schob Kommissar Thor ein.

Ann-Sofie nickte zustimmend. Katarinas Pieper meldete sich wieder. Johan sagte, dass sie gehen könne, und wandte sich dann wieder Ann-Sofie und Peter zu.

»Ich habe hier gesessen und hatte zwischen halb zwei und zwei Pause«, sagte Ann-Sofie.

»Und ich habe zwei Patienten zur Toilette geholfen«, erklärte Schultz. »An die genaue Uhrzeit kann ich mich nicht erinnern.«

»Haben Sie immer um diese Uhrzeit Pause?«

»Fast immer, aber wir reagieren natürlich, wenn von den Patienten jemand Alarm gibt. Und einer von uns bleibt immer auf Station.«

Johan guckte aus dem Fenster und dachte nach. Dann fiel ihm etwas Wichtiges ein, was er übersehen hatte.

»Hedvig hatte doch ein Handy, oder?«

»Wir haben keins gefunden«, betonte Kommissar Thor.

»Aber sie hatte eins«, sagte Ann-Sofie. »Sie telefonierte manchmal damit. Mit wem, weiß ich nicht, sie hat ja keine Angehörigen.«

»Aber bestimmt mehrere Bekannte, obwohl Ihre Großmutter ihr am nächsten stand«, ergänzte Schultz.

»Als wir gestern hier waren, saß sie im Gemeinschaftsraum am Computer. Haben alle Zugriff darauf?«

»Ja«, sagte Schultz. »Aber Hedvig habe ich dort nie gesehen.«

»Aber ich«, widersprach Ann-Sofie.

Johan drehte sich zu Thor. »Wir müssen den Technikern sagen, dass sie das überprüfen sollen.«

Er wandte sich wieder an die Vernommenen. »Eine Frage noch. Wo haben Sie sich gestern Nacht aufgehalten, also in der Nacht von Donnerstag auf Freitag?«

»Wir haben gearbeitet«, antwortete Schultz schnell. »Gleiche Schicht wie jetzt.« Ann-Sofie nickte und fragte besorgt: »Wir werden doch nicht etwa verdächtigt?«

»Wo waren Sie in der Nacht von Montag auf Dienstag, also vom 4. auf den 5. August?«

»Ich war zu Hause bei meinem Mann«, antwortete Ann-Sofie.

»Und ich habe einen Freund in Piteå besucht«, sagte Schultz.

Ungefähr vierhundert Kilometer von Kiruna entfernt, dachte Johan. Der Ordnung halber fragte er auch nach der Nacht, in der Henrik Borg ermordet wurde. Ann-Sofie hatte auf der Station gearbeitet und Schultz in Sundsvall.

»Kennen Sie diesen Mann?« Johan holte sein iPad heraus und zeigte die Fotografie von Mikael Tornerud mit dem Jumbojet im Hintergrund.

»Nie gesehen«, meinte Ann-Sofie, und Peter Schultz schüttelte den Kopf. Johan rief das Foto von Tina Eriksson im Tanzsaal auf. Schultz' Fischaugen verengten sich zu Schlitzen, als er abermals den Kopf schüttelte.

»Nein, wer ist das?«, wollte Ann-Sofie wissen.

»Kann ich nicht sagen«, antwortete Johan. Dann zeigte er ihnen Fotos von Rick Miller, den Brüdern Lappanainen und Patricia Tornerud. Ann-Sofie und Peter kannten keinen von ihnen.

»Danke, dann sind wir fertig«, sagte Johan und machte sich im Kopf eine Notiz, dass er auch Doktor Lind die Fotos zeigen musste. »Aber halten Sie sich zu unserer Verfügung, für den Fall, dass wir noch weitere Fragen haben.«

»Jetzt nach Hause und schlafen«, sagte Schultz und lächelte sein wässriges Lächeln, während Ann-Sofie ein Gähnen hinter der hohlen Hand verbarg.

26

Er umklammerte fest das Steuer und fuhr zu schnell. Er wusste, dass es Wahnsinn war. Wenn er in eine Verkehrskontrolle geriet, würde der Polizei auffallen, dass er nicht in Kopenhagen gewesen war. Doch er war gestresst, müde und stand unter Druck, weil er so rasch wie möglich weiterkommen musste. Nur wenige Fahrzeuge waren auf der Straße, und er hatte sich eine App heruntergeladen, die die Standorte der Blitzgeräte anzeigte, die Gefahr, erwischt zu werden, war also minimal.

Wenn er aufflog, würde er behaupten, die Besprechung in Kopenhagen sei abgesagt worden, dass die Situation nach Henriks Tod chaotisch war, dass er mit den Spielern reden musste. Die Schwellung auf der Nase und die Verletzung auf dem Wangenknochen würde er damit erklären, er sei hingefallen.

Schadensbegrenzung, retten, was noch zu retten war. Er war die Spinne im Netz, die immer einen Ausweg kannte.

Vor einer Stunde hatte er Alex Juhlin im AIK besucht. Das konnten die Bullen so viel überprüfen, wie sie wollten. Ein guter Agent war immer für seine Spieler da.

Das Mobiltelefon klingelte wieder. Eine SMS von Emma. Abermals bat sie ihn, Johnny zu sagen, dass er sie in Ruhe lassen solle.

Seufzend schaute er wieder auf die Fahrbahn. Für wen hielt die ihn eigentlich? Schnallte die nicht, dass er genug eigene Probleme hatte? Und jetzt, da er wegen seines Schlafmangels todmüde war, setzten ihm die Gefühle mehr zu, als ihm lieb war.

Johnny war nicht mehr ganz dicht. Trotzdem war er ein Problem, um das er sich kümmern musste. Die Filme mussten weg. Solange Johnny sie hatte, besaß er die Kontrolle. Nicht einmal ein Agent mit zweifelhaftem Ruf konnte so etwas verkraften.

Wie sollte er vorgehen? Was stand auf der Haben-Seite?

Der Nationalcoach hatte ihm bei einem Anruf gesagt, er wolle Jorma in der Mannschaft haben, der Trainer von Bayern München habe angedeutet, dass Jorma ein denkbarer Ersatz für Henrik sei. Das hatte Johnny fast so glücklich gemacht wie die Tatsache, dass Henrik sich nie mehr mit Emma zeigen würde. Doch die Freude war nur von kurzer Dauer, und die dunklen Wolken schoben sich immer näher heran.

Am besten vereinbarte er ein Treffen mit Johnny in dessen Büro. Er wusste, dass Johnny in seinem Handy sämtliche Fotos und Filme hatte, um ihn damit zu erpressen. Johnny legte es zum Aufladen immer ins Bücherregal neben dem Schreibtisch. Weil Johnny sich weigerte, sie zu löschen, musste Rick versuchen, an das Telefon zu kommen. Natürlich würde er den Anlass, über Jorma zu reden, ausnutzen. Sagen, dass sie sich treffen mussten, um die Bedingungen zu besprechen. Das würde Johnny nicht ablehnen.

Er lächelte in sich hinein über sein Talent, immer eine Lösung zu finden. Selbstverständlich wusste er nicht, ob Johnny eine Sicherheitskopie von den Filmen gemacht hatte, aber Johnny gab oft damit an, dass er sich mit solchem Weiberkram nicht abgab. »Man kann sein Geld nicht auf zwei verschiedenen Konten gleichzeitig haben«, erklärte er immer lang und breit, »der Gegner muss wissen, dass auf mein Wort Verlass ist. Sonst bin ich bei der nächsten Verhandlung am Arsch.«

Als wenn ich das nicht wüsste, dachte Rick. Ich muss davon ausgehen, dass er die Filme nicht irgendwo anders gespeichert hat, sonst ist die ganze Aktion sinnlos.

Das große Problem war, das Johnny untergetaucht war. Aber über Jorma wäre an ihn heranzukommen. Das war eine Karte, die Rick bisher nicht ausgespielt hatte, er wusste aber, dass diese Strategie aufgehen würde.

Die Gedanken schweiften wieder einmal zu Patricia ab. Wie hatte sie ihn nur so hintergehen können? Sie hegte doch echte Gefühle für ihn, oder? Sie hatte das nur selbst noch nicht kapiert, so war das. Und als sie ihn um Verzeihung gebeten hatte, hatte er ihr verziehen. Sie war der einzige Mensch, der ihn mit Haut und Haaren unter Kontrolle hatte.

Die Frage war, ob sie auch weiterhin Jobs übernehmen würde, weil sie jetzt ihren Bruder beerbte. Die Kicks, die er mit ihr erlebt hatte, waren so großartig wie die, die ihm das weiße Pulver bescherte. Johnny hatte grinsend gesagt, dass sie genauso leicht zu ersetzen war wie alle anderen, die für ihn arbeiteten.

Doch da irrte er sich. Patricia war einmalig.

Als er auf den Tachometer guckte, hatte er auf hundertvierzig beschleunigt. Er atmete tief durch und ging etwas vom Gas. Er würde problemlos rechtzeitig zum Termin mit der Polizei kommen. Danach wollte er sich mit Johnny treffen. Das würde schon werden.

27

Östersund

Nach der Vernehmung des Personals ging Johan mit Kommissar Thor in Hedvigs Zimmer. Die Technikerinnen hockten in ihren Raumanzügen um das Kissen neben Rosines Bett.

»Haben Sie was gefunden?«

»Wir sichern Fingerabdrücke, Haare, Blut und Speichel«, antwortete die eine hinter dem Mundschutz.

»Davon gibt es jede Menge«, sagte die andere.

»Auch auf den Kissen?«, fragte Johan, dem auffiel, dass alle sorgfältig in Plastiktüten verpackt waren.

»Ja, wir haben Haare auf dem Boden und auch auf dem Kleiderschrank gefunden«, antwortete die Erste. »Außerdem haben wir das hier entdeckt …«

Die Technikerin stand auf, ging zu einer schwarzen Tasche am Fenster und holte eine verschlossene Tüte mit einem altmodischen Handy heraus. »Das hier lag eingeklemmt zwischen der Matratze und dem Bettgestell des Opfers, auf der linken Seite«, sagte sie und zeigte auf die Stelle, wo Hedvigs Hand kürzlich noch gelegen hatte. »Wir haben es erst gefunden, als wir die Matratze angehoben haben.«

»Ausgezeichnet«, sagte Johan.

Wenn Hedvig mit ihrem Mörder in Kontakt gestanden hatte, dann auf diesem Weg, dachte er und drehte sich zu Kommissar Thor um. »Bringen Sie es zur Analyse.«

»Selbstverständlich.«

Johan bekam eine SMS von Carolina.

> Jetzt sitzen wir im Auto. Hast du es dir noch mal überlegt?

Für den Bruchteil einer Sekunde hatte er vor, nicht zu antworten, erkannte dann aber, wie unreif und konfliktscheu er sich dann verhalten würde.

Du weißt, dass es nicht geht. Melde dich, wenn ihr zu Hause seid.

Als keine Antwort kam, steckte er das Handy wieder ein und drehte sich zu Thor um. »Ich muss mit meiner Großmutter über die Person sprechen, die sie gesehen zu haben glaubt. Kümmern Sie sich um alles andere?«

»Klar.«

Im Gemeinschaftsraum hatte sich Rosine an einen der Tische am Fenster umgesetzt. Sie schaute zu einem Fernseher an der Wand, der ein Studio zeigte, in dem ein perfekt durchgestylter Mann mit einer Frau, die Ähnlichkeit mit Nathalie hatte, Brot backte. In dem Raum saßen auch noch drei achtzigjährige Patienten in Rollstühlen, die ausdruckslosen Blicke auf den Bildschirm gerichtet. Ihre sabbernden Münder durchnässten die Papierlätzchen und bildeten einen Matsch mit den Resten vom Frühstück, mit dem sie von Jugendlichen widerwillig gefüttert wurden, die hier in den Sommerferien jobbten.

»Hallo, Oma, können wir uns kurz in den Flur setzen?«

Sie sah ihn aus rot geweinten Augen an. Die Angst und der Schock hatten ihre gewohnte Entschlossenheit vertrieben. Sie überprüfte den Knoten am Bademantelgürtel, hielt sich am Rollator fest und hievte sich hoch.

Als sie sich im Gang auf zwei Stühle setzten, kam Ann-Sofie Olsson vorbei. Sie blieb bei ihnen stehen und fragte

Rosine, ob sie etwas für sie tun könne. Rosine streichelte ihr dankbar die Wange.

»Nein. Jetzt aber ab nach Hause und schlafen, schönes Mädchen.«

Ann-Sofie nickte, sagte, dass Rosine bald ein neues Zimmer bekommen würde, und entfernte sich dann mit müden Schritten zum Ausgang. Johan versuchte Rosines Blick einzufangen. »Kannst du dich noch an mehr aus der Nacht erinnern?«

»Nein, aber bei der Uhrzeit bin ich mir sicher. Und dass jemand zu Hedvig gegangen ist.«

»Können es Peter oder Ann-Sofie gewesen sein?«

»Nein, daran würde ich mich doch erinnern.«

Johan seufzte, fegte einen Brotkrümel vom Sitzbrett des Rollators.

»Trug die Person Krankenhauskleidung, oder war er oder sie in Zivil?«

In Rosines Augen glomm etwas auf.

»Ja, ich glaube, es war was Weißes. Vielleicht ein Arztkittel.«

Sie starrte ihn an, umklammerte mit den Händen die Griffe, schloss eine Weile die Augen.

»Doch, so war's«, verkündete sie. »Ein weißer Kittel. Jetzt erinnere ich mich. Und er hatte eine schwarze Tasche in der Hand, so einen Aktenkoffer, wie Gösta einen hatte, weißt du?«

»Einen Diplomatenkoffer?«

»Genau. Mit goldenen Verschlüssen.«

»Dein Kissen lag auf dem Boden. Erinnerst du dich, ob es sich da schon befand, als du aufgestanden bist?«

Neues Nachdenken, neues Kopfschütteln. Eine Krankenschwester, die Johan vorher noch nicht gesehen hatte, informierte sie, dass das neue Zimmer jetzt fertig sei. Johan begleitete Rosine in den Raum, der Wand an Wand mit dem alten lag. Als sie zugedeckt war und man ihr eine Tasse Kaffee auf den Nachttisch gestellt hatte, surrte Johans Handy.

»Meine Kollegin von der Polizei ist angekommen, und ich muss sie abholen«, erklärte er. »Ruh dich einen Augenblick aus, ich bin gleich wieder da.«

Er eilte zu den Aufzügen. Als er lautlos durch die Stockwerke sank, schloss er die Augen. Sah Hedvig vor sich und dachte, dass es gut war, dass Nathalie da war. Er brauchte ihre Hilfe, brauchte ihre Distanz zum Fall, ihren scharfen Verstand und ihre analytischen Fähigkeiten. Obwohl er hartnäckig bestritt, dass sie ihm fehlte, konnte er jetzt angesichts der Tatsache, dass sie hier war, zulassen, dass sich seine Sehnsucht voll entfaltete.

Als die Türen aufglitten, ging er rasch auf den Eingang zu. Durch den starken Sonnenschein draußen sah er zwar nur Nathalies Silhouette, erkannte sie aber dennoch aus hundert Metern Entfernung. Entschlossene Schritte auf hohen Absätzen, ihre perfekt ausgewogenen Kurven, das Haar, das seit ihrer letzten Begegnung gewachsen war. Beim Näherkommen sah er zu seiner Überraschung, dass sie sich in Begleitung von Estelle und Erik befand.

Dann fiel es ihm wieder ein. Sie wollten Rosine besuchen, bevor sie zurück nach Kiruna flogen.

Sie begegneten sich im Korridor vor dem Friseursalon. Nach kurzem Zögern umarmte er Nathalie schnell und schaute ihr in die braunen Augen.

»Hallo, schön, dass du da bist. Wie war die Reise?«

»Gut«, antwortete sie. »Überraschenderweise saß im Flieger neben mir mein Chef, der zum Angeln zum Gimån wollte, darum war es ganz nett.«

Johan begrüßte Estelle und Erik, und ihm schoss der Gedanke durch den Kopf, dass die beiden als Geschwister durchgehen könnten: blond, blauäugig, klare Gesichtszüge, denen dennoch nicht die charakteristischen Merkmale fehlten.

»Wir haben gehört, was passiert ist«, erklärte Erik ernst. »Wir können Rosine doch trotzdem besuchen, oder?«

»Ja, sie wartet schon; das ist wohl das Beste«, antwortete Johan. »Sie steht natürlich unter Schock. Und sie hat jemanden gesehen, der sich heute Nacht ins Zimmer geschlichen hat.«

Eigentlich war es falsch, das Erik und Estelle gegenüber zu erwähnen. Aber er konnte ihre Unterstützung brauchen, vor allem bezüglich des Jeeps, den sie in Kiruna gesehen hatten. Und je schneller er Nathalie in den Fall einbezog, umso besser. Estelle und Erik baten um Entschuldigung, dass sie am Abend zuvor Nathalie nicht wie versprochen angerufen und ihr von dem Jeep erzählt hatten, denn sie hatten es schlicht und einfach vergessen. Außerdem war ihnen nicht mehr eingefallen als das, was sie ohnehin schon erzählt hatten.

»Ich erinnere mich nur, wie ich den Patienten mit dem

Herzstillstand wiederbelebt habe«, entschuldigte sich Erik. »Davor habe ich einen Kollegen mit einer Panikattacke untersucht.«

»Aber da war noch was«, sagte Estelle. »Ich habe einen Mann gesehen, der auf der Beifahrerseite einstieg, unmittelbar bevor der Jeep zurücksetzte und dem Krankenwagen Platz machte.«

»Ja, und?«, sagte Johan ungeduldig.

»Ich erinnere mich an ihn, weil ich ihn etwa eine Stunde vorher an der Chirurgie-Anmeldung gesehen hatte.«

»Und?«, fragte Nathalie genauso unruhig wie Johan.

»Es ist ein bisschen peinlich«, erklärte sie und warf Erik einen Blick zu, »aber ich erinnere mich daran, weil er so gut aussah. Und die Krankenschwester, mit der ich zusammenarbeite, erzählte, dass er Pilot ist und der Traum aller Frauen.«

Johan merkte, wie sich ihm die Nackenhaare aufstellten. »Was ist er, sagst du?«

»Pilot und der Tr ...«

»Bist du sicher, dass er Pilot war?«, unterbrach Johan sie.

»Hundertprozentig. Ich glaube, er hieß Mikael ... irgendwas.«

Johan holte sein iPad aus der Aktentasche und klickte das Foto von Mikael Tornerud hervor. Estelle atmete tief ein, sodass aus ihrer Kehle ein Röcheln erklang.

»Ja, das ist er. Aber was ... warum hast du ...?«

Die Worte blieben ihr im Hals stecken. Johan sah, wie die Erkenntnis in ihr wie in Erik langsam Gestalt annahm.

»Das ist also der Pilot, der, wenige Stunden nachdem du

ihn in den Jeep hast einsteigen sehen, in Kiruna ermordet wurde. Er heißt Mikael Tornerud.«

Estelle klimperte mit den Wimpern.

»Was wollte Mikael Tornerud an der Chirurgie-Anmeldung?«, fragte Johan.

»Das weiß ich nicht, meine Kollegin hat mit ihm gesprochen, ich erinnere mich nur, dass sie eine Weile dastanden und er sich kurz danach aufregte …« Estelle schluckte schwer und wechselte einen Blick mit Erik, bevor sie weitersprach: »… aber dann kam dieser andere Mann und holte ihn ab.«

»Welcher andere Mann?«

»Den habe ich vorher noch nie gesehen. Er war wohl so um die sechzig Jahre, trug weder Mantel noch Jacke, nur ein Hemd und Jeans. Und außerdem hatte er Clogs an, daran erinnere ich mich ganz genau. Er begrüßte den Piloten, ich meine diesen Mikael, und offensichtlich kannten sie sich.«

»Und dann?«, fragte Nathalie.

»Gingen sie los zum Hauptkorridor. Was dann passierte, weiß ich nicht, denn da zog dein Patient mit der Panikattacke den Vorhang beiseite und rief um Hilfe«, endete sie mit einem Blick zu Erik.

»Wie heißt die Krankenschwester?«

»Weiß ich nicht mehr. Sie war auch eine Freiberuflerin. Das kann man aber bestimmt nachgucken.«

Johan und Nathalie stellten weitere Kontrollfragen, allerdings ohne mehr herauszufinden.

»Wenn wir Rosine noch besuchen wollen, dann jetzt«, meinte Erik. »Der Flieger startet um zwölf Uhr.«

»Klar«, sagte Johan und stand auf. »Wie lange wollt ihr diesmal in Kiruna bleiben?«

»Eine Woche, wir legen schon heute Abend los«, antwortete Estelle, als sie auf die Fahrstühle zugingen.

»Haltet Augen und Ohren offen, und ruft uns an, wenn was ist«, forderte Nathalie sie auf und hängte sich die Handtasche über die Schulter.

»Und ihr dürft natürlich keinem ein Wort über das hier sagen«, ermahnte sie Johan.

»Selbstverständlich nicht«, sagte Erik.

»Überprüft doch mal, ob Mikael Tornerud hier Patient war«, regte Nathalie an. »Vielleicht kann uns das einen Hinweis darauf geben, worum es hier geht.«

»Du meinst, wir sollen in seinen Krankenakten schnüffeln?«, wunderte sich Erik.

»Ja«, antwortete Johan. »Bei Mord gibt es keine Schweigepflicht. Und du weißt, wie langsam die Mühlen der Bürokratie mahlen.«

Estelle drehte sich zu Nathalie um. »Wir gehen doch lieber den offiziellen Weg.«

»Erik, melde dich heute Abend bei mir, sobald du deine Schicht antrittst«, sagte Johan.

»Ich verspreche nichts«, antwortete Erik kurz.

Johan übernahm neben Nathalie die Führung, rief die Telefonauskunft an und bat, mit dem Personalchef des Kirunaer Krankenhauses verbunden zu werden.

Erik und Estelle folgten ihnen, wechselten Blicke, sprachen aber kein Wort.

28

Lund

Angelica Hübinette und Maria Sanchez standen im Amt für Gerichtsmedizin in einem der Sektionssäle und betrachteten den Einstich in Henrik Borgs Armbeuge. Ein kaum erkennbarer Punkt umgeben von einem Bluterguss, der ein paar Zentimeter unter der weißen Haut eingesunken war. Die bläuliche Verfärbung wechselte ins Gelbliche, das zum Rand hin immer weiter verblasste und am Ende mit der absoluten Farblosigkeit der Haut verschmolz.

»Eine der Unterhautblutungen ist frischer als die anderen«, stellte Angelica fest und drückte mit ihrem behandschuhten Zeigefinger auf den Bluterguss. »An deren Ausdehnung kann man erkennen, dass beide Einstiche erfolgten, als er noch lebte.«

»Die Theorie, dass der Mörder in dieselbe Stelle eine Nadel injizierte wie bei der Blutprobe für die Dopingkontrolle, kann demnach also stimmig sein?«, fragte Maria Sanchez.

»Ja«, antwortete Angelica, ohne ihre Adleraugen von dem Einstich abzuwenden.

»Stellt sich die Frage, warum es dem Täter oder der Täterin so wichtig ist, die Tötungsmethode zu verschleiern, während er oder sie sich gleichzeitig wiederum durch die Rose so deutlich zu erkennen gibt?« Maria deutete mit dem Kinn zur verwelkten blau-weißen Blume, die in einer Aluschale neben Henriks Füßen lag.

»Wahrscheinlich, weil er oder sie nicht gefasst werden will«, antwortete Angelica. »Die Rose hat uns ja bisher nur verraten, dass zwischen den Todesfällen ein Zusammenhang besteht und dass es sich um ein und dieselbe mordende Person handelt. Aber wenn er oder sie die Opfer mit einer Spritze umgebracht hat, bringt uns das einen Schritt weiter. Spritzen setzen kann nicht jeder. Und bald wissen wir, was diese Person injizierte. Das Forensikzentrum hat hundertdreißig der zweihundert Substanzen aus dem Blut analysiert. Bisher keine anderen auffälligen Spuren als 0,9 Promille Ethanol, wahrscheinlich von der Whiskyflasche, die im See beim Ferienhaus gefunden wurde. Aber in knapp zwei Stunden wissen wir mehr. Sie haben versprochen, dass sie um zwei Uhr die gesamte Analyse abgeschlossen haben.«

»Hätte er vom Stich nicht wach werden müssen?«, fragte Maria und guckte aus den niedrigen Fenstern über dem Spülbecken, wie um sich zu vergewissern, dass die Welt da draußen noch existierte.

Angelica zog die Plastikhandschuhe aus. »Das finde ich auch merkwürdig. Vor allem weil es dem Täter gelungen ist, vier Personen mit derselben Tötungsmethode umzubringen.«

»Die anderen drei waren vielleicht mit einer stärkeren Droge als Whisky betäubt worden«, schlug Maria vor.

»Bald wissen wir es«, sagte Angelica, band sich die Plastikschürze ab und fing Marias Blick ein. Mit ihrem goldbraunen Teint, ihren zarten Muskeln und warmen, lebhaften Augen bildete Maria den totalen Kontrast zu diesem Raum des Todes mit seinen sterilen Flächen aus Kacheln, Stahl und Linoleum.

Sie betrachteten eine Weile schweigend die verwelkte Rose, bei der Angelica kürzlich festgestellt hatte, dass sie klinisch rein von menschlicher DNA war. Eindrücke hatten sie viele gesammelt, seit sie heute Morgen um neun Uhr in Sturup gelandet waren. Vor dem Besuch in der Rechtsmedizin hatten sie sich nahe Ystad im Ferienhaus der Familie Borg genauer umgeschaut. Waren dort fünfundvierzig Minuten herumgegangen und hatten die gleichen Fragen wie eben gestellt. Neben der Whiskyflasche war der wichtigste Fund der Techniker ein Haar und eine Zigarettenkippe mit Johnny Lappanainens DNA. Wo er steckte, wusste bisher niemand, nach Auskunft der Passkontrollstellen hatte er das Land aber nicht verlassen.

Von Ystad waren sie auf der Küstenautobahn nach Trelleborg gefahren und hatten Henriks Eltern in dem zweigeschossigen Einfamilienhaus aufgesucht, das Henrik ihnen gekauft hatte. Lena und Jörgen Borg hatten über die Trauer um ihr einziges Kind hinaus nichts mehr hinzuzufügen. Ihre Verzweiflung hatte Maria wie Angelica Tränen in die Augen getrieben, und sie hatten während all der Routinefragen die beiden getröstet, so gut sie es vermochten.

Nächster Halt auf der Route war die Umkleide des Malmö FF und ein Verhör mit Jorma Lappanainen. Auf der Fahrt dahin hatte Maria durch einen Anruf von Tim erfahren, dass Jorma wegen Körperverletzung und Überschreitung der Höchstgeschwindigkeit verurteilt worden war. Doch beide Delikte lagen über zehn Jahre zurück, und seit Jorma mit dem Fußballspielen angefangen hatte, waren sein und Henriks Verhalten vorbildlich gewesen. Jorma hatte keine Ahnung, wo sein Bruder steckte, und besaß nur die Handynummern von ihm, die die Polizei schon hatte. Er hatte mit den *Deadly Roses* nichts zu tun, wenn man davon absah, dass er manchmal mit ihnen Motorrad fuhr. Er hatte Henrik in der Mordnacht nicht besucht und nie einen schwarzen Jeep gefahren. Obwohl Henrik Jorma in der Nationalelf wie bei den Bayern im Weg gestanden hatte, schien er aufrichtig traurig über Henriks Tod zu sein. Im nächsten Moment bestätigte er, dass der Nationaltrainer ihm am Telefon angeboten hatte, Henrik in der Quali gegen Weißrussland zu ersetzen.

Aber Mord? Jorma hatte den Kopf geschüttelt und ein vollkommen ungläubiges Gesicht gemacht. Was Johnny im Ferienhaus zu suchen hatte, wusste er nicht, und er selbst war nie dort gewesen. Über Rick Miller konnte er nur Gutes sagen, und von Johnnys Drohung gegen Mikael Tornerud wusste er ebenfalls nichts.

Er hatte auch noch nie von Patricia Tornerud, Tina und Thomas Eriksson oder Hedvig Molin gehört. Er war den ganzen August in Malmö gewesen und hatte an drei der vier fraglichen Tage morgens am Training teilgenommen. Natürlich war er zu Hause in seiner Malmöer Wohnung gewesen und hatte kein Alibi, konnte zur Tatzeit aber unmöglich nach Kiruna und von dort zurückgefahren sein und ebenso wenig nach Östersund.

Und welches Motiv hätte er für die drei jüngsten Fälle haben sollen? Weder Angelica noch Maria kannten eine Antwort auf diese Frage und waren der Meinung, damit könne man ihn von der Liste der Verdächtigen streichen. Wenn einer der beiden Brüder etwas damit zu tun hatte, dann Johnny.

Der Minutenzeiger sprang mit einem Knacken weiter. Wie von dem Geräusch geweckt räusperte sich Angelica und sah Maria an.

»Dann sind wir hier fertig«, stellte sie fest und ging auf die Tür zu. »Es ist fünf vor zwölf und Zeit, dass wir was in den Magen kriegen, bevor wir zurück nach Malmö zum Verhör mit Rick Miller fahren. Ich habe das Gefühl, dass er mehr Antworten für uns hat, als wir bisher bekommen haben.«

29

Malmö

Rick Miller empfing Angelica Hübinette und Maria Sanchez in seinem Büro im 53. Stock des Turning Torso. Zunächst waren sie von der umwerfenden Aussicht überwältigt. Nicht ein Wölkchen war zu sehen. Die Sonne stand hoch am Himmel und schien grell auf die fünfstöckigen Häuser, die Autos und die Schiffe im Westhafen, die am stahlgrauen Wasser des Öresunds wie Spielzeug anmuteten.

»Willkommen im Torso, dem höchsten Wolkenkratzer in ganz Skandinavien«, trug Miller stolz vor und vollführte eine ausladende Handbewegung zum Panoramafenster. »190,4 Meter über dem Meer«, fügte er noch mit einem schiefen Grinsen hinzu.

Angelica konnte es sich nicht verkneifen, an Tim Walters Detailverliebtheit zu denken. Ansonsten waren sich die beiden Männer so unähnlich, wie sie nur sein konnten: Rick Miller war klein, kräftig und protzig. Der Brustkorb spannte das weiße Hemd, als er sich streckte, wie es so viele nicht große Männer aus einer Notwendigkeit heraus tun, gepaart mit einem Selbstvertrauen, durch das sie es im Berufs- wie im Privatleben weit brachten. Millers blondes Haar war nach hinten gegelt, und die blauen Augen schielten ein wenig. Seine Gesichtszüge hatten eine robust wirkende kantige Asymmetrie, als hätte er auf dem Weg an die Spitze mehrere Schläge einstecken müssen. In seinem blauen Anzug und den braunen Loafern wirkte er korrekt gekleidet und zugleich entspannt.

Angelica und Maria fiel sofort die rote Schwellung auf dem Nasenrücken und eine Wunde auf dem rechten Wangenknochen auf. Beide Verletzungen sahen frisch aus, obwohl er sie mit einem Abdeckstift zu kaschieren versucht hatte. Maria erkannte sofort, dass er verprügelt worden war.

Sie hatte selbst vergleichbare Verletzungen gehabt, hauptsächlich aufgrund diverser Kampfsportarten.

»Nehmen Sie Platz«, begann Miller und deutete auf zwei Besucherstühle, während er sich hinter den Schreibtisch setzte.

»Wie war es in Kopenhagen?«, begann Maria.

»Gut. Ich war geschäftlich dort. Heute war nicht so viel Verkehr, sodass man schnell vorankam.«

»Mit Ihrem neuen Dienstjeep?«, fragte Angelica und zupfte die Bügelfalte ihrer schwarzen Hose zurecht.

Rick Miller nickte und lächelte müde. »Ich habe in einer Stunde eine Besprechung mit einem meiner Spieler, darum wäre ich sehr dankbar, wenn Sie Klartext reden könnten. Ich habe ja schon die Fragen der Malmöer Polizei beantwortet, aber weil Sie hier sind, gehe ich davon aus, dass Sie annehmen, dass Henrik keines natürlichen Todes starb?«

»Dazu kommen wir gleich«, sagte Maria. Sie holte ihr Smartphone heraus, legte es auf das glänzende Mahagoni und startete die Aufnahme. Als sie die üblichen Formalitäten durchging, saß Rick Miller entspannt zurückgelehnt in seinem Bürostuhl und betrachtete sie mit seinem stechenden Blick.

»Beeindruckendes Büro«, sagte sie. »Wie kommt man an solche Räume?«

»Beziehungen«, antwortete er und befühlte den Stecker in seinem linken Ohr. »Eigentlich sind in den beiden obersten Etagen Konferenzräume, aber ich habe einen Sondervertrag. Ich habe dieses Büro seit der Einweihung 2005.«

Maria bat ihn, nochmals zu berichten, wie er Henrik gefunden hatte. Rick tat das kund, was er schon erzählt hatte.

»Wann haben Sie zuletzt mit Henrik gesprochen?«, fragte Angelica.

»Am Vormittag des Tages, an dem ich ihn gefunden habe. Ich versuchte ihn zu überreden, bei Milan zu unterschreiben, aber er war mit dem Vertrag nicht einverstanden.«

»Warum nicht?«, fragte Maria.

»Da waren etliche Paragrafen ... für wie viele Medien er zur Verfügung stehen müsste, wie viele freie Tage er pro Saison haben sollte. Und dann natürlich noch die Ablösesumme. Sogar ich fand, dass wir einen guten Deal ausgehandelt hatten, aber wie Sie vielleicht wissen, war Henrik unglaublich stur.«

»Haben Sie sich während des Gesprächs gestritten?«, fragte Angelica.

»So wie in der Bar vom Hotel Savoy?«, ergänzte Maria.

Rick Miller sah sie misstrauisch an. »Das Gespräch verlief ruhig, wir haben diskutiert.«

»Aber Henrik gab nicht klein bei?«, machte Maria Druck.

»Nein, aber mir ist es immer gelungen, ihn zu überreden. Es war nur eine Frage der Zeit, bis er unterschrieben hätte.«

Miller hob den Blick zu einem Punkt an der Wand hinter Maria und Angelica. Das Sonnenlicht wurde von dem kleinen Ohrstecker reflektiert. Bestimmt ein Diamant, dachte Maria.

»Ich hätte Henrik liebend gern in dem schwarz-rot gestreiften Trikot gesehen«, fuhr Rick verträumt fort.

»Wird Jorma Lappanainen Henriks Niveau erreichen?«, wollte Angelica wissen.

»Definitiv nicht«, meinte Miller. »Jorma ist gut, aber in der italienischen Liga wird er nicht spielen.«

»Aber in der Nationalelf spielt er jetzt nach Henriks Tod?«, fragte Maria.

Rick Miller breitete die Arme aus. »The show must go on, wie man so sagt. Aber einen Spieler wie Henrik werden wir so schnell nicht wieder erleben. Wie Sie sich vorstellen können, trauere ich unglaublich um ihn.«

Angelica und Maria ließen die Worte im Raum stehen. Rick Miller sah zwar traurig aus, es war aber schwer einzuschätzen, ob es sich dabei um ein aufrichtiges Gefühl handelte oder ob es nur ein Gesichtsausdruck war, den er sich für den Verhandlungstisch antrainiert hatte.

»Warum wollte Henrik nicht, dass Jorma in die Nationalmannschaft aufstieg?«, erkundigte sich Maria.

»Sie haben um dieselbe Position im Mittelfeld konkurriert, seit sie in den Jugendmannschaften vom Malmö FF gespielt haben. Sie hatten unterschiedliche Temperamente und konnten sich nicht ausstehen, ganz einfach.«

»Sie sagten früher aus, Henrik habe in der letzten Zeit bedrückt gewirkt«, meinte Maria und streckte sich auf dem Stuhl aus.

»Ich glaube, der Grund dafür waren der Ärger mit Milan, die Zerrung im Schenkel und das verlorene Spiel gegen Frankreich in der WM-Quali.«

»Im Ferienhaus fanden wir eine Rechnung von einem Reformhaus. Haben Sie dafür eine Erklärung?«

»Nein, das passt nicht zu Henriks Stil. Worauf wollen Sie eigentlich hinaus?«

Statt zu antworten, wechselte Angelica das Thema: »Erzählen Sie uns von Ihrer Beziehung zu Johnny Lappanainen.«

»Wie Sie bestimmt wissen, gehören uns gemeinsam ein paar Firmen.« Miller schlug die Beine übereinander und sank tiefer in den Sessel, sodass seine Loafer unter dem Tisch zum Vorschein kamen.

»Warum haben Sie das bei den ersten Vernehmungen nicht angegeben?«, fragte Angelica.

»Weil niemand danach gefragt hat!«, rief Miller und breitete die Arme aus. »Die Firmen haben nichts mit den *Deadly Roses* zu tun. Ich habe über alles genau Buch geführt. Was der Verein sagt oder tut, liegt nicht in meiner Verantwortung. Für mich ist Johnny ein geschickter Unternehmer, weiter nichts.«

»Diese Verletzungen sehen so aus, als würden sie ordentlich brennen«, meinte Maria vertraulich und nickte Rick zu. »Sieht unter der Schminke bestimmt übel aus.«

Rick seufzte betreten. »Das ist peinlich, ich weiß. Aber ich bin gestern auf dem Parkplatz gestolpert und im Kies gelandet, total bescheuert.«

Maria lächelte. »Ich sehe, dass Sie einen Schlag abbekommen haben, möglicherweise sind Sie danach im Kies gelandet. Es ist ziemlich schwer, sich beim Hinfallen die Nasenwurzel zu stoßen, finden Sie nicht auch?«

»So war das aber«, antwortete Rick, ohne mit dem Blick auszuweichen.

»Wann haben Sie zuletzt mit Johnny gesprochen?«

»Am Morgen nach Henriks Tod, am Telefon. Danach haben wir keinen Kontakt mehr gehabt.«

»Wissen Sie, wo er sich versteckt?«

Rick Miller schüttelte den Kopf. »Glauben Sie, dass er etwas mit Henriks Tod zu tun hat?«

»Er hat ein Motiv, zum Teil weil Henrik ihm die Freundin ausgespannt hat, was dazu führte, dass er Henrik in der Billardhalle bedrohte«, sagte Angelica. »Und bestimmt hat Johnny Ihnen in den Ohren gelegen damit, dass Henrik Jormas Karriere im Weg stand.«

Miller guckte aus dem Fenster, wo ein Flugzeug einen weißen Streifen an den Himmel malte und ihn dadurch teilte.

»Ja, aber weil Henrik nun einmal der unumstrittene Star war, konnte ich daran nicht viel ändern.«

»Über die Sache mit Emma Schoyen muss Johnny stinksauer gewesen sein«, fuhr Angelica beharrlich fort, auf diesen Punkt pochend wie ein Specht, der nicht aufgibt, bis er sein Ziel erreicht hat.

»Natürlich«, gab Miller zu und rückte das Einstecktuch in seiner Brusttasche zurecht. »Ich habe Henrik mehr als einmal gesagt, dass er aufpassen muss, aber er hat nicht auf mich gehört.«

Drei Möwen flogen vor dem Fenster vorbei und schienen zu johlen, aber durch die dicke Glasscheibe drang kein Laut.

Maria beugte sich über die Mahagoniplatte, in dem Versuch, ein Loch in Millers Fassade zu schlagen.

»Wir haben einen Zeugen, der hat ein Motorrad gesehen, wahrscheinlich eine HD, das, ungefähr eine Stunde bevor Sie 110 anriefen, zum Ferienhaus der Familie Borg gefahren ist. Wir glauben, dass das Johnny war, was meinen Sie?«

Rick lächelte schief und lehnte sich zurück, dass das Leder knirschte. »Ich habe Ihren Kollegen schon gesagt, dass ich das nicht weiß. Ich habe kein Motorrad gesehen. Aber jetzt müssen Sie mir mal erklären, warum Henrik Ihrer Meinung nach ermordet wurde.«

»Haben Sie die Whiskyflasche bei Henriks Anleger in den See geworfen?«, fragte Maria.

»Was für eine Flasche?«

»Wir wissen, dass Henrik kurz vor seinem Tod eine Viertelflasche hochprozentigen Alkohol getrunken hat«, informierte Angelica ihn. »Im Ferienhaus gab es keine anderen Flaschen, darum war es wahrscheinlich dieser Whisky.«

»Und wahrscheinlich hat jemand hinterher die Flasche in den See geworfen«, sagte Maria. »Ich frage noch mal: Waren Sie das? Ich kann verstehen, dass Sie Henriks Ruf schützen wollen.«

»Nein«, antwortete Miller mit verbissenem Gesicht.

»Haben Sie die Gelegenheit genutzt, um Henriks Handy und Computer verschwinden zu lassen?«, fragte Angelica.

Ein Schatten zog in den blauen Augen auf wie eine Wolke am strahlenden Himmel. Dann schüttelte Rick Miller den Kopf.

»Wir wissen, dass Sie uns belogen haben«, fuhr Maria

fort. »Wir wissen, dass Sie nicht sofort 110 angerufen haben. Drei Minuten vor diesem Gespräch, genauer gesagt um ein Uhr dreizehn, riefen Sie Johnny Lappanainen an. Jetzt müssen Sie uns den Grund dafür erklären.«

Sein Gesicht verhärtete sich.

»Obwohl Sie und Johnny nicht registrierte Handys mit Prepaidkarte benutzen, konnten wir das Ganze durch die SIM-Karte, die IMEI-Nummern der Mobiltelefone und die Sendemasten in ihrer Umgebung rekonstruieren«, fuhr Maria fort.

»Und leider ist Johnny in einem Geschäft in Helsingborg von einer Überwachungskamera erwischt worden, als er sein Handy gekauft hat«, erklärte Angelica. »Da können Sie genauso gut gleich zugeben, dass Sie Johnny angerufen haben.«

Sekunden des Zögerns. Dann seufzte Miller und sagte: »Ja, aber da hatte ich mich verwählt. Ich stand unter Schock und drückte auf der Anrufliste aus Versehen auf Johnnys Nummer. Ich wollte Henriks Eltern Lena und Jörgen anrufen. Sie können selbst sehen, dass ihre Nummer hinter der von Johnny steht …«

Er führte die Hand zur Innentasche, hielt aber inne, als Angelica ihn unterbrach: »Ist nicht nötig, wir glauben Ihnen sowieso nicht. Ist es nicht vielmehr so, dass Johnny Sie in der Hand hat …« Sie öffnete ihren Dokumentenordner und schob ihm das Foto vom Außenbereich des Bistros vom Moriska Paviljong hin. »Wie gut kennen Sie Patricia Tornerud?«

Zum ersten Mal im Verlauf des Gesprächs ließ Rick Miller die Maske fallen. »Ich weiß nicht, woher oder warum Sie dieses Foto haben«, sagte er mit einem Nicken zum Bild, »aber klar, ich treffe mich manchmal mit Patricia und habe Sex mit ihr. Aber was hat das mit Henrik und Johnny zu tun?«

»Patricia hat Spielschulden bei den *Deadly Roses.*«

»Davon weiß ich nichts.«

»Wollte sie sich von Ihnen Geld leihen?«, fragte Maria.

»Nein.«

»Haben Sie für den Sex bezahlt?«, wollte Angelica in einem neutralen Tonfall wissen, als fragte sie, ob er die Fernsehgebühren entrichtet habe.

Nun lächelte Miller. »Muss ich nicht. Ich habe keine Probleme mit Weibern, um es mal so auszudrücken.«

»Wann hatten Sie zuletzt Kontakt mit ihr?«, fragte Maria.

»Das ist mindestens zwei Wochen her.«

»Wissen Sie, wo sie sich jetzt aufhält?«

»Ich habe nicht den blassesten Schimmer.«

»Nehmen Sie Drogen?«

»Nein, wenn Sie Koffein, Snus und Champagner nicht mitzählen.«

»Wissen Sie, ob Patricia welche nimmt?«, wollte Angelica wissen.

»Keine Ahnung.«

»Wissen Sie, wer Mikael Tornerud ist?«, fuhr Maria fort.

»Nein ... ein Verwandter von Patricia?«

»Ihr Bruder«, antwortete Maria. »Mikael Tornerud war Flugkapitän und flog unter anderem auch Sie, Henrik Borg und die Brüder Lappanainen am 9. Juni nach Göteborg. Nach dem Flug wurde Mikael von Johnny bedroht. Jetzt ist er tot. Er wurde letzten Dienstagmorgen tot in seinem Bett in Kiruna aufgefunden. Wo befanden Sie sich zu dem Zeitpunkt?«

»Sie glauben doch nicht etwa, dass ich ...« Statt die Frage ganz auszusprechen, verschränkte Rick die Arme über der Brust und reckte sich wie ein angriffslustiger Kampfhahn. »Ich war zu Hause«, gab er mit ruhiger Stimme an, die schlecht zu seiner Körpersprache passte.

Angelica fragte nach einem Alibi für alle Mordfälle. Rick war zu Hause gewesen und dachte nicht daran, sich weiter dazu zu äußern. Brauchte er einen Anwalt? Nein, hatte Maria geantwortet und dachte, dass sie für eine mögliche Festnahme belastbarere Beweise benötigten. Rick Miller wusste nicht, wer Tina Eriksson oder Hedvig Molin waren, auch von Claes Rintzlér aus Östermalm hatte er noch nie gehört.

»Beim Wehrdienst waren Sie Krankenpfleger in Östersund, haben Sie da gelernt, wie man Spritzen in Adern injiziert?«

»Ja, warum?«, wunderte sich Rick und schaute auf seine Armbanduhr. »Jetzt müssen wir langsam zum Ende kommen, ich hoffe, ich konnte Ihnen helfen. Wenn Henrik wirklich ermordet wurde, bin ich der Erste, der sich wünscht, dass Sie den Schuldigen fassen. Ich habe damit absolut nichts zu tun.«

»Dann haben Sie natürlich auch kein Problem damit, eine Speichelprobe abzugeben, oder?«, sagte Angelica und holte das Proberöhrchen aus der Tasche.

»Sie halten mich doch wirklich nicht im Ernst für verdächtig?« Miller stand auf und rückte sein Sakko zurecht.

»Wir nehmen von allen, die wir verhören, Speichelproben«, erklärte Angelica. Als sie aufstand, überragte ihre hagere Gestalt Miller um einen Kopf. »Wenn Sie es eilig haben, arbeiten Sie am besten mit uns zusammen.«

»Wir haben den staatsanwaltlichen Beschluss hier«, schob Maria ein und zeigte das Schriftstück vor. »Ich glaube nicht, dass Sie Ihren Anwalt herbestellen müssen, um den Inhalt zu verstehen.«

Widerwillig las Miller.

»Da bleibt mir wohl nichts anderes übrig«, stellte er fest.

Er setzte sich hin, und Angelica entnahm die Probe.

»Glaubst du, er hängt da mit drin?«, fragte Maria, als sie wieder vor dem Gebäude standen.

»Er lügt jedenfalls wie gedruckt.«

Sie wurden von Angelicas Handy unterbrochen. Granstam rief an. Sie schaltete den Lautsprecher ein und meldete sich.

»Wo sind Sie?«, wollte er wissen.

»Gerade bei Miller raus. Das Verhör lief leider nicht wie erwartet, aber wir haben seine DNA.«

In groben Zügen schilderte sie ihm das Gespräch.

»Gut«, meinte Granstam. »Ich bin auf dem Kirunaer Flughafen, will Patricia verhören. Ich wollte nur mitteilen, Johnny Lappanainen ist geortet. Er ist im Klubhaus in Limhamn. Kam gerade mit zwei seiner engsten Männer angefahren. Die Fahndung observiert das Haus.«

»Okay, wir fahren hin, sind um zehn da.«

Angelica legte auf und wechselte einen verbissenen Blick mit Maria.

30

Kiruna

Nachdem Ingemar Granstam das Telefonat mit Angelica beendet hatte, verstaute er das Handy in der Tasche seiner Lederweste und guckte sich um. Reisende und Personal in der Ankunftshalle auf dem Flughafen eilten an ihm vorüber, doch nirgendwo konnte er Patricia Tornerud oder seinen alten Kollegen Kommissar Lars-Åke Rehn entdecken.

Es war fünf nach eins. Er gab seinem Kollegen noch fünf Minuten, dann würde er ihn anrufen. Mit einem routinierten Handgriff fischte er die Dose Snus heraus und genehmigte sich eine ordentliche Portion gegen die Müdigkeit, die seiner Erfahrung nach auf die Einnahme von zu viel Sobril zurückzuführen war. Doch er flog auch nicht gern, und jedes Wiedersehen mit seiner Heimatstadt machte ihn traurig und unruhig. Die Erinnerungen an Iréne und die Kinder, die nach ihrem Tod den Kontakt zu ihm verweigerten, waren hier immer am schmerzlichsten. Das war der Grund, warum er auf Dauer in die Gäste-Zweizimmerwohnung des Zentralkriminalamts auf Kungsholmen gezogen war, warum er seit Irénes Beerdigung vor neun Monaten nicht mehr hier gewesen war, warum er ein paar Tabletten mehr genommen hatte, obwohl ihm das sein Arzt verboten hatte. Er hatte vor, Nathalie um die Ausstellung eines neuen Rezepts zu bitten, doch weil er sie so schnell wie möglich nach Östersund schicken musste, war er nicht dazu gekommen.

»Da bist du ja!«

Kommissar Rehns vertraute Stimme ertönte hinter ihm, und er fühlte, wie ihm jemand kräftig auf die Schulter klopfte.

»Ewig nicht gesehen«, sagte Granstam und betrachtete Lars-Åke Rehn.

Sie waren im selben Alter und sahen sich ähnlich, bloß dass Rehn keinen Schnäuzer trug und zehn Kilo weniger auf die Waage brachte. Rehns Mundwerk war außerdem doppelt so schnell wie Granstams.

»Auch ewig nicht gesehen«, scherzte Rehn und drückte Granstams Pranke ein letztes Mal, bevor er sie losließ. »Du bist wohl nicht mehr hier gewesen, seit sie angefangen haben, die Stadt zu verlegen, oder?«

»Nein, interessiert mich, das mal zu sehen.«

»Das würde ich lieber lassen«, sagte Rehn und schüttelte den Kopf. »Du weißt, meine Frau und ich mussten umziehen, und wir bekommen sogar auch ein neues Polizeigebäude. Aber was soll man machen? Wegen der Erdrutsche durch den Erzabbau im Kiirunavaara bestand für die ganze Stadt die Gefahr, dass sie plattgemacht wird.«

»Ja«, sagte Granstam und nickte, wie immer, wenn er zur Sache kommen wollte. Wie üblich deutete Rehn Granstams Reaktion genauso schnell wie er sprach.

»Übrigens ist alles fürs Verhör vorbereitet. Wir können in einen Raum vom Zoll gehen, der Aufnahmegeräte und alles andere hat.«

»Perfekt.«

Es war schön, dass er mit einem Freund zusammenarbeiten würde. Ansonsten sah die örtliche Polizei es gar nicht gern, wenn sich die Profilergruppe in ihre Ermittlungen einmischte. In dem Moment erblickte er Patricia Tornerud. In ihrem dunkelblauen Arbeitskostüm und mit den hohen Absätzen, die über den frisch gebohnerten Boden klapperten, stöckelte sie mit verkniffener Miene auf die beiden Männer zu. Sie war einen Kopf größer als Granstam und Rehn, hatte einen langen, grazilen Hals, silberblonde, kurz geschnittene Haare und feine Gesichtszüge. Ihr Händedruck war so entschlossen und kalt wie ihre blauen Augen.

Kommissar Rehn wies den Weg. Bald saß Patricia ihnen in dem kalten Verhörraum gegenüber. Rehn gab einem Kollegen hinter der Spiegelwand ein Zeichen. Ein rotes Lämpchen an einer Kamera leuchtete nun, und Granstam klärte sie auf, dass sie zwecks der Verschaffung eines Überblicks zum Tod von Mikael vernommen werde. Patricia legte die Hände auf die übereinandergeschlagenen Beine, die ein wenig über den Tisch lugten, und verzog keine Miene.

»Sie fragen sich bestimmt, warum auch wir von der Profilergruppe mit Ihnen sprechen wollen«, begann Granstam vertraulich.

»Ich gehe davon aus, dass Sie es mir erklären werden«, entgegnete sie monoton. »Ich habe Kommissar Rehn schon alles erzählt; aber wenn ich dazu beitragen kann, den Tod meines Bruders aufzuklären, dann stehe ich Ihnen selbstverständlich gern zur Verfügung.«

Granstam erkannte, dass es nichts brachte, lange um den heißen Brei herumzureden. »Der Grund, warum ich mit Ihnen sprechen will, ist, dass wir glauben, dass Mikael ermordet wurde.«

Sie schluckte, doch das versteinerte Gesicht blieb unverändert.

»Das habe ich mir schon gedacht. Mikael hat sich nie was aus Blumen gemacht, außer als Aufmerksamkeit für Frauen. Und er war sein Leben lang kerngesund.«

»Aber zu Kommissar Rehn sagten Sie, Mikael könnte sich das Leben genommen haben«, wandte Granstam ein. »Sie sagten, er sei in letzter Zeit ein bisschen niedergeschlagen gewesen.«

Patricia verscheuchte eine Fliege von ihrer Strumpfhose, die im grellen Neonlicht glitzerte.

»Das habe ich gesagt, weil ich unter Schock stand. Ich konnte nicht begreifen, dass er tot war. Wie gesagt, er ist in seinem Leben nie krank gewesen, und auf den Gedanken, dass er ermordet worden sein könnte, kam ich nicht. Aber so niedergeschlagen war er nun auch wieder nicht. Ist die Obduktion abgeschlossen? Woran ist er gestorben? Haben Sie mit seiner Ex-Frau gesprochen?«

»Die rechtsmedizinische Untersuchung ist fast abgeschlossen«, antwortete Granstam. »Sie haben recht, es gab keinerlei Anzeichen, dass Mikael krank war. Auf seine Todesursache kann ich nicht näher eingehen, aber die werden

Sie zeitnah erfahren. In welcher Hinsicht war Mikael niedergeschlagen?«

Sie zuckte die Schultern und guckte auf ihre sorgsam manikürten Fingernägel, die so blutrot waren wie ihre geschminkten Lippen.

»Wie gesagt, es war nichts Ernstes. Aber als wir uns das letzte Mal sprachen, war er stiller und nicht so witzig wie sonst. Und dann ging er in die Luft wegen einer Kleinigkeit, an die ich mich nicht mehr erinnere, es sah ihm gar nicht ähnlich, sich so seine gute Laune vermiesen zu lassen. Jetzt müssen Sie mir aber sagen, wie er Ihrer Meinung nach starb! Er lag ja ganz ruhig im Bett und sah aus, als würde er schlafen.«

»Wie war Ihre Beziehung zu Mikael?«, fragte Granstam, als hätte er sie nicht gehört.

»Sie wissen bestimmt, dass unser Verhältnis nicht das beste war, aber er war mein einziger Bruder, und Blut ist dicker als Wasser.«

»Können Sie das näher erklären?«

»Ich meine, dass ich ihn liebte, obwohl wir uns nicht immer gut verstanden.«

»Zum Beispiel wenn Sie sich von ihm Geld leihen wollten?«

»Darüber will ich nicht reden.«

»Wie viel wollten Sie sich leihen?«

Statt zu antworten, kniff sie die Lippen zusammen. Granstam veränderte seine Sitzposition, und der Hocker knackte.

»So viel, um damit Ihre Spielschulden bei den *Deadly Ro-*

ses zu begleichen? Wir wissen, dass Sie Schulden haben und sich Geld von Ihrem Bruder pumpen wollten. Muss entwürdigend für Sie gewesen sein, dass er immer wieder Nein sagte und obendrein beschloss, seiner Ex-Frau finanziell unter die Arme zu greifen.«

Patricia Tornerud veränderte ihre Haltung, schlug die Beine in die andere Richtung übereinander und zog ihr Halstuch zurecht. »Wie gesagt geht Sie das nichts an. Aber Eva ist eine Bitch, und das war sie schon immer.« Sie warf einen Blick auf ihre Armbanduhr. »Mein Flug nach Arlanda startet in vierzig Minuten. Wenn Sie außer Vorwürfen und Unterstellungen noch was haben, müssen Sie sich beeilen.«

»Sie haben eine teure Uhr und einen neuen Ferrari«, sagte Granstam geduldig. »Wie finanzieren Sie das? Ich nehme an, das können Sie sich von Ihrem Gehalt als Flugbegleiterin nicht leisten.«

»Wenn Sie wissen wollen, was ich verdiene, können Sie beim Finanzamt anrufen.«

Wenn du vorhast, mich zu ärgern, dann bist du an den Falschen geraten, dachte Granstam und machte noch gemächlicher als vorher weiter, falls das überhaupt möglich war: »Spielen Sie meistens im Internet?«

Patricia sah ihn kühl an, und ihr linker Nasenflügel zuckte leicht.

»Wie haben Sie Johnny Lappanainen kennengelernt?«

»Wer ist das?«

»Das wissen Sie sehr genau. Hat er Sie bedroht, als Sie Ihre Schulden nicht zurückbezahlt haben? Ist das der

Grund, warum Sie Kokain schmuggeln und für einen Escortservice arbeiten?«

Ihre Pupillen weiteten sich einen Millimeter.

»Wir haben mit Claes Rintzlér gesprochen, der die Angaben bestätigt hat«, fuhr Granstam fort und nickte zu Rehn, der die Bilder von Patricia vor Rintzlérs Haustür auf den Tisch legte.

Langsam neigte sie den Kopf und warf ein Auge auf die Fotografien. Zwei Schweißperlen zeigten sich auf ihrer glatten Stirn. Fängt die Eisprinzessin jetzt an zu schmelzen?, dachte Granstam.

»Ich kenne Claes. Wir haben eine Beziehung, treffen uns manchmal, wenn ich in Stockholm bin, aber was hat das mit Mikael zu tun?«

»Für mich passen Ihre Spielschulden nicht mit Ihrer Luxusuhr und Ihrem Ferrari zusammen. Sie scheinen über Ihre Verhältnisse zu leben, wie fand Johnny Lappanainen das?«

Patricia drehte sich zur Spiegelwand. Sie bekam rote Flecken am Hals, als sie antwortete, sie gebe dazu keinen Kommentar ab.

»Bezahlen Sie die Schulden durch die Arbeit beim Escortservice und als Kokainschmugglerin?«, bohrte Granstam weiter. »Wie Sie merken, bin ich nicht hier, um in dieser Sache zu ermitteln, sondern um den Mord an Ihrem Bruder aufzuklären. Wenn es Ihnen lieber ist, können wir die Kamera ausschalten.«

Keine Antwort; bloß die falschen Wimpern klimperten.

»Da Sie jetzt erben, brauchen Sie nie wieder Ihren Körper zu verkaufen. Das muss Ihnen wie eine Befreiung vorkommen. Und gerecht, weil Sie endlich über das Vermögen Ihres Bruders uneingeschränkt verfügen können.«

Patricia Tornerud atmete schneller, und die Sehnen in ihrem dünnen Hals spannten sich.

»Es ist verständlich, wenn Sie verzweifelt waren«, fuhr Granstam fort. »Und durch das Erbe sind Sie jetzt eine reiche Frau. Wir wissen, dass sich Mikaels Gesamtvermögenswerte mindestens auf sieben Millionen Kronen belaufen. Und wir wissen zufällig, dass Sie alles bekommen und die Ex-Frau nichts.«

Sie zuckte zusammen, als kehrte sie von einem weit entfernten Ort zurück. »Da wissen Sie mehr als ich«, antwortete sie. »Wie gesagt, ich war damit beschäftigt, zu begreifen, dass mein Bruder tot ist.«

»Wann haben Sie Henrik Borg zum letzten Mal gesehen?«

»Was? Ich weiß, dass er ein paarmal mit mir geflogen ist, aber das ist auch schon alles.«

Die Antwort kam etwas zu schnell.

»War er ein Kunde von Ihnen?«

»Jetzt hören Sie aber auf! Sie sagten, ich brauche keinen Anwalt. Alles, was Sie behaupten, ist gelogen, und jetzt gehe ich!«

Sie stand rasch auf.

»Nur noch ein paar Fragen. Am 9. Juni wurde Mikael nach dem Flug nach Göteborg von Johnny Lappanainen bedroht. Im Flugzeug saßen Mitglieder der Nationalmannschaft, inklusive Henrik Borg und Rick Miller.«

Zu seiner Verwunderung sagte sie: »Davon habe ich

nichts mitbekommen. Mikael erzählte auf dem Heimweg davon, aber er schien sich nicht weiter darüber aufzuregen.«

»Wie gut kennen Sie Rick Miller?«

Ein weiteres Nicken zu Kommissar Rehn, der das Foto von Patricia und Rick vor dem Moriska Paviljong in Malmö vorlegte. Die Hände auf dem Tisch abgestützt betrachtete Patricia die Bilder. »Ich und Rick sehen uns ab und zu. Wir wohnen in Malmö in derselben Gegend und haben uns auf dem Gymnasium kennengelernt.«

Granstam ließ ein paar Sekunden verstreichen. Ihm fiel auf, dass sie nicht wissen wollte, warum er danach fragte. »Haben Sie versucht, sich auch von ihm Geld zu borgen?«

Das Klappern der langen Nägel auf der Tischplatte war die einzige Antwort, die er bekam.

»Wir wissen, dass Rick und Johnny zusammengearbeitet haben. Aber wie schon gesagt interessieren mich deren Geschäfte nicht, sondern bloß der Mord an Ihrem Bruder.«

»Rick und ich treffen uns manchmal zum Ficken«, sagte sie mit Betonung auf dem letzten Wort, wie um zu schockieren. Granstam nickte unbeteiligt und dachte, dass diese ausgespielte Karte einen weiteren Riss in ihrer Fassade darstellte.

»Wann hatten Sie zuletzt Kontakt zu ihm?«

Sie schaute auf ihre Hände, schlug die Daumennägel aneinander und dachte nach. »Vor ein paar Tagen, wir telefonieren immer.«

»Vorhin wurde er von meinen Kolleginnen verhört, wussten Sie das?«

»Nein.«

Noch eine Lüge, aber hatte das etwas mit den Morden zu tun? Unruhe begann sich allmählich in Granstam zu regen, und ihm war klar, dass sein Körper die Tabletten langsam abbaute. Er wechselte das Thema: »Ihr Bruder war in der Notaufnahme im Kirunaer Krankenhaus, am Abend bevor er ermordet wurde.« Er schilderte, was Estelle und Erik gesehen hatten. Patricia schüttelte den Kopf. Außer den regelmäßigen Kontrollen bei den betriebsärztlichen Untersuchungen hatte Mikael sein ganzes Leben lang nie einen Arzt aufgesucht. Sie wusste nicht, wer der Mann war, der Mikael abgeholt hatte, und einen schwarzen SUV kannte sie auch nicht.

»Kann ihn Rick Miller gefahren haben?«

»Warum wollen Sie das wissen?«

»Wahrscheinlich hat der Nachbar denselben SUV zu Mikaels Hof fahren sehen, in der Nacht als er starb.«

Sie kniff ihre Lippen wieder zu einem Strich zusammen und wandte den Blick ab. Granstam meinte, sie sehe bedrückt aus, und wartete schweigend ab. Dann drehte sie sich zu ihm und sagte: »Eins kann ich Ihnen sagen, nicht, weil ich glaube, dass das was mit den Morden zu tun hat …«

Granstam nickte.

»Rick war nicht in Kopenhagen, wie er es Ihnen gesagt hat … Er war irgendwo in Norrland. Ich habe gestern Nachmittag mit ihm gesprochen. Da hat er mir das erzählt.«

»Wissen Sie noch, um wie viel Uhr?«

»Ungefähr um halb fünf.«

»Was sagte er wortwörtlich?«

»Weiß ich nicht mehr. Nur, dass er geschäftlich im Norden zu tun hatte und dass das mit Kopenhagen gelogen war«, fügte Patricia hinzu, als empfände sie auf einmal Reue.

»Wir sind immer diskret«, sagte Granstam und fragte sich, ob Patricias plötzliche Mitteilsamkeit eine Masche war, um die Aufmerksamkeit von sich abzulenken. Nach seiner Einschätzung der Situation war jetzt der Zeitpunkt gekommen, um die Karten auf den Tisch zu legen. »Wir glauben, dass Henrik Borg von derselben Person ermordet wurde wie Ihr Bruder. Bei Henrik lag nämlich wie bei Ihrem Bruder auch eine blau gefärbte Rose auf der Brust ...«

»Was sagen Sie da? Das klingt doch total krank!«

Ihr Erstaunen wirkte echt.

»In welcher Beziehung stehen Sie zu Tina Eriksson in Göteborg?«

»Wer ist das?«

»Zu Hedvig Molin in Östersund?«

»Noch nie gehört.«

»Wir wissen, dass Sie in Östersund waren, als Hedvig Molin ermordet wurde«, fuhr Granstam ungeduldig fort. »Sie wurde wie alle anderen Opfer durch eine Injektion getötet. Ihnen fehlt ein Alibi für alle vier Mordfälle, Sie haben teilweise ein Motiv, und wir wissen, dass Sie Spritzen setzen können, weil Sie zwei Jahre als Hilfsschwester hier im Krankenhaus gearbeitet haben, bevor Sie sich umschulen ließen.« Er legte eine Kunstpause ein und ließ seinen Wortschwall bei ihr sacken. »Sie werden sich nach einem Geständnis besser fühlen, wir haben DNA von sämtlichen Tatorten, und die Wahrheit kommt immer ans Licht.«

Patricia stand mit einem Ruck auf.

»Sie spinnen doch. Jetzt gehe ich.«

Ihm war klar, dass er zu viel preisgegeben hatte, doch wegen ihrer Verlogenheit und Kälte war ihm die Kontrolle entglitten.

»Zuerst entnehmen wir bei Ihnen eine Speichelprobe für den DNA-Abgleich.«

Mit einem Seufzer setzte sie sich wieder auf den Hocker.

»Okay, aber machen Sie schnell.«

31

Göteborg

Tim Walter war schlecht. Sobald die Türen der Straßenbahn an der Haltestelle Såggatan im Stadtteil Majorna aufgingen, stieg er aus und atmete schnell ein paarmal tief durch. Hustete, wischte sich den Schweiß von der Stirn und hustete abermals. Die Luft war heiß und feucht, und ihn streifte eine erfrischende, salzige Brise vom Meer. Er war bisher noch nie Straßenbahn gefahren. Von der Fahrt war ihm schwindelig, und sein Zwerchfellbruch hatte sich bemerkbar gemacht. Dass er eine halbe Stunde vorher in Ohnmacht gefallen war, als man ihm in der rechtsmedizinischen Abteilung vom Sahlgrenska-Krankenhaus den Leichnam von Tina

Eriksson gezeigt hatte, trug auch nicht gerade zu seinem Wohlbefinden bei. Das peinliche Gefühl, das er empfunden hatte, als er auf dem Boden wieder zu sich kam, die beiden Gerichtsmediziner über ihn gebeugt, war so quälend wie die Übelkeit. Am liebsten wäre er wie gewohnt im Polizeigebäude auf Kungsholmen bei der Arbeit hinter den Rechnern sitzen geblieben, doch die Lage des Falles machte es erforderlich, dass »alle ihr Scherflein beitragen«, wie Granstam sich ausgedrückt hatte.

Tim zog die Baseballcap tief in die Stirn, um nicht von der Sonne geblendet zu werden, kontrollierte, ob er Brieftasche, Laptop, Asthmaspray und alle drei Handys noch hatte, und machte sich auf zum Eingangstor des Paares Eriksson. Es war sieben Minuten nach eins. Er würde pünktlich zur Verabredung mit Kommissarin Sjögren von der Göteborger Polizei kommen, die ihm den Tatort zeigen wollte.

Reflexartig wie immer, wenn er nicht bewusst nachdachte, begann sein Gehirn, Fakten herunterzurappeln, die er kürzlich gelesen hatte: *Göteborg hat 563 400 Einwohner, bekam 1621 auf Geheiß von Gustav II Adolf die Stadtrechte verliehen und erstreckt sich auf einer Fläche von 761,24 Quadratkilometern.*

Er stellte sich Nathalie vor und fand es schade, dass Granstam sie nicht nach Göteborg geschickt hatte. Wenn Tim niemanden hatte, den er mit seinem Wissen beeindrucken konnte, kam ihm das alles so unwichtig vor wie seine Schritte auf dem ausgetretenen Gehweg. Der Unterschied war nur, dass er ein Ziel hatte, korrigierte er sich, und zwang seine Gedanken, sich mit dem Fall zu beschäftigen.

Thomas Eriksson und sein schwarzer Range Rover waren nach wie vor unauffindbar. Nicht eine Spur hatte er hinterlassen, weder digital noch im realen Leben, seit er die Wohnung anderthalb Tage vor dem Mord an Henrik Borg verlassen hatte. Tochter Alice, die bei Tinas Schwester in Örgryte wohnte, war wegen des Todes ihrer Mutter natürlich am Boden zerstört. Dass Thomas seit neun Tagen verschwunden war, machte ihr keine großen Sorgen. Als Tim zur Vernehmung bei Alice gewesen war, hatte sie ihm erzählt, dass Thomas sie als Kind ständig geohrfeigt, sie immer Angst vor ihm gehabt hatte und sich nicht wundern würde, wenn er ihre Mutter getötet hätte.

Såggatan 106 war das hinterste Eingangstor in dem Wohnhauskomplex aus vier Blocks mit jeweils drei Stockwerken. Links befand sich ein Parkplatz mit Abstellraum für die Müllcontainer und zwei Fahrradständern. Tim prägte sich das Bild ein, und genau in dem Augenblick, als er den Kiesweg betrat, wurde das Eingangstor vor ihm geöffnet. Eine Frau um die vierzig mit kurzen braunen Haaren und warmen Eichhörnchenaugen nickte ihm als Zeichen des Wiedererkennens zu.

»Tim Walter von der Profilergruppe?«, fragte sie in der kecken Göteborger Mundart und reichte ihm die Hand. Rasch wischte sich Tim die schweißnasse Hand an der Gesäßtasche seiner Jeans ab und erwiderte die Begrüßung. Konzentrierte sich darauf, ihr in die Augen zu sehen, weil er gelernt hatte, dass es so erwartet wurde.

»Und Sie sind Kommissarin Sjögren?«

»Stimmt genau, aber sagen Sie Åsa«, erklärte sie und lächelte auf diese mütterliche Art, wie es auch Nathalie manchmal tat. Tims Blick irrte zu einer Elster, die auf dem Rasen vor dem Haus umherspazierte.

»Ich habe diesen Todesfall mit Ihrem Fernalarm in Verbindung gebracht«, erklärte sie stolz. »Das wurde mir in dem Moment klar, als ich die Rose sah. Willkommen in Göteborg übrigens noch!«

»Klein London«, gab er zurück.

»Ja, genau«, seufzte sie. »Kommen Sie, dann schauen wir uns den Tatort an.« Sie öffnete das Tor. »Der Zeuge, Holger Eriksson, der den Lärm im Treppenhaus gehört hat, wartet auf Sie. Er wohnt gegenüber von der Wohnung des Opfers.«

Tim nahm mit Åsa Sjögren die Treppen nach oben. Gelbe Wände mit braunen und schwarzen Sprenkeln. Dreizehn Stufen pro Absatz, insgesamt achtundsiebzig, rechnete er schnell aus. Der Puls stieg mit jeder Etage, und die Atemluft wurde immer knapper. Aber er wollte nicht stehen bleiben und inhalieren, das wäre viel zu peinlich, darum kämpfte er sich weiter hoch.

Auf dem Absatz zwischen dem ersten und zweiten Stock hatte er das Gefühl, dass irgendetwas das Muster störte, denn die Streuung der Sprenkel vor ihm widersprach seinem natürlichen Empfinden für Symmetrie. Als Åsa sich umdrehte, wie um festzustellen, ob er mithalten konnte, ging er so schnell er konnte nach oben.

»Hier ist es«, erklärte sie und zeigte auf ein Schild, auf dem in weißen Großbuchstaben ERIKSSON stand. »Die Techniker sind fertig, aber wir ziehen trotzdem Handschuhe und Schuhschützer an, ja?«

Ohne eine Antwort abzuwarten, öffnete sie ihre Tasche und händigte ihm beides aus.

»Die Tür war also angelehnt, als die Tochter nach Hause kam?«, fragte er, nachdem er durchgeatmet hatte.

»Ja, in etwa so«, antwortete Åsa und zog die Tür bis auf fünf Zentimeter zu. »Sie ging gleich rein, und wie Sie wissen, fanden die Techniker ihre Schuhabdrücke und die DNA von ihrem Speichel im Schlafzimmer.«

»Was sie damit erklärt, dass sie sich fast übergeben hätte, als sie ihre Mutter sah«, erklärte Tim und spürte, wie Übelkeit sich unterhalb seiner Brust regte.

»So«, sagte Åsa Sjögren, machte die Tür weit auf und gab ihm durch eine Geste zu verstehen, dass er hineingehen solle.

Im Flur war es dunkel und die Luft muffig. Die Sonne schien zwei Vorhängen gleich von rechts durch Wohnzimmer und Küche herein. »Wir fangen in der Küche an, ich hebe mir das Schlafzimmer bis zum Schluss auf«, sagte er und bog rechts ab. Die Methode, am Rand eines Tatorts anzufangen, hatte er entwickelt. Oft entdeckte er ein Detail, das ihm half, richtige Fragen zu stellen, außerdem waren die Eindrücke am Tatort immer so stark, dass man entweder vergaß, den Rest anzuschauen, oder die scheinbar unwichtigen Leitfäden übersah. »You see, but you do not observe. The distinction is clear«, wie sein Idol Sherlock Holmes es ausdrückte.

Die Küche war mit IKEA-Möbeln eingerichtet, Gardinen, Bankkissen und Topflappen in Limettengrün und Hellblau. Auf einer sorgfältig gebügelten Tischdecke lagen ein

Programm einer Pferderennbahn und eine zusammengefaltete Ausgabe der Göteborgs-Posten.

»Wer hat die Zeitung reingeholt?«, fragte Tim. »Sie war doch schon tot, als die gebracht wurde, und Thomas war nicht zu Hause.«

»Das war ich«, antwortete Åsa. »Die lag auf dem Boden im Flur, darum hielt ich es so für am praktischsten. Natürlich hatte ich Handschuhe an.«

Tim nickte und ging weiter ins Wohnzimmer. Auch hier sah es aus wie auf den Fotos, die er gesehen hatte: ein schwarzes Ledersofa, zwei Sessel, offene Regale mit eingebautem 48-Zoll-LED-Fernsehbildschirm, Büchern, Gesellschaftsspielen und Dekogegenständen. An der einen Wand hingen mehrere gerahmte Fotos von Tina als Solotänzerin und mit anderen Künstlern.

Ein Foto erregte sofort seine Aufmerksamkeit. Es war eine große Ganzkörperaufnahme von Tina. Sie tanzte allein im Scheinwerferlicht auf einer Bühne in einem glitzernden, weißen, ärmellosen Paillettendress mit kurzem Rock, der einen schönen Kontrast zu ihrer sonnengebräunten Haut bildete. Die Arme waren graziös vor der Brust angehoben. Der eine Fuß suchte Halt auf der Innenseite der Wade, und das aschblonde Haar flog über die Schulter und verriet die Geschwindigkeit und die Richtung der perfekten Pirouette.

Aber nicht die Bewegung und die Anmut faszinierten Tim am meisten. Es waren der intensive Blick und das ansteckende Lächeln.

Hin und wieder war Tina Eriksson ohne Zweifel auch glücklich gewesen.

32

Göteborg, 13. Juli

Ihr Lächeln verfliegt, sobald sie die Tür schließt. Endlich ist die letzte Unterrichtsstunde des Tages beendet. Im Umkleideraum hört sie das Gemurmel und Rumoren der Mädchen, die an ihrem Sommerkurs in Jazztanz teilnehmen, stellt sich vor, wie sie ihre Sachen einpacken und Pläne für den Abend machen. Vielleicht radeln sie direkt ans Meer? Oder gehen sie zuerst etwas essen? Der Sommertag ist schön, und niemand will sich in geschlossenen Räumen aufhalten. Sie interessiert all das nicht, will bloß ihre Ruhe haben.

Langsam, wie vollkommen ausgepowert schließt sie die Augen und atmet ganz tief durch. Muss versuchen, die Unruhe abzumildern, die sich nach dem Mittagessen angeschlichen hat. Normalerweise bekommt sie keine Angst, wenn sie tanzt, schon gar nicht, wenn sie unterrichtet. Aber der Streit mit Thomas in den letzten Wochen hat sie anfälliger als sonst gemacht. Wie Lackmuspapier saugt sie alles Negative in sich auf: seine Kommentare über ihr Aussehen, ihre schlechten Finanzen, ihre innere Unruhe und Unfähigkeit, eine Arbeitsstelle zu behalten. Dass Alice sich gerade am anderen Ende der Welt herumtreibt, macht die Sache nicht besser.

Natürlich streiten sie, besonders im Sommer, wenn sie beide Urlaub haben: stürmisch aufflammendes Inferno über alles zwischen Himmel und Erde, aber die Streitereien hören meistens so schnell wieder auf, wie sie anfangen. Doch jetzt ist er fast die ganze Zeit aggressiv und beleidigend. Obwohl sie sich immer eingeredet hat, dass sie zu ihm halten muss, wünscht sie sich jetzt nichts sehnlicher, als dass er sich auf eine seiner unzähligen Angeltouren begibt.

Im Spiegel, der eine Wand im Tanzsaal bedeckt, begegnet sie ihrem Blick und bekommt Angst, als sie feststellt, wie ausdruckslos ihre Augen sind.

Wozu ist sie eigentlich nütze? Ist sie eine gute Mutter? Mögen die Schülerinnen ihren Unterricht? Hat sie Chancen bei einem der Castings, zu denen sie im Herbst gehen will? Sechsunddreißig Jahre und schon verbraucht in einer Welt, die ständig nach neuen jungen Talenten giert?

Sie füllt ihre Lungen mit Luft und atmet langsam durch die Nase aus, so wie es ihr Psychologe ihr geraten hat. Das Unbehagen lächelt höhnisch über den vergeblichen Versuch, die Ruhe zurückzugewinnen. Nichts kann sie richtig, und daran wird sie auch nie etwas ändern können. Dass sie eine gute Ehefrau für Thomas ist, glaubt sie schon längst nicht mehr. Wenn sie das einmal für einen Moment vergessen sollte, erinnerte er sie sofort wieder daran. Mit seinen Blicken, Gesten und seiner katzenhaften Ruhe.

Sie hätten nie heiraten dürfen. Das weiß sie. Als Alice aber in die Schule kam, wurde ihr das Leben als alleinerziehende Mutter mit unregelmäßigen Arbeitszeiten und noch ungeregelterem Einkommen zu viel. Thomas tauchte in ihrem Leben wie ein Stützpfeiler auf.

Sie macht zwei Schritte auf den Spiegel zu. Findet, dass sie für ihr Alter immer noch gut aussieht: die Kurven sitzen da, wo sie sollen, und die Hülle ist ohne auffällige Makel ansprechend geformt. Ohne dass sie es eigentlich will, zieht sie die Ärmel des langärmeligen Shirts hoch und betrachtet die Narben.

Eine Welle aus Finsternis überspült sie. Das Untier, das sie jede Nacht jagt, kommt immer näher. Sie weiß, dass ihre Flucht sinnlos ist. Das Furchtbare wird sie einholen, es ist nur eine Frage der Zeit. Ihre innere Stimme, die ihre ärgste Feindin ist, durchschneidet sie geradewegs: *Das schaffst du nie. Für wen hältst du dich? Wertlos bist du!*

Sie zwingt ihre Schritte zur Lautsprecheranlage. Hebt das Handy vom Boden auf und tippt zitternd auf Gloria Gaynors *I Will Survive*. Ihre Rettungsleine seit Jahren. Ohne dieses Lied wäre sie vermutlich schon tot.

Sie tritt im Takt des Piano-Intros ein paar Schritte zurück. Bleibt stehen und beginnt zaghaft mit den Fingern zu schnipsen. Den Körper kann sie immer noch kontrollieren. Sie lässt alle Schranken fallen und sich von der Musik erfüllen.

And I grew strong
And I learned how to get along

Weg mit der Unruhe und den Selbstzweifeln. Sie wird wieder stark werden. Komme, was wolle.

Neuer Atemzug. Die Luft ist verbraucht und riecht nach Schweiß nach zwei Stunden Training und der schlechten Klimaanlage. Der Körper bewegt sich im Rhythmus der Musik. Thomas kann sich zum Teufel scheren. Sie wird klarkommen. Wird überleben.

Die Musik erfasst sie. Sie nimmt und gibt, lässt sich mitreißen, steigt ein und hat die Kontrolle ein paar Takte lang, bevor sie wieder loslässt.

Genau jetzt ist sie frei.

33

Tim zwang sich, nicht mehr auf das Foto zu gucken. Er empfand plötzlich Trauer, dass all die Freude, die Tina ausgestrahlt hatte, unwiederbringlich verloren war. Dann ermahnte er sich zu professionellem Vorgehen und betrachtete den Fanschal von IFK Göteborg, der an der Wand neben Postern mit Drucken von Andy Warhol, Picasso und einem Göteborg-Maler hing, dessen Namen er nicht kannte.

»Die Engel«, stand in Blau auf Weiß auf dem Schal geschrieben. Die gleiche Farbkombination wie bei den Rosen, dachte er und drehte sich zu Åsa Sjögren um. »Wissen Sie, wer hier der IFK-Fan war? Oder waren es vielleicht beide?«

»Thomas. Tinas Schwester hat es mir erzählt. Sie sagte,

in dem Streit, bevor er sich vom Acker machte, ging es unter anderem darum, ob er seine Zeit lieber bei deren Fußballspielen oder mit Tina verbrachte.«

Vielleicht war er zum Spiel der Tre Kronor gegen Frankreich im Ullevi, überlegte Tim und nahm sich vor, das zu überprüfen.

Åsa Sjögren räusperte sich und fuhr fort: »Ich habe den Eindruck, dass Tina Eriksson sehr einsam war in den Phasen, in denen es ihr schlecht ging und sie nicht arbeiten konnte, besonders nachdem die Tochter verreist war. Laut Tinas Psychologen sah sie alles nur schwarz-weiß, sie hatte Wutanfälle und Probleme, längere Beziehungen einzugehen. Obwohl sie eine anerkannte und begabte Tänzerin war, gab es oft Zoff, und in letzter Zeit bekam sie nicht mehr so lange Arbeitsverträge wie früher. Laut ihrer Schwester war diesmal der Streit mit Thomas heftiger als sonst.«

»Was dazu passt, dass er sich abends nicht wie sonst gemeldet hat«, dachte Tim laut. Aber das Bild von einem raffinierten Täter, das sich sein Team gemacht hatte, war nur schwer in Einklang zu bringen mit jemandem, der nach einem Ehekrach schleunigst das Weite gesucht hatte. Konnte Thomas mit so viel Berechnung vorgegangen sein, dass er den Krach provoziert hatte, um einen Grund zu haben, zu verduften? Zweifellos sprach das Zusammentreffen der Ereignisse gegen ihn, denn er hatte sich außerdem aus beruflichen Gründen zum Zeitpunkt der Morde in den betreffenden Städten aufgehalten.

»Glauben Sie, Thomas hat es getan? Und in welchen Fällen ermitteln Sie sonst noch?«

»Leider kann ich darauf nicht eingehen.«

»Aber Sie sagten, sie sei möglicherweise durch eine Spritze und nicht mit einem Kissen getötet worden?«

Tim nickte. »Wollen wir uns das Schlafzimmer angucken?«

Dort duftete es nach Lavendel, und der Raum wirkte größer und heller als auf den Fotos. Tims Blick wanderte zum zwei Meter breiten Doppelbett. Die rechte Hälfte, die sich dicht am Fenster befand, war gemacht, eine hellgrüne Tagesdecke war darauf ausgebreitet. Die linke Seite, wo Tina Eriksson tot aufgefunden wurde, war ungemacht und verwaist, als wäre Tina nach wohltuendem Nachtschlaf eben erst ins Badezimmer gegangen. Hatte sich der Mörder angeschlichen, als sie schlief, sich auf die Bettkante gesetzt, eine Vene in der Armbeuge ausgesucht und die Spritze gesetzt? Wie war er hineingekommen? Warum war sie nicht aufgewacht?

Er schaute auf die Digitalanzeige seiner Armbanduhr. In einer halben Stunde wäre das Zentrum für Forensik mit dem Abgleich des Blutes fertig. Er hob den Blick zum umgeworfenen Stuhl, der zwischen Tinas Seite und den Einbauschränken lag. Die Scherben von der Vase, die auf Tinas Nachttisch gestanden hatte, waren von den Technikern in einen Plastikeimer gelegt worden.

Hatten Tina und Thomas den Stuhl im Verlauf ihres Streits umgestoßen? Als hätte Åsa seine Gedanken gelesen, sagte sie: »Laut der Schwester kam es beim Streit der beiden nie zu körperlichen Auseinandersetzungen. Und der alte

Eriksson, der den Krach im Treppenhaus mitbekam, hat aus der Wohnung nichts gehört.«

»Kommen Sie, wir reden mit ihm.«

Holger Eriksson öffnete nach siebenmal Klingeln. Der Mann war zweiundneunzig Jahre alt, die man seinem gebeugten Körper auch ansah. Er trug ausgetretene Schuhe und eine ausgefranste blaue Gabardinehose, die zur Hälfte die mit braunen Altersflecken übersäten Unterschenkel bedeckte.

»Ach, da sind Sie ja!«, sagte er mit rauer Stimme. »Ich habe mich schon gewundert, wo Sie bleiben. Kommen Sie rein!«

Mühsam und mit eisernem Willen drehte er den Rollator herum und trippelte vor ihnen den Flur entlang. Åsa lächelte Tim zu, der verbissen nickte. Holger bestätigte ihnen, dass er irgendwann zwischen ein und zwei Uhr nachts Lärm im Treppenhaus gehört habe. Er ging dreimal in der Nacht auf die Toilette, und den Krach hatte er bei »Gang Nummer zwei« gehört. Das war immer zwischen ein und zwei Uhr, das wusste er ganz genau, obwohl er dabei nicht jedes Mal auf die Uhr schaute.

»Wenn man so alt und allein ist wie ich, kriegen die Pinkel- und Scheißgewohnheiten zentrale Bedeutung, junger Mann«, erklärte er.

Tim beschloss, auf einen Kommentar zu verzichten, und bat ihn stattdessen, das Geräusch genauer zu beschreiben, dessen Ohrenzeuge er geworden war.

»Es hörte sich an wie ein Schrei von jemandem, wahrscheinlich von einem Mann, und dann hörte ich mehrmals einen Aufprall, als wäre jemand gefallen.«

Die Information war neu, und Tim nahm sich vor, das Treppenhaus auf dem Weg nach draußen noch einmal genauer unter die Lupe zu nehmen.

»Sie haben nicht aus dem Fenster auf die Straße geguckt?«

»Nein, mir fällt das Gehen schwer, und ich nehme den kürzesten Weg vom Bett zum Klo.«

Behutsam schüttelte Tim Holger die Hand und spürte zu seinem Erstaunen, dass der alte Knabe so fest zudrückte, dass es wehtat.

»Was meinen Sie?«, fragte Åsa neugierig, nachdem sie sich bei Holger bedankt und die Tür hinter sich geschlossen hatten.

»Wahrscheinlich so was wie eine Schlägerei«, vermutete Tim, und nun wusste er, worauf er auf dem Weg nach oben reagiert hatte. »Wahrscheinlich hängt das mit dem Streit in der Wohnung zusammen. Ich glaube nicht an Zufall, und der Zeitraum passt zum Mord.«

Er ging an der Tür vom Paar Eriksson vorbei, ließ den Blick über die braun-schwarzen Sprenkel, die gelben Zwischenräume an der Wand schweifen, die jetzt symmetrischer waren, als sie auf den ersten Blick gewirkt hatten.

Schritt für Schritt stieg er die Treppe hinab, versuchte sich vorzustellen, was passiert sein mochte. Åsa Sjögren ging hinter ihm, als hätte sie begriffen, dass er nach etwas suchte.

Als er auf dem ersten Absatz ankam, sah er es. Die

Asymmetrie im Muster, die ihm zwar aufgefallen war, die er aber auf dem Weg nach oben verdrängt hatte. Sprenkel, die dort saßen, wo sie nicht hingehörten, Sprenkel, die eine andere Farbe und Form hatten als die von der Wandfarbe.

Mit der Hand auf dem Geländerlauf setzte er sich in die Hocke. In Augenhöhe gab es vier dunkelrote Flecken, von denen die größten doppelt so groß waren wie die größten aufgemalten Sprenkel.

»Blut«, stellte er fest und suchte rundherum den Boden und die Wände ab. »Bestellen Sie sofort die Techniker hierher.«

34

Östersund

»Was meinst du?«, fragte Johan und schaute Nathalie im Krankenhausflur in die Augen. »Wollen wir runtergehen, uns was zu essen kaufen und ein bisschen frische Luft schnappen? Der Sicherheitschef kommt erst in einer halben Stunde, und im Moment können wir nichts mehr tun.«

»Gute Idee«, nickte Nathalie.

Es war halb zwei. Sie hatten dreieinhalb Stunden nonstop durchgearbeitet und brauchten eine Pause. Als sie mit Erik und Estelle im Fahrstuhl in die Station hochgefahren waren, hatte Johan mit der Personalleiterin des Kirunaer Krankenhauses gesprochen. Nach etlichen Kontrolltelefonaten hatte sie zurückgerufen und ihm mitgeteilt, dass die rothaarige Krankenschwester, die Estelle erzählt hatte, dass Mikael Tornerud Pilot war, Amanda Roos hieß und über eine Zeitarbeitsfirma angestellt war. Am Tag nach der Mordnacht war Amanda in den Urlaub in die Türkei gefahren und ging nicht ans Handy und beantwortete auch keine Mails. Ihr nächster Arbeitseinsatz war in zwei Wochen im Krankenhaus in Karlstad. Die Personalleiterin hatte keine Ahnung, wer der Mann war, der Mikael abgeholt hatte, und niemand anders in der Notaufnahme hatte bisher auf die Zettel reagiert, die Johan hatte aufhängen lassen.

»Warte mal, will nur kurz bei meiner Oma reinschauen«, sagte Johan und ging in Rosines Zimmer. Er machte so leise wie möglich die Tür auf und betrachtete sie. Sie lag mit geschlossenen Augen im Bett, die Hände auf der Brust gefaltet. Er stockte und betrat den Raum mit drei raschen Schritten. Als er hörte und sah, dass sie atmete, beruhigte er sich.

Obwohl ihm jetzt, nachdem er festgestellt hatte, dass sie lebte, klar wurde, wie wahnsinnig die Idee gewesen war, hallte die Angst wie eine Dissonanz, wie ein gebrochener Akkord in ihm nach. Er kehrte in den Korridor zurück, sah vor sich, wie Rosine Hedvig ein letztes Mal die Wange streichelte, bevor sie aus der Station gerollt wurde. Genauso hatte sie seine Wange gestreichelt, als er nach dem Autounfall, durch den er seine Eltern verloren hatte, nicht einschlafen konnte.

Vorsichtig schloss er die Tür. Ein Mann im Rollstuhl kam

rechts aus dem Zimmer, in dem Hedvig und Rosine gelegen hatten. Ohne ein Wort rollte er an Johan und Nathalie vorbei und weiter in den Gemeinschaftsraum mit einem Schwung, dass die Reifen quietschten.

Johan und Nathalie wechselten einen Blick ob des bizarren Umstands, dass der Tatort schon wieder mit neuen Patienten belegt war. Doch nachdem sich Oberarzt Björklund besorgt über die Raumnot geäußert hatte, gab Johan dazu sein Okay. Zum einen weil die Techniker fertig waren, zum anderen weil er oft genug hatte mit ansehen müssen, dass Rosine in einem überbelegten Gang untergebracht worden war, und so was wünschte er niemandem. Und die zwei Männer, die das Zimmer bekommen hatten, waren beide dement und würden nicht begreifen, was sich kürzlich dort abgespielt hatte, wenn es ihnen denn jemand erzählen würde.

»Sie schläft noch immer tief und fest«, sagte Johan, als sie auf die Aufzüge zugingen.

»Bestimmt ist sie müde nach dem Besuch von Estelle und Erik«, vermutete Nathalie.

»Ja, war nett, dass sie vorbeigeschaut haben. Aber ich habe mir Sorgen gemacht, weil Rosine zuerst sagte, sie kenne Erik, sich dann aber nicht mehr an seinen Namen erinnern konnte.«

»Wohl nur eine vorübergehende Verwirrung wegen der zurückliegenden Ereignisse. Dann ist sie ja draufgekommen und scheint sich an alles andere deutlich zu erinnern. Mach dir keine Sorgen.«

Er bedachte sie mit einem dankbaren Blick. »Wer könnte

das besser einschätzen als du. Aber glaubst du wirklich, dass sie sich an die Person erinnern kann, die sie letzte Nacht gesehen hat, als sie schlief?«

»Die Möglichkeit besteht durchaus«, antwortete Nathalie. »Das Gehirn kann in Träumen Erinnerungen reproduzieren. Das ist keine freudianische Unschärfe, sondern wissenschaftlich erwiesen. Wir können im Dschungel der Synapsen zu vergessenen Pfaden zurückfinden, wenn das Wachzentrum auf Sparflamme läuft. Du weißt, wie in dem Gedicht von Tranströmer: ›Mitten im Wald eine unerwartete Lichtung, die nur von dem gefunden werden kann, der sich verlaufen hat‹.«

Johan lächelte schief.

»Oder wie das Zitat ›Ich denke am besten, wenn ich *nicht* denke‹, von wem auch immer das war«, deklamierte er.

»Jedenfalls nicht von Bob Dylan, das hättest du gewusst«, erwiderte sie lächelnd und drückte im Lift auf den Knopf. »Wir können nur hoffen, dass sie sich noch an mehr erinnert, womit wir weiterarbeiten können. Bei Zeugin Nummer zwei können wir wohl davon ausgehen, dass es stimmt.«

»Ja«, gab Johan ihr nickend recht.

Zeugin Nummer zwei war Magdalena Turesson, eine fünfundachtzig Jahre alte Dame mit Gürtelrose. Sie hatte beobachtet, wie in der vergangenen Nacht gegen halb zwei ein Mann im Korridor zu Hedvigs Zimmer eilte. Magdalena war auf der Toilette gewesen und hatte gesehen, »wie er gestresst und selbstsicher wie ein Arzt mit flatternden Rockschößen und in die Ferne gerichtetem Blick« vorbeiging. Und er hatte

»einen schwarzen Aktenkoffer in der rechten Hand, so einen wie ihn Bankleute immer haben«.

Nach Nathalies wie Johans Einschätzung war Magdalena klar im Kopf. Leider hatte sie den Mann nicht näher beschreiben können, was darauf zurückzuführen war, dass er schnell gegangen war und der Korridor nur stellenweise beleuchtet wurde. Nathalie und Johan hatten den beiden alten Damen Fotos von Johnny und Jorma Lappanainen, Rick Miller und Thomas Eriksson vorgelegt, doch weder Rosine noch Magdalena konnten sagen, ob sie einen davon gesehen hatten. Doch Peter Schultz war es nicht gewesen, davon waren beide überzeugt. Sie hatten auch ein Bild von Patricia Tornerud gezeigt. Rosine glaubte nicht, dass sie es gewesen war, und Magdalena war sich sicher, dass sie einen Mann gesehen hatte.

Keiner der diensthabenden Ärzte war zu dem Zeitpunkt auf Station gewesen, niemand vom Personal hatte den Mann gesehen, und niemand hatte eine Vorstellung, um wen es sich dabei gehandelt haben könnte.

»Die Frage ist, wie er sich Zugang zur Station verschafft hat«, überlegte Johan, als der Fahrstuhl anhielt und sie ausstiegen.

»Er muss den Code gekannt und gewusst haben, wann das Personal Pause machte«, stellte Nathalie fest.

Einem Todesengel gleich schlichst du dich an und nahmst Hedvig mit dir, dachte Johan traurig, blendete die Gefühle jedoch aus.

»Sobald der Sicherheitschef mit den Auswertungen von den Überwachungskameras hier ist, verhören wir das Personal noch mal«, beschloss er. »Vor allem der Hilfspfleger Peter Schultz ist schwer einzuschätzen. Dann hoffe ich, dass wir durch Hedvigs Handy mehr erfahren. In den zwei Telefonaten, zu denen diese nicht registrierte Handynummer gehört, sprach sie vermutlich mit dem Mörder. Ich meine, die einzigen zwei Gespräche am letzten Tag gingen an dieselbe Nummer, zuerst um neunzehn und dann um dreiundzwanzig Uhr dreißig.«

Nathalie erkannte an seinem entschlossenen Gesichtsausdruck, dass er entschieden hatte, dass das stimmte. Wenngleich sie sich da nicht so sicher war, widersprach sie nicht. Obwohl sie sich erst seit Kurzem kannten, hatte sie schon gelernt, dass ihre Zweifel oft gut zu seiner Sicherheit passten.

»Ja«, stimmte sie ihm zu. »Die Möglichkeit besteht durchaus, dass Hedvig ihm den Code und auch die Uhrzeit genannt hat, wann das Personal Pause macht.«

»Und dann konnte der Mörder das Telefon nicht finden, weil es unter die Matratze gerutscht war«, fuhr Johan eifrig fort. »Ein Versehen, das uns hoffentlich in die richtige Richtung führt.«

Sie bogen zur Kantine ab und reihten sich in die Warteschlange aus Mitarbeitern in Krankenhauskleidung ein. Nathalie senkte ihre Stimme und machte einen Schritt auf Johan zu. Nahm den Duft von Snus und Rasierwasser wahr.

»Hoffentlich kann Tim den Code zu Hedvigs Mailaccount knacken«, sagte sie.

»Sofern er mit heiler Haut aus Göteborg zurückkommt«,

sagte Johan. »Wenn ich das Sagen hätte, wäre er hinter den Rechnern auf Kungsholmen sitzen geblieben.«

Ihr Handy surrte. Eine SMS von Granstam.

> Hallo, Nathalie, rufen Sie mich bei Gelegenheit an, gern vor der Videokonferenz. Geht nicht um den Fall, sondern um was Privates / G

»Was Wichtiges?«, fragte Johan und schaute von der Speisekarte auf, als es in der Schlange einen Schritt vorwärtsging.

»Eine Freundin, die reden will. Ich rufe sie später zurück.«

»Ich habe vier Anrufe von Carolina verpasst. Ich muss sie zurückrufen, aber erst meinen Blutzuckerspiegel ausgleichen. Jedenfalls sind sie zu Hause in Sundsvall, also alles im grünen Bereich.«

Nathalie wusste nicht, was sie sagen sollte, nickte lediglich und warf einen Blick auf die Speisekarte. Johan kaufte einen Hamburger mit allen Extras, Leichtbier und eine Dose portionierten Snus. Sie nahm einen Bohnensalat, eine Zitronenlimo und eine Packung Kaugummi mit Minzgeschmack.

Rechts vom Haupteingang fanden sie eine Bank, die im Schatten stand. Sie aßen, tranken und stellten beide fest, dass ihre Energie zurückkehrte. Johan erinnerte sich an die Motorräder, die er gestern gesehen hatte, als er hier eintraf. Jetzt standen sie nicht mehr da. Die *Deadly Roses* hatten einen Hangaround-Klub in Brunflo, zwanzig Kilometer vor der Stadt. Eventuell war der einen Besuch wert, obwohl ihm die Idee ziemlich abwegig vorkam.

Nathalie war zuerst mit dem Essen fertig, entschuldigte sich und rief Granstam an.

»Ja, gut, dass Sie anrufen«, begann er bedeutend forscher als sonst. »Wir haben ja um zwei Uhr Besprechung, aber ich muss Sie um eine dringende Sache bitten …«

»Aha, worum geht's?«

»Ich weiß, dass ich Sie nicht wieder fragen sollte, aber jetzt komme ich mit meinen Beruhigungstabletten nicht mehr aus. Immer wenn ich nach Hause komme, wird die Erinnerung an Iréne stärker, und die Unruhe nagt an mir.«

Sie streckte den Rücken durch, merkte, dass sie die Stimme erhob: »Wenn Sie mehr Tabletten haben wollen, dann müssen Sie sich an Ihren Hausarzt wenden, das wissen Sie.«

»Ja, aber er hat Urlaub … Ich weiß, dass das nicht richtig ist, Nathalie. Aber wenn Sie mir ein letztes Mal helfen, tun Sie mir einen großen Gefallen.«

Sie holte tief Luft, guckte zu Johan, sah, dass er ihrer beider Abfall in den Papierkorb warf.

»Ich verspreche, dass ich den Entzug in Angriff nehme, sobald dieser Fall abgeschlossen ist, aber jetzt habe ich keine Tabletten mehr«, fuhr Granstam fort. »Und ohne kann ich nicht arbeiten, das wissen Sie.«

Sie befand sich im inneren Zwiespalt. Ihr tat Ingemar leid, und sie wusste, dass die Chancen, den Fall zu lösen, ohne ihn sanken. Aber noch mehr Sobril zu verschreiben, war falsch.

»Okay«, sagte sie schließlich. »Aber wenn diese Ermittlung abgeschlossen ist, schreibe ich Ihnen eine Überweisung zu einer Sucht-Beratungsstelle. Sie müssen Ihren Tablettenmissbrauch in den Griff bekommen, ehe es zu spät ist, das ist Ihnen doch wohl klar?«

»Ja«, antwortete er mit dem dankbarsten Seufzer, den sie je gehört hatte. Sie legte auf und bestellte telefonisch ein Rezept. Johan ging im Kreis, während er sein Telefonat führte. Runde für Runde in den Boots, die genauso schwarz waren wie der frisch asphaltierte Vorplatz. Er hob die Hand zum Zeichen, dass er bald fertig sei.

»Carolina«, sagte er, als sie wieder im Fahrstuhl standen.

»Alles unter Kontrolle?«

»Eher nicht, aber darüber reden wir jetzt nicht.«

Der Sicherheitschef Benny Andén holte sie wie vereinbart vor den Aufzugtüren auf Ebene zwei ab.

»Wir haben einiges von Interesse gefunden«, sagte er zufrieden, als er sie durch Korridore und über Treppen zur Sicherheitszentrale führte, die sich als fensterloser Raum mit etwa zwanzig Bildschirmen erwies, die Innenansichten des Krankenhauses zeigten.

Johan und Nathalie wurden Olof Olsson vorgestellt, einem mageren Mann mit Kurzhaarschnitt, der Herr über die Bildschirme war. Nathalie fand, die beiden hatten Ähnlichkeit mit Stan & Ollie, wenn man Olssons Trainingsanzug und Benny Andéns rot verbrannte Glatze nicht weiter beachtete.

»Setzen Sie sich, dann können wir Ihnen zeigen, was wir gefunden haben.« Andén ließ sich auf den Stuhl neben Olsson plumpsen. »Wir können mit den Autos anfangen. Wir haben insgesamt fünf schwarze Jeeps identifiziert.« Johan holte seinen Notizblock heraus und Nathalie ihr iPad. Olsson zeigte bewegte Bilder und Fotos von fünf schwarzen SUVs auf dem Weg aus der und in die Garage. Johan und Nathalie notierten die Kennzeichen und die Uhrzeiten. Die beiden Aufnahmen, die Hedvigs Tod zeitlich am nächsten kamen, zeigten einen schwarzen Toyota, der am Abend vor dem Mord um achtzehn Uhr dreiunddreißig in die Garage fuhr und einen Land Rover, der sie um sechs Uhr neununddreißig am Morgen danach verließ.

»Ich habe die Namen der Halter festgestellt«, verkündete Andén und überreichte Johan die Liste. Nathalie beugte sich vor, und sie lasen gemeinsam. Keinen der Namen kannten sie.

»Gibt es vor dem Haupteingang Kameras?«, fragte Johan und erzählte von den Motorrädern, die er am Freitagmorgen gesehen hatte.

»Leider nur vor den Glastüren und im Korridor dahinter«, antwortete Andén und zupfte am Hemdkragen, der nach wie vor so steif und fest saß, dass sein Gesicht hochrot angelaufen war.

»Ich habe definitiv keine Harley Davidsons gesehen«, schob Olsson ein, ohne den Blick von den Bildschirmen abzuwenden. »Ich interessiere mich nämlich für Maschinen und würde mich daran erinnern.«

»Und Sie sind sich sicher, dass Sie alle Filme durchgesehen haben?«, erkundigte sich Nathalie.

»Zweimal«, antwortete Olsson gekränkt. »Ab gestern achtzehn Uhr bis vor einer halben Stunde.«

Andén räusperte sich und strich über seine Glatze. »Eine

wichtige Sache ist auf den Filmen nicht zu sehen, und das ist der Einbruch in eine Kleiderkammer im unterirdischen Verbindungsgang heute Nacht, gleich bei den Fahrstühlen, die zu der Station hinauffahren, in der Hedvig Molin ermordet wurde. Das hat eine Putzkraft vor einer Stunde entdeckt. Die Tür war aufgehebelt, und der Stapel mit Arztkitteln war in Unordnung.«

Andén schaute sie aus seinen kugelrunden Augen an und vergewisserte sich, dass sie ihm zuhörten, bevor er weitersprach: »Außerdem ist noch zu erwähnen, dass gestern Abend um halb zwölf eine Hilfsschwester in der Kammer war, sie musste sich schnell umziehen, weil ein Patient sich auf sie erbrochen hatte, und da war die Kammer verschlossen, und alles sah aus wie immer.«

Nathalie stellte sich den Mann im Arztkittel auf der Station vor. »Der Mörder ist also eingebrochen, um sich vor dem Mord an Hedvig einen Kittel zu besorgen?«, fragte sie und begegnete Johans Blick in der von den Bildschirmen erhellten Dunkelheit. Statt zu antworten, rief er Kommissar Thor an und bat ihn, sofort die Techniker in die Kleiderkammer zu schicken.

»Kann man von dort mit dem Fahrstuhl direkt auf die Station fahren?«

»Ja«, antwortete Benny Andén. »Aber wir haben niemanden gesehen, der im Anschluss an den Mord dort rein- oder rausgegangen ist. Allerdings war um ein Uhr zweiundzwanzig eine Person im Treppenhaus auf der Kellerebene an dem fraglichen Fahrstuhl.«

Andén nickte Olsson zu, der auf dem größten Bildschirm ein körniges Bild hervorklickte. Johan und Nathalie stellten sich davor und beugten sich näher heran. Es handelte sich um einen Mann mit dunkler Baseballcap ohne Aufdruck. Er war mitten in einem Schritt aufgenommen worden, als er einen Fuß ins Treppenhaus setzen wollte. Ein vorgestrecktes Bein in einer dunkelgrünen Hose und einem weißen Sportschuh.

»Kann man das vergrößern?«, fragte Johan aufgeregt.

»Ja, aber dann wird die Auflösung schlechter«, erklärte Olsson und zog an einem Regler. Der Mann wurde herangezoomt. Die Aufnahme von ihm war jetzt unschärfer, und persönliche Merkmale konnte man nicht erkennen.

»Derselbe Mann ging eine Viertelstunde vorher durch den Haupteingang, also um ein Uhr sieben«, fuhr Andén fort, und Olsson reagierte mit neuen Kommandos.

»Definitiv dieselbe Person«, sagte Nathalie, nachdem sie den fünf Sekunden langen, aus der Vogelperspektive aufgenommenen Filmausschnitt gesehen hatte, in dem der Mann zielstrebig auf den Aufzug zuging, den sie eben benutzt hatten.

»Nach wie vor keine eindeutigen charakteristischen Merkmale«, stellte Johan missmutig fest. »Und das freche Aas versteckt das Gesicht unter der Baseballcap. Gibt es noch was?«

»Ja«, antwortete Andén. »Er geht um ein Uhr fünfundvierzig durch die Garage nach draußen.«

»Elf Minuten nachdem Rosine und Magdalena den Mann auf der Station gesehen haben«, stellte Nathalie fest.

Neuer Film. Der Mann mit der Baseballcap von hinten.

Dunkle Hose, dunkle Jacke, schnelle, zielsichere Schritte. In der rechten Hand ein schwarzer Aktenkoffer.

Es wurde still. Bloß das Surren des Ventilators und ihr eigener Atem waren zu hören. Schließlich sagte Andén: »Er muss den Code gekannt haben, um durch den Eingang zu kommen.«

»Und auch den für die Station«, fügte Johan hinzu.

Olof Olsson begann an den Reglern zu drehen, schnell vorgespulte Bilder vom Hauptkorridor aufgenommen mit einer Kamera, die bei der T-Kreuzung im Korridor zum Eingang an der Decke hing. Personen eilten hin und her, einzelne Bettentransportwagen und Rollstühle, ein paar weiß gekleidete Personen auf Tretrollern.

Plötzlich stutzte Johan und beugte sich vor. »Halten Sie hier an!« Er stand derart aufs Äußerste angespannt da, die Daumen auf die Kante des Reglerpultes gestützt, dass seine Fingernägel weiß anliefen. Olsson fror das Bild ein, das jetzt leer war, und schaute danach Johan verwundert an.

»Was ist?«

»Ich habe was gesehen, können Sie ein paar Sekunden zurückspulen?«

»Klar«, antwortete Olsson und spulte zurück. Sekunde für Sekunde lief die Zeit in der unteren rechten Ecke rückwärts.

01.25.12.

01.25.11.

Ein weißhaariger Mann auf einem Tretroller tauchte auf dem Bildschirm auf. Er rollerte in einem unnatürlichen Bewegungsablauf rückwärts. Als er aus dem Bild verschwunden war, startete Olsson die Aufzeichnung in normaler Geschwindigkeit. Der Mann rollte vorwärts, passierte die Kreuzung und bog in den Korridor zum Haupteingang ab.

Jetzt sah Nathalie auch, wer es war: »Peter Schultz!«

»Kein Zweifel«, stimmte Johan ihr zu, als Olsson das Bild anhielt, auf dem man deutlich Schultz' Gesicht erkennen konnte. »Dann hat er gelogen, als er sagte, er sei die ganze Nacht auf Station gewesen.«

»Zwei Minuten bevor der Mann mit der Baseballcap reingeht«, stellte Nathalie fest. »Dann müsste Schultz ihn gesehen haben.«

»Vielleicht hatten sie sich verabredet«, überlegte Johan laut, schnappte sich sein Handy, rief Kommissar Thor an und forderte ihn auf, Peter Schultz sofort vorzuladen.

35

Malmö

Ein Mitarbeiter parkte den Lieferwagen um, der im Innenhof der Werkstatt als Tarnung und zugleich als Fluchtfahrzeug diente. Rick ging durch die Geheimtür in der Lamellenwand und schloss hinter sich ab. Johnny hatte ihn vorgewarnt, dass die Polizei den Haupteingang bewachte, und die Lage so eingeschätzt, dass sie sich jetzt besser nicht unbedingt zusammen blicken lassen sollten, obwohl sie sich aus gutem Grund wie ehrbare Geschäftsmänner in aller Ruhe weiterhin trafen, als wäre nichts passiert.

Als wäre nichts passiert. Obwohl es seine Aufgabe war, Menschen besser zu verstehen als sie sich selbst, konnte er sich keinen Reim darauf machen, warum Johnny so etwas sagte.

Er warf einen Blick auf die sechs Motorräder, die in dem geheimen Raum immer fahrbereit standen. Johnny hatte ihm stolz erklärt, dass sie mit zwei Zentimetern Abstand auf beiden Seiten durch die Tür passten, die er eigenhändig entworfen hatte.

Ich bin also nicht der Einzige, der immer einen Ausweg weiß, dachte Rick und hörte, wie der Lieferwagen zurücksetzte und seinen Platz wieder einnahm. Er unterdrückte ein Gähnen und gelangte nach der Eingabe des Codes durch die Sicherheitstür mit den aufgemalten roten Rosen, die zur nächsten Tarnungsmaßnahme führte: zur Verpackungsfabrik, wo Stapel mit Pappkartons den Eingang zur Hochburg des Klubs verbargen. Immer wenn die Polizei zuschlagen wollte und die Flure von Johnnys Büro durchpflügte, waren sie hier gelandet.

Mit Champagner in der Hand und Koks in der Jackentasche ging er den Flur entlang zur Treppe zu Johnnys Büro. Ihn zu einem Treffen zu überreden, war kein Kinderspiel gewesen. Einerseits erwartete Johnny die beiden Bullentussis von der Kriminalpolizei, andererseits war er nach dem Gespräch mit Patricia immer noch stinksauer und misstrauisch. Rick hatte auf sein wirkungsvollstes Repertoire an Lügen und Geschäftsfloskeln zurückgreifen müssen. Hatte behauptet, die Bayern und Manchester United hätten ein vorläufiges Angebot für Jorma abgegeben und die Verträge akzeptiert, die Rick zusammengeschustert hatte und dass beide Klubs den Transfer schnell abschließen wollten. Dass Jorma wie immer wollte, dass Johnny ihm bei der Entscheidung helfen sollte.

»Und dieser Deal kann jederzeit platzen«, hatte Rick Johnny unter die Nase gerieben, als er zögerte. »Sie haben mehrere Spieler in der Pipeline, und glaub mir, ganz plötzlich unterschreibt einer von denen, und dann ist Jorma gefickt.«

Johnny hatte zugesagt. Zum Glück nahm Jorma gerade an einem Freundschaftsspiel gegen ein Ehemaligenteam von Malmö FF teil und konnte aus dem Grund bei der Besprechung nicht anwesend sein. Selbstverständlich hatte er Jorma den Vertrag schon vorgelegt; wie immer kam es darauf an, seinen Bluff voll durchzuziehen.

Rick ertappte sich dabei, wie er lächelte, als er vor einer der beiden Hintertüren zu Johnnys Büro stehen blieb. Simste, dass er da war, und guckte mit seinem freundlichsten Gesicht in die Überwachungskamera.

Jetzt musste er sich auf den Grund konzentrieren, der ihn hergeführt hatte.

Auf die Filme.

Alles andere war zweitrangig.

Die Gefahr war groß, dass die Bullen wegen der Rosen-Morde eine Hausdurchsuchung machten. Wenn sie die Filme fanden, war er geliefert.

Die Tür wurde von Johnnys drittem Mann Micke geöffnet. Micke durchsuchte ihn, trat drei Schritte zurück und stellte sich neben Johnny. Der Präsident saß bequem nach hinten gelehnt in seinem Bürosessel und rauchte eine Zigarette. Seine eiskalten blauen Augen musterten Rick aus schmalen Schlitzen.

Rick trat ein und hielt die Flasche mit einem Lächeln hoch.

»Dachte, wir könnten ein bisschen feiern. Zwei so extrem gute Angebote von zwei extrem großen Klubs sind ein bisschen Schampus wert. Ich habe einen Dom Pérignon von sechsundneunzig dabei, der bisher beste Jahrgang.«

»Setz dich, und lass mal sehen, was du hast«, sagte Johnny schlaff und zeigte zu den Ledersesseln auf der anderen Seite des Schreibtisches. Rick schloss die Tür hinter sich und überlegte, ob er antworten sollte, dass er lieber stand. Er wusste, dass die Sessel so ausgesucht waren, dass sich die dort sitzende Person unterlegen fühlte, und er war ohnehin schon klein. Aber es war gut, wenn Johnny sich überlegen fühlte.

»Gern«, sagte er und sank in den Sessel neben dem Bücherregal. Aus dem Augenwinkel sah er, dass das silberfarbene Handy wie üblich zum Aufladen dort lag. »Hast du zwei Gläser und einen Spiegel?«, fragte er in dem Versuch, Micke aus dem Zimmer zu lotsen.

Johnny nickte Micke zu, der ein Silbertablett mit zwei Gläsern und einem kleinen quadratischen Spiegel brachte.

»Du kannst draußen warten«, fuhr Johnny mit dem Blick

zu Micke fort und drückte seine John Silver im Aschenbecher auf dem gründlich gewienerten Eichentisch aus.

»Wir ziehen uns wohl erst mal eine Line rein«, schlug Rick vor, als Micke den Raum verlassen hatte. Ohne eine Antwort abzuwarten, holte er das Tütchen aus der Jackentasche. »Die letzte Lieferung ist von der besten Qualität, die mir je untergekommen ist.«

»Klar«, sagte Johnny und musterte ihn auf eine Art, die Rick nur schwer zu deuten wusste. In seinen ruhigen blauen Augen schlummerte eine Bosheit, die jederzeit erwachen konnte. Die weiße Narbe auf dem Nasenrücken stand im scharfen Kontrast zum schwarzen Tattoo um das linke Auge und verlieh der unberechenbaren Heimtücke eine zusätzliche Dimension.

»Eine Alternative zur Friedenspfeife«, witzelte Rick und präparierte zwei Lines mit dem Pikass aus dem Kartenspiel, das auf dem Tisch lag.

»Du siehst scheiße aus«, sagte Johnny und lachte, dass der Goldzahn im Licht, das vom Fenster zum Innenhof ins Büro fiel, nur so funkelte. »Was hast du gemacht?«

»Ich bin auf dem Parkplatz gestolpert. Total tollpatschig.«

Johnny nickte zufrieden und holte zwei Glasröhrchen aus der Schreibtischschublade. Er hatte eine Schwäche für Koks und Jahrgangschampagner, vor allem für beides gleichzeitig; und um ans Handy mit den Filmen zu kommen, musste Rick ihn locker machen. Ihn am besten dazu bringen, aufs Klo zu gehen und aus Freude über den Vertrag Rick so sehr zu vertrauen, dass er ihn allein ließ. Sonst musste er improvisieren. Auch das war leichter mit einem entspannten Feind.

Dass der Vertrag ein Fake war, stellte kein Problem dar. Waren die Filme erst einmal gelöscht, konnte er Jorma und Johnny in einem Wortschwall aus sorgsam gewählten Geschäfts- und juristischen Termini austanzen.

Johnny zog die erste Line rein und Rick die zweite. Spürte diesen Kick, den ihm sonst nur Patricia geben konnte. Ihm geben *konnte*. Weiß der Geier, wie es jetzt weitergehen würde.

»Na dann Prost auf Jorma!«, sagte Rick, als der Spiegel blitzblank war. Er hob das Glas. Bisher verlief alles nach Plan, und bis zum Handy waren es nur zwei Meter.

»Hast du von dem Verhör noch mehr zu erzählen?«, wollte Johnny wissen und stellte sein halb ausgetrunkenes Glas ab. »Die Damen von der Kriminalpolizei sind wohl bald hier.«

»Nicht mehr als das, was ich schon am Telefon gesagt habe«, antwortete Rick. »Du wirst dich wie immer elegant aus der Affäre ziehen, halt dich einfach an unsere Absprache.«

»Darauf Prost!«, sagte Johnny, und sie leerten ihre Gläser. Rick schenkte schnell wieder ein, wartete die Bläschen ab und goss dann nach. Er hätte am liebsten nach Patricia gefragt, ließ es aber sein. Jetzt musste er Johnny bei Laune halten.

Rick holte die Verträge aus dem Aktenkoffer und legte sie vor Johnny. Wieder im Sessel, erklärte er die Details, während Johnny las. Als Johnny sich alles durchgelesen hatte, schaute er zu Rick hoch.

»Sieht gut aus. Ich bin für die Bayern. Die bezahlen am besten.«

»Ja, sie sind ziemlich verzweifelt, nachdem sie Henrik verloren haben. Dann sage ich Jorma, er kann unterschreiben, ich will nur vorab noch ein paar Paragrafen gesondert überprüfen.«

Sie stießen nochmals an. Der Plan, Johnny aus dem Zimmer zu manövrieren, schien aussichtslos, obwohl er inzwischen bedeutend entspannter war als noch zu Beginn ihrer Verabredung.

Dreimal wurde an die Tür geklopft, gefolgt von zwei Schlägen in längerem Abstand.

»Komm rein!«, rief Johnny und stand auf, als Micke das Zimmer betrat.

»Die Bullen sind jetzt hier, die stehen mit mindestens zwei Wagen vorm Eingang.«

»Okay«, sagte Johnny und ging entschlossen auf das Wartezimmer zu, wo man durch ein gut getarntes Loch in der Wand das Gelände vor dem offiziellen Eingang durch ein monokulares Fernrohr einsehen konnte. »Und bei den anderen Türen?«

»Nichts.«

Johnnys Schritte über den Orientteppich zum Wartezimmer waren lautlos. Rick stand vorsichtig auf, er wollte vermeiden, dass Johnny die Bewegung mitbekam. Nervös huschten seine Blicke zwischen Handy und Tür hin und her. Er konnte von seiner Position aus mit knapper Not den Vorhang sehen, der das Fernrohr verbarg, wenn er aber einen Schritt aufs Handy zu machte, verdeckte die Wand den Winkel. Sein Herz schlug heftig unter dem Sakko. Das war seine Chance.

Johnny ging durch die Tür, und Micke folgte ihm. Als Johnny den Vorhang beiseiteschob, war Rick mit ein paar schnellen Schritten am Mobiltelefon. Jetzt musste Johnny nur dasselbe Passwort für dieses Handy haben wie für die meisten anderen Telefone auch. Rick hatte es aufgeschnappt, als er zugesehen hatte, wie Johnny sein Handy einschaltete. War dabei so aufmerksam wie immer, wenn er Dinge registrierte, die ihm später von Nutzen sein könnten.

Mit zitterndem Zeigefinger tippte er die sechs Ziffern ein. Hörte, dass Johnny etwas zu Micke sagte und dass Micke antwortete.

Das Passwort war ein Kinderspiel. Er war drinnen.

Mit feuchter Hand klickte er auf das Kamera-Ikon. Die Umwelt löste sich auf. Jetzt gab es nur ihn und das Handy.

Er hatte das richtige Telefon in der Hand. Die Fotogalerie zeigte zweiundsiebzig Bilder, und er erkannte den Staatsanwalt, den Johnny zum Schweigen gezwungen hatte. Außerdem waren da noch fünf Favoriten und siebzehn Personenporträts.

»Was zum Henker machst du da?«

Die Worte trafen ihn wie ein Schuss in den Rücken.

Er stand wie gelähmt da, als hätte man ihm im Nacken das Rückenmark durchschossen. Er merkte, wie Johnny sich rasch näherte. Intuitiv legte er das Handy wieder ins Ladegerät im Regal zurück.

»Ich habe mich wohl vergriffen«, brachte er heraus und wollte sich gerade umdrehen, als er etwas Kaltes im Nacken spürte.

36

Die Uhr in der oberen rechten Ecke zeigte 14.12 an, als die Videokonferenz auf dem verschlüsselten Anschluss begann. Das Bild war in vier Felder unterteilt, und die Bildqualität war erstaunlich gut, wenn man bedachte, dass die Teilnehmenden über ein Gebiet von 456 Quadratmeilen verteilt waren. Angelica Hübinette und Maria Sanchez saßen in Malmö in einem Auto mit getönten Scheiben vor dem Klubhaus der *Deadly Roses* und warteten darauf, dass das Terrain gesichert wurde, damit sie hineingehen konnten, um Johnny Lappanainen zu vernehmen. Ingemar Granstam hockte allein in einem gemieteten Golf und guckte auf den Friedhof von Kiruna, wo er nach der Besprechung das Grab seiner Ehefrau besuchen wollte. Tim Walter befand sich vor Tina und Thomas Erikssons Haustür in Göteborg, und Johan und Nathalie nahmen in Östersund von einem Arztzimmer aus teil, das ihnen auf Rosines Station zur Verfügung gestellt wurde.

»Ja, dann fangen wir mal an«, begann Granstam. »Wir werden uns chronologisch updaten, dann entwerfen wir ein Profil. Tim, schießen Sie los?«

»Klar«, sagte Tim, nahm die Baseballcap ab und fuhr

sich durchs Haar, als hätte er eben erst gemerkt, dass er mit im Bild war.

»Also. Der endgültige Befund aus dem Labor kommt jeden Augenblick. Dann erfahren wir endlich, woran die Opfer gestorben sind. In der Zwischenzeit fangen wir mit der Aktion in Malmö an. Wie Sie der Mail entnehmen konnten, behauptet Patricia, dass Rick überhaupt nicht in Kopenhagen war, sondern irgendwo in Norrland. Er kann also theoretisch in Östersund gewesen sein, obwohl ich das für unwahrscheinlich halte.«

»Er geht noch immer nicht ans Handy, und seine Sekretärin sagt, er wollte zu einer Besprechung, über die er ihr nichts Näheres mitgeteilt hat«, schaltete sich Angelica ein.

»Was seltsam ist, weil er vorher immer rangegangen ist, wenn wir angerufen haben«, flocht Maria ein.

»Aber was sollte in Fall drei und vier sein Motiv sein?«, meldete sich Granstam wieder zu Wort. »Sagen wir, Miller, Johnny und Patricia hatten in Henriks und Mikaels Fall eins, ein gemeinsames oder jeder für sich eins, und dass die Rose so was wie eine Botschaft von den *Deadly Roses* ist. Aber warum hätten sie Tina Eriksson und Hedvig Molin umbringen sollen?«

»Wenn Rick Miller damit was zu tun hat, dann ist das Motiv letztendlich Geld«, meinte Maria. »Ganz gleich, ob es den Umweg über Drogen, Prostitution oder Fußballspieler gemacht hat. Er ist ein einziges wandelndes großes Dollarzeichen.«

»Aber in Fall drei und vier fehlt ein wirtschaftlicher Anreiz«, gab Granstam zu bedenken. »Tina Erikssons Einkünfte waren nicht der Rede wert, und in Hedvig Molins Fall belaufen sich die Ersparnisse auf siebzehntausend Kronen.«

»Fast so viel wie eine Beerdigung kostet«, schob Tim ein.

»Und wohl kaum ein Motiv für einen Mord«, stellte Granstam sicher. »Wir machen mit Kiruna weiter. Ich habe kürzlich Patricia Tornerud vernommen. Sie macht den gleichen Eindruck wie Miller, jeder zweite Satz ist eine Lüge, obwohl ich glaube, dass sie über Ricks Ausrede mit Kopenhagen die Wahrheit gesagt hat. Im Gegensatz zu Miller hat sie wegen des Erbes und der Spielschulden ein offensichtliches Motiv, doch obwohl sie kein Alibi hat und sie Spritzen setzen kann, glaube ich nicht, dass sie unsere Mörderin ist.«

Nathalie fand, Granstam sah schwermütiger und müder aus als sonst. Sie bereute, dass sie ihm Sobril verschrieben hatte, und gelobte, wie immer, es nie wieder zu tun.

»Wenn wir nur Fall eins oder zwei hätten, dann wären sie wahrscheinlich als ungeklärte Todesfälle oder Selbstmord eingestuft worden«, vermutete Tim. »Erst bei Tina Erikssons Tod hat man uns hinzugezogen.«

»Ja«, sagte Granstam. »Weder Rick Miller noch Patricia Tornerud profitieren davon, mehreren Personen das Leben zu nehmen.«

»Wir suchen doch eindeutig nach einem Serienmörder, der ein anderes Motiv als Geld oder das Verschleiern von kriminellen Machenschaften hat«, rief Johan wütend. »Vier Fälle mit der gleichen geistesgestörten Handschrift, und darum liegt die Sache doch klar auf der Hand. Ich kapiere nicht, warum wir jeden einzelnen Fall immer wieder bis in jede Kleinigkeit von vorn durchkauen müssen.«

Granstam zog die Stirn zu einer verbitterten Miene kraus: »Weil wir nach dieser Methode arbeiten. Zuerst alle Details und dann der Überblick, vergessen Sie das nie.«

Johan verschränkte die Arme über der Brust und lehnte sich zurück, sodass er aus dem Bild verschwand. Der Gedankenaustausch zog seine Bahnen, ähnlich wie Elektronen um ein Atom, ohne sich jemals dem Kern zu nähern.

»Die Krankenschwester Amanda Roos, die Mikael Tornerud in der Notaufnahme gesehen hat, ist nicht zu erreichen«, fuhr Granstam fort.

»Und die Aushänge, die Johan veranlasst hat, haben den Kollegen bisher nichts als zusätzliche Arbeit eingebracht, weil sie sich mit diesen Verschwörungsheinis herumschlagen mussten, die sich bei so was immer melden.«

Nathalie hörte, wie Johan tief Luft holte, um zu einem Protest anzusetzen, und sagte schnell: »Der unbekannte Mann in den Clogs arbeitet vielleicht im Krankenhaus. Es klingt ja so, finde ich, als ob er nur zur Chirurgie-Anmeldung kam, um Mikael abzuholen. Und wir vermuten, dass der Mörder Hilfe von Insidern aus Östersund hatte.«

»Ja«, pflichtete Granstam bei, »das habe ich auch schon gedacht.«

Das Bild flimmerte kurz. Als alle im Sextett außer Johan wieder deutlich zu sehen waren, fuhr Granstam fort: »Tim, erzählen Sie uns das Neuste von der Westküste?«

»Klar. Wie Sie wissen, gibt es von Thomas nach wie vor keine Spur, aber ich habe gerade das Ergebnis des Abgleichs vom Blut im Treppenhaus ...«

»Und?«, fragte Granstam ungeduldig.

»Es ist Thomas' Blut. Die Analyse ging deshalb so schnell, weil Thomas ein fleißiger Blutspender ist, sodass die Techniker eine schnelle Spiegelkontrolle mit dem PCR-Gerät machten ...«

»Sie brauchen nicht weiter ins Detail zu gehen«, unterbrach ihn Granstam. »Was ziehen Sie für Schlüsse daraus?«

»Vielleicht hatte Thomas was mit dem Lärm zu tun, den der Nachbar gehört hatte. Vielleicht kam er nach Hause und überraschte den Mörder, versuchte zu fliehen und wurde niedergeschlagen?«

»Oder aber Thomas war es, der plötzlich erwischt wurde, nachdem er sie umgebracht hat«, spekulierte Maria Sanchez.

»Von wem denn?«, wendete Nathalie ein. »In ihrem näheren Umfeld werden keine weiteren Personen vermisst.«

»Wie frisch ist das Blut?«, fragte Johan und beugte sich vor, sodass er wieder zu sehen war.

»Mindestens eine Woche alt«, antwortete Tim. »Also zeitlich kommt es hin. Und Thomas war beim Quali der Nationalelf gegen Frankreich, genau wie Miller und die Brüder Lappanainen. Vielleicht ist da was vorgefallen, was die Morde erklärt.«

Eine Pause entstand. Sie grübelten und betrachteten die nachdenklichen Gesichter der jeweils anderen.

»Wenn Thomas vom Mörder niedergeschlagen wurde, dann muss er ihn irgendwo abgelegt haben«, folgerte Nathalie.

»Und anschließend hat er seinen schwarzen SUV versteckt, was bestimmt nicht so schwierig war, weil Thomas wahrscheinlich die Schlüssel bei sich hatte«, ergänzte Johan.

»Dieses Szenario würde bedeuten, dass er zum ersten Mal Gewalt angewandt hat«, sagte Nathalie.

»Was das Profil verändert«, sagte Johan. »Auch der Einbruch in die Kleiderkammer und dass er das Risiko einging, auf eine Pflegestation zu gehen, wenn auch mitten in der Nacht und als das Personal Pause hatte, deutet darauf hin, dass er waghalsiger wird. Bisher war er unglaublich vorsichtig.«

»Okay«, sagte Granstam, »wir machen mit Östersund weiter, und danach schauen wir uns die Überwachungskameras des Krankenhauses an.«

»Wir haben keinerlei Verbindungen zwischen Hedvig Molin und den anderen Opfern gefunden«, begann Nathalie. »Und uns fehlt ein Motiv, ich meine, wer will schon eine Krebskranke umbringen, die im Sterben liegt?«

»Die Techniker beeilen sich mit der Arbeit in der Kleiderkammer, mit Hedvigs Handy und dem Rechner im Gemeinschaftsraum«, sagte Johan. »In der Kleiderkammer fanden sich jede Menge Haare für DNA-Abgleiche.«

»Da stellt sich doch die Frage, warum der Mörder einen Einbruch riskieren sollte, wenn er von Insidern Hilfe hatte?«, gab Nathalie zu bedenken. »Ich meine, in dem Fall hätte Peter Schultz ihm doch einfach einen Arztkittel geben können.«

»Die Suche in Hedvigs Mobiltelefon hat bisher noch nichts gebracht, das Passwort für die Mails haben wir auch noch nicht geknackt«, sagte Johan. »Meine Großmutter schläft, aber sobald sie wach ist, frage ich sie wieder.«

»Wie Sie wissen, ist Peter Schultz nicht zu Hause in seiner Wohnung, die der Landtag ihm zur Verfügung gestellt hat für die Woche, in der er als freiberuflicher Pfleger arbeitet«, meldete Nathalie sich wieder. »Leider haben wir eben erfahren, dass er sich für die Nachtschicht krankgemeldet hat.«

»Und er geht nicht an sein Handy«, ergänzte Johan.

»Sollen wir ihn zur Fahndung ausschreiben?«, fragte Granstam.

»Schon erledigt«, antwortete Johan. »Ich glaube, er hat den Mörder auf die Station gelassen.«

»Die große Frage ist doch *warum?*«, sagte Nathalie.

»Ja«, seufzte Granstam und schob sich eine Portion Snus in den Mund. »Wie läuft es mit den SUVs in der Garage?«

»Alle fünf gehören jemandem vom Personal und Angehörigen mit belastbaren Alibis«, antwortete Johan.

»In Schweden gibt es 103 496 registrierte schwarze SUVs, da bin ich also jetzt nicht wirklich überrascht«, sagte Tim. »Soll ich die Filme und Fotos vom Mann mit der Baseballcap zeigen?«

»Ja«, nickte Granstam. »Danke, dass Sie das Weiterleiten so schnell geregelt haben.«

Tim startete den Film. Dreimal schauten sie ihn schweigend an. Alle waren überzeugt, dass sie gerade den Mörder gesehen hatten.

»Jedenfalls ist es nicht Patricia Tornerud«, fasste Granstam zusammen.

»Aber von den Männern käme jeder infrage«, sagte Maria Sanchez.

»Zeitlich kommt es hin, dass er Schultz über den Weg laufen würde«, meinte Johan. »Leider gibt es da, wo die Begegnung stattgefunden haben dürfte, keine Kamera. Und hoch zur Station müssen sie einen anderen Weg genommen haben.«

In Malmö sagte jemand etwas durch die Autoscheiben, und Angelica antwortete: »Okay, in fünf Minuten.« Dann drehten sie sich wieder zur Kamera um. »Das Gebäude ist gesichert, und wir können reingehen.«

»Gut«, sagte Granstam, »lassen Sie uns alles mit einem vorläufigen Profil zusammenfassen, dann machen wir Schluss. Wer fängt an?«

»Ich würde sagen, dass wir einen physisch gesunden Mann mit normalem Körperbau im Alter zwischen fünfundzwanzig und fünfundfünfzig Jahren suchen«, schätzte Angelica. »Er ist wahrscheinlich gut ausgebildet, eventuell im Bereich Gesundheitswesen. Der SUV verrät uns, dass er einen Führerschein hat, über ausreichend finanzielle Mittel verfügt und vielleicht, im Gegensatz zu den meisten Serienmördern, eine Familie hat. Außerdem ist er flexibel, er hat ja sein Vorgehen offensichtlich verändert und wahrscheinlich zu Gewalt gegriffen.«

»Ein Narzisst mit gespaltener Persönlichkeit und einem hohen Selbstwertgefühl«, schmückte Nathalie weiter aus. »Die Risikobereitschaft und die Nonchalance, mit der er Mikael vor der Notaufnahme abholte, der Einbruch und die Verkleidung als Arzt sprechen dafür.«

»Ein Psychopath?«, schlug Tim vor.

»Oder eine Person mit antisozialer Persönlichkeitsstörung, wie es eigentlich heißt«, berichtigte Nathalie ihn, »nein, das glaube ich nicht. Die ruhige Art, wie er die Opfer umgebracht hat, spricht dafür, dass er Empathie besitzt. Er wird nicht von Hass oder Aggression geleitet, kann aber offenbar Gewalt anwenden, wenn ihn jemand von seinem Plan abhalten will.«

»Und von diesem Plan haben wir immer noch keinen Schimmer«, sagte Johan frustriert. »Was bedeutet die Rose, warum hat er sie mit blauer Tinte gefärbt?«

»Wie ich schon gesagt habe, mir fällt dazu nur ein, dass das in der Blumensprache ›Treu bis in den Tod‹ bedeutet«, sagte Tim.

»Wie kann man treu sein, wenn man keine Beziehung gehabt hat?«, wunderte sich Angelica und schaute auf die Uhr.

»Es muss eine Verbindung geben, die uns entgangen ist«, sagte Nathalie.

Maria befühlte ihren Zopf und sagte: »Ich habe den Eindruck, dass er die Opfer zur Schau stellen will.«

»Vielleicht ist die immer kürzere Cooling-off-Phase darauf zurückzuführen, dass die Medien noch nicht auf die Fälle aufmerksam geworden sind«, vermutete Angelica.

»Cooling-off?«, fragte Johan.

»Der zeitliche Abstand zwischen den Morden«, erklärte Angelica mit der Stimme einer Oberlehrerin. »Serienmörder halten sich einige Zeit nach den Morden zurück. Teils aus Angst, gefasst zu werden, teils aus Schuldgefühlen, dass sie ihre Fantasien ausgelebt haben, aber vor allem, weil sie vorübergehend eine innere Ruhe verspüren. Dann kommt der Zwang und das Begehren zurück, oft in immer kürzeren Abständen, und zwingt sie zum Handeln.«

»Stimmt auch«, sagte Tim. »Drei Tage lagen zwischen den ersten drei Morden, aber nur einer zwischen Nummer drei und vier.«

»Also schlägt er heute Nacht wieder zu?«, fragte Johan.

Granstam seufzte und nahm den Snus aus dem Mund. »Mit einer weiteren Stadt sind wir überfordert. Sehen Sie eigentlich ein Muster in der Auswahl der Städte? Im Fall des Vergewaltigers von Uppsala war ja das geografische Muster wichtig.«

»Sie meinen, dass die Wahl der Städte vor der Wahl der Opfer kommt?«, fragte Angelica skeptisch.

»Es ist wohl kaum Zufall, dass die Morde so gut wie landesweit verübt werden«, schärfte Granstam die Hypothese. »Er hat sich offensichtlich die Mühe gemacht, kreuz und quer durchs Land zu fahren.«

»Vielleicht um Aufmerksamkeit zu wecken«, schlug Nathalie vor. »Unbestreitbar seltsam ist, dass die Medien von den Fällen keine Kenntnis bekommen haben.«

»Von der Göteborg-Posten hat mich vor der Besprechung ein Journalist angerufen und gefragt, warum ich hier bin, das ist also nur noch eine Frage der Zeit«, sagte Tim. »Wenn sie Wind von der Rose und der Verbindung zu Henrik Borg kriegen, dann fliegt uns das hier um die Ohren.«

»Nehmen wir mal an, dass Granstams Theorie zutrifft«,

überlegte Maria, »in welcher Stadt schlägt er dann das nächste Mal zu?«

»Wenn man sich die Koordinaten in einer Kongruenzabbildung vorstellt, dann kommt dabei etwas zwischen Uppsala und Stockholm raus«, sagte Tim.

Angelicas Telefon klingelte. »Das Forensikzentrum«, stellte sie fest und nahm das Gespräch an. Alle lauschten gespannt. Jetzt würden sie endlich erfahren, wie die Opfer starben. Nach drei Sekunden bedankte sie sich, beendete das Telefonat und schaute in die Kamera: »Die drei Opfer starben an einer Überdosis intravenös verabreichtem Morphin. Die Werte in Blut und Urin lagen zwischen 3,7 und 4,5 Mikrogramm.«

»Was bedeutet das?«, wollte Granstam wissen.

»Die letale Konzentration liegt zwischen 0,05 und 4 Mikrogramm, je nachdem, ob das Opfer daran gewöhnt ist oder nicht«, antwortete Angelica. »Und keins der Opfer war süchtig, sodass die vorliegenden Konzentrationen mehr als reichlich bemessen waren, um das Atemzentrum auszuschalten. Vermutlich ein relativ angenehmer Tod, vor allem wenn man wie in Henriks Fall mit Whisky oder wie Mikael mit einer oder zwei Schlaftabletten vormedikamentiert ist.«

»Wer kommt an solche Dosen von Morphium in Form von Injektionen?«, fragte Granstam.

»Krankenhauspersonal«, antwortete Angelica. »Aber das kann man auch im Internet kaufen.«

Tim sprang mit den Augen zwischen den Bildschirmen hin und her. »Drei Tage vorm Mord an Henrik ist bei einem Einbruch in eine Apotheke in Malmö eine große Menge

Morphium abhandengekommen ...« Er tippte und zoomte dann das Gebiet auf Google Maps heran. »Keine fünfhundert Meter vom Klubhaus der *Deadly Roses* entfernt, genauer gesagt in der Kalkbrottsgatan.«

»An der Apotheke sind wir auf der Fahrt hierher vorbeigekommen«, sagte Maria.

»Wenn die *Deadly Roses* dahinterstecken, dann hätten sie sich bestimmt einen Ort ausgesucht, der weiter weg liegt«, schloss Johan.

»Wir nehmen die Information mit ins Verhör«, sagte Angelica und drehte sich zur Kollegin vom mobilen Einsatzkommando um, die an die Fensterscheibe klopfte und gestresst auf die Uhr zeigte.

»Dann beenden wir die Besprechung«, entschied Granstam. »Neue Abstimmung um Punkt zwanzig Uhr. Diesen Verrückten müssen wir fassen, bevor er noch ein Opfer dahinrafft.«

37

Früher

Es ist entsetzlich, aber ich muss stark sein, denkt er und drückt ihre Hand. Er sitzt in der Notaufnahme auf einem Hocker am Bett und schaut in ihre blauen Augen. Sie sind feucht und stellen nicht den gleichen Kontakt wie sonst her. Hoffentlich ist das nur eine Folge der Operationen und des Morphiums, mit dem man sie vollgepumpt hat.

Es ist Viertel nach zwei. Gleich kommen die Ärzte. Wo steckt Anders? So lange kann der Weg zu und von der Caféteria doch nicht dauern. Oder hält er es hier nicht aus, wenn die Diagnose bekannt gegeben wird? Offensichtlich steht er unter Schock, weicht ihr aber auf eigenartige Weise aus. Als würde er sie nicht mehr lieben. Anders hat ihr nie gutgetan. Sie hat einen Besseren verdient. Anders gibt natürlich ihm die Schuld an dem Unfall. Darüber will er sich nicht streiten, weil es wahr ist. Dieses Kreuz wird er bis ans Lebensende zu tragen haben. Da ist es egal, wie inständig sie beteuert, dass ihn keine Schuld trifft.

Er beißt die Zähne zusammen und streichelt ihre Stirn. »Hast du große Schmerzen?«

»Nicht so schlimm«, antwortet sie erschöpft.

»Ich bin für dich da, das weißt du.«

»Yin und Yang«, sagt sie, aber ihr Versuch eines Lächelns gerät nur zu schiefen Mundwinkeln.

Es entsteht eine Pause. Zum Glück sagt sie nichts von Schicksal. Er will nicht, dass sie so denkt. Dass ihre Beziehung und seine Geburtstagsüberraschung unmoralisch waren und sie darum bestraft werden mussten. Dann nimmt er lieber die Schuld als schlechter Autofahrer auf sich.

»Ich habe Durst, will versuchen, was zu trinken«, sagt sie und klimpert mit den Augenlidern.

Er hält ihr das Wasserglas hin. Vorsichtig setzt sie die

Lippen an den Trinkhalm. Sinkt dann wieder ins Kissen zurück, als hätte die Bewegung sie vollkommen erschöpft.

Vor drei Stunden haben sie sie von der Intensivstation hierher verlegt. Gleich zu Beginn sagte sie, dass es schön sei, ein Zimmer für sich allein zu haben. Schön, nicht mehr in einem großen Saal zwischen acht Patienten, piependen und zischenden Geräten und ständigem Gerenne von gestresstem Personal im grellen Neonlicht und Geruch von Desinfektionsmitteln zu liegen.

Sie leckt sich die trockenen Lippen, drückt seine Hand und lässt sie los. Zieht die Decke etwas weiter über den Bauch und legt die gefalteten Hände darauf.

»Glaubst du, ich werde jemals wieder gehen können?«

Daran glaubt er nicht, sagt aber: »Wir müssen abwarten, bis die Ärzte kommen, und das Beste hoffen. Der menschliche Körper besitzt die verblüffende Fähigkeit, sich selbst zu heilen, das sagst du doch selbst immer.«

»Ja, aber ich habe ab der Brust abwärts kein Gefühl mehr. Und ich kann weder pinkeln noch ... das andere. Da ist was Schwerwiegendes nicht in Ordnung.«

Sogar jetzt ist sie noch zu prüde, um bestimmte Worte in den Mund zu nehmen. Er hält das irgendwie für ein gutes Zeichen.

»Im Moment bin ich einfach nur froh, dass du lebst«, sagt er.

Sechs Stunden lang wurde sie notoperiert und bekam vierzehn Liter Blut. Er selbst wachte nach zwei Stunden wieder auf und war mit einer punktierten Lunge, fünf gebrochenen Rippen, einer Gehirnerschütterung und ein paar

Schürfwunden davongekommen. Letzten Vormittag ist er entlassen worden und hat seitdem an ihrer Seite gesessen. Mit Übelkeit, Schwindelgefühl und voller starker Schmerztabletten. Aber an ihrer Seite.

Selbstverständlich ist die Familie zu Besuch gekommen, und er hat versprochen, heute Nacht zu Hause zu schlafen. Aber das hängt davon ab, wie es ihr geht. Wenn sie will, bleibt er.

Er streicht mit der Hand über ihr blondes Haar. Es hat seinen Glanz verloren und duftet nach nichts, als wäre es eins mit der sterilen Krankenhausumgebung geworden. Sie schaut zum Überwachungsbildschirm, der ihr Leben in Ziffern und ständig aktualisierten Kurven aufzeichnet. Alles sieht gut aus, doch ihre Verletzungen kann man anhand des EKGs, Sauerstoffgehalts und Blutdrucks nicht feststellen.

Rasche Schritte im Korridor nähern sich. Dann betritt Anders außer Atem das Zimmer.

»Sind sie noch nicht da gewesen? Wie gut, da war nämlich eine Riesenwarteschlange. Ich habe Zeitungen gekauft, falls du welche lesen willst.«

»Vielleicht später«, antwortet sie müde.

Wie kann man nur so blöd sein? Es dauert bestimmt noch Wochen, bis sie wieder die Kraft zum Lesen hat.

Das vertraute Gemurmel von einer Visite im Anmarsch ist im Korridor zu hören.

Fünf weiß gekleidete Personen betreten das Zimmer. Zwei ältere Männer und die Frau, in der er die Trauma-Expertin wiedererkennt. Hinter ihnen zwei junge Frauen in den blau-weißen Kasacks und ein draller Mann in den Fünfzigern mit Bart, Clogs und dunkelgrünem Poloshirt. Sie sehen ernst und freundlich aus, als sie sich vorstellen.

»Wie ich schon bei der Einlieferung sagte, habe ich alle verantwortlichen Ärzte hinzugezogen, um Ihre Situation zu besprechen«, beginnt Frau Doktor Melin mit rauer Stimme, die nicht zu ihrem aparten Äußeren passte. »Wollen Sie, dass alle dabei sind, wenn wir mit Ihnen sprechen?«, fährt sie mit einem Blick auf ihn und Anders fort. Vielleicht spürt sie die angespannte Situation, oder es ist nur eine Routinefrage.

»Ich möchte beide dabeihaben«, antwortet sie mit kaum hörbarer Stimme.

»Gut«, sagt Doktor Melin und schließt die Tür. Lächelt ihr freundlich zu und stellt Standardfragen, ob sie Schmerzen hat, wie es mit dem Essen klappt und ob sie etwas über die Station, auf die sie kürzlich verlegt wurde, wissen möchte. Alles, um eine Beziehung vor dem Urteil herzustellen, das wissen alle im Zimmer, vor allem seine Liebste, aber sie spielt so gut wie möglich mit, die Panik dicht unter der Haut.

»Fangen wir mit den guten Neuigkeiten an«, sagt Melin, »die Blutung der Leber ist gestoppt, und die Blutwerte sehen nach der Infusion von gestern gut aus. Puls und Blutdruck sind, wie Sie vielleicht sehen, stabil«, rundet sie mit einem vorsichtigen Lächeln und einem Blick auf die Überwachungsmonitore, die in rhythmischer Ruhe piepen, ab.

»Was haben Sie mit der MRT des Nackens gesehen?«

Isabelle Melin dreht sich zu einem der anderen Ärzte um, der einen Schritt vortritt.

»Leider ist es so, wie wir vermutet haben. Sie haben eine Querschnittsläsion zwischen dem fünften und sechsten Halswirbel. Das bedeutet, dass das Rückenmark dort ganz durchtrennt ist, das heißt, dass Sie alle Funktionen ab dieser Höhe abwärts eingebüßt haben.«

»Werde ich jemals wieder gehen können?«

Von der Verzweiflung in ihrer Stimme kommen ihm die Tränen. Anders befingert nervös seine Gürtelschnalle, flackert mit den Augen, als beobachtete er eine Fliege, die nur er sieht.

»Leider nicht.« Die Ärztin schüttelt den Kopf.

»Und ich werde nie wieder mehr fühlen als das, was ich jetzt fühle?«, fragt sie mit gebrochener Stimme und klammert sich an den Metallrohren des Bettgestells fest. »Nichts von der Brust an abwärts? Nichts im kleinen Finger? Ich werde also für den Rest meines Lebens im Rollstuhl sitzen?«

»Ja, aber es gibt sehr gute ...«

»Ich werde also auf dem Bauch die Scheißetüte und einen Katheter zum Pinkeln haben? Ist es das, was Sie mir sagen? Ist das so?« Rote Flecken breiten sich auf ihren Wangen aus.

Bei der letzten Frage ist ihre Stimme ins Falsett gekippt.

»Wir müssen realistisch sein und sagen, wie es ist«, schaltet sich Isabelle Melin ein, legt den Kopf schräg und schaut sie mitleidig an.

Es wird still.

»Wir werden Ihnen mit allem Praktischen helfen. Sie haben uneingeschränkten Anspruch auf unser Reha-Team mit

Arbeitstherapie und Krankengymnastik«, erklärt Melin weiter.

»Und wenn Sie reden wollen, bin ich für sie da«, sagt der Psychologe und faltet die Hände vor dem vom Bauchfett gespannten Poloshirt. Mit sanfter Stimme informiert er über den üblichen Ablauf, aber sie hört nicht zu. Vor der Verlegung von der Intensivstation heute Morgen hatte sie gesagt, dass es für sie wichtiger sei, Kinder zu bekommen, als gehen zu können.

Der Psychologe verstummt und streicht sich über den Bart. Sie bedeutet ihm mit einem Nicken, dass sie seine Worte verstanden hat.

»Und werde ich Kinder bekommen können?«, fragt sie, und ihr Blick wandert zum Gynäkologen. Er ist ein kleiner, magerer Mann mit runder Oma-Brille und freundlichen Augen.

»Wie Sie wissen, habe ich Sie nach dem Unfall operiert.«

»Ja?«, sagt sie und sinkt tiefer ins Kissen.

»Und in der Gebärmutter war eine große Blutung. Ich konnte sie erst stoppen, nachdem ich einige wichtige Gefäße abgebunden habe ...« Er legt eine Pause ein, schiebt die Brille auf die Stirn und spricht weiter: »Teile des Uterus wurden nekrotisch, und am Ende war ich gezwungen, ihn zu entfernen ... es tut mir schrecklich leid.«

»Sie haben mir die Gebärmutter rausgenommen?«, fragt sie kraftlos.

»Ja, es tut mir schrecklich leid.«

Sie schließt die Augen und sinkt, wenn überhaupt irgend möglich, noch tiefer in die Matratze. Jeder Muskel in ihrem

Körper entspannt sich dem Anschein nach, als ertränke sie gerade. Nur das Surren des Ventilators und das Piepen des Pulsmessgerätes sind zu hören.

Dann stemmt sie sich mit einem Mal zum Sitzen hoch. Ihre Augen sind weit aufgerissen, und sie schreit aus vollem Hals.

38

Malmö

Maria und Angelica kontrollierten, ob Aufnahmegerät und Alarmknopf da saßen, wo sie hingehörten, bevor sie auf den Eingang des Klubhauses der *Deadly Roses* im Industriegebiet von Limhamn zugingen. Ein paar Wolken waren vom Meer aufgezogen, und die Temperatur war im Verlauf der Besprechung mit der OFA gesunken. Eine leichte Brise kühlte beiden die heiße Stirn, und das Konzentrationslevel befand sich auf dem Höhepunkt.

Angelica sprach in die Gegensprechanlage rechts von zwei massiven und rostigen Eisentüren. Oben auf der drei Meter hohen, mit Stacheldraht bewehrten Mauer, die das Klubhaus umgab, war gut sichtbar eine Überwachungskamera angebracht.

»Angelica Hübinette und Maria Sanchez von der Profilergruppe beim Zentralkriminalamt«, sagte Angelica, als sich jemand am anderen Ende meldete. Sie hielt ihren Ausweis in die Kamera. »Wir wollen mit Johnny Lappanainen sprechen.«

Die Türen gingen quietschend nach außen auf. Im Hof standen ein Dutzend Motorräder mit hohen Lenkern, ein Lieferwagen und drei schwarze BMWs, die wie neu glänzten, wenn die Sonne durch eine Wolkenlücke brach. Geradeaus vor ihnen befand sich eine Steintreppe, die zu einem heruntergekommenen Bürogebäude hinaufführte, flankiert von zwei Werkstattgebäuden mit geflicktem Blechdach.

Aufs Äußerste angespannt gingen Maria und Angelica den Kiesweg entlang. Als sie ihn zur Hälfte zurückgelegt hatten, wurde oben am Ende der Steintreppe die Tür geöffnet, und ein großer Mann mit Sonnenbrille, Bart, Lederweste und braunen Cowboystiefeln stieg die Treppe hinab, ohne sie aus den Augen zu lassen.

»Johnny kann Sie sofort empfangen«, erklärte er mit leicht schonischem Dialekt.

Sie folgten ihm durch die Tür und weiter einen weiß gestrichenen Flur entlang, der erst nach rechts, dann nach links, wieder nach rechts abbog und an den sich eine Treppe in die obere Etage anschloss. Maria prägte sich den Weg ein, obwohl das hier nicht die Art von Einsatz werden würde, für den sie ausgebildet war.

Sie gelangten in ein Wartezimmer mit Fenstern zum Innenhof, wo sich eine Reihe Autos mit ungefähr zwanzig Motorrädern den Platz teilten. An den Wänden standen in großen Abständen fünf dänische Designer-Plastikstühle. Der

Mann mit der Brille holte sein Handy heraus und telefonierte.

»Besetzt«, sagte er und begann auf seinem Mobiltelefon herumzutippen.

»Für so was haben wir keine Zeit«, verkündete Maria wütend. »Rufen Sie ihn wieder an, sonst sagen wir dem Einsatzkommando, dass sie uns aufmachen sollen.«

Der Mann warf ihr einen amüsierten Blick zu. Nickte dann und wählte ohne Eile manuell eine Nummer. Diesmal erreichte er jemanden. Nach kurzem Wortwechsel klickte es in der Tür, bei der Maria auffiel, dass sie zur Sicherheitsstufe 4 gehörte. »Bitte. Sie können jetzt reingehen.«

In schwarzem Hoodie über weißem Shirt saß Johnny Lappanainen entspannt zurückgelehnt in einem Ledersessel mit hohem Rückenteil hinter einem auf Hochglanz polierten Eichentisch, auf dem ein Computer, ein Telefon und eine golden schimmernde Statuette einer Harley Davidson standen. Leichter Tabakgeruch hing in der Luft.

Obwohl die Fassade des Gebäudes verwahrlost aussah, wirkte dieser Raum wie ein exklusives Büro. Die Wände bedeckten rote Tapeten mit goldenen Ornamenten und weiß lasierte Bücherregale. Rechts protzte eine ochsenblutrote Sofagruppe mit rundem Tisch aus Milchglas. Darauf ein Aschenbecher neben einem Päckchen Zigaretten.

John Silver, stellte Maria fest, und dachte an die Kippe, die in Henriks Ferienhaus gefunden wurde. Ihr fiel auch auf, dass sich zwei geschlossene Türen auf den Seiten hinter Johnny befanden, und sie erkannte, dass sie recht gehabt hatte mit ihrer Beanstandung, dass sie nicht über alle Ein-

und Ausgänge den Überblick hatten. Aber jetzt waren sie hier, und sie würde sich nicht von der Verärgerung darüber aus dem Konzept bringen lassen, dass sie wieder einmal mit dem Argument abgespeist worden war, dass die Mittel der Polizei begrenzt waren.

»Setzen Sie sich«, forderte Johnny sie auf und zeigte auf die beiden Sessel vor dem Schreibtisch. Das Leder knarzte gemütlich, als sie darin versanken und merkten, dass sie jetzt ein gutes Stück niedriger als Johnny gelandet waren. Er sah gefährlicher aus als auf den Fotos. Das runde, glatt rasierte Gesicht war in jedem Detail kraftvoll. Über den Nasenrücken verlief eine weiße Narbe, und um das linke Auge hatte er eine gepunktete Tätowierung.

»Was verschafft mir denn die Ehre des vornehmen Besuchs aus Stockholm?«, begann er mit höherer Stimme als erwartet.

»Wir können ja mal mit der Frage anfangen, warum Sie sich versteckt haben?«, sagte Maria. »Sie wissen bestimmt, dass wir nach Ihnen gesucht haben?«

Ein schiefes Lächeln glitt über die straffen Wangen.

»Wie Sie wissen, mag ich keine Polizisten. Und ich habe Besseres zu tun, als hier rumzusitzen und zu warten, bis Sie aufkreuzen.«

»Wie Sie bestimmt wissen, ermitteln wir im Mord an Henrik Borg«, sagte Angelica. »Ich gehe davon aus, dass Sie sich nicht so richtig gefreut haben, als er sich mit Ihrer Freundin Emma zusammentat.«

Johnny Lappanainens Gesicht verhärtete sich. »Ich

dachte, Henrik hätte sich das Leben genommen. Warum glauben Sie, dass er ermordet wurde?«

»Hören Sie doch auf«, sagte Maria. »Wir wissen, dass Sie Henrik in der Billardhalle bedroht haben und dass Sie Emma angefleht haben, zu Ihnen zurückzukommen.«

Johnny drehte sich zum Computer, und die Finger tanzten über die Tastatur, als beantwortete er eine Mail. Wandte sich wieder ihnen zu und sagte: »Ich habe der Knalltüte offen meine Meinung gesagt. Aber Emma war nie mit ihm zusammen, sondern mit mir. Sie ist nur kurz mal zu Hause in Oslo, dann kommt sie hierher zurück. Sind Sie nur gekommen, um mich das zu fragen?«

Er strotzte vor Selbstgefälligkeit, als er lächelte und die Hände in die Tasche des Pullovers schob. Er hält sich für unbesiegbar, dachte Maria. Widerwillig spürte sie eine physische Anziehungskraft, die sie normalerweise nur für Frauen empfand. Ärgerlich auf sich selbst sagte sie: »Wir verstehen nicht, warum Sie die Rosen blau gefärbt haben. Ihr Symbol ist doch rot wie Blut.«

»Ich weiß nicht, wovon Sie reden. Mit Blumen habe ich nichts am Hut.«

»Jetzt wird Ihr geliebter Bruder in die Nationalelf berufen«, sagte Angelica. »Und kriegt vielleicht den Profivertrag, den er schon so lange haben will – alles, wobei Henrik im Weg stand.«

Johnny Lappanainen breitete die Hände aus.

»Ich kann nicht gerade behaupten, dass ich über den Tod der Diva trauere, aber damit habe ich nichts zu tun. Ich bin ein ganz normaler ehrlicher Geschäftsmann, der wie Sie seinen Teil zur Gesellschaft beiträgt.«

»Bullshit«, sagte Maria in hartem Ton. »Das interessiert uns nicht, sondern der Mord an Henrik Borg. Wenn Sie uns nicht helfen, dann schieben wir Ihnen einen Schneidbrenner in den Arsch und drehen hier in Ihrem sogenannten Unternehmen jeden Papierfetzen einzeln um.«

Die Worte zeigten Wirkung. Erst in Form von Erstaunen, dann in einem breiten Grinsen, das einen goldenen Schneidezahn entblößte.

»Ein Zeuge hat am Samstag, den 2. August um Mitternacht eine HD zu Henriks Ferienhaus fahren sehen«, fuhr Maria fort. »Waren Sie das oder einer Ihrer Brüder?«

»Erstens: Ich war das nicht. Zweitens: Das war keiner aus dem Klub.«

»Was haben Sie an dem Abend und in der Nacht gemacht?«, fragte Angelica.

Johnny Lappanainen war die Stunden vor und nach dem Mord im Klubhaus gewesen. Dafür gab es mehrere Zeugen, ebenso für die Zeitpunkte der anderen Morde. Die Antworten kamen selbstsicher und mit jeder Angabe gelangweilter.

»Rick Miller rief Sie, eine Minute nachdem er Henrik tot aufgefunden hatte, an«, bohrte Angelica weiter. »Was wollte er?«

»Er hatte sich verwählt. Stand natürlich unter Schock, der Arme. Miller hat starke Nerven bei Geschäften, aber als er seine Cashcow tot im Bett fand, war das zu viel für ihn.«

»Leider haben Sie eine Zigarettenkippe mit Ihrer DNA in dem Haus hinterlassen«, sagte Maria und warf einen vielsagenden Blick auf das Päckchen auf dem Glastisch. »Auch die von der Marke John Silver.«

Eine Sekunde lang saß er sprachlos da. Die Muskeln um die Kiefer spannten sich an, und die Brutalität in seinem Gesicht trat deutlich hervor.

»Wie gesagt habe ich Zeugen, die bestätigen können, dass ich den ganzen Abend und die ganze Nacht hier war.«

»Und wie ist dann die Kippe da hingekommen?«

»Keine Ahnung. Sie können mir jedes Wort glauben.«

Das war das Letzte, was sie taten, aber der Staatsanwalt hatte gemeint, dass der Fund nicht ausreichte, um Johnny zu überführen.

»Wann haben Sie zuletzt mit Rick Miller gesprochen?«, fragte Maria.

»Weiß ich nicht mehr genau, das war wohl heute Vormittag. Wir diskutierten über eins unserer Bauprojekte.«

»Wissen Sie, wo er jetzt ist?«

Tief in Johnnys Augen glomm etwas auf. Mit einer Beiläufigkeit, die Maria für gespielt hielt, antwortete er: »Keine Ahnung, vermutlich in seinem Büro, warum?«

»Erzählen Sie uns, in welcher Beziehung Sie zu Patricia Tornerud stehen«, forderte Angelica ihn auf.

Johnny kratzte sich an der Flamme auf dem Hals und antwortete, dass er sie nicht kenne. Angelica zeigte ihm das Foto von Patricia und Rick im Außenbereich vom Moriska Paviljong, sagte ihm, dass sie von den Spielschulden, den Gerüchten über den Escortservice und dem Drogenschmuggel wussten. Als Johnny sich wieder als ehrlichen Geschäftsmann bezeichnete und antwortete, er wisse nicht, von wem die Rede sei, sanken sie beide tiefer in die Sessel. Die Vernehmung war genauso sinnlos wie befürchtet.

Maria stand auf und ging auf dem Orientteppich im Kreis. Ein Sonnenlichtreflex von einer Stelle unten beim Bücherregal stach ihr ins Auge. Sie blieb mit den Händen auf die Rückenlehne des Sessels gestützt stehen und schaute Johnny an.

»Was haben Sie uns über Mikael Tornerud zu sagen?«

»War das der eingebildete Pilot, der uns angezeigt hat?«

»Genau. Was dazu führte, dass einer Ihrer Brüder vom Zoll aufgehalten wurde.«

Johnny verschränkte die Arme. Trotz des großen Kapuzenpullovers zeichneten sich seine Muskeln deutlich ab, und Maria spürte im Bauch wieder das verfluchte Ziehen. Das gleiche Begehren, das sie verspürt hatte, als Angelica auf dem Flughafen ihren Arm gestreift hatte, doch jetzt war es genauso wenig willkommen wie damals, als sie als streng erzogene Katholikin begriff, dass sie auf Frauen stand.

»Einer von uns wurde von der Routinekontrolle rausgepickt«, seufzte Johnny. »Aber Acke war sauber, dieser Pilot hatte sich also genauso geirrt wie Sie mit Ihren Verdächtigungen. Und was hat das mit Henriks Tod zu tun?«

Sie verstummten und versuchten, die Antwort auszusitzen. Am Ende brach Maria das Schweigen: »Er und Mitglieder der Nationalmannschaft saßen auch im Flieger, Ihr Bruder Jorma eingeschlossen, aber er war natürlich nur Ersatzspieler.«

Sie fragten nach dem Einbruch in die Apotheke, zeigten Fotos von Tina und Thomas Eriksson und Hedvig Molin, ohne etwas anderes als die erwarteten Reaktionen zu ernten. Johnny Lappanainen war ein Mann, der log und es obendrein noch genoss. Er gab nur zu, dass der Klub Hangarounds in Kiruna, Göteborg, Östersund und in fünf weiteren Städten hatte. Aber zu denen hatte er seit über zwei Wochen keinen Kontakt mehr gehabt.

»Was ist erforderlich, um ein vollwertiges Mitglied zu werden?« Maria ging auf den Schreibtisch zu und beugte sich zu Johnny.

»Wie in allen besseren Klubs bleibt das ein Geheimnis, bis es so weit ist. Wenn Sie ein Mann wären, dann hätte ich Ihnen vielleicht eine Chance gegeben.«

Er grinste sie nonchalant an, ein Grinsen, das sie am liebsten mit einem Schlag oder Tritt aus ihrem Taekwondorepertoire beseitigt hätte.

»Erfordert es einen Mord?«, schlug sie mit der gleichen Kälte in der Stimme vor, wie Johnny sie in den Augen hatte.

»Nein, es erfordert Mut. Und davon haben Sie reichlich, Maria Sanchez. Ich werde Sie nie vergessen.«

Marias Blick verfinsterte sich. Angelica hatte ihn ein paarmal an ihr beobachtet, wenn Übergriffe auf Frauen zur Sprache kamen. In Marias Kindheit und Jugend gab es etwas, worüber sie nicht sprechen wollte, das ihre Wut befeuerte.

»Ich will, dass Sie sich einen kurzen Filmausschnitt ansehen«, forderte Angelica ihn auf und zeigte den Film aus der Überwachungskamera im Östersunder Krankenhaus. Der Mann mit der Baseballcap und dem schwarzen Aktenkoffer ging rasch den Korridor entlang. Maria betrachtete abwechselnd Johnnys Miene und den Raum, versuchte, etwas zu finden, das sie der Wahrheit näherbringen könnte. Etwas rieb sich an ihr, eine Anwesenheit, die ihr sagte, dass sie irgendetwas auf der Spur war, etwas, das ihr aufgefallen war, das sie aber trotzdem übersehen hatte. Doch der Film war zu Ende, ohne dass ihr etwas eingefallen wäre, woran sie ihre Vorahnung hätte festmachen können.

Johnny sah gestresst aus.

»Sie scheinen zu reagieren, Sie erkennen die Person, oder?«, meinte Angelica.

Johnny schüttelte den Kopf und schaute sie dann mit einem sanften Lächeln an. »Nein. Was meinen Sie, wer das ist?«

»Wollen Sie, dass wir es uns noch einmal ansehen?«, fragte sie.

»Meinetwegen nicht, man kann ja noch nicht mal das Gesicht erkennen«, fertigte er sie ab.

Sie klickte ein Foto von Peter Schultz hervor. »Kennen Sie den Mann?«

»Noch nie gesehen.«

»Wir haben Ihre DNA, Sie haben Reiseverbot und Meldepflicht«, schloss Angelica ab und stand auf.

Johnny nickte und stellte sich so hin, dass er seine physische Überlegenheit wiedererlangte.

Erschöpft gingen sie auf die Ausgangstür zu. Johnny bewegte sich hinter ihnen. Maria drehte sich um und ließ den Blick ein letztes Mal durchs Zimmer schweifen. Wieder traf sie der Sonnenlichtreflex. Er kam vom Boden unten beim Bücherregal. Sie blieb stehen, ging zurück und sah, wie etwas auffunkelte. Bekam wieder dieses Gefühl, dass sich etwas ganz Wichtiges unmittelbar vor ihr befand.

Johnny blieb stehen, sah sie angespannt und forschend an. Schnell war sie am Bücherregal. Auf dem Boden lag ein Ohrstecker. Ein Schmuckstück, das sie nur allzu gut kannte. Das war der Diamant, den Rick im Ohr gehabt hatte.

Sie führte die Hand zur Pistole und drehte sich zu Johnny um.

»Diesen Ohrstecker haben wir vor knapp zwei Stunden an Rick Miller gesehen. Wie kommt es, dass der jetzt hier liegt?«

»Typisch Rick, sich mit Ohrringen zu behängen wie eine Schwuchtel«, grinste Johnny nach einigen Sekunden des Zögerns und machte einen Schritt auf Maria zu.

»Da stehen bleiben!«, befahl Maria und zog ihre Sig Sauer. Johnny stand wie gelähmt da. Maria hielt die Pistole weiterhin einsatzbereit, die Mündung auf Johnnys Knie gerichtet. Aus dem Augenwinkel sah sie, wie Angelica das Handy ans Ohr führte.

»Was hat er hier gemacht?«, wiederholte Maria.

»Er war vor einer Stunde hier und redete über Geschäfte.«

»Was für Geschäfte?«, fragte Maria skeptisch und hörte, wie Angelica eine Verbindung zum Einsatzleiter herstellte und die Lage beschrieb.

»Das waren ein paar dringende Dinge wegen Jormas weiterer Karriere, mehr kann ich nicht sagen.«

»Wie kommt der Ohrstecker da hin?«, setzte Maria ihn weiter unter Druck.

»Keine Scheißahnung«, antwortete Johnny und breitete wieder die Hände aus, aber diesmal war die Bewegung weniger weit ausholend, der Nachdruck verschwunden.

»Wir werden das Klubhaus durchsuchen«, verkündete Angelica, immer noch mit dem Handy am Ohr. »Der Staatsanwalt hat eben dem Antrag einer umfassenden Hausdurchsuchung stattgegeben.«

39

Kiruna

Ingemar Granstam saß im Tegvägen im Auto und betrachtete das Einfamilienhaus, in dem er vor neun Monaten noch gewohnt hatte. Erinnerte sich, wie er und Iréne als Frischvermählte es zum ersten Mal angeschaut hatten. Sah Anna und Björns erste Gehversuche auf dem Rasen, wie sie in das aufblasbare Planschbecken sprangen, die Grillabende auf der Veranda in den Sommernächten, in denen es nie dunkel wurde. Glückliche Erinnerungen, die ihn jetzt depressiv machten.

Er holte den Sobrilfilm heraus und schluckte eine Tablette. Jetzt blieben ihm nur noch sieben. Im Lauf des Tages hatte er zu viele genommen, aber das war nötig gewesen. Zuerst wegen des Flugs, danach wegen des Wiedersehens mit der Heimatstadt, anschließend, um fahren und das Haus angucken zu können. Und dann jetzt, als sich die Erinnerungen einstellten. Die Trauer war so schwarz, dass er sie immer ausblendete, wenn sie näher rückte, doch jetzt hatte er sich eingeredet, müsse er sich ihr stellen.

Die Vorwürfe, er habe Iréne die Treppe hinabgestoßen, konnte er an den Blicken der Kollegen ablesen, als er seine Dienststelle besucht hatte, obwohl die meisten sich sehr bemühten, es zu überspielen. Der Einzige, der voll und ganz an seine Unschuld glaubte, war sein alter Freund Kommissar Lars-Åke Rehn.

Wo Rauch ist, da ist auch Feuer, war eins der gängigsten Sprichwörter in der Stadt, und obwohl die interne Ermittlung ihn vollkommen entlastet hatte, würde er das Misstrauen der anderen nie loswerden. Das Schlimmste war, dass Anna und Björn sich von ihm distanziert hatten. Er hatte nie eine enge Bindung zu seinen Kindern entwickelt. Er hatte viel gearbeitet und war viel auf Reisen gewesen, und sie reagierten empfindlich darauf, dass er manchmal trank. Als Iréne starb, hatten sie ihm eröffnet, dass sie mit ihm nichts mehr zu tun haben wollten. Sie hatten nicht offen ausgesprochen, dass sie glaubten, er habe sie gestoßen, aber so interpretierte er es. Warum sollten sie denn sonst über ihn die härteste Strafe verhängen, zu der man ein Elternteil verurteilen kann?

Ein paarmal, wenn er allein Whisky trank, hatte er daran gedacht, sich das Leben zu nehmen. Einmal hatte er den Elchstutzen aus dem Schrank geholt und mit dem auf den Knien dagesessen. »Das liegt in der Familie«, sagte seine

Mutter immer. Für die väterliche Linie traf das auch zu: Sein Onkel hatte sich die Rübe weggeschossen, sein Großvater hatte sich im See Loussajärvi ertränkt, als er sich mit Selbstgebranntem um den Verstand gesoffen hatte. Sein Großcousin Per-Olof hatte sich im Bergwerk in die Luft gesprengt, aber das konnte auch ein Unfall gewesen sein.

Seufzend legte er die Hände vor sein Gesicht, massierte sich die Schläfen. Mit keinem einzigen Wort hatte er irgendjemandem gegenüber erwähnt, wie schlecht es ihm ging. Was würde das für einen Eindruck machen, wenn der große, starke Kerl, der der Chef der Polizei im Großraum Fjollträsk ist, losflennt wie ein Schulmädchen? So war er erzogen worden. Obwohl er wusste, dass das ein Klischee war, das in einer gleichberechtigten Gesellschaft nichts zu suchen hatte, empfand er so. Aber er würde das Problem anpacken. Vielleicht konnte er mit Nathalie sprechen? Sie war eine gute Zuhörerin und wusste bestimmt Rat, wohin er sich wenden konnte.

Sobald dieser Fall gelöst ist, redete er sich ein, ließ den Wagen an und warf im Rückspiegel einen letzten Blick auf das Einfamilienhaus. In einer halben Stunde würde er Erik und Estelle treffen, um mit ihnen zu sprechen, bevor die beiden ihre Nachschicht begannen. Er war schon einmal in dem Krankenhaus gewesen und hatte den Personalchef und einige Mitarbeiter von der Notaufnahme mitsamt der Besatzung des Krankenwagens vernommen, für den der schwarze Jeep weggefahren war. Niemand hatte ihm sachdienliche Hinweise liefern können.

Die Krankenschwester Amanda Roos hatten sie auch

noch nicht erreicht. Granstam hatte die türkische Polizei um Amtshilfe gebeten, sie in Aiya Napa zu suchen. Früher oder später würden sie sie natürlich erreichen, doch die Intuition sagte ihm, dass Eile geboten war. Vielleicht würde der Mörder heute Nacht schon wieder zuschlagen, wahrscheinlich in einer Stadt, die sie noch nicht in Erwägung gezogen hatten.

Warum, warum, warum? Zusätzlich zu seiner privaten Misere trieb dieser Fall ihn geradewegs in den Wahnsinn.

Er fuhr aus dem Einfamilienhausviertel, bog nach Westen auf die E 10 ab und passierte den Friedhof. Vor dem ersten Besuch im Krankenhaus hatte er zwölf weiße Rosen auf Irénes Grab gelegt, eine für jedes Jahr, das sie verheiratet waren. Weiße hatte er genommen, weil ihm einfiel, dass Iréne weiße Blumen gemocht hatte und weil die Blumenhändlerin einen großen Armvoll davon im Schaufenster stehen hatte.

Anschließend war er zur Polizeidienststelle gefahren, wo er die Voruntersuchung mit Kommissar Rehn durchging, der ihn auch auf Mikael Torneruds Hof herumgeführt hatte. Als sie das Bett im Schlafzimmer begutachtet hatten, hatte Granstam kurz, aber intensiv ein Gefühl von Unwirklichkeit ergriffen. Danach hatten sie Mikaels Ex-Frau Eva in ihrer Wohnung im Zentrum aufgesucht. Sie war verzweifelt und geschockt über das, was Mikael widerfahren war. Obwohl vor fünf Jahren die Scheidung von ihr ausgegangen war, hatte Ingemar den Eindruck gewonnen, dass sie nach wie vor starke Gefühle für ihn hegte.

»Mikael konnte die Finger nicht von anderen Frauen lassen, und am Ende hielt ich es nicht mehr aus«, hatte sie erklärt. Und natürlich hatte er ihr im Lauf der Jahre mit

Geld ausgeholfen. Aber jetzt war das vorbei und »diese Patricia würde bestimmt innerhalb eines Jahres alles verspielen«, hatte Eva geschnaubt.

Er bog von der Thulegatan ab und parkte vor dem fünfstöckigen Krankenhaus, dessen Grau an bewölkten Tagen mit dem Himmel zu verschmelzen schien. Das weiße Schild mit dem Schriftzug *Notaufnahme* war noch das alte, soweit er sich erinnern konnte. Das Bild, wie das Blaulicht auf dem Schild blitzartig reflektiert wurde, als sie Iréne einlieferten, flammte auf seiner Netzhaut auf. Alle wussten, dass sie schon tot war, aber weil er war, wie er war, hatten sie irrational gehandelt und sich geweigert, die Tatsache zu akzeptieren, bis Doktor Lahti sie im Schockraum in Empfang nahm.

Er holte das Handy heraus und googelte das, was er schon längst hatte suchen wollen, sich aber bisher zu unterlassen gezwungen hatte: *tödliche Überdosis Sobril.*

Er bekam mehrere Treffer von Flashback und anderen Foren wie von ein paar seriösen Tageszeitungen, auf die er ging, um die Artikel von Närkes Allehanda und Västerbottens-Kuriren zu lesen. Darin ging es leider nur um Ärzte, die zu viel von dem Medikament verschrieben hatten. In seine Schwermut mischte sich sein schlechtes Gewissen, weil er Nathalie ausgenutzt hatte. Aber waren die Tabletten womöglich eine gute Methode, sich am Ende mit Iréne zu vereinigen? Außer am Arbeitsplatz würde ihn kaum jemand vermissen, und auch als Leiter der OFA würde er erschreckend schnell ersetzt werden.

Nein, jetzt musste er sich zusammenreißen. Er verstaute das Handy und wuchtete sich mühsam aus dem Leihwagen.

Stand eine Weile still da, atmete tief die frische Luft ein, die er in der Großstadt vermisste, über die er sich jetzt aber nicht freuen konnte.

Er ging auf den Eingang zu und kam an der Stelle vorbei, wo der schwarze Jeep gestanden hatte. Estelle konnte nur höchstens zehn Meter entfernt gestanden haben, und er stufte ihren Augenzeugenbericht, dass es sich bei dem Mann um Mikael Tornerud gehandelt hatte, der auf der Beifahrerseite ausgestiegen war, als zuverlässig ein.

Erik und Estelle warteten an der Chirurgie-Anmeldung. Beide trugen Krankenhauskleidung. Granstam erkundigte sich, ob sie seinen Ausweis sehen wollten, doch sie schüttelten den Kopf, und Erik sagte: »Das ist nicht nötig, ich erkenne Sie wieder.«

»Nathalie erwähnt oft, dass Sie ein guter Chef sind«, schob Estelle mit einem Lächeln ein. Er erwiderte es damit, dass er hoffe, dass Nathalie nicht allzu viel über ihn erzählt habe.

»In zwanzig Minuten haben wir Besprechung«, sagte Erik. »Da kommen wir am besten gleich zur Sache. Ich habe Mikael Tornerůds Krankenakte durchgeschaut. Nur einmal war er vor drei Jahren hier, als er sich bei einem Fallschirmsprung den Unterarm aufgeschnitten hatte. Das wurde mit sechs Stichen genäht, und da war weiter nichts Besonderes. Er schien vollkommen gesund und nahm keine Medikamente.«

»Okay«, sagte Granstam und strich sich über die Glatze, wie er es immer tat, wenn er enttäuscht war. Er wandte sich an Estelle: »Also hier hat Mikael gestanden und mit Schwester Amanda Roos gesprochen?«

Sie nickte.

»Ist Ihnen noch mehr zu dem Mann eingefallen, der Mikael abgeholt hat?«

»Nein, ich glaube nicht. Er sah so aus, als wäre er in den Sechzigern, hatte blondes, leicht ergrautes Haar, keine Brille oder sonst etwas anderes Auffälliges.«

»Was hatte er an?«, fragte Granstam zur Kontrolle.

»Ich glaube, er trug ein weißes Hemd, Bluejeans und Clogs. Ich erinnere mich, dass seine Schritte klapperten, als er mit Mikael wegging.«

»Keine Jacke oder dergleichen?«

»Nein.«

Das musste nicht viel heißen, dachte Granstam. Obwohl sie sich nördlich des Polarkreises befanden, war hier tatsächlich Sommer.

»In welche Richtung sind sie gegangen?«, fragte er.

»Da entlang«, antwortete Estelle und zeigte zur Drehtür zum Haupteingang und der Röntgenabteilung.

»Erinnern Sie sich an noch mehr? Lassen Sie sich Zeit, versuchen Sie, es sich vor Ihrem geistigen Auge ins Gedächtnis zu rufen.«

Sie schloss eine Weile die Augen, schaute dann zu ihm hoch und schüttelte den Kopf.

»Und Sie?« Granstam sah Erik an. »Sie waren doch auch hier, oder?«

»Ja, ich glaube, ich habe von diesem Apparat aus mit der Intensivstation telefoniert«, sagte er und nickte zum Telefon im Behandlungsbereich, wo ein anderer Arzt saß und mit wiederholt zustimmendem Brummen der Stimme im Hörer lauschte. »Dann bekamen wir einen Patienten-Notruf von einem der Überwachungsplätze«, fuhr er fort und hob den Blick zu einem Vorhang auf der anderen Seite des Anmeldetresens. »Doch, so war das. Dabei ging es um einen Kollegen mit Brustschmerzen, die von einer Panikattacke hervorgerufen worden waren ...« Er verstummte abrupt, als wäre er der Meinung, er habe zu viel gesagt. »Ich sah aus dem Augenwinkel, dass der Mann, von dem wir jetzt wissen, dass er Mikael war, an der Chirurgie-Anmeldung stand.«

»Haben Sie den Mann gesehen, der Mikael abgeholt hat?«

»Leider nicht.«

Der Vorhang, auf den sie eben geguckt hatten, wurde zur Seite gezogen, und eine Krankenschwester kam mit einer Adrenalinspritze in der Hand zum Vorschein.

»Da war noch was. Ich erinnere mich, wie dieser Patient, also der Kollege mit der Panikattacke, eine Weile hinter dem Vorhang hervorguckte, ehe er auf den Alarm drückte. Er rief etwas, und eine meiner Krankenschwestern ging zu ihm. Dann sah der Patient Mikael oder womöglich den anderen Mann. Darauf riss er die Augen auf, wurde blass und zog den Vorhang zu. Er machte den Eindruck, als hätte er einen Geist gesehen.«

Estelle wie Granstam hörten erstaunt zu.

»Jetzt, da du das erwähnst, erinnere ich mich auch daran«, sagte Estelle.

»Wie sicher sind Sie, dass die Reaktion des Patienten

auf Mikael oder den Mann, der ihn abholte, zurückzuführen war?«, wollte Granstam wissen.

Erik ging zu dem Telefon, von dem aus er bei dem Vorfall telefoniert hatte, und danach zum Vorhang, um von dort zu der Stelle zu schauen, an der Granstam und Estelle standen. Kehrte dann mit raschen Schritten zu beiden zurück.

»Von da gibt es nicht viel anderes zu sehen, er muss auf Mikael oder den anderen Mann reagiert haben.«

Estelle nickte bestätigend, und Granstam spürte, wie das Adrenalin im Blut die Müdigkeit vertrieb. »Erinnern Sie sich, wie der Patient hinter dem Vorhang heißt?«

»Nein.«

»Das kann man ganz einfach in Take Care nachsehen«, bot Estelle an.

Erik nickte und erklärte: »Alle zuletzt geöffneten Krankenakten sind chronologisch geordnet.«

»Zeigen Sie es mir«, bat Granstam.

Erik und Estelle gingen voraus ins nächste Stationsarztzimmer. Erik holte seine ID-Karte heraus. Nach ungefähr zehn Kommandos und zwei Minuten Warten war er eingeloggt. Granstam beugte sich über ihn und merkte, wie sein Bierbauch an die Schreibtischkante stieß. Sah die Namensliste und hörte Erik sagen: »Da haben wir den Herzstillstand ...«

Erik scrollte etwas nach oben. Name für Name in einem ewigen Hamsterrad, dachte Granstam und fragte sich, ob es in dem Gesundheitszentrum, wo er seine Tabletten abholte, auch so aussah.

»Da haben wir den Kollegen hinter dem Vorhang«, sagte

Erik, »Staffan Öhrn, geboren 1954.« Mit einem kritischen Blick schaute er zu Granstam hoch. »Wie sieht es eigentlich mit dem Datenschutz aus, liegen alle Unterlagen vor?«

»Ich habe den Beschluss des Staatsanwalts und den ganzen Kram.«

»Aber von diesem Patienten kann der Staatsanwalt nichts gewusst haben, oder?«

»Nein, aber ich habe das Mandat, alle Patienten, die ich will, mit in die Ermittlung einzubeziehen. Sie dürfen nicht vergessen, dass wir einen Mörder suchen, der vier Menschen umgebracht hat.«

Erik öffnete die Akte und las vor: »Staffan Öhrn wurde mit Brustschmerzen eingeliefert, dann sein Herz untersucht und mit EKG überwacht. Alles sah normal aus. Als ich mit ihm sprach, stellte sich heraus, dass er in letzter Zeit heftige Panik verspürt hatte. Seine Arbeit als Betriebsarzt war stressig, wenn ich mich recht erinnere. Nachdem er ein Beruhigungsmittel bekommen hatte, klangen die Brustschmerzen vollkommen ab.«

Ich weiß, wie sich das anfühlt, dachte Ingemar und brummte zustimmend. Erik verstummte und scrollte in der Akte. »Mein Diktat ist leider noch nicht geschrieben, aber ich entsinne mich, dass er hier in der Stadt in einer Privatpraxis arbeitet. Hier ist übrigens ein Kurzbericht vom vorigen Jahr.«

Erik öffnete ihn. Unter konzentriertem Schweigen lasen sie.

»Steht da, dass er als Fliegerarzt arbeitet?«, rief Granstam in dem Moment aus, als er es sah.

»Ja, Arzt für Verkehrs-, Tauch- und Flugmedizin«, las Erik laut vor.

»Vielleicht erklärt das, warum er so komisch auf Mikael reagierte«, schlug Estelle vor.

»Meinen Sie?«, fragte Erik.

»Wir müssen ihn fragen«, beschloss Granstam.

»Das lässt sich im Handumdrehen regeln«, sagte Erik wieder dem Bildschirm zugewandt. »Er ist hier im Haus. Auf der Intensivstation. Mit schnellem Vorhofflimmern. Also gehört er mir. Jetzt wollen wir mal sehen ... blaue Seite, doch, das stimmt.«

»Okay«, sagte Granstam und merkte, wie er unter seinem Flanellhemd ins Schwitzen geriet. »Vielleicht ist es das Beste, wenn Sie zuerst mit ihm reden, ich meine von Arzt zu Patient oder noch besser: von Kollege zu Kollege. Meine Erfahrung sagt mir, dass Leute die Wahrheit zurechtrücken, sobald ein Polizist auftaucht.«

40

Göteborg

Tim Walter biss zum letzten Mal von seinem Hamburger ab und spielte weiter *World of Warcraft* auf seinem Computer, den er mit den mitgebrachten Kabeln an den Hotelfernseher angeschlossen hatte. Nach den vielen Stunden im Außendienst, vor allem nach dem Kollaps in der Rechtsmedizin, hatte er das dringende Bedürfnis, zu chillen. Und was gab es da Besseres, als ein paar Stunden im Hotelbett mit einem Big Mac & Co zu sitzen und eine Zeit lang seine Geek-Persönlichkeit auszuleben? Außerdem hatte er im Außendienst alles erledigt, was von ihm verlangt worden war, sollte aber auf Granstams Ansage erst am nächsten Tag nach Hause fahren.

Hab nix dagegen, dachte Tim und spülte die Reste des Hamburgers mit einem Schluck Cola hinunter. Natürlich hatte er sich über den Fall und die möglichen Vorkommnisse im Treppenhaus den Kopf zerbrochen. Er hatte ein paar alternative Kartenskizzen mit den Koordinaten der Tatorte angefertigt. Mit und ohne Höhenunterschiede hatte er versucht zu errechnen, wo und wann der Mörder beim nächsten Mal zuschlagen würde, aber das war eher ein Zeitvertreib, weil sie vom Motiv keinen Schimmer hatten.

Vor der Spielpause hatte er den Überwachungsfilm aus Östersund bearbeitet, konnte aber das Gesicht des Mannes mit der Baseballcap nicht deutlicher erkennen. Müde und schlecht gelaunt hatte er sich an den Versuch gemacht, in Hedvig Molins Mailkonto und Handy zu kommen. Zwei Stunden lang hatte er mit einem Techniker in der Firmenzentrale ihres Mobiltelefonanbieters gechattet, um Zugang zu deren interner Datenbank zu bekommen, gleichzeitig hatte er mit Unterstützung aus dem TOR-Netzwerk versucht, in den Rechner im Gemeinschaftszimmer im Östersunder Krankenhaus zu gelangen. In beiden Fällen war er an einem Gewirr aus Firewalls, Crypto Codes und Datenschutzbestimmungen gescheitert. Aber so schnell gab er nicht auf. Früher oder später würde er herausfinden, wen Hedvig kontaktiert hatte.

Er warf den Abfall in den Papierkorb, stellte sich ans Fenster und schaute auf die Avenyn. Leute bummelten oder hetzten zu Fuß oder auf dem Fahrrad durch den Sommerabend. Eine Straßenbahn schepperte an einem Bettler vorbei, der mit ausgestreckter Hand vor einem 7-Eleven-Laden kniete.

Als das Arbeitshandy auf dem Glastisch neben dem Lesesessel vibrierte, zuckte er zusammen. Es wanderte wie ein wütender Skorpion auf ihn zu. Er schnappte es sich schnell, bevor es auf die Auslegeware fiel.

»Tim Walter, OFA-Gruppe.«

»Hallo, Tim, hier ist Kommissarin Åsa Sjögren. Wir haben einen Notruf wegen eines Toten gekriegt, der in einem schwarzen SUV in einem Waldstück zwei Kilometer entfernt von der Wohnung des Ehepaares Eriksson aufgefunden wurde. Ich bin im Auto auf dem Weg dahin und kann Sie in fünf Minuten vorm Hotel einsammeln.«

Sieben Minuten später saß er neben Åsa Sjögren, als sie in ihrem privaten Volvo zum Linksabbiegen blinkte und in die Avenyn abbog.

»Dem Nummernschild nach zu urteilen, ist es Thomas Erikssons Wagen. Laut der Kollegen vor Ort liegt vermutlich er im Kofferraum. Egal, was zutrifft, die Person ist seit mindestens einer Woche tot.«

Tim stellte sich den Anblick vor, spürte, wie sich seine

vollgeschlagene Wampe meldete. Inhalierte zweimal sein Asthmaspray und versuchte, sich seelisch darauf vorzubereiten.

Thomas Eriksson wurde seit neun Tagen vermisst. Vermutlich war er tot und in seinen eigenen Kofferraum eingesperrt. Die Durchschnittstemperatur der letzten vierundzwanzig Stunden hatte fünfzehn Grad mit einem Spitzenwert von siebenundzwanzig Grad betragen. Um die Bilder auszublenden, die sich einstellten, holte Tim sein Handy heraus, brachte Granstam auf den neusten Stand und versprach, sich wieder zu melden, sobald der Tote identifiziert war.

Sie fuhren an dem Mietshaus in der Såggatan vorbei. Die Techniker hatten die Absperrung entfernt, und alles war ruhig. Die Fahrt verlief Richtung Norden weiter durch ein Wohngebiet, das sich lichtete und Parks, Spielplätzen und Gehölzen wich. Um Viertel nach sechs fuhren sie in das Waldstück, von dem Tim wusste, dass es das richtige war. Noch sechshundert Meter.

Åsa Sjögren fuhr immer langsamer auf dem schmalen Forstweg, der immer löchriger wurde, je weiter sie in den Laubwald vordrangen. Nach ein paar Minuten sahen sie zwei quer abgestellte Polizeifahrzeuge und vier uniformierte Kollegen an der Stelle, wo der Weg in einen halbrunden, zugewucherten Wendeplatz mündete. Im Hintergrund erahnte Tim ein schwarzes Rechteck aus Metall, zur Hälfte von Blattwerk verdeckt. Das Abendlicht sickerte durch die Bäume, und eine Myriade von Kriebelmücken und anderen

Insekten hing wie eine Wolke über dem Szenario. Leicht konnte man sich denken, was sie angelockt hatte.

Åsa parkte unweit davon, und sie stiegen aus. Füllten die Lungen mit nach Chlorophyll duftender Luft, die so feucht wie in einem Gewächshaus war. Sie ging voraus, begrüßte die Kollegen und stellte Tim vor. Er erwiderte das mit einem Nicken, konnte aber den Blick nicht von dem Schwarzen abwenden, in dem er jetzt das Heck eines Jeeps erkannte. Er stand zwischen Gebüsch und Unterholz mit dem einen Blinker unmittelbar am Wendeplatz. Die Luke des Kofferraums war geöffnet, aber er konnte nicht hineinsehen.

Er stellte fest, dass das Nummernschild das richtige war, und meinte, Fäulnisgeruch in der Nase zu haben. Drei Meter vom Kofferraum entfernt blieb er stehen. Der Anblick war grotesk.

Der Mann lag zusammengekauert wie ein Embryo im Kofferraum, die Knie bis zum Kinn angezogen. Das Gesicht war blass, geschwollen und aufgebläht wie ein weißer Ballon, der im Wasser gelegen hatte. Aus einer Wunde an der Schläfe war Blut über die Wange gelaufen, die Augen starrten ins Leere, und die Hände waren gekrümmt.

Tim drehte sich weg und erbrach sich.

Ein Zweifel war ausgeschlossen.

Es war Thomas Eriksson.

41

Östersund

Die Zeiger der Wanduhr am Storsjöteater zeigten zwanzig Minuten nach sechs an, als Nathalie und Johan den Marktplatz überquerten. In Brunkullans Brasserie hatten sie zu Abend gegessen und befanden sich auf dem Rückweg zum Krankenhaus.

»Jetzt ist Peter Schultz schon seit fünf Stunden zur Fahndung ausgeschrieben«, stellte Nathalie fest. »Hältst du ihn für schuldig?«

»Definitiv für beteiligt. Schultz wollte sich bestimmt mit dem Mann mit der Baseballcap und dem Aktenkoffer treffen. Außerdem kennt er die Türcodes und weiß, wann das Personal Pause macht.«

»Und hat bei seiner Aussage, er habe die Station nie verlassen, gelogen«, ergänzte Nathalie.

»Genau. Und jetzt versteckt er sich. Warum sollte er das tun, wenn er unschuldig ist?«

Nathalie nickte. Außerdem hatte Peter Schultz bei allen Morden keinen Arbeitseinsatz als freiberuflicher Krankenpfleger. Die Wohnung war leer, das Handy ausgeschaltet, und in seinem Reihenhaus in Sundsvall hatte man ihn nicht gesehen. Tim hatte ihn überprüft, ohne eine Verbindung zu Rick Miller oder Patricia Tornerud oder den Brüdern Lappanainen oder zu den drei ersten Opfern zu finden. Das Motiv blieb also weiterhin ein Rätsel.

Und wer war der Mann mit der Baseballcap und dem schwarzen Aktenkoffer? Sie hatten dem Personal auf der Station die Überwachungsfilme gezeigt, auch denen, die in der Nacht mit Schultz gearbeitet hatten. Niemand wusste etwas. Dem Personal war an Schultz weder etwas Außergewöhnliches aufgefallen, noch wussten sie, ob er die Station verlassen hatte. Aber zu den fraglichen Zeitpunkten hatten sie Pause im Personalraum gemacht, und als sie genauer nachdachten, fiel ihnen ein, dass Schultz nicht dabei gewesen war, zumindest nicht die ganze Zeit.

Auch Rosine und Magdalena Turesson hatten sich die Filme angeschaut. Keine konnte sagen, ob sie diesen Mann auf der Station gesehen hatten. Das lag daran, dass er eine Baseballcap aufhatte und keinen Arztkittel trug. Darüber hinaus war der Film »für meine Augen viel zu verschwommen«, wie Rosine es ausdrückte. Aber wegen des schwarzen Aktenkoffers war Johan wie Nathalie überzeugt, dass es sich um ein und denselben Mann handelte. Er war anscheinend größer als Rick Miller und kleiner als Johnny Lappanainen, aber die Aufnahme aus der Vogelperspektive erschwerte eine genaue Einschätzung.

Als sie an ihrem Hotel vorbeikamen, erreichte Nathalie ein Anruf von Angelica. Sie blieben auf dem menschenleeren Gehweg stehen.

»Hallo, Angelica, Johan und ich sind auf dem Weg zurück ins Krankenhaus und hören beide über Lautsprecher zu.«

»Hier passieren Dinge, die Sie wissen müssen«, begann Angelica, bedeutend exaltierter als üblich. In knappen Worten schilderte sie die kürzlich durchgeführte Aktion gegen die *Deadly Roses*. Sie stand mit dem Einsatzleiter vor dem Klubhaus, Maria suchte nach Rick, bisher ohne Erfolg.

Johan und Nathalie stellten abwechselnd Fragen, und allmählich nahm das Bild klarere Konturen an.

»Dann ist da noch was«, fuhr Angelica fort. »Das Forensikzentrum hat eben angerufen. Der Befund vom Schnelltest von Hedvig Molins Blut ist gekommen. Auch sie hat eine hohe Dosis Morphium im Blut. Definitiv mehr als genug, um das Atemzentrum auszuschalten.«

»Dann stimmt unsere Grundannahme«, stellte Nathalie fest.

»Die DNA-Analysen aus der Kleiderkammer brachten bisher keine Übereinstimmung mit einem Verdächtigen«, sagte Angelica. »Aber Peter Schultz' DNA haben wir ja nicht.«

»Hoffentlich nur eine Frage der Zeit«, sagte Johan.

»Noch etwas, was Sie vielleicht wissen wollen«, meldete sich Angelica erneut. »Vor dem Verhör mit Johnny haben wir mit Henriks Eltern gesprochen. Auf eine direkte Frage sagten sie, dass er in der letzten Zeit möglicherweise ein bisschen müde und niedergeschlagen war. Ihnen war nicht bekannt, dass er irgendwelche Medikamente genommen hätte; und dass er im Reformhaus gewesen war, hörte sich für sie merkwürdig an, weil er Naturheilmittel als Hokuspokus ablehnte. Aber egal, Maria und ich wollen dem Laden einen Besuch abstatten, abhängig davon, was hier passiert, natürlich. Geplant ist, dass wir morgen früh zurückfliegen.«

»Ich auch«, sagte Nathalie. Johan bedachte sie mit einem unzufriedenen Blick und sagte: »Wir haben die Hangarounds von den *Deadly Roses* in Brunflo besucht. Sie geben sich natürlich gegenseitig Alibis. Mir fällt es schwer zu erkennen, wie sie da mit drinstecken könnten, obwohl einige von ihnen der Mann in dem Film sein könnten. Jetzt wollen wir wieder mit meiner Großmutter sprechen, mal sehen, ob sie sich an noch mehr erinnert.«

Nathalie beendete das Gespräch und verstaute das Handy wieder in ihrer Handtasche.

»Glaubst du, Johnny hat Rick angegriffen?«, fragte sie Johan, als sie ihren Spaziergang zum Krankenhaus fortsetzten.

»Halte ich für unwahrscheinlich, wenn das Einsatzkommando vor der Tür steht, aber man kann ja nie wissen.«

Der Abend war lau und frisch. Nathalie fand es schön, sich nach dem Essen zu bewegen. Die Gespräche mit Johan waren so unbeschwert dahingeflossen wie sonst am Telefon, aber beide waren zurückhaltender geworden, wenn sie sich einem Thema näherten, das ihre Beziehung berührte. Johan hatte erzählt, dass Carolina wollte, dass er umgehend nach Hause fuhr, er aber nicht vorhatte, vor morgen früh abzureisen.

»Erst will ich abwarten, ob es heute Abend zu einem weiteren Mord kommt«, hatte er erklärt und eine Knoblauchzehe auf die Gabel gespießt.

Sie selbst hatte gesagt, dass sie nach Hause fliegen wolle, um bei Teas und Gabriels Abschlussspielen dabei zu sein. Johan hatte enttäuscht ausgesehen. Kurz hatte sie sich gefragt, ob ihre Entscheidung richtig war. Dann hatte sie sich selbst die Antwort gegeben, dass die Kinder wichtiger waren als jede Mordermittlung.

Beim Kaffee hatte sie vom Sorgerechtstreit erzählt und dass Tilde schwanger war. Johan hatte gesagt, dass Carolina sich für Alfred ein Geschwisterchen wünsche und dass sie die Pläne vom Hauskauf wieder aufgegriffen habe.

Als Nathalie einmal ein paar Sekunden zu lange in seinen grünen Augen versunken war, hatte sie wieder gespürt, dass sie ihn küssen wollte. Dann hatte sie den Blick auf die Fußgängerzone gerichtet und bei sich gedacht, dass sie nicht mehr ganz dicht war. Sie wollte als Frau frei sein, sich den Kindern und der Arbeit widmen und sich nicht an einen neuen Mann binden. Außerdem wohnten sie dreihundertzwanzig Kilometer voneinander entfernt.

Sie gingen durch den Krankenhauseingang. Stellten sich vor, wie der Mann mit der Baseballcap und dem Aktenkoffer denselben Weg genommen hatte. Wie Peter Schultz rollernd um die Ecke der Backsteinwand in den quer verlaufenden Hauptkorridor gekommen war.

»Hier irgendwo sind sie sich vielleicht begegnet«, vermutete Johan und blieb vor dem Blumenladen stehen.

»Sie müssen sich zu einer bestimmten Uhrzeit verabredet haben«, meinte Nathalie. »Ärgerlich, dass wir die Daten auf Schultz' Handy nicht auslesen können.«

»Wenn er es denn benutzt hat«, sagte Johan und schob

sich eine Portion Snus in den Mund. »Er kann ihn auch über die Telefonzentrale des Krankenhauses angerufen haben, solche Gespräche kann man auch nicht ermitteln.«

»Meinst du, Schultz hat entschieden, dass Hedvig sterben musste?«

Johan zuckte die Schultern. »Wahrscheinlich hatte sie Kontakt zum Mörder. Sie rief jemanden um sieben Uhr und um halb zwölf an, warum hätte sie das tun sollen, wenn die ganze Kommunikation über Schultz gelaufen wäre?«

Die Lamellen der Jalousien in Rosines Zimmer waren schräg gestellt, was das Abendlicht gänzlich ausschloss. Sie saß halb aufrecht im Bett und schaute sich eine Wiederholung von *Mord im Mittsommer* an.

»Hallo, Oma«, begrüßte Johan seine Großmutter und ging zu ihrem Bett. »Jetzt sind Nathalie und ich wieder da.«

Rosine warf einen gnädigen Blick auf Nathalie und schaute dann weiter fern.

»Bist du einverstanden, wenn ich das ausschalte?«, fragte Johan. »Wir haben noch einige weitere Fragen.«

Seufzend nickte Rosine und hob die Fernbedienung hoch. Johan ging ans Fenster, stellte die Lamellen der Jalousien waagerecht, woraufhin sich Lichtstreifen bis hinauf zum Bett abzeichneten. Rosine sah weniger blass aus als beim letzten Besuch, hatte die Haare gebürstet und sich geschminkt. Nathalie schloss die Tür hinter sich, trat näher und gab ihr die Hand. »Hallo, wie geht es Ihnen?«

»Kann nicht klagen«, antwortete Rosine und setzte ihre getönte Sonnenbrille auf. »Jetzt, nachdem ich geschlafen habe und draußen an der frischen Luft gewesen bin, fühle ich mich fitter.«

Bevor sie zum Hangaround-Klub nach Brunflo gefahren waren, hatten sie Rosine im Rollstuhl nach draußen geschoben und einen Spaziergang durch das Freilichtmuseum Jamtli gemacht. Sie hatten sie über den Mann befragt, den sie im Zimmer gesehen hatte, die frische Luft hatte aber ihre Erinnerung nicht angeregt. Mit Bestimmtheit konnte sie lediglich sagen, dass sie einen Vormund ablehnte.

Johan setzte sich auf die Bettkante und legte seine Hand auf Rosines. Nathalie nahm auf dem Besucherstuhl Platz.

»Schön, dass du den Tropf los bist, was?«, sagte Johan.

»Ja, und das Atmen ist leichter. Die Frau Doktor hat gemeint, dass sie mich wahrscheinlich morgen nach Hause entlässt. Hilfst du mir heimzukommen?«

»Wenn ich noch hier bin«, nickte Johan. »Carolina und Alfred sind nach Hause gefahren, wie du weißt.«

Rosine nickte.

»Uns ist es nicht gelungen, den Mann zu identifizieren, den du gesehen hast«, sagte Johan. »Hast du Zeit gefunden, etwas genauer darüber nachzudenken?«

»Nein«, antwortete sie erschöpft. »Ich habe ja schon gesagt, dass er mich an jemanden erinnerte, ich aber nicht weiß, an wen.«

»Und Peter Schultz war es nicht?«, fragte Nathalie und dachte, dass die Verneinung diesmal begründet war. Sie hatten die Frage mindestens zehnmal gestellt und immer die gleiche Antwort bekommen.

»Ausgeschlossen«, antwortete Rosine. »Ihn hätte ich wiedererkannt.«

»Sagte oder tat Peter was anderes als in den letzten Tagen?«, fragte Johan.

»Nein.«

»Aber war er mehrmals mit Hedvig allein?« Johan erinnerte sich, wie Schultz während seines und Carolinas Besuchs Hedvig für einen Verbandswechsel abgeholt hatte.

Mit geballter Hand vor dem Mund hustete Rosine so, dass es in ihrer Brust röchelte. Sah danach Johan mit frisch gewonnener Schärfe im Blick an.

»Du hast gefragt, ob Hedvig Telefonate geführt hat, und an eins erinnere ich mich jetzt, nämlich dass sie auf der Toilette mit jemandem sprach. Das war gegen sieben Uhr abends, wie du es erwähnt hast.«

»Ja?«, fragte Johan und umfasste ihre Hand.

»Mehr nicht.«

»Du hast nicht verstanden, was sie gesagt hat?«

Rosine lachte auf, leckte sich die Schneidezähne, an denen Reste vom Lippenstift klebten. »Nein, ich habe noch nie zu den Leuten gehört, die andere belauschen, und schon gar nicht, wenn sie auf der Toilette sind.«

»Wahrscheinlich hat sie da den Mörder angerufen«, meinte Johan. »Bist du dir sicher, dass du nichts verstanden hast?«

»So sicher wie das Amen in der Kirche«, antwortete sie und schob die Brille auf der Nase hoch.

»Hedvig hatte wahrscheinlich auch über den Computer im Gemeinschaftsraum per Mail Kontakt mit dem Mörder«, sagte Nathalie. »Wir haben das Passwort nicht gefunden. Haben Sie einen Tipp?«

Rosine saugte die Lippen ein und dachte lange nach. »Nein, nicht direkt. Sie sagte jedenfalls nichts, woran ich mich erinnere.«

Genau das ist es ja, dachte Johan. Aber wenn es um Fernsehserien geht, macht ihr das Gedächtnis keine Probleme.

»Sobald dir was einfällt, rufst du mich an, okay?«, bat Johan und stand auf. »Wir haben eine Videokonferenz mit unseren Kollegen. Ich komme heute Abend gegen neun noch mal vorbei und sage dir Gute Nacht.«

»Ist in Ordnung, Johan«, sagte sie, winkte Nathalie wie eine Königin zu und schaltete dann den Fernseher wieder ein.

Sie gingen in den Personalraum, der vorübergehend verwaist war, gönnten sich eine Tasse Kaffee aus der Maschine und setzten sich an den Tisch.

»Was ist das Motiv, um vier Menschen zu töten?«, fragte Nathalie.

»Stimmen im Kopf oder Eifersucht« schlug Johan vor. »Alle Erfahrung spricht dafür.«

»Um Eifersucht kann es kaum gehen«, fand Nathalie. »Dann bleibt noch die Alternative in einer Form von Halluzinose. Aber dafür sind die Morde zu geplant und zu gut ausgeführt, obwohl die Rose ein Teil eines verschrobenen Weltbildes sein kann.«

»Finde ich auch«, sagte Johan. »Und der Mörder hat eine Art Botschaft, die den Ansporn dahinter erklärt.«

»Finden wir das Motiv, haben wir den Mörder, wie Granstam immer sagt«, nickte Nathalie. »Sieht so aus, als hätten wir uns auf der gleichen Spur verfahren und kommen nicht weiter.«

Johan trank einen Schluck Kaffee.

»Bald finden wir den Missing Link, der uns den entscheidenden Schub bringt. Ich sehe schon vor mir, wie der Mörder noch so eine bescheuerte Rose färbt.«

42

Mir ist schlecht. Nie war geplant, dass er stirbt.

Auf unsicheren Beinen gehe ich ins Büro. Setze mich an den Computer und gucke im Netz nach. Immer noch nichts über die Rosen. Ich fluche leise und beiße mir in die Lippe. Jeder Schmerz, den ich kontrollieren kann, ist schön. Der Schmerz im Rücken meldet sich, sobald ich meine Tabletten nicht nehme. Und das kann ich jetzt nicht. Muss einen klaren Kopf haben. Noch einen Tag. Ich darf sie nicht im Stich lassen. Ich bin der einzige Mensch, den sie noch hat.

Auf den Nachrichtenseiten steht nur jede Menge Müll über Henriks Verhältnis zu Emma. Die Göteborgs-Posten macht mit der großen Schlagzeile auf, dass der verschwundene Tierarzt tot im Kofferraum seines Wagens aufgefunden wurde.

Ich beiße mir wieder in die Lippe, schmecke das Blut. Was, wenn nie herauskommt, wie das alles zusammenhängt? Der Gedanke macht mir Angst. Es wird Zeit für Plan B. In vierundzwanzig Minuten ist alles vorbei. Alle meine Bemühungen, unsere Bemühungen müssen zu einem Ergebnis führen.

Ich rufe meinen Kontakt in Östersund an. Er ist bereit. Ich frage, ob er die Rose hat. Er antwortet, dass er sie in der Hand hält.

Als ich aufgelegt habe, gehe ich in mein verschlüsseltes Mailkonto und schreibe die Adressen hinein, die ich auswendig gelernt habe. Innerhalb von ein paar Stunden werde ich, werden wir auf jeder Nachrichtenseite ganz oben stehen.

43

Ystad

Es war Viertel vor sieben. Angelica Hübinette und Maria Sanchez bezahlten die Rechnung im Restaurant Le Cardinal und standen auf, um sich quer über den Stortorget zum Reformhaus Life zu begeben, wo die Verkäuferin Julia Ek versprochen hatte, sich mit ihnen zu treffen.

Der Schlag gegen den Klub hatte keine neuen Erkenntnisse ergeben. »Da war es so verdammt blitzsauber, als hätten sie auf uns gewartet«, hatte der Einsatzleiter festgestellt.

Kein Rick Miller, keine Spur vom Rosenmörder, nicht einmal der kleinste Drogenfund. Positiv war nur, dass der Staatsanwalt in seinem Frust eine Hausdurchsuchung sowohl bei Rick Miller als auch bei Patricia Tornerud bewilligt hatte.

Eine leichte Brise fegte über den Marktplatz und brachte die schwedischen Flaggen vor dem Rathaus zum Flattern, sodass das gelbe Kreuz mit der Abendsonne um die Wette leuchtete. Angelica musste sich konzentrieren, um mit ihren Absätzen nicht auf dem Kopfsteinpflaster umzuknicken. Maria ging unbehindert in schwarzen Sneakers und schaute abwechselnd die Fachwerkhäuser und Angelica an, während sie die Strategien für die Befragung von Julia Ek besprachen.

Henriks Besuch in dem Geschäft würde sie bei der Jagd nach dem Mörder wohl kaum weiterbringen, sie waren aber trotzdem neugierig zu erfahren, warum er als Spitzensportler und Gegner von Naturheilmitteln vor seinem Tod Präparate für annähernd vierhundert Kronen gekauft hatte.

Sie fanden die richtige Tür. Maria klopfte ans Glas. Eine junge Frau mit blondem Zopf und federndem Gang machte auf.

»Hallo, Sie sind von der Polizei?«, fragte sie und lächelte ein milchweißes Lächeln.

»Ja«, antwortete Angelica und zeigte ihren Ausweis vor.

»Danke, dass Sie sich so spät nach Ladenschluss noch mit uns treffen«, sagte Maria.

»Kein Problem«, meinte Julia Ek. »Ich mache sowieso ein bisschen Inventur; das ist also absolut in Ordnung.«

»Wir haben noch ein paar Fragen zu Henrik Borg«, begann Angelica und schaltete die Aufnahmefunktion in ihrem Handy ein, nachdem sie der ununterbrochen lächelnden Julia erklärt hatte, dass das bei allen Gesprächen zur Routine gehörte. »Wir haben die Quittung für den betreffenden Einkauf hier«, fuhr Angelica fort und legte die Kopie auf den Ladentisch. Julia schaute das Stück Papier mit ihren großen blauen Augen ernst an.

»Ich erinnere mich natürlich, dass er hier war«, sagte sie. »Hier kommt nicht jeden Tag ein Star wie Henrik Borg rein. Ich war irgendwie geflasht, verstehen Sie?«

Maria nickte und verschränkte die Arme über ihrer Lederjacke. »Und er kaufte also Magnesiumkapseln und eine Dose Kreatin?«

»Ja.«

»Was hatten Sie für einen Eindruck von ihm?«, fragte Angelica.

»Er war größer, als ich dachte, trug coole Designerjeans und eine blaue Bomberjacke. Hübsch, braun gebrannt und natürlich durchtrainiert.«

»Was hat er gesagt?«, wollte Maria wissen.

»Dass er sich die Kreatinkapseln angucken wollte, daran erinnere ich mich hundertpro. Ich habe ihm verschiedene Alternativen gezeigt, er las sich die Inhaltsstoffe genau durch und stellte Fragen, welche Sorten am besten waren und was für Leute die immer kauften. Das sind ja meistens Bodybuilder, darum wollte ich von ihm wissen, ob er zum Pumpen gehen wollte.«

»Zum Pumpen?«, wunderte sich Angelica.

»Zum Bodybuilding«, lächelte Julia. »Aber er hatte Probleme mit Zerrungen und Muskelkrämpfen.«

»Hat er noch was gesagt?«

»Nein, aber ich habe Magnesium als Ergänzung vorgeschlagen. Das bekämpft Muskelkrämpfe. Und da hat er auch die Dose gekauft. Danach bezahlte er mit Karte, sagte Tschüss und ging. Länger als fünf Minuten war er nicht hier.«

»Wirkte er gut gelaunt oder traurig, gut drauf oder niedergeschlagen?«, fragte Maria.

Julia Ek zuckte die Schultern und machte ein verständnisloses Gesicht. »Er wirkte wohl normal. Bin ihm ja vorher noch nie über den Weg gelaufen, also weiß ich nicht ... vielleicht hatte er Bedenken, ob das mit den Tabletten hinhaut. Aber ich habe ihn motiviert, das mache ich bei allen, und ich glaube, er hat auf mich gehört.«

»Fällt Ihnen noch was ein?«, fragte Angelica.

Julia Ek ließ den Blick eine Weile an der Decke wandern und schüttelte anschließend den Kopf.

»Wenn Ihnen noch was einfällt, ganz egal was, dann rufen Sie mich an«, sagte Maria und überreichte Julia ihre Karte.

»Versprochen«, nickte Julia. »Hier bekommen Sie beide übrigens eine Gratisprobe von unserem Anti-Faltenserum.« Sie hielt beiden ein Aluminiumtütchen in einem Körbchen hin. »Das ist neu, ich verwende es selbst auch und finde es super.«

»Danke, wie nett«, sagte Maria und nahm beide Pröbchen, bevor Angelica das Angebot mit einem beleidigten

Kommentar torpedieren konnte. »Rufen Sie uns an«, schloss sie und trat auf den Marktplatz hinaus, als Angelica ihr die Tür aufhielt.

»Was meinst du?«, fragte Maria. »Es klingt ohne Zweifel merkwürdig, dass er Nahrungsergänzungspräparate gekauft hat. Wenn er Probleme mit den Muskeln hatte, hätte er sich doch von den Mannschaftsärzten Hilfe holen können, entweder hier oder in Deutschland.«

»Finde ich auch, wir müssen sie fragen«, nickte Angelica. »Sobald wir im Auto sitzen, rufe ich an, ich glaube, dass Tim die Nummern notiert hat. Henrik muss ziemlich durcheinander gewesen sein, als er Julia fragte, welche Sorte die beste ist.«

»Ja«, stimmte Maria ihr zu. »Aber mit ihrem Lächeln kann die doch jedem alles Mögliche andrehen.«

44

Kiruna

Granstam schluckte den letzten Bissen seiner Tunnbrödrulle hinunter, steuerte auf die Notaufnahme zu und hoffte, dass Erik es hatte einrichten können, mit dem Arzt Staffan Öhrn zu sprechen. Die halbe Stunde in der Cafeteria hatte Granstam auch genutzt, um Öhrn zu überprüfen. Er war tatsächlich Arzt für Flugmedizin, einer von insgesamt zweien in Kiruna. Der Personalchef von SAS hatte bestätigt, dass Mikael Tornerud für seine jährliche Kontrolluntersuchung zu Doktor Öhrn gegangen war, der letzte Besuch hatte am Tag vor Mittsommer stattgefunden. Danach hatten Mikael Tornerud und Staffan Öhrn Urlaub. Der Personalchef erwartete wie üblich vom Arzt den Bericht über die gesundheitliche Eignung; der konnte aber in der Urlaubszeit noch auf sich warten lassen.

»Wäre etwas nicht in Ordnung gewesen, hätten wir es garantiert erfahren«, hatte der Personalchef am Ende des Gesprächs beteuert.

Granstam ging in den Kiosk und kaufte zwei Dosen groben Snus und stellte fest, dass der Fund des ermordeten Tierarztes in Göteborg die Schlagzeilen der Abendzeitung beherrschte. Als zweiten Beitrag brachten sie ein Interview mit Emma Schoyen über ihr Leben mit Henrik Borg. Einen Zusammenhang schien niemand erkannt zu haben.

Als er die Notaufnahme betrat, bescherten ihm die Geräusche, die Gerüche und das grelle Neonlicht ein Déjà-vu von dem Moment, als er damals mit Iréne hier eingetroffen war. Die Schwermut überkam ihn, und ihm brach kalter Schweiß aus. Das kam bei laufenden Ermittlungen sonst nie vor. Ihm fiel die SMS ein, die er Anna und Björn geschickt hatte, und er checkte zum zwanzigsten Mal an diesem Tag sein Handy. Niemand hatte geantwortet. Er blieb stehen, drehte sich um, damit niemand sah, dass er die vorletzte Sobril nahm.

Mit äußerster Willensanstrengung begab er sich an den

Anmeldungstresen. Weder Erik noch Estelle waren zu sehen. Von einer Krankenschwester erfuhr er, dass es relativ ruhig war und Erik auf die Intensivstation gegangen sei. Als er sich für die Auskunft bedankt hatte, vibrierte sein Handy. In der Hoffnung, eins seiner Kinder melde sich bei ihm, klaubte er das Mobiltelefon aus der Lederweste, aber es war Erik, der schrieb, er sei zu Doktor Öhrn hineingegangen und werde sich im Anschluss sofort bei ihm melden.

Granstam hielt an seiner Taktik fest, dass es am schlausten war, Erik versuchen zu lassen, seinem Kollegen die Wahrheit zu entlocken. Er betrachtete den Vorhang zum Beobachtungsplatz, hinter dem Staffan Öhrn hervorgelugt und reagiert hatte, »als hätte er einen Geist gesehen«, als er Mikael Tornerud und den Mann in den Clogs entdeckt hatte. Granstam fielen Estelles Worte wieder ein, dass sie zusammen auf die Drehtüren zum Haupteingang und die Röntgenabteilung zugegangen seien.

Er ging mit sich zurate. Eriks Gespräch mit Öhrn würde wohl mindestens fünfzehn Minuten dauern, und Schwester Amanda Roos war immer noch nicht geortet worden. Er beschloss, in die Röntgenabteilung zu gehen und herauszufinden, ob dort jemand wusste, wer Mikael Torneruds mysteriöser Freund war.

Als er die Drehtüren hinter sich gelassen hatte, holte er das Handy heraus und rief Nathalie an. Am besten, er fragte sie gleich nach einem neuen Rezept. Je länger er das aufschob, umso größere Überwindung würde es ihn kosten. Oder sollte er einen der Ärzte in der Notaufnahme fragen?

Erik? Nein, allein schon der Gedanke bewies, wie verzweifelt er war.

Besetzt. Ihre formelle, aber nette Ansage. Er legte auf, schluckte die letzte Tablette und betrat die Röntgenabteilung.

Drei Personen saßen im Wartezimmer, eine sechzig Jahre alte Frau mit Dauerwelle und großer Brille beäugte ihn durch die Plexiglasscheibe in der Anmeldung. So diskret wie möglich ging er zu ihr, zeigte seinen Ausweis und beschrieb den grau melierten Mann in den Clogs. Zu seinem Erstaunen nickte sie und sagte: »Hört sich nach Carl Berggren an.«

Granstam stützte sich mit den Unterarmen auf den Tresen.

»Wer ist das?«

»Einer von unseren Röntgenärzten. Er arbeitet hier ein Jahr länger als ich, seit 1967. Und dass noch jemand anders hier im Haus so aussieht, ist mir nicht bekannt.«

»Ist er jetzt hier?«

»Nein, er hat Urlaub. Fängt am Montag wieder an. Was wollen Sie von ihm?«

»Nur ein paar Routinefragen, haben Sie seine Telefonnummer?«

Sie starrte ihn misstrauisch an, als wäre er ein Patient, der ihr eine anzügliche Frage gestellt hatte. Dann nickte sie und schrieb eine Nummer auf ein Post-it.

»Bitte.«

Er eilte hinaus in den leeren Gang und rief ihn an. Carl Berggren nahm das Gespräch sofort an, als hätte er schon mit dem Mobiltelefon in der Hand gewartet. Granstam stellte sich vor und schilderte, wie er an seine Nummer gekommen war. Mit einer Unschärfe in den Konsonanten, die Granstam gelernt hatte, als Trunkenheit eines Alkoholikers zu deuten, der sich fast erfolgreich antrainiert hatte, es zu verbergen, antwortete Carl Berggren auf Granstams knappe, einleitende Worte.

Am besten kommt man gleich zur Sache, dachte Granstam. »Ich habe ein paar Fragen zu Mikael Tornerud. Stimmt es, dass Sie ihn am Dienstagabend in der Notaufnahme getroffen haben?«

Eine Weile blieb es still im Hörer.

»Ja, doch, das stimmt«, meldete sich Carl Berggren wieder. »Worum geht's?«

»Ich würde mich mit Ihnen gern darüber unterhalten, am besten sofort. Es dauert nicht lange.«

»Okay, ich verstehe ... dann komme ich wohl am besten hin«, meinte Carl Berggren.

»Zum Krankenhaus?«, fragte Granstam und schaute zur Frau an der Anmeldung, die mit gespitzten Ohren so tat, als läse sie in einer Zeitschrift.

»Ja, ich wohne in der Nähe, ich brauche mit dem Fahrrad höchstens zehn Minuten.«

»Sonst kann ich auch zu Ihnen kommen«, bot Granstam an.

»Nein, es ist besser, wenn wir uns dort sehen, wo Sie jetzt sind. Ich habe da was, das muss ich Ihnen zeigen.«

45

Göteborg

Tim wartete, bis das weiße Pulver aufgehört hatte zu schäumen. Trank zwei kräftige Schlucke aus dem Glas, in dem er Samarin aufgelöst hatte, unmittelbar nachdem er und Kommissarin Åsa Sjögren im Polizeigebäude eingetroffen waren. Das Brennen in seinem Magen ließ nach, und er biss vorsichtig von der Banane ab, statt sich den Bauch vollzustopfen.

Åsa Sjögren überreichte ihm auf einem handgeschriebenen Zettel zwei Passwörter. Ohne sich zu trauen, ihr in die Augen zu schauen, bedankte er sich und fuhr den Rechner hoch, an dem er im hinteren Teil des Großraumbüros leihweise arbeiten durfte.

»Die meisten sind schon nach Hause gegangen, Sie können also ganz ungestört arbeiten«, hatte Åsa im Aufzug in den fünften Stock erklärt.

Åsa wartete, bis er sich eingeloggt hatte, und setzte sich dann fünf Reihen weiter weg, wo er zu seiner Enttäuschung nur noch ihr Haar sehen konnte, das über den Bildschirmen hervorlugte.

Er öffnete die Programme, die er brauchte, warf einen

Blick aufs Ullevi und biss noch einmal von der Banane ab. Auch als an den Schreibtisch gefesselter Bulle mit Bewegungsdefizit brauchte er Energie, vor allem wenn er wie jetzt auf der Suche nach Hedvig Molins Mail- und Handydaten weiterrecherchieren musste und versuchen wollte, Rick Miller aufzuspüren.

Die Kriminaltechniker hatten Thomas in die Gerichtsmedizin gebracht und würden seine Kleidung aufschneiden, um festzustellen, was er in den Taschen hatte. Thomas hatte wahrscheinlich neun Tage im Kofferraum gelegen, und alle unnötigen Bewegungen konnten Beweise vernichten.

Vor der Fahrt ins Polizeigebäude hatten sie erfahren, dass Thomas vermutlich durch einen Schlag auf die Schläfe getötet worden war, dass neben seiner Angelausrüstung eine Sporttasche mit Unterwäsche, ein Kulturbeutel, eine Jeans, ein Fleecepullover und eine Stange Snusdosen auf der Rückbank lagen. Der Autoschlüssel steckte im Schloss, und der Täter hatte hoffentlich jede Menge Spuren auf dem Fahrersitz hinterlassen. Das Szenario, das Tim nach der Entdeckung des Bluts im Treppenhaus entworfen hatte, wurde immer wahrscheinlicher, je mehr er erfuhr. Der offenbar gestresste Mörder hatte vergessen, die Wohnungstür des Ehepaares Eriksson zu schließen, hatte Thomas in den Kofferraum geschleppt, war losgefahren und hatte den Wagen so dicht beim Tatort versteckt, damit er schnell zurückkehren konnte, um sein eigenes Fahrzeug zu holen.

»Warum hat er das Auto des Opfers nicht in Brand gesetzt?«, hatte Åsa Sjögren auf der Fahrt zum Polizeigebäude gefragt. »So hätte er doch alle Spuren beseitigt.«

»Weil er dafür keine Zeit hatte. Vergessen Sie nicht, dass er hier zum ersten Mal Gewalt eingesetzt hat, und außerdem bestand noch die Gefahr, dass jemand ihn gesehen hat, als er Thomas nach draußen schleppte. Er musste den Jeep verstecken und zu seinem eigenen Wagen gehen, bevor jemand etwas mitbekam. Und er hat es trotzdem ziemlich gut hingekriegt, es dauerte ja ganze neun Tage, bis der Jeep gefunden wurde.«

»Von zwei Jungs, die selten in der Gegend spielen«, hatte Åsa zusammengefasst und nickte zustimmend. »Glauben Sie, dass der Mörder über Ortskenntnisse verfügte? Ich meine, wusste er, wo er am besten das Auto verstecken konnte?«

»Weiß nicht. Thomas tauchte ja ganz unerwartet auf, das kann noch nicht mal unser planender Täter vorhergesehen haben. Und da sämtliche Morde in weit auseinanderliegenden Städten verübt wurden, kann man daraus schließen, dass er oder sie sogar außerhalb der eigenen Komfortzone agiert.«

Tim schluckte den letzten Bissen Banane hinunter, leerte das Glas und holte die Tafel Schokolade heraus, die sein Nachtisch sein sollte. Als er die Datenbank öffnete, die er für die Aufträge der Bots eingerichtet hatte, die er in den elektronischen Dschungel schickte, sah er, dass es einem der Hacker vom TOR-Netzwerk gelungen war, die Nummer zu identifizieren, die Hedvig um 19.00 und 23.30 Uhr am Abend des Mordes angerufen hatte.

Sein Puls erhöhte sich, und er zog den Kapuzenpulli aus. Nahm sich ein Stück Schokolade, klickte auf die Reihen aus

Daten und stellte fest, dass die Angaben stimmten. Hedvig Molin hatte sowohl eine Woche als auch zwei Tage vor dem Mord dieselbe nicht registrierte Mobiltelefonnummer im Ausland angerufen. Außer diesen Telefonaten hatte sie überhaupt niemanden mit diesem Handy angerufen.

Tim tippte die Koordinaten der Sendemasten ein, über die sich das unbekannte Handy eingewählt hatte. Zu seiner Freude stellte er fest, dass sie perfekt zu den Morden passten. Er ballte eine Hand zur Faust. Es gab keinen Zweifel, dass der Mörder Hedvig angerufen hatte.

Das Handy des Mörders war in den Stunden um die Morde aktiv, aber in der Zeit dazwischen ausgeschaltet gewesen.

Typisch, dachte Tim und schob die Baseballcap in die Stirn. Auch in dem Punkt hatte es der Täter vermieden, aufschlussreiche Spuren zu hinterlassen. Wahrscheinlich hatte er oder sie das Mobiltelefon nur angeschafft, um mit den Opfern Verbindung aufzunehmen.

Im Moment war es ausgeschaltet, Tim hoffte aber, dass es wieder aktiviert wurde, und richtete eine Überwachung ein, die er in Echtzeit verfolgen konnte. Es gab einen Patzer in der perfekten Planung, weil der Mörder nicht für jeden Mord ein neues Handy genommen hatte. Andererseits wiederum hatte der Mörder erst in Hedvigs Fall ein Telefon zurückgelassen, mit dem sie arbeiten konnten.

Er lehnte sich zurück, schaute noch einmal zum Ullevi. Dachte an die Quali der Nationalelf gegen Frankreich, bei der Thomas Eriksson, Henrik Borg und die Brüder Lappanainen gewesen waren. Bevor er den Wust an Überlegungen aufdröseln konnte, wurde er von dem dänischen Cheftechniker Nielsen unterbrochen, der den Raum betrat. Er nickte zuerst Åsa zu und dann Tim. »Gut, dass ihr hier seid.«

Sie standen gleichzeitig auf.

»Was hast du gefunden?«, fragte Åsa und schaute neugierig auf die Tüte, die Nielsen in der Hand hielt.

»Kommt mit zu uns runter«, sagte er zufrieden lächelnd.

Sie marschierten zu den Fahrstühlen, fuhren hinunter in den ersten Stock und tippten sich zur kriminaltechnischen Abteilung durch. In den Räumen, an denen sie vorbeikamen, waren Männer und Frauen in weißen Laborkitteln mit Mikroskopieren, Gipsabgüssen, Zentrifugieren, Pipettieren und Stimmenauswertungen beschäftigt.

Nielsen führte sie in ein leeres Zimmer, stellte die Tüte auf einen Tisch und zog sich ein Paar türkisfarbene Plastikhandschuhe an.

»Zuerst haben wir die Brieftasche des Opfers gefunden«, begann er und hielt eine Beweistüte mit einem Portemonnaie hoch. »Sie war in der Jackentasche des Opfers und enthielt nur das Übliche: Kreditkarten, ein bisschen Bargeld, etliche Mitgliedsausweise und anderes mehr.«

»Die waren für den Täter also auch nicht wichtig genug, um sie mitzunehmen«, stellte Åsa Sjögren fest und schaute Tim aus ihren Eichhörnchenaugen an.

»Wie gesagt, er war gestresst und wusste, dass wir den Wagen über das Nummernschild identifizieren würden«, sagte Tim. »Was haben Sie sonst noch?«

Nielsen griff jetzt nach einer durchsichtigen Tüte mit Verschluss. In der lag ein weißes, zerknittertes Post-it. Nielsen legte es auf den Tisch und glättete den Zettel, so gut es ging.

»Der hier steckte zerknüllt in der vorderen Jeanstasche des Opfers«, erklärte er. »Dachte mir, Sie wollen ihn sehen, bevor wir ihn untersuchen.«

Tim beugte sich vor und las. Spürte, wie ihm eine Hitzewelle ins Gesicht schoss, als er die Telefonnummer sah, die in runden, deutlichen Ziffern mit Tinte ganz oben geschrieben stand.

Das war dieselbe Nummer, die Hedvig Molin in der Mordnacht angerufen hatte, dieselbe Nummer, die in der Nähe sämtlicher Morde aktiv gewesen war. Und Tim erkannte Tina Erikssons Handschrift von anderen Dokumenten, die er eingesehen hatte.

Was war passiert? War Thomas nach Hause gekommen, hatte er den Zettel gefunden und ihn in die Tasche gesteckt, als er den Täter auf frischer Tat ertappt hatte? Oder hatte er ihn im Lauf des Streits mit Tina an sich genommen?

Wichtig war, dass dies hier bewies, dass Tina und Hedvig die Handynummer des Mörders gehabt hatten, schlussfolgerte Tim und las, was ganz unten auf dem Zettel stand: ASJ.

Großbuchstaben ohne Punkte dazwischen. Wahrscheinlich war auch das Tinas Handschrift. Er hatte das Gefühl, dass er die Buchstabenkombination irgendwo in den Ermittlungsunterlagen schon einmal gesehen hatte, konnte sich aber nicht mehr an die Stelle erinnern.

»Was bedeutet ASJ?«, fragte er geradeheraus.

»Keine Ahnung«, antwortete Nielsen.

»Noch nie gehört«, sagte Åsa.

»Das steht weder auf dem Nummernschild des Autos von einem Opfer noch auf dem von einem Verdächtigen«, stellte Tim fest.

»Aber vielleicht auf dem des Mörders?«, schlug Nielsen vor.

»Warum sollte Tina das aufgeschrieben haben?«, fragte Tim.

»Um das Auto wiederzuerkennen«, schlug Åsa vor.

Tim googelte ASJ auf seinem Mobiltelefon. Bekam als Treffer die Handy-App von einem Schwedenjournal, zwei Videoclips über Enten und ein paar ausländische Unternehmen, die für den Fall keinerlei Bedeutung hatten.

»Das war's«, sagte Nielsen und gab Tim eine Kopie des Zettels. »Ich nehme das Original zur Untersuchung mit ins Labor.«

»Gut, danke, dass Sie zu uns gekommen sind«, sagte Tim und eilte zurück an den Computer. Spürte diese Begeisterung, die er immer empfand, wenn er sich einem entscheidenden Wendepunkt näherte.

46

Östersund

Nathalie hob ihr Weinglas und prostete Johan zu. Sie saßen in Ledersesseln in einer Ecke der Hotelbar, wo sie sich ungestört unterhalten konnten. Der rubinrote Rioja rann leicht die Kehle hinab und hüllte sie in wohlige Wärme.

»Genau, was ich brauche«, sagte Johan und lehnte sich zurück, ohne Nathalie aus den Augen zu lassen.

»Ja, der Tag war lang«, stimmte sie ihm zu und stellte das Glas so leise wie möglich auf der Glasplatte ab, um ja nicht die behagliche Stimmung zu vertreiben. Als Rosine abermals eingeschlafen war, ohne dass ihr noch mehr zu dem mysteriösen Mann auf der Station oder Hedvigs Passwort eingefallen war, hatten sie beschlossen, ins Hotel zurückzukehren. An der Rezeption hatte Nathalie den Vorschlag gemacht, gemeinsam noch ein Glas Wein zu trinken, und Johan war sofort darauf eingegangen.

»Ich habe die hiesige Polizei gebeten, heute Nacht vor Rosines Zimmer einen Personenschützer zu stellen«, sagte Johan. »Die Gefahr besteht, dass der Mörder noch mal zurückkommt.«

»Meinst du?«, zweifelte Nathalie. »Bisher hat er nicht zweimal an einem Ort zugeschlagen.«

»Ja, ich weiß«, sagte er und fuhr sich durchs Gesicht. »Aber weil sie ihn gesehen hat ... äh, ich weiß auch nicht. Vielleicht ist es übertrieben. Und ich habe ihr natürlich nichts davon gesagt.« Er lächelte schief.

»Du bist echt fürsorglich«, lächelte Nathalie. »Glaubst du, sie wird sich noch an mehr erinnern als an das, was sie uns schon gesagt hat?«

Johan zuckte die Schultern. »Weiß nicht. Manchmal ist

sie total klar im Kopf, manchmal erinnert sie sich an rein gar nichts. Aber du bist von uns beiden hier die Hirnklempnerin. Du solltest dich doch mit so was auskennen.«

»Das Gedächtnis ist wie gesagt unberechenbarer, als wir erklären können«, antwortete sie. »Wir müssen einfach die Daumen drücken.«

Er nickte, blieb aber ernst. »Vielleicht ist es trotzdem das Beste, wenn sie einen Vormund bekommt.«

»Es kann guttun, die Verantwortung mit jemandem zu teilen«, stimmte Nathalie ihm zu und ärgerte sich, dass sie sich anhörte, als hätte sie den Satz in der Klinik schon oft bei Gesprächen mit Angehörigen angebracht.

»Ich bin froh, dass du gekommen bist«, sagte er und hob sein Glas zum Anstoßen.

»Und ich freue mich, dich zu sehen«, sagte sie.

Ohne einander aus den Augen zu lassen, nippten sie am Wein. Gerade als Nathalie sich langsam peinlich berührt fühlte, waren Gelächter und laute Stimmen von der Bar zu hören. Drei beleibte Kerle in Anzügen schlenderten zur Bar. Der eine winkte mit der jovialen und selbstsicheren Miene eines Gemeinderates, der schon zu lange auf seinem Posten klebte, den Bartender zu sich. Nathalie sah Johan vielsagend an, beugte sich über den Tisch, die Ellenbogen auf den Knien abgestützt.

»Was hältst du von einer Hausdurchsuchung zu Hause bei Rick und Patricia?«

»Würde mich wundern, wenn einer von denen was damit zu tun hat«, antwortete er, nachdem er eine Handvoll Nüsse verschlungen hatte. »Fragt sich, wo Rick abgeblieben ist.«

»Nach dem, was Tim rausgefunden hat, scheint er das Land weder verlassen noch seine Kreditkarten benutzt oder irgendwelche anderen Transaktionen vorgenommen zu haben«, sagte Nathalie. »Aber er ist ja auch erst seit knapp vier Stunden verschwunden.«

»Wir werden es rechtzeitig erfahren. Wenn er am Leben ist, wird er sich schnell bemerkbar machen. Im Großen und Ganzen ist es in der heutigen Gesellschaft unmöglich zu existieren, ohne Spuren zu hinterlassen.«

Johan drehte das Glas in der Hand. Die Narbe auf dem Knöchel seines rechten Zeigefingers leuchtete weiß im Dunkeln. Nathalie dachte daran, wie er den Ex-Mann seiner letzten Freundin in deren Treppenhaus niedergeschlagen hatte, erinnerte sich an den Faustschlag, mit dem er den Sexualmörder in der Domkirche von Uppsala zu Boden geschickt hatte. Obwohl sie Gewalt ablehnte, weil sie bewies, wie primitiv der Mensch war, fühlte sie sich von der in ihm schlummernden Kraft angezogen.

Johan hatte Lust auf eine Portion Snus, schaute aber Nathalie an und zögerte. Vielleicht würden sie sich wieder küssen? Nein, daran dürfte er noch nicht mal denken. Untreu war er zum letzten Mal gewesen.

Aber den Fall abschreiben und nach Hause fahren, das konnte er nicht. Er brauchte sich nur den Anblick von Hedvig und die verzweifelten Worte seiner Großmutter ins Gedächtnis rufen, um sich das klarzumachen. Bald würde etwas Entscheidendes passieren, etwas, das die Ermittlungen auf Hochtouren brachte. Obwohl er nicht an Intuition glaubte, spürte er es wie eine Vorahnung, wie einen kaum wahrnehmbaren Windhauch von den Bergen, der eine Lawine ankündigte.

»Ich hoffe, Erik und Granstam gelingt es, rauszufinden, was Mikael in der Notaufnahme wollte«, sagte er.

Sie nickte und strich über ein Knötchen in der Strumpfhose. »Hast du weiter drüber nachgedacht, was ASJ bedeuten kann?«

Er schüttelte den Kopf. »Kann doch sein, dass Tina Eriksson das nur so hingeschmiert hat.«

»Glaube ich nicht«, widersprach Nathalie und schlug das eine Bein über das andere. »Es ist bestimmt kein Zufall, dass es auf dem Zettel mit der Handynummer des Mörders stand.«

»Dass der Wagen gefunden wurde, erleichtert uns jedenfalls einiges«, fand Johan. »Ein Verdächtiger weniger und wahrscheinlich mehr Spuren vom Täter.«

Er leerte sein Glas und wollte gerade fragen, ob sie noch mehr wollte, als sein Handy in der Lederjacke klingelte. »Die Techniker aus dem Krankenhaus«, sagte er und nahm das Gespräch an. Sie sah ihm an, dass etwas passiert war, konnte aber nur einzelne Worte verstehen. Als er das Gespräch beendete, beugte er sich näher zu ihr.

»Peter Schultz hat vor zehn Minuten an einem Geldautomaten im Sveavägen in Stockholm Geld abgehoben«, sagte er. »Dreimal viertausend. Zwei Streifen sind unterwegs. Mit etwas Glück schnappen sie ihn, obwohl ich vermute, dass er sich schon schleunigst aus dem Staub gemacht hat.«

»Dann wissen wir jetzt, in welcher Stadt er ist«, sagte sie.

Zu den Männern an der Bar gesellten sich weitere vier.

Nathalie sah genervt zu ihnen hinüber und drehte sich dann zu Johan: »Was hältst du davon, wenn wir bei mir noch ein Glas trinken?«

Schweigend nahmen sie den Aufzug. Als sie den Korridor betraten, drehte er sich zu ihr um: »Glaubst du, der nächste Mord passiert in Stockholm? Ich meine wegen Schultz.«

»Nicht auszuschließen«, antwortete sie. »In dem Fall würde das perfekt mit Tims Analyse der Koordinaten übereinstimmen.«

Als sie die Karte ins Schloss schob, klingelte ihr Handy. »Granstam«, sagte sie, als Johan gleichzeitig die Tür öffnete.

»Hallo, Ingemar, haben Sie mit dem Röntgenarzt gesprochen?«, begann sie.

»Nein, aber er ist auf dem Weg hierher. Doch das wollte ich nicht erzählen ...«

»Lassen Sie hören«, bat sie ihn und blieb stehen.

»Ja, das ist mir sehr unangenehm ...«

Sie hörte ihn schwer atmen, stellte sich seine besorgten Augen vor. Der erwachsene Mann, der wieder zum Kind wurde. Sie gab Johan mit einer Geste zu verstehen, dass sie privat telefonierte, und machte ein paar Schritte auf der dicken Auslegeware, die das Klappern ihrer Absätze schluckte.

»... wie Sie wissen, geht es mir nicht besonders gut«, fuhr Granstam fort. Johan blieb mit einem Fuß in der Tür stehen und begann auf seinem Mobiltelefon herumzutippen.

»Ja, ich weiß«, sagte sie. Sie ahnte, was er wollte, doch sie hatte nicht vor, danach zu fragen.

»Ich habe vorhin meine letzte Tablette genommen«, seufzte er, so schwer wie er nur irgend konnte. »Die Sobril, Sie wissen schon. Und ich komme ohne die nicht klar, die Panik lähmt mich, und ich habe das Gefühl, als müsste ich sterben. Und zwischen den Attacken fühlt es sich manchmal so an, als wollte ich sterben. Richtig.«

»Aber das wollen Sie nicht?«

»Was?«

»Richtig sterben?«

»Nein …«

»Das macht mir Sorgen, Ingemar.«

Sie stellte alle Kontrollfragen nach Suizidgedanken und schätzte die Gefahr für einen Selbstmord trotzdem als minimal ein. Erklärte abermals, warum sie keine beruhigenden Medikamente verschreiben wolle. Er sagte zum wiederholten Mal, dass er sie verstehe.

»Aber im Moment habe ich niemand anders, an den ich mich wenden könnte, Nathalie. Und ich kann diese Ermittlung nicht aufgeben, bevor wir den Mörder gefasst haben. Bitte, bloß ein letztes Rezept. Morgen fliege ich nach Hause, und dann gehe ich sofort zu meinem Arzt. Ich komme mit dreißig Tabletten aus.«

Sie wippte auf den Schuhen, hörte, wie der Fahrstuhl wieder klingelte, und sah einen jungen Mann mit Baseballcap und etwas Weißem in der Hand aussteigen.

Mit einer Sobrilabstinenz war nicht zu spaßen, und sie hatte schon gegen ihren Vorsatz verstoßen, nie außerhalb des Dienstgeschehens ein Rezept auszustellen. Aber sie hatte Verständnis für Granstams Verzweiflung.

Der Typ mit der Baseballcap schaute sie und Johan an, ehe er wieder in den Fahrstuhl stieg. Als die Türen zuglitten, sagte sie: »Sie bekommen zehn Tabletten, und morgen rufe ich im Zentrum für Suchtberatung im St.-Görans-Krankenhaus an.«

»Klar, danke vielmals. Vielen Dank! Das werde ich Ihnen nie vergessen, Nathalie.«

Sie drückte auf »Beenden« und drehte sich zu Johan um.

»Du kannst schon reingehen, wenn du willst, ich muss noch ein Telefonat erledigen«, sagte sie und lächelte entschuldigend.

»Okay«, sagte Johan und sah sie eine Weile verwundert an, bevor er den Fuß aus der Tür nahm und sie hinter sich ins Schloss fallen ließ. In ihrer Erinnerung kramte sie schnell, in welchem Zustand sie das Zimmer zurückgelassen hatte. Kam dann wie immer darauf, dass sie es so weit aufgeräumt hatte, dass es unerwartetem Besuch zugemutet werden konnte. Eine Regel, die sie für die Wohnung in der Artillerigatan eingeführt hatte.

Sie bestellte telefonisch ein Rezept bei der diensthabenden Apotheke im Kirunaer Krankenhaus, fuhr sich durchs Haar und schloss die Tür wieder auf.

»Was wollte er?«, fragte Johan.

»Leider nichts wegen der Ermittlung.«

Johan nickte. »Ich habe Wein eingeschenkt, jetzt hat er jedenfalls drei Minuten geatmet.«

Seine Fähigkeit, ihre Stimmungen zu erfassen, wusste

sie immer mehr zu schätzen. Er hatte sein iPhone auf die Fensterbank gelegt und spielte einen von Bob Dylans neusten Songs, den sie noch nicht kannte. Er gab ihr ein Weinglas und zeigte auf den Sessel.

»Fühl dich wie zu Hause«, grinste er und setzte sich auf einen runden Lederhocker auf der anderen Seite des Glastischchens.

»Danke«, sagte sie, sank ins Leder und lächelte über seine witzige Höflichkeit und darüber, dass er auf dem Hocker einen Kopf kleiner als sie wurde. Dachte an das Hotel in Uppsala und dass sie nicht daran denken sollte.

»Du fliegst also morgen früh nach Hause?«, fragte er, obwohl sie es schon zweimal erwähnt hatte.

»Ja, die Kinder haben Abschlussveranstaltungen in ihren Ferienlagern. Und hoffentlich werden wir hier dann nicht mehr gebraucht.«

Johan guckte aus dem Fenster und stellte fest, dass der wolkenlose Himmel über Frösön am Waldrand ein dunkleres Blau angenommen hatte. »Ich bleibe wie gesagt bis morgen Abend. Nicht, weil ich glaube, dass hier noch mehr passiert, sondern weil ... ich muss.«

»Rosine wird sich freuen, wenn sie dich morgen wiedersieht. Wie läuft's zu Hause?«

Er drehte sich wieder zu ihr um, zuckte die Schultern und seufzte resigniert.

»Könnte besser sein. Natürlich ist es Carolina gewohnt, dass bei mir die Arbeit an erster Stelle steht, aber sie dachte, das hätte sich mit Alfred geändert. Und dieses Haus, das wir uns ansehen werden ... ich will da nicht einziehen und auch in kein anderes Haus.«

Nathalie nickte, strich sich eine Haarsträhne hinters Ohr. Dylan hörte auf zu singen und spielte ein Solo auf der akustischen Gitarre. Johan holte tief Luft und schien auf dem Hocker noch tiefer zu sinken, als er sagte: »Ich habe mich natürlich mit Alfred verändert. Er steht natürlich an erster Stelle, es ist nur so, dass ...« Er reckte sich und hob das Glas zu einem leisen »Prost«. »Hier sitze ich und rede. Wie sieht es denn bei dir zu Hause aus?«

»Die Kinder freuen sich natürlich, dass sie noch ein Geschwisterchen bekommen«, begann sie, und diesmal schaute sie hinaus in den Sommerabend.

Johan sah, wie der Schmerz über ihre goldbraunen Augen huschte, und bereute seine Frage. Sie wirkte klein, und er verspürte den Impuls, aufzustehen und sie in den Arm zu nehmen. Mit ihrer Verletzlichkeit, ihren dunklen Locken, ihrer fülligen Figur war sie so ganz anders als Carolina.

Sie lächelte wehmütig, wie um sich aufzumuntern. Johan sah die Fältchen um ihre Nase, die ihm so gut gefiel. Auch wenn es vermutlich Einbildung war, nahm er den Duft ihres Parfüms wahr. Sein Puls beschleunigte sich und vertrieb alle vernünftigen Gedanken.

Sie will es genauso sehr wie ich.

Er nahm einen Schluck Wein und stand auf. Sie drehte sich zu ihm um, verwundert und suchend. Er machte zwei Schritte vorwärts, reichte ihr seine Hand. Sie lächelte verunsichert, stellte das Glas ab und ergriff sie. Ihre Hand war klein, warm und so sanft, wie er es sich vorgestellt hatte.

Langsam zog er sie hoch. Es gab keinen Widerstand. Sie öffnete den Mund, wie um etwas zu sagen, aber er legte ihr den Zeigefinger auf die Lippen.

Er beugte sich vor und küsste sie. Ihre Lippen waren feucht, warm und vertraut.

Entschlossen und sanft drückte er sie an seine Brust, spürte ihre Arme um seinen Hals, spürte das Blut heiß und leicht in den Adern rauschen, die mit jedem Herzschlag anschwollen.

Er hörte ein Klopfen an der Tür, kümmerte sich aber nicht darum, ließ die Hände über ihr Haar und weiter hinab über ihren Hals wandern.

Es klopfte wieder, fester.

Die Hände glitten über ihre Brust, hinunter zu den Hüften. Sie spannte sich und bog sich nach hinten.

»Hat es an der Tür geklopft?«

»Ja«, sagte er, ohne die Hände von ihr zu nehmen.

»Soll ich nicht nachsehen, wer es ist?«

Das Umfeld war wieder präsent, obwohl das das Letzte war, was er wollte.

»Ja, natürlich«, lächelte er. »Ich kann aufmachen, wenn du willst.«

Sie nickte, innerlich unschlüssig und aufgewühlt. »Komme!«, rief er und merkte, dass es keinen Türspion gab. Fuhr sich mit den Händen durchs Haar, ordnete seine Gesichtszüge und öffnete.

Vor der Tür stand niemand, aber er meinte Schritte zu hören, die sich auf der Auslegeware entfernten. Er schaute hinaus, sah einen Mann mit grauer Kapuze auf dem Kopf zu den Aufzügen gehen. An der Türklinke hing eine Plastiktüte mit einer weißen Papierverpackung.

»Hallo!«, rief er dem Mann hinterher, der eher aussah wie ein junger Bursche von zwanzig Jahren. Keine Reaktion. Er entdeckte das Interflora-Logo auf dem Papier, trat in den Flur und riss oben den Klebestreifen ab.

Er starrte den Inhalt an, und ihm lief ein kalter Schauer über den Rücken, als hätte man einen Eimer Eiswasser über ihm ausgeleert.

Das durfte nicht wahr sein.

Instinktiv steckte er die Hand hinein, stach sich an einem Dorn, ohne Schmerz zu empfinden, und riss die Blume heraus. Es war eine weiße Rose mit blau gefärbten Blütenblättern. An ihrem Stiel war mit einer roten Kordel eine Karte befestigt.

Er ließ die Rose fallen, sah, wie der Bursche mit der Kapuze bei den Aufzügen um die Ecke verschwand, erinnerte sich, dass dort einer der Notausgänge war.

»Halt!«, schrie er, sodass sein Kopf schmerzte. Dann stürmte er los und rannte mit einer Spannkraft in den Beinen, von der er gar nicht mehr wusste, dass er sie noch besaß.

47

Früher

»Na los, das machen wir jetzt noch mal«, fordert ihr Krankengymnast Tobias sie auf. »Ich bin die ganze Zeit hinter dir.«

Sie packt die Armstützen, stemmt sich mit einer Kraftanstrengung vom Hocker hoch und lässt sich in den Rollstuhl plumpsen.

»Gut gemacht!«, ruft Tobias aus. Sie schnauft und lächelt erschöpft.

»Du machst echte Fortschritte«, meint er, »bald besiegst du mich im Armdrücken.«

»Das ist mein größter Wunsch«, grinst sie und wischt sich den Schweiß von der Stirn.

Ihm wird warm. Das passiert ihm immer, wenn sie so scherzt, wie sie es auch schon vor dem Unfall immer getan hat.

»Dann sind wir für heute fertig«, sagt Tobias und gibt ihr zum Abschluss einen High five.

Sie fährt in den Flur voraus und in ihr Zimmer. Sie hat noch eine Woche Reha vor sich, und er ist, so oft wie sie es gewollt hat, hier gewesen. Anders kommt immer seltener. Jetzt ist er schon seit zwei Tagen nicht mehr zu Besuch gekommen. Natürlich ist sie enttäuscht. Enttäuscht zwar, vielleicht aber nicht überrascht.

In ihrem Zimmer hilft er ihr ins Bett. Wie immer nach einer Trainingseinheit überkommt sie Müdigkeit und Schwermut.

»Du warst heute echt bärenstark«, sagt er in dem Versuch, sie aufzumuntern.

»Jedes Mal, wenn du das sagst, denke ich an das, was ich nicht ändern kann …«

Er nickt verbissen, weiß nur allzu gut, was sie meint.

»Ich kann kämpfen, wie ich will, ich werde doch nie Mutter werden«, fährt sie fort und sieht ihn an. »Begreifst du, wie weh das tut?«

Ihre Augen werden feucht, und sie guckt aus dem Fenster, sagt leise wie nebenbei: »Und ich kann trainieren, so viel ich will, ich werde doch nie wieder laufen können, nie wieder auf die Toilette gehen können, nie wieder …«

Sie verstummt, ihr Blick schweift in weite Ferne ab. Er empfindet Schuld wie einen Würgegriff um den Hals. Umarmt sie schnell und sagt: »Du bist stark, vergiss das nicht. Und ich bin für dich da.«

48

Ystad

»Von den Nahrungsergänzungsmitteln wissen Sie also nichts?«, fragte Angelica in ihr Handy, das auf Lautsprecher gestellt war.

»Nein, und was Sie da erzählen, wundert mich«, antwortete der Mannschaftsarzt der Tre Kronor. »Alle unsere Spieler wissen, dass sie keine Präparate einnehmen dürfen, ohne uns zu informieren, nicht mal Vitaminzusatz. Henrik war da keine Ausnahme.«

Angelica und Maria saßen vor dem Polizeigebäude im Auto. Angelica hatte eben das Gespräch mit Bayern Münchens Arzt beendet. Obwohl das Telefonat auf Deutsch geführt worden war, hatte Maria das meiste verstanden. Dass Henrik Borg Kreatin und Magnesium in einem Reformhaus gekauft hatte, erstaunte den deutschen Arzt genauso sehr wie seinen schwedischen Kollegen. Beide hatten bestätigt, dass Henrik in den letzten Monaten mit hartnäckigen Muskelzerrungen zu kämpfen hatte, die übliche Reha bekam und voraussichtlich in ein paar Wochen wieder auf dem Platz gestanden hätte.

»Eine letzte Frage noch«, sagte Angelica in ihr Handy. »Wir haben das Gerücht gehört, dass Henrik in der letzten Zeit niedergeschlagen war.«

»Natürlich war er nicht froh darüber, dass er nicht spielen konnte. Und das verlorene Spiel gegen Frankreich war natürlich ein schwerer Brocken, aber Henrik war Profi. Wissen Sie, woran er gestorben ist?«

»Darauf können wir Ihnen nicht antworten. Danke, dass Sie sich die Zeit genommen haben.«

»Ist doch selbstverständlich. Die ganze Mannschaft trauert um Henrik. Er war ein guter Kumpel und einer der besten Spieler, die wir je hatten.«

Angelica beendete das Gespräch und schaute Maria an.

»Dann wissen wir jetzt Bescheid«, stellte sie fest und steckte das Handy in ihre rote Handtasche, die der einzige Farbtupfer zu ihrer schwarzen Kleidung war.

»Macht das Ganze noch merkwürdiger«, folgerte Maria. »Ihm musste klar gewesen sein, dass er gegen die Regeln verstieß. Fragt sich nur, warum.«

»Vielleicht dauerte ihm die Reha zu lang«, spekulierte Angelica, »aber ich verstehe nicht, was das mit den Morden zu tun haben soll.«

Zwei Uniformierte kamen mit einem Schäferhund aus dem Eingang des Polizeigebäudes. »Was meinst du«, fuhr Angelica fort, »wollen wir reingehen und mal hören, was die Hausdurchsuchungen ergeben haben?«

Als sie die erste Stufe der Treppe betraten, klingelte Marias Handy.

»Hallo, hier ist Julia ... Ek aus dem Life-Reformhaus.«

»Ja, hallo«, sagte Maria, fing Angelicas Blick ein und hielt sie auf, indem sie ihr die Hand auf die Schulter legte.

»Mir ist da noch was eingefallen, was Sie vielleicht wissen wollen ...«

In ihrer Stimme schwang eine Nervosität mit, weswegen Maria den Hörer fester ans Ohr drückte.

»Erzählen Sie!«

»Ist bestimmt nichts Wichtiges, aber weil Sie sagten, ich soll anrufen ...«

»Ja?«, sagte Maria und ging hinunter auf den Gehweg, um den uniformierten Kollegen Platz zu machen, die mit angespanntem Gesichtsausdruck zurückkamen.

»Als ich Henrik die Dose mit dem Magnesium zeigte, erzählte ich, dass mir das von einem Neurologen namens Hellman, der der beste in der Stadt ist, gegen Migräne empfohlen worden war. Da machte Henrik ein besorgtes Gesicht und sagte so was wie ›Bei dem bin ich auch gewesen‹.«

»Ja?«, sagte Maria, als die Fortsetzung auf sich warten ließ.

»Das war's. Aber ich hatte den Eindruck, dass er auch bei Doktor Hellman gewesen war.«

»Aber nicht darüber sprechen wollte?«, fragte Maria.

»Genau. Ich dachte mir, das wollen Sie wissen.«

»Sehr gut, dass Sie das erzählt haben, Julia. Wie heißt der Arzt Hellman mit Vornamen?«

»Nils. Er sitzt in der Skansgatan gegenüber vom Theater, wenn Sie wissen, wo das ist. Das sind nur fünf Minuten vom Marktplatz.«

»Haben Sie und Henrik sich noch weiter unterhalten?«

Maria ging zurück zum Wagen, drückte auf den Schlüssel, und das Schloss öffnete sich mit einem leisen Piep.

»Nein, das war alles.«

»Rufen Sie bitte wieder an, wenn Ihnen noch mehr einfällt«, beendete Maria das Telefonat und machte die Tür auf. Als Angelica auf dem Sitz neben ihr Platz genommen und die Tür geschlossen hatte, schilderte Maria das Gespräch.

»Das wird ja immer merkwürdiger«, fand Maria. »Von den Mannschaftsärzten sagte keiner was von einem Neurologen.«

»Ich rufe sofort da an«, entschied Angelica, und fand die Nummer im Internet. Sie stellte fest, dass es Viertel vor sieben war, und war nicht überrascht, als ein Anrufbeantworter ansprang.

»Ich überprüfe, ob er eine Handy- oder Festnetznummer

hat«, sagte Maria. Aber sie erhielt keine Treffer, nicht einmal eine Adresse, und rief Tim Walter an. Er brauchte eine Minute, um herauszufinden, dass Nils Hellman mit seiner Frau Victoria in einem Einfamilienhaus im Strandvägen wohnte. Angelica tippte auf dem GPS-Gerät herum. »Zehn Minuten mit dem Auto von hier, es ist in der Nähe vom Ystad Saltsjöbad, einer Spa- und Hotelanlage, da war ich vor zehn Jahren auf einer Gerichtsmedizinerkonferenz.«

Drei Minuten vor sieben parkte Maria den Wagen vor der prächtigen Sommervilla des Ehepaares Hellman, mit Meerblick, zu der auch ein mit Fliederhecken eingefasster Garten von mindestens tausend Quadratmetern gehörte. Der Samstagabend war hier draußen lauer als in der Stadt, und eine leichte Brise trug den Duft von gegrilltem Fleisch, Lachen und Gesprächsfetzen zu ihnen.

»Sieht so aus, als wäre er zu Hause«, stellte Angelica fest und reckte den Hals, damit sie die Gesellschaft sehen konnte, die im Garten beim Abendessen saß. Maria öffnete die Eisenpforte und betrat den millimetergenau geharkten Kiesweg. Mit resoluten Schritten traten sie auf den Kies, um die Aufmerksamkeit der etwa zehn Personen auf sich zu lenken, die um einen Tisch rechts von der Villa saßen. Fünf Männer und fünf Frauen in den Sechzigern, in sommerlichen Kleidern und Sakkos. Rechts stieg Rauch von einem riesigen Grill auf, auf den Tellern lagen dicke Scheiben Fleisch, Maiskolben und Salat.

Maria stellte sich vor, wie die Gesellschaft in ein paar Wochen wieder unbeschwert an demselben Tisch sitzen und Flusskrebse oder Surströmming essen würden. Sie selbst hatte vergeblich versucht, ihren Verwandten in Peru dieses Gericht zu beschreiben.

Zuerst erblickte sie eine braun gebrannte Frau mit kurzem Pagenkopf, die genauso dünn war wie Angelica. Die Frau machte ein überraschtes Gesicht und sagte etwas quer über den Tisch zu dem großen Mann mit grau melierten Haaren.

»Wir sind von der Polizei und suchen Nils Hellman«, begann Angelica.

»Das bin ich, worum geht's?«

Der grauhaarige Mann trat auf sie zu und begrüßte sie. Er war zwei Meter groß und trug einen grauweißen Leinenanzug. Das Gesicht war oval, sonnengebräunt und hager mit einer langen, geraden Nase und eng stehenden, grau gesprenkelten Augen.

»Wir haben ein paar Fragen zu einem Ihrer Patienten«, erklärte Angelica.

Falten zeigten sich auf Nils Hellmans wettergegerbter Stirn. Er ließ die Hand zur Seite fallen, beugte sich vor, um ihre Ausweise zu mustern.

»Es dauert nur fünf Minuten, dann belästigen wir Sie nicht mehr«, sagte Maria. »Können wir irgendwo ungestört reden?«

Nils Hellman sah zuerst sie, dann die Gästeschar zögernd an, die mucksmäuschenstill zurückstarrte, und sagte dann: »Sie stören unser Abendessen, aber einverstanden. Wir können da reingehen.« Er zeigte zur Glasveranda des Hauses. Angelica und Maria warfen einen Blick auf die Gäste und folgten ihm mit Schritten, die ihnen im Vergleich zu Nils Hellmans elchartiger Gangart klein vorkamen.

Mitten auf dem Kiesweg blieb er stehen, drehte sich um und verschränkte die Arme. »Ihnen ist natürlich bekannt, dass ich der Schweigepflicht unterliege, aber worum geht es?«

»Wir ermitteln in Henrik Borgs Tod«, erklärte Angelica und holte das Dokument vom Staatsanwalt heraus, das allen Ärzten des Landes das Recht einräumte, Auskunft über alles zu geben, was die beiden über die vier Opfer wissen wollten. Als Erklärung stand dort nur, dass die Todesfälle zu einer Morduntersuchung mit einem Strafmaß gehörten, das zwei Jahre überstieg, also die Zeitspanne, die Ärzte an den Datenschutz band.

»Ich verstehe«, sagte Nils Hellman. Die Sorgenfalte auf seiner Stirn grub sich tiefer ein. »Ich habe erst davon erfahren, als wir gestern Abend nach Hause kamen. Meine Frau und ich sind den El Camino Francés bis Santiago de Compostela gegangen, also den französischen Weg zur Pilgerstadt.«

»Von dem haben wir schon gehört«, sagte Maria, da sie annahm, dass auch Angelica den Weg kannte, den sie selbst zweimal gewandert war.

»Glauben Sie, dass er ermordet wurde?«, fuhr Hellman mit besorgter Stimme und einer frisch aufgetretenen Blässe unter der Sonnenbräune fort. Gleichzeitig meinte Maria, einen Hoffnungsschimmer in seinen Augen zu entdecken, aber vermutlich irrte sie sich in dem Punkt.

»Das untersuchen wir«, antwortete Angelica. »Der Anlass unseres Besuches ist, dass wir kürzlich mit einer jungen Frau namens Julia Ek gesprochen haben. Sie arbeitet im Reformhaus am Stora torget und ist eine Patientin von Ihnen. Wegen Migräne, glaube ich, haben Sie sie behandelt.«

Nils Hellman nickte verbissen.

»Julia Ek erzählte, dass auch Henrik bei Ihnen Patient war«, sagte Angelica.

»Wir wollen wissen, warum«, sagte Maria.

»Dann hat er sich also nicht das Leben genommen?«

Wieder der Hoffnungsschimmer im Blick. Diesmal war sich Maria sicher. Aber warum?

»Wie schon gesagt, kann ich Ihnen dazu nichts sagen«, fertigte Angelica ihn ab. »Jetzt ist es an Ihnen, uns etwas über Henrik zu erzählen. Je schneller Sie das tun, umso eher können Sie zu Ihren Gästen zurück.«

Nils Hellman fuhr sich durchs Gesicht. Dann räusperte er sich: »Ich erinnere mich sehr gut an Henriks Besuch. Und ich hatte vor, Sie anzurufen, also die Polizei, aber wir sind wie gesagt erst gestern Abend spät nach Hause zurückgekommen … aber egal, ich bin dankbar, dass Sie hier sind, damit ich es loswerden kann.«

Maria und Angelica standen still da und spürten, wie ihr Puls schneller schlug.

49

Kiruna

Die Tür zu Zimmer acht war angelehnt. Staffan Öhrn saß halb im Bett und las mit gekräuselter Stirn den Expressen, als Erik den Raum betrat.

»Hallo, wie geht's?«, begann er und nahm auf dem Hocker neben dem Bett Platz.

»War schon mal besser«, erwiderte Staffan Öhrn und faltete eilig die Zeitung auf dem Schoß zusammen, sodass die EKG-Elektroden unter dem Patientenhemd zum Vorschein kamen. Erik dachte, dass es bei dem Stresslevel kein Wunder war, dass auch das Herz aus dem Takt kam. Der Kopf des Kollegen war nach wie vor hochrot, und die Farbe kaschierte zum Teil die Erwachsenenakne, die seine fettige Haut bedeckte.

»Haben Sie die Ergebnisse der Proben?«, fuhr Staffan hektisch fort.

»Alles sieht gut aus, abgesehen vom erhöhten Blutzucker von 9,4. Aber Sie haben bestimmt in der letzten Stunde was gegessen, oder?«

»Ja, eine Apfelsine und einen Schokokeks.«

»Morgen nehmen wir Proben, wenn Sie nüchtern sind,

dann sieht es vielleicht besser aus. Jetzt kümmern wir uns um das Vorhofflimmern.«

Erik warf ein Auge auf den Überwachungsbildschirm. Die neongrüne EKG-Kurve kroch auf dem Bildschirm voran wie ein Leuchtkäfer, der sich in unregelmäßigem Zickzackmuster vorwärtsbewegte. Bei jedem Herzschlag ertönte ein leises Piepen.

»Wie Sie sehen, ist die Pulsfrequenz immer noch hoch. Wenn sich am Herzen bis morgen früh nichts ändert, schlage ich vor, dass wir dann konvertieren.«

Staffan Öhrn seufzte und faltete die Hände auf der Wampe. »Ein bisschen ungewohnt, selbst Patient zu sein. Ich bin echt nervös.«

»Kann ich nachvollziehen«, sagte Erik, obwohl er selbst noch nie Patient gewesen war, wenn man die Beobachtung von ein paar Stunden, unter der er nach der entsetzlichen Entführung im vergangenen Frühjahr gestanden hatte, nicht mitzählte. »Wie Sie vielleicht wissen, gelingt es uns in zweiundneunzig Prozent der Fälle, das erste Vorhofflimmern zu beheben; und Sie haben übrigens ein gesundes Herz, darum bin ich optimistisch.«

Staffan Öhrn wischte sich den Schweiß von der Stirn und bedachte Erik mit einem dankbaren Blick. »Ich gebe dem Stress, den ich in den letzten Monaten bei der Arbeit hatte, die Schuld am Flimmern und der Panikattacke.«

»Möchten Sie darüber reden? Ich habe zehn Minuten, wenn kein Notfall eintritt.«

Erik lehnte sich auf dem Hocker zurück und setzte eine Miene auf, die Vertrauen weckte.

Erschöpft breitete Staffan die Arme aus. »Zu viele Patienten, neues Krankenaktensystem und geändertes Vergütungssystem, aber das wissen Sie ja selbst.«

Erik nickte. »Hat Sie irgendwas Besonderes gestresst?«

»Nein, das kann ich nicht behaupten. Es wurde einfach von allem zu viel.«

»Ich erinnere mich, dass Sie Dienstagabend zur Beobachtung auf der Notaufnahme gelegen haben«, sagte Erik. »Sie haben den Vorhang beiseitegezogen und um Hilfe gerufen.«

Staunen wich dem Stress in Staffans Augen. Erik fuhr fort: »Dann haben Sie zwei Männer am Chirurgie-Anmeldetresen entdeckt und den Vorhang schnell wieder zugezogen. Sie sahen richtig verängstigt aus, als hätten Sie einen Geist erblickt.«

Staffan schüttelte den Kopf. »Daran erinnere ich mich nicht. Natürlich weiß ich noch, dass ich um Hilfe gerufen habe, aber warum hätte ich Angst haben sollen?«

Als Erik den Mund aufmachte, um zu antworten, kam ihm Staffan zuvor: »Ich meine, natürlich hatte ich Angst, ich hatte ja Schmerzen in der Brust, aber an diese beiden Männer habe ich keine Erinnerung.«

Die Lüge provozierte Erik, forscher vorzugehen, als er es vorgehabt hatte: »Der eine war ein Pilot namens Mikael Tornerud, der andere war der Röntgenarzt Carl Berggren.«

Das Piepen vom Pulsmessgerät signalisierte eine erhöhte Frequenz, und Erik dachte, dass er seinen Patienten nicht zu sehr unter Druck setzen durfte. Staffan Öhrn kräuselte die Stirn und wurde im Gesicht noch röter. Mit einem weiteren Röcheln in der Stimme sagte er: »Wer Carl Berggren ist, weiß ich natürlich ... aber ich erinnere mich nicht, ihn gesehen zu haben, und dass ich Angst vor ihm bekommen haben soll, ist geradezu lächerlich. Warum fragen Sie das eigentlich?«

»Mikael Tornerud ist tot, und die Polizei ermittelt in dem Todesfall.«

Staffans Gesicht wurde jetzt dunkelrot. »Ich weiß, dass Mikael tot ist, aber was hat das mit mir zu tun? Wie gesagt, erinnere ich mich nicht, ihn gesehen zu haben.«

»Aber Sie wissen, wie er aussieht?«

Peinlich berührtes Zögern machte sich jetzt in Staffans Gesicht breit. »Ja, er ist in der Stadt doch recht bekannt. Ein Frauenheld, Pilot, sieht aus wie ein Hollywoodschauspieler.«

»Und er war Ihr Patient«, ergänzte Erik, ohne Staffan aus den Augen zu lassen.

Der Puls galoppierte, und die Falten auf der Stirn gruben sich noch tiefer ein. Erik überprüfte das Display und stellte fest, dass es zwei zusätzliche, aber ungefährliche Schläge anzeigte.

»Ich verstehe nicht, worum es hier geht«, sagte Staffan. »Ich diskutiere meine Patienten genauso wenig wie Sie!«

»Die Polizei hat wegen Mikaels Tod mit mir gesprochen. Und ich habe ihnen von Ihrer Reaktion erzählt, als Sie ihn und Carl Berggren gesehen haben«, erklärte Erik geduldig. »Außerdem wissen wir, dass Sie Mikaels Fliegerarzt waren und er am Tag vorm Mittsommerabend für die jährliche Kontrolle bei Ihnen war ...«

Staffan Öhrn setzte sich aufrecht hin und sah Erik unerwartet wütend an. »Da irren Sie sich! Ich will den Arzt wechseln, Sie wirken auf mich total paranoid!«

Zu Eriks Erstaunen betätigte Staffan den Alarmknopf. Erik erkannte, dass er als Verhörleiter wie auch vor allem als Arzt eine schwache Leistung gezeigt hatte. Aber offensichtlich hatte er mit seiner Einschätzung richtiggelegen, dass Staffans Reaktion panikartig war, als er Mikael Tornerud und Carl Berggren gesehen hatte. »Ich habe heute Dienst, da wird es schwierig, den Arzt zu wechseln. Aber wenn Sie wollen, kann ich Frau Lindell, die gerade ihre Facharztausbildung macht, bitten, sich um Ihre Behandlung zu kümmern. Tut mir leid, dass ich Sie mit den Fragen gestresst habe. Aber die Polizei ist ohnehin auf dem Weg hierher. Da dachte ich, es sei besser, wenn wir beide uns unterhalten würden, von Kollege zu Kollege.«

Staffan Öhrn hatte sich weggedreht. Erik verließ das Zimmer mit einem resignierten Nicken. Schwester Salimah lief den Korridor entlang, den Blick auf dem blinkenden Display unter der Decke. Erik hob beruhigend die Hand und erklärte, dass kein Notfall vorlag.

Salimah nickte und ging ins Patientenzimmer. Als die Tür zuglitt, wählte Erik Granstams Nummer. Besetzt. Er nahm den Roller, den er an die Wand gelehnt hatte, und gab Vollgas. Als er am Beobachtungstresen vorbeikam und mit Schwester Lotta einen Blick tauschte, rief Granstam zurück.

»Ja, ach, hallo, Erik. Wo sind Sie?«

»Komme gerade von Staffan Öhrn.«

»Ich sitze hier mit Carl Berggren auf der Röntgenstation. Können Sie herkommen? Es ist wichtig.«

Granstam sprach schneller als sonst, und seine Stimme war eine Nuance höher. Und aus der Tatsache, dass er sich nicht nach dem Gespräch mit Staffan erkundigte, schloss Erik, dass etwas Entscheidendes passiert war.

»Klar, aber erst muss ich die Lage auf der Intensiv überprüfen.«

»Gut«, sagte Granstam. »Ich warte im Korridor vor der Röntgenstation. Beeilen Sie sich!«

50

Göteborg

ASJ. Das hatte ohne Zweifel Tina Eriksson unter die Handynummer des Mörders geschrieben. Aber was verbarg sich dahinter?

Tim war an den Computer im Großraumbüro zurückgekehrt. Die Aufregung über den neuen Fund hatte ihm das Atmen auf dem Rückweg von der Kriminaltechnik erschwert, doch jetzt fiel es ihm nach der Inhalation des Asthmasprays langsam leichter. Er hatte gerade angefangen, die Buchstaben auf eine russische Cryptoseite einzugeben, als sich sein Mobiltelefon meldete. Granstam war am anderen

Ende der Leitung. Der Chef war der Letzte, der auf die Gruppen-SMS reagierte, die Tim über den Zettel in Thomas Erikssons Tasche verschickt hatte. Keiner der Kollegen hatte eine Idee, wofür ASJ stehen konnte. Wahrscheinlich war es eine Abkürzung, doch die Vermutung führte zu nichts. Positiv war nur, dass Granstam schrieb, dass sie auch ihm bekannt vorkam, er aber auch nichts Genaueres dazu sagen konnte. Das bestärkte Tim in der Überzeugung, dass sie ihm in den Ermittlungsunterlagen irgendwo schon einmal begegnet war.

Er schloss die Augen und versuchte sich zu erinnern, wo er die Kombination gesehen hatte. Nur er, Åsa Sjögren und ein Mann im Cordsakko hielten sich noch im Großraumbüro auf. Lediglich das Rauschen der Klimaanlage, schnelle Finger auf den Tasten und vereinzelt Applaus und Jubel aus dem Ullevi waren zu hören, wo gerade ein Fußballspiel angepfiffen worden war.

Nein, er kam nicht darauf. Das bedeutete, dass er sich nicht ausreichend für die Buchstaben interessiert hatte, als sie ihm untergekommen waren, sonst erinnerte er sich immer wortwörtlich an alles, inklusive der Ziffernabfolgen von bis zu siebenstelligen Zahlen. Also musste er am Rand der Ermittlung suchen. Dass sie ohnehin schon groß war, ständig an Umfang zunahm und zudem viele schwarze Löcher enthielt, wo Dokumente vollkommen fehlten, war ein Problem.

Er öffnete die Augen und scrollte zur Überwachung des Handys, das der Mörder benutzt hatte, als er oder sie Kontakt mit den Opfern gehabt hatte. Das Telefon war abgeschaltet, und das Passwort zu Hedvigs Mails hatte bisher keiner seiner mit Bitcoins bezahlten Helfer hacken können. Aber die Hoffnung stirbt bei uns Computernerds zuletzt, dachte Tim und drehte den Schirm der Baseballcap nach rechts. Wenn Hedvig durch Mails mit dem Täter Kontakt gehabt hatte, wäre es leichter, ihn aufzuspüren. Computer hinterließen mehr Spuren als Mobiltelefone, vor allem wussten die meisten nicht, wie man das vermied. Aber ohne Passwort würde es vielleicht Tage dauern, bis sie Zugriff auf den Mailaccount bekamen, darum erschien ihm die Hoffnung wie Selbstbetrug. Auch das war eine notwendige Eigenschaft für einen fähigen Hacker. Sich selbst überlisten zu können, ist eine Voraussetzung, um andere zu überlisten, wie Tim immer sagte, wenn er in der Polizeihochschule Vorlesungen hielt.

Auch die Überwachung der Grenzkontrollstellen, ob Rick Miller das Land verlassen hatte, seiner Mobiltelefonaktivitäten und der Bewegungen auf seinen Bankkonten hatte nichts gebracht. Tim hatte die dunkle Ahnung, dass ein so aalglatter Mensch wie Miller bestimmt alternative Ausweispapiere für einen möglichen Notfall in petto hatte, und dann war es nahezu unmöglich, ihn zu finden. Wenn er denn überhaupt noch lebte.

Er schaute auf die Ziffern in der oberen rechten Ecke des Rechners: 19.12. Dann nahm er die Plastikflaschen und die Kopie, die der Kriminaltechniker Karlsson ihm gegeben hatte. Die Ziffern und Buchstaben hatte Tina Eriksson hübsch und ordentlich notiert. Als wäre sie dabei ruhig und sicher gewesen. Was hatte der Mörder ihr geschrieben oder gesagt? Hatte sie etwas geahnt? Für wen hatte er oder sie sich ausgegeben?

Die Fragen wurden vom Klingeln des Mobiltelefons unterbrochen. Eine nicht registrierte Handynummer, die ihm nichts sagte.

»Hallo, ich heiße Kalle Petterson und bin Journalist bei der Göteborgs-Posten. Haben Sie eine Minute?«

»Woher haben Sie meine Nummer?«, fragte Tim und drehte den Stuhl, damit er zum Ullevi sehen konnte.

»Mir ist bestätigt worden, dass die tote Person, die Sie im Jeep im Slottskogen gefunden haben, Thomas Eriksson heißt und zweiundvierzig Jahre alt ist.«

»Kein Kommentar«, sagte Tim. »Sie müssen sich an unseren Pressesprecher wenden.«

»Aber es stimmt, dass Thomas Eriksson mit der toten Tina Eriksson verheiratet war und als Tierarzt arbeitete?«, fragte Petterson weiter.

»Danke für den Anruf«, sagte Tim und legte auf. Er kannte die Tricks der Journalisten nur zu gut, Fragen als Fakten vorzubringen, damit sie bestätigt wurden. Und der Trick, ein Gespräch mit einer Frage einzuleiten, deren Antwort alle kannten, war geschickt, aber nicht geschickt genug, um ihn zu überlisten. Er blieb mit dem Blick auf das große Stadion sitzen, das wie alle anderen Spielstätten in der Welt ein Ort war, den er noch nie betreten hatte. Ihm fiel wieder das Spiel ein, an dem Henrik Borg dort teilgenommen hatte, Johnny Lappanainens Drohung gegen Mikael Tornerud, Rick Millers Lügen und Patricias mutmaßlicher Kokainschmuggel.

Er erinnerte sich, wie Granstam mit der Göteborgs-Posten vom 10. Juni in der Luft herumgewedelt und gesagt hatte, es gäbe einen Kurzbericht über die Polizeikontrolle bei dem *Deadly Roses*-Mitglied. Möglicherweise hatten Henrik Borg, Mikael Tornerud und Tina Eriksson die Zeitung gelesen.

Tim schloss die Augen und versuchte nicht zu denken. Nach einer Weile durchströmten die Massen an Texten und Bildern aus der Zeitung sein Bewusstsein in einem ständig wechselnden Tempo, das er nicht kontrollieren, sondern nur beobachten konnte.

Plötzlich blinkten drei Buchstaben auf. Einmal, zweimal und dann noch einmal. War das Zufall? Vor seinem geistigen Auge sah er den Artikel, der rechts vom Drogenkurzbericht stand.

ASJ. Das war keine Abkürzung. Es waren die Anfangsbuchstaben eines Vereinsnamens. Konnte das stimmen? Hatte Tina Eriksson den Namen auf das Kürzel ASJ eingedampft? Das erklärte zumindest, warum er im Internet unter diesem Suchbegriff keine Treffer hatte.

Tim nahm die Baseballcap ab und wischte sich den Schweiß von der Stirn. Wenn die Theorie richtig war, dann war das Motiv etwas, das sie nicht einmal in ihrer wildesten Fantasie auch nur gestreift hatten. Aber konnte das stimmen?

Mit Herzklopfen in der Brust öffnete er die Homepage der Göteborgs-Posten.

51

Östersund

Der Korridor wirkte durch die braun gestreiften Tapeten, dunklen Türen und die helle Auslegeware wie ein Tunnel. Johan lief, so schnell er konnte. Seine Muskeln waren warm und arbeiteten effektiv dank des Weins und des Adrenalins, die durch seine Adern strömten. Die roten Lämpchen der Aufzüge leuchteten ihm von Weitem entgegen. Das Einzige, was er hörte, außer dass Nathalie seinen Namen rief, war sein Puls, der in den Schläfen pochte, und seinen eigenen Atem. Er versuchte, so viel Luft wie möglich in seine Lungen einzusaugen. Der Typ, der die Rose hinterlassen hatte, war bei den Fahrstühlen um die Ecke verschwunden. Weit konnte er noch nicht gekommen sein.

Johan wusste, dass es zwecklos war, noch einmal zu rufen. Damit würde er nur wertvollen Sauerstoff vergeuden. Wenn der Typ ein Fahrrad hatte oder jemand anders vor dem Hotel in einem Auto auf ihn wartete, hatte er ohnehin keine Chance. Wenn nicht, konnte die Verfolgung lange dauern.

Jagte er wirklich dem Mörder hinterher? Hatte der Mann nicht zu jung ausgesehen?

Der Fahrstuhl war auf dem Weg nach oben, aber Johan

blieb nicht stehen. Er bog nach links ab und riss die Tür zum Notausgang auf. Hörte auf der Wendeltreppe sofort das Echo der Schritte. Schrie: »Polizei! Stehen bleiben!«, und rannte weiter. Das Gefühl, endlich die Verfolgung von etwas Konkretem aufzunehmen, beschleunigte seine Schritte.

In der letzten Kurve vor dem Parterre erhaschte Johan einen Zipfel von dem Typen, als er die Tür aufschloss und hinaus in den Sommerabend stürmte. Die Kapuze war ihm vom Kopf gerutscht, und er hatte kurzes schwarzes Haar, gezupfte Augenbrauen und bronzefarbene Haut. Johan war ihm noch nie zuvor begegnet.

»Halt!«, rief er, doch wie zum Hohn schlug die Tür vor seiner Nase zu. Er verlor eine Sekunde, als er stehen bleiben musste, um das Schloss aufzudrehen. Riss die Tür auf und trat auf eine Seitenstraße mit Containern, einigen Zementsäcken und einer Reihe grüner Mülltonnen.

Johan blieb stehen und blickte um sich. Sah den Rücken des Typen in zehn Metern Entfernung, wie er über eine lange Ziegelmauer kletterte.

Im Bruchteil einer Sekunde überlegte er, ob er Verstärkung anfordern sollte, wusste aber, dass der Bursche schon viel zu weit gekommen wäre, bevor die Einsatzzentrale überhaupt antworten könnte. Außerdem hatte Nathalie bestimmt schon dort angerufen.

Er rannte wie ein Verrückter. Plante die Schritte so, dass er hochspringen, die Hände auf die doppelreihigen Ziegel setzen und sich mit einer einzigen Bewegung hinüberschwingen konnte. Der Typ lief leichtfüßig über einen asphaltierten Innenhof Richtung Residensgränd. Johan ignorierte die Schmerzen in den Beinen, drückte sich mit voller Kraft ab und steigerte das Tempo. Der Typ drehte sich besorgt um und sah ängstlich aus, als Johan sich näherte.

Er bog nach links in die Residensgränd ab und beschleunigte auf der geraden Strecke hinunter zum Storsjön. Schritt für Schritt in einem infernalischen Tempo, aber Johans Beine holten weiter aus, und er schloss Dezimeter für Dezimeter auf. Als sie die Köpmansgatan erreichten, bog der Bursche nach links in die Fußgängerzone ab. Johan lag ein paar Sekunden zurück, spürte einen Hauch von Schweiß und etwas Orientalischem, das er nicht einordnen konnte. Zwei junge Frauen auf E-Skateboards starrten sie mit großen Augen an, als sie an ihnen vorbeipreschten.

Noch fünf Meter Abstand. Johan kontrahierte jede Muskelfaser in seinem Körper so, wie er es nicht mehr getan hatte, seit er in den Landesmeisterschaften Bronze im Brustschwimmen geholt hatte.

Am Fußgängerüberweg zum Badhuspark, den er einen Tag vorher mit Carolina, Erik und Estelle überquert hatte, vollführte der Kerl ein waghalsiges Ausweichmanöver vor einem Taxi. Der Fahrer legte einen halben Meter vor den Beinen des Typen eine Vollbremsung hin, fuhr aber dann brüsk weiter. Johan musste stehen bleiben. Noch zwei Atemzüge, und seine Brust spannte sich bis zum Äußersten.

Der nächste Wagen hielt an. Johan stürmte wieder los. Überquerte die Eisenbahnstrecke mit dem Blick auf den Boden, um nicht auf die Schienen zu treten. Als er wieder hochguckte, hatte das Tempo des Typen nachgelassen, und er blickte sich nach allen Seiten um, als wäre er unsicher geworden, wohin er laufen sollte.

Johan näherte sich schnell. Der Typ kam wieder in Schwung, quer durch den Park auf die Frösö-Brücke zu. Umrundete geschmeidig Familien mit Kindern, ein paar Rentner mit Hund, einige Jugendliche und drei Betrunkene, die auf einer Bank dösten. Niemand unternahm etwas, um einzuschreiten, aber ein junges Mädchen filmte mit ihrem Mobiltelefon. Johan fluchte leise, und die Wut verlieh ihm neue Energie.

Plötzlich passierte es. In der Höhe des Minigolfplatzes stolperte der Typ über einen Stock im Gras. Er fiel kopfüber der Länge nach auf den Rasen. Die Luft entwich aus ihm mit einem Stöhnen, das in ein Zischen überging. In der nächsten Sekunde warf sich Johan auf ihn. Drehte ihn um und drückte seine Handgelenke ins Gras. Starrte in ein Paar dunkelbraune Augen voller Todesangst. Der Typ konnte nicht älter als achtzehn Jahre sein. Es war schon lange her, dass Johan jemanden gesehen hatte, der so starr vor Schreck war.

»Polizei!«, keuchte er, unterließ es aber, seinen Ausweis vorzuzeigen. Es war klar, dass der Typ nicht vorhatte, Widerstand zu leisten. Der junge Mann schüttelte den Kopf und schien Angst zu haben, dass John ihn schlagen würde. »Polizei«, wiederholte er, so ruhig er konnte. »Ich heiße Johan Axberg und bin Polizist, wie heißen Sie?«, probierte er und sah aus dem Augenwinkel, wie die Jugendlichen, an denen sie eben vorbeigeprescht waren, näher kamen.

Als hätte jemand einen Schalter umgelegt, entspannte

der Typ jeden Muskel und schloss die Augen, als würde er zusammensacken.

»Was geht denn hier ab?«, fragte aus der Gang heiser ein schlaksiger Typ im Stimmbruch.

Als Antwort auf die Frage holte Johan sein Handy heraus, rief die Einsatzzentrale an und forderte betont laut Verstärkung an. Die Jugendgang ging zehn Meter auf Abstand, wechselte Blicke und Kommentare. Johan schüttelte den Typen an den Schultern. »Look at me! I'm a cop and you don't need to be afraid.« Seine englischen Worte klangen so klischeehaft wie gebrochen, aber der Typ machte die Augen wieder auf und betrachtete ihn erstaunt. »What's your name?«

»Ahmed«, antwortete er und schluckte, sodass der Adamsapfel in dem dünnen Hals deutlich zu sehen war. Der Schreck versank langsam in seinen braunen Augen. »I am Ahmed and I am a refugee.«

Johan zog ihn in Sitzstellung.

»Kommen Sie, wir setzen uns auf eine Bank«, fuhr er auf Englisch fort, für seine Aussprache schämte er sich nicht mehr. Mit einem kameradschaftlichen, aber entschiedenen Griff um Ahmeds Oberarm führte er ihn zu einer Bank zwischen Storsjön und Golfplatz. Als sie nebeneinander Platz genommen hatten, fragte Johan: »Warum haben Sie die Rose an meine Tür gehängt?«

Ahmed schüttelte wieder den Kopf und sah Johan forschend an, bevor er hinüber zur Frösö-Brücke guckte, als hielte er es für das Beste, wenn es ihm gelänge, sich aus dem Staub zu machen. Johan wiederholte seine Frage. Ahmed seufzte, sodass sich sein ganzer Körper anhob. Als seine Schultern danach so tief gesunken waren, wie sie nur konnten, antwortete er: »Weil ich dafür bezahlt wurde!«

»Von wem?«

»Weiß nicht, von einem Mann.«

»Wie lief das ab, erzählen Sie!«

»Ich war auf dem Markt. Er kam zu mir und fragte, ob ich Cash verdienen wollte.«

»Wann war das?«

»Sie-sie-sieben«, stotterte er. »Ich glaube um sieben.«

Unmittelbar nachdem ich mit Nathalie ins Hotel kam, dachte Johan. »Waren Sie allein? Was taten Sie?«

»Saß auf einer Bank. Las Zeitung. Versuchte Schwedisch zu lernen.«

»Und dann kam ein Mann zu Ihnen?«

Zum ersten Mal nickte Ahmed. Die Jugendgang näherte sich in versprengten Grüppchen, blieb aber stehen, als Johan ihnen einen scharfen Blick zuwarf und sie mit einem Handzeichen stoppte, das eine genauso deutliche Sprache sprach.

»Er fragte, ob ich fünfhundert verdienen wollte. Er gab mir die Tüte und sagte, ich soll ins Hotel gehen und sie an die Tür 414 hängen ...«

Johan sah das zweifarbige Einsatzfahrzeug, das beim Golfplatz anhielt.

»Ja?«, ermunterte er ihn.

»... und dass ich anklopfen und dann so schnell wie möglich da abhauen soll.«

»Wie sah dieser Mann aus?«

Wieder Schulterzucken. Ahmed wischte sich mit dem Handrücken den Schweiß von der Stirn. »Wie alle Schweden.«

Die Kollegen von der Schutzpolizei stiegen aus dem Wagen und knallten die Türen zu, um ihr Eintreffen anzuzeigen. Johan hielt sie mit einer Handbewegung auf und befragte Ahmed weiter. Wenn sein Vertrauen in der Entspannungsphase nach der Verfolgung erst einmal erloschen war, dann war die Gefahr groß, dass er nie mehr den Mund aufmachen würde.

Ahmed erzählte, dass der Mann zwischen dreißig und fünfzig war, ein helles Sakko und Jeans trug, ungefähr die gleiche Haarfarbe und einen ähnlichen Körperbau wie Johan hatte und dass er ihm in einer SMS mitteilen wollte, wo er weitere fünfhundert Kronen finden könnte, wenn er erledigt hatte, was der Mann von ihm verlangte. Ahmed hatte das Angebot angenommen, so viel Geld konnte er sich nicht entgehen lassen.

Warum er die Rose an die Tür hängen sollte oder wer dort wohnte, hatte der Mann nicht gesagt, nur dass er mit niemandem darüber reden durfte, weshalb er auch weggelaufen war, als Johan ihn verfolgt hatte.

»Wie sollte der Mann erfahren, dass Sie den Auftrag ausgeführt haben?«

»Weiß nicht.«

»Haben Sie seine Nummer?«

»Nein, keine Nummer.«

Das hörte sich zwar seltsam an, aber Johan glaubte Ahmed trotzdem. Fragen wirbelten in Johans Hirn herum. War der Mörder noch in Östersund? Kaum ein anderer hätte Ahmed sonst kontaktiert. Woher wusste er, dass Johan und Nathalie an dem Fall arbeiten? Und vor allem: Wie hatte er Nathalies Zimmernummer herausgefunden?

Die Kollegen von der Schutzpolizei stießen zu ihnen. Johan überprüfte Ahmeds Handy. Der Mörder hatte sich nicht gemeldet.

Er begleitete Ahmed zum Einsatzfahrzeug, und sie erhielten die Bestätigung, dass er wahrheitsgemäße Angaben zu seiner Identität gemacht hatte. Ahmeds Handy wurde für die Weiterleitung an die Techniker beschlagnahmt. Sie würden es im Auge behalten und von sich hören lassen, wenn der Mörder sich meldete. Johan nahm Ahmed auch das Geld ab, das er bekommen hatte, gab ihm aber einen Fünfhunderter aus seiner eigenen Brieftasche. Ahmed hatte nichts gemacht, was Johan unter vergleichbaren Umständen nicht auch getan hätte.

Als Johans Mobiltelefon klingelte, stieg er aus dem Einsatzfahrzeug und nahm das Gespräch an. Es war Nathalie. Sie hörte zu, als er ihr von der Verfolgung erzählte, aber er hatte den Eindruck, dass sie trotzdem nicht ganz bei der Sache war.

»Bist du noch im Hotel?«, fragte er, als er den Bericht beendet hatte.

»Ja«, sagte sie kraftlos. Ihre ausdrucksvolle und heisere Stimme klang leblos. Er spürte eine Kälte unter der schweißnassen Haut aufsteigen.

»Hast du die Rose?«, fragte er.

»Ja, das ist es nicht …«

»Was meinst du?«

»Er hat Filme geschickt … Das stand auf der Karte, die an der Rose befestigt war …«

»Du klingst so merkwürdig, Nathalie. Was für Filme? Was meinst du?«

»Er hat Filme gemailt … ich habe so was noch nie gesehen. Johan, du musst herkommen. Sofort.«

52

Malmö

»Henrik Borg war zweimal in meiner Sprechstunde«, bestätigte Doktor Nils Hellman und verschränkte die Arme über dem Leinensakko. »Das erste Mal Mitte Juni …«

»Ja?«, sagte Maria, als er verstummte und über den Garten blickte. Das Lachen und Gemurmel der Gäste war nicht mehr zu hören. Angelica stellte sich vor, wie sie einander leise und verkniffen fragten, was die Polizei hier zu suchen hatte. Dann drehte Nils sich zu Maria und sagte: »Henrik suchte mich auf, weil er seit etlichen Monaten Krämpfe und Zerrungen in den Muskeln hatte, hauptsächlich in den Beinen. Er fand außerdem, seine Muskulatur sei schwächer geworden und dass die Reha nach einer Überdehnung im Schenkel länger dauerte als sonst …«

Doktor Hellman rieb sich mit der gebräunten Hand das Gesicht und seufzte schwer. Die Falten in seiner wettergegerbten Haut schienen sich mit jedem Satz tiefer abzuzeichnen, und aus seinen braunen Hundeaugen sprach pure Scham.

»Wie so viele andere hatte Henrik gegoogelt und sich Sorgen gemacht, dass er ALS oder eine andere tödliche Muskelerkrankung haben könnte.«

Ein Bootsmotor an einem Anlegesteg unten am Meer wurde angelassen, zwei Schwalben flogen über die Fliederhecke zur Straße und weiter unter den Dachfirst des Nachbarhauses, Nils Hellman schaute nach unten auf seine sorgfältig geputzten Lederschuhe. »Ich bin wie immer vorgegangen, sagte, dass es bestimmt keinen Grund zur Sorge gebe, und bat ihn, ihn untersuchen zu dürfen. Zu meinem Erstaunen stellte ich Faszikulationen in Henriks rechter Wade fest, das heißt kleine Muskelzuckungen, die ein Anzeichen für ALS sein können. Ich stellte sogar Achillesreflexe fest und auf der Oberseite des linken Fußes eine Atrophie in den Muskeln …«

Maria wechselte mit Angelica einen Blick, die zur Bestätigung nickte. Maria verstand zwar die Termini nicht, begriff aber den Ernst der Lage.

»Darum vereinbarte ich ein EMG, also eine Elektromyografie …«

»Also eine Untersuchung, bei der man Nadeln in die Muskeln steckt, um die elektrische Muskelaktivität zu messen«, erklärte Angelica.

»Genau«, nickte Nils Hellman. »Und die ergab leider Anzeichen, dass Henrik mit seinen Vermutungen recht gehabt haben konnte, die Veränderungen sprachen dafür, dass es ALS im Anfangsstadium sein könnte.«

Nils Hellman verstummte, richtete seinen Blick in weite Ferne, als hätte er am strahlend blauen Himmel etwas entdeckt. Nach einer Weile sprach er weiter: »Als er zum zweiten Mal bei mir war, beschloss ich, ihm reinen Wein einzuschenken über den Stand der Dinge, nämlich dass ich gewisse Veränderungen gefunden hatte, denen weiter nachgegangen werden musste ...«

»Haben Sie ihm gesagt, dass es ALS sein könnte?«, unterbrach ihn Angelica mit einer Härte, die schärfer war als sonst. Nils Hellman biss die Zähne zusammen und sah sie an. In seinen Augen blitzte Panik auf, als er sagte: »Das war es ja, was so schieflief ... ich untersuchte ihn wieder, sah, dass meine vorigen Befunde noch vorhanden und deutlicher geworden waren. Henrik machte sich Sorgen und fragte mich mehrmals, ob es ALS sein könne. Am Ende teilte ich ihm mit, dass es nicht auszuschließen sei. Ab da schien er nicht mehr zuzuhören, er war vollkommen blockiert, was ja auch nicht weiter verwunderlich ist. Aber ich tat alles, um ihm die Wahrheit schonend beizubringen.«

»Was passierte dann?«, fragte Maria.

»Er sagte, er wolle nicht sofort eine Überweisung haben, dass er die Nachricht erst verdauen müsse. Ich wiederholte, dass nicht feststehe, dass es ALS sei, und dass Medikamente zur Verfügung stünden, die den Verlauf der Krankheit verlangsamen können. Ich gab ihm meine Handynummer und sagte, dass er mich anrufen könne, wenn ihm danach sei.«

»Aber das scheint er nicht gemacht zu haben?«, fragte Angelica, bedeutend einfühlsamer als vorher. Als Ärztin hatte sie schon ähnliche Situationen erlebt. Das war einer der Gründe, warum sie beschlossen hatte, Gerichtsmedizinerin zu werden; denn irrtümliche Diagnosen richteten auf ihrem Gebiet keinen Schaden mehr an, und ihr blieben die Launen und Gefühlswallungen der Patienten erspart.

»Genau«, seufzte Nils Hellman. »Und heute Morgen las ich in der Zeitung, dass er tot ist, aber weil Sie hier sind, gehe ich davon aus, dass er sich nicht das Leben genommen hat, richtig?«

»Zum gegenwärtigen Zeitpunkt kann ich nichts weiter dazu sagen«, erklärte Angelica.

»Ich habe, wie Sie verstehen, mit der schrecklichen Vorstellung gelebt, dass er Selbstmord begangen hat«, fuhr Hellman fort, als hätte er die Antwort nicht gehört. »Können Sie mir bitte sagen, ob er sich umgebracht hat?«

Angelica sah Maria an und überlegte kurz. »Okay, Henrik Borg hat sich nicht das Leben genommen, mehr können wir Ihnen nicht sagen.«

»Mein Gott!«, rief Nils Hellman aus und warf einen erleichterten Blick zum Himmel, wie es auch Nicht-Gläubige tun, wenn sie nicht wissen, wem sie danken sollen.

»Wann suchte Henrik Sie zum zweiten und letzten Mal auf?«, fragte Maria.

»Zwei Wochen später, am 25. Juli.«

Acht Tage vor dem Mord, stellten Angelica wie Maria fest.

»Hatten Sie danach noch weiterhin Kontakt zu ihm?«, erkundigte sich Maria.

»Nein.«

»Hatten Sie Kontakt zu Henriks Agent Rick Miller?«

»Nein, aber den Namen habe ich schon mal gehört.«

Nils Hellmans Hand war warm, feucht und schlaffer als bei der Begrüßung. Als sie hinter sich die Pforte schlossen, stand er noch immer reglos auf dem Rasen und schaute ihnen nach.

53

Kiruna

Erik bremste den Tretroller vor der Notaufnahme. Erhielt einen kurz gefassten Bericht von Doktor Lindell, die gerade ihre Facharztausbildung absolvierte, und beantwortete ein paar Fragen. Vergewisserte sich, dass die Lage unter Kontrolle war und begab sich zur Röntgenstation. Granstam wippte in dem leeren Gang auf und ab, die Hände auf dem Rücken.

»Gut, dass Sie kommen«, begrüßte Granstam Erik, als er vor ihm anhielt. »Carl Berggren wartet in einem der Röntgenräume. Folgen Sie mir!«

Granstam drückte mit seiner Hand, die einer Bärenpranke glich, auf den Türöffner und ging voraus ins Wartezimmer, wo die Frau auf ihrem Platz hinter dem Anmeldetresen neugierig verfolgte, wie sie den Korridor mit den Untersuchungszimmern, summenden Apparaten und Röntgenbildschirmen entlanggingen.

Am Ende des Flurs bog Granstam nach rechts in einen kleinen Raum ab, der im Dunkeln lag. Die einzige Lichtquelle war ein Bildschirm mit MRT-Aufnahmen von Gehirnen und Schädeln. Vor den Bildern saß auf einem Hocker ein großer, hagerer Mann mit silbergrauem Haar und stechend blauen Augen. Erik erkannte in ihm sofort den Mann wieder, der Mikael Tornerud in der Notaufnahme abgeholt hatte. Die abgetragenen Clogs klapperten auf dem Boden, als Carl Berggren zur Begrüßung auf sie zukam. Sein Atem roch genauso stark nach Alkohol wie nach Menthol.

»Carl Berggren. Nett, Sie kennenzulernen.«

»Erik Jensen. Ich bin diese Woche Freelance-Arzt in der Notaufnahme.«

»Ja«, sagte Granstam und strich sich mit Zeige- und Mittelfinger über den Schnäuzer. »Ich dachte mir, es ist das Beste, wenn auch Erik hört, was Sie mir erzählt haben«, sagte er mit Blick auf Carl Berggren.

Mit einem Nicken setzte sich Carl Berggren vor den Monitor und legte die rechte Hand auf eine kabellose Maus. Erik ging näher heran und sah zu seinem Erstaunen, dass dort Mikael Tornerud Gehirn in einer Unmenge von Schnittbildern dargestellt war. »Genau«, sagte er in dem Moment, als es ihm wieder einfiel. »Hier auf der Röntgenstation gibt es ein anderes System für die Krankenakten.

Das war der Grund, warum ich in Mikaels Unterlagen nichts gefunden habe.«

»Stimmt«, bestätigte Carl. »Und die Überweisung für diesen Patienten kam in Papierform von der betriebsärztlichen Abteilung.«

Mit hochgezogenen Augenbrauen schaute Granstam Erik an.

»Sie können sich bestimmt denken, wer die Überweisung ausgestellt hat, oder?«

»Staffan Öhrn?«

»Genau. In seiner Privatpraxis für Flugmedizin am Tag vor Mittsommer.«

Erik nickte. »Warum hat er gelogen, als ich ihn danach gefragt habe?«

»Das kann er Ihnen gleich selbst beantworten«, sagte Granstam und ließ sich auf einem Schreibtischstuhl nieder. »Hat bestimmt mit dem Befund auf den Aufnahmen zu tun.« Er faltete die Hände im Nacken und nickte Carl Berggren zu.

»Der Befund ist nicht leicht zu erkennen, aber wenn man sich zum Beispiel diesen Schnitt ansieht ...« Carl Berggren klickte mit der Maus, sodass das Gehirn in einer Filmsequenz in einer Bildfolge von der Unterseite des Stirnlappens nach oben dargestellt wurde, die jede Zelle zu zeigen schien. »... dann sieht man, dass in der weißen Substanz minimale Veränderungen wie bei einer beginnenden Frontallappen-Demenz aufgetreten sind.« Er zeigte mit dem Cursor auf ein paar Schatten, die Erik erst sah, als er einen Schritt näher getreten war und die Augen zusammenkniff. Sein Puls hämmerte im Takt, in dem die Fragezeichen aufploppten. War

Mikael auf dem Weg in eine Demenz gewesen? Wenn ja, was hatte das mit den Morden zu tun?

Bewegungslos und seinen langen Rücken wie ein Fragezeichen gekrümmt, scrollte Carl Berggren weiter im Gewirr der schwarz-weißen Strukturen. Nicht eine Sekunde ließ er, seinem whiskygeschwängerten Atem zum Trotz, den Bildschirm aus seinen erstaunlich scharfen Augen. »Und hier sehen wir eine punktförmige Atrophie im linken Schläfenlappen, die zur selben Diagnose passt«, stellte Carl Berggren fest.

»Danke, das reicht vorerst«, sagte Granstam und wechselte mit Erik einen Blick. »Mikael Tornerud hatte also vorzeitige Anzeichen von Frontallappen-Demenz. Das bedeutete natürlich, dass seine Pilotenkarriere zu Ende war. Und Staffan Öhrn hatte die Überweisung zum Röntgen bei Mikaels jährlicher Kontrolle am Tag vor Mittsommer ausgestellt.«

»Warum hat er das gemacht?«, wunderte sich Erik.

Carl warf einen Blick auf den gelben Bogen, der vor ihm auf dem Tisch lag. »Weil Mikael über ein verschlechtertes Konzentrationsvermögen und mangelnde Impulskontrolle geklagt hatte. Offenbar war es ihm schwergefallen, neue Flugmanuale zu lernen, und er hatte in den letzten Monaten zwei nicht provozierte Wutausbrüche gehabt. Er hatte auch Wortfindungsstörungen, die er früher nicht an sich festgestellt hatte.«

Carl sah zu ihnen hoch und blinzelte ein paarmal. »Ich habe am 1. August per Post meine Antwort an Doktor Öhrn geschickt.«

»Und vorigen Dienstag, also am 5. August, kam Mikael

in Ihre Sprechstunde«, trieb Granstam das Gespräch voran. Carl Berggren nickte und stand auf. »Ja, wir kennen uns schon einige Jahre, sind in derselben Pokergang und laufen uns drei-, viermal im Jahr über den Weg. Er hat die Diagnose von Öhrn bekommen, wollte es sich aber mit eigenen Augen ansehen. Ich hatte den Eindruck, dass er Öhrn vertraute, aber er hatte nur die Antwort vorgelesen, die ich geschrieben hatte.«

»Die da lautete?«, fragte Erik.

»Deutliche Veränderungen im Frontallappen wie bei Entwicklung von Demenz. Es tat mir natürlich leid, und ich war erstaunt, als ich die Aufnahmen sah, hielt es aber für das Beste, den offiziellen Weg einzuhalten und auf die Überweisung zu reagieren wie immer. Aber als Mikael anrief, vereinbarten wir einen Termin in der Notaufnahme, und ich zeigte ihm dasselbe, was ich Ihnen eben gezeigt habe. Er wirkte verbittert und wollte schleunigst wieder weg, sodass wir nicht viel Zeit zum Reden hatten.«

Carl hustete zweimal in die Faust und holte eine Packung Halstabletten aus der Hosentasche.

»Als ich in derselben Nacht von Mikaels Tod erfuhr, nahm mich das natürlich mit. Der Gedanke, dass er sich das Leben genommen hatte, kam mir zwar, aber ich sah ja keine Veranlassung, mich einzumischen«, erklärte er und sah Granstam herausfordernd und zugleich bittend an.

»Nein, das ist klar«, sagte Granstam, erhob sich mühsam und sah Erik an. »Höchste Zeit für Sie und mich, noch mal mit Staffan Öhrn zu reden, meinen Sie nicht auch?«

»Ja«, antwortete Erik, schüttelte Carl Berggren die Hand und folgte Granstam durch die Tür.

Fünf Minuten später, nachdem Granstam sich auf der Notaufnahme einen Tretroller von Estelle ausgeliehen hatte, weil er wegen seiner Knie nicht mehr so schnell gehen konnte, standen er und Erik in Staffan Öhrns Einzelzimmer.

»Wie Ihnen klar sein dürfte, ist es besser, gleich mit der Wahrheit rauszurücken«, stellte Granstam mit einer Stimme klar, die keinen Widerspruch duldete.

Erik stand unbeweglich und stumm da, die eine Hand um den Lenker des Tretrollers gelegt. Er wollte nicht zustimmend nicken oder etwas sagen, das es Staffan erschweren würde, seine Lüge zu gestehen.

»Okay, aber machen Sie die Tür zu«, bat Staffan Öhrn mit gebrochener Stimme und rieb sich das Gesicht, wie um die Falten auf der Stirn wegzuwischen. »Aber ich verlange, dass Sie mir versprechen, meinem Arbeitgeber kein Wort von dem zu sagen, was ich Ihnen jetzt erzähle.«

»Wenn es nichts Kriminelles ist, sagen wir nichts«, antwortete Granstam zu Eriks Erstaunen.

Staffan Öhrn betrachtete Granstam eine Weile und nickte dann. »Okay«, sagte er, »ich habe Mikael Tornerud bei seiner jährlichen Kontrolluntersuchung am Tag vor Mittsommer behandelt. Er hat mich in den letzten Jahren aufgesucht und seine Flugatteste bekommen.«

Granstam nickte, und Staffan trank einen Schluck Mineralwasser aus einem Glas auf dem Nachttisch.

»Diesmal beschrieb er, wie Sie wissen, Wutausbrüche und Konzentrationsprobleme. Weil er Verkehrspilot war, ordnete ich ein MRT an. So bekam ich die Antwort. Das war am 1. August, einen Tag vor meinem Urlaub. Ich rief Mikael an. Er kam in die Sprechstunde und erhielt die Diagnose. Natürlich war er bis ins Mark erschüttert.«

»Was haben Sie wortwörtlich gesagt?«, fragte Erik.

»Ich weiß es nicht mehr, aber ich drückte mich klar und deutlich aus, dass er Symptome von Demenz des Typs hatte, die jüngere Menschen bekommen können. Ich würde eine Überweisung zu einem Neurologen ausstellen und sagte, dass er auf keinen Fall fliegen dürfe, am besten auch nicht Auto fahren.«

»Und dann?«, fragte Granstam.

»Bat er mich, nichts zu unternehmen, bevor er die Diagnose verdaut hatte. Er wollte es seinem Arbeitgeber selbst mitteilen und bat um ein paar Tage Aufschub.«

Staffan Öhrn seufzte und rieb sich wieder das Gesicht. »Widerwillig ließ ich mich darauf ein, seinen Arbeitgeber nicht zu informieren, bevor wir wieder voneinander gehört hatten. Und dann, als er tot war, blieben die Papiere liegen. Ich war ja im Urlaub und dachte, dass mein Befund keine Rolle mehr spielte. Mikael war schließlich tot.«

»Ich kann Ihre Gedanken nachvollziehen«, sagte Erik. Es war nicht ungewöhnlich, dass man als Arzt in eine Grauzone geriet, in der die Wahrheit nicht immer der beste Weg war.

»Dann begriff ich, dass mir ein Fehler unterlaufen war, ich hätte den Arbeitgeber sofort informieren müssen. Aber weil ich Mikael kannte, dachte ich, konnte ich ihm ein paar Tage Zeit lassen. Und auch er hatte Urlaub, er würde vor Ende August nicht fliegen.«

»Darum haben Sie mich belogen«, sagte Erik.

Staffan Öhrn saß wie versteinert da. »So ein Fehler könnte meinen Vertrag mit SAS gefährden. Darum würde ich es sehr zu schätzen wissen, wenn Sie denen nichts davon sagen.«

»Diese Gemengelage hat Sie wohl so unter Stress gesetzt, dass Sie noch am selben Abend in der Notaufnahme aufgetaucht sind«, sagte Granstam und ließ es halbwegs wie eine Frage klingen.

»Und als Sie dann Mikael und Carl am Anmeldetresen der Chirurgie entdeckten, bekamen Sie Panik und zogen den Vorhang zu«, flocht Erik ein.

Staffan drehte sich zu ihm. Er hatte feuchte Augen, als er nickte.

Granstam fragte nach dem Alibi für den Mordabend. Staffan antwortete, er sei allein zu Hause gewesen. Das war auch in den Nächten der Fall, als die drei vorangegangenen Opfer getötet wurden.

»Danke, dass Sie uns das erzählt haben«, schloss Granstam ab.

Erik schaute erst das Überwachungsdisplay und dann Staffan an. »Es sieht stabil aus, ich habe mit Ebba Lindell gesprochen. Sie übernimmt die Verantwortung für Sie und kommt bald zu Ihnen.«

Staffan guckte aus dem Fenster. Die Sonne stand noch immer hoch am Himmel und machte keinerlei Anstalten unterzugehen, obwohl es fast sieben Uhr war. Erik nahm den Tretroller und begleitete Granstam nach draußen. Man merkte ihm deutlich an, dass er es eilig hatte.

54

Göteborg

Tim las den Artikel in der Göteborgs-Posten dreimal, obwohl er ihn schon beim ersten Mal wortwörtlich im Kopf hatte. Er war kurz und konzis, genauso wie die Abkürzung.

ASJ. Das waren also die Anfangsbuchstaben eines Vereins. Darum hatte Tina Eriksson sie auf den Zettel mit der Handynummer des Mörders geschrieben. Wahrscheinlich hat sie denselben Artikel gelesen wie ich, dachte er und betrachtete den Vorsitzenden des Vereins, dessen Foto neben dem Text abgebildet war. Ein ernst dreinblickender, etwa siebzigjähriger Mann im Anzug.

Konnte das stimmen?, fragte er sich. Die Morphiumspritze, die Stille und der fehlende Widerstand. Ja, die Möglichkeit war denkbar. Wenn es so war, dann hatten die Opfer aller Wahrscheinlichkeit nach durch den Artikel Kontakt zum Mörder aufgenommen. Es konnte kaum ein Zufall sein, dass Henrik Borg und Mikael Tornerud an dem betreffenden Datum in Göteborg gewesen waren. Zu Hause bei Tina Eriksson hatte die Zeitung auf dem Boden in ihrem Flur bezeugt, dass sie und Thomas das Blatt abonniert hatten.

Tim schaute hoch, sah, dass Kommissarin Åsa Sjögren

am Computer arbeitete. Er brach sich einen Riegel von der Tafel Schokolade ab, bemerkte aber kaum, wie sie schmeckte, als er sich wieder auf den Bildschirm konzentrierte.

Die Homepage des Vereins war aufwendig und geschmackvoll gestaltet. Ganz oben ein Foto einer Schwalbe, die im Gegenlicht über das Meer flog. Eine kurze Vorstellung der Ziele des Vereins und welcher Personenkreis angesprochen werden sollte. Ein Kontaktbutton, einer zur Aufnahme von Mitgliedern und ein Link zu Facebook. Die Fotos von bekannten Politikern und Künstlern, einem Professor, drei Ärzten und genauso vielen Krankenschwestern – alle mit einem Zitat versehen, in dem sie erklärten, warum sie dem Verein beigetreten waren. Links zu Buchtipps, Debatten im Ärzteblatt, Dagens Nyheter, Fernsehausschnitten von den Abendnachrichten, zum Gesundheitsmagazin und zu den TV-Nachrichten. Noch ein Stück weiter unten fand Tim den Link zu dem Artikel in der Göteborgs-Posten. Obwohl er seinen Kapuzenpullover ausgezogen hatte, schwitzte er unter seinem T-Shirt.

Er war überzeugt, dass er das Richtige gefunden hatte. Oder war er zu optimistisch? Er klickte auf den Button *Kontakt* und fand eine Adresse zu einem Büro in Stockholm mit einer Handynummer und einer Mailadresse zum Vorstand des Vereins. Dann folgte ein Infotext, wie man Mitglied wurde. Also einundzwanzig Namen von Kontaktpersonen in sämtlichen Landesteilen.

Es dürfte eine Mitgliederdatenbank geben, dachte Tim und verputzte das letzte Stückchen Schokolade. Mit zitternden Fingern griff er zum Mobiltelefon und rief den Vorsitzenden des Vereins an.

55

Östersund

Johan ließ die Tür zum Notausgang hinter sich ins Schloss fallen. Stand allein in der kühlen Stille des Treppenhauses und versuchte, seine Eindrücke zu bündeln. Er hatte den Rezeptionisten gebeten, ihm von innen zu öffnen, damit er denselben Weg zurücknehmen konnte, den er hinausgestürmt war. Nicht weil er dachte, dass er etwas von Wert finden würde, aber es gehörte zu einer seiner Arbeitsmethoden als Polizist, an entscheidende Orte zurückzukommen. Bevor der verlegene Rezeptionist an seinen Arbeitsplatz zurückgekehrt war, hatte Johan aus ihm herausgequetscht, dass im Lauf des Nachmittags ein Mann angerufen hatte, der sich als Kommissar Granstam ausgegeben und wegen einer dringenden Angelegenheit um Johans und Nathalies Zimmernummer gebeten hatte. Weil der Mann sich als Polizist vorgestellt hatte, meinte der Rezeptionist eine Ausnahme von den Gepflogenheiten des Hotels machen zu können.

»Hatte der Mann einen Dialekt?«, hatte Johan gefragt.

»Nein, nicht dass ich wüsste. Wenn ja, dann eher in

Richtung Stockholm«, hatte er geantwortet. Johan nahm das als Beweis, dass nicht der echte Granstam angerufen haben konnte.

Er stieg die Wendeltreppe in den dritten Stock hoch. Er entdeckte nur vertrocknete Kaugummis und zwei Snusportionen, die an den Wänden klebten.

Mit jedem Schritt war Johan mehr überzeugt, dass Ahmeds Aussage über den unbekannten Mann der Wahrheit entsprach. Die Streife hatte den jungen Mann für eine offizielle Zeugenaussage mit zur Dienststelle genommen; Johan hatte aber keine Hoffnung, dass er noch mehr sagen würde. Der Mörder hatte Ahmed als Boten ausgesucht, um Kontakt zu Nathalie aufzunehmen. Warum? Und was waren das für Filme, die Nathalie erwähnt hatte?

Er schob im dritten Stock die Tür zu den Fahrstühlen auf. Alles war ruhig und friedlich, als hätte die wilde Verfolgungsjagd nie stattgefunden. Als er um die Ecke in den Korridor bog, sah er Nathalie vertieft in ein Telefonat wartend vor seiner Tür stehen. Ihre Schultern waren hochgezogen, und sie sah angespannt aus. Das Licht fiel durch das Fenster am anderen Ende des Korridors, und sie warf einen Schatten, der doppelt so lang war wie ihre tatsächliche Größe, auf die Auslegeware.

Mit schnellen Schritten war er bei ihr. Sie beendete das Gespräch und ließ das Handy in die Jackentasche gleiten. Ihre sonst so weichen Gesichtszüge waren verhärtet und die warmen Augen kalt.

»Was sind das für Filme, die du erwähnt hast?«

»Komm«, sagte sie tonlos und schob die Karte ins Lesegerät. »Ich habe die Rose reingeholt, und die Techniker sind unterwegs.«

Er folgte ihr ins Zimmer. Die Tüte mit der blau gefärbten Rose in dem aufgerissenen Einwickelpapier lag auf dem Schreibtisch. Daneben stand ihr Laptop im Stand-by-Modus.

»Ich habe Handschuhe angehabt«, sagte sie und nickte zur Rose, neben der die Grußkarte aufgeschlagen lag. Johan beugte sich näher und las.

Schwarze Großbuchstaben mit Füller geschrieben.

ACHT ROSEN WERDE ICH PFLANZEN.
PRÜFT DIE MAILS, DANN BEGREIFT IHR.

Er sah sie forschend an. »Acht?«

»Also noch vier«, stellte sie fest.

»Das ist krank«, sagte Johan. »Warum nimmt er mit uns Kontakt auf? Was will er?«

Ohne eine Antwort zeigte sie auf den Bildschirm. »Guck dir das an.« Er stellte sich neben sie, beugte sich vor, die Hände auf den Schreibtisch gestützt. »Das ist von einer unbekannten Adresse, die man wahrscheinlich nicht zurückverfolgen kann«, sagte sie mit genauso unterkühlter Stimme wie vorher. »Aber es steht ja außer Frage, von wem es kommt …«

Sie ging in ihren Mailaccout und öffnete das Dokument mit dem Titel »An die Polizei und die Abendzeitung«. Johan sah in der Adresszeile, dass Nathalie und der bekannte Kriminalreporter David Kollers diese Mail bekommen hatten.

Mit zitterndem Zeigefinger drückte Nathalie auf »Play«.

Ein Schlafzimmer in dunkelblauer Nacht erschien. Johan erkannte es sofort. Im Bett lag Henrik Borg und sah aus, als schliefe er. Friedliche, ruhige Atemzüge durch die Nase, die Hände auf dem Bauch gefaltet. Zwischen den Fingern lag die blau gefärbte Rose. Johan warf Nathalie einen Blick zu, aber die ließ den Film nicht aus den Augen.

Das Bild wurde zurückgezoomt, und man sah mehr von dem Zimmer. Johan erkannte alles von den Fotografien wieder, die er gesehen hatte. Es war dieselbe Nacht. Die Mordnacht. Konnte das wahr sein? Henrik wurde wieder herangezoomt, und die Kamera fokussierte seinen rechten Arm. Sie hörten das Geräusch von etwas, das sich außerhalb des Bildes bewegte, sahen ein Paar Latexhandschuhe unten rechts auftauchen. Die Hände bogen Henriks rechten Arm gerade, legten oberhalb des Ellenbogens eine Staumanschette an und zogen zu. Die Venen in der Armbeuge traten deutlich hervor. Johan spürte, wie das Blut die Adern spannte.

Wenn das hier das war, für das er es hielt, dann war es schlimmer, als er es sich vorgestellt hatte.

Die behandschuhten Hände tauchten mit einer Spritze wieder auf. Die Nadelspitze blitzte im Schein einer Lampe auf, die hinter der Kamera stand.

Mit Zeige- und Mittelfinger ertastete der unbekannte Mann die Venen, leuchtete mit einer Taschenlampe und fand etwas, was wie ein dunkler Punkt mitten in der größten Ader aussah. Mit sicherer Hand setzte er die Nadel an, durchstach die kleine Stelle und drückte zu. Löste die Manschette und injizierte die klare Flüssigkeit.

Johan spürte, wie ihm ein ziehender Schmerz über die Kopfhaut lief, als würde ihn dort jemand mit einem Messer ritzen. Er drehte sich wieder zu Nathalie um. Diesmal sah sie ihn an. Ihr Blick ließ das Unwirkliche wirklich werden. Obwohl es ihm widerstrebte, wandte er sich abermals dem Film zu.

Der Mann zog die Nadel heraus. Ein Tropfen Blut bildete sich auf Henriks Haut. Schnell drückte der Mann eine Kompresse darauf, entfernte sich dann vom Bett und zoomte noch einmal Henriks Oberkörper heran. Er sah noch friedlicher aus, hatte ein leichtes Lächeln auf den Lippen, und die Hände lagen bequem zusammengefaltet auf dem Bauch. Die Atmung verlangsamte sich immer weiter. Nach anderthalb Minuten kam sie ganz zum Stillstand. Das Gesicht wurde blasser und die Konturen weicher. Das Bild wurde so ruhig wie eine Fotografie. Die totale Entspannung, der ewige Schlaf.

»Zum Kotzen«, hörte Johan sich selbst sagen. Merkte, dass er schwitzte, und schälte sich aus der Lederjacke.

»Da kommt noch mehr«, sagte Nathalie und wippte auf den Schuhen, wie um eine Ohnmacht abzuwehren.

Das Bild wurde schwarz, flimmerte, und dann tauchte das nächste Schlafzimmer auf.

»Mikael Tornerud«, sagte Nathalie.

Die Szene war fast mit der von Henrik identisch. Die Kamera war hinter dem Fußende des Bettes aufgestellt worden. Mikael schlief mit um die Rose gefalteten Händen, die Blütenblätter lagen in Höhe der Schlüsselbeine.

Gleiche Zooms, gleiche Szenarien.

»Warum?«, fragte Johan. »Steckt ein Sinn dahinter, oder ist es das Spiel eines Geisteskranken?«

»Wenn die Abendzeitung das hier bekommen hat, dann geht das total durch die Decke«, schätzte Nathalie.

»Wahrscheinlich will er genau das«, vermutete Johan und schüttelte den Kopf. Als Mikael Tornerud mit einem Seufzer ausatmete, war es das Letzte, was sie sehen und hören konnten.

»Hat er auch Tina Eriksson gefilmt?«, fragte Johan.

Nathalie nickte, und der nächste Film begann. Als Johan Tina mit einer Rose auf der Brust schlafen sah, drückte er sich so fest er konnte die Nägel ins Fleisch.

»Mehr will ich nicht sehen«, sagte er.

»Er hat auch Hedvig gefilmt, aber mit einer Handkamera.«

»Spul vor!«

Hedvig lag im Bett und schaute in die Kamera. Ein vages nächtliches Lichtermeer von der Stadt sickerte durch die Fenster. Die blaue Rose zwischen ihren knotigen Händen, anscheinend in der Position, in der man sie gefunden hatte.

Am linken Bildrand konnte man die Stellwand erahnen, die den Raum teilte. Johan rief sich den Bericht seiner Großmutter ins Gedächtnis, wie sie den Mann ins Zimmer hatte kommen sehen. Nahm an, dass sie gerade wieder eingeschlafen war und nichts von dem mitbekam, was sich abspielte. Er ballte die Fäuste.

Dann stellte der Mörder die Kamera ins Fenster, korrigierte die Position, sodass man sah, wie Hedvig die Augen schloss und nickte, als würde sie auf eine unausgesprochene Frage antworten.

Die behandschuhten Hände stöpselten den Tropf von Hedvigs Armbeuge los, schoben die Spritze in die Kanüle und injizierten. Dann machte er mit der Kamera einen Schwenk über die Rose und kam auf Hedvigs Gesicht zum Stillstand. Noch fünf Sekunden waren vom Film übrig. Sie sah friedlich aus und atmete langsamer. Es war, als verließen sie Qualen und Ängste. Sie war unterwegs zu einem heimlichen Stelldichein mit jemandem, auf den sie lange gewartet hatte, und niemand konnte sie davon abhalten.

Der Film war zu Ende. Der Play-Pfeil erschien wieder, als wollte er sagen: »Wenn ihr nicht glaubt, was ihr eben gesehen habt, dann guckt es euch noch einmal an.«

Johan atmete tief durch wie gefühlt zum allerersten Mal.

»Was machen wir?«, fragte er.

»Die Techniker kommen und kümmern sich um die Rose, und ich habe ihnen den Film gemailt. Mit etwas Glück können sie den Absender zurückverfolgen, auch wenn der Mistkerl bestimmt dafür gesorgt hat, dass das nicht geht.«

»Besser gleich Tim einbeziehen«, fand Johan. »Ich rufe Granstam an und trommle alle für eine Besprechung zusammen. Die ganze Gruppe muss sich das hier sofort angucken.«

»Soll ich allen den Film schicken, bevor die Techniker ihn sichergestellt haben?«, fragte Nathalie.

»Ja«, antwortete Johan. »Wenn ich David Kollers richtig einschätze, dauert es nicht lange, bis er ihn veröffentlicht, und wir müssen diesen Verrückten fassen, bevor er wieder zuschlägt. Wahrscheinlich plant er für heute Nacht die nächste Giftspritze.«

56

Früher

Nach der Arbeit fährt er direkt zu ihr nach Hause. Sie geht nicht ans Handy. In diesem Winter ist sie abends immer früher zu Bett gegangen, aber es ist erst sechs Uhr, und sie dürfte gerade ihr Essen zu sich genommen haben, das der Pflegedienst bringt.

Schnee fällt und legt sich weich auf die zehn Zentimeter hohe Schicht auf der Rollstuhlrampe. Niemand hat ihn geräumt, seit er ihn vorgestern weggeschaufelt hat. Er weiß, dass sie sagte, sie sei draußen spazieren gewesen, um ihn zu beruhigen.

Warum kann der Pflegedienst nicht einmal mit anpacken? Das gehört zwar nicht zu deren Aufgaben, aber ein bisschen Mitgefühl können sie ruhig an den Tag legen, auch wenn sie wegen der Einsparungen in den letzten Jahren kaum noch Zeit haben, Guten Tag und Auf Wiedersehen zu sagen. Sie hat immer häufiger geklagt, sie komme sich wie eine Belastung vor, wie ein Tier, das so schnell und effektiv wie möglich versorgt werden muss. Jedes Mal kocht er vor

Wut. Dass die Gemeinde sie in einer behindertengerechten Wohnung unterbringen will, macht die Sache nicht besser. Weil sie keine Kraft zum Streiten mehr hatte, hatte er den ganzen Kampf auf sich genommen, und so lange bleibt sie hier wohnen.

Für dich tue ich alles, das weißt du.

Sie liegt im Bett und schaut *The Affair*.

»Hallo«, sagt er und geht ins Zimmer. »Du bist schon zu Bett gegangen?«

Sie drückt auf den Pausenknopf der Fernbedienung und sieht ihn müde an.

»Ja, es war mir zu anstrengend, länger auf zu sein.«

»Warum gehst du nicht ans Handy? Du weißt, was für Sorgen ich mir mache.«

»Ich habe es beim Fernsehen auf stumm gestellt.«

»Ich habe Weintrauben gekauft.« Er holt die Tüte heraus und legt die Früchte auf den Teller auf dem Nachttisch.

»Danke«, sagt sie und nimmt freudlos eine.

»Auf der Rampe lag eine ganze Menge Schnee.« Er setzt sich in den Sessel neben dem Rollstuhl. »Ich fege ihn weg, wenn ich gehe.«

Sie schluckt die Weintraube. »Auch heute war es mir zu anstrengend rauszugehen. Dieses trübe Märzwetter ist so deprimierend wie nur was. Wie geht es dir denn?«

»Gut, viel zu tun wie immer.«

Dass bei ihm hartnäckige Schmerzen in Bauch und Rücken aufgetreten sind, behält er für sich. Auch dass sich sein Appetit verschlechtert hat und seine Stimmung in den Keller gesackt ist. Was fehlt ihm denn schon, dass er ihr etwas vorjammert? Nicht ein einziges Mal hatte er sich nach dem Unfall bei ihr beklagt.

Egal, was passiert, wir beide halten immer zusammen.

Er guckt das angehaltene Bild an, das auf dem Fernseher flimmert. »Soll ich dich morgen zur Krankengymnastik fahren?«

»Wenn es mir nicht zu anstrengend ist. Dieses Antibiotikum macht mich müde, und mir wird davon schlecht.«

»Ich verstehe«, sagt er und nimmt eine Weintraube, wie um sie aufzufordern, es ihm gleichzutun. Aber ihre Hände liegen ruhig auf der Decke, und sie guckt nach draußen zum Vorhang aus rieselndem Schnee.

Er spürt wieder das nur allzu vertraute Gefühl von schlechtem Gewissen und Schuld. Es trifft ihn nach wie vor mit unverminderter Wucht, obwohl der Unfall schon fast acht Jahre zurückliegt. In der letzten Zeit macht sie den Eindruck, als hätte sie sich aufgegeben. Im Grunde versteht er sie, doch das macht es nicht leichter, es auszuhalten.

Nachdem sie beschlossen hatte, ihr geliebtes Geschäft zu verkaufen, brach alles zusammen. Dreimal war sie wegen Harnwegsinfektionen ins Krankenhaus eingeliefert worden. Sie hatten mehrmals probiert, den Katheter zu verlegen, aber trotzdem bekommt sie das immer wieder. Beim letzten Mal hatte sie hohes Fieber und war acht Tage im Krankenhaus. Als sie sich eines Abends vom Rollstuhl ins Bett hieven wollte, stürzte sie und brach sich den Oberschenkelhals. Beim Röntgen stellte sich heraus, dass ihr Skelett entkalkt war, obwohl sie Kalk- und Vitamin-D-Tabletten schluckte und er sie so oft er konnte an die frische Luft brachte. Als sie entlassen werden sollte, entdeckte er, dass sie sich die rechte Pobacke wund gelegen hatte.

Zwar hat sie in letzter Zeit mit keinem Wort mehr die Enttäuschung erwähnt, dass sie keine Kinder bekommen kann, aber die Trauer in ihr scheint zu wachsen, wenn sie nicht darüber spricht.

»Weißt du, woran ich heute gedacht habe, als es so stark geschneit hat?«, fragt sie.

»Nein.«

»Dass du mit mir nach Gran Canaria gefahren bist«, sagt sie und guckt zu dem Foto im Bücherregal. Sie im Rollstuhl, er in der Hocke in Shorts und T-Shirt daneben. Braun gebrannt mit weißem Lächeln vor einer Palme und einem azurblauen Pool.

»Da war es schön«, sagt er.

»Ja, leider gibt es wohl keine Reisen mehr«, seufzt sie. »So wie es mir jetzt geht, schaffe ich es nicht.«

Wie befürchtet hatte Anders sie schon vier Monate nach dem Unfall verlassen. Sie war eine Weile traurig, aber das war nach ein paar Monaten vorbei.

Sie hält die Hand vor den Mund und gähnt.

»Ich bin müde und muss mich ausruhen.«

»Ich gehe dann«, sagt er und steht auf. »Natürlich komme ich morgen wieder.«

Im Flur spürt er, wie es im Magen zuschlägt, aber der Schmerz darüber, sie wieder einmal allein zu lassen, ist tausendmal größer.

57

Die Gruppe traf sich wieder per Videokonferenz. Sie sahen, wie der Mörder den Tropf in Hedvigs Armbeuge befestigte, mit der Kamera über die Rose schwenkte und dann auf ihrem Gesicht zum Stillstand kam. Hedvigs Atemzüge waren ruhig, und die Anspannung in ihrem faltigen Gesicht glättete sich und verschwand. Fünf Sekunden vergingen, ohne dass jemand in der Gruppe auch nur blinzelte.

Der Film war vorbei. Tim klickte mit der Maus, und die vier Fenster mit den Mitgliedern der Gruppe tauchten auf dem Bildschirm auf: Granstam in Kiruna, Angelica und Maria in Ystad, Tim in Göteborg, Johan und Nathalie in Östersund. Diejenigen, die den Film vorher noch nicht gesehen hatten, ließen ihren Blick vom Bildschirm zum Kameraauge und wieder zurück wandern, als wüssten sie nicht, was sie als Nächstes erwartete. Würde noch mehr kommen? Sie hatten das Gefühl, als könnte jetzt alles Mögliche passieren.

»Das war's«, sagte Nathalie von dem Hotelzimmer aus, in dem sie und Johan nebeneinander am Schreibtisch saßen.

»Das war mehr als genug«, fand Angelica.

»Total krank«, meinte Maria und beugte sich im Auto auf dem Vordersitz zu Angelica, um zu sehen und besser gesehen zu werden. »Warum hat er die Filme an Nathalie geschickt?«

»Aus demselben Grund, weshalb er sie an David Kollers geschickt hat«, erklärte Granstam. »Um Aufmerksamkeit zu kriegen. Standbilder vom Film liegen auf der Nachrichtenseite der Abendzeitung, und die Medien sind wie ein Schwarm frisch geschlüpfter Mücken hinter mir her.«

»Warum schickt er es nicht nur an die Presse?«, fragte Maria.

»Er will uns zeigen, wie geschickt er ist und uns wissen lassen, dass er weitermacht«, sagte Nathalie.

»Noch vier Opfer«, stellte Angelica fest, »warum ausgerechnet bei acht aufhören?«

Niemand hatte eine Antwort.

»Ich glaube jedenfalls, dass ich das Motiv geknackt habe«, meinte Tim.

Alle drehten sich zu ihm um, als er mit stolzer Miene die Baseballcap in die Stirn zog. »Ich bin eben erst draufgekommen. Wie wir gerade gesehen haben, ist es ja offensichtlich, dass zumindest Hedvig Molin einverstanden mit dem ist, was passieren soll, und den Eindruck hat man auch bei den anderen drei Fällen ...«

»Ja und?«, fragte Granstam.

»Ich glaube, sie wollten sterben. Henrik wie auch Mikael wurden vernichtende Diagnosen gestellt, in Henriks Fall mit einem garantiert nahen Tod. Tina Eriksson hat ja sogar damit gedroht, sich das Leben zu nehmen, und Hedvig Molin wollte nicht mehr leben. Ich glaube, dass sie Kontakt zum

Mörder aufgenommen und ihn um Hilfe gebeten haben, um ihrem Leben ein Ende zu setzen ...«

»Aktive Sterbehilfe?«, dachte Nathalie laut.

»*Aktive Sterbehilfe Jetzt*«, bestätigte Tim mit der Betonung auf jedem Wort.

»Was meinen Sie damit?«, fragte Granstam.

»Das ist ein Verein. Sie befürworten aktive Sterbehilfe und haben über siebenhundert Mitglieder.«

»Erzählen Sie weiter.«

»Sie wissen schon, der Zettel, auf den Tina Eriksson die Handynummer des Mörders und die Buchstaben ASJ geschrieben hat?«

»Ja«, sagte Johan ungeduldig.

»Mir ist eingefallen, dass ich das irgendwo schon mal gesehen habe. Am Ende kam ich drauf, dass das in dem Artikel in der Göteborgs-Posten war, neben dem Kurzbericht über die Zollkontrolle bei dem Mitglied von den *Deadly Roses*.«

Tim klapperte auf der Tastatur. Die Bildfenster tauchten in der rechten Ecke ab, und die Zeitungsseite schwebte auf dem Bildschirm ein. »Lesen Sie selbst!«

Eine Minute lang sagte niemand etwas. Den Verein »Aktive Sterbehilfe Jetzt« gab es seit sieben Jahren, und er setzte sich für die Legalisierung von medizinisch begleitetem Selbstmord in Schweden ein. Viele bekannte Persönlichkeiten waren Mitglieder, davon rund die Hälfte aus dem Gesundheitswesen und darunter als offensichtliches Zugpferd der Name eines Nobelpreisträgers für Medizin. Der Anlass für die Veröffentlichung des Artikels war, dass sich Kanada zu den Ländern, darunter die Schweiz, Belgien und die Niederlande, gesellt hatte, in denen aktive Sterbehilfe legal war. Aus dem Grund hatte die ASJ zu einer Unterschriftensammlung bezüglich der Forderung aufgerufen, dass der Reichstag die Gesetzgebung auch in Schweden dahingehend ändern solle.

»Was für eine Scheiße«, sagte Granstam schließlich. Zum ersten Mal hörten sie ihn bei einer Besprechung fluchen. »Darum kam mir das auch bekannt vor ... ASJ ... gut gemacht, Tim! Die Opfer müssen den Artikel gelesen und Kontakt zu dem Verein aufgenommen haben.«

»Sterbehilfe«, sagte Maria. »Da waren wir ja auf der total falschen Fährte.«

»Und können alle vorherigen Verdächtigen von der Liste streichen?«, formulierte Angelica ihre Worte halb wie eine Frage.

»Wir wissen immer noch nicht, wo Rick Miller steckt«, wendete Tim ein.

»Ja, stimmt«, sagte Granstam. »Doch die Hausdurchsuchung brachte nichts weiter, außer dass wir bei Rick und Patricia Spuren von Kokain und Mails gefunden haben, die beweisen, dass sie zu einem internationalen Dealerring gehören«, erklärte Granstam. »Außerdem haben die Techniker in einem der Handys in Johnnys Büro einen Film entdeckt, der zeigt, wie Rick in einem Hotelzimmer mit zwei fünfzehnjährigen Mädchen Sex hat. Darum hat er bestimmt mehrere Gründe unterzutauchen. Nach wie vor keine Spur von ihm?«

»Nix«, antwortete Tim. »Aber warum sollte er sich mit aktiver Sterbehilfe befassen?«

Weil niemand eine Antwort hatte, fragte Maria: »Woher wusste der Täter, dass Nathalie an dem Fall arbeitet?«

»In der Presse stand, dass wir hinzugezogen wurden«, klärte Granstam sie auf. »Nach dem Fall in Uppsala war Nathalie als eine derjenigen erwähnt worden, die an der Ergreifung beteiligt waren.«

»Und der Rezeptionist hat bestätigt, dass ich in dem Hotel wohne«, sagte Nathalie.

»Gehen wir davon aus, dass die Opfer nur zufällig so weit voneinander entfernt wohnten?«, fragte Johan. »Sie fanden den Verein und kamen in Kontakt mit dem Mörder, der dann dahin fuhr, wohin er bestellt wurde?«

»Die geografische Streuung gehörte bestimmt zu seinem Plan, um so viel Aufmerksamkeit wie möglich zu erzielen«, sagte Nathalie. »Und am Anfang vielleicht auch, um nicht aufzufliegen. Wenn man dem Zettel an der Rose glauben darf, hat er erst sein halbes Pensum geschafft.«

Das Bild zuckte ein paar Sekunden, beruhigte sich dann aber wieder. Angelica presste die Lippen zu einem Strich zusammen und schüttelte den Kopf. »Ich hätte auf Sterbehilfe kommen müssen. Wegen des Morphiums und weil die Opfer Kontakt zum Mörder hatten ... ich habe mich in die Irre führen lassen, weil weder Henrik Borg noch Mikael Tornerud Krankheiten hatten, die bei der rechtsmedizinischen Untersuchung entdeckt wurden. Wenn ich vorher gewusst hätte, dass sie krank waren, dann hätte ich das Motiv schon früher geahnt.«

Johan gelang es, mit Tim Blickkontakt aufzunehmen. »Ist einer von den Verdächtigen Mitglied bei der ASJ?«

»Ja«, antwortete Tim und nickte, wie um die Bedeutung dessen zu betonen, was er mitzuteilen gedachte: »Peter Schultz ist seit zwei Jahren Mitglied.«

»Dann ist er es«, meinte Johan. »Anders kann das nicht zusammenhängen.«

»Er ist immer noch nicht geortet worden«, sagte Granstam und verscheuchte eine Fliege von seiner Stirn.

»Aber wenn es sich um eine Form von aktiver Sterbehilfe handelt«, überlegte Maria, »warum dann die Rose dort platzieren und es so aussehen lassen wie Mord?«

»Um Aufmerksamkeit zu bekommen«, antwortete Nathalie.

»Bisher hat erstaunlich wenig über die Fälle in den Medien gestanden, darum hat er die Filme geschickt«, erklärte Johan und schob sich eine Portion Snus unter die Oberlippe.

»Er will zeigen, dass alles ganz ruhig und friedlich abläuft«, erklärte Nathalie. »Wie gesagt handelt es sich hier um einen Narzissten, der meint, er tue Gutes.«

»Er spielt also Gott«, stellte Maria mit finsterem Blick fest und streifte mit den Fingerspitzen ihr silbernes Kreuz. »Hat die ASJ eine Rose als Symbol?«

»Nein«, antwortete Tim, »eine Schwalbe am blauen Himmel. Keine Rose weit und breit.«

Granstam trank einen Schluck Wasser und seufzte auf die allseits bekannte Art, durch die er sie wissen ließ, dass er ihnen einen Gedanken mitzuteilen hatte. »In Henrik Borgs, Mikael Torneruds und Hedvig Molins Fall kann man ja deren Wunsch verstehen, Hilfe beim Sterben in Anspruch zu nehmen, aber Tina Eriksson war bipolar und kündigte in regelmäßigen Abständen an, dass sie sich das Leben nehmen will ... Dürfte der Mörder das nicht durchschaut haben?«

»Er ist beim Töten auf den Geschmack gekommen«, meinte Nathalie.

»Und hat sukzessive die Grenzen ausgedehnt«, vermutete Johan.

»Wir können nicht mit Sicherheit sagen, ob die Opfer das freiwillig mit sich haben machen lassen«, fand Tim. »Das normale Vorgehen bei der Sterbehilfe ist, dass die zum Sterben bereite Person eine Art Lebenstestament verfasst, und so was haben wir in keinem der Fälle gefunden. Auf der Homepage des Vereins gibt es so eine Anweisung für das Lebensende, die man ausdrucken und ausfüllen kann, damit man sie dann in der Brieftasche immer dabeihat.«

Eine Pause entstand. Sitzpositionen wurden verändert, Kaffee getrunken, und Gedanken wurden geordnet. Nathalie musterte Granstam und fand, dass er deprimierter aussah als sonst. Fragte sich, wie viele Tabletten er genommen haben mochte. Johan beugte sich wieder zur Kamera vor und sagte: »Wenn es also ein Vereinsmitglied ist, mutmaßlich ein Arzt oder eine Krankenschwester, die Spritzen setzen kann, dann war der Einbruch in die Kleiderkammer in Östersund dazu gedacht, uns in die Irre zu führen. Vor allem weil Peter Schultz wahrscheinlich da mit drinsteckt.«

»Ja«, sagte Nathalie. »Und der Einbruch in die Apotheke in Malmö war eine falsche Fährte. Diese Person oder diese Personen haben bestimmt selbst die Möglichkeit, an Morphium zu kommen. Entweder durch Diebstahl am eigenen Arbeitsplatz oder durch Rezepte.«

»Wie finden wir ihn also?«, fragte Granstam und klatschte sich mit den Pranken auf die Schenkel, sodass das Laptop einen Satz machte. »Soweit ich informiert bin, kann man das Mobiltelefon zu der Handynummer nicht ermitteln, die auf Tina Erikssons Zettel stand und die Hedvig Molin angerufen hat, oder?«

»Nein«, antwortete Tim. »Und die Mail mit dem Film ist verschlüsselt, was es nahezu unmöglich macht, den Absender zu finden.«

»Die Überwachungskameras im Hotel und auf dem Marktplatz haben auch nichts ergeben«, sagte Nathalie. »Und bisher haben wir keine Zeugen, die den Mann mit der Baseballcap im oder vor dem Krankenhaus gesehen haben.«

»Wahrscheinlich werden wir an der Rose oder den Fünfhundertern auch keine Spuren finden«, vermutete Johan.

»Den Fünfhundertern? Im Plural?«, fragte Tim.

»Ja«, antwortete Johan. »Ahmed bekam nämlich eine SMS von einer unterdrückten Nummer mit der Anweisung, wie er den zweiten Fünfhunderter finden würde, den der Mörder ihm versprochen hatte. Das Geld lag in einer Tüte unter einem Stein bei der Universität.«

»Spricht dafür, dass es sich bei dem Mörder um einen rigiden Menschen handelt, und bestätigt den narzisstischen Charakter«, fand Nathalie. »Er hat ein übersteigertes Selbstbild und muss bestimmte Prinzipien einhalten, um nicht auf sich herabzusehen.«

»Peter Schultz ist landesweit zur Fahndung ausgeschrieben«, meldete Granstam sich wieder. »Wir müssen uns auf die ASJ konzentrieren. Die Opfer müssen den Mörder kontaktiert haben und nicht umgekehrt. Ich meine, in Henriks und Mikaels Fall wussten ja nur sie, dass sie krank waren.«

»Bisher habe ich dreihundert Namen von Mitgliedern mit Verbindung zum Gesundheitswesen gefunden, ich maile die jetzt an alle«, kündigte Tim an.

»Ich spreche mit der Staatsanwältin und beantrage eine Hausdurchsuchung für alle Server der ASJ und auch für deren Räume«, ergriff Granstam von Neuem das Wort.

»Sie haben ihren Sitz im Sveavägen 68 in Stockholm«, sagte Tim.

»Nicht weit von da, wo Peter Schultz Geld abgehoben hat«, stellte Johan fest.

»Hat der Vorsitzende eine Ahnung, mit wem die Opfer Kontakt aufgenommen haben können?«, fragte Nathalie. »In dem Artikel wird ja nur er erwähnt.«

»Er behauptet, keine Ahnung zu haben«, antwortete Tim. »Es gibt wie schon erwähnt für jeden Landesbezirk eine Kontaktperson auf der Homepage, plus etwa zwanzig Links zu Artikeln und Beiträgen in anderen Medien.«

»Ich werde mal sehen, ob ich noch mehr Leute auftreiben kann, die uns bei der Suche unterstützen«, sagte Granstam.

»Vergessen Sie nicht, dass mehrere Personen darin verwickelt sein können«, gab Nathalie zu bedenken. »Ich halte Peter Schultz für einen Helfershelfer, und davon kann es noch mehr geben.«

»Gibt die Staatsanwältin ihre Einwilligung, dass wir bei allen in dem Verein Proben für einen DNA-Abgleich entnehmen?«, fragte Tim. »Wir haben ein vorläufiges Ergebnis von den Haarsträhnen und dem Speichel in Thomas Erikssons Auto, die weder ihm noch Tina zugeordnet werden können. Leider passen sie auch nicht zu den Funden in der Kleiderkammer oder zu einer der Personen in der Ermittlung.«

»Davon gehe ich aus, komme aber drauf zurück, sobald ich Bescheid weiß«, antwortete Granstam.

»Glauben Sie, dass er heute Nacht wieder zuschlägt?«, fragte Maria und strich sich über den schwarzen Zopf.

»Die Filme deuten darauf hin, dass er verzweifelt ist«, schätzte Nathalie.

»Und die Cooling-off-Phasen werden immer kürzer«, schob Angelica nach.

»Die Frage ist wohl eher, wo?«, sagte Johan. »Ich vermute in der Nähe von Stockholm, vor allem weil Peter Schultz sich dort aufhält.«

»Das geografische Muster deutet auch darauf hin«, sagte Tim. »Sollen wir die Mitglieder von der ASJ warnen?«

»Kaum sinnvoll«, entschied Granstam. »Paradoxerweise suchen wir einen Mörder, dessen Opfer sich mehr oder weniger freiwillig zur Verfügung stellen.«

»Da fällt mir gerade noch was ein«, sagte Tim, »nämlich dass die Person, die wir suchen, sich mit Symbolen beschäftigt, ich meine die blau gefärbte Rose, die immer wieder auftaucht ...«

»Ja?«, sagte Granstam ungeduldig.

»Dann sollte man die Ziffer acht vielleicht nicht wörtlich nehmen oder als Zahl betrachten, die für was Konkretes steht, sondern ...« Er führte die Hand zum Mund und hustete zweimal, »... sie soll vielleicht auch symbolisch interpretiert werden. Die Ziffer steht in vielen Kulturen für Unendlichkeit, ein geschlossenes Zeichen ohne Anfang und Ende. Er hat vielleicht nicht vor, sich an die Anzahl acht zu halten, sondern schreibt es so, um uns reinzulegen ...«

»Das ist für unsere weitere Arbeit egal«, entschied Granstam und rieb sich mit der einen Pranke das Gesicht, wie um Tims unheilverkündende Hypothese abzuwischen. »Wir sehen uns bei der nächsten Besprechung im Hauptbüro auf Kungsholmen morgen um zehn Uhr wieder. Wir wissen, was wir zu tun haben, und das machen wir am besten von dort aus. Ich gebe Ann-Louise im Sekretariat Bescheid, dass sie die Flugtickets besorgen soll. Bis dahin machen alle gemäß der Aufgabenverteilung weiter, die in Kürze per Mail kommt, okay?«

Allgemeines Nicken. Damit war die Besprechung beendet.

58

Östersund

Nathalie klappte ihren Rechner zu und drehte sich zu Johan um.

»Fangen wir gleich an?«

»Ich brauche ein Bier, um runterzukommen und klar zu

denken«, antwortete er und setzte sich vor der Minibar in die Hocke.

»Ich auch, aber ich mache mit Wein weiter«, entschied sie, linste zu ihrem halb ausgetrunkenen Glas auf dem Couchtisch und stand auf. Erinnerte sich an den Kuss und das Klopfen an der Tür. Alles war so schnell gegangen.

»Man kommt sich vor wie ein Boxer, der immer wieder bei neun aufsteht«, fand Johan, als hätte er ihre Gedanken gelesen. Er öffnete mit der Snusdose eine Flasche Carlsberg.

»Und man weiß nie, aus welcher Richtung einen der nächste Schlag trifft«, fügte sie lächelnd hinzu. Trotz der schrecklichen Vorkommnisse war es mit Johan möglich, über die Unbilden des Lebens zu scherzen. Scherze, die dicht über dem Abgrund schwebten, den beide ständig in sich trugen: er mit seinen toten Eltern, sie mit einem toten Vater, der ein Leben geführt hatte, über das sie lieber nicht so genau Bescheid wissen wollte.

»Nein, man weiß nur, *dass* er kommt«, lächelte er zurück und trank einen Schluck Bier.

Sie hob das Glas, prostete ihm schweigend zu und trank einen Schluck.

»Wann fliegst du morgen ab?«, fragte er.

»Viertel vor acht.«

»Dann versuche ich das so zu regeln, dass ich denselben Flieger nehmen kann.«

Sie schaute ihn erstaunt an. »Du kommst also doch mit?«

»Ja. Ich muss bis zum Schluss dranbleiben.«

»Das freut niemanden mehr als mich. Ich stoße wieder

dazu, sobald ich bei den Abschlussspielen der Kinder gewesen bin. Aber was sagt Carolina dazu?«

»Begeistert wird sie nicht sein, wird es aber hoffentlich verstehen. Ich muss es machen. Für Hedvig. Und für meine Oma.«

Und für dich, dachte Nathalie, als sich ihre Blicke für ein paar Sekunden trafen.

»Wollen wir loslegen?«, fragte er und setzte sich in den Sessel. »Ich fange mit der Überprüfung der Homepage der ASJ an, um mir einen besseren Überblick über ihre Ziele zu verschaffen.«

»Und ich versuche, jemanden von der Apotheke zu erwischen, der Auskunft über eventuelle Morphiumrezepte geben kann.« Sie stellte das Weinglas auf dem Schreibtisch ab und rief die Nachtapotheke im Krankenhaus von Uppsala an.

»Auf der ASJ-Homepage wird Sterbehilfe als die schonendste und selbstverständlichste Sache der Welt gepriesen«, sagte Johan mit Blick auf den Computer. »Wenn meine Oma das hier sehen würde, würde sie sofort Mitglied werden.«

Zu Nathalies Überraschung nahm schon nach dem dritten Klingeln jemand das Gespräch an. Nachdem sie sich vorgestellt hatte, erkundigte sie sich, ob es ein zentrales Register für alle Verschreibungen gab.

»Das weiß ich nicht«, antwortete die Frau am anderen Ende.

»Können Sie eine Kollegin oder einen Kollegen fragen?«

»Nein, Sie müssen Montag wieder anrufen.«

»Kann ich die Nummer von Ihrem Vorgesetzten bekommen? Es geht um eine Mordermittlung, und es ist dringend.«

»Die kann ich Ihnen nicht geben. Dafür müssen Sie einen formlosen Antrag faxen.«

Nathalies Wangen glühten, aber sie biss die Zähne zusammen, linste zu Johan hinüber, der hoch konzentriert und vertieft über dem Bildschirm saß, und sagte so ruhig sie konnte: »Okay, geben Sie mir die Nummer.«

Sie bekam das Gewünschte und legte auf. Rief Granstam an, der versprach, umgehend die Staatsanwältin zu benachrichtigen.

»Das ist bestimmt ein Schuss in den Ofen«, fand Nathalie. »Mit hoher Wahrscheinlichkeit hat der Täter das Morphium direkt an seinem Arbeitsplatz mitgehen lassen, oder?«

»Ja, aber eine Kontrolle lohnt sich«, entschied Granstam. »Morphium zu stehlen, ist wohl auch für einen Arzt oder Krankenpfleger nicht ganz so leicht, nehme ich an.«

»Aber nicht gerade so schwierig, wie die Kronjuwelen zu klauen«, sagte Nathalie. »Faxen Sie mir den Durchsuchungsbeschluss, dann versuche ich es dort noch mal.«

»Haben Sie die Liste der Mitglieder gekriegt?«, fragte Granstam und wechselte das Thema. »Tim hat sie eben gemailt. Leider ist die Hälfte anonym, aber er arbeitet dran.«

»Ja, hier ist sie«, antwortete Nathalie, als sie die Mail öffnete.

»Das Mitgliederverzeichnis?«, fragte Johan und schaute zu ihr hoch. Sie nickte und beendete das Gespräch mit

Granstam. Wortlos tranken sie einen Schluck und wandten sich dann wieder ihren Rechnern zu.

Eine Liste mit 357 von insgesamt 712 Namen.

»Nach den Worten des Vorsitzenden wollen viele anonym bleiben, weil es im Gesundheitswesen ein brisantes Thema ist«, erklärte Nathalie, »was man ja verstehen kann. Das Risiko, mitten bei der Arbeit von vier muskelbepackten Polizisten abgeholt zu werden, wie der sogenannte Kinderarzt im Astrid-Lindgren-Kinderkrankenhaus, und unschuldig des Mordes angeklagt zu werden, steigt natürlich, wenn man hier Mitglied ist.«

»Die Kollegen haben nur ihre Arbeit gemacht«, sagte Johan, »obwohl die Festnahme reibungsloser hätte ablaufen können.«

Sie begann die Namensliste durchzusehen. Plötzlich blieb sie an einem Namen hängen. An dem ihres Klinikleiters: Torsten Ulriksson war Mitglied. Sie schloss die Augen, erinnerte sich, dass sie ihm am Vortag im Flieger nach Östersund begegnet war. Da war er besser gelaunt gewesen als üblich und freute sich aufs Angeln mit seinem Jugendfreund. Sie versuchte, sich an etwas zu erinnern, das er gesagt oder getan hatte, das in Verbindung mit aktiver Sterbehilfe gebracht werden konnte. Als ihr nichts einfiel, las sie weiter. Torsten war als Täter ohnehin undenkbar. Er war nett, zurückhaltend, keine Spur narzisstisch und hatte außerdem keine Tendenz, symbolisch zu denken.

»Hier steht Peter Schultz!«, rief Johan aus und schlug mit der Faust auf die Armlehne.

»Ich seh's«, sagte sie und nickte. »Schade, dass die Liste

alphabetisch geordnet ist. Wenn sie chronologisch wäre, hätten wir die Namen um Schultz herum überprüfen können. Die Chance, dass sie was miteinander zu tun haben, ist wahrscheinlich größer, wenn sie zur gleichen Zeit Mitglieder geworden sind.«

»Gute Idee, ich maile Tim und frage, ob man das rauskriegen kann«, sagte Johan.

»Frag auch, ob es eine Liste gibt, unter welcher Adresse sie im Einwohnermeldeamt registriert sind«, bat sie. »Weil der Mörder landauf und landab unterwegs gewesen ist, kann sein Ausgangspunkt von entscheidender Bedeutung sein.«

Er nickte, und sie las weiter. Entdeckte die Namen von zwei ehemaligen Kommilitonen aus dem Medizinstudium: ein tougher Typ aus Dalarna, der sich schon zu Beginn des ersten Semesters für den Beruf des Chirurgen entschieden hatte, und ein Gitarre spielender hypersozialer Amerikaner, der sich im Verlauf von zehn Jahren durch jede Nachprüfung gehangelt hatte, die die verschiedenen Institute anboten. Sie merkte sich die Namen und konzentrierte sich auf die Liste weiter abwärts.

Hier irgendwo war der Mörder. Das Profil und die Filme im Hinterkopf, kam Nathalie zu dem Schluss, dass er wahrscheinlich ein offizielles oder genauso gut ein anonymes Mitglied sein konnte.

Als nur noch zehn Namen übrig waren, klingelte Johans Telefon.

»Meine Oma ist dran«, sagte er und stand auf.

»Hallo, Johan, warum hast du mir einen Polizisten vor die Tür gesetzt?«

Er trat ans Fenster, guckte über die Insel Frösön und den Badhuspark, durch den er kürzlich gerannt war, sodass er es in jedem Muskel spürte.

»Das ist zu deiner Sicherheit. Ich will nicht das Risiko eingehen, dass dir heute Nacht was zustößt.«

»Quatsch!«, rief seine Großmutter ärgerlich und zugleich belustigt aus, sodass damit die Diskussion beendet war. »Außerdem sagte der Arzt, dass ich noch ein paar Tage bleiben muss, weil die Blutwerte sich verschlechtert haben. Und ich will keine Ordnungshüter vor meiner Tür haben!«

»Warum sind die Blutwerte schlechter geworden?«

»Der Arzt glaubt, dass das wieder am Magen liegen kann. Ich bekomme heute Abend noch einen Beutel Blut.«

»Ich komme morgen um halb sieben vorbei.«

»Das ist zu früh, da schlafe ich noch. Es ist besser, du kommst her, wenn ich nach Hause kann.«

»Okay. Ich rufe morgen an, wenn ich in Arlanda gelandet bin.«

»Gut. Gute Nacht, mein Junge!«

»Ach, übrigens, da war noch was …«

»Ja?«

»Wir glauben, dass Hedvig aktive Sterbehilfe bekommen hat. Sie war Mitglied in einem Verein namens ›Aktive Sterbehilfe Jetzt‹.«

»Was sagst du da?«

Er wiederholte seine Worte und konnte das Erstaunen förmlich vor sich sehen, als seine Großmutter ausrief: »Was für eine verfluchte Scheiße! Sie war doch so krank, dass jeder Tag ein Geschenk war!«

»Offenbar quälte sie sich so sehr, dass sie ihrem Leben ein Ende setzen wollte. Hast du schon mal von dem Verein gehört?«

»Nein.«

»Erwähnte Hedvig mal was, das damit zu tun gehabt haben kann?«

»Nur dass sie mir mit dem Gejammer auf die Nerven ging, dass für sie das Erdenleben bald zu Ende ist. Aber absolut kein Wort über irgendeinen Verein.«

»Unsere Theorie ist, dass sie mit jemandem vom Verein Kontakt aufgenommen hatte, wahrscheinlich mit dem Mann, den du in eurem Zimmer gesehen hast und der zu einem vereinbarten Zeitpunkt kam.«

»Ach du lieber Gott«, sagte Rosine, obwohl sie fast eine genauso überzeugte Atheistin war wie Johan. »Das hat sie also bei ihren seltsamen Handytelefonaten und am Computer im Gemeinschaftsraum getrieben? Dann kann ich mir jetzt einen Reim auf ihren merkwürdigen Mail-Wechsel machen …«

»Was meinst du damit?«

»Die Mails. Mir ist ihr Passwort wieder eingefallen. Darum rufe ich dich doch an!«

»Du bist in ihrem Mailaccount?«, wunderte sich Johan mit Blick auf Nathalie, die vom Schreibtisch aufstand.

»Schwester Karin hat im Gemeinschaftsraum Hedvigs Fotoalbum gefunden. Hedvig und ich haben es uns vorige Woche angeguckt, und sie hat es dort liegen lassen. Darum kam Karin zu mir und wollte wissen, was wir damit machen sollen. Weil mir nichts Besseres einfiel, nahm ich es an mich und blätterte darin. Da sind mehrere Bilder von dir als kleiner Junge drin, aber vor allem natürlich von Mattias.«

Johan spürte, wie sein Puls im Hals hämmerte, hörte seine Oma husten und drückte den Hörer fester ans Ohr.

»Und dabei kam ich plötzlich auf das Passwort. Es ist MATTIAS, ganz einfach, mit Großbuchstaben. Hedvig benutzte seinen Namen für fast alles, hätte ich auch schon früher draufkommen müssen, aber ...«

»Super, dass es dir jetzt eingefallen ist«, unterbrach Johan sie. »Ich überprüfe das sofort und rufe bald wieder zurück.«

»Wenn ich nicht rangehe, dann habe ich mich schlafen gelegt. Aber sorg verdammt noch mal dafür, dass dein Kollege da wegkommt. Er hat bestimmt Wichtigeres zu tun, als eine alte Schachtel wie mich zu bewachen.«

»Versprochen«, sagte Johan und legte auf. Er erzählte alles Nathalie, die Hedvigs Mailkonto aufrief und das Passwort eintippte. Johan zog den Hocker näher heran und setzte sich neben sie. Niemand wagte in den Sekunden zu atmen, in denen sie warteten.

Dann waren sie drinnen.

»Du hast eine tolle Großmutter!«

»Ja, verdammt, das hätte ich nicht gedacht.«

Hedvigs Posteingang enthielt zehn Mails. Sieben waren Werbung und Spam, eines vom Konto mit den Anweisungen fürs Passwort. Zwei Mails waren Antworten vom Absender letztereise@rosengarten.com.

In der Betreffzeile stand »*Termin?*«. Und die erste Mail war vom 2. August, eine Woche vor dem Mord.

Nathalie und Johan wechselten einen Blick und lasen die Mail.

59

Der alles entscheidende Schritt war von Hedvig ausgegangen. Sie schrieb:

> Hallo noch mal, jetzt bin ich bereit für Ihre Hilfe. Ich habe nachgedacht, und worüber wir sprachen, hört sich gut an. Ich bin wieder ins Krankenhaus eingeliefert worden und will nicht mehr länger leben. Das ist meine feste Überzeugung. Haben Sie die Möglichkeit, mir zu helfen? Rufen Sie mich auf dem Handy an.
> Hedvig Molin

Johan las die Nachricht zweimal, ohne eine Miene zu verziehen. Sah vor seinem geistigen Auge Hedvigs Gesichtsausdruck im Krankenbett und empfand eine innere Trauer, für die ihm die Worte fehlten.

»Klick weiter, damit wir sehen können, was er geantwortet hat«, bat er. Nathalie tat wie gewünscht, und sie lasen die Antwort des Täters.

Hallo, Hedvig, natürlich will ich Ihnen helfen. Die Details können wir am Telefon besprechen. Ich rufe Sie an. / X

Nathalie klickte die nächste Mail an. Die war vom Tag vor Hedvigs Tod, 14.12 Uhr, Freitag, den 8. August.

Ich komme wie geplant heute Nacht. Sie dürfen mit niemandem darüber reden, sonst ziehe ich mich zurück. Sind Sie sicher, dass Sie Hilfe beim Sterben in Anspruch nehmen wollen? Die Morphium-Spritze wird angenehm sein. Nachher melde ich mich übers Handy bei Ihnen. Herzlich / X

Hedvig hatte eine halbe Stunde später geantwortet.

Geht in Ordnung. Ich habe meine Meinung nicht geändert. Danke, dass Sie da sind.

Nathalie drehte sich zu Johan um, spürte, wie ihre Schulter seine streife. »Das war alles«, sagte sie.

»Nichts verrät, wer er ist oder wie sie in Kontakt kamen«, stellte er verbittert fest.

»Sie hat es anscheinend so eingestellt, dass alle Mails, die älter als dreißig Tage sind, gelöscht werden«, sagte Nathalie und klickte auf den Papierkorb. Der war leer. Auch unter »Entwürfe«, »Gesendet« oder »Spam« war nichts.

Johan schüttelte den Kopf und trommelte mit den Fingerspitzen auf die Tischplatte. »Sieht so aus, als hätte Hedvig das Konto nur angelegt, um mit ihm in Verbindung zu treten.«

»Ja, wahrscheinlich hat sie was über den Verein gesehen oder gehört und ihn dort gefunden.«

»Also muss er in den Angaben auf der Homepage zu finden sein«, schloss Johan, »in einem der Artikel oder Blogs oder …«

Seine Stimme versagte, und er trank einen Schluck Bier.

»Ich verschicke das als Rundmail in der Gruppe«, sagte Nathalie. »Das bringt uns dem Mörder einen Schritt näher, obwohl ich weiß, dass du gehofft hast, dass wir seinen Namen finden.«

Unruhig trat Johan ans Fenster. »Merkwürdig, dass er nicht danach fragt, auf welchem Zimmer sie liegt, wie er reinkommt oder wie der Zeitplan des Personals aussieht. Das untermauert die Theorie, dass Schultz ihm geholfen hat.«

»Ja«, stimmte sie ihm zu. »Und es sieht auch so aus, als hätten sie früher schon Kontakt gehabt. Also war Hedvig schon vor über einem Monat auf die Idee gekommen.«

Johan nickte und fuhr sich durchs Haar, das in alle Richtungen abstand. »Hedvig war in allem, was sie tat, zielstrebig, das war sie schon, solange ich mich an sie erinnern kann. Bedenkt man, wie krank sie war und wie sehr sie zu leiden schien, kann man ja verstehen, dass sie über ihren eigenen Tod entscheiden wollte.«

Johan ließ sich aufs Sofa fallen, sah sie unerwartet müde an. »Ich brauche wohl noch ein Bier, damit ich weitermachen kann.«

Nathalie versorgte ihn mit einer Flasche und sich selbst mit einem Glas Wein.

»Danke«, sagte er. »Ich surfe weiter auf der Homepage.«

»Ich auch«, sagte sie. »Er muss da sein.«

»Oder es ist eine der Kontaktpersonen, die die Verbindung hergestellt hat und es nicht verraten will«, vermutete Johan.

Ihre Computer meldeten sich mit einem synchronen Ton, der ihnen Hoffnung und neue Energie vermittelte.

»Eine Rundmail von Granstam an die Gruppe«, sagte Johan.

»Mit der Aufgabenverteilung«, sagte Nathalie. »Hier steht sogar, welche Links wir auf der Homepage überprüfen sollen.«

»Ich seh's«, meinte Johan, »aber ich glaube, ich klicke selbst rum und versuche mir vorzustellen, was die Opfer getan haben, als sie zum ersten Mal auf der Seite waren.«

»Der Artikel in der Göteborgs-Posten steht ganz oben«, sagte Nathalie. Wahrscheinlich wurden die drei ersten Opfer so auf den Verein aufmerksam.«

Johan nickte abwesend als Antwort. Offensichtlich las er etwas, das sein Interesse fesselte. Nathalie zog unter dem Tisch die Schuhe mit den hohen Absätzen aus und wackelte mit den Zehen, die warm und steif waren.

Sie klickte auf einen Artikel im Ärzteblatt von 2007, der die Überschrift »Aufruf zur aktiven Sterbehilfe in Frankreich« trug. Zweitausend Ärzte und Krankenpflegekräfte hatten einen Aufruf unterschrieben, in dem die Legalisierung gefordert wurde, auf medizinischem Weg Patienten zu helfen, in Würde zu sterben. Im Kommentarfeld standen ein

Dutzend Wortbeiträge mit Argumenten dafür und dagegen, aber keine der Unterschriften weckte ihre Aufmerksamkeit.

Sie schaute sich noch drei weitere Links an. Einen Blog von einer Siebenunddreißigjährigen mit Gehirntumor, von einer Krankenschwester, die über ihre Arbeit im Hospiz in Örebro bloggte, und einen Artikel im Svenska Dagbladet.

Das Handy klingelte. Tea rief an.

»Hallo, meine Süße, ich wollte gleich anrufen und Gute Nacht sagen«, antwortete Nathalie.

»Hallo, Mama! Wir haben heute Abend Erdbeer-Eton Mess gegessen. Das war superlecker! Oma ist echt lieb!«

»Wie schön! Hoffentlich lasst ihr mir noch was übrig«, sagte Nathalie. »Ich komme morgen zu euren Abschlussspielen. War heute alles gut?«

»Geht so. Aber beim Weitsprung bin ich fast anderthalb Meter gesprungen!«

»Das ist ja super!«, lobte Nathalie, obwohl sie keine Ahnung hatte. Aber der Stolz in Teas Stimme war wichtiger als alle Vergleiche. Es war ein großer Fortschritt, dass sie ihre altkluge und bücherverschlingende Tochter überhaupt zur Teilnahme am Sportlager überreden konnte.

Knockin' on Heaven's Door ertönte im Zimmer. Johan zog die Augenbrauen zusammen, sodass sich dieses Kräuseln auf seiner Stirn bildete, das Nathalie als Verärgerung über etwas im Privatleben zu deuten gelernt hatte.

»Ich gehe kurz zu mir rein«, sagte er und stand auf.

»Geht ihr bald ins Bett?«, fragte Nathalie Tea und folgte Johan mit dem Blick, als er die Tür öffnete. Die geschmeidige Haltung, die Konturen der Schulterblätter unter der Lederjacke, die perfekt sitzende Jeans.

»Jaha, Mama. Spätestens um zehn Uhr, das weißt du doch.«

»Wie geht's denn deinem Bruderherz?«

»Gut, er ist in der Stadt und sucht mit William Pokémon. Weißt du was, Mama? Papa und Tilde sagen, ich und Gabriel sollen den Namen von unserem Geschwisterchen mit aussuchen!«

Nathalies Mund wurde trocken, und sie stand auf.

»Wie schön«, bekam sie raus.

»Wir wissen ja noch nicht, ob es ein Mädchen oder ein Junge wird. Ich hoffe, es wird ein Mädchen, und Gabriel wünscht sich einen Jungen, aber es ist noch zu früh, um das zu wissen, sagt Papa.«

Nathalie stellte sich ans Fenster. Die Dämmerung schlich sich langsam an, aber bei ihr war es schon Nacht. Die Suche nach dem Mörder hatte ihre Gefühle in Schach gehalten, aber jetzt kehrten sie mit voller Wucht zurück. Tea und Gabriel würden ein Geschwisterchen kriegen, von dem sie nicht die Mutter war. Mit Håkon als Vater. Lebenslange Bindungen, die die Kinder von ihr wegzogen, ganz gleich, was Kuschelpsychologen in der Klinik immer behaupteten.

Ihre Dämme waren kurz davor zu brechen. Sie biss sich auf die Lippe, um sich vom Schmerz abzulenken.

»Mama, bist du noch da?«

»Ja, Liebes, ich bin noch da. Bin nur etwas müde, ich habe so hart gearbeitet, seit ich losgefahren bin.«

»Aber morgen kommst du! Dann werde ich noch weiter springen, gute Nacht, jetzt kommt Oma.«

Ihr traten Tränen in die Augen, und Nathalie tigerte im Zimmer auf und ab, damit man ihr nichts anmerken konnte. Denn die Gefahr war groß, dass ihre Mutter zu ihr sagen würde, es sei ihre eigene Schuld, weil sie Håkon verlassen habe. Diese Wahrheit ertrug sie jetzt nicht. Und die Scheidung war das Beste, was sie hatte tun können. Aber wer hätte denn damit gerechnet, dass es so kommen würde? Jeder Kuschelpsychologe, gab sie sich selbst die Antwort und schürte ihre Selbstverachtung.

Nach dem Telefonat ging sie wieder ans Fenster. Sie konnte heute Abend nicht mehr. Schaute über die Stadt und spürte, dass sie noch nie so einsam gewesen war wie jetzt. Die Leere hatte gigantische Ausmaße. Als hörte sie auf zu existieren.

Aus weiter Ferne vernahm sie ein Klopfen an der Tür. Sie erkannte Johans Rhythmus mit fünf kurzen, gefolgt von zwei abschließenden Schlägen.

»Carolina war dran«, erklärte er, als sie ihm öffnete. »Sie hat für Montag direkt nach der Besichtigung mit der Bank einen Termin vereinbart, um den Hauskauf vorzubereiten.«

»Und du willst das nicht?«

Statt zu antworten, setzte er sich in die Hocke und durchstöberte die Minibar. »Ich brauche was Starkes«, meinte er. »Darf gern ein Whisky sein.«

»Gib mir auch einen.«

Er sah sie fragend an.

»War dein Gespräch auch nervig?«

»Meine Kinder planen schon, wie ihr künftiges Geschwisterchen heißen soll.«

»Dann gibt es für dich einen Chivas Regal. Chivas ist die beste Medizin gegen unerwünschte Geschwister.«

Er stellte sich mit den letzten Flaschen aus der Minibar vor sie.

»Und Johnnie Walker wirkt gegen Hauskaufpanik?«, lächelte sie.

»Genau.«

Sie stießen an. Schauten einander eine Weile in die Augen, bevor sie tranken. Sie konnte sich nicht verkneifen, das Gesicht zu verziehen, als der Whisky brennend hinunter in den Bauch lief.

»Übel soll man mit Übel bekämpfen«, lächelte er, »obwohl ich nie im Leben Whisky als etwas Übles bezeichnen würde.«

Die Leere in ihr wurde von einem Kribbeln gefüllt, das lustvoll war und sie zugleich nervös machte.

»Wir sollten weiterarbeiten«, sagte Johan.

»Ich brauche eine Pause«, widersprach sie und sah seine Lippen an, sein Kinn, wo sich Bartstoppeln wie schwarze Punkte abzeichneten.

»Ich bin auch müde«, sagte er. »Und morgen müssen wir früh raus, vor allem ich, weil ich noch ins Krankenhaus will.«

Sein Blick landete wieder in ihren Augen, wo er ihn kurz verweilen ließ. Sie tranken jeweils einen Schluck, es brannte nicht mehr so in ihrem Hals, aber die Wärme stieg mit jedem Herzschlag. Sie blickte seine Lippen an, merkte, dass er das sah, und schaute ihm wieder in die Augen. Er lächelte schief, hob die Hand und streichelte ihr Haar.

Langsam, wie um festzustellen, ob er sich wehrte, beugte sie sich vor. Das Begehren bezwang die Angst, wieder abgewiesen oder unterbrochen zu werden. Aber er wich nicht zurück. Mit einem kaum wahrnehmbaren Lächeln trafen seine Lippen auf ihre. Er schmeckte nach Snus und Whisky und Spannung. Obwohl sie es sonst eklig fand, Männer zu küssen, die Snus nahmen, störte es sie nicht im Geringsten. Denn er schmeckte nach Johan, und das erfüllte sie mit einer Lust, die wehtat. Er ging einen Schritt auf sie zu. Sie legte ihm die Hand um den Nacken, drückte die Brust an ihn, spürte seine Stärke und seinen warmen Atem an der Wange.

Er will es so sehr wie ich. Das ist Wahnsinn, aber nicht zu vermeiden.

Dann ließ er los und trat einen Schritt zurück. Sah sie mit seinen Augen an, die noch grüner leuchteten als sonst.

»Das hier ist keine gute Idee«, lächelte er.

»Wirklich nicht«, kicherte sie.

Dann stellten sie die Gläser ab und umschlangen einander in einer langen Umarmung. Sie wollte ihn nie wieder loslassen. Er legte ihr die Hände um den Kopf, sah sie eine gefühlte Ewigkeit lang an. Dann küssten sie sich, zielbewusst und kraftvoll wie zum ersten und letzten Mal. Nathalies Hände waren überall. Öffneten einen Knopf seiner Jeans.

Ohne die Vorhänge zu schließen, befreiten sie sich gegenseitig von den Kleidern in einem Einvernehmen und mit einem Ernst, die nicht nach Worten verlangten. Sie zog ihn zum Bett. Er war wirklich schön, und sie sah in seinen Augen, dass er das Gleiche über sie dachte.

Bald fühlte es sich an, als wären sie ein und derselbe Körper. Alles war neu und dennoch vertraut. Mit dem Blick in seinem bewegte sie sich immer schneller.

Er fand ihren absoluten Mittelpunkt. Sie schloss die Augen, spürte, dass sie kurz davor war. Ihr Herz schlug wie das eines gehetzten Tieres, und sie dachte, wenn sie jetzt sterben würde, dann machte das nichts.

60

Schnell und effektiv saugt die Rose die Tinte auf, als wäre sie das Wasser des Lebens. Was hat sie schon für eine Wahl, als den Gesetzen der Natur zu folgen? Was haben wir alle für eine Wahl? Die kräftigen weißen Blätter haben keine Ahnung, dass sie die Tinte des Todes trinken, genauso wenig wie wir Menschen wissen, was uns erwartet.

Beide Rosen in Papier eingewickelt verlasse ich das Arbeitszimmer und schleiche die Treppe hoch. Es tut im Bauch und im Rücken weh, wenn ich den Oberkörper drehe, aber die Tabletten, die ich vor einer Stunde eingenommen habe, halten den Schmerz in Schach.

Leise ziehe ich die Jacke an, schleiche nach draußen und schließe vorsichtig die Haustür. Die Gefahr, dass sie aufwachen, ist minimal. Selten ist meine Nachtschicht eine so gute Ausrede gewesen wie jetzt.

Der Sommerabend ist lau und windstill. Ein Igel läuft über den Rasen, und der Mond steht wie eine schmale, aber hell leuchtende Sichel am Himmel.

Ich öffne den SUV und steige ein. Lege die Rosen auf den Beifahrersitz und greife zum Handy. Rufe sie über Facetime an, und sie antwortet fast sofort. Sie liegt im Bett, ihr Haar fällt schön über das Kissen. Im Zimmer ist nur die Lampe auf dem Nachttisch eingeschaltet. Sie bedenkt mich mit einem müden Lächeln.

»Rufe ich zu spät an?«, frage ich.

»Überhaupt nicht.«

»Willst du die Rosen sehen?«

»Gern.«

Ich lege das Handy auf die Knie und schlage das Papier zurück.

»Hübsch«, sagt sie und gähnt. »Fünf und sechs. Wir nähern uns dem Ziel.«

»Die ich für morgen habe, sind sogar noch schöner«, sage ich stolz.

»Alles vorbereitet für heute Nacht?«

»Selbstverständlich. Aber es sind ja noch ein paar Stunden.«

»Dann hören wir uns morgen wieder. Ich liebe dich.«

»Und ich dich. Schlaf gut!«

Wie immer warte ich, bis sie das Gespräch ausdrückt. Nie wieder werde ich sie im Stich lassen.

Ich starte den Wagen und fahre von der Garagenauffahrt. Diese nächtliche Reise ist die bisher kürzeste. Eigentlich brauche ich kein Auto, aber so ist es am sichersten.

Ich schalte die Nachrichten ein. Sie berichten über die Morde. Die Leute werden mich als einen mutigen Mann in Erinnerung behalten, der seiner Zeit voraus und für andere wegweisend war.

Die Schmerzen im Bauch gibt es nicht mehr. Ich sehe die Stadt wie eine Kuppel aus Licht näher kommen.

61

Östersund, Sonntag, 10. August

In weiter Ferne hörte sie eine wohlbekannte Melodie. *Knockin' on Heaven's Door*, dachte sie und spürte, wie sich eine Hand behutsam unter ihrem Arm wegzog.

Johan. Die behagliche Empfindsamkeit im Körper. Die Bewegungen, die Schauder, das Erröten. Sie schlug die Augen auf und sah, wie sich seine Rückenmuskeln zusammenzogen, als er sich im Bett aufsetzte. Mit der ungelenken Koordination eines eben Erwachten schlug er die Bettdecke zurück und ging nackt zum Couchtisch, wo das Handy den Refrain von Neuem zu spielen begann. Er räusperte sich und nahm das Gespräch an. »Hallo, Ingemar, ist was passiert?«

Nathalie setzte sich im Schneidersitz auf, die Decke um

den Körper gewickelt. Ihr tat der Kopf weh, und der Mund war trocken. Johan sah sie an und hörte verbissen zu. Offenbar war etwas passiert. Es war passiert, dachte sie, als er den hoteleigenen Bademantel anzog und abwechselnd brummte und Fragen über das Wann, Wo und Wie stellte.

Es war Viertel nach sechs. Sie hatten sich immer wieder geliebt, um dann einzuschlummern.

Johan ging zum Sessel und zog die Unterhose an, immer noch mit dem Handy dicht am Ohr. Sie raffte ihre Kleider zusammen, ging ins Badezimmer und spürte den ersten Stich der Reue.

Das hier war keiner ihrer üblichen One-Night-Stands, und das jagte ihr Todesangst ein.

Carolina und Alfred. Dreihundertzehn Kilometer. Das würde nie was werden.

Erst als sie sich angezogen hatte, riskierte sie einen Blick in den Spiegel. Erschrak, als sie die Ringe unter den Augen, die Blässe und die Fältchen sah. Öffnete ihre Kulturtasche und schminkte sich schnell, bis sie einigermaßen akzeptabel aussah. Kurierte sich wie üblich mit einem Glas WHO-Trinklösung, einer Antihistamintablette und einer Naproxen. Johan stand am Fenster mit dem Rücken zu ihr und telefonierte. Sie nahm ihr Handy und sah, dass Gabriel gerade gesimst hatte, dass er wach war und sich auf das Abschlussfußballspiel vorbereitete. Sie antwortete mit dem Daumen nach oben und schrieb anschließend: »Habe Sehnsucht!«

Johan legte auf und drehte sich zu ihr um. »Es ist wieder passiert«, sagte er. »Aber diesmal hat er sich nicht mit nur einem Opfer begnügt.«

»Was meinst du damit?«

»Es sind zwei Schwestern in Uppsala.« Johan schälte sich aus dem Bademantel. »Vor einer Viertelstunde ging bei der Polizei in Uppsala der Anruf eines Nachbarn ein, der jeden Morgen um sechs Uhr den Schwestern die Zeitung ins Haus bringt. Als sie nicht aufmachten, ahnte er Böses und schaute durch die Fenster. Und im Schlafzimmer ...« Johan drehte sich um, fand seine Jeans auf dem Stuhl am Schreibtisch. »... sah er sie tot auf dem Doppelbett liegen, jede mit einer Rose auf der Brust. Die Rosen sind natürlich blau gefärbt, es gibt frische Einstichwunden in den Armbeugen und keine anderen Spuren von Gewalt.«

»Scheiße!«, rief Nathalie aus und zwängte sich in ihre Schuhe. »Das bedeutet, dass er sich steigert. Dann waren die Filme vielleicht nur der Anfang. Was wissen wir noch?«

»Nicht mehr, als dass die beiden Toten Astrid und Gunnel Lundblad heißen, fünfundsiebzig beziehungsweise achtundsiebzig Jahre alt.«

»Wir können wohl froh sein, dass er es nicht auf Kinder abgesehen hat«, schnaubte Nathalie.

»Ich gehe zu mir rüber und packe«, sagte Johan. »Wir sehen uns am Taxi.« Er nahm seine Lederjacke und machte Anstalten zu gehen, blieb jedoch stehen, als sie einen Schritt auf ihn zu machte und sich zwischen Bett und Schreibtisch stellte.

»Es war schön heute Nacht«, sagte sie.

Sein Blick flackerte, er rieb sich die Bartstoppeln. »Ja, doch. Das war es wirklich, aber jetzt müssen wir uns beeilen, damit wir das Flugzeug nicht verpassen.«

Als er vorbeiging, legte sie ihm die Hand auf die Schulter. Er drehte sich um und schaute sie verwirrt an, strich mit der Hand über ihr Haar.

»Ich mag dich, Nathalie, aber es ist das Beste, wenn wir es bei diesem einen Mal belassen.«

Sie bohrte sich die Nägel in die Hand und versuchte, sich ihre Enttäuschung nicht anmerken zu lassen. »Einfach so? Sind wir jetzt nur Kollegen?«

»Was in Östersund passiert, bleibt in Östersund«, sagte er schief lächelnd. Der Versuch zu scherzen, verwandelte ihre Enttäuschung in Ärger.

»Ich dachte, zwischen uns … zwischen uns wäre was«, widersprach sie und scherte sich nicht darum, dass ihre Stimme bebte.

»Ich habe es doch schon gestern gesagt«, meinte er und ging zur Tür.

»Was denn?«

»Dass das keine gute Idee war. Jetzt muss ich gehen. Wir sehen uns Viertel vor draußen vorm Eingang. Ich frühstücke auf dem Zimmer.«

Entschlossen öffnete er die Tür.

Keine gute Idee? Das war doch verdammt noch mal mehr als nur eine beschissene Idee!

»Okay«, sagte sie tonlos. »Viertel vor ist kein Problem. Aber ich nehme ein eigenes Taxi.«

Er drehte sich um, sah sie an. Dann zuckte er mit den Schultern und ging.

62

Stockholm

Um fünf Minuten nach zehn schloss Angelica Hübinette die Tür zum Besprechungsraum und setzte sich auf ihren Stuhl zwischen Ingemar Granstam und Maria Sanchez. Auf der anderen Seite des Tisches saßen Tim und Johan. Die Einzige aus der Gruppe, die fehlte, war Nathalie, die im Lauf des Vormittags zu ihnen stoßen würde.

Die Stimmung war konzentriert und gedrückt. Alle schauten auf die Leinwand, auf der Tim ein Foto von Astrid und Gunnel Lundblad zeigte. Sie lagen nebeneinander auf einem Doppelbett in den gleichen apricotfarbenen Nachthemden, jede die Hände um eine Rose gefaltet. Die Augen waren geschlossen, die Gesichtszüge glatt und die Decken auf Höhe der Taille zurückgeschlagen. Alles sah genauso friedlich aus wie auf den Fotografien der früheren Opfer. Obwohl die jüngere Astrid einen kahlen Schädel und die drei Jahre ältere Gunnel eine üppige hennagefärbte Dauerwelle hatte, erkannte man in den Gesichtern deutlich die Verwandtschaft: dreieckige Gesichtsform mit breiter Stirn, hohen Wangenknochen und schmalem Kinn.

»Ja, dann legen wir mal los«, begann Granstam, nachdem er sich aus der Thermoskanne auf dem Tisch eine Tasse Kaffee eingeschenkt hatte. »Er hat also wieder zugeschlagen, diesmal doppelt, und der Teufel weiß, wo das noch enden wird.«

»Diesmal kriegen wir ihn«, verkündete Angelica mit einer Stimme so hart wie Beton. »So was geht nicht, ohne gefasst zu werden.«

»Rein statistisch haben Sie recht«, meinte Tim und öffnete eine Dose Energydrink. »Je mehr Opfer, desto höher die Aufklärungsrate, aber dieser Fall ist einmalig. Es gibt in der Kriminalgeschichte nichts Vergleichbares.«

»Der sogenannte ›Doctor Death‹ in England?«, schlug Maria Sanchez vor und trank einen Schluck Roibuschtee.

»Sie denken an den Hausarzt Harold Shipman aus Yorkshire«, nickte Tim. »Er verwendete auch Morphium, aber er änderte das Testament seiner Patienten zu seinen Gunsten – was am Ende der Grund war, warum er aufflog.«

»Wie viele Leute brachte er um?«, fragte Johan.

»Er wurde für fünfzehn Morde verurteilt, aber laut der vorgenommenen Rekonstruktion wird die Zahl auf 297 geschätzt.«

»Erzählen Sie kurz, was wir über die Opfer wissen«, ergriff Granstam das Wort mit einem Nicken zu Maria Sanchez. Sie nickte ebenfalls und las vom Laptopbildschirm ab: »Also, der Nachbar fand sie um sechs Uhr heute Morgen, als er ihnen die Zeitung reinbringen wollte.«

»Unser Glück«, fand Johan. »Sonst würden sie da wohl immer noch unentdeckt liegen.«

»Ja«, nickte Maria. »Zu den Schwestern Lundblad kam

auch der Pflegedienst, aber sonntags tauchte der immer erst um elf auf. Der Mörder ist genauso vorgegangen wie vorher: Die Tür war unverschlossen und nicht aufgebrochen, wahrscheinlich wurde er also reingelassen. Beide Schwestern haben frische Einstiche von einer Spritze in der linken Armbeuge, die beiden weißen Rosen wurden mit blauer Tinte gefärbt.« Sie schaute hoch, traf die Blicke der Kollegen und sprach weiter: »Sie hatten keine Kinder oder andere Angehörige, lebten seit über dreißig Jahren zusammen in dem Haus im Rosenvägen in Sunnersta. Astrid wurde kürzlich fünfundsiebzig, arbeitete bis zur Pensionierung als Krankenschwester in der Hautklinik im Krankenhaus. Vor zwei Jahren bekam ausgerechnet sie ein malignes Melanom auf der Netzhaut eines Auges, und im März dieses Jahres wurden zwei Metastasen im Gehirn entdeckt, die laut ihrem Arzt nicht heilbar waren. Sie bekam eine Chemo, und ihr ging es davon schlecht, sie verlor den Appetit und nahm ab. Nach Aussage des Arztes hatte sie höchstens noch ein Jahr zu leben.«

»Astrid war also noch eine Person, die sich an den Mörder wendete, um aktive Sterbehilfe zu bekommen?«, fragte Johan.

»Wahrscheinlich«, antwortete Tim. »Unmittelbar vor unserer Besprechung erfuhr ich, dass Astrid seit zwei Jahren Mitglied in der ASJ war. Sie gehörte zu den anonymen Mitgliedern, über die ich Informationen bekomme, während das Programm, das ich geschrieben habe, Angaben in der Datenbank des Vereins sucht. Aber ihre ältere Schwester scheint nicht Mitglied gewesen zu sein.«

»Warum hat Astrid sie dann auf die letzte Reise mitgenommen?«, wunderte sich Granstam. »Gunnel Lundblad, ist das nicht die Autorin, die in den Siebzigerjahren feministische Romane geschrieben hat? Ich erinnere mich, dass meine Frau sie gelesen hat.«

Den letzten Satz sagte er so leise, dass die Worte kaum zu hören waren.

»Stimmt«, nickte Tim. »Aber mit dem Schreiben hat sie nach einem Schlaganfall vor zehn Jahren aufgehört, und nach dem zu urteilen, was ich vom Krankenhaus erfahren habe, wurde bei ihr jetzt auch Alzheimer festgestellt.«

»Wahrscheinlich trug das zu ihrer Entscheidung bei«, dachte Granstam laut.

»Das Ganze war jedenfalls genau geplant, sie hatten sogar ab heute die Zeitung gekündigt. Offensichtlich hat der Briefträger sie aus alter Gewohnheit eingeworfen.«

»Wie läuft's am Tatort?«, fragte Johan.

»Techniker und ein Gerichtsmediziner sind dort, aber wahrscheinlich wird deren Befund uns nicht mehr liefern als das, was wir schon wissen«, schätzte Granstam.

»Ich habe mit meinem Kollegen in Uppsala gesprochen, der den Todeszeitpunkt auf irgendwann zwischen Mitternacht und vier Uhr morgens eingrenzt«, sagte Angelica.

»Eine interessante Beobachtung kommt von My Gustavsson, alleinziehende Mutter von zwei Kindern, die drei Blöcke weiter wohnt und einen schwarzen SUV gesehen hat, der um halb drei heute Nacht das Viertel verließ«, meldete sich Granstam wieder. »Sie war aufgestanden, weil ihre Tochter Magen-Darm-Grippe hat, und sah den Wagen vorbeifahren. Sie meint, gesehen zu haben, dass der Fahrer eine Baseballcap aufhatte, ist sich aber nicht sicher. Leider hat sie weder das Modell noch das Autokennzeichen erkannt, aber der Wagen fiel ihr auf, weil niemand in dem Viertel einen schwarzen SUV hat.«

»Der Mann mit der Baseballcap aus dem Krankenhaus in Östersund«, sagte Johan. »Ich wette, dass das ein und dieselbe Person ist.«

»Warum hält er daran fest, einen schwarzen SUV zu fahren, vielleicht sogar seinen eigenen?«, fragte Maria.

»Irgendein Antrieb, der größer ist als das Risiko«, meinte Granstam.

»Wäre Nathalie hier, dann hätte sie es gewusst«, sagte Johan, halb zu sich selbst. Er erntete einen Blick von Granstam und erkannte, wie freudianisch der Kommentar gewesen war. Er bereute seine abweisenden Worte im Hotel, wusste, dass er sich unbeholfen ausgedrückt hatte.

Auf der Heimreise war Nathalie sauer und wortkarg gewesen. Im Flugzeug hatte sie sich demonstrativ weit weg von ihm gesetzt und nach der Landung nur ein kurzes »Tschüss« gesagt, bevor sie zu einem Taxi geeilt war. Er hatte gesimst und angerufen, ohne eine Antwort zu bekommen.

Begriff sie nicht, wenn sie seine Worte über seine Bindungsschwierigkeiten noch im Kopf hatte, dass er es mit der Angst zu tun bekommen hatte, als sie gemeinsam aufgewacht waren? Dass er Zeit zum Nachdenken brauchte? Dass Alfred und Carolina warteten, dass sie sich morgen dieses bescheuerte Haus angucken wollten?

»Alle früheren Verdächtigen, außer den beiden Verschwundenen Peter Schultz und Rick Miller, haben ein Alibi für die vergangene Nacht«, meldete sich Granstam wieder, nachdem die Thermoskanne einmal um den Tisch gewandert war. »Patricia Tornerud und die Brüder Lappanainen waren in Malmö, aber das wussten wir ja schon. Wie Sie gesehen und gehört haben, hat der Täter mit seinem Wahnsinn gelinde gesagt sein Ziel erreicht«, seufzte Granstam. »Die Nachricht über die Morde steht an erster Stelle auf jeder Seite, in jeder Radio- und Fernsehsendung.«

»Wie haben die erfahren, dass wir glauben, dass es sich um aktive Sterbehilfe handelt?«, fragte Johan, obwohl er sich die Antwort denken konnte.

»Nach meiner Einschätzung der Lage konnte man es ruhig durchsickern lassen«, antwortete Granstam. »Sonst hätte der Täter vielleicht noch drastischere Mittel ergriffen, um sein Ziel zu erreichen.«

»Merkwürdig, dass er in der Mail nichts über das Motiv geschrieben hat«, überlegte Maria Sanchez.

»Überhaupt nicht komisch«, wendete Angelica ein. »Er ist gerissen und weiß, dass die Fälle noch mehr Aufmerksamkeit wecken, wenn sie als Morde eingestuft würden. Die Nachricht von der aktiven Sterbehilfe plant er, in Umlauf zu bringen, wenn der Nachrichtensturm auf dem maximalen Höhepunkt ist.«

»Was sagt die ASJ?«, fragte Johan und sah Granstam an.

»Sie sind entsetzt und verurteilen das natürlich. Der Vorsitzende bezweifelt, dass jemand aus dem Verein der Schuldige ist. Die gleiche Reaktion haben wir von den fünfundzwanzig Kontaktpersonen in jedem Landesbezirk erhalten, und niemand hat einen Tipp, wer es sein könnte.«

»Ich jage alle Mitglieder durch die Verbrecherkartei, sobald ich sie habe«, verkündete Tim. »Bisher nichts Erwähnenswertes: einige Fälle von Geschwindigkeitsüberschreitungen, Steuerhinterziehung, ein Fall von illegalem Sex und eine Misshandlung der Ehefrau, also nichts, was ins Profil passt. Was den schwarzen SUV angeht, haben acht Mitglieder einen. Sie werden gründlich überprüft, und die Hälfte ist schon gestrichen.«

»Wie sieht es mit dem Krankenhauspersonal aus?«, erkundigte sich Angelica.

»Wir haben zehn Ärzte und fünf Krankenschwestern aus dem ganzen Land verhört und bei ihnen Speichelproben entnommen, aber die meisten haben ein Alibi für wenigstens einen der Morde«, antwortete Tim. »Vor gut einer Stunde habe ich drei anonyme Mitglieder entschlüsselt, die Ärzte sind und außerdem einen schwarzen SUV besitzen. Einer wohnt in Stockholm und einer in Halmstad, unsere Kollegen vor Ort verhören sie gerade. Der dritte ist Torsten Ulriksson, Leiter der Psychiatrischen Klinik am Universitätsklinikum Uppsala.«

Tim ließ den Blick über die Gruppe schweifen: »Sie sind bestimmt schon selbst darauf gekommen, dass er Nathalies Vorgesetzter ist. Leider wissen wir nicht, wo er sich aufhält; er ist nicht zu Hause und geht nicht ans Handy. Laut Nathalie saß er im selben Flieger wie sie nach Östersund und wollte gestern zurückfliegen.«

»Also hatte er sowohl für den Mord an Hedvig Molin als

auch an den Schwestern Lundblad die Gelegenheit«, stellte Johan fest.

»Ja«, sagte Tim. »Aber Nathalie war erstaunt und sagte, sie halte das für eine Sackgasse. Sie will auch versuchen, ihn zu erreichen, um mit ihm von Kollegin zu Kollege zu sprechen, und ich habe gesagt, dass sie das tun soll.«

»Gut«, sagte Granstam, »aber darauf können wir natürlich nicht warten, sondern müssen ihn sofort herholen. Haben Sie noch mehr?«

»Ja«, antwortete Tim. »Apropos Nathalie, ich habe noch einen Kollegen von ihr gefunden, der anonymes Mitglied ist. Er ist Chirurg und heißt Magnus Bergman, aber er besitzt keinen SUV, sondern einen Volvo V90. Offenbar ist Nathalie um zehn Uhr mit ihm beim Abschlussfußballspiel der Kinder verabredet. Sie spricht mit ihm und meldet sich danach sofort.«

»Ausgezeichnet«, lobte Granstam und schenkte sich zum dritten Mal nach. »Auch bei ihm lassen wir natürlich eine Speichelprobe entnehmen, das machen die Kollegen von der Schutzpolizei im Lauf des Tages. Kann man die Morphiumverschreibungen durch diese beiden Ärzte ermitteln?«

»Ich arbeite dran«, sagte Tim.

»Wie sieht es mit Hedvigs Mails aus?«, fragte Johan.

Tim zog die Baseballcap etwas tiefer ins Gesicht und linste unter dem Schirm hervor. »Leider war der Mörder auch hier vorausschauend. Das Mailkonto ist über VPN angelegt worden; dadurch ist es schwierig, den Rechner zu finden, den er benutzt hat.«

»Was ist VPN?«, wollte Granstam wissen.

»Ein virtuelles privates Netzwerk, das es unmöglich macht herauszufinden, über welchen Server es sich verbunden hat.« Tim schaute hoch, schob den Schirm zurück und lächelte verschmitzt. »Fast unmöglich jedenfalls. Ich habe einen ›Hacker for hire‹ angeheuert, einen Star aus China, der Experte für VPN ist. Meine Hoffnung ist, dass er ins System reinkommt. Mit etwas Glück können wir genau sehen, von wo sich der Mörder beim Konto angemeldet hat.«

»So viel wie er in der Gegend rumgefahren ist, wird es wohl schwierig, daraus Schlüsse zu ziehen, oder?«

»Nicht wenn er zu Hause gesessen und von dort Mails verschickt hat«, widersprach Tim.

»Es müsste doch mit dem Teufel zugehen, wenn er nicht in einem der Wälder auftaucht, die wir gerade durchforsten«, meinte Granstam. »Wenn nicht, schlägt er heute Nacht wohl wieder zu, und mit diesem Doppelmord im Hinterkopf weiß man nicht, was er als Nächstes plant. Bis jetzt hat er insgesamt sechs Menschen getötet.« Er erhob sich mit vor Anstrengung verzerrtem Gesicht. »Johan und ich fahren nach Uppsala und schauen uns den Tatort an. Die anderen wissen, was sie zu tun haben.«

»Ich fahre zur Gerichtsmedizin, nehme dafür aber meinen eigenen Wagen«, beschloss Angelica.

»Und ich komme mit«, sagte Maria.

»Ich bleibe hier«, meinte Tim. »Meine einzige Fahrt geht in den Cyberspace. Ich glaube, da werden wir ihn finden.«

Auf dem Weg aus dem Zimmer sagte Johan zu Granstam, dass er die Treppe nehme, weil er Bewegung brauche.

»Okay, wir sehen uns am Auto«, sagte Granstam und knöpfte seine Lederweste zu.

Johan hatte sofort sein Interesse bekundet, mit nach Uppsala zu fahren. Zum einen wollte er den Tatort sehen, zum anderen hatte er vor, Nathalie aufzusuchen, falls sie sich weiterhin weigern sollte, ans Handy zu gehen.

Sobald dieser Fall gelöst war, und ganz bestimmt spätestens morgen früh, würde er nach Hause nach Sundsvall fahren. Dann wäre es zu spät, um mit ihr unter vier Augen zu sprechen.

63

Früher

Sobald Erland ins Zimmer zurückkehrt, ist mir klar, dass es schlimm steht. Richtig schlimm. Er sieht besorgter aus, als ich ihn in den fünfzehn Jahren unserer Zusammenarbeit je gesehen habe. In der Hand hält er einen Ordner mit den schriftlichen Auswertungen der Computertomografie und den Gewebeproben von der ERCP, die er gestern bei mir entnommen hat. Auswertungen, die er mit einigen unserer gemeinsamen Kollegen besprechen wollte, bevor er eine Diagnose stellte. Allein das reicht, um zu wissen, wie schlecht es aussieht.

Erland ist der beste Chirurg des Krankenhauses und berät sich sonst nie. Jetzt hat er es getan, und die Antwort liegt wie ein schwarzer Schatten auf seinem markanten Gesicht.

Er setzt sich mir gegenüber auf einen Stuhl, schaut mir in die Augen und schlägt den Ordner auf. Ich weiß, dass es wahrscheinlich Krebs ist, hoffe aber trotzdem das Beste. Doch das anhaltende Ziehen im Bauch, die Appetitlosigkeit und der Stuhlgang, der manchmal so fett ist, dass er flüssige Konsistenz hat, sprechen eine deutliche Sprache. Mir ist klar, dass ich mir schon früher hätte Hilfe holen müssen. Aber ich hatte alle Hände voll zu tun, ihr zu helfen, sodass ich die Symptome konsequent ignoriert habe. Und da ich im unmittelbaren Kontakt zum besten Chirurgen und Röntgenarzt der Region stehe, wusste ich, dass ich nur zu fragen brauchte, um untersucht zu werden. Das führte dazu, dass ich die Entscheidung immer weiter aufschob. Ich kann doch nicht krank sein. Dafür habe ich keine Zeit. Wer soll sich dann um sie kümmern?

Wie immer waren die Gefühle gut darin, Argumente zu finden, um ihren Willen durchzusetzen. Erst als ich eines Morgens feststellte, dass sich das Weiße in meinen Augen gelblich verfärbt hatte, sprach ich Erland an. Schon einen Tag später wurde ich untersucht.

»Dann schauen wir mal«, beginnt Erland und blickt vom Ordner zu mir hoch. »Dieses Gespräch würde ich uns lieber ersparen.«

»Ich bin bereit«, sage ich.

Erland reibt sich das Gesicht. Die Schatten verfliegen,

aber die Niedergeschlagenheit bleibt noch genauso deutlich.

»Leider zeigen die Proben, dass es Krebs ist.«

»In der Pancreas?«

»Ja. Im Caput.«

»Kann man das operieren?«

Mit verbissener Miene schüttelt Erland den Kopf. Das ist das längste Kopfschütteln, das ich je gesehen habe, obwohl es nur wenige Sekunden dauert.

»Leider scheint er gestreut zu haben.«

Ich umklammere die Stuhllehnen so fest, dass die Knöchel meiner Finger weiß anlaufen. Die Geräusche verflüchtigen sich, als hätte man mir links und rechts eine Ohrfeige verpasst. Ich sehe, wie sich Erlands Mund bewegt, höre ihn sagen: »In der Leber und einem Lungenflügel sind Metastasen. Wir können nicht operieren, ohne einen Onkologen hinzuzuziehen. Ich habe schon mit ihnen gesprochen, und sie kommen heute Nachmittag auf der Visite zu dir.«

Ich schließe die Augen, sehe vor mir die Patienten, die ich mit derselben Diagnose gehabt habe, wie sie einen oft qualvollen, aber immer aussichtslosen Kampf auf sich genommen haben. Erland verstummt, legt seine große, behaarte Hand auf meine Schulter und drückt sie.

»Es tut mir so leid. Aber in den letzten Jahren hat man große Fortschritte mit Zytostatika und Bestrahlung gemacht.«

Ich nicke und spüre, wie meine Augen anfangen zu brennen. Mir ist bewusst, dass das nur aufschiebende, aber keine heilende Wirkung hat. Niemand kann den Tod besiegen, wenn er sich jemanden ausgesucht hat.

Erland redet weiter, aber ich höre nichts. Denke nur daran, dass der Junge mich nicht schwach sehen soll. Meine Frau wird sich um ihn kümmern. Sie ist eine gute Mutter.

Aber wer soll sich um meine Geliebte kümmern? Sie hat niemanden. Ohne mich wird sie untergehen. Diese Erkenntnis ist die definitive Finsternis.

64

Uppsala

Gabriel sah die Lücke und ging die Außenbahn entlang. Bekam den perfekten Pass, und es gelang ihm, den Ball aus der Luft zu nehmen. Nathalie stand mit rund dreißig anderen Eltern an der Linie des Halbfeldes vom Allgemeinen Sportverein von Sunnersta und ballte die Fäuste. Instinktiv wollte sie ihn durch Rufe anfeuern, wusste aber, dass das Gabriel stören würde, also biss sie sich auf die Zunge. Die Fähigkeit ihres Sohnes, Sinneseindrücke zu verarbeiten, war auf dem Fußballplatz bestimmt geringer als außerhalb, aber sie wollte kein Risiko eingehen.

Gabriel steuerte, den Ball am Fuß, auf den Strafraum zu. Jetzt stand nur noch ein Verteidiger zwischen ihm und dem

Torwart. Er ging etwas nach links und beugte sich mit einer Kontrolle über seinen zappeligen Körper in Richtung Ball, die Nathalie erstaunte. Als der Verteidiger, ein nickeliger Junge mit roten Haaren, ebenfalls nach links ging, verlagerte Gabriel das Gewicht nach rechts und zog zur Mitte. Er war ihm entwischt. Nathalie machte vor Begeisterung einen Luftsprung und drückte so fest die Daumen, dass es wehtat.

Der Schuss war hoch und hatte Effekt. Auf halbem Weg zum Tor veränderte der Ball die Richtung und verfehlte den Winkel um zwei Meter.

»Nein!«, rief Nathalie, außerstande, sich zu beherrschen. Gabriel schlug in die Luft und schrie seine Enttäuschung hinaus.

»Guter Angriff, nächstes Mal versenkst du ihn!«, rief Magnus Bergman, der neben ihr stand. Sie bedachte ihn mit einem dankbaren Blick und sah, wie William zu Gabriel lief und den Arm um ihn legte. Gemeinsam gingen sie zurück zur Mittellinie und warteten auf den Abstoß des Torwarts.

»Nächstes Mal macht er das Tor«, sagte Magnus.

»Hoffentlich. Wäre gut für sein Selbstvertrauen. Noch mal danke, dass du die Situation mit ihrem Krach geklärt hast, sie scheinen jetzt dicke Freunde zu sein.«

Magnus nickte ernst. Seine Kieferpartie war kräftig und sein Blick entschlossen, typisch für einen Oberarzt der Chirurgie. Normalerweise hielt Nathalie diese Sorte von Männern für austauschbar und langweilig, aber Magnus zwinkerte schelmisch, was sie anziehend fand. Außerdem war er geschmackvoll angezogen in dem taubenblauen Sakko über einem weißen T-Shirt mit V-Ausschnitt und einer Hose im gleichen cremefarbenen Ton, dazu ein Paar weiße Sportschuhe mit passenden hellblauen Streifen.

»So was muss man sofort regeln«, erklärte er mit Nachdruck. »Super, dass du William hinterher mit zu dir nach Hause nimmst. Ich muss wirklich dringend meine Analyseergebnisse und Aufzeichnungen unterschreiben. Mein Vorgesetzter hat in dieser Woche deshalb schon zweimal bei mir nachgehakt.«

»Immer mehr Papier, immer weniger Patienten«, seufzte Nathalie. »Aus dem Grund haben wir uns eigentlich nicht den Arztberuf ausgesucht.«

»Schon gar nicht den als Chirurg«, sagte er und grinste sie an. »Meine Wenigkeit weiß noch, wie fertig ich mit den Nerven war als Arzt in Ausbildung, weil jede Krankenakte so dick war wie ein Roman.«

»Ich halte übrigens Vorlesungen zum Thema, wie man konzise Krankenakten führt«, entgegnete sie.

»Dann muss ich wohl nächstes Mal daran teilnehmen«, lächelte er und guckte auf seine Armbanduhr. »Ist es in Ordnung, wenn Helena William um eins abholt?«

»Kein Problem. Ich muss spätestens Viertel nach losfahren.«

»Genau, nach Stockholm und zur Profilergruppe, so war das doch, oder? Hört sich natürlich spannender an als Papierkram.«

Sie nickte und dachte, dass es höchste Zeit war, ihn nach der ASJ zu fragen. Bisher hatte sich ihr noch keine gute Gelegenheit geboten. Erst hatte Gabriel sie mit seinen Geschichten auf Trab gehalten, und dann, als das Spiel lief, gab es keine ruhige Minute mehr, und ständig wollten andere Eltern sie begrüßen.

Torsten hatte sie auch nicht erreicht. Nach der Information, dass er Mitglied bei der ASJ war, hatte sie immer wieder die unerwartete Begegnung im Flugzeug nach Östersund durchgespielt. Wie gut gelaunt er gewesen war, dass er sich mit seinem Jugendfreund in Bräcke treffen würde, um »die schönste Lachsforelle des Landes« zu angeln. Ein Tag, dann wollte er nach Hause fliegen. Also war Torsten bei den Morden an Hedvig Molin und den Schwestern Lundblad in der Nähe gewesen. Und er besaß offensichtlich einen schwarzen SUV, den sie noch nie gesehen hatte. Torsten fuhr mit dem Fahrrad zur Arbeit, und nach einer Feier nahm er sich immer ein Taxi nach Hause ins Einfamilienhaus in Kåbo.

Trotz der Indizien war sie überzeugt, dass er nichts damit zu tun hatte. Wenn der Jugendfreund ihm ein Alibi geben konnte, dann hatte er für die anderen Morde bestimmt auch eins.

Der Torwart schlug den Ball ins Feld, und ein Dutzend Neunjähriger bildete im Mittelfeld ein Knäuel.

»Was ist eigentlich mit Tea?«, kam Magnus ihr zuvor, nachdem er ein »Nun mach schon, Junge!« gerufen hatte, die Hände um den Mund zu einer Flüstertüte geformt.

»Bauchweh«, antwortete Nathalie und zog ihre Lippen mit Lipgloss nach. »Aber ich glaube nicht, dass es was Ernstes ist. Sie wollte wohl lieber bei ihrer Oma auf dem Sofa liegen und lesen, anstatt Weitsprung zu machen. Und diesmal hatte ich nicht die Energie, sie zu zwingen.«

»Ich finde es wichtig, dass William das zu Ende macht, was er angefangen hat«, sagte Magnus. »Heutzutage fangen die Kinder ja jede Woche neue Aktivitäten an und hören gleich wieder damit auf.«

Sie konzentrierte sich auf das Spiel und nickte kurz als Antwort, mehr als Bestätigung, dass sie ihn hörte, und weniger, dass sie ihm zustimmte. Prinzipien waren natürlich gut, aber wenn man nur jede zweite Woche mit seinen Kindern zusammen war, war es am wichtigsten, gut miteinander auszukommen.

Gabriel und zwei Jungen aus der gegnerischen Mannschaft sprangen ein paar Meter von der Seitenlinie entfernt hoch, um mit dem Kopf zum Ball zu gehen. Zwei Blondschöpfe und ein Rothaariger, und es war unmöglich, zu erkennen, wer an den Ball kam. Der Ball flog in hohem Bogen auf Nathalie zu. Sie streckte sich und fing ihn mit den Händen über dem Kopf.

»Super«, grinste Magnus. »Jetzt wissen wir, von wem er das Ballgefühl hat!«

Alle drei Jungen stürmten mit ausgestreckten Armen auf sie zu und verlangten den Einwurf. Nathalie schaute zum Schiedsrichter, der mit dem Arm auf Gabriels Tor zeigte. In der nächsten Sekunde stand der Rothaarige vor ihr und riss ihr den Ball aus der Hand. Rufe, fuchtelnde Arme und dürre Beine liefen kreuz und quer, als der Einwurf kam. Gerade als Nathalie sich nach der ASJ erkundigen wollte, fragte Magnus, ob sie einen Kaffee haben wolle.

Als Magnus zum Kaffeeausschank ging, bekam sie eine SMS von Johan. Er und Granstam waren auf dem Weg nach

Uppsala, und Johan wollte wissen, ob sie mit ihnen den Tatort besichtigen wolle. Wütend blieb sie mit dem Mobiltelefon in der Hand stehen und hob den Blick zum Spiel. Johan wusste sehr gut, dass sie sich ihnen erst um drei Uhr in Stockholm anschließen würde. Was sollte das hier also? Noch ein ausgestreckter Fühler, um bei ihr gut Wetter zu machen?

Sie hatte sich ihm so geöffnet, wie sie sich geschworen hatte, es nie wieder bei einem Mann zu tun. Für sie war ihre gemeinsame Nacht sehr viel mehr gewesen als nur ein One-Night-Stand. Ihm ging es offenbar nicht so. Sie war enttäuscht und fühlte sich hinters Licht geführt.

Hätte ihr das klar sein müssen? Nein, als sie das Mal davor versucht hatte, ihn zu küssen, hatte er abgelehnt, jetzt aber nicht. Außerdem war es der zweite Kuss im Lauf desselben Abends, der sie zusammengeführt hatte, er hatte also genug Zeit gehabt, sich die Konsequenzen vor Augen zu führen.

»Du wolltest doch bestimmt Milch reinhaben, oder?«

Magnus lächelte und reichte ihr einen Plastikbecher. Verzog das Gesicht, als täte ihm der ausgestreckte Arm weh, und stellte sich auf die rechte Seite.

»Huch«, sagte sie. »Was ist passiert?«

»Im Rücken hat es gezwickt, meine Bandscheibe spinnt.« Er reckte sich und lächelte entschuldigend.

»Sieht perfekt aus«, lächelte sie, setzte die Lippen an die braun-weiße Flüssigkeit und nippte kurz. »Entschuldige, ich muss nur schnell eine SMS beantworten.«

»Klar«, nickte Magnus und drehte sich zum Spiel um, wo es einen Freistoß für den Gegner gab.

Mit dem Daumen als Antwort signalisierte Nathalie, dass sie sich an den vereinbarten Plan zu halten gedachte. Mehr aber auch nicht. Ein bisschen konnte Johan selbst nachdenken.

Auf den Freistoß folgte ein weiterer Einwurf. Die Uhr auf dem Display zeigte 10.27. Drei Minuten waren nur noch zu spielen, und es war höchste Zeit, Magnus zu fragen. Sie drehte sich zu ihm um, senkte die Stimme, damit das Paar links von ihr nicht mithören konnte.

»Ich habe gesehen, dass du Mitglied bei der ASJ bist.«

65

Magnus guckte sie erstaunt an, bevor er wieder zum Ball schaute. »Das stimmt, ich bin bei der ASJ. Woher weiß du das?«

Nathalie hatte mit seiner Frage gerechnet und sich für die am wahrscheinlichsten klingende Lüge entschieden, die ihr eingefallen war. »Ich habe in einer alten Ausgabe vom Ärzteblatt einen Artikel über den Verein gelesen, wollte mehr wissen und habe den Vorsitzenden angerufen. Wir unterhielten uns eine Weile, und dann nannte er mir die Namen von ein paar Kollegen im Krankenhaus, die Mitglieder sind.«

Magnus zog erstaunt die Augenbrauen hoch, ohne sie anzusehen.

»Ich verstehe. Ich dachte, du hättest mich auf Twitter gefunden.«

Das war ihr entgangen. Und Tim hatte auch nichts von Twitter erwähnt. »Nein«, sagte sie, trank einen Schluck Kaffee und dachte nach. »Schreibst du über aktive Sterbehilfe?«

»Ja, ich finde, wir sollten sie legalisieren. Übrigens hat dein Vorgesetzter Torsten mein Interesse dafür geweckt. Irgendwann saßen wir zufällig in der Kantine am selben Tisch, und da sprach er so positiv über den Verein, dass ich ihn im Internet gesucht habe. Er war selbst erst seit Kurzem Mitglied. Das war vor zwei Jahren, wenn ich mich richtig erinnere.«

Ihr lief ein kalter Schauer über den Rücken. »Und du bist es dann auch geworden?«

Magnus nickte. »Ich habe über zweihundert Follower.«

»Unter welchem Namen?«

»@euthanasie73.«

Nathalie fiel wieder der Artikel über die ASJ mit der Verlinkung zu Dagens Medicin ein. Dort wurde über einen twitternden Arzt mit diesem Alias berichtet.

Der Arzt war ein anonymes Mitglied, und Tim war es nicht gelungen herauszufinden, wem der Account gehörte. Zumindest hatte sie Magnus' Namen nicht auf einer der ständig aktualisierten Listen über in den Medien aktive Mitglieder gesehen.

»Warum schreibst du unter Pseudonym?«, fragte sie.

Magnus zuckte die Schultern. »Ich glaube nicht, dass

mein Vorgesetzter begeistert wäre, wenn ich öffentlich aktive Sterbehilfe propagiere. Torsten ist ja selbst Vorgesetzter und hat sich nicht in die Debatte eingeklinkt. Aber ich glaube, jetzt ist es nur noch eine Frage der Zeit, bis es auch in Schweden legalisiert wird«, fuhr er fort und trank einen Schluck Kaffee. »Zuletzt hat man in Kanada eingesehen, dass das eine Selbstverständlichkeit ist. Wir leben nicht mehr im Mittelalter und müssen uns nicht mehr bis zum letzten Atemzug quälen.«

»Nein, klar, aber das hat doch auch Nachteile.«

Magnus setzte zu einer Antwort an, schwieg aber, als William zwei Meter vor dem gegnerischen Strafraum umgeschubst wurde. Der Schiedsrichter pfiff.

»Noch eine Minute, na los, versenk ihn jetzt!«, rief der Trainer der Jungen von der Seitenlinie.

Nathalie beschloss, das Thema auf sich beruhen zu lassen. Beobachtete stattdessen William, wie er sich wieder aufrappelte, dem Rothaarigen den Ball abnahm und ihn nach kurzem Zögern an Gabriel abgab. Gabriel warf einen Blick zu Nathalie. Sie nickte, und Kaffee schwappte auf ihre Hand. Magnus reichte ihr eine Serviette. Sie bedankte sich und wischte den Kaffee ab, während sie zusah, wie Gabriel sich den Ball zurechtlegte.

Komm schon, Liebling, dachte sie und hielt den Atem an.

Entschlossen nahm Gabriel Anlauf. Der Referee pfiff, und Gabriel trat an. Setzte den linken Fuß auf und kickte mit dem rechten. Traf perfekt, und das Geräusch von Leder auf Leder prallte gegen Nathalies Trommelfelle. Der Ball streifte den Kopf des größten Jungen in der Mauer und änderte seine Richtung. Der Torwart hatte keine Chance. Der Ball schlug unter die Latte und beulte das Netz zu einem enormen Trichter aus.

Als der Ball zu Boden fiel, brach Jubel im Siegerlager aus. Auch Nathalie entfuhr ein schallendes »Jaaa!«, und Magnus klopfte ihr auf den Rücken. »Da siehst du's, ich habe doch gesagt, dass er das hinkriegt!«

Ekstatische Umarmungen und hängende Köpfe. Nathalie wollte schon aufs Spielfeld gehen, hielt sich aber zurück, weil die anderen Eltern es auch nicht taten.

»Das war's«, sagte Magnus, leerte den Kaffeebecher und sah auf die Uhr. »Jetzt muss ich los.«

»Ja«, sagte Nathalie. »Sobald sie mit Feiern fertig sind, fahre ich mit ihnen zu Tonis.«

»Super«, meinte Magnus und rannte aufs Feld zu William.

Sie blieb stehen, unterhielt sich kurz mit den umstehenden Eltern. Magnus umarmte William lange und begab sich mit raschen Schritten zu seinem silberfarbenen Volvo V90, von dem Gabriel so beeindruckt war, weil Zlatan Ibrahimović Werbung für den Wagen machte.

»Verdammt gut gespielt, ihr zwei!«, sagte Nathalie, als die Jungen verschwitzt und zufrieden zu ihr kamen. »Seid ihr bereit für Tonis Pizzen?«

Im Auto, nachdem die anfängliche Euphorie abgeklungen war, steckte sich Nathalie die Ohrstöpsel ein und rief Sonja an. Tea lag auf dem Sofa und las ein Buch über Elefanten. Nathalie sprach eine Weile mit ihr, erzählte von Gabriels Tor und fragte Tea, ob sie mit in die Pizzeria kommen wolle.

»Nein danke, Mama. Oma hat Fleischbällchen zum Mittagessen gemacht, und ich muss dieses Buch zu Ende lesen. Wusstest du, dass Elefanten einen eigenen Friedhof haben, zu dem sie gehen, wenn sie bald sterben?«

»Habe davon gehört, du kannst mir mehr davon erzählen, wenn wir uns sehen. Wir sind um ein Uhr bei Oma. Erst kommen Gabriel und William mit zu uns und spielen noch ein bisschen, während ich eure Sachen packe. Dann holt Papa euch bei Oma ab.«

»Meinst du, ich darf Tildes Bauch mal anfassen?«

Nathalie sah Teas kleine Hand vor sich.

»Bestimmt«, antwortete sie so neutral wie möglich. »Bis gleich, meine Kleine, hab dich lieb.«

Sie legte auf und bog rechts in den Dag Hammarskjölds väg ab. Spürte diese Leere in sich, die sie verabscheute und den Kindern nie zeigen wollte. Sie wollte deren Freude über ein Geschwisterchen nicht trüben. Aber das war nicht leicht. Schon gar nicht nach Johans feigem Rückzieher. Das machte sie empfindlich wie eine offene Wunde.

Fünf Minuten später fuhr sie bei der Pizzeria vor. Obwohl einem vom Duft aus dem Steinofen das Wasser im Mund zusammenlief, bestellte sie für sich nur einen Caesar Salat. Während die Jungen beim Kauen das Spiel Schuss für Schuss durchgingen, richtete sie einen Twitteraccount ein und ging auf Magnus' Konto. Er hatte zweihundertsieben Follower, und der letzte Tweet war von gestern.

Hilfe beim Sterben sollte genauso selbstverständlich sein wie Hilfe beim Leben. #aktivesterbehilfejetzt #legalize

---

Sie las in umgekehrt chronologischer Reihenfolge und erkannte schnell, dass alle Posts von Sterbehilfe handelten mit Verweisen auf verschiedene Nachrichten, Debattenbeiträge und andere Tweets. Nichts übers Privatleben. Nach einer Weile fand sie ein paar Jahre zurückliegende Kommentare von Torsten, die alle betonten, dass ihm gefiel, was Magnus geschrieben hatte.

Mit wachsendem Unbehagen ging sie auf Torstens Konto. Er selbst hatte nichts geschrieben, sondern likte nur die Beiträge anderer. Typisch Torsten, alle zu ermuntern. Der erste Kommentar lag zwei Jahre und einen Monat zurück. Das stimmte mit dem Zeitpunkt überein, den Magnus erwähnt hatte, wann Torsten ihn angeregt hatte, der ASJ beizutreten.

Ich muss die Gruppe über Magnus' Twitterbeiträge informieren, bevor sie ihn vernehmen, dachte sie und knabberte den letzten Croûton, während sie William beobachtete. Er hatte die Pizza von der Mitte aus nach außen gegessen, hielt jetzt das runde Kantenstück hoch und steckte zu Gabriels Begeisterung eine Hand hindurch.

Sobald ich ungestört reden kann, rufe ich Granstam an, beschloss sie. Zufrieden mit der Entscheidung ging sie zur Kasse und bezahlte für das Extra-Getränk, zu dem sie die durstigen Spielhelden eingeladen hatte.

Um fünf nach elf saßen sie wieder angeschnallt im Auto. Nathalie steuerte den Wagen langsam durch das hübsche Einfamilienhausviertel mit seiner harmonischen Mischung aus alten Birken, Nadelbäumen und gut getrimmten Hecken.

Nach einer halben Minute befreienden Schweigens hellte sich Gabriels Miene auf, und er rief: »Wenn wir nach Hause kommen, springen wir Trampolin! Ich habe Rückwärtssaltos gelernt!«

Nathalie lächelte über den brennenden Eifer. Offenbar war er nach dem Spiel oder nachdem er die größte Pizza der Stadt verdrückt hatte, kein bisschen müde.

»Aber wir müssen aufpassen«, meinte Gabriel weiter, »wir haben ein riesiges Wespennest unter dem Dach, und Tea ist vorige Woche gestochen worden.«

William riss die Augen auf und machte ein erschrockenes Gesicht.

»Ich habe meine Allergiespritze vergessen! Ich bin superallergisch und soll die immer dabeihaben.«

»Ich weiß«, sagte Nathalie. »Hattest du sie beim Spiel nicht dabei?«

»Nein«, antwortete William gestresst und begann in seiner Sporttasche zu wühlen. Nathalie saß still da und wartete. Dann schaute William wieder hoch, schüttelte den Kopf und sagte betrübt: »Nein, die ist hier nicht drin. Ich muss sie zu Hause vergessen haben.«

»Dann fahren wir schnell bei euch vorbei und holen sie«, sagte Nathalie. »Das ist fast kein Umweg. Du hast einen Schlüssel, oder?«

William nickte dankbar.

Als Nathalie in den Rälsvägen einbog, klingelte das Telefon. Sie steckte die Kopfhörer ins Ohr und nahm das Gespräch an, ohne zu sehen, wer anrief.

»Ja, hallo, Nathalie.«

Granstam. Sofort fiel ihr das Rezept ein, das sie gestern telefonisch bestellt hatte und das Versprechen, eine Überweisung zur Suchtberatung auszustellen. Aber nach allem, was nach ihrem Telefonat passiert war, hatte sie an Granstams Tablettenmissbrauch kaum einen Gedanken verschwendet.

»Ist was passiert?«, fragte sie.

»Ja, darum rufe ich an«, antwortete Granstam mit einer Spitze von Verschmitztheit in der Stimme, die ihr nicht gefiel. »Johan und ich sind gerade am Haus der Schwestern Lundblad im Rosenvägen hier in Sunnersta angekommen.«

Nur wenige Straßenzüge entfernt, dachte Nathalie.

»Wir sitzen noch davor im Auto, sind noch nicht drinnen«, sprach Granstam weiter. »Tim hat angerufen, und es sind etliche interessante neue Informationen über Ihren Chef Torsten Ulriksson aufgetaucht ... Haben Sie mit ihm gesprochen?«

»Er geht immer noch nicht ans Handy. Was ist passiert?«

»Offensichtlich war Astrid nach der Diagnose über ihren unheilbaren Hautkrebs Patientin bei Torsten«, berichtete Granstam. »Tim hat ihren Hausarzt erreicht, und der erzählte, dass Astrid viermal bei Torsten war und von ihm behandelt wurde.«

Noch eine Verbindung zu einem der Opfer, von denen

es in der Ermittlung so viele gibt, dachte Nathalie. Das Seltsame war, dass Torsten sie als Patientin angenommen hatte. Er hatte für klinische Arbeit nicht viel Zeit und beschäftigte sich ausschließlich mit Psychosepatienten. Doch da Astrid Krankenschwester im Krankenhaus gewesen war, hatte sie bestimmt wie so viele andere gehört, dass er ein guter Psychiater war.

Granstam bestätigte ihren Gedanken: »Der Hausarzt erzählte, dass Astrid unbedingt eine Überweisung zu Torsten haben wollte. Sie hatten am 5. März zum ersten und vor zehn Tagen zum letzten Mal einen Termin. Laut der Krankenakte ging es ihr besser, und sie sollte zwei Wochen später wiederkommen.«

»Ich verstehe«, sagte Nathalie und hielt für eine Frau, die mit ihrem kleinen schwarzen Hund einen Zebrastreifen überquerte. »Ich vermute, Sie rufen auch noch aus einem anderen Grund an, oder?«

»Ja«, seufzte Granstam, als bedauere er den Verdacht gegen ihren Vorgesetzten. »Peter Schultz hat zweimal auf der Psychosestation gearbeitet, für die Torsten verantwortlich ist.«

B 23, dachte Nathalie. Sie war an die hundertmal als Notärztin dort gewesen, aber selbst wenn ihr Peter über den Weg gelaufen wäre, hätte sie ihn vermutlich nicht erkannt.

»Schultz arbeitete im Sommer 2013 eine Woche dort und auch eine Woche im Juni dieses Jahres«, erklärte Granstam. »Und beide sind ja Mitglied in der ASJ ...«

»Ich kann mir kaum vorstellen, dass Torsten was damit zu tun hat.«

»Das Problem ist, dass wir ihn nicht erreichen«, sprach Granstam weiter, als hätte er sie nicht gehört. »Ein Nachbar sagt, er sei am frühen Morgen mit dem Auto weggefahren, hatte offensichtlich Angelsachen dabei.«

»Dann ist er vermutlich in seinem Ferienhaus in Älvkarleby«, sagte Nathalie. »Da fährt er sonntags immer zum Angeln hin.«

»Gut, wir schicken sofort eine Streife hin. Wie lief es übrigens mit diesem Chirurgen, Magnus Bergman?«

»Er bestätigte die Mitgliedschaft und erzählte, dass er einen Twitteraccount hat, auf dem er sich für die Legalisierung von Sterbehilfe ausspricht. Sie wissen schon, @euthanasie73, worüber was in Dagens Medicin stand.«

»Genau«, sagte Granstam. »Haben Sie ihm wegen eines Alibis auf den Zahn gefühlt?«

»Nein, es war ein informelles Gespräch unter Kollegen, das wollten Sie doch so, oder?«

»Ja, aber jetzt machen wir auch bei ihm die zweite Visite.«

»Magnus wollte ins Krankenhaus, er sitzt bestimmt in seinem Zimmer auf der Chirurgischen.«

»Was ist Ihr Chef für ein Mensch, passt er ins Profil?«, fragte Granstam.

»Nein, nicht unbedingt«, antwortete Nathalie und mahnte Gabriel zur Ruhe, der über alle von Williams Faxen in lautes Lachen ausbrach. »Er ist nett, fürsorglich und nicht im Geringsten egozentrisch. Hält den Ball flach und geht Konflikten aus dem Weg, Sie wissen schon, so ein Chef, der leitet, ohne in Erscheinung zu treten. Und was die Rosen angeht, ist mir noch nie aufgefallen, dass er sich mit solchen Symbolen beschäftigt hätte. Außerdem ist er eher der nachlässige Typ als ein Kontrollfreak.«

»Vielleicht ist seine Hilfsbereitschaft ja ausgeufert?«, schlug Granstam vor.

»Er hat für Kiruna und Ystad bestimmt ein Alibi«, antwortete Nathalie und bremste für ein Auto mit Anhänger, das rückwärts aus einer Garagenausfahrt fuhr. »Ich will dabei sein, wenn Sie ihn vernehmen.«

»Dann aber nur auf der anderen Seite der Spiegelwand«, entschied Granstam. »Jetzt will Johan, dass wir reingehen, ein paar Journalisten kleben wie Kletten an ihm. Ich melde mich später noch mal.«

66

»Ich habe Ihnen nichts mehr zu sagen«, meinte Johan zu der Meute von Journalisten und schlüpfte unter dem blauweißen Absperrband hindurch, das um das Grundstück der Schwestern Lundblad im Rosenvägen in Sunnersta gespannt worden war. Er machte ein paar Schritte auf das kleine Haus aus weißen Ziegeln zu und ignorierte die Kommentare hinter seinem Rücken. Zwei Uniformierte, ein dunkelhäutiger Mann und eine blonde Frau in den Dreißigern, standen vor dem Haus Wache. Sie grüßten mit ihren Nachnamen und zackigem Nicken.

Johan drehte sich um und sah, wie sich die Geier sofort auf Granstam stürzten, als er aus dem Wagen stieg. Das würde ihnen nichts bringen. Schwerfällig und mit seiner melancholischsten, versteinerten Miene watschelte er auf die Absperrung zu, ohne ein Wort von sich zu geben. Statt sich zu bücken, hob er das Band hoch, dass es sich so stark spannte, dass Johan befürchtete, es würde gleich zerreißen. Mit leicht gebeugtem Nacken ging er darunter hindurch und ließ den Streifen los, sodass er zurückschnellte und einen der Fotografen aufhielt, der sich mit seiner Kamera auf das Haus zubewegte.

Johan konnte sich ein Lächeln über seinen Chef nicht verkneifen. Obwohl sie auf der Fahrt die meiste Zeit geschwiegen hatten, konnte man leicht erraten, was sich in Granstams Gedanken und Gefühlen abspielte. Wenn ich ein genauso eindeutiger Mensch wäre, hätte ich mit Nathalie nie so ein Chaos angerichtet, dachte er.

Er betrat die Vortreppe und drückte mit dem Daumen auf den Klingelknopf. Ein Techniker in einem strahlend weißen Arbeitsoverall, schlumpfblauen Überziehschuhen und zwei Paar Handschuhen machte ihm die Tür auf. Er stellte sich vor und versorgte Johan mit zwei Paar Überziehschuhen und zwei Paar Handschuhen. Johan und Granstam setzten sich auf der Vortreppe auf die Bank und zogen die Schützer über. Sie stellten sich vor, wie die Schwestern Lundblad dort einander gegenübergesessen und ihren Vormittagskaffee getrunken hatten, wie es dem Bericht ihres hilfsbereiten Nachbarn und Zeitungsboten zufolge ihre Gewohnheit war.

Der Flur war klein, dunkel und gründlich geputzt. Es

duftete nach Schmierseife und altem Küchendunst. Auf den Bügeln an der Garderobe hingen vier Sommermäntel in Erdfarben, auf dem Regal standen vier Paar Schuhe ordentlich aufgereiht, alle in einer Größe. Eine kleine Kommode mit einem Bakelittelefon mit Wählscheibe flankiert von einem rot lackierten Holzstuhl auf einem Flickenteppich. Die Wände zierten Wandbehänge mit Sprichwörtern. Johan las die zwei, die er zuerst sah: *Eigener Herd ist Goldes wert* und *Horche auf der Fichte Rauschen, an deren Wurzeln dein Nest befestigt ist.* Er kannte beide aus dem Haus seiner Großeltern.

Vor dem Wohnzimmer blieben sie stehen. Johan ließ den Blick über den moosgrünen Linoleumboden, die Seegrastapete, die Korbsessel und hinauf zur orangefarbenen Deckenlampe wandern und vermutete, dass die Schwestern seit ihrem Einzug an der Einrichtung nichts mehr verändert hatten.

Sie gingen weiter ins Schlafzimmer. Obwohl Johan wusste, dass beide Leichen in die Gerichtsmedizin abtransportiert worden waren, empfand er eine Mischung aus Würde und Unbehagen, als er über die Schwelle trat.

Die Techniker hatten alle Lampen eingeschaltet und am Fußende des Bettes einen Scheinwerfer aufgestellt. Johan und Granstam mussten zuerst kurz blinzeln, bis sie sich ans Licht gewöhnt hatten.

»Ja, hier lagen sie also«, sagte der Techniker Rickard mit einem Nicken zum Bett. Die Bettdecken befanden sich ordentlich zusammengelegt in Brusthöhe. Nicht eine Falte, nicht ein Staubkorn. Es sah so aus, als hätte man die Körper fortgeschafft, ohne dass jemand das Bett berührt hätte. »Ich bin hier gleich fertig, habe aber keine sicheren Spuren vom Täter gefunden. Aber es gibt jede Menge Fingerabdrücke, doch neben denen der Schwestern scheinen sie nur vom Pflegedienst zu sein, uns ist es tatsächlich gelungen, alle ausfindig zu machen und sie zu überprüfen.«

»Der Täter ist wohl genauso gründlich vorgegangen wie wir, um keine Spuren zu hinterlassen«, seufzte Granstam und hob demonstrativ die Hände, an denen sich die zwei Nummern zu kleinen Handschuhe wie Schwimmhäute zwischen seinen Fingern spannten.

»Und die Rosen scheinen nach der gleichen Methode wie in den vorigen Fällen behandelt worden zu sein, nämlich mit blauer Tinte, die sie durch einen langen Schrägschnitt im Stiel aufgesogen haben«, berichtete Rickard. »Was für ein Verrückter macht so was?«

»Einer, der ihnen beim Sterben helfen wollte«, erklärte Johan. Rickard schüttelte den Kopf, als begriffe er die wahnsinnige Welt nicht, die zu untersuchen seine Aufgabe war. Dann seufzte er, setzte sich in die Hocke und machte sich daran, eine Spiegelkommode rechts vom Fenster zu inspizieren.

»Keine Spuren von Computern oder Handys?«, fragte Granstam.

»Nix«, antwortete Rickard. »Aber von Comhem haben sie Modem und Breitband, also hat der Mörder die wahrscheinlich mitgenommen.«

»Keine Abschiedsbriefe oder sogenannte Lebenstestamente?«, erkundigte sich Johan und schaute in den Wandschrank, in dem nur Wintermäntel und Pelze hingen.

Rickard schüttelte den Kopf und pinselte das Fingerabdruckpulver neben eine Pumpflasche mit Creme für weiche Haut, die auf der Kommode stand.

»Schon merkwürdig«, sagte Johan, schloss den Wandschrank und sah Granstam an, »dass keins der Opfer der Nachwelt mitteilte, dass sie um aktive Sterbehilfe baten, oder?«

»Wenn es denn so abgelaufen ist«, sagte Granstam und wischte sich den Schweiß von der Stirn, die im Licht der Scheinwerfer rötlich angelaufen war. »Beim Motiv ist vieles noch unklar. Warum haben sie nicht die Formulare zur Regelung fürs Lebensende benutzt, die es auf der Homepage des Vereins gibt?«

Johan fiel wieder die Karte bei der Rose an der Hotelzimmertür ein. Die aberwitzige Verfolgung von Ahmed, die merkwürdige Botschaft, die jetzt abgedruckt auf den Sites der Abendzeitungen stand. »Warum die Ziffer acht?«, dachte er laut. »Und warum diese beknackten Rosen?«

»Um Aufmerksamkeit zu bekommen und um uns zu verstehen zu geben, dass es sich um ein und denselben Täter handelt«, meinte Granstam. »Und ohne die Rosen hätte er vermutlich Hunderten das Leben nehmen können, ohne dass wir reagiert hätten.«

Es entstand eine Pause. Nur Rickards methodisches Hantieren mit Pinsel und Spray war zu hören.

»Ja, dann sind wir hier fertig«, beschloss Granstam und wackelte langsam aus dem Zimmer.

»Mein Kollege Conny kann Ihnen die Zeitung in der Küche zeigen, wenn Sie sie sehen wollen«, sagte Rickard, ohne seine Arbeit an der scheinbar blanken Kommodenoberfläche zu unterbrechen.

Granstam ging voraus in den Küchenflur. Johan folgte ihm und schaute sich genau um. Die Küche war genauso altmodisch wie der Rest des Hauses: Holzfeuerherd, Wasserhähne, Kaffeekocher und Küchenfronten in Pastellgelb mit schrägen Oberschränken mit Schiebetüren. Auf dem Tisch lag zusammengefaltet die aktuelle Upsala Nya Tidning auf einer rot-braunen Karo-Wachstuchdecke.

»Das ist also die Zeitung, die der Nachbar gebracht hat?«, fragte Granstam und drehte sich zu Conny um.

»Ja«, bestätigte er. »Aber weil sie reingeholt wurde, nachdem der Mörder gegangen war, haben wir sie nicht untersucht.«

»Hat jemand mit dem Briefträger gesprochen?«, wollte Johan wissen. »Obwohl ich annehme, dass die Zeitung später ausgetragen wurde als zu dem Zeitpunkt, als die Nachbarin den Mann mit der Baseballcap in dem schwarzen SUV sah, lohnt sich eine Untersuchung.«

»Ich rufe Kommissar Hamrén an«, beschloss Granstam und setzte sich auf einen der vier Holzstühle. »Er soll ohnehin erzählen, was bei der Befragung der Nachbarschaft rausgekommen ist.«

Granstam bekam Antwort. Seinen Worten entnahm Johan, dass der Briefträger nichts Verdächtiges gesehen hatte. Er hörte auch, dass es einen neuen Zeugen in einem Nachbarhaus gab, mit dem sie sprechen sollten.

Draußen auf der Straße sah er, dass ein Minibus von TV4 ganz hinten in der Reihe aus Fahrzeugen diverser Mediengesellschaften des Landes parkte, und spürte Lust auf eine Portion Snus, um die Müdigkeit und den Ärger zu vertreiben.

»Wir kommen sofort hin«, sagte Granstam mit einem besorgten Blick aus dem Fenster, »wir nehmen den Hinterausgang, sonst besteht die große Gefahr, dass das Verhör live gesendet wird.«

Er legte auf und sah Johan an. »Der Nachbarjunge hat heute Nacht um halb drei einen schwarzen Jeep gesehen.«

67

Johan fand die Tür, die auf der Rückseite des Hauses in den Garten führte und öffnete sie. Dort war keine Menschenseele in Sicht. Granstam schloss sich ihm an und nickte zum Nachbarhaus.

»Nummer vierundzwanzig, da ist es, dann habe ich das richtig in Erinnerung.«

Sie zogen die Schützer aus, dankten dem Technikerduo und gingen auf die Pforte im Zaun zu. Zu ihrer Erleichterung sahen sie keinen der Schreiberlinge. Sie eilten einen Rasenhang und anschließend eine hölzerne Terrasse hinauf. Das Sonnenlicht fiel durch die Fenster in einen Raum, der wie ein Wohnzimmer eingerichtet war. In dessen Mitte, vor einem Kamin, standen zwei Personen, in ein Gespräch vertieft.

Johan schob sich eine Portion Snus unter die Lippe und

klopfte an. Kommissar Hamrén öffnete ihnen und begrüßte sie. Johan und Granstam kannten ihn von den Ermittlungen zu den Vergewaltigungen der Studentinnen, die im Frühjahr in dieser Stadt verübt worden waren. Die Frau neben ihm hatte braun gelocktes Haar und erinnerte ihn leicht an Nathalie, als sie lächelte. Sie stellte sich als Nora Jansson vor.

»Der Vater und der Zeuge warten in der Küche«, erklärte Hamrén. »Wir nähern uns mit der Befragung der Nachbarschaft in der Gegend langsam dem Ende. Jacob Carlsson scheint der Einzige zu sein, der den Mann mit dem schwarzen SUV gesehen hat.«

Fünf Minuten später saßen Johan und Granstam in der Küche, jeder mit einer Tasse dampfendem Espresso vor sich, ihnen gegenüber der verkaterte Informatikstudent Jacob Carlsson und sein Vater Martin. Kommissar Hamrén und Inspektor Jansson saßen auf einem Hocker an der Kochinsel.

»Erzählen Sie noch einmal, was Sie heute Nacht gesehen haben, als Sie nach Hause kamen«, begann Granstam und nickte Jacob freundlich zu.

Jacob verschränkte die Arme über seinem T-Shirt mit dem John-Lennon-Aufdruck und guckte aus dem Fenster. Er hatte glasige Augen und kurz geschnittene, fettige und zerzauste Haare. »Also ich war mit ein paar Mitstudenten auf einer Feier in der Norrlands Nation, nahm den letzten Bus aus der Stadt, stieg an der Haltestelle ein paar Straßen von hier entfernt aus und machte mich auf den Heimweg. Als ich in unsere Straße einbog, also an der Kreuzung vor dem Haus der Tanten, also rechts von der Berzeliusgatan ...«

»Bin im Bilde«, sagte Johan und zeigte Granstam die Karte, die er sich aufs Handy geladen hatte.

»... da sah ich einen Mann mit einer Basecap aus einem SUV steigen, irgendwie so einen wie wir ihn auch haben ...«

»Ein Toyota RAV4, der steht in der Garage«, schob Martin ein.

»Aber dieser hier war schwarz. Es war ja mitten in der Nacht, darum konnte ich nicht so gut gucken«, meldete sich Jacob wieder zu Wort und nippte am Espresso.

»Wo stand der SUV?«, fragte Johan.

»Draußen vorm Haus der beiden. Es sah irgendwie so aus, als käme der Mann von den beiden, aber ich war ja nicht ganz nüchtern. Jedenfalls schien er es eilig zu haben.«

»Glauben Sie, er hat den Rosenmörder gesehen?«, fragte Martin.

»Wo haben Sie diesen Ausdruck her?«, wollte Granstam wissen.

»Die Presse hat hier viermal auf der Matte gestanden und siebenmal angerufen«, teilte Martin genervt mit.

»Das wissen wir nicht«, antwortete Johan und wendete sich an Jacob. »Können Sie den Mann beschreiben?«

»Er war durchschnittlich groß, hatte normale Klamotten an, irgendwie eine dunkle, kurze Jacke und Halbschuhe, vielleicht Jeans. Aber am besten und am sichersten erinnere ich mich daran, dass er eine Basecap trug. Das war so eine normale Sportcap. Auch eher dunkel, wohl schwarz.« Jacob verbarg ein Gähnen hinter der Hand und sagte weiter: »Er ging schnell, lief zum Wagen und fuhr los.«

»In welche Richtung fuhr er?«, fragte Johan.

»An unserem Haus vorbei«, antwortete er und zeigte mit dem Arm die Richtung.

»Haben Sie sein Gesicht gesehen?«, erkundigte sich Granstam.

»Nein, er hatte wie gesagt eine Basecap auf.«

Granstam startete seinen Rechner und zeigte ein Foto vom Oberarzt Torsten Ulriksson. »Kann es dieser Mann gewesen sein?« Das Foto stammte von der Homepage der Klinik und war frontal aufgenommen worden.

Jacob betrachtete das Foto und zuckte mit den Schultern.

»Haben Sie sich das Kennzeichen gemerkt?«, fragte Johan.

»Nein. Aber ich erinnere mich, dass er eine schwarze Tasche dabeihatte, so was wie einen Aktenkoffer.«

Johan wechselte mit Granstam einen Blick. Die Verhörtechnik, zwischen unterschiedlichen Perspektiven hin und her zu springen, hatte ihre Wirkung nicht verfehlt. Das hier war wichtig. Mit je mehr Tatorten sie den Mann in Verbindung bringen konnten, umso besser. Johan holte sein iPad heraus und zeigte den Film der Überwachungskamera aus dem Östersunder Krankenhaus. Sowohl Jacob als auch sein Vater schauten ihn sich mit großen Augen an. Nach Ende des Films fragte Johan: »Kann es sein, dass Sie diesen Mann gesehen haben?«

»Der sah so aus wie der da, selbe Basecap, selbe Tasche.«

»Aber Sie würden ihn in anderer Kleidung und ohne Baseballcap und Tasche nicht wiedererkennen?«

»Ich glaube nicht.«

»Ist Ihnen was anderes aufgefallen, als Sie am Haus der Schwestern vorbeigingen?«, fragte Johan.

»Nein, was meinen Sie?«

»Ob in den Fenstern das Licht an oder aus war oder sonst was?«

Jacob schaute auf den Tisch hinunter, überlegte eine Weile und schüttelte dann den Kopf. »Hab nicht dran gedacht. Hatte ja getrunken und wollte schnell nach Hause.«

»Und ich kann wie gesagt die Zeit bezeugen«, schob Martin ein. »Jacob kam um 2 Uhr 31 zur Haustür rein, ich hörte ihn und bin aufgestanden.«

»Haben Sie etwas Ungewohntes gesehen?«, fragte Granstam.

»Nein, ich war auf dem Sofa eingeschlafen und bin erst aufgewacht, als ich den Schlüssel in der Tür hörte.«

Granstam drehte sich zur Kochinsel und zu Kommissar Hamrén und Nora Jansson um. »Haben Sie den Busfahrer befragt?«

»Leider nichts von Bedeutung«, sagte Hamrén und schüttelte den Kopf.

»Haben wir vergessen, nach etwas zu fragen?«, wollte Johan wissen und sah Jacob wieder in die Augen.

»Ich glaube nicht.«

»Danke, dann sind wir fertig.«

»Das Bild wird deutlicher, aber uns fehlt das Detail, das ihn identifiziert«, stellte Johan fest, als sie zum Wagen zurückkehrten.

»Das ist nur eine Frage der Zeit«, meinte Granstam.

»Bald müsste die Streife bei Torsten Ulrikssons Ferienhaus angekommen sein.« Sein Handy klingelte.

»Das ist Tim«, stellte Granstam fest und nahm das Gespräch an.

Tim war aufgeregt und sparte sich die Formalitäten: »Mir ist es gelungen, die IP-Adresse von der Person herauszufinden, die mit Hedvig Molin Mailkontakt hatte.«

»Ich rufe Sie in drei Minuten zurück«, sagte Granstam, als er sah, wie zwei Journalisten mit Mikrofonen im Anschlag auf sie zugelaufen kamen.

»Beeilen Sie sich«, riet Tim. »Es ist wichtig.«

68

Als Nathalie sich dem zweistöckigen Haus der Familie Bergman näherte, fiel ihr zuerst ein schwarzer SUV auf, der auf der Garagenauffahrt stand.

»Wem gehört der?«, fragte sie, nachdem sie auf dem freien Platz daneben geparkt hatte. Es war ein Land Rover, eines der mutmaßlichen Modelle, die der Mörder gefahren hatte. Ein Modell so alltäglich, dass sie allein an diesem Tag schon zehn Exemplare davon gesehen hatte.

»Der gehört uns, wir haben ihn vor einem Monat gekauft«, sagte William stolz. »Papa fährt den sonst immer und Mama den Zlatan-Volvo, aber heute hat Papa den Volvo genommen.«

»Ist deine Mutter zu Hause?«, fragte Nathalie verwundert und zog die Handbremse an.

»Nein, sie ist bei ihrer Freundin Ulli und hilft ihr beim Umziehen. Die hat sich scheiden lassen und zehn Minuten von hier entfernt ein Haus gekauft. Gabbe, komm mit rein! Wir holen die Spritze.«

»Klar«, sagte Gabriel und riss eine Sekunde nach William die Tür auf, »dann kann ich meinen neuen Dietrich ausprobieren, den habe ich hier in der Tasche!« Gabriel holte das Werkzeug heraus, das er sich aus einem Metallbügel zurechtgebogen hatte. Sie rannten über die ockerfarbenen Pflastersteine hinauf zum gelben Haus.

Gabriel stocherte im Schloss, und nach zehn Sekunden schob er die Tür triumphierend auf. Erstaunt über seine Fingerfertigkeit war Nathalie zugleich auch besorgt. Bisher hatte sie ihn für seine kreativen Ideen nur gelobt, aber jetzt war ihr klar, dass sie wohl ein ernstes Wort mit ihm darüber reden musste, dass es nur in Ordnung war, wenn er die Türen bei sich zu Hause mit dem Dietrich öffnete.

Die Jungen gingen ins Haus. Sie ließ den Gedanken fallen und checkte ihr Handy. Nichts Neues von der Ermittlung, nichts Neues von Johan. Das enttäuschte und erleichterte sie gleichermaßen. Zu ihrer Überraschung hatte Håkan geantwortet, dass er die Kinder gern bei Sonja abholen würde.

Er versucht sich einzuschleimen, damit er den Mut hat, mir von der Schwangerschaft zu erzählen, dachte sie und verfluchte sich für ihren Zynismus. Reflexartig wechselte sie zur Dating-App. Sie schaute sich die Fotos von drei möglichen Kandidaten an und drückte dann die Seite weg, ohne zu antworten. Bei dem Gedanken, sich nach der Nacht mit Johan auf ein Date mit einem anderen einzulassen, kam ihr die Erkenntnis, wie sinnlos One-Night-Stands waren.

Sie verstaute das Mobiltelefon in der Handtasche und schaute zum Haus. Jetzt waren die Jungen schon seit drei Minuten drinnen und immer noch nicht wieder aufgetaucht. Es wurde langsam warm im Wagen, und sie stieg aus. Trat näher an das schwarze Auto, um es sich genauer anzusehen. Es glänzte in der Sonne wie frisch gewaschen. Sie guckte auf der Fahrerseite durchs Fenster. Schöne Ledersitze und ein im Lenkrad eingebautes Panel. Nathalies Blick wanderte weiter zum Beifahrersitz. Dort lag etwas.

Es war eine schwarze Baseballcap. Sie bekam Herzklopfen.

Die Hand als Schutz vor dem Licht gewölbt auf der Scheibe, spähte sie ins Innere. Stellte fest, dass sie auf die andere Seite gehen musste, um die Vorderseite der Baseballcap zu erkennen. Sie blickte sich um. Weder die Jungen noch jemand anders waren zu sehen. Als sie den Wagen umrundet hatte, guckte sie von dort auf den Beifahrersitz, und ihr fiel auf, dass die Cap kein Markenzeichen hatte.

War das Zufall? Magnus und William trugen immer Markenkleidung. Sie schüttelte den Kopf über sich selbst. Ein weiterer Verdacht, heraufbeschworen von einer abwegigen Schlussfolgerung.

Sie schaute auf die Uhr. Viertel nach elf. Immer noch keine Jungen im Anmarsch. Sie schloss ihren Wagen ab und ging auf die Haustür zu.

Ihre Absätze klapperten auf den Steinen, und die Sonne wärmte ihren Rücken. Das Schloss, das Gabriel aufgestochert hatte, sah wie erwartet unberührt aus, und sie öffnete die Tür. Dachte an die Opfer und wie sie in der Gruppe darüber nachgedacht hatten, wie der Täter ins Haus eingedrungen war.

»Hallo, was macht ihr?«, rief sie, als sie weder William noch Gabriel sah. Auf der kurzen Treppe ins obere Stockwerk entdeckte sie einen Grashalm, der von den Stollen abgefallen war.

Nathalie stieg die drei Stufen hoch und drehte sich zu dem dunklen Flur um. »William, bist du hier oben?«

»Ja, ich kann die Spritze nicht finden.«

Die zweite Tür rechts stand offen. Dort drinnen, wo offenbar sein Zimmer war, fand sie William, der seine Sachen durchwühlte.

Er schaute sie besorgt an. »Ich dachte, sie liegt hier drin«, sagte er und zeigte auf ein Bücherregal, in dem sich beinahe der gleiche Inhalt wie in Gabriels befand. »Aber jetzt finde ich sie nicht.«

»Wo hast du sie sonst immer?«, fragte sie.

»Weiß nicht. Die soll immer hier liegen, damit ich sie finde«, erklärte er mit Tränen in den Augen. »Mama und Papa kriegen die Krise, wenn ich die verbummelt habe.«

»Immer mit der Ruhe«, sagte Nathalie. »Ich helfe dir. Wo ist Gabriel?«

»Weiß nicht, ich glaube, er ist runter in den Keller gegangen.«

»Wenn du hier weitermachst, gucke ich in der Küche und

im Wohnzimmer nach«, schlug Nathalie vor. Sie kehrte zum Eingangsbereich zurück, bog rechts in die Küche ab, die sich auf der Rückseite des Hauses befand. Durch die Fenster sah sie einen großen Rasen mit einem Trampolin, Wäscheständern und einem gemauerten Grillplatz.

Die Wanduhr zeigte halb zwölf. Jetzt mussten sie das Adrenalin finden, wenn den Jungen noch Zeit zum Spielen bleiben sollte. Systematisch sah sie an Plätzen nach, wo sie selbst die Spritze deponiert hätte: in Regalen, Schränken und Schubladen. Nach fünf Minuten hatte sie die meisten naheliegenden Stellen durchsucht. Sie beugte sich übers Treppengeländer und rief ins Souterrain hinunter: »Gabriel? Wie läuft's?«

»Finde sie nicht, bin hier unten gleich fertig«, rief Gabriel.

»Wir gucken im Wohnzimmer nach«, schlug Nathalie vor. William nickte und folgte ihr bedrückt.

Der Raum war groß, hell und gründlich geputzt. »Hier spielst du nicht so oft, oder?«, fragte sie in dem Versuch, die Stimmung aufzulockern.

»Nicht wirklich«, antwortete William und begann auf dem Couchtisch vor dem Fernseher nachzugucken, wo drei Fernbedienungen, zwei iPads und einige Headsets lagen. Am Fenster, das zur Rückseite hinausging, befanden sich ein paar Stifte und ein Brillenetui zwischen Blumentöpfen und Fotografien von der Familie.

»Wer ist das hier?«, fragte sie und zeigte auf ein Foto mit einer Frau im Rollstuhl, das in einem selbst gebastelten Bilderrahmen aus getrockneten Blumen steckte.

»Papas Schwester Monika«, antwortete William nach einem kurzen Blick. »Sie hat als Floristin gearbeitet und den Rahmen gemacht.«

»Hübsch.«

»Sie hat heute Geburtstag. Wir haben sie heute Morgen besucht.«

»Nett. Sie sieht sympathisch aus.«

Schweigend suchten sie weiter, aber ohne Ergebnis. William biss sich auf die Lippe und war den Tränen nahe.

»Vielleicht kann ich telefonisch eine neue bestellen, und dann fahren wir in die Apotheke und holen sie ab«, schlug sie vor, als sie in den Flur zurückkehrten.

Hoffnung keimte in Williams feuchten Augen auf.

»Das kannst du?«

Noch ehe sie antworten konnte, war ein Scheppern gefolgt von einem Schrei aus dem Untergeschoss zu hören. Das war Gabriel.

»Gabriel, was ist passiert?«

69

Als Johan aus dem Rosenvägen abbog, setzte Granstam die Lesebrille auf und begann, auf seinem Handy herumzutippen. »Jetzt rufe ich Tim an und frage nach der IP-Adresse«, sagte er. »Ich stelle auf laut, damit Sie mithören können.«

»Gut«, sagte Johan und ging vom Gas, als zwei Teenager auf ihren E-Skateboards aus einer Querstraße einbogen.

Konzentriert tippte Granstam mit seinem dicken Zeigefinger auf das Lautsprechersymbol und stellte das Handy in die Halterung am Armaturenbrett.

»Ja, Tim hier.«

»Hallo, Johan und ich sitzen im Wagen und hören zu. Was können Sie uns berichten?«

»Komme ich noch drauf zurück, aber ich hatte gerade eben ein anderes Gespräch.«

Granstam hörte die Aufregung in Tims Stimme.

»Was ist?«

»Rick Miller ist tot. Er und sein Jeep wurden vor einer Stunde von einem Hobbytaucher im Ringsjön gefunden. Wir arbeiten unter vollem Einsatz, und so, wie es aussieht, ist er auf den Fahrersitz gefesselt und einen Abhang runtergerollt worden. Das Auto stand in vier Metern Tiefe. Nach den Worten des Gerichtsmediziners ist er seit knapp einem Tag tot, also ungefähr seit seinem Verschwinden gestern Nachmittag.«

»Verdammte Scheiße«, fluchte Granstam. »Wo liegt der Ringsjön?«

»Der Fundort liegt 54,2 Kilometer nordöstlich von Malmö, bloß fünfhundert Meter von Bosjökloster entfernt.«

»Kennen wir die Todesursache?«

»Nein, aber es ist ja offensichtlich, dass er das nicht freiwillig getan hat. Er war mit Kabelbindern und Seilen festgezurrt, wahrscheinlich lebte er noch, als er reingerollt wurde.«

»Die Ermittlung überlassen wir unseren Kollegen vor Ort«, beschloss Granstam, »das hat wahrscheinlich nichts mit unserem Fall zu tun. Warum hast du eigentlich angerufen?«

Tims Stimme schlug von Aufregung in Stolz um.

»Ich habe kürzlich eine Mail von meinem Hacker in China gekriegt. Ihm ist es gelungen, die IP-Adresse zu dem Computer rauszufinden, den der Mörder benutzte, als er Hedvig kontaktiert hat.«

»Und?«

»Das bedeutet, dass wir sehen können, wo und wann der Mörder genau diesen Computer verwendet hat. Und dabei stellt sich heraus, dass der vor sämtlichen Morden und in allen Städten, in denen die Morde verübt wurden, aktiv war. Ystad, Kiruna, Göteborg, Malmö und jetzt zuletzt gestern Abend in Uppsala.«

»Also hat er seinen Laptop dabei und hat darüber Verbindung zu den Opfern gehabt?«, fragte Johan.

»Genau!«, antwortete Tim. »Das untermauert also unsere Theorie über den Tathergang.«

»Aber es steht nicht fest, ob ein und dieselbe Person den Rechner benutzt?«, erkundigte sich Granstam und strich sich nachdenklich über den Schnäuzer.

»Nein, theoretisch können es verschiedene Personen gewesen sein. Dann handelt es sich aber um eine Zusammenarbeit, die nur sehr schwer zu überblicken ist.«

»Was Neues über Peter Schultz?«, erkundigte sich Johan und bog links in den Dag Hammarskjölds väg ein.

»Leider nicht«, antwortete Tim, »aber die Suche läuft,

und der Landespolizeichef rief eben an und meinte, dass unsere Ressourcen aufgestockt werden.«

»Sie sagten, Sie hätten wichtige Informationen für uns«, fasste Granstam nach. »Das, was Sie bis jetzt erzählt haben, bringt uns nicht weiter.«

»Worauf ich zurückkommen wollte, war, dass der Rechner anscheinend in Uppsala steht. Dort gab es im vergangenen Monat etwa hundert Logins.«

»Bedeutet das, dass der Mörder wahrscheinlich hier in der Stadt wohnt?«, dachte Johan laut nach.

»Ja, und nicht nur das«, sagte Tim. »Meistens hat er sich vom Krankenhaus aus eingeloggt.«

Johan wechselte mit Granstam einen Blick und umklammerte das Steuer fester.

»Kann man da was Genaueres feststellen?«, fragte er.

»Leider nicht«, antwortete Tim, »wahrscheinlich ist die Dichte der Masten in der Gegend hoch, aber es gibt auch jede Menge Störfaktoren, die eine Einschätzung erschweren.«

»Kann man sehen, wo in der Stadt er aktiv gewesen ist?«, erkundigte sich Granstam.

»Nein. Zweiundachtzig Prozent der Logins sind auf dem Krankenhausgelände gemacht worden, die anderen über die ganze Stadt verteilt.«

»Wann war die letzte Aktivität?«, wollte Johan wissen.

»Gestern Abend um halb neun.«

»Wo?«

»Mitten in Sunnersta.«

»Da, wo wir jetzt sind«, stellte Granstam fest.

»Ich überwache den Rechner«, sagte Tim. »Wenn er eingeschaltet wird, dann sehe ich es sofort.«

»Gut gemacht, Tim«, lobte Granstam. »Was ziehen wir für Schlüsse daraus?«, fuhr er fort und drehte sich zu Johan.

»Dass es jemand ist, der im Krankenhaus arbeitet«, antwortete Johan.

»Klinikleiter Torsten Ulriksson«, sagte Granstam.

»Die Kollegen sind in fünf Minuten beim Ferienhaus in Älvkarleby«, informierte Tim seine Kollegen.

»Die Kreise schließen sich«, meinte Granstam. »Dass der Täter sich seinem Heimatort nähert, passt ins Bild einer waghalsigen Person, die glaubt, über alles und alle erhaben zu sein.«

»Der Wahnsinn eskaliert«, sagte Johan und sah das Bild der beiden Schwestern vor sich. »Zuletzt hat er die Zahl der Opfer auf zwei verdoppelt, fragt sich, was nächstes Mal passiert.«

»Es gibt kein nächstes Mal«, widersprach Granstam wütend.

»Bei der Zahl acht stehen wahrscheinlich noch zwei aus«, spekulierte Tim, »oder er hat vor, unendlich weiterzumachen.«

»Ohne Zweifel hat er vor, heute Nacht wieder zuzuschlagen«, sagte Johan. »Die Cooling-Off-Phase wird kürzer, und die Taten nehmen zu.«

»Jetzt hat er jedenfalls seine Aufmerksamkeit«, seufzte Granstam, als ihnen ein Bus von TV4 entgegenfuhr.

»Wenn wir vom Krankenhaus ausgehen, wie viele Mitglieder von der ASJ arbeiten dort?«, fragte Johan. »Den twitternden Chirurgen, den Nathalie kennt, müssen wir verhören. Er kann bestimmt Spritzen setzen und sich Morphium besorgen.«

Granstam nickte. »Nach Nathalies Aussage ist er jetzt im Krankenhaus. Wir schicken eine Streife hin und kassieren ihn ein.«

»Außerdem haben wir zwei Krankenpflegekräfte, die zu Johans Kriterien passen«, sagte Tim, »eine Lovisa Holm auf der Geriatrischen und einen Mats Nilsson auf der Station für Lungenmedizin.«

»Die holen wir uns auch«, entschied Granstam, »obwohl ich glaube, dass Torsten Ulriksson unser Täter ist. Schon seit ich von seiner Angelfahrt weiß, habe ich da so eine Vorahnung.«

Der Mann, der den ganzen Eisberg sehen kann, dachte Johan. Er war nicht gleichermaßen überzeugt. Aber es war unleugbar ein belastender Umstand, dass Peter Schultz in Ulrikssons Abteilung gearbeitet hatte.

»Ich habe die Morphiumverschreibungen der beiden Ärzte überprüft, und da war nichts Auffälliges«, sagte Tim. »Und das Handy, von dem der Mörder anrief, ist nach wie vor ausgeschaltet. Er weiß wohl, dass wir die Nummer haben, und hat es vermutlich entsorgt.«

»Kümmern Sie sich darum, dass die Krankenpflegekräfte geholt werden, dann regele ich das mit Magnus Bergman«, beschloss Granstam.

»Klar«, antwortete Tim.

Granstam beendete das Telefonat. »Fahren Sie zum Polizeigebäude«, bat er. »Endlich tut sich was.«

Johan nickte verbissen und fragte sich, was Nathalie machte. Er beschloss, sie anzurufen, sobald sie ankamen.

70

Nathalie sauste die geschwungene Holztreppe hinunter. William folgte ihr, er hatte auf Gabriels Schrei genauso instinktiv reagiert wie sie. Die Sorge, dass etwas passiert war, beschleunigte ihr Tempo so sehr, dass sie sich mit der Hand am Geländer festhalten musste, um nicht auszurutschen.

Als sie den Fuß auf den mit Steinplatten gefliesten Kellerfußboden setzte, rief sie wieder: »Gabriel? Wo bist du?«

Links befand sich ein Partyraum mit offenem Kamin und Fernseher an der Wand, der über einer Sofagruppe in weißem Leder hing. Alles war hell Ton in Ton passend zu den cremefarbenen Backsteinwänden eingerichtet.

Nathalie drehte den Kopf. Rechts lag ein dunkler Flur. Von Gabriel war nichts zu sehen und zu hören.

»Gabriel, wo bist du?« Die Verzweiflung in ihrer Stimme kam deutlicher hervor als erwartet. So oft hatte Gabriel schon nach ihr geschrien, wenn ihm aus Versehen etwas kaputtgegangen war oder wenn er sich auf andere Weise ungeschickt angestellt hatte. Aber diesmal klang es nicht wie einer der vielen ADHS-Anfälle.

Als sie im Flur die erste Tür erreicht hatte, antwortete er endlich: »Ich bin hier.« Seine Stimme klang wie ein leises

Wimmern, und ihr fiel es schwer, sie zu orten. Auf gut Glück öffnete sie die Tür.

»Da steht eine Tischtennisplatte«, sagte William in dem Moment, als sie es sah. Kein Gabriel. Sie ging weiter geradeaus. Erahnte im Flur die Umrisse von fünf weiteren weißen Türen. Alle waren geschlossen.

»Gabriel!«, riefen sie und William wie aus einem Mund. Die Rufe hallten dumpf an den Wänden wider.

Die Tür ganz hinten rechts öffnete sich mit einem Knarren. Ein Lichtkegel fiel in den Flur. Nathalie ging entschlossen geradewegs darauf zu.

»Da ist Papas Arbeitszimmer«, sagte William, »da dürfen wir nicht rein.«

Nathalie zuckte wie von einem Stromschlag getroffen zusammen, als sie den Raum betrat. Sie traute ihren Augen nicht.

Auf dem Steinfußboden lag ein zersprungenes Glasfläschchen in einer Pfütze aus dunkelblauer Farbe.

»Die ist mir aus Versehen hingefallen«, jammerte Gabriel und hielt seine blau fleckigen Hände hoch. »Wollte nur mal gucken, was das ist.«

»Wie bist du hier reingekommen? Hier war doch abgeschlossen«, fragte William aufgeregt.

»Mit dem Dietrich«, antwortete Gabriel ganz ohne den vorigen Stolz. »Ich habe die Spritze nicht gefunden und dachte mir, dass ich auch hier mal nachgucke.«

Nathalie setzte sich in die Hocke, hob die Glasscherbe mit dem Etikett auf. Las es dreimal, ehe sie begriff, was sie gelesen hatte.

Sie kannte solche Glasfläschchen aus dem Atelier ihrer Mutter Sonja.

»Wo hast du das gefunden?«, fragte sie so ruhig wie möglich und erhob sich mit weichen Knien.

»Da, hinter dem Vorhang«, antwortete Gabriel und zeigte mit dem ausgestreckten Arm zum linken der beiden rechteckigen Vorhänge, die zu beiden Seiten des langen, schmalen Fensters hingen.

Nathalie zog den Vorhang beiseite. Der Anblick, der sich ihr bot, war so selbstverständlich und gleichzeitig so wahnsinnig, dass sie keinen vernünftigen Gedanken fassen konnte.

Am Fenster standen zwei weiße Rosen in einer kleinen Vase, die halb mit Tinte gefüllt war. Dunkelblaue Adern durchzogen vom äußeren Rand her die cremefarbenen Blütenblätter.

Eine Kälte, die sie noch nie zuvor gespürt hatte, durchfuhr sie.

Sie drehte sich zu den Jungen um. Sie sahen ebenso erstaunt aus wie sie. Ihr Herz schlug wie ein Hammer. Es fühlte sich an, als würde in ihr gleich etwas zerspringen. Langsam streckte sie die Hand nach einer Rose aus und streifte einen Dorn, wie um zu begreifen, dass das hier wirklich passierte.

Sie sah Magnus vor sich, wie freundlich und dankbar er bei dem Spiel gewesen war. Dachte an den Blog, die Mitgliedschaft in der ASJ und die selbstsichere Erläuterung über das Positive an aktiver Sterbehilfe, die Blumenbotschaft an der Hoteltür, die schwarze Baseballcap im SUV.

Konnte das wirklich wahr sein?

Der Verstand sagte Ja, das Gefühl Nein.

Sie wusste, dass die Logik recht hatte und dass sie so schnell wie möglich von hier wegmusste. Oder sollte sie telefonisch sofort Alarm schlagen? Natürlich musste sie das tun.

Genau in dem Augenblick, als sie ihr Handy aus der Handtasche holte, hörte sie draußen vor dem Haus ein Motorgeräusch.

»Kommt«, sagte sie und verließ das Zimmer, lief den Flur entlang in die Waschküche. Sah dort durchs Fenster, dass der silberfarbene Volvo neben ihrem eigenen Wagen stand. Die Autotür flog auf, und ein Mann stieg aus.

Obwohl sie nur bis zu den Knien Sicht hatte, bestand kein Zweifel, wer der Mann war. Die weiße Hose mit den schönen passenden Schuhen.

Magnus. Wollte er nicht bei der Arbeit sein? Wenn er jetzt die Rosen holen will, ist ihm klar, dass ich ihn überführt habe. Was macht er dann?

Sie rief sich die Bilder von Thomas Eriksson im Kofferraum ins Gedächtnis. Instinktiv drehte sie sich um und schickte die Jungen in den Flur. William durfte nicht sehen, dass sein Vater im Anmarsch war. Dann würde es schwierig sein, ihn zur Flucht zu bewegen. Und der Versuch, Gabriel zum Mitspielen zu überreden, damit sie die Jungen und sich durch Lügen aus dem Haus manövrieren konnte, war zu riskant.

Jetzt mussten sie raus hier. Dann würde sie Alarm schlagen. Alles andere war zweitrangig.

»Kommt, wir müssen hier sofort abhauen«, sagte sie und zog Gabriel am Arm mit sich durch den Flur. William folgte ihnen zögerlich und fragte nach dem Grund.

»Weil ich es sage«, antwortete Nathalie. »Ihr wisst, dass ich für die Polizei arbeite, und jetzt müsst ihr mir gehorchen! Gibt es hier unten eine Tür nach draußen?«

»Ja, aber die ist immer abgeschlossen, weil vorigen Sommer bei uns eingebrochen wurde«, erklärte William.

Nathalie fuhr herum.

»Aber ihr habt einen Schlüssel.«

»Ja, aber der ist in der Küche. Warum müssen wir abhauen? Das mit der Farbe ist doch nicht schlimm, das muss man doch nur aufwischen.«

Kurz dachte sie, sie könnte Gabriel die Tür mit dem Dietrich öffnen lassen, besann sich aber. Fehler durften sie sich jetzt nicht leisten. Da hörten sie, wie die Haustür geöffnet wurde und Magnus' erstaunte Stimme rief: »Hallo?«

Verdammt, fluchte sie in Gedanken. Fasste die Jungen an den Oberarmen und zog sie in die Waschküche, während sie keifte: »Ihr müsst leise sein und mir gehorchen, sonst geht alles schief!«

Nathalie war es egal, ob Magnus sie hörte. Die Jungen sollten durch das Fenster in der Waschküche nach draußen klettern; danach musste sie improvisieren.

Sie scheuchte die Jungen in die Waschküche. Schloss die Tür so leise wie möglich und legte den Zeigefinger auf den Mund und mahnte sie zu schweigen. Gabriel und William sahen sie verständnislos an. Als William den Mund aufmachte, um etwas zu sagen, drohte sie ihm mit dem Stinkefinger, den sie in Gegenwart ihrer Kinder noch nie gezeigt hatte.

Dann stürmte sie zum Fenster. Es war rechteckig und genauso groß wie das im Arbeitszimmer, hoffentlich groß genug, damit die Jungen hindurchpassten. Und es gab tatsächlich einen Griff und einen Riegel.

Mit schweißverklebten Händen stellte sie einen Stuhl davor, stieg hinauf und drehte den Griff um. Das Fenster ging nach innen auf, und sie verlor das Gleichgewicht. Rettete sich, in dem sie sich am Griff festhielt, sodass es im Handgelenk knackte. Nach wiedererlangter Kontrolle sprang sie auf den Boden.

»Komm, William, du zuerst«, sagte sie und packte ihn am Arm. »Wenn ihr draußen seid, lauft ihr zu deiner Mutter, ruft 110 an und sagt, sie sollen kommen. Das ist ein Notfall.«

»Hier nach Hause?«, fragte William und wurde noch blasser, als er ohnehin schon war.

»Ja, hier ist es gefährlich. Ich komme vielleicht nicht raus. Ihr müsst versprechen zu gehorchen!«

William nickte verschreckt und steckte das Handy in die Tasche seiner Trainingshose. Gabriel starrte sie an. Sie half William auf den Stuhl, stieg dann neben ihm hoch und hob ihn zum Fenster. Es duftete nach Gras und sonnigem Nachmittag, verräterisch einschläfernd.

William hielt sich mit seinen mageren Händen am Fenster fest, und mit vereinten Kräften drückten sie ihn hoch. Der Oberkörper glitt mit einiger Mühe hindurch. Stück für

Stück rutschte er unterstützt von Nathalies Schieben nach draußen. Als William sich ans Aufstehen machte, reichte sie Gabriel die Hand und zog ihn auf den Stuhl. Knarrende Schritte waren direkt über ihnen zu hören. Magnus rief wieder, lauter diesmal.

Sie stellte sich vor, wie er das obere Stockwerk absuchte, sich wunderte, warum niemand antwortete.

»Du musst das Handy in die Tasche stecken, sonst kannst du dich nicht nach draußen ziehen«, befahl sie. Gabriel nickte gestresst, zog den Reißverschluss an seiner Nike-Hose zu und tat, was sie sagte. Den Dietrich behielt er in der Hand, und es war keine Zeit für lange Diskussionen.

Mit pochendem Puls half sie Gabriel zum Fenster hinauf. Als er mit den Händen den Rahmen packte, verlor er den Dietrich. Er fiel scheppernd zu Boden.

Scheiße!, fluchte Nathalie leise zum zweiten Mal innerhalb von fünf Minuten. Aber im oberen Stockwerk war das Geräusch hoffentlich nicht zu hören.

»Vergiss das jetzt«, sagte sie und schob. Gabriel war größer als William und blieb mit den Schultern stecken. Sie packte seine Unterschenkel und drückte, so fest sie konnte. Gabriel wand sich wie ein Wurm und stöhnte. Magnus rief wieder. Es war zu hören, dass er die Treppe nach unten nahm.

Nathalie setzte mit voller Kraft zum Schieben an. Mit einem Knacken im Fensterrahmen kam Gabriel frei. William half mit, indem er ihn an den Händen zog, und der übrige Körper glitt langsam Stück für Stück hindurch. Als die Schuhe draußen waren, schwankte Nathalie auf dem Stuhl.

In ihren Händen pochte es, und ihre Handgelenke schmerzten. Sie ignorierte es, lehnte sich aus dem Fenster und guckte zu den Jungen hoch. »Haut hier ab, und ruft so schnell wie möglich 110 an! Lauft!«

Sie fuchtelte mit den Armen, und die Jungen rannten mit entsetzten Mienen über den Rasen. So leise wie möglich schloss sie das Fenster und stieg vom Stuhl. Als sie ihn vom Fenster wegschob, hörte sie Magnus von Neuem rufen. Es klang, als wäre er im Untergeschoss.

Was sollte sie sagen? Das Herz puckerte wie das eines ängstlichen Kaninchens, und der Schweiß klebte. Schnell ging sie zur Tür. Je weiter weg sie von dem Zimmer mit den Rosen kam, umso besser.

»William? Nathalie?«

Die Stimme war ärgerlich. Sie öffnete die Tür und betrat den Flur. Zuerst sah sie, dass sie vergessen hatte, die Tür zu Magnus' Arbeitszimmer zu schließen.

»Du bist das? Was treibt ihr hier?«

Sie drehte den Kopf nach rechts. Magnus stand an der Treppe und starrte sie durch den dunklen Flur an. Intuitiv ging sie auf ihn zu. Lächelte und sagte mit so fester Stimme wie möglich: »William hat seine Adrenalinspritze vergessen, darum sind wir hergefahren und haben sie gesucht. Aber jetzt sind die Jungs nach draußen gelaufen ...«

Sie näherte sich Magnus Schritt für Schritt. Er stand, die Arme an den Seiten hängend da, und starrte sie an. Es war unklar, ob ihm die offene Tür zum Arbeitszimmer aufgefallen war. Sie bewegte sich ein wenig nach links, um sie so gut wie möglich zu verdecken, ohne dass ihre Absicht offenbar wurde.

»... weißt du, wo sie sein kann?«

Zwei Meter von ihm entfernt blieb sie stehen. Alles andere wäre unnatürlich gewesen. Und die Illusion von Normalität war ihre einzige Rettung.

»Nein«, sagte er abwesend. Seine Gesichtsmuskeln waren angespannt, und er hatte die Hände zu Fäusten geballt.

»Hier scheint sie nicht zu sein, dann können wir auch wieder hochgehen«, schlug sie vor.

Sie machte einen Schritt auf ihn zu, um an ihm vorbeizugehen, konnte seinen Schweiß riechen. Jetzt waren es nur noch drei Meter bis zur Treppe. Am liebsten würde sie loslaufen, aber das würde sie verraten, darum zwang sie sich zur Beherrschung.

»Was habt ihr in meinem Arbeitszimmer gemacht?«

Seine Stimme war hart und kalt wie ein Hagelschauer. Sie drehte sich um, und ihre Blicke kreuzten sich. »William hat da nach seiner Spritze gesucht, aber da war sie auch nicht.«

Das Gesicht brannte, und sie hörte die Angst in ihrer Stimme. Sie schaute wieder zur Treppe, machte einen Schritt darauf zu. Und noch einen. Als sie den Fuß auf die erste Stufe setzen wollte, hörte sie etwas hinter sich.

Der Schlag kam schräg von hinten wie ein Projektil. Sie hatte keine Chance. Der Kopf explodierte, und alles wurde schwarz.

71

Östersund

Den Rollator fest im Griff, schlurfte Rosine zu dem Zimmer, in dem sie und Hedvig gelegen hatten. Die beiden Männer, die jetzt dort untergebracht waren, saßen nun im Gemeinschaftsraum und warteten auf das Mittagessen: Brathering mit Kartoffelbrei und Zwiebelsoße. Schließlich war Sonntag, und dann gab es immer etwas besonders Leckeres. Das hatte die nette Schwester Agnes Rosine vorhin gesagt, die dann nach einigem Zögern versprochen hatte, ihr Zimmer zu verlassen, um mit den anderen zu essen. Zum ersten Mal seit ihrer Einlieferung hatte sie Appetit. Das lag zum einen daran, dass Brathering seit ihrer Kindheit nahe Arjeplog eines ihrer Lieblingsgerichte war, und zum anderen, weil sie sich nach zwei verabreichten Blutbeuteln fitter fühlte. Außerdem hatte Doktor Björklund ihr ein neues Magenmedikament verordnet, das ihr Sodbrennen weggezaubert hatte.

Sie schwang den Rollator herum und linste in das Zimmer. Derselbe Ausblick, dieselbe Stellwand, die gleiche Bettwäsche. Aber der Geruch war nicht mehr derselbe, und andere Kleider hingen über den Stühlen. Unter ihrem ehemaligen Bett stand eine halb volle Pinkelflasche.

Vor sich sah sie, wie Hedvig und sie dort nebeneinander gelegen und über alte Zeiten geplaudert hatten. Wie Hedvig übers ganze Gesicht gestrahlt hatte, als Johan ihnen erzählt hatte, dass er auf ein Fest im Jamtli wolle, und wie sie sagte: »In jungen Jahren sind wir da wirklich oft zum Tanzen hingegangen, stimmt's, Rosine?«

Doch vor allem erinnerte sie sich an Hedvigs Trauer um Mattias und ihren sehnlichsten Wunsch, sterben zu dürfen.

Hoffentlich geht es dir gut, da, wo du jetzt bist, und du kannst ihn wiedersehen, dachte Rosine. Sie wanderte in Labyrinthen aus Erinnerungen umher und merkte, dass sie sich so deutlich der Bilder und Worte entsann wie schon lange nicht mehr. Liegt bestimmt auch am Blut, das ich gekriegt habe, dachte sie, und ein Vormund war wirklich nicht nötig. Natürlich ist man nicht mehr so klar im Kopf, wenn das Hirn nicht genug Sauerstoff bekommt. Falls Johan das nicht begreift, muss Erik es ihm erklären, lächelte sie. Und er war anscheinend zufrieden, als mir das Passwort zu Hedvigs Mailkonto wieder einfiel.

Mit einem Gefühl des Unbehagens rief sie sich Hedvigs Telefonat ins Gedächtnis, das sie auf der Toilette am Abend vor dem Mord geführt hatte, erinnerte sich an den Mann, der ins Zimmer gekommen war, unmittelbar nachdem sie die Schlaftablette benebelt hatte. Der weiße Arztkittel, der schwarze Aktenkoffer, die finsteren und energischen Gesichtszüge. Kurz verweilte sie bei der Erinnerung, meinte das Gesicht des Mannes immer deutlicher zu sehen. Was zunächst hauptsächlich Kleider und eine Bewegung ohne Details waren, trat für sie jetzt mit zunehmender Schärfe hervor. Konnte so das Gedächtnis funktionieren, oder füllte nur ihre Fantasie die Lücken, weil sie so gern behilflich sein wollte? Doch sie konnte ihn nicht einordnen. Also war es niemand, den sie näher kannte. Es gab eine Verbindung zum Krankenhaus, das fühlte sie deutlich. Aber war sie ihm wirklich schon mal begegnet? Jedenfalls hatte sie von diesem Mann keine Stimme im Ohr, sah nicht den Ausdruck in seinen Augen vor sich.

Seit drei Tagen war sie nun hier, und die Erinnerung war frisch. Irgendwann im Lauf dieser Zeit musste sie ihn gesehen haben. Aber wo?

Sie ließ die Überlegung auf sich beruhen, warf einen letzten Blick ins Zimmer und begab sich langsam zu ihrem neuen. Bevor sie zum Mittagessen wieder hinausging, wollte sie den Stapel mit Zeitschriften sortieren, der nach dem Umzug liegen geblieben war. Hedvig und sie hatten die Hefte ausgetauscht und anschließend den Inhalt diskutiert. Wie in einem Literaturkreis bloß mit Illustrierten und nur zwei Mitgliedern.

Jetzt musste sie entscheiden, welche Magazine sie lesen wollte, bevor sie am Dienstag die Heimfahrt antrat. Ein oder zwei für zu Hause zu mopsen, kam nicht infrage, sie vertrat eine Nulltoleranzmoral und hatte ihr Bestes gegeben, die auch Johann zu vermitteln. Das war ihr erfolgreich gelungen, und ihr war früh klar geworden, dass er Polizist werden würde.

Als sie sich ein gutes Stück durch den Stapel gearbeitet hatte, fand sie ein steifes DIN-A4-Blatt. Das war die Einladung zur Party zum vierzigsten Geburtstag, auf die Carolina und Johan gehen wollten. Die musste er vergessen haben, und dann war sie liegen geblieben. Sie erinnerte sich, wie sie und Hedvig erfreut die Einladung studiert hatten. Sie drehte die Karte um und betrachtete das Foto von Kenneth' Party zum dreißigsten Geburtstag, die auch auf der Thomée stattgefunden hatte, und schaute Johan und Erik an. Jung, elegant und mit weniger Falten als heute.

Plötzlich stutzte sie. Da war er ja! Wie war das nur möglich? Sie schob die Brille auf der Nase hoch und blinzelte, um besser sehen zu können.

Doch, da gab es keinen Zweifel. Die dritte Person von rechts war der Mann, der ins Zimmer gekommen war. Er hatte einen Arm auf Kenneth' Schultern gelegt und den anderen auf die eines anderen Mannes, den sie nicht kannte. Johan und Erik standen auf dem Bild ganz links und lächelten mit braun gebrannten Gesichtern in die Kamera.

Rosine legte die Einladung aufs Bett und schloss die Augen. Erinnerte sie sich richtig? Aber aus welchem Grund sollte jemand aus Johans Bekanntenkreis Hedvig ermordet haben?

Sie schlug die Augen wieder auf und beschloss, Johan anzurufen. Oder sollte sie noch etwas abwarten, wie sich das Erinnerungsbild entwickelte? Wenn sie sich irrte, dann würde eine unschuldige Person zum Verhör geholt. Sie wusste, wie effektiv und hartnäckig Johan sein konnte, wenn er eine Spur entdeckt hatte. Könnte sie in einem Gerichtssaal unter Eid wirklich auf den Mann zeigen?

Gerade als sie das Handy aus dem Bademantel holte, kam Schwester Agnes ins Zimmer.

»Hallo, Rosine, das Essen ist jetzt hier. Wenn Sie wollen, helfe ich Ihnen gern hinaus.«

Sekundenlanges Zögern. Ist wohl am besten, erst mal was zu essen, bevor ich eine Entscheidung treffe, beschloss Rosine und lächelte Agnes an.

»Danke, Sie sind wirklich nett«, sagte sie und umfasste die Griffe des Rollators.

72

Uppsala

Johan parkte vor dem Polizeigebäude und zog gerade die Handbremse an, als Granstam das Gespräch mit Kommissar Hamrén beendete.

»Torsten Ulriksson ist jetzt auf dem Weg hierher«, sagte Granstam und schaute Johan an. »Er war tatsächlich in Älvkarleby zum Angeln und hat sich mächtig aufgeregt, als er gezwungen wurde mitzukommen.«

»Kann man verstehen, ob er nun schuldig ist oder nicht«, meinte Johan und steckte den Autoschlüssel in die Jackentasche.

»Er dürfte gegen Viertel vor eins hier sein. Dann haben wir noch Zeit, zuerst Krankenschwester Lovisa Holm von der Geriatrischen zu vernehmen. Sie war an ihrem Arbeitsplatz und wartet in Verhörraum vier.«

»Und was ist mit den anderen beiden Krankenhausmitarbeitern?«, fragte Johan und öffnete die Tür, nachdem er sich vergewissert hatte, dass kein Journalist in der Nähe war.

»Krankenpfleger Mats Nilsson von der Lungenmedizin ist seit zwei Wochen auf Öland und somit von der Liste gestrichen. Chirurg Magnus Bergman haben sie nicht angetroffen. Er ist nicht im Krankenhaus, wie Nathalie dachte. Unsere Kollegen haben ihn in der Anmeldung der Chirurgie gesucht, wo er sein Zimmer hat, in der Notaufnahme und im OP. Niemand scheint ihn gesehen zu haben. Seltsamerweise steht sein Auto nicht auf einem der Parkplätze für die Chirurgie, wo er, nach Aussage eines Kollegen, immer parkt. Und er geht nicht ans Handy.«

»Merkwürdig«, fand Johan. »Würde mich mal interessieren, ob er wegen Nathalies Fragen seine Pläne geändert oder gelogen hat, wohin er wollte.«

»Ja«, stimmte Granstam ihm zu und streckte ein Bein mit einem unterdrückten Stöhnen aus. »Sobald ich drinnen bin, lass ich von Tim sein Handy orten. Jetzt muss ich was in den Magen kriegen, bevor wir weitermachen«, beendete er das Gespräch und wuchtete sich aus dem Wagen.

Johan stieg aus. Sog tief die Luft ein, die nach Sonne, Asphalt und warmem Auto roch. Nachdem sie die Türen zugeknallt hatten, schloss er mit einem Druck auf den Schlüssel ab. Als Granstam auf den Eingang zuwackelte, die eine Hand an der Stirn, um nicht von der immer stärker scheinenden Sonne geblendet zu werden, sagte Johan: »Ich rufe

Nathalie an und bringe sie auf den neusten Stand. Wir sehen uns um fünf.«

Granstam hob als Bestätigung die Hand, ohne sich umzuschauen. Johan lehnte sich ans Auto, gönnte sich eine Portion Snus und kontrollierte das Display. Zwei SMS von Carolina. In einer fragte sie, wie es lief, und bat ihn zurückzurufen. In der anderen war ein Vorschlag vom Makler, dass er sich das Haus mithilfe einer VR-Brille ansehen könne, die er fernsteuern konnte.

Johan seufzte und rief Nathalie an. Zu seiner Überraschung war ihr Handy ausgeschaltet.

73

Gabriel und William rannten über den Rasen weg vom Fenster der Waschküche.

Gabriel sah die Panik im Gesicht seiner Mutter vor sich, hörte ihre Worte im Kopf widerhallen: »Haut hier ab, und ruft so schnell wie möglich 110 an!«

Wer war da gekommen? Warum war er gefährlich? Hatte das was mit der verschütteten Tinte zu tun? Eins war sicher: Noch nie im Leben hatte er seine Mutter so außer sich erlebt. Das machte ihm mehr Angst als die Besuche bei den Psychologen, die ihn immer dazu brachten, falsche Dinge zu sagen.

Als sie sich der Hausecke näherten, drückte William ihm

die Hand auf den Brustkorb, damit er stehen blieb. Zögernd gehorchte Gabriel, obwohl sein Körper weiterrennen wollte. Er wollte weg von hier. Weg von der Waschküche, weg von dem Haus. Oder wollte William, dass sie hier stehen blieben, um 110 anzurufen?

William drehte sich um und schlich auf dem Weg zwischen seinem Elternhaus und der Garage des Nachbarn vorsichtig zur vorderen Hausecke. Gabriel rührte sich nicht einen Millimeter vom Fleck, aber sein Herz schlug so heftig, dass er am ganzen Körper zitterte.

Schritt für Schritt pirschte William zur Vorderseite des Hauses. Gabriel blickte sich um. Keine Menschenseele in der Nähe. Er hörte nur die Vögel zwitschern und das Brummen eines fernen Rasenmähers.

An der Ecke angekommen beugte sich William vor, blieb so mehrere Sekunden lang stehen. Dann drehte er sich zu Gabriel um und winkte ihn zu sich. Gabriel ging langsam geradeaus, umrundete eine Schubkarre, die jemand an die Wand gelehnt hatte. Als sie nur noch zwei Meter trennten, flüsterte William: »Keine Gefahr, mein Vater ist gekommen.«

»Sicher?«, fragte Gabriel und machte noch einen Schritt nach vorn.

William nickte. »Ich sehe das Nummernschild.«

Gabriel beugte sich vor. Da stand tatsächlich der Zlatan-Volvo. Er drehte sich zu William um.

»Wollen wir nicht trotzdem 110 anrufen? Meine Mutter hat es doch gesagt, und wir wissen nicht, wer in dem Auto gekommen ist.«

»Ey, jetzt chill mal. Das ist mein Vater. Er hat uns doch mit dem Auto zum Spiel gefahren. Und du willst keine Bullen hier haben, oder? Checkst du nicht, wie peinlich das vor den Nachbarn wäre?«

Gabriel sah das Ganze vor sich und schüttelte den Kopf.

»Außerdem glaube ich nicht, dass die das interessiert, wenn wir anrufen«, fügte William hinzu. »Na los, komm schon, sei kein Schisser!«

Ohne eine Antwort abzuwarten, ging William selbstsicher auf die Treppe zu. Gabriel biss sich auf die Lippe und rappelte einen der Sprüche herunter, die die Psychologen ihm beigebracht hatten.

William öffnete die Tür und rief unerschrocken: »Hallo?«

74

Durch die Dunkelheit hörte sie jemanden rufen. Es klang wie die Stimme eines Kindes, das sie kannte. Aber nicht die eines ihrer Kinder. War es William? Wo war sie? Warum tat ihr der Kopf so entsetzlich weh, als würde er gleich zerspringen?

Sie lag in undurchdringlicher Dunkelheit auf dem Rücken. Sie versuchte die Augen zu öffnen, aber es gelang ihr nicht. Es fühlte sich an, als hätte man ihr eine Binde um den Kopf gebunden. In ihrem Mund war ein Stofflappen, der schmerzhaft die Kiefer auseinanderdrückte.

Sie versuchte, sich zu bewegen, und schrie, aber es kam nur ein sinnloses Hin-und-her-Gerutsche auf dem Boden und eine dumpfe Vibration im Stoffstück dabei heraus.

Warum lag sie am Boden? Mit auf dem Rücken gefesselten Händen und mit Klebeband zusammengebundenen Fußgelenken?

Sie erinnerte sich an das Fußballspiel und das Mittagessen in Tonis Pizzeria.

Der Junge rief wieder. Das war eindeutig William, und er rief vom oberen Stockwerk. Jemand fluchte leise hinter ihr, und in der nächsten Sekunde packten ein Paar starke Hände ihre Fußgelenke und zogen sie über den kalten Boden.

Jetzt fielen ihr die Adrenalinspritze und der Kellerflur wieder ein. Die Tinte und die Flucht der Jungen durch das Waschküchenfenster. Ihr Kopf schmerzte heftig, und sie hatte das Gefühl, sich gleich übergeben zu müssen.

»Ich bin hier unten«, hörte sie den Mann antworten, der sie über die Türschwelle schleifte. Ihr wurde so kalt, als tauchte man sie in ein Eisloch unter Wasser. Das war Magnus. Natürlich. Jetzt fiel ihr jede Einzelheit wieder ein: die Rosen hinter dem Vorhang, sein misstrauischer Blick, als sie versuchte, sich an ihm vorbeizumogeln, und der Schlag, der ihr das Licht ausgeknipst hatte.

Hoffentlich hat Gabriel die Polizei verständigt, dachte sie, als Magnus sanft ihre Beine auf dem Boden ablegte, den Raum verließ und die Tür abschloss. Ihre Handtasche hatte sie nicht mehr bei sich. Bedachte man, mit wie viel Weitblick er früher vorgegangen war, hatte er natürlich ihr Handy ausgeschaltet. Sie hatte niemandem Bescheid gesagt, dass sie hierherfahren wollte, also waren die Jungen ihre einzige Hoffnung.

Was hatte er vor? Wollte er sie für immer zum Schweigen bringen, so wie er es mit Thomas Eriksson gemacht hatte?

Sie hörte, wie er sich entfernte und wieder rief. Stellte sich vor, wie er die Treppe hinaufstieg und seinem Sohn gegenüberstand. War Gabriel auch da?

Eine Welle aus unerwarteter und unerbittlicher Müdigkeit schaltete ihre Sinne aus, einen nach dem anderen.

Sie war nicht mal mehr zu dem Gedanken in der Lage, dass sie dagegen ankämpfen sollte.

75

Johan wählte wieder Nathalies Nummer. Immer noch ausgestellt. Warum hatte sie während des Fußballspiels das Handy abgeschaltet?

Er überquerte den Parkplatz in Richtung der Eingangstüren, sah flüchtig, wie Granstams massiger Körper einen der Aufzüge betrat.

Gerade als sich das erste Paar Glastüren aufschob, klingelte sein Mobiltelefon.

Oma Rosine rief ihn an. Sollte er rangehen? Vielleicht besser warten, bis ich oben in der Abteilung bin und die letzten Updates höre, dachte er, aber dann stellte sich bei ihm dieses Gefühl ein, dass es wichtig war. Ging es ihr vielleicht schlechter?

»Hallo, Oma«, begrüßte er sie in Höhe der Anmeldung, wo ein Dutzend Leute in einem Halbkreis um den Automaten mit den Nummernzetteln stand. Drei Reporter von SVT saßen auf ihren Stühlen, waren vollauf mit der Recherche an ihren Rechnern beschäftigt und nahmen von Johan keine Notiz.

»Hallo, mein Lieber«, begann Rosine.

Zu seiner Erleichterung stellte Johan fest, dass sie sich fit anhörte. Die Aufzüge fest im Blick und mit leiser Stimme antwortete er: »Ich will gerade in den Fahrstuhl hier im Polizeigebäude in Uppsala steigen, kann ich dich in fünf Minuten zurückrufen?«

»Nein, dann will ich Mittag essen. Hering mit Zwiebelsoße, das will ich mir nicht entgehen lassen. Und das hier willst du auch sofort hören.«

»Erzähl«, forderte er sie auf.

»Jetzt weiß ich, wer der Mann ist, der ins Zimmer geschlichen kam. Ich bin draufgekommen, weil du die Einladungskarte zu dem Fest hier vergessen hast.«

»Aha?«, sagte er genauso verwirrt, wie er sich fühlte. »Du meinst zu Kenneth' Party zum Vierzigsten?«

»Hast du noch mehr Einladungen vergessen?«

»Natürlich nicht, aber komm zur Sache«, sagte er ungeduldig und betrat den Aufzug.

»Ich habe ihn eben erst entdeckt. Er ist mit auf dem Foto, der dritte Mann von links in der hinteren Reihe.«

Johan versuchte, sich an das Foto zu erinnern, entsann

sich aber nur, dass er und Erik in der hinteren Reihe rechts gestanden hatten.

»Meinst du, dass der Mann, der sich ins Zimmer geschlichen hat, auf der Einladung ist?«

»Du hörst doch wohl, was ich sage, mein Jung'? Das ist ein eleganter Bursche, und solche erkenne ich wieder. Das war der Grund, warum er mir bekannt vorkam, obwohl ich nur einen Zipfel von ihm gesehen habe. Und ich weiß nicht, wer er ist, habe ihn vorher noch nie gesehen, aber ich dachte mir, dass du das wissen willst.«

Der Lift fuhr hoch, und nicht nur die Schwerkraft verursachte bei ihm ein Ziehen in der Magengegend. »Kannst du ihn beschreiben?«

»Dunkles, kurz geschnittenes Haar, breites Lächeln.«

»Und er ist der Dritte von links?«

»Ja, in der hinteren Reihe, mit den Armen um zwei Burschen, die ich nicht kenne, ein Rothaariger mit ovalem Gesicht und ein Blonder mit eckiger schwarzer Brille, die das halbe Gesicht bedeckt.«

Per Nilsson und Hugo irgendwas, dachte Johan und sah sie vor sich.

»Und da bist du dir sicher?«

»Ja, ich habe die Einladung vor mir. Und ihn habe ich gesehen, so wahr wie ich sechsundachtzig Jahre alt bin und ohne Vormund klarkomme.«

»Gut, ich rufe Erik an und frage ihn, ob er weiß, wer das ist. Du musst das Handy eingeschaltet lassen, falls ich wieder anrufen muss, das ist wichtig!«

»Ich wusste, dass du das sagen würdest«, meinte seine Großmutter.

Der Aufzug hielt im sechsten Stock, und Johan stieg aus, sah Granstam den Flur entlang zum Besprechungszimmer schlurfen und rief Erik an. Während er auf die Annahme des Gesprächs wartete, stellte er sich ans Fenster und guckte auf den unablässigen Strom aus Autos auf der doppelspurigen Straße vor dem Polizeigebäude. Die Sonne funkelte über dem Fyrisån und über den Hausdächern von Luthagen. Der Augustsonntag war herrlich, aber genauso gut hätte es stürmen oder dreißig Grad unter null sein können, nichts hätte ihn weniger interessiert.

»Ja, Erik hier.«

»Hallo, ich bin's. Was machst du gerade?«

»Estelle und ich sind unterwegs zum Krankenhaus zu einer weiteren Schicht im Bergwerk.«

»Erinnerst du dich an die Einladungskarte zu Kenneth' Party?«

»Ja, kommt drauf an, was du meinst?«

Johan schilderte ihm das Gespräch mit Rosine. Erik hörte aufmerksam zu, stellte ein paar Verständnisfragen und sagte dann mit verbissener Stimme: »Ich weiß, wer das ist, meine sogar, dass ich im Handy ein Foto von der Einladung habe. Wenn du dranbleibst, parke ich den Wagen und gucke nach.«

Johan lief vor den Fahrstühlen im Kreis, drückte sich das Handy ans Ohr, hörte, wie Erik und Estelle redeten und das Brummen des Motors leiser wurde und ganz verstummte.

»Ich habe die Einladung hier«, meldete sich Erik wieder.

»Ihre Beschreibung stimmt genau. Er ist Chirurg in Uppsala, war ein paar Semester über mir. Ich kenne ihn nicht näher, aber wir sind uns im Lauf der Jahre ein paarmal über den Weg gelaufen.«

»Und wie heißt er?«

»Magnus Bergman.«

76

Gabriel ging äußerst angespannt auf die Haustür zu. William war eben im dunklen Flur verschwunden und hatte gerufen. Eine tiefe Erwachsenenstimme hatte geantwortet. Sie hatte wie die von Williams Vater geklungen. Und der Zlatan-Volvo stand neben Mamas nicht genauso coolem V70. Mama hatte vielleicht alles falsch verstanden, und bald würden sie über ihre verrückte Flucht durchs Fenster lachen. Wegen der Tinte und der Rosen ging doch die Welt nicht unter?

William erschien mit einem breiten Grinsen im Gesicht auf der Vortreppe.

»Gabbe, alles gechillt. Das war mein Vater, wie ich's gesagt habe!«

»Sicher?«

»Ja, alles okay, komm schon rein!«

William legte die Hände aufs Geländer und drückte sich mit durchgestreckten Armen hoch, sodass die Stollen zehn

Zentimeter abhoben. Als er landete, lächelte er breit und pustete sich den blonden Pony aus dem Gesicht.

»Wo ist meine Mutter?«, fragte Gabriel.

»Sie ist unten im Keller und sucht«, antwortete Magnus, der durch die Tür nach draußen kam. »Komm rein, und hilf mir bei der Suche nach der Spritze, anschließend könnt ihr dann Trampolin springen.«

Gabriel zögerte.

»Na los, Gabbe«, sagte William und ging an seinem Vater vorbei ins Haus. Magnus sah Gabriel an und lächelte übers ganze Gesicht.

»Deine Mutter dachte, jemand anders sei gekommen. Sie hat sich einfach geirrt. Kommt, wir suchen weiter!«

Gabriel zuckte die Schultern und ging ins Haus. Sah Williams Haarschopf auf der Treppe hinab in den Keller verschwinden. Obwohl der Freund sich nicht die Schuhe ausgezogen hatte, drehte sich Gabriel zu Magnus um, der langsam die Tür zuzog.

»Muss ich die Schuhe ausziehen?«

»Nein, nein, schon gut«, antwortete Magnus und schloss ab. »Und dass ihr die Tinte verschüttet habt, ist auch nicht schlimm. Wichtig ist jetzt, dass wir die Spritze finden.«

»Wo ist meine Mutter?«, fragte Gabriel wieder, als sie im Untergeschoss standen.

»Hier irgendwo und sucht«, sagte Magnus. »Nathalie?«, rief er in den Flur. Keine Antwort.

»Eben war sie noch in der Sauna, die inzwischen leider als Abstellraum benutzt wird.«

Magnus ging entschlossen im Flur voraus.

»Aber da kann die Spritze doch nicht sein, oder?«, rief William und lief ihnen hinterher.

»Mama und ich haben gestern einiges von oben hier runtergebracht. Die kann aus Versehen dazwischengeraten sein«, erklärte Magnus und winkte beide hinter sich her.

Sie gehorchten. Als sie an der Tür zum Tischtennisraum vorbeikamen, meinte Gabriel von dort ein Stöhnen zu hören. Doch als er stehen blieb und horchte, hörte er nichts. Einbildung, redete er sich ein und ging weiter geradeaus.

Magnus öffnete die Tür zu dem Raum, der in die Sauna führte. Etwas Platz zum Umziehen, eine Dusche und eine Toilette.

William spähte in die Sauna. Gabriel erahnte ein Gewirr aus Umzugskartons, Weihnachtsschmuck und anderem Krempel.

»Hier ist sie nicht«, sagte William und drehte sich enttäuscht zu Gabriel um.

»Nein, hier ist sie nicht«, wiederholte Magnus bedauernd. »Ihr müsst kurz mal hierbleiben.«

Magnus schluckte schwer. Gabriel beobachtete die Bewegung des Adamsapfels im Hals. Als Magnus wieder sprach, war seine Stimme heiser und kaum wiederzuerkennen. »Und ihr müsst mir eure Handys geben.«

»Warum das denn?«, protestierte William.

»Weil ich es sage«, antwortete Magnus.

Gabriel spürte, wie sich die Muskeln in seinem Brustkorb zusammenzogen, wie sein Gesicht glühte. Magnus streckte seine kräftige Hand aus. Widerwillig händigte William ihm das Mobiltelefon aus.

Magnus wendete sich an Gabriel: »Deins auch!«

Mit zitternder Hand zog Gabriel das Handy aus der Tasche. Dachte an Josef Fritzl und eine Menge anderer Geschichten, die ihn nachts immer quälten, sodass er nicht schlafen konnte. Jedes Mal, wenn er sich schreckliche Szenen zusammenfantasierte, in denen er gefangen genommen oder entführt wurde, verscheuchte er die Bilder immer, indem er sich vorstellte, wie er einen Wutanfall bekam und sich mit Schlägen und Tritten befreite. Jetzt stand er wie gelähmt da und begriff nichts. Williams Vater war doch nett. Das hier war vielleicht nur ein blödes Spiel. Wie damals, als Magnus gesagt hatte, sie seien in der Schneegrotte eingeschlossen, die sie gebaut hatten, und dass sie sterben würden, wenn die Kerzen heruntergebrannt waren.

Magnus schaltete die Handys aus, schaute dann wieder William an.

»William, eines Tages wirst du verstehen, warum ich nicht anders handeln konnte. Vergiss nicht, dass ich dich liebe und dass du stark sein musst.«

William biss sich auf die Lippe und nickte mit feuchten Augen.

»Jetzt verlasse ich euch und schließe die Tür ab. Es hat keinen Sinn, zu versuchen rauszukommen.«

Mit einem Ruck war er weg. William und Gabriel sahen sich erstaunt an. Entfernten sich ein paar Schritte von der Sauna und hörten, wie die Tür zum Flur abgeschlossen wurde.

Instinktiv stürmte Gabriel vor und riss an der Klinke. Die Tür klapperte höhnisch. Verzweifelt blickte er sich um. Dieser Raum war anscheinend der einzige im Untergeschoss, der keine Fenster hatte.

Er rüttelte wieder an der Tür. Ihm tat die Hand weh. Im Türspalt sah er, wie massiv und unüberwindbar der Schließkolben war.

Seine Rüstung, die ihn vor der Panik schützte, sprang in tausend Stücke, und mit beiden Fäusten trommelte er kräftig gegen die Tür: »Mama!«

77

Johan stürmte in den Besprechungsraum. Granstam und Tim schauten zur Projektorleinwand, auf die die Fotos aller sechs Opfer projiziert waren. Sechs Leichen lagen kerzengerade in ihren Betten, eine blaue Rose zwischen den gefalteten Händen.

»Jetzt weiß ich, wer der Mörder ist!«

Granstam und Tim drehten sich zu ihm um.

»Magnus Bergman!« Johan blieb stehen, die Tür hinter sich sperrangelweit offen. »Meine Großmutter hat eben angerufen. Sie hat ihn auf der Einladungskarte zur Party zum vierzigsten Geburtstag wiedererkannt; aus dem Grund war ich doch in Östersund, ihr wisst schon, auf dem Dampfer Thomée.«

»Ja?«, sagte Granstam und legte gemächlich seine riesigen Pranken auf der Rückenlehne eines Stuhls ab.

»Magnus Bergman war es, den meine Großmutter in der Nacht ins Zimmer kommen sehen hat, als Hedvig ermordet wurde. Sie beschrieb sein Aussehen und seine Position auf der Karte, und als ich Erik anrief, sagte er, dass es sich um einen Chirurgen aus Uppsala namens Magnus Bergman handelt!«

Johan holte ein paarmal tief Luft und versuchte sich zu sammeln. »Erik war ein entfernter Bekannter von Magnus, weil sie beide hier in der Stadt Medizin studiert haben. Ich habe auch eine schwache Erinnerung daran, dass ich ihn auf einem Fest mal kennengelernt habe. Und es passt auch, weil er in der Nacht in Östersund war.«

Granstam runzelte die Stirn. »Moment mal, wie kommt es, dass sich Ihre Großmutter plötzlich daran erinnert?«

Johan tippte ungeduldig mit dem einen Schuh auf den Boden und erzählte, dass sich Rosines Gesundheitszustand verbessert hatte.

»Kann man sich wirklich darauf verlassen?«, zweifelte Tim.

»Wenn meine Großmutter sagt, dass sie sich erinnert, dann ist das auch so«, antwortete Johan forsch. Für viele Worte hatte er keine Zeit. Dass Nathalie in Gefahr sein könnte, fühlte er mit jedem Herzschlag deutlicher.

»Bergman hält sich offenbar versteckt, geht nicht ans Telefon und ist nicht im Krankenhaus, obwohl er Nathalie sagte, er wolle zur Arbeit fahren«, erklärte Johan weiter.

Granstam ging mit dem Handy auf die Tür zu. »Johan hat recht. Wir müssen ihn orten lassen.«

»Jetzt sofort«, ergänzte Johan. »Dass Nathalie ihn mit der ASJ konfrontiert hat und jetzt nicht ans Handy geht, macht mir Angst.«

»Was schlagen Sie vor?«, wollte Granstam wissen.

»Wir fahren zu Bergman nach Hause, fordern das Einsatzkommando zur Unterstützung an und schlagen zu.«

»Meine ich auch«, stimmte Granstam ihm zu. »Torsten Ulriksson haben wir ja in Gewahrsam, und die beiden Krankenhausmitglieder sind mehr oder weniger abgehakt. Bei Lovisa Holm haben sich die Alibis für die beiden ersten Morde als wasserdicht erwiesen.«

Johan suchte Blickkontakt mit Tim. »Finden Sie die Adresse raus, und bitten Sie Kommissar Hamrén um Unterstützung.«

»Klar«, sagte Tim.

»Wenn er nicht zu Hause ist, erweitern wir die Kreise gemäß dem üblichen Schema«, befahl Granstam und folgte Johan erstaunlich schnell zu den Fahrstühlen.

78

Johan öffnete die Wagentür und rief Granstam zu, er solle sich beeilen. Der Chef hatte an Tempo verloren, und sein Atem ging wie ein Blasebalg, als er über den Parkplatz hoppelte. Als er sich endlich auf den Sitz fallen gelassen und die Tür zugeschlagen hatte, startete Johan voll durch. Aus dem Augenwinkel sahen sie, wie die beiden Journalisten von STV durch die Glastüren auf sie zugeprescht kamen.

Granstams Mobiltelefon surrte leise. »Magnus Bergman wohnt im Dalbovägen 53 in Sunnersta, siebenhundert Meter von den Schwestern Lundblad entfernt.«

»Gut, schalten Sie das GPS ein.«

Granstam setzte die Lesebrille auf, beugte sich vor und machte sich ans Eintippen der Adresse. Johan gab Gas, und es gelang ihm, sich vor einem Taxi auf den Svartbäcksvägen zu drängeln, dessen Fahrer derart heftig abbremsen musste, dass es unter normalen Umständen nicht zu verantworten gewesen wäre. Jetzt aber schon. Magnus Bergman war ein gefährlicher Mann, der mit allergrößter Wahrscheinlichkeit wusste, dass es nur noch eine Frage der Zeit war, bis er gefasst wurde. Die Zeitspanne bis dahin würde er vermutlich nutzen, um wenigstens noch zwei weitere Personen zu töten.

Johan steigerte auf der sonntäglich kaum befahrenen Fünfziger-Straße die Geschwindigkeit auf siebzig Stundenkilometer, dachte daran, dass sie dieselbe Strecke kürzlich erst von den Schwestern Lundblad gekommen waren. Rechts spazierten vereinzelt Menschen den Fyrisån entlang, der im warmen Sonnenschein glitzerte. Der Kontrast zu dem Stress, den Johan spürte, konnte nicht größer sein.

»Versuchen Sie noch mal, Nathalie anzurufen«, forderte er Granstam auf.

»Ja«, sagte Granstam. Nahm den Finger vom Display und

betrachtete die beiden roten Punkte auf dem GPS. »Jetzt folgt man am besten der Ansage«, meinte er und wählte Nathalies Nummer. »Immer noch ausgeschaltet.«

Johan biss die Zähne zusammen und bog links in die St. Olofsgatan ab.

»Ich rufe Tim an und hör mal, was mit der Unterstützung ist«, sagte Granstam.

Johan warf einen Blick in den Rückspiegel. Er hatte die Journalisten abgehängt. »Sagen Sie Tim, er soll checken, ob Magnus Bergman einen Waffenschein hat.«

»Selbstverständlich«, sagte Granstam und wischte sich Schweiß von der Stirn.

Tim stellte schnell fest, dass weder Bergman noch seine Frau Helena einen Waffenschein besaßen.

An der Kreuzung vor der Unibibliothek Carolina Rediviva schob sich Johan schnell vor zwei junge Frauen auf klapperigen Fahrrädern, die mit prallen Rucksäcken die Drottninggatan hochstrampelten. Als er am Schloss und dem Botanischen Garten vorbeifuhr, beendete Granstam das Telefonat mit Tim. »Magnus Bergman geht nicht ans Handy, seine Frau hilft einer Freundin beim Umzug, und sie dachte auch, er wäre bei der Arbeit. Als sie vor ungefähr einer halben Stunde zuletzt miteinander gesprochen haben, sagte Magnus, er wolle zum Krankenhaus. Und ihr Sohn William geht auch nicht ans Handy, es ist ausgeschaltet.«

Johan beschleunigte auf dem Dag Hammarskjölds väg auf neunzig, umrundete in Höhe des Arzneimittelamts einen grünen Bus der städtischen Verkehrsgesellschaft.

Granstam schaltete den Lautsprecher ein und rief Kommissar Hamrén an.

»Wir sind um drei da«, teilte er mit. »Wo sind Sie?«

»Fahren gerade an der Landwirtschaftlichen Universität vorbei«, antwortete Hamrén.

»Dann sind Sie dicht hinter uns«, stellte Granstam fest. »Wir fahren am Haus vorbei und nehmen eine erste Sondierung vor.«

»Gut, wir halten weiter über das verschlüsselte Handy Kontakt«, sagte Hamrén.

Granstam steckte sich den Stöpsel ins Ohr; Johan bog rechts in den Långvägen ab und fuhr am Sportverein Sunnersta Allmänna IP vorbei. Als er in den Dalbovägen abbog, ging er leicht vom Gas.

»Jetzt sind es nur noch drei Häuser«, stellte Granstam fest. »Wir fahren ganz langsam vorbei und observieren.«

Johan nickte, hielt das Steuer mit beiden Händen fest umklammert und versuchte sich zu beruhigen.

Mit zehn Stundenkilometern fuhren sie an der dichten Hecke vorbei, die die Sicht auf das Haus der Familie Bergman versperrte. Sie wohnten in einem gelben, zweigeschossigen Einfamilienhaus mit dazugehöriger Garage. Niemand war auf dem Grundstück zu sehen. Auf der Garagenauffahrt stand ein roter Volvo V70. Ohne vom Gas zu gehen, prüfte Johan das Nummernschild.

»RNX, das ist Nathalies Wagen.«

Granstam wiederholte die Information ins Mikrofon, drehte sich dann zu Johan. »Fahren Sie weiter vorbei, bis wir vom Haus aus nicht mehr zu sehen sind.«

Johan gehorchte, obwohl er am liebsten eine Vollbremsung hingelegt hätte und ins Haus gerannt wäre. Was machte Nathalie hier? Warum ging sie nicht ans Handy? War Magnus Bergman auch hier? Stand sein Wagen in der Garage?

Sie setzten die Fahrt bis zur nächsten Kreuzung fort und wendeten. Fuhren dann langsam geradeaus und hielten im Abstand von zehn Metern zu Bergmans Hecke. Johan zog die Handbremse an und ließ das Fenster hinunter. Nur ein Rasenmäher in der Ferne und Vogelgezwitscher waren zu hören und Kinder, die in einem Pool tobten.

»Ich will so schnell wie möglich da rein. Die Gefahr besteht, dass er Nathalie als Geisel genommen hat.«

Johan dachte an das Profil und an das mutmaßliche Motiv des Mörders. Wenn es um aktive Sterbehilfe ging, glaubte der Mörder, er tue Gutes. Thomas Eriksson war seinen guten Taten in die Quere gekommen und musste darum aus dem Weg geräumt werden. Eine Geiselnahme passte nicht in dieses Bild.

»Ja, Sie haben recht«, sagte er. »Sie kann aber auch verletzt da drinnen liegen. Und die Gefahr besteht, dass ihr Sohn bei ihr ist.«

Auf der anderen Straßenseite hielt ein ähnlicher Transporter ein paar Meter entfernt von der Hecke, die ihnen die Sicht nahm. Hinter den Lieferwagen schlossen sich die beiden Funkstreifen der Schutzpolizei an, die Gaffer und andere Passanten zurückhalten sollten.

Johan und Granstam stiegen aus dem Wagen und begrüßten Kommissar Hamrén und die beiden gut durchtrainierten Kollegen vom Einsatzkommando. Zwei junge Männer in schwarzen Schnürstiefeln, dunkler Kleidung, kugelsicheren Westen, Helmen mit Visier und jeder mit einer Maschinenpistole der Marke MP5 ausgerüstet.

Auf der anderen Seite der Grundstücksgrenze spielte sich die gleiche Szene ab. Johan fand den Aufmarsch übertrieben, wusste aber gleichzeitig, dass ähnliche Situationen wegen Unterbesetzung schon aus dem Ruder gelaufen waren. Er wandte sich an Kommissar Hamrén mit den Worten: »Weil Kinder anwesend sein können, schlage ich vor, dass ich klingele und die Lage prüfe. Wenn Magnus aufmacht, versuche ich ihn mit einem Gespräch rauszulocken. Wenn niemand öffnet, gehen wir rein. Okay?«

»Hört sich gut an«, stimmte Hamrén ihm zu und gab Johan ein verschlüsseltes Handy, das wie ein Mobiltelefon mit dazugehörigen Kopfhörern aussah. »Über das hier können wir kommunizieren, ohne Risiko, abgehört zu werden«, erklärte er.

Johan steckte sich den Kopfhörer ans Ohr und verstaute sein eigenes Telefon in der Jackentasche. »Und ich habe die hier für alle Fälle«, sagte er und zeigte auf seine Dienstwaffe.

Er versuchte so entspannt zu gehen, als wäre er auf dem Weg zu irgendeinem Verhör. Sein Herz schlug schneller, und seine Zunge klebte an seinem Gaumen.

Die rechte Hand an der Pistole ging er die Vortreppe hoch. Rechts von der Tür befand sich eine bronzefarbene Strukturglasscheibe, durch die man nichts erkennen konnte. Oben auf der Treppe lagen ein Fußball, ein Paar lehmverkrustete Stiefel und ein Paar rosa Crocs.

Mit dem Daumen drückte er auf die Klingel. Ein Glockenspiel bimmelte anheimelnd. Er trat einen Schritt zurück, hielt die Pistole hinter den Rücken. Meinte einen Laut von jemandem zu hören, der rief und klopfte. Er ging näher heran, legte das Ohr ans Glas. Doch, er hatte richtig gehört. Jemand rief da drinnen um Hilfe. Aber es war nicht Nathalie.

Er klingelte wieder. Als das Glockenspiel verstummte, hörte er das Rufen wieder. Es klang nach mehreren. Kinderstimmen.

Die beiden Einsatzpolizisten auf der Vorderseite betraten den Rasen und liefen geduckt die Treppe hoch. Johan machte einen Schritt beiseite und sah, wie der eine das Schloss mit einem Dietrich öffnete und die Tür aufschob.

79

Die Einsatzpolizisten liefen die Treppe zum Parterre hoch. Rücken an Rücken schwebten die MP5 in einem einzigen synchronen Bewegungsablauf, den sie unzählige Male trainiert hatten, durch Wohnzimmer, Küche und Flur.

Johan blieb im Flur stehen, richtete Blick und Pistolenmündung in den dunklen Keller. »Ich bleibe hier und bewache die Treppe«, sagte er und schloss die Haustür hinter sich. Die beiden Einsatzpolizisten gaben sich gegenseitig Deckung, als sie Stück für Stück die obere Etage einnahmen.

»Polizei!«, rief Johan so laut er konnte. »Kommen Sie mit erhobenen Händen raus!«

Klopfen im Untergeschoss setzte ein, als trommelte jemand gegen eine Tür. Gleichzeitig hörte er zwei Jungenstimmen, die um Hilfe schrien. Aber kein Ton von Nathalie.

Die Einsatzpolizisten bekamen Verstärkung von den beiden Kollegen von der Rückseite, die durch die Verandatür eingedrungen waren. Gemeinsam hatten sie das Wohnzimmer und die Küche gesichert und arbeiteten sich jetzt rechts im Flur weiter voran. Johan beugte sich leicht seitlich nach vorne, ohne das Untergeschoss aus den Augen zu lassen. Offenbar kamen die Rufe von da unten, aber bevor sie hinuntergingen, musste das Parterre durchsucht worden sein.

Zwei Männer vom mobilen Einsatzkommando kehrten nach draußen auf den oberen Absatz der kurzen Treppe zurück. Einer sagte in sein verschlüsseltes Handy, dass das Obergeschoss gesichert war.

»Gut«, bestätigte Hamrén von außen.

»Mindestens zwei Personen, wahrscheinlich Kinder, klopfen an eine Tür und rufen aus dem Untergeschoss um Hilfe«, sagte Johan.

»Pluto eins und Jupiter zwei gehen runter, die anderen bleiben im Parterre und halten die Stellung«, entschied Hamrén.

»Ich komme mit«, verkündete Johan, als die beiden Männer in ihren schwarzen Stiefeln an ihm vorbeigetrampelt waren.

Das Klopfen und die Hilfeschreie verstummten nicht. Johan rief, dass sie Polizisten und auf dem Weg nach unten waren. Dann schlich er, die Pistole die ganze Zeit mit beiden Händen fest im Griff, die Treppe hinunter. Er war sich zunehmend sicherer, dass sich Magnus Bergman nicht mehr im Haus aufhielt. Was ihn beunruhigte, war Nathalies Schweigen.

Er musste auf der Treppe warten, bis einer der Einsatzpolizisten den Partykeller gesichert hatte. Dann gingen sie weiter nach rechts in einen zehn Meter langen Flur. Ganz hinten standen zwei Türen einen Spalt offen, durch die graue Lichtkegel fielen. Die Hilferufe wurden lauter und schienen von der zweiten Tür links zu kommen.

»Wir nehmen die Tür, hinter der die Eingesperrten sind, zuletzt«, sagte Pluto eins.

Durch die Rufe der Jungen meinte Johan ein Stöhnen hinter der Tür daneben zu hören.

Instinktiv versuchte er die Tür aufzuklinken. Sie war abgeschlossen. Die Einsatzpolizisten öffneten zwei weitere Türen mit dem Dietrich und sicherten auch diese Räume.

Johan trat einen Schritt zur Seite, als Pluto eins die Tür zu dem Raum aufmachte, aus dem er das Stöhnen gehört zu haben meinte, und hoffte, es sei von Nathalie gekommen. Sein Puls ging immer schneller, und der Brustkorb spannte, als hätte ihn jemand in eine Zwangsjacke gesteckt. Die Männer schlichen lautlos hinein, und er folgte ihnen.

Der Anblick traf ihn wie ein Schlag ins Gesicht. Auf dem Steinfußboden in einem großen Raum mit einer Tischtennisplatte lag Nathalie. Ihre Hände und Füße waren mit einem blauen Seil nach hinten gebunden. In ihrem Mund steckte ein weißer Lappen, der mit dem gleichen blauen Seil an Ort und Stelle gehalten wurde. Ihre Augen waren weit aufgerissen, und Blut lief ihr über eine Wange.

Johan stürmte hinein und hockte sich neben sie. Ohne ein Wort kehrten die Männer vom mobilen Einsatzkommando in den Flur zurück.

»Ganz ruhig, ich bin jetzt hier«, sagte Johan, hörte aber, dass er nicht im Geringsten ruhig klang. Er fasste sie bei den Schultern und schaute ihr in die Augen. Nathalie blinzelte und atmete ganz tief durch die Nase aus. Er beugte sich über sie und begann den Knoten hinter dem Kopf aufzuschnüren. Konnte ihn lösen und zog ihr den Lappen aus dem Mund.

»Danke«, röchelte sie. »Was ist mit den Jungs?«

Gerade als sie die Frage ausgesprochen hatte, verstummten die Schreie und Schläge.

»Pluto eins hier«, hörte Johan im Headset. »Das Haus ist gesichert. Eine Frau und zwei Jungs wurden wohlbehalten aufgefunden.«

»Ausgezeichnet«, lobte Kommissar Hamrén. »Dann kommen Granstam und ich rein. Die Berichterstattung auf diesem Kanal ist beendet.«

Nathalie sah Johan forschend an, begriff, dass er Informationen erhalten hatte, und wartete gespannt.

»Alles gut, unsere Kollegen sind drinnen bei den Jungs, und sie sind wohlauf«, berichtete er. »Was ist passiert? Du hast Blut an der Wange.«

Sie erzählte, und Johan befreite sie von dem Seil, mit dem ihre Handgelenke zusammengebunden waren. Sie schaute auf ihre Hände, betastete vorsichtig das Blut. »Aber jetzt fühle ich mich okay. Wisst ihr, wo er ist?«

»Nein.«

»Wie seid ihr draufgekommen, dass er es ist?«

Johan knotete das Seil um die Fußgelenke auf und erzählte es ihr. Nathalie lächelte ihn an und setzte sich aufrecht hin.

»Durch deine Oma also.«

Er antwortete mit einem Lächeln, unfassbar dankbar, sie wiederzusehen. Er bot ihr seinen Arm an und half ihr beim Aufstehen.

»Jetzt will ich zu Gabriel«, beschloss sie und verließ auf unsicheren Beinen den Raum. Johan folgte ihr, sah, wie sie die beiden Jungen umarmte.

80

»Wir haben deine Mutter angerufen, William, und sie ist auf dem Weg hierher«, sagte Granstam nach dem stockenden Bericht der Jungen.

»Und ich habe Oma angerufen, die dich abholen kommt«, sagte Nathalie und streichelte Gabriels Wange. »Wie du siehst, muss ich mich sauber machen und die Arbeit mit diesen tüchtigen Polizisten zu Ende bringen. Tea ist bei Adina, und ich komme so schnell ich kann nach Hause, spätestens zum Abendessen. Wenn du willst, können wir wieder thailändisch essen gehen. Ist das okay?«

Gabriel tippte mit einem Fußballschuh aufs Parkett, biss die Zähne zusammen und nickte.

Kurz darauf trafen Helena Bergman und Sonja ein. Granstam und Hamrén nahmen sie auf der Vortreppe in Empfang und setzten sie über das Geschehen in Kenntnis. Anschließend hatten Helena und Sonja im Haus die Jungen in den Arm genommen. Auch Nathalie wurde mit einer langen Umarmung von Sonja bedacht und war erleichtert und froh, sie zu sehen. Wenn es wirklich darauf ankam, konnte sie sich auf ihre Mutter verlassen.

Helena Bergman war eine zierliche Frau mit rötlichem Bob und einem puppenhaft niedlichen Gesicht. William stellte viele Fragen über seinen Vater. Als Helena sie nicht beantworten konnte, wandte sie sich flehend an Nathalie.

»Die Hauptsache ist jetzt, dass wir Magnus fassen«, platzte Granstam mit seiner kräftigen Bärenstimme dazwischen. »Würden Sie uns unter vier Augen ein paar Fragen beantworten, Helena?«

»Natürlich.« Sie umarmte William und erklärte ihm, dass es nur ein paar Minuten dauern werde, und folgte anschließend Granstam, Johan und Nathalie in den Flur. Sonja blieb bei den Jungen sitzen.

»Wo kann er stecken?«, fragte Granstam.

»Keine Ahnung. Er sagte zu mir, er wolle ins Krankenhaus ... ich verstehe das hier alles nicht.«

Helena Bergman biss sich auf die Lippe und schüttelte den Kopf. Ihre blauen Augen waren feucht, und sie zitterte am ganzen Leib. »Sie sind also der Meinung, er hat die Jungen eingeschlossen? Und Sie niedergeschlagen?«, sagte sie fassungslos mit einem Nicken zu Nathalie.

»Leider ist genau das passiert«, antwortete Nathalie.

»Und er geht immer noch nicht ans Handy, und im Krankenhaus ist er nicht«, schob Granstam ein. Aus Routine hatte er Johan und Nathalie angewiesen, sich mit der Erklärung, wessen sie Magnus verdächtigten, zurückzuhalten. Dadurch würde es Helena nicht leichterfallen, klar zu denken, und das konnte die Beweislage in einem künftigen Prozess erschweren.

»Ich sehe, dass Sie einen schwarzen SUV fahren«, stellte Johan fest und nickte zur Garagenauffahrt, »bedeutet das, dass Magnus gerade den Volvo fährt?«

»Ja, genau«, bestätigte Helena. »Ich habe den Rover genommen, weil er einen größeren Kofferraum hat. Ich helfe einer Freundin beim Umzug und ...«

»Welches Kennzeichen hat der Volvo?«, fragte Granstam. Als er die Antwort bekam, ließ er den Wagen zur Fahndung ausschreiben und forderte drei Streifen auf, die Umgebung abzufahren.

Nathalie flimmerte es vor Augen. Sie erinnerte sich, dass sie gesehen hatte, wie Magnus auf der Garagenauffahrt aus dem Volvo ausgestiegen war. Diese Erinnerung war bis eben verschollen gewesen. Vielleicht hatte der Schlag größeren Schaden angerichtet, als sie dachte? In ihrem Kopf hämmerte es, aber sie biss die Zähne zusammen. Jetzt würde es nicht mehr lange dauern.

»Wohin will er also?«, drängte Granstam und fing Helenas herumirrenden Blick ein.

Sie zuckte mit den zarten Schultern, sagte aber gleichzeitig: »Wenn er nicht bei der Arbeit oder beim Fußball ist, dann ist er beim Fitness oder bei seiner Schwester. Aber da waren wir heute Morgen zum Gratulieren.«

Sie blickte in drei fragende Gesichter und erklärte: »Sie hat heute Geburtstag.«

»Ist sie das auf dem Foto am Wohnzimmerfenster?«, erkundigte sich Nathalie.

»Genau, Monika. Sie haben ein sehr enges Verhältnis. Er kann sehr gut wieder hingefahren sein.«

»Wo wohnt sie?«, fragte Nathalie.

»In Kåbo. Artillerigatan 54.«

Der gleiche Straßenname wie von meiner Wohnung in Stockholm. Und nur drei Straßenzüge von Håkan und Tilde entfernt, dachte Nathalie.

»Wir fahren sofort hin«, beschloss Johan.

»Einverstanden«, sagte Granstam und öffnete die Haustür. »Ich regle das Praktische mit Hamrén.«

»Ich komme mit«, beschloss Nathalie.

»Ist das eine gute Idee?«, meinte Johan und legte ihr die Hand auf die Schulter.

»Ja, ich will mich nur schnell von Gabriel verabschieden.« Sie schüttelte Johans Hand ab und kehrte ins Haus zurück.

Johan drehte sich zu Helena um. »Danke, jetzt können Sie auch zu Ihrem Sohn reingehen. Wir melden uns, sobald wir etwas wissen, und unsere Kollegen werden hierbleiben.«

»Ich fahre selbst«, sagte Nathalie, als sie kurz darauf auf die Wagen zugingen.

»Es ist besser, wenn du mit uns fährst«, fand Johan.

»Bei mir ist alles in Ordnung. Ich nehme mein Auto.«

»Okay, fahren Sie hinter uns her, aber bei der Ergreifung dürfen Sie nicht dabei sein«, beschloss Granstam.

Johan blieb stehen. Nathalie öffnete die Wagentür und fing seinen Blick ein. Er nickte und lächelte ihr zaghaft zu. Hoffte, sie würde verstehen, dass er seine grobe Äußerung heute Morgen im Hotel bereute, wie froh er war, dass sie wieder zurück war, am Leben war, und wie sehr er sich wünschte, dass dieses bizarre Drama bald ein Ende haben würde.

81

Nathalie fuhr hinter Granstam und Johan her, sprach und hörte durch das verschlüsselte Handy zu, das Johan ihr gegeben hatte, bevor sie rückwärts von der Garagenauffahrt der Familie Bergman heruntergefahren war. Ihr folgte einer der Einsatztransporter mit Kommissar Hamrén und den Kollegen, die sie gefunden hatten.

Sie hatten beratschlagt, ob sie Monika Bergman vorher anrufen sollten, hatten aber entschieden, es zu lassen. Die Gefahr war zu groß, dass sie Magnus warnte, der offenbar auf der Flucht war und vor nichts zurückschreckte. Wie konnte man nur seinen eigenen Sohn einsperren? Was für eine Persönlichkeitspathologie lag dem zugrunde? Und warum hatte sie im Verlauf der Unterhaltung während des Fußballspiels kein Gespür dafür entwickelt? Normalerweise war sie so sensibel für die Charaktermerkmale verschiedenster Personen. Eine Grundvoraussetzung, um Psychiaterin zu werden, wie Nathalie schon im Studium fand. Wenn man Menschen direkt durchschauen konnte, dann sollte man diese Begabung oder diesen Fluch, wie sie es abwechselnd zu nennen beschloss, auch für etwas Positives nutzen.

Sie fuhren in dem sonntäglich harmonischen Villenidyll Kåbo die Straßen entlang, auf denen sie sonst immer gejoggt war, als sie noch mit Håkan zusammengelebt hatte. Doch die Artillerigatan, zu der sie jetzt unterwegs waren, gehörte nicht zu ihrer Joggingstrecke, darum hatte sie keine klare Vorstellung von dem Haus mit der Nummer 53, in dem Monika Bergman wohnte.

»Granstam hier«, hörte sie im Kopfhörer, als sie nur noch hundert Meter und eine Linkskurve vom Ziel entfernt waren, »wir fahren vorbei und sondieren die Lage.«

»Klingt gut«, antwortete Kommissar Hamrén.

Im Kopfhörer knackte es und wurde dann still. Die ungeraden Nummern in der Artillerigatan lagen auf der linken Seite, wo das flache, zweistöckige Wohnhaus aus verputztem Ziegelstein mit kleinen Fenstern und niedrigem, rot gedecktem Dach stand.

Rechts befanden sich große Einfamilienhäuser, von denen man nur die Dächer hinter sorgsam gepflegten Gärten und einem Fahrradstreifen sah, auf dem ein junger Mann in Sandalen und Shorts vorbeistrampelte, ein Mädchen auf dem Kindersitz.

Nummer 53 war ein graues Haus, das von der Straße gut einsehbar war. Eine Garagenauffahrt mit zwei Autos neben grünen Mülltonnen. Zwei obligatorische Rasenstreifen säumten einen mit Steinen gepflasterten Weg zum Eingang. Eine kombinierte Rollstuhlrampe und Treppe aus silberfarbenem Metall führte hinauf zu einer roten Tür. Nathalies Herz schlug schneller, als sie sah, dass der hintere Wagen ein silbergrauer Volvo war. Sie fuhren langsam näher. Dann war Johans Stimme zu hören: »Das ist der richtige Volvo! Er ist hier!«

»Ich bestätige«, sagte Granstam, »wir fahren vorbei wie geplant und wenden weiter vorn.«

»Niemand sitzt im Wagen, und ich sehe niemanden an den Fenstern«, stellte Johan fest.

»In dem Haus sind vier Wohnungen«, sagte Kommissar Hamrén. »Axberg und Granstam sind bewaffnet, und hier sehe ich keine Gefahrenlage. Der Verdächtige ist wahrscheinlich nicht bewaffnet und wird wohl kaum versuchen, sich nach draußen zu prügeln.«

Sie drehten um, als sie die Kreuzung am Kåbovägen erreichten und hielten drei Häuser von Nummer 53 entfernt. Alle, außer Kommissar Hamrén, stiegen aus. Beharrlich schweigend warteten Johan, Nathalie und Granstam, bis die beiden Einsatzpolizisten ihre Position eingenommen hatten.

»Pluto eins hier. Ich habe die Südecke des Hauses und

die Fenster auf der Rückseite unter Kontrolle. Das Haus hat keine Balkone.«

»Jupiter zwei hat die Vorderseite und die westliche Fassade unter Kontrolle.«

»Gut«, sagte Hamrén, »dann legen wir los. Ich stelle mich mit dem Wagen davor auf die Straße, mit Blick auf die Haustür.«

»Und Nathalie bleibt im Auto sitzen«, sagte Granstam. »Wenn er sie sieht, weiß er sofort, dass wir Polizisten sind.«

Widerwillig nickte sie und setzte sich neben Hamrén.

Johan und Granstam gingen los. Ein leichter Wind blies ihnen ins Gesicht. Zum ersten Mal in diesem Jahr nahmen sie den bevorstehenden Herbst in der Luft wahr. Johan hielt die Pistole fest und atmete tief durch. Was würde sie erwarten? Warum war Magnus zu seiner Schwester gefahren, nachdem er Nathalie niedergeschlagen und die Jungen eingesperrt hatte?

»Ihm hätte klar sein müssen, dass wir nach ihm suchen würden«, hörte er Nathalie sagen.

»Das finde ich auch merkwürdig«, sagte Johan, als er vor Granstam durch die kleine Öffnung im Zaun schlüpfte, die fünf Meter von der Haustür entfernt war. Links glänzte der Volvo im Sonnenschein neben einem roten Golf. Kein Mensch war in der Nähe, ein Auto fuhr auf der Straße hinter ihnen vorbei, und ein Hund bellte ein paar Häuser weiter.

»Vielleicht hat er aufgegeben«, schlug Granstam vor, »vielleicht hat er eingesehen, dass das Spiel verloren war, und hatte das Bedürfnis, sich jemandem mitzuteilen.«

»Nach den Worten seiner Frau steht er seiner Schwester sehr nahe«, sagte Nathalie.

Sie schauten zu Monika Bergmans Fenster hoch. Sahen die Umrisse einer vorüberfliegenden Schwalbe, ansonsten regte sich nichts.

Johan öffnete die Tür, und sie gingen ins Haus. Granstam fand den Lichtschalter und betätigte ihn. Neonröhren blinkten und kamen in einem strahlend weißen Licht zum Stillstand, als die Tür hinter ihnen mit einem Klicken ins Schloss glitt. Es roch nach Essen und Bohnerwachs. Aus dem ersten Stock hörten sie ein leises Geräusch, das aus einem Radio zu kommen schien. Tanzmusik.

»Wir sind drinnen, alles ruhig«, gab Granstam die Information durchs Mikrofon weiter.

Rechts befand sich eine Treppe in den ersten Stock und eine hölzerne Wohnungstür mit dem Namen ANDERSSON auf dem Briefkastenschlitz. Auf der Tür links stand BERGMAN. Beide Türen hatten ein Guckloch, aber es war nicht zu erkennen, ob die Spione verdeckt waren. Johan eilte vor und befestigte Haftmasse auf dem von Andersson.

»Jetzt rufen wir an«, entschied Granstam.

In der Wohnung war zweimal ein Handyklingelton zu hören. Johan hielt die Pistole hinter seinem Rücken versteckt, lauschte angespannt und fixierte das Guckloch. Granstam klingelte erneut, jetzt zweimal. Der Klingelton verhallte. Nur die Tanzmusik und ihre eigenen Atemzüge waren zu hören. Offenbar hatte niemand vor, ihnen die Tür zu öffnen.

»Keiner macht auf, und wir gehen rein«, sagte Granstam und zog seine Sig Sauer.

»Verstanden«, antwortete Hamrén.

Johan drückte vorsichtig die Klinke hinunter. Das Metall kühlte seine schweißnassen Hände. Das Schloss klickte.

»Sie ist offen«, sagte er erstaunt zu Granstam.

Granstam nickte und hielt die Pistolenmündung in einem Fünfundvierzig-Grad-Winkel zum Boden. Zentimeter für Zentimeter schob Johan die Tür auf, und sie betraten einen Flur, der in einem gelblicheren Ton als das Treppenhaus gehalten war. Alles war ruhig, niemand rührte sich oder gab einen Ton von sich.

Aber so bescheuert konnte Magnus doch nicht sein, dass er sich in der Wohnung verkroch, weil er hoffte, sie würden wieder abziehen? Und wo steckte seine Schwester? Sie werden wohl kaum einen Sonntagsspaziergang machen. Bei den Fragen hatte Johan ein ungutes Gefühl.

Der Flur war leer. Keine Teppiche auf dem Boden, ein Kleiderbügel und ein Korb mit blauen Schuhschützern links, ein Paket Windeln rechts. Sie standen mit gezogenen Waffen im Flur und gaben sich gegenseitig Rückendeckung.

»Polizei!«, rief Johan. »Wir kommen rein!«

82

Keine Reaktion in der Wohnung. Granstam zog die Tür hinter sich ins Schloss. Es roch nach Urin, Putzmitteln und Kerzenwachs. Sie wechselten einen Blick und pirschten ganz langsam weiter hinein.

Johan machte einen Schritt vorwärts und schwang die Mündung in einen Raum, der sich als Küche erwies. Auf dem Küchentisch standen vier schmutzige Teller und ein fast voller Espressokocher neben einer halb verspeisten Prinzessinnentorte mit dreißig abgebrannten Kerzen. Auf der Spüle lagen drei Kanülen, ein paar Reklameprospekte und einige Pillendosen.

»Niemand in der Küche«, teilte er mit und kehrte in den Flur zurück.

Granstam öffnete die Tür gegenüber der Küche. Ein Arbeitszimmer mit Schreibtisch und einem gemachten Einzelbett.

Johan ging weiter geradeaus, dicht gefolgt von Granstam. Überlegte, ob er wieder rufen sollte, aber die Wohnung war so klein, dass die Person, die sich hier eventuell aufhielt, ihn schon gehört hätte. Das Zimmer links hatte einen breiten Durchbruch ohne Tür. Auf der anderen Seite befand sich eine weitere geschlossene Tür von gleicher Machart wie die zum Arbeitszimmer.

Der Raum dahinter war leer. Sie sahen den Ausblick auf die Straße, eine handelsübliche Sofagruppe, ein Bücherregal mit Glastüren und nichts Auffälliges abgesehen von einer Greifzange, die neben drei Fernbedienungen und einem Berg aus zerknülltem Geschenkpapier auf dem Sofatisch lag.

»Wohnzimmer gesichert«, sagte Johan.

»Nur noch ein Zimmer übrig«, keuchte Granstam.

»Wir gehen rein«, entschied Johan und zog die Tür auf.

• • •

Nathalie behielt vom Auto aus das Haus im Auge und hörte den Durchsagen zu. Links von der Garagenauffahrt stand ein Einsatzpolizist mit seiner MP5 im Anschlag bereit und drückte sich den Stöpsel ins Ohr.

»Hallo«, sagte Hamrén. »Was passiert jetzt?«

Johan und Granstam antworteten gleichzeitig. Einzelne Worte waren nicht zu verstehen, doch die Bestürzung und das Erstaunen waren umso deutlicher.

»Wiederholen«, sagte Hamrén und öffnete die Wagentür.

»Das ist wie ...«, setzte Johan an.

»Sie können jetzt reinkommen«, sagte Granstam. »Die Operation ist beendet, over und aus.«

Nathalie schob die Autotür auf und lief mit Hamrén um die Wette die Vortreppe hinauf und ins Haus. Johan empfing sie im Flur. Er war blass und sein Gesicht so angespannt, wie sie es noch nie bei ihm gesehen hatte.

»Gehen Sie rein, und gucken Sie es sich selbst an«, sagte er ausdruckslos.

»Wo ist Granstam?«

»Hier drin«, war Granstams Stimme aus einem Zimmer ganz hinten rechts zu hören. Er klang bedeutend sanfter als sonst. Johan trat beiseite und stellte sich in den Durchgang zum Wohnzimmer, machte eine vage Handbewegung zur offenen Tür.

Nathalie füllte die Lungen mit Luft und ging hinein.

Zuerst begriff sie nicht, was sie da sah. Dann kam ein Eindruck nach dem anderen bei ihr an, ohne dass sie einen davon hätte einordnen können.

Die Jalousien waren hinuntergelassen. Dünne Lichtstrahlen fielen auf das breite Bett mitten im Zimmer.

Neben dem Bett standen ein Rollstuhl und ein Patienten-Lifter.

Im Bett lagen zwei Personen, die Gesichter einander zugewandt. Sie waren bekleidet und leichenblass. In der Armbeuge steckte bei beiden ein Tropf. Die durchsichtigen Beutel an den Ständern neben dem Bett waren leer.

Sie taumelte, hielt sich an Johan fest, der plötzlich neben ihr stand.

Magnus und seine Schwester Monika umarmten einander und lagen bis zu den Hüften unter einer gemeinsamen Decke. Zwischen ihnen lagen in Brusthöhe zwei blaue Rosen.

Nathalie erinnerte sich an Magnus' Blick, als er sie durchschaut hatte, hörte das Sausen, bevor der Schlag auf den Hinterkopf sie traf, und spürte, wie eine Woge von Ohnmacht sie erfasste. Zum Glück hatte sie sich mit der Hand bei Johan abgestützt.

»Der Körpertemperatur nach zu urteilen sind sie seit einer halben Stunde tot«, sagte Johan.

»Gerichtsmediziner und Techniker sind unterwegs«, sagte Hamrén.

»Sieben und acht«, sagte Nathalie, »hatte er sich das von Anfang an so vorgestellt?«

Niemand beantwortete die Frage.

»Aber warum ihr in den Tod folgen?«, sprach Nathalie weiter. »Wenn er nun beschlossen hat, dass sie sterben soll, warum sich selbst das Leben nehmen? Das verstehe ich nicht.«

»Treu bis in den Tod«, sagte Johan. »Aber er hatte doch Frau und Kind ...«

»Was sind das da für Papiere?«, fragte Nathalie und nickte zu dem Stapel auf dem Nachttisch. Das Blatt ganz oben sah wie ein handgeschriebener Brief aus.

Sie bekam von Hamrén ein Paar Handschuhe und nahm den Brief hoch. Darunter lag achtmal die ausgedruckte Seite der Regelung fürs Lebensende von der Homepage der ASJ, die jedes Opfer unterschrieben hatte. Nathalies Übelkeit stieg vom Bauch auf, und sie fragte, ob sie ein Fenster öffnen könne. Hamrén übernahm das. Dann stellten sich alle zu ihr und lasen schweigend den Brief.

Uppsala, den 1. August
Dies sind meine letzten Worte, ist mein letzter Wille. Wenn ihr das hier lest, sind meine geliebte Schwester und ich tot. Morgen werden mehrere große Zeitungen, Radio- und Fernsehsender Kopien dieses Briefes erhalten. Ich hoffe, dass er veröffentlicht wird und die Frage über die Legalisierung der Sterbehilfe aufwirft.

Ich befürworte schon seit Langem, sie in Schweden wie anderen Ländern zu legalisieren. Ich bin der Meinung, dass die Aktive Sterbehilfe jetzt hervorragende Arbeit leistet und unterstütze ihre Werte voll und ganz.

Am 15. Juni erhielt ich die Diagnose, dass ich an metastasierendem Bauchspeicheldrüsenkrebs leide. Als Chirurg weiß ich, wie schlecht die Prognose ist. Im Lauf der Jahre habe ich viele Patienten erlebt, die gezwungen wurden, ihre letzten Tage zu durchleiden. So will ich und so wollen auch viele andere den kurzen Weg auf dieser Erde nicht beenden.

Meine geliebte Schwester hat mich mehrfach um Hilfe gebeten, einschlafen zu dürfen. Da ich mir nicht zugetraut hatte, das durchzustehen, habe ich es stets abgelehnt. Doch seit meinem Todesurteil hat sich alles geändert. Ich weiß, dass ich der Einzige bin, der sich in der richtigen Weise um sie kümmert. So war es schon seit unserer frühsten Kindheit. Unsere Eltern machten auf ihren Gebieten Karriere, und wir waren uns viel zu oft allein überlassen. Ohne mich würde ihr Leben zu einer noch größeren Qual werden, als es das ohnehin schon ist. Langsam reifte in uns der Entschluss, an ihrem Geburtstag gemeinsam aus dem Leben zu scheiden. Ich bin mit ihr vor genau acht Jahren auf den folgenschweren Überraschungsausflug gefahren, jetzt übernehme ich die Verantwortung.

Die Idee, die Rosen blau zu färben und bei Nummer acht aufzuhören, stammte von Monika. Sie mochte Blumensprache sehr und konnte stundenlang die Bücher anschauen, die ich ihr geschenkt habe. Acht Jahre Quälerei haben nun ein Ende.

An Helena und William: Ich hoffe, ihr versteht mich. Die Entscheidung habe ich mir nicht leicht gemacht, ich bin jedoch überzeugt, dass auch ihr einseht, dass es so für uns alle das Beste ist. Abschiede waren noch nie meine Stärke, und ich wollte nicht, dass ihr mich schwach und entkräftet seht. Behaltet das Andenken an mich als einen lebenden und gesunden Menschen in euren Herzen, denn so möchte ich in Erinnerung bleiben.

Vielleicht sehen wir uns auf der anderen Seite wieder. Wenn es die gibt, dann warte ich dort auf euch.

Ich liebe euch, vergesst das nie!

Magnus

Nathalie sah auf und guckte die anderen an. Niemand sagte ein Wort. Eine Wespe flog durchs Fenster, drehte eine Runde um die Rosen und schwirrte dann wieder davon.

»Er hat es also getan, um Leiden zu vermeiden«, schloss Nathalie in dem Versuch, eine Sache in Worte zu fassen, von der ihr klar war, dass es noch lange dauern würde, bis sie sie begriffen hatte.

»Und weil Frau und Sohn ihn nicht schwach sehen sollten«, ergänzte Johan.

»Diesen Weg hat er die ganze Zeit vor Augen gehabt«, erkannte Granstam. »Nummer sieben und acht, alles schon bis zum Ende geplant beim Mord an Henrik Borg.«

Nathalie legte den Brief aufs Bett. Johan nahm die acht Testamente an sich.

»Sehen Sie mal, wer außer Magnus das noch beglaubigt hat«, fragte Johan.

»Verdammt noch mal«, fluchte Granstam. »Peter Schultz.«

»Dann hat er damit doch was zu tun, wie Sie schon vermutet haben«, sagte Nathalie und sah Johan an.

Sie verstummten wieder und lasen. Alle Testamente waren im gleichen Stil abgefasst und betonten, dass sich die Opfer im Vollbesitz ihrer geistigen Kräfte von Magnus Bergman helfen ließen, ihrem Leben mit einer Morphiumspritze ein Ende zu setzen. Vollständig mit Datum, Unterschrift und Formulierungen, die von einem Juristen diktiert zu sein schienen.

»Wie wird das hier vom Gesetz eingestuft?«, fragte Johan. »Kann das als Mord gewertet werden?«

»Das ist eine Frage für die Rechtsverdreher«, seufzte Granstam. »Unsere Ermittlung ist jedenfalls hier und jetzt zu Ende.«

Sie verstummten abermals. Standen still da und betrachteten das Geschwisterpaar eine Minute schweigend.

Gedanken und Gefühle wühlten Nathalie auf. Sie wusste nicht, ob das hier das Schönste oder das Schrecklichste war, was sie je gesehen hatte.

Johan schloss das Fenster, und gemeinsam verließen sie das Zimmer.

83

Uppsala, 1. September

Nathalie schloss die Tür zum Sprechzimmer in der Psychiatrischen Notaufnahme und schrieb den §6b-Beschluss für den bipolaren Patienten Lars Karlsson. Es stand zwar zweifelsfrei fest, dass er in einer geschlossenen Einrichtung betreut werden musste; doch wie immer in solchen Fällen kam sie sich wie eine schlechte Psychiaterin vor, wenn einer ihrer vertrauten Patienten an Handschellen von der Polizei hereingeführt wurde und sie sich gezwungen sah, Fixierung und hohe Dosen Stesolid und Cisordinol zu verordnen.

Nathalie sprach eine Notiz für die Krankenakte ins Diktiergerät, ging ins Büro der Praxisgemeinschaft und gab Ärztin Elin Danielsson, die gerade ihre Facharztausbildung absolvierte, die Überweisungsunterlagen.

»Um zwölf Uhr wird in der Drei ein Platz frei, wir bringen ihn dort unter«, beschloss Nathalie. »Was gibt es sonst noch?«

Sie beugte sich neben Elin vor und schaute auf den Computer, in den die wartenden Patienten eingetragen waren: Eine zweiundzwanzig Jahre alte Frau, die eine Krise durchlitt, weil ihr Freund mit ihr Schluss gemacht hatte, ein bekannter Schizophreniepatient, der immer bei Vollmond in die Notaufnahme kam, und ein Zwangsneurotiker, der sich während seiner Phasen so oft seine Hände wusch, dass seine Knöchel zu bluten anfingen.

»Sieht einigermaßen ruhig aus«, stellte Nathalie fest. »Ich bin über Pieper erreichbar, wenn was ist. Heute Nachmittag zwischen eins und zwei habe ich eine Besprechung mit der Forschungsgruppe, dann mache ich auf der Station meine Visite.«

»Alles klar«, sagte Elin. »Nach der schweren Belastungsprobe eben kriege ich alles hin.«

»Das erste Mal, wenn man jemanden fixieren muss, ist immer am schlimmsten«, sagte Nathalie. »Aber Lars wird bestimmt dankbar sein, wenn er erfährt, was passiert ist«, schloss sie und bedachte Elin mit einem kollegialen Schulterklopfen. Obwohl das nicht stimmte, waren diese Worte genau das, was Elin jetzt brauchte. Das wusste sie nach vielen Jahren Erfahrung als Mentorin für frisch approbierte Kollegen.

Sie verließ die Notaufnahme, um die Treppen hoch in ihr Büro zu gehen. Ließ sich auf einen Stuhl fallen und öffnete den Hühnchensalat und die Dose Mineralwasser, die sie sich in der Kantine gekauft hatte. Beim Essen unterschrieb sie die Diagnosen und Krankenkassenunterlagen, die sie am Freitag unerledigt hatte liegen lassen. Denn um zwei Uhr hatte Gabriels Lehrerin angerufen und ihr mitgeteilt, dass er in eine Schlägerei mit einem Mitschüler geraten war, sodass sie alles stehen und liegen lassen musste, um sich ins Auto zu setzen und ihn abzuholen.

Während sie aß und unterschrieb, schweiften ihre Gedanken ab, wie so oft, wenn sie Bürokram erledigte.

Drei Wochen war es jetzt her, dass sie den Fall Magnus Bergman zu den Akten gelegt hatten. Sie hatte immer noch Albträume davon, wie er sie niedergeschlagen und in dem Tischtennisraum eingeschlossen hatte. Sie hatte sogar zum ersten Mal nach vielen Jahren wieder davon geträumt, wie sie genauso gefesselt in der Jagdhütte gelegen hatte und von den widerwärtigen Geständnissen und dem Todessturz ihres Vaters. Zum Glück schien Gabriel die Vorkommnisse mit Gleichmut hingenommen zu haben, der in seinem zappeligen Körper und seiner überbordenden Seele steckte.

William hatte das Ganze natürlich sehr viel mehr zugesetzt. Nathalie hatte mehrere Gespräche mit ihm und seiner Mutter geführt. Sie war zwar keine Kinderpsychiaterin, aber da Helena und William reden wollten, hatte sie sich angeboten. Sie hatte zugehört, mitgefühlt und versucht, offen mit ihrer eigenen Unsicherheit und ihren Zweifeln umzugehen. Natürlich hatte es nicht lange gedauert, bis William in der Schule zu hören bekam, was sein Vater getan hatte, und Nathalie und Helena hatten sofort die Vereinbarung geändert, ihm kein Wort von den Todesfällen zu erzählen, waren dann aber nicht auf Details eingegangen. Helena hatte Nathalie ebenfalls anvertraut, dass sie schon immer der Ansicht gewesen war, dass Magnus seine Schwester überbehütete, dass deren Beziehung belastend eng gewesen war und dass sie sogar glaubte, dass er Monika mehr liebte als sie.

Niemand, außer Monika, wusste von seiner Erkrankung. Natürlich war Helena aufgefallen, dass er stark abgenommen hatte und müde war, aber das hatte sie auf die strenge 5:2-Diät zurückgeführt, die er angeblich angefangen hatte.

»Warum?«, hatte William natürlich immer wieder gefragt. Nathalie hatte geantwortet, dass Magnus nicht wollte, dass seine Familie mit ansehen musste, wie er dahinsiechte, dass er überzeugt gewesen war, er tue etwas Gutes. Dieses Bild war auch in den Medien aufgekommen, genau wie Magnus es sich in seinem handgeschriebenen Brief erhofft hatte. Die häufigsten Schlagzeilen waren allerdings in dem

Stil wie *Doktor Tods grausame Reise durch Schweden* und *Henrik Borg – Opfer des Todesengels*.

Einige Artikel hatten Parallelen zum Fall Macchiarini gezogen und behauptet, dass die meisten Fortschritte in der Heilkunst von Ärzten erzielt wurden, die neue Methoden erprobt hätten, andere hatten Magnus' Vorgehen als Morde verurteilt und waren überzeugt, dass er in einem Prozess dafür bestraft worden wäre. Nathalie hatte ihre Sobril-Verschreibungen für Granstam kritisch überdacht und war zu dem Schluss gekommen, dass auch sie damit eine Grenze überschritten hatte im Versuch zu helfen, obwohl die Folgen natürlich nicht vergleichbar waren.

Sie spießte ein Stück Hühnchen mit der Gabel auf und stellte sich vor, wie Magnus und seine Schwester im Bett mit den beiden Rosen zwischen sich lagen. Dachte an den Autounfall, von dem Helena ihr Zeitungsausschnitte gezeigt hatte, und auch daran, dass Magnus seitdem darauf bestanden hatte, den größten SUV zu fahren, der auf dem Markt zu haben war, wenn er auf der Autobahn unterwegs war. »Wenn ich noch mal mit einem Elch zusammenstoße, soll der nicht wieder durch die Windschutzscheibe fliegen«, zitierte Helena ihren Mann. Seine Abwesenheit in den Nächten, in denen er durchs ganze Land gefahren war, um Sterbehilfe zu leisten, hatte er damit begründet, dass er wegen der krankheitsbedingten Ausfälle von Kollegen immer wieder einspringen musste. Das war früher auch schon vorgekommen, und Helena hatte ihm geglaubt.

Nathalie unterschrieb die letzte Diagnose in dem Stapel und schluckte das letzte Salatblatt hinunter. Die Croûtons ließ sie wie so oft liegen, obwohl sie sie liebte, und klappte schnell den Plastikdeckel zu, damit die Versuchung nicht allzu groß wurde. Spülte den Mund mit Mineralwasser und nahm den Abfall mit ins Personalzimmer.

Das Klappern ihrer Absätze hallte einsam im Korridor wider. Ihre Gedanken wanderten zu Johan. Nach einer kurzen Abschlussbesprechung mit den Mitgliedern der OFA hatte er sich schnell verabschiedet und war zurück nach Sundsvall gefahren. Mit keiner Silbe hatte er ihre gemeinsame Nacht erwähnt. Natürlich war sie noch immer wütend auf ihn, aber das Gefühl war in den Wochen des Schweigens Enttäuschung und Sehnsucht gewichen. Doch sie hatte nicht vor, sich bei ihm zu melden, da war ganz eindeutig die Grenze.

Sie zog die Tür zum Personalzimmer auf, lächelte so gut sie konnte, als sie ihre Kollegen begrüßte, die in der großen Sofagruppe saßen.

Als sie am Kaffeeautomaten auf ihren täglichen Cappuccino wartete, betrat Torsten Ulriksson den Raum. Die Stimmung zwischen ihnen war nach wie vor angespannt. Natürlich hatte er sein Verständnis bekundet, dass sie nur ihre Arbeit getan habe, aber er lächelte ihr nicht mehr zu, und das Funkeln in seinen blauen Augen, wenn er sie sah, war erloschen. Er grüßte sie und reihte sich hinter ihr in die Warteschlange ein, wippte mit seinen hundert Kilo auf seinen robusten Ecco-Schuhen auf und ab, dass die Sohlen quietschten.

»Ja, Nathalie, haben Sie kurz mal Zeit?«

»Klar«, antwortete sie, nahm ihre volle Tasse weg und machte ihm damit den Platz frei.

»Wir trinken den in meinem Zimmer«, sagte er und wandte sich dann einer der Krankenschwestern zu, die hinter ihm in der Schlange stand.

Nathalie fühlte sich übergangen und holte ihr Handy heraus. Sonja hatte vor sieben Minuten eine SMS mit der Frage geschickt, ob sie schon um ein Uhr vorbeikommen könne. Nathalie gab in der Antwort ihr Okay und dass sie einfach durchklingeln solle, dann könnten sie sich vor dem Eingang treffen. Sonja weigerte sich, auch nur einen Fuß in »dieses Irrenhaus« zu setzen, wie sie es nannte. Nathalie wusste, dass es keinen Zweck hatte, an ihrer Wortwahl oder ihrer Krankenhausphobie etwas ändern zu wollen.

»So«, sagte Torsten, als seine Tasse gefüllt war, »gehen wir.«

Nathalie steckte ihr Mobiltelefon wieder ein und folgte ihm. Erkannte an seinen schweren Schritten, dass er keine guten Neuigkeiten hatte.

Als er die Tür geschlossen und sich hingesetzt hatte, bat er sie, Platz zu nehmen.

»Danke, ich stehe gern.«

»Okay, dann fasse ich mich kurz«, sagte Torsten und nippte an seinem Kaffee. »Mit freien Tagen bin ich bei Ihnen wegen der Arbeit in der OFA-Gruppe großzügig gewesen, und das werde ich auch weiterhin so handhaben.«

Kann man auch nicht ablehnen, wenn der Polizeichef um Erlaubnis fragt, dachte sie und erinnerte sich an Torstens Ambitionen, Landtagsbürgerrat zu werden.

»Aber weil Ihre Abwesenheit hier in der Klinik schwer vorhersehbar ist«, sprach er weiter, »habe ich beschlossen, Ihnen die Hauptverantwortung für die Studierenden zu entziehen.«

»Das können Sie doch nicht machen«, wehrte sie sich und trat einen Schritt auf den Schreibtisch zu.

»Doch«, nickte er, »aber Sie können mit Ihrer für heute vorgesehenen Aufgabe mit Vorlesungen und Seminaren weitermachen. Aber die Hauptverantwortung übertrage ich einem anderen Kollegen, und ich erwarte, dass Sie mit ihm zusammenarbeiten. In der Praxis stocke ich also die Arbeit mit den Studierenden um eine halbe Stelle auf.«

Sie verschränkte die Arme über dem Blazer, versuchte, die Ruhe zu bewahren. »Und wer ist dieser Kollege?«

»Bengt Vallman«, antwortete Torsten und legte die Fingerspitzen aneinander, wie um zu demonstrieren, wie gründlich er sich die Entscheidung überlegt hatte. »Er bringt Erfahrungen in der Arbeit mit Studierenden vom KI mit, und frischen Wind können wir gut brauchen.«

Aber so einen Schleimer brauchen wir nicht, dachte Nathalie und erinnerte sich, wie sie über die Dating-App mit Vallman Kontakt hatte, wie unangenehm er beim Abendessen im Prinsen gewesen war und wie merkwürdig er sich benommen hatte, als er sie trotz ihres eindeutigen Desinteresses in der Klinik aufgesucht hatte.

»Es ist ratsam, dass Sie sich zu einem ersten Treffen in dieser Woche verabreden«, meinte Torsten und stand auf.

Gegenargumente schwirrten ihr im Kopf herum, aber sie sah Torstens Gesichtsausdruck an, dass Widerspruch zwecklos war. Das hier war seine Strafe dafür, dass sie der Polizei den Tipp gegeben hatte. Wenn sie sich querstellte, würde das alles nur noch schlimmer machen.

»Okay, dann weiß ich Bescheid«, sagte sie knapp und verließ das Zimmer. Wenn eine Schlacht verloren war, dann musste man die Scherben zusammenkehren und hocherhobenen Hauptes von der Bildfläche verschwinden. Und sie hatte das Gefühl, dass es wichtiger war, ihre Arbeit mit der OFA-Gruppe fortzusetzen, als die Verantwortung für die Studierenden auf einem blöden Stück Papier zu haben, das Torsten vor dem Landtag nur als Beweis dafür diente, wie ernst die Klinik ihre akademische Verantwortung nahm.

Nathalie ging die Treppen hinunter, um Sonja in Empfang zu nehmen. Die Luft war frisch, und die Sonne schien von einem blauen Himmel. Die Laubfärbung im Schlosspark ging allmählich von Gelb in Rot über.

Ihre Mutter wartete rauchend an ihrem eigenen Auto. Das rote Haar flatterte wie ein Feuer im Wind und passte farblich zu ihrem auffälligen Lippenstift.

»Hallo, Nathalie, wie gut, dass du kommst«, sagte sie und trat die Zigarette auf dem Asphalt aus. »Die Papiere müssen heute beim Anwalt sein, und ich fahre sofort nach dem Termin bei der Suchtberatung vorbei.«

»Schön, und du versprichst mir, dass du diesmal wirklich hingehst?«, fragte Nathalie.

»Natürlich«, antwortete Sonja und nahm die Ledermappe mit den Unterlagen heraus, in denen Victors Erbe geregelt war.

Nathalie las sie durch, sah, dass Estelle und Sonja unterschrieben hatten, und setzte dann auch ihren Namen darunter. Gemäß Victors ausführlichem Testament sollte Nathalie mehr bekommen als Estelle, und das wollte sie nicht. Recht musste Recht bleiben, und bei dem Gedanken daran, was für ein Mensch ihr Vater gewesen war, war es ein gewaltiger Schritt, überhaupt ein Erbe von ihm anzunehmen. Einen Großteil des Geldes wollte sie für Tea und Gabriel in Fonds anlegen. Sie selbst kam mit ihrem Geld gut aus. Zumindest wenn sie nicht einen ihrer Shoppinganfälle bekam und an einem Nachmittag im Nobelkaufhaus NK viel zu viel verpulverte.

»So, jetzt muss alles nur noch abgegeben werden«, sagte Nathalie und übergab Sonja den Stapel. »Wann sollst du in der Beratungsstelle sein?«

»In einer Viertelstunde, da fahre ich am besten jetzt los.«

Nathalie legte ihr eine Hand auf die Schulter. »Du bist stark, weil du das machst, du weißt, dass ich das so sehe.«

»Ich finde es gut, dass der Arzt sagt, dass ich mit dem Trinken nicht aufhören muss, sondern es nur ordentlich einschränken soll.«

»Fahr jetzt, ich komme mit den Kindern vorbei, und dann grillen wir wie versprochen«, schloss Nathalie, umarmte Sonja und ging schleunigst auf die Treppenstufen des Uni-Klinikums zu. Sie hatte ihre Zweifel, ob es ihrer Mutter gelingen würde, »nur ein bisschen zu trinken«, doch da es ein großer Fortschritt war, dass sie sich überhaupt in Behandlung begab, hielt sie den Mund.

Als sie auf der Hälfte der Treppe angekommen war,

drehte sie sich um und sah den gelben Renault ihrer Mutter, wie er in südlicher Richtung auf den Sjukhusvägen fuhr.

Richtige Richtung zumindest, dachte sie und stieg die Treppe weiter hoch.

Das Handy klingelte. Es war Granstam. Ihr fiel wieder ein, dass er versprochen hatte, anzurufen und zu erzählen, wie die Sobril-Ausschleichung verlief. Was für ein Zufall, dass er sich ausgerechnet jetzt meldet, dachte sie. Sie erinnerte sich an Sonjas Worte, dass die ganze Zeit Energien anwesend seien, die wir aber manchmal nur erahnen konnten.

»Hallo, Ingemar, wie geht's?«

»Ja danke, wird mit jedem Tag besser. Der Arzt, zu dem Sie mich überwiesen haben, ist wirklich gut.«

»Einer der besten im Land. Wie läuft das Ausschleichen?«

»Ich halte mich an den Plan. Jetzt nehme ich dreimal am Tag nur fünf Milligramm. Aber zum Glück habe ich Urlaub, wegen der Unruhe im Körper bin ich an der frischen Luft und gehe mindestens zwei Stunden am Tag. Habe auf einen Streich schon fünf Kilo abgenommen.«

»Zwei Fliegen mit einer Klappe.«

»Ja«, gluckste er, »aber ansonsten ist es eindeutig eine Untertreibung, mich mit einer Fliege zu vergleichen.«

Eher mit einem Walross, dachte sie, sagte es aber nicht. Als sie das Klinikum umrundete, stach ihr die Spiegelung der Sonne von einer Glasfassade in die Augen, die zum neuen Gebäude der Psychiatrie gehörte. Sie legte die Hand an die Stirn und sagte: »Wie sieht es mit Ihrer Stimmung aus?«

»Wird langsam besser«, antwortete er wieder ernst. »Danke, dass Sie diese Glückspillen verschrieben haben, die haben wirklich geholfen.«

»Gut«, sagte sie, obwohl sie den Ausdruck Glückspillen nie in den Mund nehmen würde. »Und die Gespräche mit der Therapeutin gehen weiter?«

»Ja, sie ist auch aus Kiruna, habe ich das schon erwähnt?«

»Ja«, antwortete Nathalie und lächelte. Mindestens dreimal, dachte sie. »Was Neues über den Fall?«

»Ja, ich wollte gerade erzählen, dass Peter Schultz von einer Überwachungskamera an einer Tankstelle in Hamburg festgehalten wurde. Ich habe die Bilder gesehen, und da gibt es keinen Zweifel.«

»Also dann wollte Schultz dahin, so wie Sie vermutet haben?«

»Alles deutet darauf hin. Mit der deutschen Polizei arbeiten wir gut zusammen, darum verhaften sie ihn hoffentlich bald.«

Am Abend nachdem sie Magnus Bergman gefunden hatten, war Peter Schultz über die Öresundbrücke Richtung Kopenhagen gefahren. Tim hatte herausgefunden, dass Schultz in Hamburg aufgewachsen war und dort noch Verwandte hatte; daraufhin hatte Granstam vermutet, dass er dorthin auf der Flucht war, als ihn die Nachricht von Magnus' Tod erreicht hatte. Wahrscheinlich war Schultz das Ausmaß von Magnus' Sterbehilfe-Tournee nicht bewusst, doch alle in der Gruppe waren überzeugt, dass er wenigstens in Hedvig Molins Fall als Helfershelfer beteiligt gewesen war.

»Und es war tatsächlich Magnus DNA in Thomas Erikssons Wagen, sodass zweifelsfrei feststeht, dass er ihn getötet hat.«

»Klar«, sagte sie, schaute auf die Uhr und stellte fest, dass das Forschungstreffen in zehn Minuten begann. Sie beendete das Telefonat mit dem Versprechen, sich bald zu melden.

Als sie durch die Glastüren ins Gebäude ging, spürte sie diesen stechenden Schmerz im Hinterkopf, der sie seit Magnus' Schlag tagtäglich heimsuchte. Kurz und intensiv, wie Spannungskopfschmerz eines halben Tages, der sich auf eine halbe Sekunde konzentrierte und sie taumeln ließ.

Mit tränenden Augen steuerte sie die Rolltreppe an und kämpfte sich vorwärts.

Als sie in ihrem Zimmer angekommen war, eine Ipren genommen und das Fenster geöffnet hatte, bekam sie eine SMS. Mit einer Freude, über die sie sich ärgerte, sah sie, dass sie von Johan war.

Skype in zwei Minuten?

Sie trat ans Fenster und betrachtete die Symphonie aus Farben im Schlosspark und dachte nach. Aber das Herz hatte schon seine Entscheidung getroffen, so waren die Argumente nur ein Versuch, sie zu begründen.

Klar, aber ich habe um eins einen Termin.

Sie setzte sich an den Schreibtisch und schaltete Skype ein. Sah ihr Gesicht, das der Bildschirm reflektierte, und ging zum Wandspiegel. Sie schminkte sich und bürstete die Haare, bevor sie an den Rechner zurückkehrte.

Johans Bild tauchte auf. Er saß auf einem Sofa, das anscheinend in einem Wohnzimmer stand. Die grünen Augen sahen sie unvermittelt an, und sie lächelte flüchtig.

»Hallo, lange ist's her«, begann er.

»Ja, die Zeit vergeht wie im Flug«, antwortete sie und fragte sich, ob sie gerade an einer WM in Phrasendreschen teilnahmen.

Er schaute auf, wie durch ein Fenster, und guckte sie dann verlegen an. »Ich vermisse unsere Gespräche«, tastete er sich vorsichtig voran.

»Ich auch.«

»Neulich im Hotel, da war ich ungeschickt wie immer … ja, du weißt schon?«

Sie nickte und befeuchtete die Lippen. Er nahm innerlich Anlauf und sprach weiter: »Ich bitte dich um Entschuldigung. Was passiert ist, bedeutet mir mehr, als du ahnst.«

Sie wusste nicht, was sie sagen sollte. Er betrachtete sie mit diesem intensiven Blick, den nur er hatte.

»Mir bedeutet es auch viel«, sagte sie und schaute zur Tür, um sich zu vergewissern, dass sie auch tatsächlich geschlossen war. Er räusperte sich mit geballter Faust vor dem Mund und sagte: »Wäre schön, wenn wir auf diesem Weg wieder voneinander hören würden.«

»Finde ich auch.«

Neue Pause. Aus Verlegenheit wechselte sie das Thema: »Wie geht's Rosine?«

»Fitter denn je«, lächelte er. »Seit der Entlassung wirkt sie zehn Jahre jünger, und in ihren Rechnungen hatte sie noch nie so eine Ordnung wie jetzt. Durch den Blutmangel war sie verwirrt.«

»Also ist ein Vormund nicht nötig?«

»Im Gegenteil«, antwortete er, und sein Lächeln wurde breiter.

»Ich soll übrigens von Estelle und Erik grüßen, sie waren gestern zum Kaffee hier.«

»Die beiden fühlen sich zusammen anscheinend wohl«, sagte sie und lächelte über die Anspielung in der Äußerung. Sie wollte auch jemanden haben, mit dem sie sich wohlfühlte. Und im Moment, mit glühenden Wangen, war es ganz offensichtlich, wer dieser Jemand war. Doch so weit würde es nicht kommen. Um die Hitze abzukühlen, die in ihr aufstieg, fragte sie schnell: »Wie läuft es mit dem Haus?«

Johan verzog das Gesicht, sodass sie nicht wusste, wie sie es interpretieren sollte.

»Ich habe beschlossen, mich rauszuhalten und kein Gebot abzugeben«, sagte er. »Heute fällt die Entscheidung, aber ich habe Carolina noch nichts davon gesagt.«

Nathalie nickte, strich sich eine Haarsträhne hinters Ohr. Johan sprach weiter: »Sie geht gerade mit Alfred spazieren. Wenn sie nach Hause kommt, sage ich es ihr.«

»Du willst in der Wohnung bleiben?«, erkundigte sich Nathalie, hörte die Schuhe des Klinikleiters im Korridor vorbeiquietschen.

»Ich weiß nicht, was ich will.« Er lächelte freudlos. »Doch, eins«, sagte er und hatte wieder das Funkeln in den Augen, »ich will dich sehen, wenn ich in Uppsala auf einer Konferenz bin.«

»Aha, und wann?«, fragte sie und zog interessiert eine Augenbraue hoch.

»Am Donnerstag ... bis Samstag.«

Ihr Mund wurde trocken, die Fingerspitzen trommelten auf das Sitzpolster.

»Schön. Klar will ich das auch. Passt Freitagabend?«

»Dann hören wir um vier Uhr auf. Anschließend gibt es ein langweiliges Abendessen, das ich gern schwänzen würde.«

»Ich kann dich zum Abendessen einladen«, sagte sie genau in dem Moment, als ihr der Gedanke kam. »Dann kannst du sehen, wie ich wohne«, fügte sie in dem überflüssigen Versuch hinzu, ihren Vorschlag zu begründen.

»Super«, sagte er und nickte. »Hast du dann die Kinder?«

»Nein, dann sind sie bei Håkan.«

Johan guckte nach links, sah sie dann gestresst an. »Jetzt kommt Carolina, bis bald!«

Die Verbindung wurde sofort unterbrochen.

Mit einem Prickeln im ganzen Körper stand sie auf, trank einen Schluck kaltes Wasser und beeilte sich, in den Besprechungsraum zu kommen.

• • •

Johan klappte seinen Rechner zu, stellte ihn auf den Boden

und ging in den Flur. Hörte Alfred mit seinen kleinen Sandalen trappeln und ein brummendes Auto nachahmen.

»Wir sind wieder da!«, rief Carolina fröhlich.

Ihn empfingen ihr Lächeln und Alfred, der vom Polizeiauto hochguckte, mit dem er auf dem Boden herumfuhr.

»War's schön?«, fragte Johan, ging in die Hocke und nahm den kleinen Tarzan auf den Arm.

»Ja, du hast ja keine Ahnung«, lächelte Carolina, schlüpfte aus den Turnschuhen und gab ihm einen Kuss auf den Mund.

Johan zog Alfred die Sandalen aus und fragte sich, was los war. Carolina war schlecht gelaunt aus dem Haus gegangen, als hätte sie es im Gefühl, dass er beim Hauskauf einen Rückzieher machen würde.

»Ich habe das Mittagessen vorbereitet«, sagte er und drückte Alfred ein Küsschen auf die Wange, die zart war wie eine sonnenwarme Paprika.

»Alfred Hunger!«, rief er aus und ließ das Auto auf den Boden fallen. »Neeein!«

Wohl besser, mit der Info zu warten, bis wir gegessen haben, beschloss Johan. Carolina hob das Auto auf und gab es Alfred. Er verstummte und sah etwas zufriedener aus.

Als Johan die Küche ansteuern wollte, legte Carolina ihm die Hand auf die Schulter und schaute ihn mit diesem Blick an, als wollte sie die ganze Welt umarmen.

»Ich habe eine Neuigkeit«, lächelte sie und beugte sich näher.

»Was denn?«

»Am besten, der Kleine guckt mal, was die anderen Autos machen«, sagte sie und trug Alfred in sein Zimmer. »Die Polizei muss vielleicht mit der Feuerwehr sprechen und die Lage peilen«, schlug sie vor.

»Lage«, echote Alfred und nickte.

Johan blieb im Flur stehen. Carolina kehrte in Windeseile zurück. Er roch den Duft ihres Shampoos und Sonne in ihrem Haar, als sie ihn noch einmal auf die Wange küsste und ihn unergründlich anguckte.

»Ich habe einen Test machen lassen, als wir unterwegs waren …«

»Aha, und was für einen?«, fragte er und merkte, dass er Gänsehaut bekam.

»Johan, ich bin schwanger. Ist das nicht großartig?«

Dank

Danke an Polizeidirektor Göran Westman, Polizeiregion Nord, an Anästhesie-Oberarzt Erland Östberg, aber auch an Anders Rietz, Arzt in der Rechtsmedizin, für die wertvollen Kommentare zur Handlung ebenso wie zu polizeilichen wie medizinischen Beschreibungen.

Alle Fehler sind letztendlich nur auf mich zurückzuführen.

Jonas Moström, April 2017